Tanja Heitmann

Das Haus am Fluss

TANJA HEITMANN

Das Haus am Fluss

Roman

blanvalet

Verlagsgruppe Random House FSC® N001967
Das für dieses Buch verwendete
FSC®-zertifizierte Papier *EOS*
liefert Salzer Papier, St. Pölten, Austria.

1. Auflage
Originalausgabe März 2015 bei Blanvalet,
einem Unternehmen der
Verlagsgruppe Random House GmbH, München.

Dieses Werk wurde vermittelt durch die
Literarische Agentur Thomas Schlück GmbH, 30827 Garbsen.
Umschlaggestaltung: www.buerosued.de
Umschlagmotive: Getty Images / Heinz Wohner;
Getty Images / Sabine Lubenow
Satz: KompetenzCenter, Mönchengladbach
Druck und Einband: GGP Media GmbH, Pößneck
Printed in Germany
ISBN 978-3-7645-0463-2

www.blanvalet-verlag.de

Für meine Liebsten,
die mit mir auf den Fluss blicken.

Prolog

Es heißt, im Norden halte der Frühling nur zögerlich Einzug. Während anderswo die Bäume von zartem Blättergrün gekrönt sind und Vergissmeinnicht zwischen Tulpen und Narzissen blühen, erwacht die Natur an der Elbmündung nur langsam aus ihrem Winterschlaf. Als vertraue sie nicht recht darauf, dass die kalte Jahreszeit mit ihren Winden und eisigen Regengüssen wirklich vorbei sei. Im Sommer, so heißt es, würden die Menschen dann mit prächtig blühenden Rosen fürs Warten belohnt.

Gut möglich, dass es so war.

In diesem Jahr jedenfalls zeigte sich der Frühling von Beginn an von seiner üppigen Seite – so weit sie das überhaupt beurteilen konnte. Ihr Interesse an der Natur war erst seit ihrer Ankunft in Tidewall erwacht, als habe es bislang genauso tief und fest geschlafen wie all das Grün, das nun entlang des Deichs gedieh. Es war das erste Mal in ihrem Leben, dass sie eine reine Liebe für etwas empfand.

Ein ungewohntes Gefühl.

Sie hatte noch nicht recht entschieden, ob sie es an sich heranlassen wollte, dieses Schwärmen und zugetane Verweilen. Eigentlich entsprach es so gar nicht ihrem Wesen …

Während sie darüber nachsann, bemerkte sie plötzlich eine Bewegung zwischen den Hecken.

Er war gekommen.

Natürlich. Sie hatte ihn darum gebeten, und er hatte keinen Grund gehabt, ihr zu misstrauen.

Weil du denkst, ich hätte deine Lügen und dein geschicktes Schauspiel nicht durchschaut, dachte sie.

Nun rief er ihren Namen.

Noch immer bereitete seine Stimme ihr einen wohligen Schauer. Auch das würde vergehen.

Als er über den Gartenweg kam, huschte sie rasch zu der mächtigen Kastanie, die das gläserne Dach der Orangerie beschattete. Jenem Ort, an dem sie sich ihm so unendlich nah gefühlt hatte. Bevor Zweifel an ihrer Entscheidung aufkamen und ihrem Plan womöglich einen Strich durch die Rechnung machten, verbarg sie sich hinter der Kastanie, dem besten Versteck in einem Garten voller Hecken und Büsche. Der Stamm war so dick, dass sie ihn mit den Armen nicht zu umfassen vermochte. Die Rinde war rau und zart zugleich, wie sie sich an ihre Wange schmiegte. Wie einfach wäre es gewesen, sich ganz dieser Empfindung hinzugeben, in Phantastereien über den Garten abzugleiten und das Unglück hinter sich zu lassen.

Das durfte sie jedoch nicht. Die Wut in ihrem Bauch war eine empfindsame Flamme, die jederzeit auszugehen drohte. Wenn sie sich nicht unentwegt ermahnte, sie mit immer neuem Hass zu füttern, würde sie erlöschen. Und dann würde sie nicht mehr die notwendige Kraft aufbringen, um ihren Plan in die Tat umzusetzen.

Sie zwang sich, den Schutz der Kastanie aufzugeben, und spähte am Stamm vorbei.

Da war er.

Er kam den Weg zur Orangerie entlang, aufrecht im Gang, ein Selbstvertrauen ausstrahlend, das sie nur allzu gern wie ein Porzellanfigürchen zwischen ihren Händen zerbrochen hätte. Wie erschreckend leicht war es ihr gefallen, sich auf ihn einzulassen, ihm zu erlauben, sich in ihrem Herzen einzunisten. Dafür würde er bezahlen. Selbst um den Preis, dass sie daran zugrunde ging.

Kapitel 1

Norddeutschland, Februar 2013

Marie setzte den Blinker und scherte zu einem Überholmanöver aus.

Valentin ließ auf dem Beifahrersitz ein zufriedenes Brummen ertönen. »Na endlich. Dieser blöde Lkw hat uns echt lang genug Schneematsch auf die Windschutzscheibe geschleudert.«

Marie warf ihrem Sohn einen Seitenblick zu. Für einen Zehnjährigen hatte er erstaunlich lange Beine – und genau die stemmte er gerade gegen das Armaturenbrett, damit er seinen Comic gegen die Knie lehnen konnte. Seine Brille saß gefährlich tief auf der Nasenspitze, aber er war zu faul, sie hochzuschieben. »Auf den billigen Plätzen wird nicht genörgelt«, erklärte Marie. »Außerdem ist das Wetter nun wirklich nicht ideal, um einen Spurwechsel nach dem nächsten vorzunehmen. Ich meine: Muss es ausgerechnet heute wie aus allen Rohren schneien? Als wollten uns die Elemente von unserem Umzug abhalten.«

»Ja, genau. Hinter dem Schietwetter steckt ein großer Plan. Marie und Valentin Odenwald müssen um jeden Preis davon abgehalten werden, norddeutschen Boden zu betreten, sonst brechen alle Dämme.« Valentin kicherte.

»Schietwetter war schon mal ordentlich norddeutsch, nur die Dämme heißen Deiche.«

»Bei mir heißen die Schafshügel«, sagte Valentin, wobei ihm anzuhören war, dass er bereits das Interesse am Thema verlor. Pfeifend blätterte er in seinem Comic und überließ seine Mutter ihren Gedanken. Dabei wäre Marie äußerst dankbar für ein wenig Ablenkung gewesen. Nun kehrten sie zurück, ihre Grübeleien, ob sie wirklich die richtige Entscheidung getroffen hatte …

An unserem Umzugstag scheint bestimmt die Sonne, selbst im Februar, hatte Marie sich gut zugeredet, als sie vor vier Wochen ihr FAZ-Abo kündigte und anfing, Geschirr in Zeitungspapier einzuwickeln. Das Bild von einem freundlichen, weiten Himmel mit ein paar Möwen war eine gute Motivation, wenn man von der Mitte Deutschlands an seinen nördlichen Rand zog. Nach Tidewall, einem kleinen Dorf hinterm Deich an der Elbmündung in Schleswig-Holstein. Der Norden galt zwar als rau, aber im Umkreis des Meeres fror es nicht so oft, oder?, versicherte Marie sich, während sie die Wollpullis und Fleecejacken zuoberst in die Kleiderkisten packte. Und selbst wenn es dort genauso eisig sein sollte wie in der Stadt, glich der Anblick von Wasser und weitem Land dieses Manko bestimmt aus.

In den darauffolgenden Wochen blieb die Frostluft unverdrossen ein treuer Begleiter, und am Tag ihrer Abreise fielen frische Flocken auf die vom Straßendreck grau gesprenkelten Schneeberge, die nun schon seit einer gefühlten Ewigkeit die Bürgersteige versperrten.

Als Marie an diesem frühen Morgen in den Skoda stieg, wickelte ihre Mutter Renate sich fester in ihre Strickjacke. Dabei gehörte die inzwischen Sechzigjährige zu jenen Frauen, die seit den Wechseljahren selbst bei Minustemperaturen barfuß in Birkenstock-Tretern herumlaufen. Dass

Renate fror, gab Marie mehr zu denken als der ellenlange Verkehrsbericht über Staus und Unfälle wegen überfrorener Glätte, den sie beim Frühstück in der neuen Küche ihrer Mutter gehört hatte. Der neuen Küche in der neuen Wohnung in einem neuen Stadtteil von Frankfurt, nachdem Renate Jahrzehnte in einem Bungalow am Stadtrand gewohnt hatte. Marie wollte lieber nicht darüber nachdenken, dass nicht nur ihr Leben, sondern auch das ihrer Mutter gründlich auf den Kopf gestellt worden war. Renate hatte ihren eigenen Kummer, einmal davon abgesehen, dass der labile Zustand ihrer Tochter ihr von allen Sorgen gewiss am meisten zusetzte.

Obwohl Marie sich bereits von ihrer Mutter verabschiedet hatte, stieg sie aus dem Wagen und erntete prompt ein Augenrollen von Valentin. Der Junge hasste Abschiede und brachte sie stets im Rekordtempo hinter sich.

Renate zog fragend die Brauen hoch, als ihre Tochter sichtlich verlegen auf sie zutrat. »Hast du etwas vergessen?«

»In gewisser Hinsicht … Eigentlich wollten Valentin und ich unseren Neuanfang in Tidewall ja allein schultern, aber vielleicht ist es doch besser, wenn du mitkommst«, sagte Marie, allerdings ohne viel Hoffnung. Renate war jemand, der Spontaneität für einen Ausdruck von Charakterschwäche hielt. Außerdem kannte sie ihre Tochter gut genug, um zu wissen, dass Marie diesen Vorschlag nur ihr zuliebe machte. Und Mitleid kam auf ihrer Unbeliebtheitsliste gleich nach Spontaneität.

Wie erwartet runzelte Renate die von vielen Nachtschichten als Krankenschwester zerfurchte Stirn. »Das fällt dir etwas spät ein.« Dann blinzelte sie ihrer Tochter aufmunternd zu. »Außerdem ist der Rücksitz komplett mit deinen ach so wichtigen Nachschlagewerken und den uralten Schallplatten beladen, da passe ich mit meinen Hüften bestimmt nicht dazwischen.«

»Du könntest doch auf den Kisten thronen, das würde dir gut stehen …« Marie rang um Worte, die ihre Mutter gegen jede Vernunft davon überzeugten, sie zu begleiten. Renate sollte hinauf in diese schrecklich ungewohnt riechende Wohnung im vierten Stock laufen, ein paar Kleidungsstücke in den Koffer werfen und in den alten Skoda steigen. Notfalls würde Marie eben die Schallplattensammlung zurücklassen, die sie der Möbelspedition nicht anvertraut hatte. Nur fiel ihr kein schlagendes Argument ein, um ihre Mutter zu überzeugen, vor allem nicht, nachdem sie alle denkbaren Gründe, warum Renate bei diesem Umzug mit von der Partie sein sollte, selbst entkräftet hatte. Und all das nur, um nicht länger den Argusaugen ihrer Mutter ausgesetzt zu sein. »Ich lasse dich nur ungern allein zurück, vor allem nicht in dieser fremden Umgebung.«

»Nun hör aber auf«, unterbrach Renate sie barsch. »Meine Wohnung ist doch keine fremde Umgebung, schließlich lebe ich schon seit fünf Monaten hier.« Die Worte »… seit dein Vater mich endgültig für eine andere Frau verlassen hat« schwangen mit, auch wenn Renate das niemals zugegeben hätte. Eisern hielt sie seit der Trennung nach vierzig Ehejahren an dem Prinzip fest, ihre Tochter nicht mit irgendwelchen Details zu belästigen. Was es für Marie nur schwieriger machte, denn so konnte sie nur spekulieren, was in ihrer Mutter vorging. Obwohl sie sich einander verbunden fühlten, waren sie beide so sehr in ihrem Schweigen verfangen, dass es zum Verzweifeln war.

Die Beifahrertür wurde geöffnet, und Valentins rotblonder Schopf tauchte auf – eine ungewöhnliche Haarfarbe, von der Marie sich nicht erklären konnte, woher sie kam. »Geht es jetzt langsam mal los, Mama? Mir friert sonst noch der Arsch ab.«

Marie überlegte kurz, ihren Sohn für diese Ausdrucksweise zur Ordnung zu rufen, aber da hatte Valentin die Tür bereits wieder zugeschlagen.

»Das Kind hat recht, ihr müsst los. Von Südosten kommt neuer Schnee, dem solltet ihr besser davonfahren.« Plötzlich wurden Renates Züge weicher, und sie beugte sich vor, um ihrer Tochter einen Kuss auf die Wange zu geben. »Nicht mehr lange, dann ist Pfingsten, und ich komme euch an der Elbe besuchen. Dann essen wir Maischolle und gehen auf dem Deich spazieren. Falls dieser verfluchte Winter jemals aufhört.«

Obwohl ihr keineswegs danach zumute war, musste Marie lachen. Dann drückte sie ihre Mutter und kümmerte sich nicht weiter darum, dass Renates Kummerspeck in den letzten Wochen noch üppiger geworden war.

Marie stieg rasch ins Auto und trat aufs Gas, und nachdem ihre winkende Mutter im Rückspiegel verschwand, umfasste sie das Lenkrad härter als nötig. Als das allein nicht half, biss sie sich von innen in die Wangen. Ein Trick aus ihrer Jugendzeit, der nun wieder häufiger zu Ehren kam, um aufsteigende Tränen zurückzudrängen. Die Situation war auch ohne eine heulende Mutter schwer genug für ihren Sohn – und dessen Wohl stand schließlich im Vordergrund.

»Ich werde Oma auch vermissen«, sagte Valentin mit einer erstaunlichen Selbstverständlichkeit. »Aber ich bin froh, wenn wir aus Frankfurt weg sind und ich diese blöde Schule nie wiedersehen muss. Und erst recht nicht Frau Ahrends, besser bekannt als ›der Besen‹.«

Marie lachte, was mehr wie ein Schluckauf klang, während Valentin bei dem Gedanken an seine ungeliebte Lehrerin grimmig aus dem Fenster starrte. Offenbar haben wir alle unsere Lasten zu tragen, stellte Marie mit einem gewissen Druck auf der Brust fest. Da hatte sie ihre ganze Kraft darauf verwendet, jeglichen Kummer von ihrem Sohn fernzuhalten, ohne zu bemerken, dass er sich wie ein ungeliebter Gast zur Hintertür bei ihm eingeschlichen hatte. Valentin mochte das Auseinanderfallen ihres Lebens so gut verwunden haben, wie Kinder seines Alters das eben taten. Das bewahrte ihn jedoch nicht vor anderem Unglück.

»Ich bin auch froh, dass wir Frau Ahrends und ihren Hang zum Perfektionismus los sind. Das bedeutet allerdings nicht, dass es an der neuen Schule leichter wird …« Marie verstummte, als ihre Abfahrt auftauchte und sie ihre ganze Konzentration brauchte, um sich zwischen den dicht an dicht fahrenden Lkws einzufädeln.

Valentin saß eine Weile in sich versunken da, bis er plötzlich trotzig das Kinn hob. »Mir ist die Schule vollkommen egal. Was mich interessiert, bringen die mir da eh nicht bei. Und Freunde brauch ich auch keine.«

Ihre Blicke kreuzten sich, und Marie stockte der Atem. Seine Augen sind genauso strahlend blau wie die seines Vaters, dachte sie.

Für einen Moment verlor sie die Kontrolle über das Auto, ehe sie nach einem kleinen Schlenker weiterfuhr. Als Valentin das Radio anstellte, war ihr erster Antrieb, es gleich wieder auszustellen. Die überdrehte Stimme eines Popsternchens war jetzt so ziemlich das Letzte, was sie gebrauchen konnte. Doch als der Junge mitzusummen begann, zog sie die Hand zurück und rechnete stattdessen die Kilometerzahl aus, die sie noch von ihrem Neustart an der Elbe trennte. Hoffentlich reichte der Abstand, um die Vergangenheit hinter sich zu lassen.

Während der Skoda einen Kilometer nach dem nächsten überwand, setzte der Schneefall wieder ein, ein sanftes, beharrliches Rieseln. Die Scheibenwischer arbeiteten mit vollem Einsatz, und auch Marie kam sich langsam wie eine gut geölte Maschine vor. Ihre Hände lagen locker, aber doch auf ein notwendig werdendes Zupacken gefasst ums Lenkrad. Ihr Blick war konzentriert, während sie nicht nur die Straße, sondern auch den Verkehr im Auge behielt. Man hätte sagen können, dass ihre ganze Aufmerksamkeit auf die Fahrt ausgerichtet war, denn schließlich hatte sie wertvolle Fracht an Bord. Doch das stimmte so nicht ganz, denn ein Teil ihrer Gedanken verselbstständigte sich und setzte sich mit ihrer gegenwärtigen Lage auseinander. Und die ging weit hinaus über das Steuern eines Wagens durch diese Schlechtwetterfront.

Am Abend vor ihrer Abreise war die Frankfurter Skyline hinter einem dichten Vorhang aus Schneetreiben verschwunden. Während Valentin sein Kinderzimmer nach übersehenen Legosteinen absuchte, überkam Marie beim Anblick der Schneeflocken unvermittelt die Angst, dass ihr erhoffter Neuanfang nicht mehr als eine Farce war. Wie so oft in den vergangenen Monaten verspürte sie eine große Müdigkeit, von der sie jedoch nur allzu genau wusste, dass sie keinen erholsamen Schlaf bringen würde. Ganz im Gegenteil.

Noch brachte sie die Kraft auf, die Müdigkeit zu verdrängen.

Noch.

Falls sich Tidewall jedoch als Sackgasse herausstellen sollte, hätte Marie keinen Trumpf mehr in der Hinterhand. Schmerzhaft klar sah sie im abendlichen Fenster der geräumten Mietwohnung das Spiegelbild einer zweiunddreißig Jahre alten

Frau, deren Augen von tiefen Schatten umringt waren, während der Mund nicht mehr als ein harter Strich war. Dort, wo ihre Kieferknochen fest aufeinandermahlten, zeichneten sich hart die Muskeln unter der blassen Haut ab.

Das war sie – Marie Odenwald, ein erstarrtes Geschöpf, dessen dunkle, weich fallende Locken keineswegs hinwegtäuschten über das Elendsbild, das sie einrahmten. Nur handelte es sich um kein Gemälde, sondern um ihr Spiegelbild im Fensterglas, in das sich plötzlich ein Riss grub. Erst war es nur ein hauchfeiner Schnitt, doch im nächsten Moment bereits von einem tiefen Sprung gespalten, der sich gierig fortfraß, bis ihr Abbild vollständig mit einem Spinnennetz aus Rissen überzogen war. Es gab ein Knacken, und Scherben rieselten hinab. Zurück blieb nichts als Schwärze.

Deine Phantasie hat dir einen Streich gespielt, redete Marie sich zu. Dein Gehirn ist vollkommen überanstrengt nach der ganzen Packerei und dem endlosen Organisieren.

Trotzdem erschien ihr die Vorstellung von ihrem zersplitternden Spiegelbild wie ein böses Omen. Die Warnzeichen mehrten sich, aber sie wusste einfach nicht, was sie tun sollte. Hatte sie nicht schon alles Denkbare unternommen, um die Vergangenheit abzuschütteln? Warum wirkte der Frieden, nach dem sie sich sehnte, immer unerreichbarer?

»Mama, nun komm schon«, quengelte Valentin, der auf allen vieren hockte. »Dein Arm ist länger, du bekommst den Stein hinter der Heizung bestimmt zu fassen. Der kann nicht hierbleiben, sonst bekomme ich Darth Vaders TIE Fighter nie mehr zusammen. Hörst du mich eigentlich?«

Valentins Stimme drang wie ein Lichtstrahl in die Dunkelheit, die Marie umfangen hielt. Sie blinzelte, und hinter der Fensterscheibe erschienen wieder die verwischten Umrisse der Hochhäuser und davor die Konturen ihres blassen Gesichts. Ein wenig benommen ging sie auf die Knie und tastete hinterm Heizkörper nach dem Legostein.

»Alles in Ordnung mit dir?«, fragte Valentin und blinzelte sie durch seine Ponyfransen an. »Du bist schon wieder so komisch, eine echte Zombie-Mama.«

»Woher weißt du überhaupt, was ein Zombie ist, Süßer?« Marie war ernsthaft besorgt. Ein zehnjähriger Junge sollte sich Sorgen um verloren gegangene Legosteine machen, aber unter keinen Umständen um seine Mutter. Ihr Leben war ein Scherbenhaufen, den sie nur mühsam wieder zusammensetzte, weil sie sich immerzu an den scharfen Kanten schnitt. Das bedeutete allerdings noch lange nicht, dass Valentin davon etwas mitbekommen musste. »Ich bin in Gedanken nur noch mal die Checkliste durchgegangen, ob so weit alles klar ist, damit wir endlich den Schlüssel beim Hausmeister in den Briefkasten werfen können.«

»Und, sind wir so weit? Oma hat garantiert schon Abendbrot für uns gemacht. Mir knurrt seit Stunden der Magen.« Valentin hielt sich demonstrativ den Bauch.

»Gleich geht's los«, versicherte Marie. »Aber erst muss ich noch Darths Flugkiste retten.« Energisch streckte sie den Arm bis zum Anschlag hinter den kantigen Heizkörper, obwohl es bei dieser Verrenkung gefährlich in ihrer Schulter riss. »Trara, da haben wir den kleinen Ausbrecher! Kein Stein bleibt zurück, wenn Marie Odenwald ihn vor seinem staubigen Ende bewahren kann.« Als sie Valentin das schwarze Plastikteil mit einem Lächeln reichte, sah er sie bloß nachdenklich an.

Das Schauspiel, das sie für ihr Kind aufführte, bekam offenbar ebenfalls Risse. Valentin glaubte ihr weder ihre Heiterkeit noch ihr strahlendes Lächeln.

Egal, wie sehr du dich auch anstrengst, dein Sohn nimmt

dir die »Alles ist gut, alles wird gut«-Nummer nicht länger ab, dachte Marie, als der Skoda die grau-weiße Autobahnwelt bei Hamburg erreichte.

Trotz des ungemütlichen Wetters war die Fahrt reibungslos verlaufen. Seit einer Mittagsrast mit Hamburgern und extra vielen Pommes schlief Valentin auf dem Beifahrersitz so tief, dass seine vor Entspanntheit weich gewordenen Gesichtszüge Marie an das Kleinkind erinnerten, das einst in ihren Armen eingenickt war. Als sie die Grenze von Schleswig-Holstein passierten, weckte sie den Jungen nicht, damit er die Landschaft kennenlernte, die von nun an sein Zuhause war. Es gab nämlich nicht viel zu sehen im milchigen Nachmittagslicht, nur unter Schneewehen liegende Häuser mit Gärten und dazwischen graue Felder, auf denen Unmengen von Windrädern standen.

Marie hatte eine überaus klare Vorstellung davon, wie die Nordseeküste von Schleswig-Holstein auszusehen hatte, obwohl sie bislang nur die Insel Sylt kannte: in der Brise sanft wogende Weizenfelder und Wiesen, saftig grüne Deiche, auf denen Schafe grasten, und gelegentlich ein rot-weiß gestreifter Leuchtturm, der malerisch die Landschaft zierte. Selbstredend war der Strand vom ewigen Wechsel der Tide gezeichnet und das Meer dunkel schäumend, wie es sich für die Nordsee gehörte. Was sie allerdings bislang von Dithmarschen zu sehen bekommen hatte, waren eine beängstigende Hochbrücke bei einer Stadt mit dem gewöhnungsbedürftigen Namen Brunsbüttel, Landstraßen voller Lkw sowie einsam liegende Gehöfte, deren in die Jahre gekommene Reetdächer nur bedingt postkartentauglich aussahen. Das Land war mit der gleichen schmutzig weißen Schicht überzogen wie der Himmel, und die vielbeschworene Weite ließ den Verdacht aufkommen, in einer gottverlassenen Gegend gestrandet zu sein. Wie mochte es da erst in Tidewall aussehen, einer Ansammlung aus verstreut liegenden Häusern ohne einen eigenen Dorfkern?

Plötzlich meldete sich das Navi mit dem Satz: »Sie haben Ihr Ziel erreicht.« Marie war so in Gedanken versunken gewesen, dass sie einen kleinen Schreckensschrei ausstieß – und Valentin aus dem Schlaf riss.

»Wasisdenn?«, nuschelte der Junge benommen.

Mit wachsendem Missbehagen stierte Marie auf die schnurgerade Straße vor sich, die lediglich von uralten Bäumen gesäumt wurde. »Wir sind da«, gestand sie zögerlich.

Valentin kratzte sich gähnend am zerzausten Schopf. »Wo?«

Mitten im Nirgendwo, hätte Marie beinahe gesagt, als ihr ein Stück die Straße hoch ein abzweigender Weg auffiel. Das musste die Zufahrt sein zu dem Haus, das Gerald Weiss, ein Cousin ihres Vaters, ihnen überließ.

Auf einer sich endlos in die Länge ziehenden Goldenen Hochzeit war Gerald ihr Tischnachbar gewesen, ein geschiedener Mann um die sechzig, den man ihr an die Seite gesetzt hatte, damit sie sich nicht einsam fühlte zwischen den vielen Paaren. Sie hatten sich sofort gut verstanden, und Marie war es erstaunlich leichtgefallen, sich Gerald gegenüber zu öffnen – vermutlich weil zwischen ihnen die richtige Mischung aus familiärer Nähe und Distanz war. Da sein Zweig der Familie seit Generationen in Hamburg lebte, sah man sich bestenfalls zu großen Anlässen wie Taufen, Hochzeiten oder – fast noch häufiger – Beerdigungen. Gerald wusste angesichts einer dramatisch verlaufenen Scheidung, bei der seine Exfrau ihn wegen seiner Schweizer Konten angezeigt hatte, dass das Leben voller unvorhergesehener Wendungen steckte, die einen ordentlich aus dem Gleichgewicht bringen konnten. Nachdem er ihr freimütig von seiner Selbsthilfegruppe namens »Lost Boys über 50« erzählt hatte, hatte auch sie ihre Hemmungen über Bord geworfen und ihm von ihrem Wunsch erzählt, Frankfurt zu verlassen. Sogar die Probleme, die sie dort festhielten, hatte sie nicht verschwiegen, obwohl sie sonst nur ungern darüber sprach.

»Wenn du gerade knapp bei Kasse bist und was für eine kühle Nordseebrise übrig hast, überlasse ich dir gern ein ehrwürdiges Schätzchen, in dem meine Familie früher die Sommermonate verbracht hat«, hatte Gerald ihr prompt angeboten. »Es trägt den großspurigen Namen ›Kapitänshaus‹ und sieht aus wie eine klassizistische Villa in Kleinformat. Ich bin froh, wenn das Haus endlich wieder mal bewohnt wird. Es bekommt so einem alten Gemäuer nicht, wenn keine Menschen in ihm leben.«

Nicht einmal von Miete hatte Gerald etwas wissen wollen. Sie solle sich nur gut um Haus und Garten kümmern, bis sie finanziell wieder auf sicheren Beinen stünde. Dann würden sie sich schon einig werden, so hoch seien die Mieten im Norden ja nicht, dafür sei das Land zu zersiedelt. Tidewall, das Dorf, in dem das Kapitänshaus stand, sei zudem nicht mehr als ein Klecks auf der Landkarte, umgrenzt von Elbe und Nordsee. Unter solchen Umständen wäre es Marie falsch vorgekommen, die Chance nicht sofort zu ergreifen. Also hatte sie spontan zugesagt, ohne auch nur ein Foto ihres neuen Zuhauses gesehen zu haben oder etwas von seiner Geschichte zu wissen.

Jetzt, inmitten von verschneiten Feldern und Wiesen, beschlichen Marie erste Zweifel an ihrer Entscheidung, nach Tidewall zu ziehen. Im Schneckentempo fuhr sie den mehr schlecht als recht befestigten Weg entlang, der hoffentlich zum Kapitänshaus führte. War sie zu blauäugig gewesen, als sie das Angebot angenommen hatte? Es war durchaus möglich, dass in dem dichten Geflecht aus Baumkronen, das jetzt in Sicht kam, eine halb verfallene Bauruine auf sie wartete. Und im Hinterland nichts als Äcker, so weit das Auge reichte … Marie war zeitlebens ein Stadtkind gewesen, das vom Leben auf dem Land träumte: ein Garten voller Rosen und zwischen zwei alten Bäumen eine Schaukel fürs Kind, auch wenn Valentin dafür eigentlich schon zu alt war. Gut möglich, dass der Traum sich hinter der nächsten Biegung in einen Albtraum verwandelte.

Und ein Zurück gab es nicht. Die Dachgeschosswohnung, in der Valentin aufgewachsen war, war längst verkauft. Genau wie die mit Liebe ausgesuchten Möbel und die Muranoglas-Sammlung, der zu viele schmerzhafte Erinnerungen anhafteten. Die wenigen Möbelstücke, die Marie behalten hatte, waren am frühen Morgen von einer Spedition abgeholt worden. So gesehen war es egal, in welchem Zustand das »Schätzchen« von einem Kapitänshaus war, das Gerald ihr großzügigerweise überließ – sie würden bleiben müssen.

Auf das Schlimmste gefasst, trat Marie aufs Gas, während das Navi seinen »Sie haben Ihr Ziel erreicht«-Spruch wiederholte.

Kapitel 2

Erst als das Astwerk sich teilte, atmete Marie aus. Geborgen zwischen mächtigen Kastanien stand ein eleganter, von seiner Struktur her auf Harmonie bedachter Bau, wie er im Norden am Anfang des 19. Jahrhunderts beliebt gewesen war, mit hoch aufragenden Sprossenfenstern und einem Mansardendach, das von Giebelfenstern geschmückt wurde. Es war jedoch auch recht schnell klar, was Gerald damit gemeint hatte, dass ein solches Haus nicht lange leer stehen solle. Die Verlassenheit schien sich in den einst weißen Putz gefressen zu haben, die Fenster waren stumpf von den Jahren, in denen sie kein Putzlappen poliert hatte, und das Vorbeet war als wilde Müllkippe missbraucht worden, wie eine von Rost zerfressene Waschmaschine zwischen den verwilderten Rosenstöcken verriet.

»So ein Kapitänshaus habe ich mir irgendwie bombastischer vorgestellt«, sagte Valentin trocken. »Das Teil hat ja nur zwei Stockwerke, und ein Boot ist auch nirgendwo zu sehen. Das Meer übrigens auch nicht, nur dieser Wall direkt vor unserer Nase. Das ist der berühmte Deich, ja? Ganz schön hoch.« Valentin klang wie ein Abenteurer, der die Lage checkte. Tatsächlich zog er sich soeben die Wollmütze über den Kopf, im Geist vermutlich schon dabei, sein neues Revier zu erobern.

»Warte bitte«, bremste Marie ihn. »Wir sollten gemeinsam zu einem Rundgang aufbrechen.«

»Warum? Hast du Angst, dass im Gebüsch ein hungriges Werschaf lauert?« Über seinen eigenen Scherz lachend, sprang der Junge aus dem Wagen und stieß mit einem Übermaß an Kraft das schmiedeeiserne Gatter zum Hof auf, damit seine Mutter den Wagen aufs Grundstück fahren konnte. Dann lief er auch schon über den Klinkerweg am Haus entlang in Richtung Garten.

»Wunderbar. Ignorier einfach, was deine Erziehungsberechtigte sagt«, murmelte Marie. Dann stieg sie mit deutlich weniger Elan als ihr Sohn aus und streckte erst einmal den schmerzenden Rücken.

Die schmale Straße, die sie zum Haus geführt hatte, verlief in einem Bogen um das in einer Senke liegende Grundstück, sodass sie nun im Rücken des Hauses lag. Gegenüber dem Vorgarten lag der Deich, der wie ein lang gezogener, von einer gleichmäßigen Schneeschicht bedeckter Erdwurm der Zufahrt folgte, die sich in der Weite des flachen Landes verlor.

Marie betrachtete den sich auftürmenden Deich mit einem mulmigen Gefühl. Hinter diesem Erdwall lag also das Ufer der Elbe. Und nur einen guten Kilometer weiter südwestlich befand sich die Einmündung zur Nordsee mit ihren dunklen Wassern … Wenn sie sich das Haus und seine Umgebung in ihrer Phantasie ausgemalt hatte, war der Fluss niemals so nah gewesen – auch wenn Gerald mehrmals betont hatte, dass das Kapitänshaus eins der letzten vor der Elbmündung sei und ihre Suche bei Google Maps ebenfalls eindeutig gewesen war. In ihrer Vorstellung hatte sich trotzdem beruhigend viel Land zwischen ihr und dem Wasser befunden. Nun kaute sie beim Anblick des Deichs an ihrem Daumennagel, während ihr der berühmte »Schimmelreiter« von Theodor Storm in den Sinn kam. Wo man solche Bollwerke gegen die Naturgewalten baute, waren Sturm und Flut doch gewiss regelmäßige Gäste. Gegen eine frische Brise hatte sie ja nichts einzuwenden, aber die Vorstellung, wie eine ausgewachsene Sturmflut die Deiche überschwemmte und die Kastanien vorm Haus entwurzelte, während ein mächtiger Windstoß das Mansardendach mitnahm, war weniger einnehmend.

»Ich sollte langsam mal Gerald anrufen, damit er einen kleinen Rundgang mit uns macht, bevor es dunkel wird«, rief Marie sich selbst zur Räson. Bestimmt würde schon bald die Dämmerung hereinbrechen, und bis dahin wollte sie die mitgebrachten Kisten mit Büchern, Schallplatten und Küchenutensilien im Haus haben. Einmal davon abgesehen, dass ihr die Vorstellung, das Kapitänshaus im tristen Dämmerlicht kennenzulernen, nicht geheuer war. Als Marie jedoch die Nummer ihres Onkels anwählen wollte, stellte sie fest, dass ihr Handy keinen Empfang hatte. Erst verwirrt, dann leise vor sich hin schimpfend, lief sie kreuz und quer über den Hof und hielt das Gerät in die Höhe, jedoch ohne Erfolg.

»So wird das nix. Wenn du telefonieren willst, musst du schon auf den Deich steigen«, erklärte ihr eine fremde Stimme.

Marie sah verblüfft ein junges Mädchen an, das mit seinem rot gepunkteten Fahrrad auf der schmalen Zufahrtsstraße stand. Um das Lenkrad war eine Girlande aus Plastikblumen geschlungen, was perfekt zu ihr passte. Sie mochte um die vierzehn Jahre alt sein, hatte das sandfarbene Haar zu einem geflochtenen Kranz um den Kopf hochgesteckt und trug eine zu große Seemannsjacke samt Gummistiefeln. Die Wangen waren rot vom frischen Wind, das Gesicht rund und wunderschön auf eine noch kindliche Weise, obwohl ihr der jugendliche Schalk in den Augen saß.

»Moin«, grüßte das Mädchen und blinzelte Marie freundlich zu. Von nordischer Zurückhaltung war nichts zu spüren.

Auch Valentin hatte die Besucherin bemerkt und kam nun angerannt. Mit einem ehrfürchtigen Gesichtsausdruck musterte er erst das ältere Mädchen, dann ihr Gefährt.

»Dein Fahrrad hat ja Masern«, sagte er mit unüberhörbarer Begeisterung.

»Nee, das sind Gute-Laune-Punkte«, hielt das Mädchen dagegen. »Ich heiße übrigens Dasha, das ist die russische Koseform von Darja.« Da ihr Publikum die Wichtigkeit dieses Namens offenbar nicht begriff, räusperte sie sich. »Benannt nach meiner Großmutter väterlicherseits, falls das jemanden interessiert. Ich bin quasi eine Russin, wenn man es so will.«

»Was für ein toller Zufall!«, sprudelte es aus Marie im schönsten Universitätsrussisch hervor. »Dann kann ich ja mal meinen Wortschatz aufpolieren. Ist auch dringend nötig.«

Dasha blinzelte irritiert, und eine leicht unangenehme Pause entstand, in die das Mädchen schließlich hineinsagte: »Also ehrlich gesagt spreche ich Russisch nicht wirklich gut. Eher gar nicht, um ganz genau zu sein. Aber ich werde es definitiv lernen. Schon bald.« Nachdem das so nachdrücklich klargestellt war, kehrte sie zu ihrer alten Selbstsicherheit zurück. »Und wer seid ihr beiden? Neuankömmlinge oder nur Touris, die auf der Elbe ein bisschen rumdümpeln wollen?«

Dieses Mädchen ist nicht auf den Mund gefallen, dachte Marie schmunzelnd. »Wir sind Marie und Valentin Odenwald. Heute ist unser Einzugstag ins Kapitänshaus. Sind wir etwa Nachbarn?«

»Irgendwie schon, obwohl ich in Hamburg wohne«, sagte Dasha achselzuckend. »Ich bin am Wochenende oft zu Besuch bei meinem Onkel Asmus Mehnert, der ein Stück den Deich hoch wohnt. Direkt an der Mündung. Dem sein Haus liegt noch verlassener da als eures, und es ist noch älter, das steht da schon seit Jahrhunderten an der Elbmündung, als könnte ihm auch das derbste Schietwetter nichts anhaben. Es gehört aus Tradition immer dem hiesigen Schäfer, und mein Onkel macht den Job jetzt schon seit ein paar Jahren.« Sie wandte sich Valentin zu, der gerade die Blumen auf ihrem Lenkrad inspizierte. »Magst du Lämmer? Davon haben wir welche im Stall, die sind Ende Januar auf die Welt gekommen, und deshalb ist es draußen jetzt noch zu kalt für die. Die kommen frühestens im März auf den Deich, um sich satt und rund zu fressen. Obwohl … so fies wie dieser Winter ist, kann das noch dauern. Das Gute daran ist, dass sie im Stall zahmer sind und natürlich auch deutlich sauberer. Wenn du magst, kann ich dir die Lämmer gern mal zeigen. Fünf von denen habe ich sogar einen Namen gegeben, obwohl mein Onkel das nicht gern hat. Valentin ist übrigens ein echt cooler Name.«

Noch nie hatte Marie ihren Sohn stolzer gesehen als in diesem Moment, in dem ihm ein so beeindruckendes älteres Mädchen wie Dasha ein Kompliment machte. Und diese rot glühenden Wangen … Das war doch ganz bestimmt die erste Vorstufe zum Verliebtsein. Schon bald würde Valentin Gefühle kennenlernen, mit denen seine Mutter vor drei Jahren abgeschlossen hatte. Seitdem wusste sie, dass solche Gefühle nicht nur Glück, sondern auch unendlichen Schmerz bedeuten konnten. Allerdings würde ihre Erkenntnis Valentin nicht davon abhalten, sich in das Abenteuer der Liebe zu stürzen. In solchen Augenblicken war Marie sich nicht sicher, wie sie die Kraft aufbringen sollte, ihren Jungen großzuziehen. Allein der Gedanke daran, was ihm noch bevorstand, versetzte sie in Angst und Schrecken.

Da die beiden Kinder inzwischen in ein Gespräch über Lämmer vertieft waren, beschloss Marie, ihr Glück mit dem Handy tatsächlich auf dem Deich zu versuchen. Ungelenk kletterte sie über den Maschendrahtzaun, der die Deichwiesen umzäunte, und erklomm den gefrorenen Hang, während der Wind ihr mit eisigen Fingern ins Haar fuhr. Je weiter sie die Senke des Kapitänshauses hinter sich ließ, desto herrischer wurde die Brise und riss ihr geradezu die Luft von den Lippen. Als sie die Deichkrone erreicht hatte, blinkte auf dem Display endlich das Zeichen für den Empfang auf. Doch sie tippte nicht sofort auf Geralds Nummer, sondern blickte hinab auf die sich bis zum Horizont erstreckenden Elbmarschen.

Vereinzelt brach die Sonne durch das dichte Wolkentreiben und durchzog das Grau-Schwarz mit hellen Streifen. Lichtfelder glitten über schneebedeckte Ufer und den Schilf, ehe sie das Elbwasser in einen silbrig glänzenden Strom verwandelten.

Marie atmete tief die Mischung aus dem Salzduft des nahen Meeres und dem sanften Flussgeruch ein. Schlagartig verschwanden alle Zweifel, die sich seit ihrer Abfahrt in Frankfurt eingeschlichen hatten. Ihre Entscheidung, nach Tidewall zu kommen, war richtig gewesen. Hier würden Valentin und sie ein neues Zuhause finden.

Wie ein Samtband lag die Elbe in diesiger Entfernung, sodass sie Marie wie ein Traumbild erschien. Wenn sie den Blick nach rechts wandern ließ, verbreiterte sich das Band immer mehr, wo es auf die Nordsee stieß. Doch an das raue Wellenspiel des Meeres wollte sie jetzt nicht denken; es war der Anblick des Flusses, der sie anzog. Er schenkte ihr Ruhe, genau jene Ruhe, die einer Erlösung nahekam und nach der sie so sehr verlangte. Denn das war es, worauf sie ihre Hoffnungen setzte: ein Ende dieser quälenden Aufruhr, die sich in sie eingegraben hatte wie eine dunkle Quelle, deren Tiefe sie unaufhaltsam anzog.

Während Marie dem eisigen Wind standhielt, glaubte sie zu spüren, wie die Strömung des Flusses sie erfasste und mitnahm. Wohin auch immer.

Asmus Mehnert setzte seine Füße seitwärts, als er den Deich hinabstieg, um nicht ins Straucheln zu geraten. Unter seinen Sohlen gab das gefrorene Gras ein trockenes Krachen von sich, während das Erdreich unter der Schneedecke vorgab, seinem Gewicht Widerstand zu leisten, nur um doch einzubrechen und die Gefahr einer Rutschpartie zu verdoppeln. Darüber machte Asmus sich jedoch keine Gedanken. Seit er nach Tidewall gekommen war, hatte er die Grasnarbe des Deichs schon in allen Varianten erlebt. Das Einzige, was ihm Sorgen bereitete, war die Strenge des Winters. Zwar waren die Lämmer gerade erst zur Welt gekommen und würden noch eine ganze Weile mit den Muttertieren im Stall bleiben, aber er hegte den Verdacht, dass der Frühling in diesem Jahr auf sich warten ließe. Eis und Schnee in diesen Maßen waren für Dithmarschen ungewöhnlich. Der alte Gerke Taden, von dem er die Schäferei übernommen hatte, hatte sich in Rage gesteigert, weil der Frost die alten Kletterosen angegriffen hatte. »Verdori Fingerbider, dascha direkt n' Skandol!« – Verdammter Frost!, hatte er so laut gerufen, dass seine Tochter besorgt um die Ecke geguckt und Asmus seinen Besuch lieber abgebrochen hatte.

Die Grübeleien um den strengen Winter nahmen Asmus' Gedanken in Beschlag. Als er jedoch den Zaun erreichte, mit dem der Deich eingezäunt war, kehrte das Bild der Frau auf dem Deich zurück. Eine Fremde – was angesichts der paar Bewohner von Tidewall leicht zu erkennen war. Langes dunkles Haar, das der Wind zerzauste, das Gesicht nicht mehr als ein weißer Tupfen, obwohl er trotz der Entfernung hätte schwören können, das Rot ihrer Lippen bemerkt zu haben. Eine Touristin war diese Frau bestimmt nicht gewesen, die standen um diese Jahreszeit nicht verloren auf der Deichkrone, die Arme fest verschränkt vor der Brust, und ließen sich vom Wind durchpusten. Nein, das musste die neue Bewohnerin des weiß getünchten Hauses sein, das im Sonnenschein noch schwach an seinen einstigen Glanz erinnerte. Damit hatte sich das Gerücht, dass wieder Leben ins Kapitänshaus einkehren sollte, offenbar bewahrheitet.

Auf der Straße angekommen, blieb Asmus stehen und blickte in die Richtung, in der sein Land an den Garten des Kapitänshauses grenzte, obwohl er wusste, dass es von hier aus nicht zu sehen war. Die beiden Grundstücke waren mehr als großzügig bemessen und zugewuchert von altem Baumbestand. Um einen genaueren Blick auf seine neuen Nachbarn zu erhaschen, hätte er der geschwungenen Straße etwa fünf Minuten lang folgen müssen.

Daran hegte Asmus jedoch keinerlei Interesse. Er würde genau das tun, was der alte Taden ihm bei seinem letzten Besuch geraten hatte: »Von den schnieken Leut im Kapitänshuus hältst dich besser fern. Wenn's di mit der Marlene Weiss verwandt sind, dann kommt da nix Godes bei raus! Und auch so nich. Dat Kapitänshuus is verflucht, bislang hat's Unglück gebracht.« Auf Asmus' Nachhaken, was sich in dem Haus, das er nur als verwaistes, zusehends heruntergekommenes Gebäude kannte, denn Spannendes abgespielt hatte, hatte der alte Taden bloß das Kinn vorgeschoben. »Sludern is wat für olle Wief«, hatte er Asmus an den Kopf geworfen – Tratschen ist nur etwas für alte Weiber. Mehr war aus dem alten Herrn nicht herauszubekommen gewesen.

Aber auch ohne Tadens Warnung hätte Asmus beschlossen, die neuen Nachbarn zu meiden. Die Frau, die sehnsüchtig auf den Fluss geblickt hatte, hatte ihn mehr aus der Fassung gebracht, als er sich eingestehen mochte. Wie würde er erst reagieren, wenn er ihr gegenüberstand? Er konnte sich lebhaft vorstellen, wie sein Entschluss, dass ein zurückgezogenes Leben ihm am besten tat, ins Wanken geriet. Außerdem musste er sich eingestehen, dass seine Umgangsformen nach den Jahren der Abgeschiedenheit alles andere als geschliffen waren. Besser, er ließ es gar nicht erst darauf ankommen.

Entschlossen kehrte Asmus dem Kapitänshaus den Rücken und sah zu, dass er auf seinen Hof kam, wo er von zwei feuchten Hundeschnauzen begrüßt wurde. Die beiden Border Collies Mascha und Fjodor waren seine einzige Gesellschaft, wenn seine Nichte Dasha nicht gerade auf Besuch war.

Seit das Mädchen alt genug war, um allein von Hamburg nach Itzehoe zu fahren, saß sie jeden Freitagnachmittag im Zug, falls ihre Mutter Katharina sie nicht mit einer ganzen Wagenladung an Bestechungen und Drohungen dazu bewegen konnte, ihr übers Wochenende Gesellschaft zu leisten. Asmus musste sich regelmäßig von seiner älteren Schwester anhören, dass er ein gemeiner Kindsentführer sei. Als Antwort zuckte er nur mit der Schulter und verwies darauf, dass Dasha nicht ihn, sondern ihr Pferd sehen wollte.

»Sicher doch«, pflegte Katharina mit in die Hüfte gestemmten Armen zu sagen. »Mein Mädchen will bloß zu ihrem Gaul – dem Gaul, den du ohne mit der Wimper zu zucken nach Tidewall gebracht hast, kaum dass Dasha angedeutet hatte, das Tier werde im Hamburger Stall nicht gut behandelt. Das hast du doch mit Absicht getan!« Obwohl Asmus darauf pochte, als Tierfreund bloß behilflich gewesen zu sein, ließ sich nicht leugnen, dass er sich auf Dashas Besuche spätestens ab Mitte der Woche zu freuen begann. Mit ihrer lebendigen Art wirbelte seine Nichte die ansonsten so ruhigen Tage im Schäferhaus durcheinander und weckte in Asmus die Erinnerung, wie wunderbar es sein konnte, nicht allein zu sein.

Ein Blick in den Schuppen zeigte jedoch, dass ihr gepunktetes Fahrrad nicht dort stand.

»Meine Verabredung zum Pfannkuchenessen ist offenbar ausgeflogen«, erklärte Asmus der zobelfarbenen Hündin Mascha, die sich immer gern an seine Beine drückte, als könne sie ohne Halt nicht stehen.

Bestimmt war dem Mädchen aufgefallen, dass eine Zutat fürs Backen fehlte, und es war mit dem Rad losgestrampelt, um die Nachbarschaft wegen einer Leihgabe abzuklappern. Um diese Zeit hatte der örtliche Hofladen bereits zu, und zum nächsten Einkaufsladen musste man nach Marne fahren, eine Strecke von über sieben Kilometern. Dasha war zwar sportlich, aber selbst eine tatkräftige Person wie sie vermied es, bei diesem Wetter länger als nötig auf dem Fahrrad zu sitzen, wo der Wind einen gleich doppelt hart attackierte.

Und wenn Dasha nur bis zum Kapitänshaus gekommen ist und dort Licht hat brennen sehen?, fragte sich Asmus, nur um sogleich den Kopf in den Nacken zu werfen. Er wusste nicht, was ihn mehr ärgerte: dass seine Gedanken tatsächlich schon wieder zu seinen neuen Nachbarn gewandert waren (vielleicht war es ja nur eine Nachbarin?) oder dass er sich heimlich darüber gefreut hätte, wenn seine Nichte einen Kontakt schuf, der von ihm aus nicht zustande kommen würde. Darauf fand er nur eine Antwort. Obwohl er von seinem Spaziergang entlang des Elbufers durchgefroren war und eigentlich erst einmal einen Tee in der Nähe des Ofens brauchte, ging er in den Stall. Denn Arbeit war immer noch die beste Art, um sich Gedanken und Gefühle vom Leib zu halten, die notgedrungen in einer Sackgasse endeten.

Als ihn die Wärme des Stalls und der Geruch von Tier und Heu begrüßten, entspannte Asmus sich. Er war zufrieden mit dem, was er sich aufgebaut hatte. Auch wenn dieses zurückgezogene Leben nach all den Möglichkeiten, die ihm offengestanden hatten, auf andere vermutlich wie ein Scheitern wirkte. Aber das brauchte ihn in Tidewall, weit draußen am Rand von Dithmarschen, wo die raue Nordsee in die Elbe einmündete, nicht zu stören. Hier musste er nur sich selbst in die Augen blicken können – und das konnte er. Von Jahr zu Jahr besser.

Kapitel 3

Geralds Lächeln wurde einen Tick breiter, während Marie mit gerunzelter Stirn das Wohnzimmer betrachtete, dessen Fenster zum Vorgarten hinausgingen. Zu sehen gab es dort im Augenblick allerdings nur Müll und Gestrüpp unter Schneeflecken. Dabei versprach der Garten im Sommer allein dank seines alten Pflanzenbestandes einen wunderbaren Anblick mit einer parkähnlichen Rasenfläche, die zu mähen Marie vermutlich so manchen Nachmittag kosten würde. Im Moment war der brach liegende Garten im Vergleich zum Haus jedoch ihr geringeres Problem.

Maries Augen hingen an einem abgewetzten Cordsofa fest, hinter dem eine vergilbte Fototapete einen tropischen Strand zeigte. Der Couchtisch stand irgendwie schief, genau wie die leeren Regale Marke Eigenbau, bei denen sie sich nicht sicher war, ob die Bretter ihre Buchsammlung wirklich tragen würden. Außerdem war die Decke so tief abgehängt, dass man zwangsläufig Atemnot bekam. Das Ausmaß der Renovierung, von der Gerald gesprochen hatte, war in ihrer Tragweite nicht zu übersehen. Hier war ordentlich verschlimmbessert worden.

»Das ist …« Marie fiel keine Beschreibung ein, die weder eine faustdicke Lüge noch eine Unverschämtheit war. »So sieht das Haus also von innen aus«, endete sie deshalb vage.

Mit einem zustimmenden Murren berührte ihr Onkel die orangefarbenen Troddeln am Schirm einer Stehlampe.

»Die Siebziger waren einrichtungstechnisch eine geschmackliche Herausforderung. Man weiß bei diesem Anblick nicht, ob man schockiert oder belustigt sein soll. Wenn ich mir dein nervöses Zucken so anschaue, tendierst du wohl zu Erstem.«

Nun lachte Gerald, als brauche es lediglich ein Quäntchen Humor, um diesem Wohnstil eine charmante Seite abzugewinnen. Das war natürlich ein Leichtes, wenn man seine Tage und Nächte woanders – vermutlich in einem schicken Hamburger Loft – verbrachte. Marie dachte hingegen voller Grauen daran, dass die Möbelstücke, die sie aus Frankfurt mitgebracht hatten, überwiegend Valentin gehörten. Mehr als einen der bunten Sitzsäcke würde sie sich nicht von ihm ausleihen können, um das Wohnzimmer, das für die nächste Zeit den Dreh- und Angelpunkt ihres Alltags darstellen sollte, etwas wohnlicher zu gestalten.

Marie versuchte, im Gesicht ihres Sohnes zu lesen, wie er auf das neue Zuhause reagierte, doch Valentin hatte nur Augen für Dasha. Das Nachbarsmädchen hatte sich zu einem Kakao aus der Thermoskanne überreden lassen, obwohl sie eigentlich mit ihrem Onkel zum Pfannkuchenbacken verabredet war. Sie war bei diesem Wetter überhaupt nur mit dem Fahrrad unterwegs gewesen, weil der Zimt aus war. Und ohne Zimt keine Pfannkuchen.

Nachdem Marie dem Mädchen versichert hatte, ihr mit dem Gewürz aushelfen zu können, führte Dasha ihnen mit vollem Körpereinsatz vor, wie es bei ihr zu Hause beim Pfannkuchenbacken zuging: »Mein Onkel Asmus wirft die Teile richtig hoooch in die Luft, und sie landen trotzdem astrein in der Pfanne. Damit könnte der Mann im Zirkus auftreten. Na ja, bestimmt findet er es okay, wenn wir die Pfannkuchen-Action auf den Abend verschieben. Aber ich muss trotzdem bald zurück. Mein Pferd, das bei ihm im Stall untersteht, muss nämlich noch gefüttert werden. Der Gaul ist nicht halb so nachsichtig wie mein Onkel.«

Valentin gingen fast die Augen über bei so vielen verführerischen Aussichten: fliegende Pfannkuchen! Lämmchen! Und zu allem Überfluss auch noch ein echtes Pferd! Dasha war zweifelsohne das Beste, was einem Jungen am Umzugstag passieren konnte. Und von der Reaktion dieses Mädchens hing nun offenbar ab, ob Valentin sich in dem Kapitänshaus wohlfühlen würde.

»Das ist Über-Retro.« Dasha deutete auf das Sofa und verzog anerkennend den Mund. »In Hamburg gibt es Leute, die würden für diesen Style töten. Na ja, oder vielleicht hätten sie es vor fünf Jahren getan. Ein bisschen ist die Kiste ja schon wieder durch.« Als sie das Flehen in Maries Augen las, lenkte sie ein. »In der Stadt geht so was immer total schnell mit dem In und Out, aber hier draußen sind brauner Cord und Rattan immer noch hot. Ich finde es jedenfalls stark.«

Marie entwich ein heiseres Lachen. Als Dasha ihr ihren Becher anbot, als wäre Kakao die beste Lösung für ein solches Problem, entschied sie, nicht nur den Trost anzunehmen, sondern auch ihre neue Nachbarin vorbehaltlos zu mögen. Während sie zum ersten Mal seit Jahren an einem zuckersüßen Kakao nippte, hauchte Valentin andächtig die Worte »voll krass Über-Retro«. Dann folgte er seiner neuen Heldin in die angrenzende Kaminstube, in der nichts als ein Schaukelstuhl stand. Dort würde Marie später ihr Schlafzimmer einrichten, während sie für ihren Jungen das ehemalige Esszimmer wegen seiner hellen Lage vorgesehen hatte. Allerdings war das Esszimmer mit seiner länglichen Form bislang auf wenig Gegenliebe gestoßen.

»Das sieht ja aus wie in einem U-Boot«, hatte Valentin gejammert und gefragt, warum er sich nicht ein Zimmer im Obergeschoss aussuchen dürfte.

»Das geht leider nicht«, hatte Gerald sichtlich betreten erklärt. »Über dem oberen Stockwerk hält meine Mutter Marlene die Hand. Sie will die Räume nicht aufgeben, obwohl sie schon seit Ewigkeiten kein Wochenende mehr in Tidewall verbracht hat. In dieser Hinsicht ist mit ihr nicht zu spaßen. Vermutlich hängt es mit irgendwelchen Erinnerungen zusammen. Ich selbst habe die Räume das letzte Mal als Kind betreten, als meine Großmutter Mina noch lebte.«

»Kann ich mir das Obergeschoss wenigstens einmal anschauen, damit ich im Notfall weiß, wo sich dort Wasserleitungen oder Elektroschalter befinden?«, fragte Marie nun. Wenn ihnen die oberen Räume nicht zur Verfügung standen, sollte ihr das recht sein. Trotzdem wollte sie wissen, was sich über ihren Köpfen befand. Vor allem, weil das Obergeschoss allem Anschein nach nicht in die Renovierung eingeschlossen gewesen war.

Ihre Bitte setzte Gerald sichtlich unter Druck. Seine Hand glitt wie von selbst in die Manteltasche und holte das Handy hervor, um damit herumzuspielen. Ertappt lächelte er Marie an.

»Wie gut, dass ich das Rauchen schon vor Jahren aufgegeben habe. Vor Nervosität zum Handy zu greifen ist deutlich gesünder.« Er ließ das Gerät wieder in der Tasche verschwinden, allerdings nicht auf dem schnellsten Weg. »Nun«, setzte er zögernd an. »Ich verstehe, dass du wenigstens einen Blick in die oberen Zimmer werfen willst, die ja schon seit Jahrzehnten unbewohnt sind. Meine Mutter kam früher höchstens auf einen Katzensprung vorbei und in der letzten Zeit nicht einmal mehr das. Trotzdem mag ich mich nicht einfach so über ihren Kopf hinwegsetzen, sie ist ohnehin nicht gerade eine verständige Person, und wenn es ums Kapitänshaus geht, schon gar nicht. Davon abgesehen weiß ich nicht, wo meine Mutter den Schlüssel für die Tür zum Obergeschoss versteckt hat. Sie hat dort extra eine Sicherheitstür einbauen lassen.«

»Du machst es ja spannend.« Marie war sich nicht sicher, ob sie dieses Geständnis nun amüsant oder bloß irritierend fand. Was für einen Grund konnte ihre unbekannte Großtante Marlene haben, einen solchen Aufstand um ein paar ungenutzte Räume zu machen? »Deine Mutter hortet dort oben aber keine Piratenschätze, oder? Du hast mir ja selbst Geschichten erzählt über Containerschiffe, die bei Nacht und Nebel in der Elbe havariert sind und erst am nächsten Morgen geborgen werden konnten – allerdings leer, während es im nächstliegenden Dorf eine unerklärliche Schwemme an Fernsehgeräten und schwarzhaarigen Perücken gab«, zog sie ihren Onkel auf.

Gerald lächelte, doch es war ihm anzusehen, wie wenig es ihm gefiel, den Spleen seiner Mutter zu verteidigen. »Pass auf, ich werde Marlene fragen, ob sie für dich eine Ausnahme macht. Vielleicht erwische ich einen guten Tag, oder es geschehen noch Zeichen und Wunder.«

Dabei ließ Marie es bewenden, schließlich bot das Erdgeschoss mehr Herausforderungen, als ihr lieb war.

Sie nahm einen Schluck Kakao, schmeckte die ausgeprägte Süße auf der Zunge und wartete darauf, dass der Zucker seine Wirkung tat. Statt dass sich ihre Nerven beruhigten, musste sie jedoch an ihren Besuch in der Küche mit der sich in Auflösung befindenden Arbeitsplatte denken. Bei dieser ersten Station ihres Rundgangs war sie noch zu Scherzen aufgelegt gewesen, aber nachdem das Esszimmer und nun auch noch das Wohnzimmer einen ähnlich traurigen Anblick boten, war ihr nach einer dunklen Sonnenbrille und einer Flasche Schnaps zumute. Marie hatte sich nie als Snob gesehen, im Prinzip ließ sich ihr Geschmack auf die Regel »schlicht, aber schön« reduzieren. Und genau so wird es hier mit der Zeit auch werden, redete sie sich gut zu. Früher wäre sie vermutlich schon dabei gewesen, das verblasste Palmenszenario abzureißen, anstatt nur dazustehen und sich im Geiste am Abend allein auf diesem stockig riechenden Cordungetüm sitzen zu sehen. Doch nach der plötzlichen Wendung, die ihr Leben vor drei Jahren genommen hatte, war ihr aller Elan, alle Kraft abhandengekommen. Nichts erinnerte mehr an die Frau, die sie zuvor gewesen war.

»Marie, nu brich mir aber bitte nicht in Tränen aus«, sagte Gerald, dem der Ernst der Lage wohl allmählich bewusst wurde. »Das Parterre war früher eine Zeit lang untervermietet, darauf hatte mein Vater bestanden, dem der Leerstand des Hauses gegen den Strich ging. Nach seinem Tod hat meine Mutter die Mieter quasi rausgekauft, indem sie ihnen eine Mietwohnung in Marne zu besonders guten Konditionen überlassen hat. Ihren alten Plunder haben die Vormieter einfach zurückgelassen …«

»Deine Mutter hat die Leute wirklich rausgekauft? Das ist ja eine seltsame Geschichte …« Die Frage, warum Marlene Weiss einen solchen Aufwand betrieb, nur damit das Kapitänshaus leer stand, schwebte im Raum. Aber bevor Marie nachhaken konnte, lächelte Gerald sie einnehmend an.

»Natürlich kannst du alles so verändern, wie es dir gefällt«, versicherte er ihr. »Ich werde dir eine Liste mit brauchbaren Handwerkern aus der Gegend zusammenstellen. Ein paar anständige Möbelgeschäfte gibt es hier natürlich auch, falls du nicht extra nach Hamburg fahren willst.« Er hielt inne, als er Maries Zucken bemerkte. »Entschuldige, ich habe nicht daran gedacht, dass du gerade etwas knapp bei Kasse bist. Hat es mit den Roman-Übersetzungen, von denen du mir erzählt hast, nicht geklappt?«

»Doch, ich habe ein paar Aufträge an Land gezogen«, versicherte Marie ihm rasch. »Es hat sich ausgezahlt, dass ich niemals ganz aufgehört habe, aus dem Russischen zu übersetzen. Die Übersetzerszene für mein Gebiet ist glücklicherweise überschaubar. Wenn man da erst mal einen Fuß drin hat, geht es meistens immer weiter«, erklärte sie wahrheitsgemäß. Was sie tunlichst verschwieg, war, mit welchem Einkommen sie als Übersetzerin dastand. Die Idee, Handwerker zu beauftragen, rückte bei ihrem Kontostand vorerst in weite Ferne, genau wie die Anschaffung neuer Möbel. Marie hatte jedoch nicht vor, ihren Onkel, den sie lediglich flüchtig kannte und der trotzdem schon so viel für sie getan hatte, mit ihren Sorgen zu belasten.

»Valentin und ich werden es uns schon gemütlich machen«, fuhr sie in leichtem Ton fort. »Ein Schreibtisch mit Blick auf den Garten, mehr brauche ich für meine Arbeit nicht.«

»Das ist genau die richtige Einstellung«, pflichtete Gerald ihr merklich erleichtert bei. »Die Elbmündung ist perfekt, wenn man seine Ruhe haben will. Nur Schafe und Vögel, so weit das Auge reicht. Jede Menge Vögel sogar, das Kapitänshaus liegt nämlich in einer Flugschneise, in der im Frühling und im Herbst die Graugans, die Nonnengans und die Brandgans durchziehen. Von den üblichen Seevögeln ganz zu schweigen.«

Marie hörte aufmerksam zu, während ihr Onkel etliches Wissenswerte über Vögel zum Besten gab. Das hätte Valentin bestimmt auch interessiert, nur war der Junge gerade vollauf damit beschäftigt, seine neue Freundin zu becircen. Schließlich kratzte Gerald sich am Kinn, wo sich jetzt am

Abend ein Schatten Bartwuchs zeigte, obwohl er ansonsten tadellos aussah. Ein Geschäftsmann der alten Schule, der allem Anschein nach recht erfolgreich ein Familienunternehmen in der fünften Generation von Hamburg aus führte.

»Auf eine unschöne Sache wollte ich noch einmal eingehen«, sagte Gerald.

»Du meinst das Obergeschoss, das wir nicht nutzen dürfen?« Marie winkte ab. »Uns reichen die unteren Zimmer, mach dir darüber bitte keine Gedanken.«

Gerald lächelte verlegen. »Nein, nicht dieses leidige Thema. Ich meinte etwas anderes: Hier draußen hat man, wie du ja schon festgestellt hast, nur schlecht Handyempfang. Du musst wohl oder übel einen Festnetzanschluss anmelden. Und mit dem Internet ist es noch schwieriger …«

Ein Krachen ertönte, gefolgt von einem vergnügten Gegröle.

»Mensch, Valentin! Ich habe dir doch gesagt, dass dieses klapprige Erbstück von einem Schaukelstuhl uns beide nicht packt. Aber du quetschst dich nicht bloß neben mich, sondern wippst auch noch wie blöd. Jetzt ist das Teil Brennholz.«

»Igitt«, quiekte Valentin, hörbar begeistert. »Ich hab mich bei der Arschbombe mit Kakao vollgeplempert!«

Während Marie sich vor Schreck an die Brust packte, blinzelte Gerald ihr zu. »Hat ganz den Anschein, als wäre zumindest dein Sohn mit Pauken und Trompeten in Tidewall angekommen.«

»Ja, genauso habe ich es mir gewünscht«, gab Marie zu, während sie Erleichterung überkam. Sie würde dem Kapitänshaus eine Chance geben. Und vielleicht würde sie auch eine bekommen.

Kapitel 4

Marie schlief. Fest, schwerelos. Zumindest fühlte es sich so an, bis plötzlich eine Stimme ihr Ohr erreichte. Es schien, als käme der hallende Bariton aus einem der Nachbarzimmer. »Ich bin da«, verkündete die Männerstimme. Verheißungsvoll oder warnend – das war schwer zu sagen. Nur noch einen Moment, dann würde er bei ihr sein. Thomas. Nach so langer Zeit. Nur noch einen Moment …

Unruhig wälzte Marie sich auf den Rücken.

Schritte eines kräftig gebauten Mannes erklangen. Sie kamen näher.

Der vertraute Duft seines Parfüms mit der holzigen Unternote breitete sich aus.

Nachtschwärze, Finger, die ihren Nacken umfasst hielten, die Schwere eines Körpers, der ihren fast vollständig bedeckte.

Marie riss die Augen auf und rang nach Luft.

Es war nur ein Traum gewesen, so wie immer. Trotzdem breitete sich kalter Schweiß auf ihrer Haut aus und gab ihr das Gefühl, einen Gewaltlauf hinter sich zu haben. Sie war vollkommen außer Atem, dabei lag sie auf dem fremden Cordsofa, die Beine angewinkelt wie ein schlafendes Kind. Auf ihrem Nacken glaubte sie noch die Wärme von Fingern zu spüren, nicht mehr als eine ferne und doch so lebendige Erinnerung.

»Lass mich endlich in Frieden. Bitte«, flüsterte sie in die

Dunkelheit, während ihre Fingerspitzen die empfindsame Haut ihres Halses betasteten. Natürlich war dort nichts Ungewöhnliches zu entdecken, auch nicht die Restwärme einer Berührung, die sie noch im Erwachen zu spüren geglaubt hatte. Um den Traum endgültig zu verscheuchen, brauchte sie Licht, doch ihre Hand fuhr ins Leere. Sie hatte keine Ahnung, wo die nächstbeste Lampe stand.

Marie kämpfte gegen die Tränen an. Seit letztem Silvester suchte sie Thomas' Stimme in ihren Träumen heim. Seit jener Nacht konnte sie nicht länger leugnen, dass der Sog der Vergangenheit ihr Leben zu verschlingen drohte. Und das, obwohl sie so verdammt viel Kraft darauf verwendete, den Kopf über Wasser zu halten.

Dabei hatte es in jener Silvesternacht zuerst so ausgesehen, als würde endlich alles besser werden …

Marie war es zu guter Letzt gelungen, den von Feuerwerk und Kinderbowle trunkenen Valentin ins Bett zu bekommen. In der einen Minute hatte der Junge noch Stein und Bein geschworen, niemals wieder schlafen zu können, und in der nächsten war sein Kopf ins Kissen gesunken, während seine Atmung wie von einem Schalter umgelegt tief und gleichmäßig wurde. Valentin schlief felsenfest, nicht einmal die späten Böller, die im Innenhof gezündet wurden, entlockten ihm ein Zucken.

Marie betrachtete ihr Kind im grünlichen Schein des Nachtlichts, dann kehrte sie ins Wohnzimmer zurück. Ein wenig steif vor Müdigkeit sammelte sie Luftschlangen ein. Der Abend war ein Erfolg gewesen, inklusive Polonaise durch die Zweizimmerwohnung. Valentin hatte wild entschlossen gewirkt, das neue Jahr mit großem Hallo zu begrüßen, und seine Mutter mit seiner Begeisterung angesteckt. Bevor Marie sichs versehen hatte, hatte sie die tollsten Verrenkungen beim »Twister« zustande gebracht, bei »Wahrheit oder Pflicht« peinliche Kindheitsgeheimnisse ausgeplaudert und um Mitternacht festgestellt, dass sie sich schon lange nicht mehr so gut amüsiert hatte.

Seufzend holte sie einen Müllsack und begann aufzuräumen. Draußen begann es wieder zu schneien, und ein Vorhang aus weißen Tupfen überdeckte Feuerwerk und Lärm. Ein Gähnen schlich sich auf ihre Lippen, dann noch eins. Im nächsten Augenblick fand sie sich auf dem Sofa wieder.

Es passierte exakt vier Stunden nach der Jahreswende. Zur sogenannten Wolfszeit, dem Totpunkt, wenn der menschliche Geist am verwundbarsten und der Körper am erschöpftesten ist. 4:00 zeigte die Digitalanzeige des DVD-Players an. Die Polster fühlten sich verführerisch weich an, und ihre Augenlider wurden schwer. Viel zu schwer.

Gerade als Marie in den Schlaf sank, hörte sie Thomas' Stimme zum ersten Mal. Ganz klar und deutlich. Ein rauer Bariton, der wie ein Donner durch sie hindurchfuhr. »Warte nur einen Moment«, sagte er. »Gleich bin ich da. Versprochen.«

Am darauffolgenden Neujahrsmorgen hatte Marie Odenwald den Entschluss gefasst, gemeinsam mit ihrem Sohn einen Neuanfang zu wagen. Nur leider war die Stimme, die sie seither immer wieder aus dem Schlaf riss, dadurch nicht verschwunden. Gleich in der ersten Nacht im Kapitänshaus meldete sie sich aufs Neue und schickte einen Stromschlag durch ihre Muskeln, als gelte es, jäh aufzuspringen und loszulaufen. Dabei war das einzige wirkliche Geräusch ein Kastanienzweig, der mit nervtötender Gleichmäßigkeit an der Außenwand des Kapitänshauses entlangkratzte.

Der Blick auf den Wecker verriet, was Marie ohnehin wusste: Es war vier Uhr in der Früh. Genau wie immer. Und das, obwohl sie sich erst gegen Mitternacht hingelegt hatte, nachdem sie vor Erschöpfung fast über den Umzugskartons eingeschlafen war.

Widerwillig setzte Marie sich auf und versuchte, ihre hektisch gehende Atmung unter Kontrolle zu bringen. Trotz einer gewissen Übung brachte sie kaum einen tiefen Lungenzug zustande, während sich in ihren Schläfen der unangenehme Druck weiter aufbaute. Immer wieder flackerten Traumsequenzen vor ihrem geistigen Auge auf; Schritte aus dem Nachbarzimmer, die rasch zu ihr aufschlossen, dann ein Schatten auf der Sofakante, als säße jemand neben ihr. Diese nachhallenden Traumbilder hasste sie am meisten an ihren kurzen Nächten, den faulen Zauber, der ihr vorgaukelte, da wäre jemand. Dabei war Marie sich ihrer Einsamkeit in diesen frühen Morgenstunden geradezu schmerzlich bewusst.

Was sie jetzt dringend brauchte, war eine Ablenkung. Ihr Standardmanöver, seit Thomas nicht mehr bei ihnen war. Doch egal, wohin sie ihre Gedanken wandern ließ – Valentin als Bobby-Car-fahrendes Kleinkind, der Geschmack von selbst gemachter Grüner Soße oder ein Strauß frischer Tulpen auf dem Küchentisch –, die Traumfetzen hingen ihr wie Negativabzüge ihrer Vergangenheit vor den Augen. Besonders zur verfluchten Wolfsstunde, wenn ihr Widerstand geschwächt war, suchten sie Marie heim und bewiesen, dass ihr innerer Schutzwall nicht mehr als ein brüchiges Gebilde darstellte, das schon ein leichter Nachtwind fortzuwehen imstande war.

Marie hatte die Wochen seit Silvester damit verbracht, sich Vorwürfe zu machen, weil sie die Situation nicht unter Kontrolle bekam. Es musste doch einen Hebel geben, um dieses nächtliche Theater abzustellen! Wenn die Ohnmacht, die sich hinter ihrer Wut verbarg, übermächtig zu werden drohte, fragte sie sich, ob sie am Ende gar nicht mit ganzer Willenskraft versuchte, den schmerzlichen Erinnerungen zu entkommen. Ob sie ähnlich wie eine Schlafwandlerin die Treppen ins Traumreich hinabstieg und die Türen öffnete, damit die tiefe Männerstimme ihr zuraunen konnte: »Gleich bin ich da.«

Um vier Uhr morgens, wenn man mit schmerzendem Kopf allein in der Dunkelheit saß, klang diese Erklärung durchaus überzeugend.

Ein Gutes hatten die kurzen Nächte zumindest: Die permanente Übermüdung wirkte wie ein Filter, der alles Unwichtige von ihr fernhielt. Dadurch konnte Marie sich besser aufs Wesentliche konzentrieren: den Alltag aufrechtzuerhalten, damit Valentin sich sicher und geborgen fühlte. In der Nacht durfte sie ins Kissen weinen, solange sie tagsüber als ausgeglichen wirkende Mutter fungierte.

Da an Schlaf nicht mehr zu denken war, schwang Marie die Beine über die Sofakante und tappte auf der Suche nach der Troddelstehlampe durch das stockdustere Wohnzimmer. Erst als das Licht aufleuchtete, wurde ihr klar, wie dunkel es auf dem Land tatsächlich war. Nicht einmal eine Straßenlampe stand vor dem Grundstück, und in Sichtweite gab es kein anderes Haus, in dem noch ein Fernseher lief oder das Außenlicht brannte. Das Kapitänshaus stand auf einsamer Flur.

Ein Frösteln breitete sich auf Maries Schultern aus. Sie zog sich einen Strickmantel über, weil die alte Ölheizung es noch nicht geschafft hatte, die ausgekühlten Steinmauern aufzuwärmen. Dann suchte sie einen Weg zwischen den Kartons in die Küche, um sich ein Glas Wasser zu holen. Da das flackernde Licht der Neonröhre den Druck in ihren Schläfen verstärkte, verzog sie sich mit dem Glas in die

Diele. Während sie diszipliniert ein paar Schlucke trank und darauf hoffte, dass der Schmerz allmählich nachließ, wanderte ihr Blick zu der hölzernen Treppe, die sich im Dunkeln verlor.

Die obere Etage des Kapitänshauses.

Fremdes, ja verbotenes Gelände.

Natürlich ging sie diese Etage nichts an. Obwohl Gerald eine Menge Worte gebraucht hatte, um zu erklären, warum Valentin und ihr lediglich die unteren Räume zur Verfügung standen, hatte sie den wahren Grund für diese Regel nicht recht begriffen. Geralds Mutter Marlene, die gewiss schon über achtzig Jahre alt sein musste, beanspruchte die Etage für sich, obwohl sie diese – seinen Worten nach – überhaupt nicht nutzte. Eine ziemlich exzentrische Kiste.

»Marlene Weiss«, sagte Marie leise vor sich hin, während ihr Zeigefinger über den Glasrand strich. Über Geralds Mutter wurde in Familienkreisen so manche Geschichte hinter vorgehaltener Hand erzählt. Die Spezialität der alten Dame bestand darin, jede noch so kleine Schwachstelle ihres Gegenübers hemmungslos für einen Angriff auszunutzen, vollkommen unabhängig von der jeweiligen Situation. Da wurde Cousine Agnes nicht zur Geburt ihres dritten Kindes, sondern zur neuen Garderobe gratuliert, die offenbar dringend nötig gewesen war, nachdem ihre alte Kleidergröße endgültig der Vergangenheit angehörte. Brautvätern wurde schon beim Sektempfang die bevorstehende Privatinsolvenz des frisch angeheirateten Schwiegersohns unter die Nase gerieben, bei jedem Essen fand der Familiendrachen das Haar in der Suppe, und für jeden hatte Marlene einen Dolchstoß mitten in seinen wunden Punkt parat. Soweit Marie wusste, fehlte auf Marlenes schwarzer Liste nur noch ein höhnischer Lachanfall während einer Trauerrede. Ohne jeden

Zweifel konnte sie froh darüber sein, dass ihre Großtante dem Haus schon seit Jahren keinen Besuch mehr abgestattet hatte.

Was nichts daran ändert, dass sie dir den Kopf abreißen würde, wenn sie dich auch nur in der Nähe ihres Reviers erwischte, ermahnte Marie sich nachdrücklich.

Dennoch hing ihr Blick an der Treppe fest.

Die trotz des Alters honigfarben schimmernden Treppenstufen gehörten zu den wenigen Dingen, die noch von der einstigen Schönheit dieses Hauses kündeten. Gewiss waren die Wände mit Stofftapeten bespannt gewesen, und elegant beschirmte Lampen anstelle von Neonröhren hatten die einst hohen Räume beleuchtet.

Bevor Marie sich versah, stand sie auf der untersten Stufe, als könnte die bloße Berührung des Holzes sie in jene ferne Zeit zurückversetzen. Ihre Finger hatten bereits den Lichtschalter gefunden, der zu ihrer Überraschung nicht aus Kunststoff, sondern aus kühlem Porzellan bestand. Mit einem Prickeln in den Fingerspitzen bewegte sie den Kippschalter – doch nichts geschah. Keine Lampe aus dem oberen Stockwerk leuchtete auf und lud sie zu einem nächtlichen Erkundungsgang ein. Das fremde Reich blieb in Dunkelheit, und Marie nahm es als Zeichen, in ihre Welt aus verwohnten Möbeln und unausgepackten Umzugskartons zurückzukehren. Wenigstens hatte sich der Kopfschmerz verflüchtigt.

Zurück im Wohnzimmer setzte Marie ihre Auspackarbeit dort fort, wo sie gut vier Stunden zuvor aufgehört hatte. Eins der schweren Glasobjekte, die ihre Mutter von ihren geliebten Dänemarkreisen mitgebracht hatte, verursachte ihr erst ein Ziehen im Rücken und brachte dann ein klappriges Regal zum Einsturz. Marie stand immer noch stocksteif da und starrte den frisch produzierten Sperrmüll an, als die Tür aufschwang und ein sichtlich verwirrter Valentin im zu großen Pyjama ins Zimmer stürzte.

»Ich war's nicht!«, rief er und stolperte über einen Strickpouf, den Marie gleich am nächsten Morgen in der Mülltonne entsorgen wollte. Gerade noch rechtzeitig fing sie Valentin auf und drückte ihn fest an sich. »Wo sind wir, Mama?« Der jämmerliche Ton ließ ihren Sohn klingen wie das kleine Kind, das er vor gar nicht langer Zeit noch gewesen war.

»Zu Hause«, flüsterte Marie ihm sanft ins Haar und hoffte, dass es sich nicht wie eine Lüge anhörte. Dann führte sie ihn zum Sofa, wo sie sich eng aneinanderkuschelten. Valentin schlief auf der Stelle ein, während Marie dank seines gleichmäßigen Atems so weit zur Ruhe kam, dass sie ohne trübe Gedanken beobachten konnte, wie hinter den verblichenen Gardinen ein neuer Tag anbrach.

Kapitel 5

Tidewall, Juni 1924

Mina konnte der Versuchung nicht widerstehen und nahm ihren Strohhut ab, obwohl sie dabei Gefahr lief, die sorgfältig mit Klemmen fixierten Wellen in ihrem Haar durcheinanderzubringen. Dann hielt sie ihr Gesicht der Sonne hin, die bereits kräftig schien, obwohl der Vormittag gerade erst angebrochen war. Eine Glutspur legte sich auf ihre Stirn und Wangen, ihre Augen wurden geblendet vom Gleißen, und ein Glücksgefühl breitete sich über ihre Haut aus wie ein Netz feinster Funken. Die Empfindung war wunderbar intensiv, geradezu berauschend.

»Wir würden gern weitergehen, Mina. Kommst du?«

Ihre Cousinen verloren langsam die Geduld, schließlich hatte Mina sich ihnen zu einem Spaziergang angeschlossen. Nicht etwa, weil sie die Gesellschaft dieser ehrenwerten jungen Damen besonders schätzte, sondern um dem eifrigen Treiben im Kapitänshaus zu entgehen. Nicht mehr lange, dann würden die ersten Geburtstagsgäste eintreffen, und mit ihnen würde ein Trubel Einzug halten, den das kleine Dorf Tidewall so noch nicht erlebt hatte. Seit Tagen waren die Vorbereitungen im Gange, und wie es aussah, würde die Arbeit von einem herrlichen Sommertag gekrönt werden. Doch im Moment lag das Fest für Mina noch in weiter Ferne, während die Wärme des Sonnenlichts ganz ihre

Gegenwart erfüllte. Mit einem Lächeln auf den Lippen stand sie da, die Augen fest geschlossen, und ließ sich von der sanften Brise kitzeln.

Von den vier Spaziergängerinnen hatte es nur Mina gewagt, den Deich über das von Schafshufen niedergetretene Gras zu erklimmen. Ihre Cousinen machten sich viel zu viele Sorgen um ihr Schuhwerk und hielten darüber hinaus weder etwas von körperlicher Ertüchtigung noch von Abenteuern. Über die skeptischen Blicke, mit denen ihre Idee, von der Deichkrone aus auf die Elbe zu blicken, bedacht worden war, konnte sie nur den Kopf schütteln. Wenn ein Deich mit weidenden Schafen schon als Wagnis angesehen wurde, war es bestimmt besser, wenn sie keine der Anekdoten von ihren Reisen zum Besten gab. Was sie erlebt hatte in den letzten drei Jahren, in denen sie an der Seite ihrer Großmutter Theophila durch die Welt gereist war, hätte diese behütet aufgewachsenen Schnattergänse vermutlich vor Schreck und Erregung ohnmächtig werden lassen. Wobei »behütet« in den Ohren der weltoffenen Mina gleichauf lag mit »zu langweiligem Ehematerial herangezogen«. Großmutter Thea hätte sie für eine solche Meinung getadelt, weil sie wenig von dieser Art Dünkel hielt. Schließlich hatte nicht jede Frau die Gelegenheit, auf Reisen zu gehen, ohne dass es Vorgaben von männlicher Seite gab. Mina sollte sich glücklich schätzen, eine unternehmungslustige, leider Gottes verwitwete Großmutter zu haben, die in ihr die perfekte Begleiterin sah, während ihre Cousinen bestenfalls bis Lübeck auf Verwandtenbesuch kamen. Insgeheim hätte die alte Dame jedoch gelächelt und Minas Spott zugestimmt, sie konnte sich nämlich auch nicht recht für diese blutleeren Geschöpfe begeistern, die in ihrem Familienkreis heranwuchsen. Das vom Ausgang des Ersten Weltkriegs in Mitleidenschaft gezogene

Selbstverständnis des norddeutschen Bürgertums zeigte unleugbar seine Spuren. Umso wichtiger war es Theophila Boskopsen gewesen, ihrer ausgesprochenen Lieblingsenkelin die Welt zu zeigen, bevor sich ihr lebendiges, stolzes Wesen ebenfalls vom Zeitgeist niederdrücken ließ.

»Mina, Liebes«, sagte nun Erika, die Älteste von der Cousinenschar, in dem Versuch, ihre Aufmerksamkeit zu erregen. »Wir würden jetzt langsam gern weitergehen, ja? Falls du dich immer noch nicht losreißen kannst, komm doch bitte rasch nach. Gut möglich, dass es kein friedlicheres Fleckchen gibt als die Elbmündung, aber wir sollten besser zusammenbleiben, wie es sich für junge Damen gehört. Und pass auf, dass du dir nicht dein Gesicht verbrennst. Es wäre schade, wenn du als Ehrengast des Festes als überreife Tomate auftreten müsstest.«

Unwillkürlich berührte Mina mit den behandschuhten Fingern ihre Wange. Tatsächlich fühlte sich die Berührung der weißen Spitze unangenehm an. Verfluchter Rotschopf, ärgerte sie sich. Was brachte es ihr, dass sie überall Komplimente für ihren ungewöhnlichen, an verblasstes Rotgold erinnernden Haarton bekam, wenn damit eine so überaus empfindliche Haut einherging? Da konnte man noch nicht einmal sein Gesicht der Sonne entgegenhalten, ohne gleich zu verbrennen. Mit einem Seufzen setzte sie den Strohhut auf und hielt sich an dem Gedanken fest, sich diesen einen Augenblick gegönnt zu haben, während ihre Cousinen gelangweilt im Schatten des Deiches standen.

Nun, da Minas Sicht nicht länger vom Licht geblendet wurde, blickte sie auf das weitläufige Marschland, das sich vom Saum des Deichs bis zur Elbe erstreckte. Sich in der Brise biegendes Seegras, durchmischt von Weideland, das so schnurgerade war wie mit einem Lot gezogen, in Parzellen zerschnitten von schmalen Wassergräben, die im Fall einer Überflutung Abhilfe schaffen sollten. Es war erfüllend, den Blick über diesen Landstreifen gleiten zu lassen, aber noch schöner war das blaue Band des Flusses, das im hellen Tageslicht glitzerte. Segelschiffe glitten dahin, während ein schwer beladender Kahn, der auf diese Entfernung nicht mehr als eine dunkle Silhouette war, von der Elbmündung in Richtung Kaiser-Wilhelm-Kanal davonzog. Ein scheinbar endloser Sommerhimmel spannte sich über die ebene Landschaft, die sich bis zum weit entfernten Horizont erstreckte. Es waren diese Dimensionen, die Mina faszinierten. Dass der Blick so weit schweifen konnte über eine im Grunde genommen schlichte Schönheit, bewirkte eine Ruhe in ihr, die sie nicht recht beschreiben konnte. Aber wozu auch den Zauber in Worte hüllen? Vielleicht verdarb es ihn ja nur.

Als Mina sich endlich von der Aussicht losriss und auf den Weg zur Landseite des Deichs blickte, war die Cousinenschar bereits verschwunden. Vermutlich hatten sie den ersten sich bietenden Weg durch die Felder eingeschlagen, um den Rundgang möglichst schnell zu beenden. Allem Anschein nach waren sie nicht sonderlich angetan von Tidewalls Umgebung. Kein Wunder, dachte Mina, schließlich sprang einem der Reiz des von Wiesen und Äckern geprägten Dithmarschens nicht von selbst ins Auge, man musste ihn vielmehr entdecken wollen. Sie spielte mit dem Gedanken, dem Deichweg auf eigene Faust zu folgen – allein schon, um ihren Cousinen zu beweisen, dass diese Landschaft es wert war, erkundet zu werden. Dann gestand sie sich jedoch ein, dass es sie zurück zum Kapitänshaus zog. Denn nun setzte doch die Vorfreude auf ihre Geburtstagsfeier ein, und plötzlich reichten die ruhigen Elbmarschen nicht mehr aus, um ihren regen Geist zu befriedigen.

Solche spontanen Stimmungsschwankungen waren Mina nicht fremd, und wie immer zögerte sie nicht, sondern ließ sich von ihnen leiten. So rasch der aufgeworfene Boden es ihr erlaubte, stieg sie den Deich hinab und schlug den Weg in Richtung Tidewall ein.

Die Instandsetzung des Kapitänshauses war erst im letzten Herbst abgeschlossen worden. Zu viele unvorhergesehene Herausforderungen waren aufgetaucht, sodass mancher in Tidewall hinter vorgehaltener Hand behauptet hatte, es wäre leichter gewesen, den alten Kasten abzureißen und neu wieder aufzubauen.

Der Hamburger Kaufmann Eduard Boskopsen hatte jedoch kein neues Haus gewollt. Es *musste* genau dieser Gründerzeit-Bau sein, auch wenn er so sehr in die Jahre gekommen war, dass seine Wiederherstellung sämtliche Handwerker in Tidewall und Umgebung über den Winter brachte. Was angesichts der andauernden Flaute seit Ende des Krieges auf viel Begeisterung stieß. Von dem Aufschwung, der mit dem Bau des Kaiser-Wilhelm-Kanals Einzug gehalten hatte, war nämlich nichts mehr zu spüren – und wer kein eigenes Land oder einen Kutter besaß, sondern auf einen Arbeitslohn angewiesen war, durchlitt schwere Zeiten. So war es kein Wunder, dass mancher Arbeiter die pompöse Instandsetzung des Kapitänshauses mit einem gereizten Blick bedachte, aber laut sagte keiner ein Wort. Dafür war das Geld, mit dem der Hamburger Kaufmann nur so um sich warf, zu bitter nötig. Die Vorstellung, dass dieser Boskopsen offenbar ungeschoren aus den Kriegswirren hervorgegangen war, verschaffte dem betuchten Dienstherrn darüber hinaus einigen Respekt.

Auch die Boskopsens mit ihren vielfältigen Handelsbeziehungen hatten im Krieg Federn lassen müssen, aber nicht in dem Maße, dass es ihnen den Spaß am Leben verdorben hätte. Wo viel ist, fällt es nicht so unangenehm auf, wenn etwas verloren geht – im Gegensatz zu einem Tagelöhner, dem jeder Lohnausfall schmerzliche Abstriche abverlangte. Wie es schien, hatte der Krieg die Kluft zwischen Arm und Reich noch verbreitert. Eine Tatsache, die einem Mann wie Eduard Boskopsen keineswegs entging, schließlich verdiente er sein Geld damit, die Zeichen der Zeit richtig zu deuten. Wenn er jedoch in Tidewall war, kümmerten ihn solche Dinge nicht. Das Kapitänshaus stand für ihn nämlich für das leichte Leben, seit er zum ersten Mal einen Fuß über die Schwelle gesetzt hatte. Und das war nun schon fast fünfzig Jahre her.

Eduard Boskopsen war der Spross einer alten Hamburger Familie, die mit Getreidehandel zu großem Wohlstand gekommen war. Allerdings hatte ihm sein Vater nicht nur ein glückliches Händchen fürs Geschäft vererbt, sondern auch die Liebe zum Wasser. Der Hamburger Hafen war das Tor zur Welt, wovon der kleine Eduard in seinen ersten Lebensjahren wegen seiner empfindlichen Gesundheit jedoch nicht viel zu sehen bekam. Die Wende brachte ein Sommer in ebenjenem Kapitänshaus in Tidewall. Eigentlich waren die Aussichten für Eduard damals nicht gerade rosig. Während der Rest der Familie zu einer Schiffsreise nach New York aufbrach, nahm ihn ein Freund des Vaters in Obhut – ein älterer Junggeselle und ehemaliger Seemann –, während der Rest der Familie zu einer Schiffsreise nach New York aufbrach. Der alte Boskopsen sehnte sich nach neuen Eindrücken, die Amerika ihm bescheren sollte, doch wirklich fündig wurde sein Sohn nur eine kurze Reise von Hamburg entfernt. Der alte Seebär erwies sich tatsächlich als eigenbrötlerischer Geselle, aber er bewirkte wahre Wunder darin, den

Jungen im ganzen Dorf herumzureichen, wenn er ihn nicht sich selbst überließ. So kam es, dass der neunjährige Eduard, der bislang die meiste Zeit wohlbehütet im herrschaftlichen Haus an der Elbchaussee verbracht hatte, einen Sommer lang auf Krabbenkuttern mitfuhr, die Feldarbeit aus nächster Nähe kennenlernte und sich mit den Tidewaller Kindern herumtrieb, was verstauchte Finger und einen Sonnenbrand zweiten Grades zur Folge hatte. Allerdings verabschiedete sich in diesen Tagen auf unerklärliche Weise sein kränkelndes Wesen, auch wenn seine Frau Mama sich kaum darüber freuen mochte, als sie ihren ungewohnt sehnigen, braun gebrannten Sohn im Herbst wieder in die Arme schloss. Zu fremd war ihr der plötzlich so energiegeladene Junge geworden, kaum noch etwas erinnerte an das zarte Geschöpf, das sie mit solcher Hingabe umsorgt hatte. Davon bekam Eduard damals jedoch wenig mit, zu aufregend war die Welt, die sich ihm dank der Freiheit in Tidewall geöffnet hatte.

Bis heute reichte ein Pferdewiehern, damit der bereits auf die sechzig zugehende Eduard sich daran erinnerte, wie es war, auf einem Kaltblüter über einen Feldweg zu reiten, die Beine breit gespreizt und ohne Sattel. Der Duft von fangfrischem Fisch, heiterem Frauenlachen und gleichmäßig fallendem, warmem Regen – das war für ihn seitdem unweigerlich mit Tidewall und noch mehr mit dem Kapitänshaus verbunden. Als er gehört hatte, dass dieses abseits des Dorfes liegende Kleinod zum Verkauf stand, hatte er nicht gezögert und gleich zugeschlagen. Den Kauf hatte er nicht einmal bereut, als sich herausgestellt hatte, dass die notwendigen Instandsetzungen den Wert des Hauses überstiegen. In seinen Augen war das Kapitänshaus ein Stück Kindheit und somit ohnehin unbezahlbar.

Eigentlich hatte Eduard Boskopsen gehofft, bereits die

Sommerfrische des letzten Jahres unter dem frisch gedeckten Mansardendach verbringen zu können. Doch hatte erst im vergangenen Herbst der letzte Handwerker seine Sachen gepackt und das Haus für bezugsfertig erklärt. Die spätere Fertigstellung erwies sich allerdings als Segen, denn die junge Frau Boskopsens, ein wählerisches Geschöpf namens Adelheid, brauchte Monate, um die richtigen Vorhänge, Beistelltische und Läufer für das Kapitänshaus auszuwählen. Allein die Überlegung, welches Tafelgeschirr in eine solch pittoreske Gegend passte, ohne dessen gehobenen Geschmack zu verleugnen, hatte die Dame des Hauses fast den Verstand gekostet.

So kam es, dass Minas einundzwanzigster Geburtstag mit der Einweihung des neuen Kapitänshauses festlich begangen werden sollte. Verwandte, Freunde und Eduards engere Geschäftspartner, die ihm als leidenschaftlichem Kaufmann näherstanden als manches Familienmitglied, waren in den akzeptablen Hotels in der Umgebung untergebracht worden. Tidewall selbst besaß nicht mehr als eine schlichte Schankwirtschaft, deren Betten bereits belegt waren vom Personal, das extra für die Feier aus der Stadt mitgebracht worden war. Nichts sollte an diesem großen Tag dem Zufall überlassen sein – nicht nur, weil Eduard Boskopsen das seinem Ruf schuldete, sondern auch, weil sich seine Wilhelmine – oder »Mina«, wie sie seit jeher gerufen wurde – nun im Stand einer Erwachsenen befand.

Mina war sich dieses besonderen Datums durchaus bewusst. Schließlich hatte sie sich regelrecht danach gesehnt, endlich den gesellschaftlichen Status einer erwachsenen Frau zu erlangen. Dabei fühlte sie sich schon lange selbstständig, spätestens seit der Platz ihrer viel zu früh verstorbenen Mutter von der feinsinnigen, um nicht zu sagen hysterischen Adelheid eingenommen worden war. Das einzig Gute, das Adelheid in Minas Augen jemals zustande gebracht hatte, war Hubert, Minas zehn Jahre jüngerer Halbbruder.

An diesem sonnigen Vormittag war es Hubert, der als Erster das Geburtstagskind sichtete, als es von seinem Spaziergang zum Kapitänshaus zurückkehrte.

Der Junge mit der kurzen Hose vertrieb sich offenbar die Zeit damit, vor dem Lattenzaun, dessen weiße Farbe noch frisch duftete und mit flaschengrünen Bändern geschmückt war, auf Ankömmlinge zu lauern. Aus dem Haus war er zweifelsohne verscheucht worden, genau wie aus der Sommerküche auf der Westseite des Grundstücks und schließlich auch aus dem Garten, wo unter strahlend weißen Baldachinen den Tischen, Stühlen und anderen Abstellflächen der letzte Schliff verpasst wurde. Noch war kein Kind in seinem Alter eingetroffen, und was die »Rotznasen aus dem Kaff« anbelangte, legte Hubert die gleiche distanzierte Haltung an den Tag wie seine Mutter. Was nichts anderes bedeutete, als dass Tidewall während der Sommerzeit ein Ort der Langeweile für ihn werden würde, weil kein Spielkamerad gut genug für den jungen Herrn Boskopsen war. Sein Vater wollte sich seinem Segelschiff widmen und die Elbmündung zum Ausgangspunkt für Ausflüge nehmen, bei denen dem Jungen jedes Mal speiübel wurde. Seine Mutter hingegen verbrachte ihre Tage mit dem Schreiben von Briefen und einer unerfüllbaren Sehnsucht nach etwas, von dem sie selbst nicht genau wusste, was es eigentlich war.

Auf mich kann der arme Hubert leider auch nicht zählen, dachte Mina. Schließlich hatte sie vor, ihren Eintritt in die Welt der Erwachsenen dafür zu nutzen, ihr Leben in ein aufregendes Abenteuer zu verwandeln. Und so einnehmend Mina das beschauliche Tidewall auch fand, dieser Ort würde sie nicht so schnell wiedersehen, falls ihre Pläne aufgingen. Ihr stand der Sinn nach Großstädten voller Möglichkeiten und aufregender Menschen, die Dinge taten, von denen sie zuvor noch nie gehört hatte. Sie dachte an Soireen, wo man moderne Künstler oder gar politische Querdenker traf, an Mode und ein ausschweifendes Nachtleben. Schafe zählen am Deich konnte man immer noch, wenn man alles andere gesehen und ausprobiert hatte.

Freudestrahlend rannte Hubert auf Mina zu, um dann ein paar Schritte vor ihr stehen zu bleiben und eine Schnute zu ziehen. »Warum bist du allein zum Spaziergang aufgebrochen, anstatt mich mitzunehmen? Ich langweile mich zu Tode.«

Mina kniff den Jungen zärtlich in die Nase. »Beschwer dich ja nicht. Schließlich habe ich dich gefragt, ob du mitkommen willst. Und ich erinnere mich noch sehr gut an deine Antwort: ›Nein danke‹, hast du gesagt. ›Vier gackernde Hühner sind mir vier gackernde Hühner zu viel.‹ Mein Herr Bruder ist ein wahrer Ausbund an Charme.«

»Dich habe ich ja nicht gemeint mit den Hühnern«, wich Hubert aus, nur um gleich wieder bockig dreinzublicken. »Offenbar hast du diese drögen Tanten ja ziemlich schnell abgeschüttelt, die sind hier nämlich schon vor zehn Minuten eingetrudelt. Dabei haben sie sich lautstark darüber erregt, dass du dich von der Gruppe abgesetzt hast. Oder willst du mir etwa erzählen, dass du ihnen durch ein dummes Missgeschick abhandengekommen bist?«

Obwohl keine Absicht hinter ihrem Alleingang gestanden hatte, überkam Mina ein Anflug von schlechtem Gewissen, hatte sie sich doch sichtlich wohler gefühlt, nachdem sie die dauerhaft über Alltagsdinge plaudernden Cousinen losgeworden war. In deren Runde durfte ja nicht einmal hinter vorgehaltener Hand mit offenem Mund gelacht werden, und ein Austausch über das zuletzt besuchte Streichkonzert war der absolute Höhepunkt der Konversation. Cousine Erika, die zwar lediglich ein Jahr älter war als Mina, aber so wirkte, als läge ein ganzes Jahrhundert zwischen ihnen, führte ein strenges Regiment und verbat sich jeden Themenwechsel in Richtung Politik oder gar aufregende Mannsbilder.

»Die gute Erika ist genau so ein biederer Hefekloß wie ihre Frau Mama«, entfuhr es Mina. »Offenbar ist unser Vater der Einzige von den Boskopsen-Sprösslingen, der weiß, wie man anständig lebt.«

Hubert nickte mit einer Ernsthaftigkeit, die bei einem Jungen seines Alters ausgesprochen altklug wirkte. »Ist nicht viel los mit diesem Haufen. Durch deren Adern fließt vielleicht Alsterwasser, aber lustig macht sie das noch lange nicht.«

Lachend hakte Mina sich bei ihrem Bruder unter. Gemeinsam kehrten sie zum Kapitänshaus zurück, dessen weiß getünchte Wände das Sonnenlicht so kräftig reflektierten, dass das Gebäude einer Erscheinung glich. Nicht einmal der Vorgarten, ein Meer aus blühenden Rosen, Rittersporn und Margeriten, kam gegen diese Pracht an.

Bei diesem Anblick verspürte Mina den Drang, auf ihr Zimmer zu stürmen und in das jadegrüne Kleid zu schlüpfen, das sie extra für diesen Anlass hatte schneidern lassen. Jadegrün … wie ihre Augenfarbe. »Mein Schmuckstück«, hatte ihre Mutter sie deswegen immer genannt. Bei der Erinnerung überkam Mina eine Schwermut, die sie jedoch sofort beiseiteschob. Ihr Geburtstag war nun wirklich nicht der richtige Zeitpunkt für Trübsinn. Deshalb beschloss sie, ihre von der Sonne erhitzte Haut mit dem schweren Parfüm zu besprühen, das Großmama ihr in Paris geschenkt hatte. Es trug den verheißungsvollen Namen Shalimar und duftete nach seiner Jasminnote. Sogar den Kajal, den sie voller Übermut im Kaufhaus Lafayette erstanden hatte, würde sie auftragen: eine geschwungene Linie über dem Lid, die einer Kleopatra würdig gewesen wäre. An das Lippenrot in der kleinen Blechdose würde sie sich allerdings nicht herantrauen, obwohl eine Frau von Welt eigentlich keine Bedenken haben sollte, ihre Vorzüge zu betonen. Und Minas volle Lippen waren zweifelsohne ein Vorzug. Allerdings machte es wenig Sinn, sich heute den Kopf über Lippenrot zu zerbrechen. Denn vermutlich war sie bereits röter im Gesicht, als ihr lieb war, so wie ihre Wangen spannten. Das würde sie jedoch nicht daran hindern, sich für diese Feier in ein mondänes Geschöpf zu verwandeln, dem sich mit dem heutigen Tag die Türen der Welt weit öffneten.

Auf ihr Zimmer kam Mina jedoch gar nicht erst. Kaum betrat sie die schattige Diele, trat auch schon Adelheid auf sie zu. Ihre Stiefmutter war bereits perfekt angekleidet – erfahrungsgemäß war Adelheid das, sobald sie morgens die Augen aufschlug – und massierte mit einer Hand ihre Schläfe, während sie die andere nach Mina ausstreckte.

»Da bist du ja«, eröffnete Adelheid die Anklage. »Jeder in diesem Haus sucht nach dir, mein liebes Kind.« Zum Ende des Satzes wurde ihre Stimme immer schwächer, als brächte sie einfach nicht ausreichend Kraft auf, um ihn zu beenden.

Mina verbat sich, schuldig dreinzublicken. Seit diese Frau in ihr Leben getreten war, gab sie ihr das Gefühl, unablässig an ihren Nerven zu zerren – ob sie nun zu schnell ausschritt oder auf ihrer Meinung bestand, anstatt damenhaft zu schweigen.

»Warum sucht ihr denn nach mir? Als ich vordem zu einem Spaziergang aufbrach, sah es ganz danach aus, als ob dieses Fräulein Helmtraud alles bestens im Griff habe.«

Adelheid verzog den Mund zu einem zittrigen Lächeln. In ihrer Welt dirigierte selbstverständlich sie die Festvorbereitungen und nicht etwa diese grobschlächtige Person, die ihr Mann ihr als Haushälterin vor die Nase gesetzt hatte. »Als Urgestein von Tidewall kennt sich Fräulein Helmtraud bestens mit den örtlichen Gegebenheiten aus«, hatte Eduard seine Entscheidung begründet. »Außerdem scheint sie mir von anpackender Natur zu sein. Bei einem solchen Goldstück kann man getrost auf eine anständige Ausbildung zur Haushälterin verzichten, ihr liegt diese Art von Arbeit im Blut. Mal davon abgesehen, dass ich in Tidewall nicht nur das Kapitänshaus bodenständig halten will, sondern auch das Personal.« Das empörte Schnaufen seiner Ehefrau hatte er mit einem einzigen Blick im Keim erstickt. »Sei froh, dass Fräulein Helmtraud dich hinsichtlich des Haushalts entlastet, mein Liebling. Es bleiben gewiss mehr als genug Herausforderungen übrig, derer du dich annehmen kannst. Die Blumenarrangements sind für das Gelingen eines Festes ja von nicht zu unterschätzender Wichtigkeit.« Mit dieser ungewollten Herabsetzung zur Floristin hatte Eduard seine junge Frau sich selbst überlassen, um einen Spaziergang über seinen im Frühjahr prächtig gesprossenen Rasen zu machen, während Mina, die das Gespräch mit angehört hatte, ihr Schmunzeln nur schwer verbergen konnte.

Auch jetzt schluckte Adelheid die als demütigend empfundene Anwesenheit von Fräulein Helmtraud herunter. »Deine Großmutter sucht dich. Das heißt, sie lässt mich nach dir suchen.«

»Großmama ist bereits eingetroffen?« Mina verpasste

Hubert einen leichten Schlag in seine sommerhellen Locken. »Und du erwähnst das mit keinem Wort?«

Hubert zuckte mit den Schultern. »Großmama hat mir einen Kuss auf die Backe gegeben und gesagt, ich solle mal schön draußen spielen gehen. Als wäre ich noch ein kleines Kind. So was.«

»Du bist noch ein Kind«, hielt Mina ihm nun schon sanfter vor. Wider besseres Wissen hatte sie eine Schwäche für Huberts bockigen Charme.

Adelheid steckte mit sichtlicher Erschöpfung eine lose gewordene Strähne zurück in das Hochsteckkunstwerk auf ihrem Kopf. Im Gegensatz zu ihrer zwölf Jahre jüngeren Stieftochter hatte sie sich noch nicht dazu durchgerungen, der neuesten Mode entsprechend ihr Haar auf Kinnlänge kappen zu lassen. Sie machte auch kein Geheimnis daraus, dass sie inständig darauf hoffte, dieser frivole Kurzhaarschnitt möge rasch wieder unmodern werden. Schließlich ist sie sich der Wirkung ihres weizenblonden Haars auf die Männerwelt überaus bewusst, dachte Mina mokant.

»Jedenfalls hat deine Frau Großmama sich in die Orangerie zurückgezogen, obwohl dort bereits alles für das Mitternachtsbüfett mit der Schokoladen-Fontäne aufgebaut ist«, klagte sie ihr Leid, um sogleich nachdenklich einen zarten Finger über die Lippen zu legen. Eine alte Angewohnheit, die sie aussehen ließ, als verbiete sie sich selbst die Rede. »Vorerst natürlich ohne die Leckereien. Dafür ist es tagsüber unter dem Glasdach zu warm – und das trotz dieses riesigen Baums, der alles mit seinem Laubdach beschattet. Der Nachtisch wird erst später nach meinen Vorlagen aufgebaut. Zumindest hoffe ich das. Bei Fräulein Helmtraud kann man ja nie wissen, welche Änderungen sie eigenmächtig vornimmt.« Endlich bemerkte Adelheid ihre Abschweifung, während

Mina mit sichtlicher Ungeduld darauf wartete, endlich freigegeben zu werden. »Jedenfalls möchte Theophila dich sehen. Allein. Darauf hat deine Großmutter mich extra hingewiesen. Als ob ich ausgerechnet heute die Zeit dafür hätte, ihr Gesellschaft zu leisten.«

Ohne den beleidigten Unterton ihrer Stiefmutter zu beachten, bedankte Mina sich und lief zur Orangerie, den Strohhut, ihre verdreckten Stiefel und die brennenden Wangen vergessend. Großmama war sowieso keine Frau, die sich an solchen Nebensächlichkeiten störte.

Kapitel 6

Der Garten erstreckte sich über die gesamte Ostseite, während das Kapitänshaus geborgen in einem Hain alter Kastanien stand. Für Bäume hatte Minas Vater, Eduard Boskopsen, eine Schwäche, gegen die nicht einmal seine Frau ankam. Dabei wurde Adelheid es nicht müde zu betonen, dass die mächtigen Laubkronen das in den Räumen dringend benötigte Licht schluckten. Nach einigem Hin und Her hatte er ihr lediglich zugestanden, als Ausgleich Hecken, Sträucher und sogar einen stattlichen Rhododendron roden zu lassen, um das großzügige Grundstück in einen Cottage-Garten nach englischem Vorbild zu verwandeln.

Seit Adelheid als junge Dame eine Reise durch Südengland unternommen hatte, war sie eine große Liebhaberin des britischen Geschmacks. Man mochte von den Briten halten, was man wollte, aber mit Gärten kannten diese Leute sich aus. Außerdem passte ihr Stil einfach großartig zur Elbmündung mit ihrem gemäßigten Klima. Adelheid betonte bei jeder Gelegenheit ihre Verliebtheit ins ländliche Idyll und ließ auch nicht unerwähnt, dass es für dessen Instandhaltung eine Schar von Angestellten brauchte. »Üppig und dicht wächst in der Natur nur das Unkraut«, hatte Fräulein Helmtraud zu bedenken gegeben. Ein Einwurf, den Adelheid wohlweislich überhört hatte. Entsprechend standen in den von Buchshecken eingefassten Beeten nun Rosenstöcke neben Rittersporn, blühten Lavendel und Frauenmantel. Es gab sogar eine schattige Ecke, die ausschließlich mit Farnen bestückt war. Den Höhepunkt für Adelheids Vernarrtheit in alles Viktorianische stellte jedoch die Orangerie dar, die versteckt hinter einer frisch gepflanzten Eibenhecke aufgestellt worden war und vom Dach einer mächtigen Kastanie beschattet wurde. Denn anders als der Pavillon im Zentrum des Gartens sollte dieses Kleinod einen Rückzugsort der vornehmen Sorte darstellen, in dem Damen unbeobachtet Tee trinken und lesen konnten.

Es war also keine große Überraschung, dass die stets auf den richtigen Auftritt bedachte Theophila Boskopsen die Orangerie ausgewählt hatte, um Hof zu halten. Die durch und durch elegante Dame mit dem silbergrauen Haar schien wie dafür gemacht, auf dem Chippendale-Sofa mit seinen geschwungenen Holzbeinen zu sitzen und Erdbeeren aus einem Kristallschälchen zu naschen. Außerdem liebte Theophila die Wärme: »Ich bin eben ein altes Reptil«, sagte sie oft mit ihrer typischen Selbstironie.

Als Theophila ihre Enkelin bemerkte, zog sie die fein gestrichelten Brauen hoch. »Welch ein Glück, dass die gute Adelheid nicht auf die Idee verfallen ist, ein Löwenfell auf den Marmorboden zu legen«, begrüßte sie ihre Enkeltochter, während sie die Erdbeerschale auf einem Tischchen abstellte. »Oder ein paar afrikanisch angehauchte Souvenirs aufzustellen – ganz im Stil der englischen Kolonialliebe. Ich hätte meinen Tee nur ungern neben einem Schrumpfkopf zu mir genommen.«

Theophilas Stimme war trotz ihres hohen Alters kräftig und überraschend sinnlich. Wenn man sie besser kannte, wusste man, dass hinter der vornehmen Erscheinung eine lebenserfahrene Frau steckte, die ihren Mann seinerzeit in jeder Hinsicht darin unterstützt hatte, dem traditionellen

Getreidehandel abhold zu kommen und neue Geschäftsfelder zu erobern. Seitdem handelte die Familie Boskopsen mit den unterschiedlichsten Gütern und unterhielt zeitweise einen Kontor in Sansibar. Die geschäftlichen Herausforderungen, die notwendigen Risiken und die vielen Reisen hatten aus Theophila eine Frau mit einem weiten, verständigen Blick auf die Welt gemacht. Vermutlich fühlte sich Mina deshalb so sehr zu ihrer Großmutter hingezogen: Nachdem ihre Mutter Grete verstorben war, war Theophila nicht nur ihre engste Vertraute, sondern auch ihr Vorbild.

Mit ausgestreckten Armen lief Mina auf ihre Großmutter zu und küsste sie überschwänglich auf die Wangen, ehe sie auf dem Sofa Platz nahm. Eigentlich schickte sich eine solch ungestüme Begrüßung nicht, aber darum scherten sie sich beide herzlich wenig. Gerade als Theophila zu sprechen ansetzte, konnte Mina sich nicht mehr zurückhalten und schlang die Arme um die alte Dame, bis deren Korsett ein leises Knacken von sich gab. Schnell ließ Mina wieder von ihr ab, jedoch nicht ohne noch schnell den ungewöhnlichen Duft von Sandelholz tief einzuatmen. Ein Duftöl, das Theophila von ihrem verstorbenen Mann übernommen hatte.

»Mein liebes Kind, noch ein wenig fester, und es wären meine morschen Knochen gewesen, die brechen«, sagte Theophila mit gespielter Strenge. »Einmal davon abgesehen, dass ich dieses altertümliche Korsett brauche, um mich aufrecht zu halten. Ohne dieses Hilfsmittel würde ich gebückt wie ein altes Holzweib gehen.«

Mina versteckte ein gut gelauntes Lachen hinter der Hand. Adelheid hatte ihr mit tausend kleinen Nadelstichen abgewöhnt, ihre Zähne zu zeigen – zumindest beim Lachen. Am

Ende erschreckte sich bei so viel Temperament sonst noch ein heiratswilliger Herr.

»Keine Sorge, ich freue mich zwar unendlich, Sie wiederzusehen, liebe Großmama. Aber ich habe nicht vor, Sie vor lauter Übermut zu zerquetschen.«

»Ich wäre mir da nicht so sicher bei einer jungen Dame, die ein wahrer Quell von Lebenskraft ist. Oder sollte ich lieber sagen: ein ausgemachter Wirbelwind?« Theophila musterte ihre Enkeltochter von den verrutschten Haarspangen bis zu den mit Grasflecken übersäten Schuhen. »Offenbar hast du den herrlichen Sommertag bislang in vollen Zügen genossen. Richtig so. Du tust gut daran, dich von der im Haus vorherrschenden Hysterie nicht anstecken zu lassen. Erdbeere?« Sie hielt ihrer Enkeltochter die Schale hin.

Noch immer musste Mina lachen. Obwohl sie ihre Großmutter fünf Monate lang nicht gesehen hatte, verschwendete diese kein Wort über ihre Wiedersehensfreude. So war Theophila – sie gab nichts auf redselige Begrüßungen und noch weniger auf Abschiede.

»Ich habe Sie sehr vermisst«, gestand Mina trotzdem ein, bevor sie eine der süßen Früchte probierte. »Wenn wir in den nächsten Tagen einen ruhigen Moment finden sollten, müssen Sie mir alles über Ihre Ägyptenreise erzählen.« Nur mit Mühe konnte sie die Frage unterdrücken, ob die alte Dame ihr vielleicht sogar ein Geschenk aus diesem von Mythen umwobenen Land mitgebracht hatte. Zu gern hätte sie ihre Großmutter auch auf dieser Reise begleitet, aber Adelheid hatte darauf bestanden, ihre Stieftochter vor ihrer Volljährigkeit noch einmal unter die Fittiche zu nehmen. Gewiss in der Hoffnung, ihr den Kopf in Hinblick auf den hanseatischen Heiratsmarkt zurechtzurücken. Ohne viel Erfolg, wie Mina mit Stolz und Adelheid mit Verzweiflung meinten.

»Das habe ich vor, mein Liebling. Ich habe dir unglaublich viel zu erzählen. Und dank meiner Fotokamera wirst du dir sogar ein eigenes Bild von der Schönheit Ägyptens machen können, sobald mir die Abzüge vorliegen. Dazu werde ich so viel dozieren, dass du bestimmt vor mir fliehen wirst.« Wie immer gelang es Theophila, vollkommen ernst zu bleiben. Nur ein Funkeln in ihren grauen Augen verriet, wie sehr sie sich amüsierte. »Aber nun möchte ich dir erst einmal von ganzem Herzen zu deinem einundzwanzigsten Geburtstag gratulieren. Ich bin sehr stolz auf die junge Dame, zu der du dich gemausert hast, und freue mich, einen gewissen Anteil an dieser Entwicklung gehabt zu haben. Obwohl man nicht darüber klagen darf, mit Söhnen gesegnet zu sein, habe ich mir immer eine Tochter gewünscht. In dir habe ich sie gefunden, Wilhelmine. Du bist mir so nah wie niemand sonst. Ein starkes, aufrichtiges Geschöpf mit einem Sinn für das Gute im Leben. Deine Mutter Grete wäre ebenfalls stolz auf dich, das kann ich dir versichern.« Theophila hielt kurz inne, als überkomme sie die Erinnerung. Während sie Adelheid mit ihrem Faible für das untergegangene Wilhelminische Reich belächelte, hatte sie Grete als Schwiegertochter zu schätzen gewusst. Sie war es damals gewesen, die für ihren Sohn Eduard die rothaarige Tochter aus einer Juristendynastie ausgesucht hatte, weil sie die Stärke und Gradlinigkeit der jungen Frau bewundert hatte – auch wenn diese Charakterstärken nicht ganz nach Eduards Geschmack gewesen waren.

»Ich habe ein Geschenk für dich«, sagte Theophila, als sie Minas erwartungsvollen Blick bemerkte. »Etwas Besonderes, genau wie du es bist. Ein Geschenk, das sich schon länger in unserem Familienbesitz befindet und das ich von meiner Großtante Elfi zu meiner Verlobung erhalten habe.«

Mina konnte ihre Verwunderung nicht verbergen. Von

einem solchen Familienerbstück hatte sie noch nie etwas gehört. Neugierig beobachtete sie, wie ihre Großmutter einen altmodischen Pompadour öffnete und einen Gegenstand hervorholte, der in ein Batisttaschentuch eingeschlagen war. Der Spitzensaum des Tuchs war verblichen und weckte den Verdacht, dass das Familienerbstück schon lange darin aufbewahrt wurde.

Theophila blickte nachdenklich auf ihr Geschenk, dann schlug sie den Batist mit einem solch feierlichen Gesichtsausdruck zurück, dass Minas Herz vor Anspannung zu rasen begann. Zum Vorschein kam eine goldene Nadel, nicht länger als ein Zeigefinger, in deren einem Ende ein dunkelroter Edelstein eingefasst war, der aussah wie ein Tropfen Blut.

»Es ist ein Rubin«, erklärte Theophila, als Mina den Edelstein mit der Fingerspitze berührte. »Es ist allerdings nicht so sehr der Wert dieses Schmuckstücks, der zählt, sondern vielmehr die Macht, die ihm seine Herkunft verleiht.«

»Das Schmuckstück verfügt über Macht wie ein verzauberter Gegenstand?« Mina wusste nicht recht, ob ihre Großmutter sich einen Scherz erlaubte. Denn eigentlich war Theophila als Realistin bekannt, die für jede Form von Aberglauben nicht mehr als ein verächtliches Schnaufen übrig hatte.

Augenblicklich spitzte Theophila die schmalen Lippen. »Mit Hokuspokus hat das Ganze herzlich wenig zu tun. Eher schon mit einer gewissen Form der Magie, die von sehr alten Dingen ausgeht, um die sich ein mündlich weitergereichter Mythos rankt. Also eine Geschichte, von der nur noch der wahre Kern übrig geblieben ist, nachdem im Laufe der Zeit alles andere vergessen oder verdreht worden ist. Dieser wahre Kern ist ohnehin das Einzige, was zählt. Auch wenn es in diesem Fall fast unglaublich klingt.«

Mina schnappte sich zwei Erdbeeren auf einmal und lehnte sich in die Polster zurück. »Nun bin ich wirklich aufs Äußerste gespannt, liebe Frau Großmama. Allerdings möchte ich zu bedenken geben, dass schon bald die gute Adelheid auftauchen und uns zur Eile antreiben wird.«

»Immer mit der Ruhe, wenn ich bitten darf. In meinem Alter ist man wenig geneigt, etwas Wichtiges zu überstürzen.« Unvermittelt kehrte das Schmunzeln auf Theophilas Gesicht zurück. »Meine Großtante Elfi, die mir die Rubinbrosche geschenkt hat, war eine ausgesprochene Exzentrikerin. Sie hatte bereits in frühen Jahren ein beträchtliches Erbe angetreten und auf eine Heirat verzichtet. ›Ich sehe absolut keinen Sinn darin, mich aus freien Stücken einem Mann unterzuordnen, obwohl ich bereits alles habe, was einen guten Ehemann ausmacht‹, hat sie stets ungeschönt erklärt. ›An Geld herrscht kein Mangel, und bei Tisch gebe ich einer guten Lektüre jedem Herrn den Vortritt.‹«

Obwohl Mina den weiteren Verlauf der Geschichte kaum erwarten konnte, musste sie laut lachen. Allerdings ging ihr Gelächter in einem Trompetenstoß unter. Die Musiker begannen, für das Fest zu proben. »Diese Elfi ist ganz nach meinem Geschmack.«

»Es wird noch besser«, versprach Theophila. »Angeblich lebte Elfi allein in ihrem ländlich gelegenen Anwesen im Alten Land, aber es kursierten unzählige Gerüchte über Liebhaber, gern aus Künstlerkreisen, und andere Lebemänner. Ich hätte meiner Großtante dieses Vergnügen von Herzen gegönnt, doch leider habe ich sie erst als ältere Dame kennengelernt, die schwer unter Arthrose litt und zurückgezogen inmitten ihrer Kunstschätze lebte.« So, wie Theophila von dieser Frau sprach, kam kein Zweifel daran auf, wie viel Respekt sie für sie gehegt hatte. »Jedenfalls hat Elfi mir diese Brosche geschenkt, die sie zuvor von ihrer Mutter erhalten hatte, welche das Stück wiederum von ihrer älteren Schwester vermacht bekommen hatte. Und so weiter und so fort, immer weiter in die Vergangenheit, denn es handelt sich um ein Schmuckstück, das in unserer Familie von Frau zu Frau weitergereicht wird. Eine schöne Tradition, nicht wahr?«

Mina nickte zustimmend, während ihre Großmutter die Nadel bereits mit alterskrummen Fingern an ihr weißes Sommerkleid heftete, eine Handbreit über ihrem Herzen. Mit einem eigentümlichen Gefühl schaute die junge Frau auf das ungewöhnliche Schmuckstück, das schon durch so viele Hände gegangen war und nun ihr gehören sollte.

Als Theophila mit dem Sitz der Nadel an Minas Kleid zufrieden war, lehnte sie sich zurück, damit ihre Enkelin das Ergebnis begutachten konnte. Der Rubin funkelte im unsteten Licht, das durch die Kastanienblätter fiel.

Es sieht aus, als hätte die Nadel mich verletzt und mein Blut den weißen Stoff befleckt, dachte Mina und spürte eine seltsame Erregung in sich aufsteigen.

»Vielen Dank, ich werde sie voll Stolz und Liebe tragen.« Sie war viel zu überwältigt von diesem besonderen Geschenk, um ihren Gefühlen einen angemesseneren Ausdruck verleihen zu können. Während sie noch um Worte rang, bedeutete ihre Großmutter ihr innezuhalten.

»Gewiss, es ist eine schöne Familientradition, die Nadel in der weiblichen Linie weiterzureichen. Es gibt allerdings Wichtigeres über den Rubin zu sagen, als dass er von Frau zu Frau vererbt wird. Denn dieser blutrote Stein erzählt vom Tod.«

Mina ließ die Eröffnung auf sich wirken, als beinhalte sie einen Zauber, der über ihr Begreifen hinausging. »Vom

Tod … Obwohl er doch rot ist und diese Farbe für Leben steht«, sagte sie sodann.

Theophila sah sie mit einem seltenen Ausdruck der Verblüffung an. »Das hast du richtig erkannt: Es geht um den Tod und um das Leben. Beides gehört zusammen, auch wenn dir das dank deiner jungen Jahre noch widersprüchlich erscheint.« Liebevoll tätschelte sie den Handrücken ihrer Enkeltochter, während durch die offen stehende Tür der Orangerie nicht nur die Mittagshitze, sondern auch aufgeregtes Rufen und das Poltern unzähliger Füße drangen. Ihnen blieb nicht mehr viel Zeit, dann würde das Fest beginnen, und sie würden so schnell keine Gelegenheit finden, unter vier Augen miteinander zu reden. »Niemand kann mehr sagen, wann die Geschichte der Rubinnadel ihren Anfang genommen hat und wer unsere Urahnin war, die sie in Empfang genommen hat. Nennen wir sie Vita, einverstanden?« Theophila blinzelte, als bereite es ihr ein großes Vergnügen, dieser alten Geschichte ihre eigene Note beizufügen. »Unsere Vita war ein von großem Leid heimgesuchtes Geschöpf, vielleicht litt sie unter einer Krankheit oder einem unüberwindbaren Kummer. Sie quälte sich durch die Tage, als wäre sie bereits in der Hölle. Schließlich rief sie nach dem Tod, damit er sie vom Leben erlöse. Als er erschien, sah er sie fragend an. ›Wie kann es sein, dass du dem Tod ins Auge zu blicken wagst, aber nicht dem Leben?‹ Vita wich keinen Schritt vor der Gestalt zurück, obwohl ihre Angst fast übermächtig war. ›Es ist die Angst vor dem Schmerz‹, brach es aus ihr hervor. Der Tod schüttelte den Kopf. ›Das Leben mag voller Schmerz sein, aber im Vergleich zur Ewigkeit ist er nicht mehr als das‹, sagte er und stach ihr mit einer Nadel in den Finger. Ein kurzer Stich, ein Tropfen Blut, mehr nicht. Als Vita erwachte, fand sie einen winzigen Rubin in ihrer geballten Hand.«

»Verstehe ich das richtig: Man soll nicht davor zurückschrecken zu leben, auch wenn es Schmerz bedeutet?« Minas Stimme klang unsicher und verriet, dass sie nicht recht wusste, was sie von der Moral dieser Geschichte halten sollte. Der Gedanke an Schmerz und Kummer schien ihr sehr weit weg.

Theophila sah sie mit ihren durchdringenden Augen an, deren Kraft selbst im Alter nicht nachgelassen hatte. »Du bist noch jung, und die einzige echte Herausforderung in deinem Leben war der viel zu frühe Tod deiner Mutter.«

Wie immer, wenn das Gespräch auf ihre Mutter kam, verfiel Mina in ein für sie ungewöhnliches Schweigen. So war es auch jetzt, nicht einmal ein Nicken gelang ihr. Im Gegensatz zum Rest der Familie wusste ihre Großmutter allerdings, dass sich hinter ihrer erstarrten Miene keineswegs Gleichgültigkeit verbarg. Diese eine Narbe, die das Leben Mina zugefügt hatte, brannte nach wie vor. Nur war sie keineswegs bereit, diesen Schmerz zu offenbaren – weder anderen gegenüber noch sich selbst. Lieber überdeckte sie ihn mit ihrem Lebenshunger, den Blick unablässig nach vorn gerichtet und eine Stärke ausstrahlend, die ihre Großmutter bewundernswert fand, während ihre Stiefmutter Adelheid an ihr abglitt wie an einer Rüstung.

Theophila wartete eine Weile, doch als klar wurde, dass Mina auch dieses Mal nicht auf das Thema eingehen würde, ließ sie es ebenfalls ruhen. »Du bist nun eine erwachsene Frau, Mina«, sagte sie stattdessen mit einem Lächeln. »Vieles wird sich ab jetzt für dich ändern. Da bin ich froh zu wissen, dass du diese Nadel bei dir trägst, die dich in schweren Stunden daran erinnern wird, dass der Schmerz vorübergeht. Du brauchst also niemals zurückzuweichen. Nimm dein Leben in die Hand und lebe es. Das ist es, wofür die Rubinnadel steht. Das ist das Erbe, das ich dir weiterreichen kann.« Energisch strich Theophila ihren Rock glatt, bis der schwarze Taft ein elektrisierendes Knistern von sich gab.

»Ein Geschenk des Todes, das einen an das Leben erinnert.« Instinktiv fasste Mina an die Schmuckbrosche, die der Nadel nachempfunden war, mit der der Tod Vita in den Finger gestochen hatte. Das Gold nahm rasch die Wärme ihres Körpers an. Als würden sie miteinander verschmelzen.

Auf eine gewisse Weise tun wir das ja auch, dachte Mina. Ich stehe in einer Reihe von Frauen, die nicht einmal vor dem Tod zurückgeschreckt sind. Erfüllt von diesem Gedanken beugte sie sich vor und hauchte ihrer Großmutter einen Kuss auf die Wange.

»Mein Kind«, sagte Theophila und gab den Versuch auf, ihre Ergriffenheit zu verbergen. »Mein liebes Kind.«

Kapitel 7

Das Sommerfest war ein rauschender Erfolg. Dabei ließ sich kaum sagen, ob dieser nun Adelheid Boskopsens detailverliebter Vorbereitung, Fräulein Helmtrauds Durchsetzungsvermögen oder vielleicht doch eher der für diesen Landstrich ungewöhnlich warmen Brise geschuldet war. So viel Wärme und Helligkeit waren die Hamburger schlichtweg nicht gewohnt. Schon bei ihrer Ankunft zeigten sich die Gäste begeistert von Haus und Garten, und später, als Eduard Boskopsen seine Ansprache hielt, sah man lauter gut gelaunte Gesichter an der Tafel unterm Baldachin. Erst als der Gastgeber kein Ende fand mit seinen Kindheitserinnerungen an Tidewall, kam unruhiges Gemurmel auf.

»Es sind ja wirklich hübsche Erinnerungen, die dein Papa mit diesem Häuschen verbindet«, flüsterte Erika, die neben Mina saß.

»Ja, und vor allem so viele.« Mina konnte sich den schnippischen Kommentar nicht verkneifen, obwohl sie sich prompt einen strengen Blick von ihrer Cousine einfing.

Dabei war sie eigentlich ganz froh darüber, dass ihr Vater sich in sentimentalen Geschichten verlor. Zuvor hatte er nämlich den Geburtstags-Prosit dafür genutzt, ausführlich die Vorzüge seiner Tochter herauszustellen. »Allein Minas goldrot glänzendes Haar verrät schon, welch ein Schatz meine wundervolle Tochter ist«, war der Höhepunkt dieser Ansprache gewesen. Als würde er mich auf dem Pferdemarkt anpreisen, hatte sie gedacht und trotzdem gelächelt. Was blieb ihr auch anderes übrig, wo doch sämtliche Blicke auf dem in hohen Tönen angepriesenen Schatz ruhten? Allein bei dem Gedanken daran rutschte Mina unruhig auf ihrem Stuhl umher. Die überschwängliche Aufmerksamkeit, die ihr zuteilwurde, brachte sie aus der Fassung, obwohl sie ihr als Ehrengast durchaus zustand. Die vielen Blicke, die sie einfing, waren bei einigen Herren jedoch nicht nur wohlwollend interessiert, sondern geradezu penetrant geraten, gelegentlich begleitet von einem Lächeln, das man nur als aufdringlich bezeichnen konnte. Als sei sie nicht Eduard Boskopsens ehrenwerte Tochter, sondern eine Jahrmarktsattraktion. Das schienen auch einige Damen zu denken, die Mina von Kopf bis Fuß maßen und deren Mienen verrieten, dass sie keineswegs bereit waren, von dieser jungen Dame angetan zu sein. Die abschätzigen Blicke trafen Mina, da halfen auch die vielen Komplimente nicht, die sie bislang erhalten hatte. Und es waren nicht die Blicke allein.

»Als wäre das Mädchen dem Berliner Nachtleben entsprungen«, hörte sie eine alte Freundin der Familie hinter vorgehaltener Hand ihrer Tischnachbarin zuflüstern. Und zwar so laut, dass der Seitenhieb Mina kaum entgehen konnte.

Plötzlich kam Mina ihre extravagante Aufmachung albern, wenn nicht sogar dumm vor: Mit dem in Wellen gelegten kinnlangen Haar, den dunkel geschminkten Augen und dem locker fallenden Chiffonkleid erregte sie eine Form von Aufmerksamkeit, die ihr bislang unbekannt gewesen war. Eigentlich hatte sie darauf gehofft, durchweg positive Reaktionen bei den Gästen auszulösen, schließlich war es *ihr* großes Fest der Freiheit, und niemand konnte länger von ihr erwarten, dass sie sich wie ein schüchternes Ding aus gutem

Hause aufführte. Nur leider hatte sie ihre Extrovertiertheit wohl ein klein wenig überschätzt.

In ihrer Unsicherheit wanderten Minas Finger zu der angesteckten Rubinnadel, dem einzigen Schmuckstück, das sie angelegt hatte, obwohl ihr Erscheinungsbild eigentlich nach Unmengen ausgefallenen Modeschmucks verlangte. Ihre Großmutter Theophila bemerkte ihre Unruhe, so wie ihr nichts von alldem entging, was sich auf der Feier abspielte. Mit einem verschwörerischen Lächeln legte sie die Hand auf die Stelle ihrer Brust, wo bei ihrer Enkelin die Nadel steckte. Mina begriff sofort, was ihre Großmutter ihr mit dieser Geste bedeuten wollte, und hob demonstrativ das Kinn. Die alte Dame hatte recht, es gab keinen Grund zur Zurückhaltung oder gar zu falscher Bescheidenheit. Schließlich gehörte sie nun zu einer Linie von Frauen, die den Tod nicht fürchteten und das Leben zu nehmen wussten.

Je weiter der Abend fortschritt, umso mehr schien sich Minas Stimmungswandel auch auf die Gesellschaft auszuwirken. Die Gespräche über die besorgniserregende Inflation, die durch zunehmende Radikalisierung geprägte politische Lage und überhaupt der vorherrschende Eindruck, sich nicht aus dem Schatten des verlorenen Weltkriegs befreien zu können, traten in den Hintergrund. Stattdessen gaben sich die ansonsten für ihre Steifheit bekannten Hanseaten an der ganz in Weiß gehaltenen Tafel jener Leichtigkeit hin, die sich an diesem Abend über die Elbmarschen gelegt hatte. Die folgenden Reden fielen angenehm kurz aus, der Champagner wurde schneller nachgeschenkt, als man ihn trinken konnte, und überhaupt waren Jung und Alt bereit, diese Feier zu etwas Besonderem werden zu lassen. Die Stimmung erreichte ihren Höhepunkt, als mit Einbruch der Dämmerung unzählige Lampions entzündet und ein mit Platten abgedecktes

Rasenstück als Tanzfläche freigegeben wurde. Zuerst eröffnete die extra aus Berlin eingeladene Kapelle mit einem Walzer, aber schon bald folgte Dixieland-Jazz, der besonders bei den jüngeren Gästen beliebt war und eine wahre Tanzwut auslöste. Wer keine Lust hatte, selbst zu tanzen oder mit einem Aperitif in der Hand den neuesten Tanzschritten zuzusehen, lustwandelte durch den Garten und philosophierte darüber, ob der wunderbare Duft, den die Beete verströmten, nun von Levkojen, Jasmin oder Nachtviolen stammte – falls er sich nicht ein ungestörtes Fleckchen für eine kleine Privatfeier suchte. Der parkähnliche Garten bot ausreichend Rückzugsmöglichkeiten, wobei einige bereits vergeben waren.

Mina amüsierte sich prächtig, nachdem sie ihre anfängliche Unsicherheit überwunden hatte. Dafür sorgten allein schon die vielen Aufforderungen zum Tanz, die sie nur allzu gern annahm, sogar dann noch, als sie schon ziemlich außer Atem war. Die Feier überstieg ihre Erwartungen, denn normalerweise zogen sich solche Anlässe oft quälend in die Länge, weil niemand tat, was ihm Vergnügen bereitete, sondern darauf bedacht war, seinem Anschein von Distinguiertheit keinen Abbruch zu tun. Besonders die Geschäftsfreunde ihres Vaters, allesamt ausgemachte Pfeffersäcke in der zigsten Generation, neigten dazu, jedes noch so prächtige Fest in eine Diskussionsrunde über Politik und den Handel zu verwandeln. An diesem Abend aber schien Hamburg mit seinen üblichen Konventionen herrlich weit weg zu sein – es war geradezu erlösend. Inmitten der lachenden, tanzenden Menschen fühlte sich Mina wie ein Schmetterling. Sie flog von Blume zu Blume, jeden Tanz schenkte sie einem anderen Herrn, und Adelheids Bemühungen, sie einzufangen und wie eine Trophäe nach ihren eigenen Vorstellungen herumzureichen, schlug sie ein Schnippchen, indem sie einfach in Bewegung blieb.

Natürlich war Mina bewusst, warum ihr Vater vor allem Geschäftsfreunde mit Söhnen eingeladen hatte. Die Feier diente offensichtlich auch dazu, ihr eine Auswahl potenzieller Ehemänner vorzuführen, bevor sie womöglich über einen falschen Freier stolperte. Besonders Adelheid schien die modernen Anwandlungen ihrer Stieftochter so zu deuten, dass die junge Frau ihr Herz je nach Gefühlslage zu verschenken imstande war. Mina konnte diese Bedenken nachvollziehen, auch wenn sie darüber insgeheim lachte. Wie wenig ihr Vater und Adelheid sie doch kannten. Gewiss, sie war selbstbewusst, lebenshungrig und empfänglich für die gesellschaftlichen Veränderungen, die in der Luft lagen und ihr als Frau vollkommen andere Möglichkeiten als der vorherigen Generation versprachen. Aber sie war auch gescheit genug, um zu wissen, in welche Gesellschaft sie hineinheiraten musste, um das Leben zu führen, das ihr vorschwebte. Wenn Mina eines auf den Reisen mit ihrer Großmutter gelernt hatte, dann, dass die Welt ein aufregender Ort war, solange man über die notwendigen finanziellen Mittel verfügte. Die vornehmen Hotels, die Theophila so liebte, hatten sich Mina genauso eingeprägt wie die zuvorkommende Art, mit der sie in jedem noch so fremdartig anmutenden Land behandelt worden waren – eben weil sie es sich leisten konnten. Ein anderes Leben konnte und wollte Mina sich gar nicht vorstellen.

Außerdem hatte sie sich während der romantischen Mädchenphase, in der Männer selbstverständlich Prinzen waren, denen man nur allzu gern sein Herz anvertraute, nicht ein einziges Mal ernsthaft verliebt. Natürlich gefielen ihr die jungen Männer, nicht nur die wohlerzogenen und teuer ausstaffierten Juniors, die durch den illuminierten Garten flanierten. Wenn man auf Reisen High Teas und Theateraufführungen besuchte, lernte man jede Menge Exemplare des anderen Geschlechts kennen, von Dynastieerben über Abenteurer bis hin zu Gigolos. Die Welt war voller charmanter Amerikaner, selbstverliebter Franzosen und Argentinier, die Mina nur zu gern ihre Estancia gezeigt hätten. In den letzten Jahren, in denen Theophila sie mit auf Reisen genommen hatte, um dem Ungemach des Nachkriegsdeutschlands zu entgehen, hatte es genug Kandidaten gegeben, die ihr Interesse geweckt hatten. Aus zwei Flirts war sogar mehr geworden, als Adelheid mit ihrer wilhelminischen Denke je für möglich gehalten hätte. Nur hatte sich bei Mina nie ein Gefühl von Verbundenheit eingestellt, bloß Neugierde, Lust und ein Gefallen am Spiel mit dem Feuer. Dass sie stets so leichten Herzens hatte weiterreisen können, sobald ihre Großmutter das nächste Ziel auserkoren hatte, nahm sie als Beweis, dass ihr jede Form von romantischem Zugetansein fremd war – auch wenn sie eine gewisse Sehnsucht nach Nähe verspürte.

Doch jetzt auf der Tanzfläche unterm Sternenhimmel wollte Mina keinen Gedanken an solche melancholischen Dinge verschwenden.

»Ich hoffe, Sie haben nichts dagegen, wenn ich uns ein paar Schritte ins Gedränge hineinführe? Ansonsten wird unser Tanz gleich vorbei sein.« Der junge Mann mit dem streng zurückgestrichenen Blondhaar wirbelte Mina mit Elan herum, bevor sie ihm überhaupt eine Antwort geben konnte. »Der gute Richard Bremen tritt schon ganz aufgeregt von einem Fuß auf den anderen, weil er zu gern abschlagen möchte«, erklärte er mit einem Augenblinzeln. »Aber ich denke, auch der nächste Tanz gehört mir, nicht wahr?«

Mina bog den Oberkörper zurück, nicht nur weil die

Lippen ihres Tanzpartners viel zu nah an ihrem Ohr waren, sondern auch weil sie ihm dringend ins Gesicht sehen musste. Sie hatte nämlich die Übersicht verloren, wer sie gerade über das Parkett wirbelte. Die tropfenförmige Nase sah verdächtig nach einem Schilling-Spross aus, womit er einer bekannten Kontor-Dynastie zuzurechnen war. Bei seinem siegessicheren Lächeln wusste Mina nicht recht, ob sie ihm für seine Dreistigkeit einen Dämpfer verpassen sollte oder es doch eher anziehend fand. Der Hinweis, dass Richard Bremen sie auffordern wollte, gab den Ausschlag dafür, dass sie ihrem Tanzpartner aufmunternd zulächelte. Richard war der Familientradition entsprechend Jurist und vertrat die rechtlichen Interessen ihres Vaters. Sie hatte bereits mehr als genug Abendessen in Gesellschaft dieses seltsam konturlos aussehenden Mannes verbringen müssen, um zu wissen, dass Geld und Ansehen viel, aber nicht alles heilen konnten.

»Warum bewegen wir uns nicht einfach zur Mitte der Tanzfläche und von dort aus auf der anderen Seite wieder aus der Menge heraus«, schlug Mina vor. »Ich könnte nämlich ein Glas Champagner vertragen. So wunderbar ein lauer Sommerabend auch ist, beim Tanzen wird einem rasch zu warm.«

Der Ausdruck des jungen Mannes verriet, dass ihm die Vorstellung einer erhitzten Dame in seinen Armen durchaus gefiel. Trotzdem beeilte er sich, den Vorschlag in die Tat umzusetzen. Ehe Mina sich versah, hatte sie ein randvolles Glas Champagner in der Hand und bestaunte die bislang nur spärlich beleuchtete Orangerie, die erst um Mitternacht freigegeben werden sollte. Die wenigen aufgestellten Lichter verliehen dem gläsernen Gebäude etwas Märchenhaftes, als wäre es aus Nachtluft und Sternenglanz gewirkt, dafür bestimmt, jeden, der eintrat, in eine andere Welt zu entführen. Nichts schien Mina reizvoller. Mitgerissen von der Stimmung stand sie da. Ein Windzug fuhr über ihre verschwitzte Haut, der sinnliche Duft der Levkojen umgab sie, und der Champagner hinterließ ein Prickeln auf ihren Lippen. Der blonde Mann, dessen Namen ihr immer noch nicht einfallen wollte, schien an ihren Augen abzulesen, dass von diesem Moment eine Verführung ausging, der sie nicht widerstehen wollte. Er lächelte auf diese gewisse Art, die ihr bei Männern schon immer gut gefallen hatte: zu allem entschlossen. Und doch lag es bei ihr, ob er ans Ziel seiner Wünsche gelangen würde oder eine unerwartete Niederlage hinnehmen müsste.

Ohne einen Gedanken an ihr Benehmen zu verschwenden, nahm Mina ihren Begleiter bei der Hand und zog ihn hinter den Stamm der ausladenden Kastanie. Sie wartete nicht ab, dass er den Mut aufbrachte, sie in die Arme zu schließen, sondern zog ihn an seinem Brusthemd zu sich hinunter und presste ihre Lippen auf seine. Vor Überraschung erstarrte sein Mund. Er hatte mit vielem gerechnet, aber nicht damit, dass er der Verführte sein würde. Obwohl sein Stolz gewiss verletzt war, konnte er ihrer Einladung nicht widerstehen, wie seine weicher werdenden Lippen bewiesen. Mina fühlte sich in ihrer Kühnheit bestätigt und begann, leidenschaftlicher gegen seinen Widerstand anzudrängen, der schon ein paar Herzschläge später zusammenbrach.

Der Kuss fühlte sich berauschend an und ließ sie die Nacht mit allen Sinnen wahrnehmen. Vor allem gab er ihr jedoch ein Gefühl von Macht, das sehr viel aufregender war als der Kuss selbst.

»Wilhelmine«, hauchte ihr namenloser Liebhaber.

Der Klang ihres Namens kühlte Mina ab, sie hatte nicht umsonst seit Kindertagen darauf bestanden, mit ihrem Kosenamen angesprochen zu werden.

»In einer solchen Situation sollten lieber keine Namen

genannt werden«, flüsterte sie. »Einmal davon abgesehen, dass mir deiner nicht einfallen will.«

»Godehard.«

Die Sinnlichkeit seiner Stimme bewies, dass ihre kleine Gemeinheit seinen Verstand nicht erreicht hatte. Wie auch? Er war ja viel zu sehr damit beschäftigt, sich an ihren Rundungen zu reiben. Als Godehards Hände zu ihrem Kleidersaum wanderten, um ihn hochzuschieben, verlor Mina endgültig die Lust an diesem Zeitvertreib. Mit einer geschmeidigen Bewegung entwand sie sich der Umarmung und strich den Chiffon glatt. Ob ihr äußerer Zustand es zuließ, dass sie auf das Fest zurückkehrte? Das Haar konnte auch vom Tanzen durcheinandergeraten sein, und auf das Lippenrot hatte sie ja glücklicherweise verzichtet.

»Höchste Zeit, dass ich mich wieder auf dem Fest blicken lasse. Meine Eltern würden es mir gewiss übel nehmen, wenn ich meine Verantwortung als Gastgeberin noch länger schleifen lasse. Wir sehen uns später bestimmt noch.« Dieser Vorwand musste reichen, um Godehard zufriedenzustellen.

Der sah das jedoch ganz anders. »Sollen die anderen doch warten, wir haben hier schließlich unsere kleine Privatfeier.«

Die Art, wie er die Lippen schürzte, sollte vermutlich anziehend wirken, nur leider rief es bei Mina genau die gegenteilige Wirkung hervor: Sie wollte nur noch weg und dieses Tête-à-tête vergessen. »Die Nacht ist noch jung, du findest bestimmt eine andere Gespielin für deine Privatfeier.« Als sie sich zum Gehen abwandte, verstellte Godehard ihr den Weg. Obwohl im Schatten des Kastanienstamms Zwielicht herrschte, glaubte sie ein gefährliches Aufflackern in seinen Augen zu erkennen. So schnöde wollte er allem Anschein nach nicht abgespeist werden.

»Komm wieder her«, forderte er sie auf. Dann schob

er rasch ein »mein Kätzchen« nach, um dem Ganzen eine spielerische Note zu verleihen, die nicht mehr als eine Farce war.

Mina zuckte unbeeindruckt mit den Schultern. »Verschwende nicht deine Zeit mit Süßholzraspeln, sondern such dir ein anderes Schmusetier. Ich bin vielleicht übermütig, aber nicht so dumm, dass ich mich auf mehr als ein paar Küsse einlassen würde.«

»Das kann unmöglich dein Ernst sein«, raunte Godehard. »Du warst es schließlich, die *mich* hinter den Baum gezogen und geküsst hat. Du kannst jetzt nicht einfach …«

»Ich habe tatsächlich damit angefangen«, unterbrach ihn Mina. »Und jetzt höre *ich* damit auf.«

»Nun, das sehe ich aber anders. Wir beide fangen gerade erst richtig an.«

Bevor Mina sich versah, packte Godehard sie und riss sie zurück an seine Brust. Grob drückte er sie gegen den Baumstamm, dessen Rinde durch den zarten Stoff ihres Kleides drang. Die muskulösen Arme, die sie eben noch so leidenschaftlich umschlungen gehalten hatten, ließen sie nun seine überlegene Stärke spüren. Sein Mund prallte mit einer Härte gegen ihre Lippen, die sich keineswegs wie eine Aufforderung zum Vergnügen anfühlte. Sie hatte ihn herausgefordert, ohne die Gefahr zu bemerken, weil sie zu sehr damit beschäftigt gewesen war, sich in ihrer eigenen Stärke zu sonnen.

Für einige Herzschläge flackerte Wut in Mina auf, die jedoch sofort von Furcht überdeckt wurde. Ihr Übermut war wie weggewischt. Godehard war so viel stärker als sie und schien keinen Zweifel zu haben, dass ihm diese Zärtlichkeiten zustanden. Als seine Hand ihre Hüfte umfasste, stieß sie einen erstickten Schrei aus und versuchte die Rubinnadel zu fassen zu bekommen. Wenn es ihr gelang, die Brosche mit dem spitzen Ende zu lösen, würde sie ihn schon lehren, was ihm zustand! Doch Godehard presste seinen Leib zu eng an ihren, sodass sie kaum atmen konnte. Als er sich zwischen ihre Schenkel drängte und von seinen Bewegungen ein verräterischer Rhythmus ausging, wusste sie, dass ihr nicht mehr viel Zeit blieb, um sich aus dieser Lage zu befreien.

Mit einer kaum zu überbietenden Zudringlichkeit knabberte Godehard an ihrem Ohrläppchen. »Nun tu doch nicht so unschuldig, du weißt doch, wie es geht. So, wie du mich vordem geküsst hast, kennst du dich bestimmt noch besser mit diesen Dingen aus als ich. Wie wäre es also, wenn du dein sprödes Getue endlich aufgibst?«

Mina zwang sich, ihn anzusehen. Auf seinem Gesicht lag ein höhnischer Zug. Offenbar gefiel ihm diese Situation wesentlich besser, als von einer Frau geküsst zu werden. Je mehr Angst du hast, desto kleiner wirst du in seinen Augen, erkannte sie.

»Bei deinem ahnungslosen Gezerre kann eine Frau ja nur spröde sein«, flüsterte sie deshalb im süßesten Tonfall.

Godehards Wutschrei glich mehr einem heiseren Krächzen. Abrupt ließ er von Mina ab, setzte einen Schritt zurück, um die Hand zum Schlag anzuheben.

Als ob sie sich ohrfeigen ließe! Mina griff nach der Rubinnadel, der einzigen Waffe, die sie besaß, bereit, ihrem Angreifer, der eben noch ein schnittig zurechtgemachter, wohlerzogener Hamburger Spross gewesen war, die goldene Spitze in den Arm zu stoßen.

Doch so weit kam es nicht.

Bevor die zum Schlag erhobene Hand sie traf, wurde Godehard gepackt und beiseitegeschoben wie ein im Weg stehender Gegenstand.

Vor Überraschung ließ Mina die Rubinnadel fallen.

»Entschuldigen Sie«, sagte eine feste Männerstimme aus den Schatten, »aber ich soll die Lampions in der Kastanie entzünden, und dazu muss ich die Leiter gegen den Stamm lehnen. Genau da, wo Sie eben gestanden haben. Tut mir leid, Sie deswegen behelligen zu müssen.«

Godehard warf einen raschen Blick auf den Mann, der ihn weggestoßen hatte. Er trug keinen Sommeranzug wie die übrigen Gäste, sondern schlichte Arbeiterkleidung. Bei der Erkenntnis, einen Untergebenen vor sich zu haben, setzte Godehard eine arrogante Miene auf.

»Das ist ja wohl eine Unverschämtheit!«, schnauzte er den Mann an. »Was bildest du dir eigentlich ein, uns zu stören? Dir muss wohl mal Benimm beigebracht werden.«

Godehard trat angriffslustig auf den Mann zu, der gerade einen Lampion an einem tief hängenden Ast entzündete.

»Möchten Sie das jetzt wirklich nachholen?«, fragte der Mann ohne merkliche Erregung, so als nehme er Godehard nicht für voll.

Obwohl Godehard ein Stück größer war als sein Kontrahent und von Sportarten wie Rudern und Segeln eine beachtliche Statur besaß, wich er zurück. Auch Mina erkannte auf Anhieb, dass dieser Mann ein nicht zu unterschätzender Gegner war – gesellschaftliche Klasse hin oder her. Es lag nicht an seinen kräftigen Schultern oder den kantigen Gesichtszügen, auch nicht an den Augen unter den dunklen Brauen, von denen eine ganz eigene Anziehungskraft ausging. Es war die Ruhe, die der Mann in der schlichten Kleidung eines Arbeiters ausstrahlte. Eine Selbstgewissheit, die man selten bei Menschen antraf, die für die Ordnung auf dem Hof oder das Auffüllen der Holzvorräte zuständig waren. Obwohl der Mann zweifelsohne wusste, in welche prekäre Situation er hineingeplatzt war, behielt er die Nerven. Im Gegensatz zu Godehard, dem nichts Besseres eingefallen war, als das reiche Söhnchen zu geben.

Wie ein Bollwerk stand der Mann zwischen Godehard und Mina, die allmählich über den Schreck hinwegkam. »Ist bei Ihnen so weit alles gut, Fräulein Mina?«, fragte er sie, als würden sie einander kennen.

Mina nickte stumm. Er muss einer der Tagelöhner sein, die Papa für das Fest angeheuert hat, damit sie im Hintergrund die groben Arbeiten erledigen, überlegte sie. Dann glitt sein Blick über ihr arg mitgenommenes Chiffonkleid, und ihr wurde bewusst, in welch einem kläglichen Zustand sie sich befand. Nun, nach diesem Erlebnis würde sie das Kleid ohnehin nie wieder anziehen.

»Kann ich etwas für Sie tun, Fräulein Mina?« Er hätte auch genauso gut sagen können: Ein Wort von Ihnen, und ich bläue diesem feinen Pinkel ein, wie man mit jungen Damen umgeht.

Mina räusperte sich, bis ihre Stimme einigermaßen sicher klang. »Mir geht es bestens. Vielen Dank.« Da Godehard immer noch unschlüssig dastand und aussah, als überlege er, ob er eine Genugtuung von diesem unverschämten Aushilfsarbeiter fordern sollte, war es gewiss das Beste, das Gespräch in normale Bahnen zu lenken.

»Wenn Sie jetzt die Lichter anzünden, dann wird die Orangerie wohl gleich eröffnet?«, fragte sie, als gäbe es im Augenblick nichts Wichtigeres als den nächsten Höhepunkt des Fests. »Ich habe gar nicht mitbekommen, dass das Mitternachtsbüfett bereits aufgebaut worden ist. Bestimmt wird es hier gleich nur so wimmeln vor Gästen, die unbedingt den Schokoladenbrunnen sehen wollen.«

Der Mann brummte zustimmend, während er sich wieder

seiner Arbeit widmete. Aber das Energiefeld, das seinen Körper umgab, verriet, unter welcher Anspannung er stand. Godehard fortzustoßen hatte ihm augenscheinlich nicht ausgereicht, er musste sichtlich um seine Beherrschung kämpfen, auch wenn er sich das nicht anmerken lassen wollte. Allerdings blieb ihm gar nichts anderes übrig. Gleichgültig bei welchem Übergriff er den Hanseaten gestellt hatte, eine körperliche Auseinandersetzung würde nicht nur Mina, sondern auch ihm schaden. Es hätte zweifelsohne ein Nachspiel, würde ein Tagelöhner einen der wohlbetuchten Gäste angreifen. Gewiss würde Godehard sich damit brüsten, einer angetrunkenen, ungebundenen Frau auf einer ausgelassenen Feier in die Büsche gefolgt zu sein, wo dann dieser unzivilisierte Kerl über ihn hergefallen war.

»Das Mitternachtsbüfett ist der Höhepunkt des Fests. Den sollten Sie auf keinen Fall verpassen«, sagte der Mann mit einem kühlen Blick zu Godehard.

Godehard stand da, die Hände immer noch zu Fäusten geballt, die er jedoch langsam sinken ließ. »Warum eigentlich nicht? Hier im Dunkeln zwischen den Büschen ist der unterhaltsame Teil des Abends ja offenbar vorbei. Auch nicht weiter schade drum, ich hätte mir wahrscheinlich eh nur ein paar Splitter eingefangen.« Nach diesem Seitenhieb in Minas Richtung verschwand Godehard auch schon im Dunkel der Eibenhecke.

Die Sterne zeichneten sich immer noch kristallklar am Nachthimmel ab, der Wind frischte auf, und die Levkojen dufteten so üppig wie zuvor, doch für Mina fühlte sich diese Nacht plötzlich verkehrt an. Ein Zittern unterdrückend, stand sie bei dem Mann, der ihr zu Hilfe gekommen war, und wusste nichts zu sagen. Keine von den üblichen Floskeln schien angemessen in diesem Fall, jede Höflichkeit leer. Trotzdem konnte sie sich nicht dazu durchringen zu gehen.

»Sind Sie sicher, dass es Ihnen gut geht?«, vergewisserte sich der Mann erneut, als könne sie nun, da Godehard fort war, endlich die Wahrheit sagen.

Diese Frage ließ Mina heiser auflachen. Gewiss boten ihr Gesicht und ihr Haar einen ähnlich traurig-zerzausten Anblick wie ihr Kleid. Und die Vorstellung, die sie und Godehard dem Arbeiter gegeben hatten, war mehr als beschämend.

»Ich habe den Bogen wohl überspannt«, gestand sie ein.

Zum ersten Mal deutete sich auf seinen Lippen etwas wie ein Lächeln an. »Mir kam es eher so vor, als wäre Ihr Begleiter ein ziemlicher Spielverderber, der nicht weiß, wann der Spaß vorbei ist.«

»Das gilt leider auch für mich.« Es tat Mina überraschend gut, ihren Fehler einzugestehen.

»Vielleicht.« Der Mann angelte nach einem weiteren Lampion in greifbarer Nähe und entzündete ihn. »Vielleicht lag es auch an der lauen Sommernacht. Sagt man denen nicht nach, dass sie einem den Kopf verdrehen? Trotzdem sollten Sie sich jetzt ein wenig frisch machen und ebenfalls aufs Fest zurückkehren. Nicht nur um Gerede vorzubeugen, sondern auch weil es Ihr Geburtstag ist. Sie haben sich doch so sehr auf diesen Tag gefreut.« Als Mina vor Verblüffung nichts zu erwidern wusste, fuhr er sich durchs Haar. Eine verlegene Geste, die nicht recht zu ihm passen wollte. »Als Ihr Vater seine Ansprache zu Ihren Ehren gehalten hat, habe ich die Getränkekisten hinterm Festzelt aufgestapelt. Daher weiß ich so gut Bescheid.«

»Sie kennen meinen Namen und wissen, dass ich heute Geburtstag habe – und ich weiß gar nichts über Sie.«

Das Lächeln in seinen Mundwinkeln wurde tiefer.

»Machen Sie sich nichts daraus. Schließlich würden Sie mich morgen sowieso nicht wiedererkennen, wenn ich und die anderen Aushilfen die Spuren vom Fest beseitigen. Und genau so soll es doch auch sein.«

Klang diese Wahrheit verbittert oder nach Gleichmut? Mina konnte es nicht sagen. Sie wollte widersprechen, doch so weit ließ er es nicht kommen.

»Ich möchte Sie nun nicht länger aufhalten, Fräulein Mina. Ihre Gäste vermissen Sie bestimmt schon, außerdem wird es höchste Zeit, dass ich zwischen die Äste klettere und die restlichen Lampions anzünde. Sonst bekomme ich was von Fräulein Helmtraud zu hören, weil ich mit meiner Trödelei ihren Zeitplan durcheinanderbringe.«

Bestimmt erwarteten sie die Gäste bereits – und trotzdem konnte Mina sich nicht losreißen. »Vor einem aufgebrachten Kontrahenten, der Sie an Größe überragt, haben Sie also keine Angst, aber vor unserer kugelrunden Haushälterin schon? Kaum zu glauben.«

Obwohl er ihr bereits den Rücken zugedreht hatte, war sein Lachen zu hören. Tief und eindringlich. Wie ein Bann legte der Klang seiner Stimme sich um Mina.

»Vielen Dank noch einmal«, brachte sie heraus, als er die Trittleiter hochstieg. »Für alles.«

Ein Lampion nach dem anderen leuchtete zwischen den Zweigen der Kastanie auf, während sie still dastand und darauf wartete, dass zu guter Letzt ein Lichtschein auf sein Gesicht fiel. Sie wollte es zu gern noch einmal sehen, bevor sie ging. Dabei war das gar nicht nötig.

Ich würde dich überall wiedererkennen, dachte sie. Überall und immer.

Kapitel 8

Tidewall, März 2013

In den letzten Tagen waren die Temperaturen langsam, aber stetig in die Höhe geklettert, auch wenn es für Ende März immer noch zu kalt war. Nach einem im Schnee gefeierten Osterfest erschienen die ersten Löwenzahnblüten, und das vorsichtig ausbrechende Grün der Bäume versprach paradiesische Zustände nach einer gefühlten Ewigkeit in Eis und Schnee. Marie öffnete das Fenster ihres Wagens einen Spalt, um die Frühlingsluft hereinzulassen. Der Kofferraum war beladen mit Farbeimern, Rollen und Abklebeband, die sie von ihrem ersten großen Auftrag als Übersetzerin gekauft hatte. Vielleicht würde sie den Namen des Autors in eine Ecke des Hauses schreiben, damit sie nicht vergaß, wem sie ihr heimeliges Wohnzimmer verdankte.

Ihr Handy klingelte, als sie gerade ein Schleusentor passierte. Wie immer war ihr unwohl zumute bei dem Gedanken, dass die Menschen bis weit ins Land hinein Deiche bauten. Wie aneinandergereihte Säume durchzogen sie von der Küste her das Land, doppelt und dreifach. Was sagte das eigentlich genau über die Macht der Elbe aus, deren Nachbarschaft ihr näher war als der Dorfkern von Tidewall?

Als das Handy erneut schrillte, parkte Marie den Wagen am Straßenrand und stellte das Warnblinklicht an, obwohl ihr schon lange kein anderes Fahrzeug begegnet war. Als sie endlich das Handy aus ihrer Beuteltasche gefischt hatte, ärgerte sie sich, überhaupt angehalten zu haben. Es war nicht wie erhofft eine Lektorin, die einen neuen Auftrag in Aussicht stellte. Und auch nicht ihre Mutter, die ihre Einsamkeit mit Anrufen wegen vergessener Kuchenrezepte oder Lesetipps überspielte. Es war die Telefonnummer ihrer Freundin Pia.

Marie starrte die Nummer an, während ihre Hand wie von allein das Display berührte. Allerdings nicht, um das Gespräch anzunehmen, sondern um es wegzudrücken. Blitzschnell, bevor ihr Verstand überhaupt eine Entscheidung treffen konnte. Ihre Reaktion war wie ein Fluchtinstinkt; seit sie in Tidewall waren, hatte Marie gehofft, dass dieser Kontakt endgültig eingeschlafen sei. Doch Pia war hartnäckig – was auch der Grund dafür war, warum Marie ihre Freundschaft trotz jahrelanger Verbundenheit nicht mehr ertrug. Sie konnte nicht einmal darüber nachdenken, ohne dass sie das Gefühl überkam, jemand säße ihr im Nacken und dränge ihr seinen Willen auf.

Während Marie wie erstarrt im Wagen saß und sich nicht dazu durchringen konnte weiterzufahren, stellte sie verblüfft fest, wie wenig sie Frankfurt vermisste. Die meisten Bekanntschaften waren im Laufe der Zeit eingeschlafen, ganz sanft und ohne Spuren zu hinterlassen. Sogar zu ihrem Vater Hindrick unterhielt sie nur einen sporadischen Kontakt, was aber vor allem daran lag, dass er vollauf mit seiner neuen Lebensgefährtin, einer zwanzig Jahre jüngeren Physiotherapeutin namens Babette, beschäftigt war. Während ihre Mutter einfach nur reifer und pragmatischer geworden war, hatte ihr Vater sich mit aller Kraft eine gewisse Jungenhaftigkeit bewahrt. So gesehen war es kein Wunder, dass die Ehe ihrer Eltern zerbrochen war. Jedenfalls verspürte Marie kaum ein schlechtes Gewissen, dass sie ihren Vater nur alle paar Wochen anrief, während sie mit ihrer Mutter regelmäßig Deichtelefonate führte. Vermutlich lag es auch daran, dass Valentin für seinen Großvater lediglich ein Schulterzucken übrig hatte. Opa Hindrick lächelte viel, aber am Boden Puzzle zu legen oder auf der Straße Fußball zu spielen war kaum nach seinem Geschmack. Im Nachhinein konnte auch Marie sich nur an wenige Momente erinnern, in denen ihr Vater tatsächlich eine Rolle gespielt hatte.

Und so waren Marie nur zwei Menschen aus ihrer Frankfurter Zeit geblieben: Renate, die akzeptierte, dass ihre Tochter ins »Exil am Deich« gegangen war, wie sie es nannte, und Pia. Pia, deren Verständnis von Freundschaft es nicht zuließ, Maries Rückzug zu akzeptieren.

Mit unerklärlich steifen Fingern schmiss Marie das Handy in die Handtasche und beschloss, ihre einst engste Freundin zu ignorieren. Schließlich war sie eine Expertin darin, alles wegzuschieben, was ihren so hart erkämpften Frieden gefährdete.

Marie fuhr in die Einfahrt des Grundstücks, wo anstelle eines Carports ein flacher Schuppen stand, in den ihr Skoda sich nur mit äußerstem Feingefühl einparken ließ. Gerade als sie noch einmal zurücksetzte, um zu korrigieren, tauchte Valentin hinterm Heck auf, und sie musste hart in die Bremsen gehen.

»Verflucht! Du kannst doch nicht einfach wie ein Geist hinterm Wagen auftauchen!«

Valentin zuckte mit den Achseln, ganz der große Junge, der sich über solche Nebensächlichkeiten nicht den Kopf zerbrach. »Hast du endlich die richtige Farbe fürs Wohnzimmer gefunden? Wobei ... Diese ganzen Farbschnipsel an den

Wänden lenken ja wenigstens von den Stellen ab, wo du die alte Tapete schon runtergekratzt hast.«

Mit einem unnachahmlichen Gespür gelang es dem Kerl, das Gespräch auf ein Thema zu bringen, das Marie unangenehm war – und nicht ihm. Tatsächlich hatte sie übermäßig viel Zeit damit verbracht, sich den Kopf zu zermartern, wie sie bei der dringend notwendigen Renovierung vorgehen wollte. Angesichts ihrer bescheidenen Geldmittel standen eine Entrümpelungsorgie und ein frischer Farbanstrich auf dem Plan; mit den Möbeln würden sie vorläufig leben müssen. So lange hielt sie sich einfach an Dashas Prädikat »Über-Retro« fest, bis finanziell rosigere Zeiten anbrachen.

Marie lag die Versicherung bereits auf der Zunge, dass sie nicht noch mehr Abende mit der intensiven Lektüre von »Schöner Wohnen« und Farbstudien verbringen würde, als ihr etwas ganz anderes in den Sinn kam. »Was machst du eigentlich schon zu Hause? Du hast doch Unterricht bis um ein Uhr.«

»Tjaaa«, sagte Valentin gedehnt. »Sport ist ausgefallen?«

Es war dieses Fragezeichen, das Marie aufstöhnen ließ. Zweifelsohne schwänzte ihr Sohn gerade die Schule, und das, nachdem sein Einstand in die vierte Klasse im Dorf so gut vonstattengegangen war. Von allen Sorgen, die Marie aus Frankfurt mit an die Elbe gebracht hatte, war die um Valentins Schulprobleme eine der größten, weil sie so viele Lebensbereiche des Jungen beeinflusste. Das Unglück hatte damit begonnen, dass Valentin eins der größten Kinder in seiner Klasse war, dessen Verspieltheit kaum zu seinem Aussehen passte. Hinzu kam, dass er eindeutig die musische Begabung seiner Mutter geerbt hatte, die sich ungünstig auf Fächer ausübte, die Disziplin und logisches Denken erforderten. Besonders Mathematik war ein echtes Hassfach.

Zuerst hatte Marie sich selbst die Schuld an der zunehmenden Verweigerung ihres Sohnes gegeben. Dann aber war ihr klar geworden, dass Valentin den Unterricht schlichtweg nervtötend fand und seine Lehrerin für eine alte Kratzbürste hielt – womit er nicht falschlag. Auf der neuen Schule war es jedoch für seine Verhältnisse bestens gelaufen. Bislang jedenfalls.

»Du hast den Unterricht geschwänzt«, stellte Marie fest, während sie den Kofferraum öffnete, um ihren Händen etwas zu tun zu geben. Es kribbelte nämlich ganz stark in ihren Fingern, den Jungen bei den Schultern zu packen und einmal kräftig durchzuschütteln. Offenbar war Valentin gerade dabei, ihre Hoffnungen auf eine stressfreiere Schulzeit in den Boden zu stampfen. »Mal davon abgesehen, dass das so auf keinen Fall geht und du dir damit einen Heidenärger eingehandelt hast, verstehe ich es nicht. Es lief doch ganz gut, das hast du selbst gesagt.«

Obwohl Valentin für gewöhnlich sehr empfindlich reagierte, wenn sie wütend auf ihn war, winkte er jetzt bloß entnervt ab. »Sport ist nicht so wichtig. Außerdem fällt es nicht groß auf, wenn ich beim Völkerball nicht mit dem Rest der Horde durch die Halle renne.« Dann schien die Angelegenheit komplizierter zu werden, denn er begann am Saum seiner Jacke herumzureißen, eine schon längst abgelegte Übersprungshandlung aus der Kindergartenzeit. »Ich … also gestern …«, setzte er zögerlich an, »da bin ich doch den ganzen Nachmittag über unterwegs gewesen. Draußen, an der frischen Luft.«

Marie nickte, während sich ihr schlechtes Gewissen meldete. Denn ehrlich gesagt war ihr entgangen, was ihr Sohn genau getrieben hatte. Sie war viel zu sehr damit beschäftigt gewesen, mit dem Handy auf dem Deich zu stehen, um einen neuen Auftrag an Land zu ziehen und sich in einer anderen Angelegenheit mit einer detailverliebten Lektorin herumzuplagen, die jede noch so kleine Abweichung vom Originaltext diskutieren wollte. Jetzt, wo Valentin es ansprach, kam es ihr so vor, als wäre er tatsächlich ungewöhnlich lange fort gewesen. Normalerweise war ihr Sohn ein ausgemachter Stubenhocker, den bislang nur ein Vogelschwarm oder das Nachbarskind Dasha hatten hinauslocken können. Neben ihrem Pferd Janosch, das bei den Schafen im Stall unterstand, hatte Dasha offenbar auch ihr Herz für kleine einsame Jungen entdeckt. Jedenfalls vergaß sie nie, sich zu melden, sobald ihr Onkel sie freitags nach der Schule vom Zug in Itzehoe abgeholt hatte.

Da Valentin verstummt war, versuchte Marie sich einen Reim auf das eben Gesagte zu machen. »Hat es etwas mit deinem gestrigen Ausflug zu tun, dass du heute den Unterricht hast ausfallen lassen?« Auf einmal kam ihr ein Verdacht, und mit einem Rumms stellte sie den Farbeimer aufs Pflaster. Dabei knackte es gefährlich in ihrem Rücken, ein Gruß von den Bandscheiben. Für körperlich schwere Arbeit war sie nicht geschaffen, schließlich hatte sie die letzten beiden Jahrzehnte fast durchgehend im Sitzen verbracht und hielt Sport für etwas, das besser mal die anderen machen sollten. »Hast du dich vielleicht mit ein paar Jungen getroffen, und die haben dich zu etwas Schlimmem angestiftet?«, fragte sie mit einem unterdrückten Stöhnen in der Stimme. »Besser, du verrätst mir sofort, was ihr angestellt habt.«

»Um irgendwen zu treffen und gemeinsam Mist zu bauen, müsste ich erst mal Freunde finden«, gab Valentin verschnupft zurück. Er mochte es nicht sonderlich, wenn seine Mutter das Denken für ihn übernahm, dafür fühlte er sich schlicht zu erwachsen. »Und bevor du jetzt auch noch wissen willst, warum ich keine Freunde habe, sag ich's dir lieber gleich: So was dauert eben. Du hast ja schließlich auch noch keine neuen Freunde in Tidewall, sondern hockst den ganzen Tag am Schreibtisch, außer wenn du auf dem Deich mit deinem Handy herumwedelst. Du hast ja noch nicht einmal unsere Nachbarn besucht.«

»Lenk bitte nicht ab.« Trotz dieser Zurechtweisung stieg Marie die Hitze in die Wangen, da Valentin einen wunden Punkt getroffen hatte: Mit ihrem Sohn über seinen Umgang zu sprechen war eine Sache – sich von einem Grundschüler vorhalten zu lassen, dass das eigene Sozialleben komplett auf Eis lag, eine ganz andere. »Falls dich also niemand auf dumme Ideen gebracht hat, warum bist du dann nicht in der Schule, sondern lungerst zu Hause herum, wo ich dich auf jeden Fall erwischen muss?«

Valentin verzog verächtlich das Gesicht. »Als ob du mich erwischen würdest, wenn ich das nicht will. Echt, weißste, Mama?« Einen Moment lang klang er wie eine Dasha-Kopie, sodass Marie beschloss, die einzige Freundin ihres Sohnes hinsichtlich ihrer Manieren genauer unter die Lupe zu nehmen. Bislang war das Mädchen mit den blonden Zöpfen nach Lust und Laune im Kapitänshaus eingefallen, hatte Marie mit ein paar Familienanekdoten beglückt, um dann auch schon mit Valentin im Schlepptau abzuziehen. Irgendwohin, wo es Schafe gab – diese Tiere waren neben den Zugvögeln Valentins zweite große Liebe, seit Dasha ihm kurz nach ihrer Ankunft in Tidewall die Lämmer gezeigt hatte. Für das frisch ernannte Deichkind Valentin waren Schafe seither offenbar so etwas wie die Pferde für Mädchen aus der Vorstadt: unwiderstehliche Vierbeiner, die dem Leben überhaupt erst Sinn verliehen.

»Dasha hat also etwas mit dieser Geschichte zu tun.«

Marie stellte die Behauptung mit strengem Gesichtsausdruck auf, und als Valentin ein Stück in sich zusammensank, wusste sie zumindest schon einmal, aus welcher Richtung der Wind wehte. »Zu welcher Unsinnstat hat Fräulein Ruska dich angestiftet? Nein, sag nichts, ich ahne es auch so. Es geht um Schafe«, sagte Marie, während sie sich mit Daumen und Zeigefinger in den Nasenrücken kniff, um ein wenig dienliches Lachen zu unterdrücken.

»Dass es um Schafe geht, glaube ich auch«, ertönte eine Männerstimme hinterm Gartenzaun.

Während Valentin noch kleiner wurde, wirbelte Marie um die eigene Achse und starrte den Mann an, der sich so unerwartet ins Gespräch eingemischt hatte. Dunkles Haar fiel ihm in die Stirn, ganz zerzaust vom Wind. Er schien ungefähr in Maries Alter zu sein, Anfang oder Mitte dreißig. Es ließ sich jedoch nur schlecht schätzen wegen seines Barts, der von seinem Gesicht nicht mehr als eine ungewöhnlich gerade Nase und blaue Augen hervorstechen ließ. Ob das Kinn markant war oder wie die Lippen geschwungen waren, konnte Marie lediglich erahnen. Obwohl ihm der Bart durchaus stand, verspürte sie einen Anflug von Neugierde, was eine Rasur wohl zum Vorschein bringen würde. Eins verrieten zumindest die Linien um seine Augen, die auftauchten, als er sie freundlich, wenn auch eine Spur verhalten anlächelte: Er war ein Mann, der sich bei Wind und Wetter im Freien aufhielt. Dazu passten auch seine Regenjacke und die wadenhohen Stiefel, die augenscheinlich schon einiges an norddeutschem Schmuddelwetter mitgemacht hatten.

Marie ahnte, wer dort vor ihrem Gatter stand. Auch ohne die beiden Border Collies, die aufgeregt am Zaun herumschnüffelten, wäre ihr klar gewesen, dass der Schäfer von Tidewall ihr einen Besuch abstattete. Dashas Onkel und ihr

Nachbar, dem sie noch nicht guten Tag gesagt hatte und der gleichfalls ihre Hausschwelle gemieden hatte – bislang zumindest. Ihr schwante nichts Gutes.

»Moin«, grüßte er. »Ich bin Asmus Mehnert, Ihr Nachbar. Tut mir leid, dass ich erst jetzt vorbeikomme und mich vorstelle, obwohl Sie ja schon eine Weile das Kapitänshaus bewohnen.«

»Ach, nicht doch«, winkte Marie ab und erwiderte sein Lächeln, wobei ihres vermutlich noch scheuer ausfiel. Nachdem sie Valentin einen vielsagenden Blick zugeworfen hatte, ging sie zum Zaun, um ihrem Nachbarn die Hand zu geben. »Ich bin schließlich auch noch nicht zu einem Antrittsbesuch vorbeigekommen, ich hatte einfach so schrecklich viel um die Ohren.« Was stimmte. Trotzdem wünschte sie sich in diesem Moment, etwas Überzeugenderes parat zu haben, damit ihr Nachbar gar nicht erst auf die Idee kam, dass sie eine schreckliche Eigenbrötlerin sei, die einen netten Plausch am Zaun für Zeitverschwendung hielt. »Wir kommen aus Frankfurt, und da wohnt man ja Tür an Tür, da ist es gar nicht nötig, seinen Nachbar im Gelände auszumachen.« Als Asmus Mehnerts dunkle Brauen fragend in die Höhe fuhren, verfluchte Marie ihre umständliche Art, sich auszudrücken. Sie war smalltalkmäßig wirklich aus der Übung. »Ich meine, dass ich Ihr Haus von hier aus ja nicht einmal sehe. Und was die andere Seite anbelangt, bin ich vollkommen ahnungslos, wer dort überhaupt mein Nachbar sein könnte. Vielleicht die Fasanenfamilie, die auf den Wiesen lebt.«

Asmus Mehnert lachte, dann wurde sein Gesichtsausdruck unvermittelt ernst. Schade, dachte Marie. Die Linien um seine Augen sahen nett aus, wenn sie sich in Lachfalten verwandelten.

»Ich bin aus einem bestimmten Grund hier … leider nicht

für den längst überfälligen Nachbarschaftseinstand.« Er zuckte entschuldigend mit den Schultern. »Ich vermisse eins meiner Schafe. Eins der Milchlämmer, um genau zu sein.«

Marie stöhnte auf. Das war also Valentins Geheimnis. »Du hast ein Schaf geklaut?«, fragte sie ihren Sohn ungläubig. Deshalb schnüffelten die Hütehunde so aufgeregt am Zaun herum und wären vermutlich schon aufs Grundstück gestürmt, wenn ihr Besitzer sie nicht mit einem scharfen Pfiff zurückgehalten hätte.

»Ich bin kein Schafdieb, Mähnert ist mir hinterhergelaufen, nachdem ich ihn im Stall besucht habe. Der kleine Kerl mag mich nämlich genauso gern wie ich ihn.« Valentin schob störrisch das Kinn vor und warf Asmus Mehnert einen Blick zu, den Marie nie von einem soeben überführten Tunichtgut erwartet hätte. Von Reue keine Spur. »Und bevor Sie sich aufregen«, sagte er an den Schäfer gewandt, »will ich eins klarstellen: Dasha hat mir erzählt, dass Sie es nicht mögen, wenn man Schafen Namen gibt. Weil sie dann etwas Besonderes und nicht mehr Teil der Herde sind. Was Ihrer Meinung nach nicht richtig ist. Das ist mir aber egal. Mähnert ist ein tolles Schaf, außerdem ist er ein Junge, und ich weiß, wie es denen ergeht, weil sie keine Lämmchen bekommen können. Die landen nämlich als Braten auf dem Teller.«

»Mähnert nennst du das Tier also«, wiederholte der Schäfer mit gerunzelter Stirn. »Mein Nachname lautet aber Mehnert.«

Valentin rieb sich verlegen den Bauch – erneut eine Geste, die Marie an ihren kleinen Jungen erinnerte. Offenbar setzte er bei Stress einen Schritt zurück in seiner Entwicklung. »Das mit dem Namen ist ein Scherz.« Als die beiden Erwachsenen begriffsstutzig dreinblickten, seufzte er. »Na, weil das Lämmchen so nett ›Mäh‹ macht. Also Mäh-nert.«

»A-ha.« Der Schäfer blickte noch eine Spur ernsthafter drein. So ernst, dass es richtig theatralisch aussah, wie Marie fand. Vermutlich verbarg er hinter dieser Miene und jeder Menge Bart ein unterdrücktes Lächeln. »Und ich dachte, dass, wenn dieses Schaf einen Namen trägt, dann Verschwindibus. Ich habe nämlich einen Zettel in meinem Briefkasten gefunden, auf dem das Schaf mir mitgeteilt hat, dass es nicht als Braten enden wolle und es deshalb vorziehe zu verschwinden. Es hat sogar einen Hufabdruck anstelle einer Unterschrift auf dem Zettel hinterlassen.«

»Das mit dem Zettel war Dashas Idee, damit Sie nicht umsonst nach Mähnert den ganzen Deich absuchen und sich Sorgen machen müssen.« Als habe er das entscheidende Wort zu viel gesagt, schlug Valentin sich die Hand vor den Mund. Ganz bestimmt hatte er seine Freundin nicht mit in die Sache hineinziehen wollen.

Nun konnte Marie sich nicht länger zurückhalten. »Was halten Sie davon, wenn wir Ihnen Mähnert abkaufen? Bestimmt haben Sie mehr als genug Lämmchen, da wird Ihnen das eine schon nicht fehlen. Sobald die Sonne das erste Grün sprießen lässt, könnte Mähnert sich bei uns nützlich machen. Unser Garten ist riesig, und ich habe genug andere Dinge zu tun, als stundenlang den Rasen zu mähen.« Sie lehnte sich über den Gartenzaun und strahlte ihren Nachbarn in der Hoffnung an, dass ihn ihre Begeisterung ansteckte. So aufmerksam, wie Asmus Mehnert ihren Blick erwiderte, war alles möglich: dass er sich an die Stirn tippte oder ihr die Hand reichte, um den Pakt zu besiegeln. »Na, kommen Sie schon, geben Sie sich einen Ruck«, ermunterte sie ihn.

Asmus Mehnert dachte eine Weile darüber nach, dann schüttelte er den Kopf. »Einmal davon abgesehen, dass ein Milchschaf zu seiner Mutter gehört, ist ein Schaf kein Haustier. Es gehört zu seiner Herde auf den Deich, bis seine Zeit gekommen ist.« Als Marie zu einem Protest ansetzte, hob er beschwichtigend die Hand. »Ich will weder Ihre Gefühle verletzen noch Ihnen in Ihre Erziehung reinreden, aber ein Schaf ist selbst dann ein Schaf, wenn es den originellen Namen Mähnert trägt. Das sollte man akzeptieren, anstatt so zu tun, als könnte sich das Tier durch eine Menge guten Willen in einen Rasenmäher oder in ein Kuscheltier verwandeln. Seine Aufgabe besteht entweder darin, Wolle oder eben Fleisch zu liefern, wenn es nicht gerade die Deiche von Schleswig-Holstein kultiviert.« Während Marie entsetzt über Mähnerts ungeschminkte Zukunftsaussichten staunte, suchte der Mann Valentins Aufmerksamkeit. »Ich werde diesen jungen Hammel zu seiner Mutter zurückbringen, die braucht er im Augenblick nämlich noch, auch wenn er schon kräftig Heu frisst. Wenn du wissen möchtest, wie die Arbeit eines Schäfers aussieht, kannst du mich am Wochenende besuchen kommen, wenn auch deine Busenfreundin Dasha da ist. Dann könnt ihr beide mir im Stall zur Hand gehen, vielleicht kommt ihr dann nicht mehr auf solche Flausen.«

»Mein Sohn wird Ihnen wohl kaum helfen wollen, nachdem Sie ihm die Wahrheit über die Zukunft dieses kleinen Geschöpfs so schonungslos ins Gesicht gesagt haben«, fand Marie ihre Sprache wieder. Sie konnte immer noch nicht glauben, dass dieser Mann, ohne mit der Wimper zu zucken, eingestanden hatte, dass Mähnert als Lammrücken enden würde.

»Wieso denn das, Mama?« Valentin verzog das Gesicht, als sei sie nicht ganz bei Verstand, ein solches Angebot in seinem Namen auszuschlagen. »Ich kann ganz bestimmt was lernen und auch ein bisschen mitarbeiten, oder? So meinen Sie das doch, Asmus.«

Offenbar waren die Umgangsformen von Schaf-Fan zu Schaf-Fan recht locker, anders konnte sich Marie nicht erklären, warum ihr sonst eher schüchterner Sohn den fremden und allein vom Körperbau und seiner Stimme her beeindruckenden Mann mit Vornamen ansprach. Oder war das etwa ein Anflug von Selbstbewusstsein, von dem sie schon befürchtet hatte, dass es ihrem Sohn vollends abhandengekommen war?

»Wenn dir der Sinn danach steht, nur zu. Ich freue mich über jede helfende Hand. So hartnäckig, wie der Winter in diesem Jahr ist, muss ich die Schafe noch eine Weile im Stall behalten, anstatt dass sie auf dem Deich ihrem Job nachgehen.« Asmus Mehnert verschränkte die Arme vor der Brust, als sei seiner Meinung nach damit alles zu diesem Thema gesagt.

Auf Valentins Gesicht breitete sich ein Grinsen aus. »Klasse. Und wenn ich Ahnung von Schafen habe und Ihnen bei der Arbeit ordentlich zur Hand gehe, dann kann ich mir Mähnert doch bestimmt ausleihen, wenn er sich nicht länger an der Milchbar bedienen muss. Für Mamas Rasen und so.«

Es war schwierig zu sagen, welcher von den beiden Erwachsenen mehr überrascht war über den Kniff dieses Dreikäsehochs. Während Marie nicht glauben konnte, wie pfiffig ihr Sohn aus einer misslichen Lage als Sieger mit voller Punktzahl hervorgegangen war, lachte Asmus Mehnert wie ein guter Verlierer. »Wenn das kein Handel ist, dann weiß ich auch nicht«, sagte er und hielt Valentin seine große, schwielige Hand hin. »Einverstanden.«

Der Junge streckte sich, um wesentlich größer als seine ein Meter fünfzig auszusehen, und schlug ein.

Kapitel 9

Valentin verschwand im hinteren Teil des Gartens, wo er das Lämmchen im Geräteschuppen untergebracht hatte. Währenddessen bot Marie ihrem Nachbarn einen Kaffee an – vor allem um ein wenig Wiedergutmachung für das unfreiwillig ausgeliehene Schaf zu betreiben. Einen Kaffee, ein paar nette Unverbindlichkeiten … Das würde sie schon hinbekommen. Außerdem sah Asmus Mehnert nicht so aus, als erwarte er eine größere Dosis Entgegenkommen von ihrer Seite. Die Art, wie seine Hände über die abblätternde Farbe des Zauns wanderten, seit Valentin ihr Dreieck zu einem Duo hatte einschmelzen lassen, ließ ein gewisses Unwohlsein erahnen. Schließlich war alles Wichtige gesagt, und als echtes Nordlicht mied der Schäfer Small Talk vermutlich wie der Teufel das Weihwasser.

»Kaffee? Vielen Dank, aber das muss wirklich nicht sein, nachdem ich hier so unangekündigt aufgetaucht bin«, wiegelte Asmus dann auch sofort ab. »Sie meinten ja, dass Sie zurzeit kaum wissen, wo Ihnen der Kopf steht. Und bei mir …« Er schaute zum Deich hinüber, dessen Graskleid arg zerknittert aussah und mit braunen Flecken übersät war.

»Die Arbeit ruft, was?«, sagte Marie und verbarg ihre Enttäuschung. Sie mochte bislang keinen einzigen Gedanken an ihre Nachbarschaft verschwendet haben, aber jetzt wollte sie nur allzu gern mehr über den Mann erfahren, der noch einsamer gelegen am Deich wohnte als sie. »Vermutlich kann man die Hunde ohnehin nicht allein hier draußen lassen«, sagte sie mit einem Blick auf die Collies, um möglichst verständnisvoll und gelassen zu wirken.

Asmus betrachtete die beiden Border Collies, eine zobelfarbene Hündin und einen schwarz-weißen Rüden. Nach ihrem Anpfiff verweilten sie hechelnd an Ort und Stelle, obwohl ihnen anzusehen war, wie gern sie Valentin durch den Garten gefolgt wären. Die Hunde wussten nur zu gut, dass sich irgendwo auf diesem Grundstück einer ihrer Schützlinge befand, und es ging gegen ihren Instinkt, seiner nicht habhaft zu werden. »Mascha und Fjodor hören eigentlich recht verlässlich auf meine Anweisungen. Wenn ich sage, sie sollen bleiben, dann bleiben sie auch. Eine Pause tut ihnen mal ganz gut, die beiden müssen nämlich hart arbeiten für ihr Futter«, erklärte Asmus mit einem Blinzeln. »Ich hätte also durchaus einen Moment Zeit. Aber ich sehe ja, dass Sie gerade alle Hände voll zu tun haben.« Er deutete auf den geöffneten Kofferraum des Skoda und den auf dem Pflaster stehenden Farbeimer.

Marie winkte ab. »So gesehen werde ich die nächste Ewigkeit unablässig etwas zu tun haben. So lange wird es nämlich dauern, um diesem Haus einen Anstrich von Behaglichkeit zu verpassen.«

Die Art, mit der Asmus das Kapitänshaus musterte, ließ ahnen, dass er den Zustand des Hauses rasch erfasste. Als jemand, der recht abgeschieden lebte, war er vermutlich ein ordentlicher Handwerker, der Wasserleitungen eigenhändig reparierte und wusste, wie man eine Deckenlampe anschloss, ohne sich einen Schlag zu holen. Fast rechnete Marie damit, dass er beginnen würde, über Malerarbeit zu fachsimpeln. Stattdessen deutete er auf den schweren Farbeimer. »Ich helfe

Ihnen gern beim Reintragen der Sachen, solange Ihr Sohn sich von Mähnert verabschiedet«, sagte er und hielt zielstrebig auf den Farbeimer zu.

»Unsinn, ich wollte Ihnen einen Willkommensdrink anbieten und Sie nicht für mich schuften lassen«, rief Marie, doch zu spät. Als Asmus den schweren Farbeimer mühelos anhob, biss sie sich auf die Unterlippe. »Wow. Ich habe diesen Zementbrocken kaum aus dem Kofferraum wuchten können. Vermutlich weil ich eine total verweichlichte Stadtpflanze bin, die schon vom bloßen Anschauen eines Pinsels eine Sehnenscheidenentzündung bekommt.« Für diese Bemerkung hätte sie sich selbst eine Kopfnuss verpassen können. Was für einen Eindruck machte sie hier eigentlich? Eine arme, kraftlose Frau, deren Nachbar ihr die Farbtöpfe ins Haus schleppte, während sie mit Jammern beschäftigt war? Kein Wunder, wenn Asmus auch in Zukunft auf einen Kaffee verzichtete. Bestimmt fürchtete er, sich sämtliche Tiefpunkte ihrer Lebensgeschichte anhören zu müssen, sobald er erst einmal an ihrem Küchentisch saß.

»Die Anstreicherei wird Ihnen sicherlich gefallen, da sieht man rasch ein Ergebnis«, ermunterte Asmus sie. »Und falls Sie den Muskelkater nicht allein haben wollen, nehmen Sie einfach Ihren Sohn in die Pflicht. Ich wette darauf, dass Valentin viel Spaß an solchen Sachen hat. Auf mich wirkt er jedenfalls wie ein Junge, der die Dinge gern selbst in die Hand nimmt.«

Es lag Marie bereits auf der Zunge zu sagen, dass sie Valentin sein bisschen Freizeit nicht auch noch rauben wollte. Schließlich musste er einiges an verpasstem Lernstoff nachholen, um die vierte Klasse zu bestehen. Im letzten Augenblick hielt sie sich zurück – der Mann hatte recht, Valentin konnte ein Erfolgserlebnis durchaus gebrauchen.

Asmus betrachtete unterdessen stirnrunzelnd den Aufkleber, der den Farbton zeigte.

»Lila?«, fragte er auf eine Weise, als ob es unvorstellbar wäre, dass jemand sein Wohnzimmer in diesem Ton streichen wollte.

»Nicht Lila, sondern Lavendel mit einem Stich ins Graue. Also ein sehr blasses Lavendel.« Sogar in Maries Ohren klang die Erläuterung überkandidelt. »In echt ist die Farbe nicht so knallig wie auf dem Button. Außerdem will ich noch Altweiß mit hinzugeben, dann bekommen die Wände nur einen Hauch Lavendel.«

In Asmus' Augenwinkel schlichen sich Schmunzelfalten. »Das ist eine gute Idee, so viel Weiß reinzugeben, bis vom Originalton kaum noch was zu sehen ist. Heißt es nicht immer, dass man sich in lila Räumen umbringt?«

»Na, dann ist es ja fein, dass ich *keine* lila Farbe gekauft habe«, sagte Marie mit Nachdruck.

Was dieser Kerl wohl zu dem zarten Salbeiton sagen würde, den sie für die Diele ins Auge gefasst hatte? Vermutlich würde er es mit etwas vergleichen, das seine Schafe ausspuckten, wenn sie sich am Gras überfressen hatten – und dass ihn beim Anblick der Farbe ein ähnliches Bedürfnis überkam. Marie spürte ein Kribbeln in sich aufsteigen, das sie schon fast vergessen hatte: die Freude daran, sich mit jemandem zu necken. Ein spielerisches Bälle-Zuwerfen, für das Valentin noch zu jung war. Wie sehr hatte sie es vermisst, sich mit jemandem gezielt liebenswürdige Frechheiten an den Kopf zu schmeißen. Sorgfältig weggeschlossene Erinnerungen an Thomas, der ein Meister in dieser Disziplin gewesen war, stiegen in ihr auf, und das Lächeln, das sie Asmus gerade hatte schenken wollen, fiel unwillkürlich in sich zusammen.

Ihr Stimmungswandel war offenbar so frappant, dass er Asmus nicht entging. »Tut mir leid, ich wollte mich keineswegs als Farbenpapst aufspielen. Schließlich ist bei mir im Haus alles in langweiligstem Weiß gestrichen …« Sosehr er sich auch bemühte, die Leichtigkeit zwischen ihnen war dahin.

Marie deutete auf die Eingangstür, und er folgte ihr ins Haus, wo er vor der halb abgekratzten Palmentapete im Wohnzimmer stehen blieb. Falls ihm zu dieser ausgesuchten Hässlichkeit ein entsprechender Kommentar einfiel, ließ er sich zumindest nichts anmerken. Als Marie das Sammelsurium aus Pinsel, Farbrollen, Folien und Abklebeband auf den Sofatisch gelegt hatte, rechnete sie fest damit, dass er sich sogleich verabschieden würde. Der Gedanke an Thomas hatte der sich anbahnenden Unterhaltung einen empfindlichen Dämpfer verpasst, und sie wusste einfach nicht, wie sie das Gespräch wieder in Gang bekommen sollte, ohne allzu verzweifelt zu wirken.

Asmus nahm ihr die Entscheidung ab, indem er ihr den Rücken zudrehte und die Bücher inspizierte, die zu sauber aufgeschichteten Türmen vor dem eingestürzten Regal standen. Vorsichtig nahm er eine auf dünnes Papier gedruckte Novelle über das heutige Moskau in die Hände, deren kräftige, beinahe derbe Finger von vielen Stunden Arbeit an Zäunen und Ställen kündeten. Bislang hatte Marie nur schmale, gepflegte Männerhände kennengelernt wie die Hände ihres Vaters, die mit Chirurgenbesteck umgingen, oder solche, die nur Computertastaturen und einen Badmintonschläger kannten, wie die Hände von Valentins Vater. So gesehen war nichts an diesem Mann vertraut, weder die Hände, die von seinem Beruf erzählten, noch der dichte Bart, der sein Gesicht verbarg, und erst recht nicht seine Art, die verriet, dass er den oberflächlichen Umgang mit anderen Menschen nicht gewohnt war. Genau wie Marie wollte er ein paar Worte wechseln, ohne sich auf unbekanntes und möglicherweise vermintes Gelände zu begeben.

Ich bin nicht die Einzige von uns beiden, die es vorzieht zu schweigen, anstatt zu viel zu sagen, erkannte Marie.

»Meine Nichte hat mir erzählt, dass Sie Romane übersetzen«, sagte Asmus schließlich und hielt ein gebundenes Buch hoch, in dem Maries Name als Übersetzerin genannt wurde. »Das hat ihr gefallen.«

»Der Job an sich wäre allerdings wohl kaum nach Dashas Geschmack, der macht einen nämlich zum einsamen Schreibtischtäter«, sagte Marie in leichtem Ton, um damit jeden Verdacht zu zerstreuen, dass ihr dieses Beisammensein schwerfiel. Doch genau das tat es, seit die Erinnerungen an ihr früheres Leben wie ein gefährliches Aufflackern am Himmel aufgetaucht waren. »Für Ihre Nichte ist in erster Linie spannend, dass ich aus dem Russischen übersetze. Sie ist nämlich wahnsinnig stolz auf ihre russischen Wurzeln, und wenn sie die Liebesgeschichte ihrer Eltern erzählt, bekomme sogar ich feuchte Augen, obwohl ich eigentlich nicht besonders romantisch bin.«

Obwohl Dasha erst einige Male zu Besuch im Kapitänshaus gewesen war, hatte sie einen gewaltigen Eindruck hinterlassen. Sie gehörte nämlich keineswegs zu den verschüchterten Teenies, die kaum wussten, wer sie waren, und sich am liebsten vor dem Rest der Welt versteckt hätten, bis das Chaos in ihrem Innern vorbei war. Nein, Dasha war die Selbstsicherheit in Person. Mit entsprechend wenig Scheu berichtete sie Marie und jedem, der es hören wollte, von ihren Plänen, an der St. Petersburger Universität zu studieren wie einst ihre deutsche Großmutter Elsa Mehnert, die dort während eines Auslandssemesters ihre große Liebe namens Sergej kennengelernt hatte und nach seinem viel zu frühen, tragischen Tod mit zwei kleinen Kindern nach Deutschland zurückgekehrt war – eine trauernde und trotzdem glückliche Frau, die jene kostbare Zeit hochhielt, die ihr mit ihrem Sergej geschenkt worden war. Wenn Dasha auf ihre Großmutter zu sprechen kam, wurde Marie unweigerlich von zwei widerstreitenden Gefühlen heimgesucht: Zum einen überkam sie Neid, weil es Elsa Mehnert gelungen war, aus dem Verlust ihrer großen Liebe eine Erzählung zu spinnen, die so viel Mut verströmte, dass sogar die Enkel-Generation davon erreicht wurde. Maries Geschichte hingegen musste unerzählt bleiben wie ein wohlgehütetes Geheimnis, tief vergraben unter Schweigen und Vergessen, damit die Gegenwart zu bewältigen war. Zum anderen machte ihr Elsa Mehnerts Geschichte Mut, dass sie eines Tages vielleicht auch auf ihre eigene Vergangenheit zurückblicken würde, ohne sofort einen rasenden Schmerz zu verspüren, der alles andere abtötete, sodass sie sich wie ausgelöscht fühlte.

»Dasha redet manchmal zu viel. Ich liebe meine Nichte wirklich, aber ab und an ist es gut, wenn man die Ohren auf Durchzug stellt«, murmelte Asmus, ohne Maries fragenden Blick zu bemerken. Falls ihn das Thema berührte, zeigte er es zumindest nicht.

»Das mag sein, aber in diesem Fall geht es doch um mehr als um die blühende Phantasie einer Vierzehnjährigen. Es geht um Ihre Familiengeschichte.« Als Asmus nicht darauf einging, sondern in dem Buch zu blättern begann, setzte Marie nach. »Dasha hat mir von Ihren Eltern erzählt. Das muss wirklich ein herber Schlag gewesen sein, als Ihr Vater so unvermittelt verstorben ist – nicht nur für Ihre Mutter, sondern auch für Sie. Sie müssen damals doch noch ein kleiner Junge gewesen sein, drei oder vier Jahre jünger als mein Valentin?«

»Wie alt war ich wann?« Asmus machte keine Anstalten, vom Buch aufzuschauen. Es machte ganz den Anschein, als wäre alles, was Marie gesagt hatte, an ihm vorbeigegangen. Offenbar stellte er seine Ohren nicht nur in Gegenwart seiner Nichte auf Durchzug.

»Als Ihr Vater, er ist ...« Es wollte Marie nicht gelingen, den Satz zu Ende zu bringen. Es gab Worte, die ihr einfach nicht über die Lippen kamen. Als wären sie Passwörter, die Türen in ihrem Inneren aufstießen, die sie um jeden Preis geschlossen halten musste. Ihre Gedanken wanderten zu Valentin, der als Kind vor einer ganz ähnlichen Situation gestanden hatte wie Asmus, nur dass seine Mutter das Thema möglichst unangetastet ließ. Marie überkam eine dunkle Woge, als sie sich ihren Jungen vorstellte, der sich im Garten gerade um ein Lamm kümmerte, dessen Schicksal sich schon in den nächsten Wochen entscheiden würde. Diesen Kummer hätte sie ihm zu gern erspart. »Wenn ein Tier einen Namen hat, darf man es nicht einfach schlachten«, sprach sie ihre Gedanken laut aus.

Endlich legte Asmus das Buch beiseite und suchte Maries herumirrenden Blick. »Es steht mir eigentlich nicht zu, Ihnen Ratschläge zu geben ... Aber Sie sollten vor Valentin nicht unausgesprochen lassen, dass Schafe auch Schlachttiere sind. Davon abgesehen, dass der Junge eh Bescheid weiß. Er ist ein helles Kerlchen, vor dem man die Wahrheit nicht verheimlichen muss, nur um ihn zu schonen. So etwas macht niemanden stärker.«

Es fühlte sich an, als würde Maries Inneres erstarren, regelrecht einfrieren, so sehr widerstrebte ihr jedes einzelne von Asmus' Worten. »Sie haben recht«, sagte sie betont langsam, damit ihre Stimme nicht zitterte. »Sie sollten Ihre Ratschläge lieber für sich behalten. Ich muss mit Valentin nicht über den Tod reden, mein Sohn weiß nur allzu gut, dass es keine Garantien im Leben gibt. Warum sollte ich ihm also wegen eines Lämmchens zusetzen?«

Asmus stand reglos da, als höre er in sich hinein, dann nickte er. »Entschuldigen Sie bitte, ich wollte keine Grenze überschreiten.« Sorgfältig rückte er den Bücherstapel zurecht. »Falls Sie wegen der Malerei Hilfe brauchen, sprechen Sie mich ruhig an. Aber ich glaube, Sie werden das schon allein hinbekommen. Sie machen auf mich den Eindruck, als hätten Sie alles ganz wunderbar in der Hand.« Er verabschiedete sich knapp, und Marie blieb in der Haustür stehen, während er noch ein paar Sätze mit Valentin wechselte, der den frisch gestriegelten Mähnert nur ungern herausrückte.

Nachdenklich betrachtete Marie die Unterhaltung zwischen ihrem schmalen Sohn und dem hochgewachsenen Mann, dessen Gesicht hinter seinem dichten Bart verschwand. Als Valentin sich plötzlich zu ihr umdrehte, strahlte er von einem Ohr bis zum anderen.

»Kann ich Mähnert zurück zu seiner Herde bringen? Ich komm dann auch gleich wieder und helfe dir beim Tapetenabkratzen. Das habe ich Asmus versprochen.«

Mehr als ein Nicken brachte Marie nicht zustande.

Eigentlich hatte Valentin für die Schafentführung und die Schulschwänzerei alles andere als einen aufregenden Nachmittag verdient, aber sie würde eine Weile brauchen, bis sie sich wieder gefangen hatte. Seit jenem unseligen Tag vor drei Jahren, an dem Valentin hilflos seiner in Tränen aufgelösten, unsinnig vor sich hin redenden Mutter gegenübergestanden hatte, hatte sie sich in seiner Gegenwart nie wieder gehen lassen. Für dieses Maß an Beherrschtheit zahlte sie oft einen hohen Preis, aber sie fand, dass es den Seelenfrieden ihres Sohnes wert war. Während sie sich in ihre Jacke kuschelte, als wehe ihr eine plötzliche Brise entgegen, sah sie den beiden hinterher, wie sie mit Mähnert und den aufmerksamen Border Collies im Schlepptau am Deich entlangzogen. Und zum ersten Mal fragte sie sich, ob sie mit ihrer Beherrschtheit, die oftmals bis zur Erstarrung reichte, wirklich nur Valentin schützen wollte.

Kapitel 10

Die Nacht war – wie so viele andere Nächte auch – zu kurz gewesen. Wie üblich war Marie schweißbedeckt und keuchend aufgewacht, um anschließend nicht wieder in den Schlaf zu finden. Im anbrechenden Zwielicht hatte sie ihren Rundgang durch die untere Etage des Kapitänshauses gemacht, der wie stets am Küchentisch endete. Das kalte Neonlicht war die beste Waffe gegen Träume, die sich mit aller Macht in die Gegenwart hinüberretten wollten.

So weit verlief alles wie gehabt. Nur mit dem Unterschied, dass Marie die Schatten der Vergangenheit, die sie im Schlaf heimsuchten, mittlerweile zu schätzen wusste – sogar Thomas' flüsternde Stimme, die ihren Puls zum Rasen brachte. Das Nacht für Nacht immer gleiche Szenario beruhigte sie, schließlich bewies es, dass es nicht schlimmer wurde. Seit ihrer Ankunft in Tidewall stagnierten die Symptome. Zugegeben, sie waren nicht schwächer geworden, aber damit konnte sie leben. Vor allem, weil ihre Tage im Kapitänshaus ansonsten von beruhigender Gleichmäßigkeit waren. Alles kreiste um Valentins Alltag und ihre Bemühungen, wieder als Übersetzerin Fuß zu fassen. Gleichmäßigkeit, ja, Eintönigkeit, das Leben als ruhig dahinströmender Fluss – das war es, worauf es ankam. Dann würde sie eines Tages auch Herzrasen, Schlaflosigkeit und Angstzustände überwinden. Ihr Geist würde aufhören, ihr vorzugaukeln, dass Schritte auf dem Flur erklangen oder ein Schatten hinter ihr aufragte.

Sie würde endlich jene Gelassenheit leben, die sie bislang nur vortäuschte, um sich und ihrem Kind ein Gefühl von Sicherheit zu geben.

Heute Nacht jedoch war etwas anders. Die mühsam erkämpfte Ordnung geriet durcheinander. Der Auslöser war Marie allerdings ein Rätsel, und das machte sie über alle Maßen nervös. Nachdem sie aus dem Schlaf hochgefahren war, war sie zum ersten Mal nicht durcheinander oder gar verzagt gewesen, sondern gereizt. Als verliere sie allmählich die Geduld bei diesem Spielchen. Das durfte aber nicht sein. Wenn sie erst einmal anfing, an dem eingespielten Muster zu rühren, dann würde der Burgfrieden am Ende noch zerbrechen.

Während Marie am Küchentisch saß und versuchte, ihre irrlichternden Gedanken einzufangen, toste draußen der Wind ums Haus und fuhr krachend in die noch kahlen Kastanienkronen. Da die braunen Vorhänge nicht mehr hingen, blickte sie auf schwarze Fensterscheiben. Schneeflocken klatschten gegen das Glas, nur um in unansehnlichen Schlieren die Scheibe hinunterzurutschen. Eigentlich sollten draußen auf dem Deich schon längst die Schafe wie leuchtende Tupfen stehen. Solange der Winter sich jedoch nicht verabschiedete, mussten sie im Stall ausharren. Ob die Tiere langsam unruhig wurden? Die Muttertiere verspürten doch bestimmt den Instinkt, ihre Jungen aufs Grün zu führen … Sie würde sich bei Gelegenheit einmal bei Asmus Mehnert erkundigen. Oder auch nicht. Schließlich hatte sie schon genug Probleme, auch ohne ihrem Nachbarn nachzustellen, den sie seit ihrem anfangs vielversprechenden und doch unglücklich geendeten Kennenlernen nicht wiedergesehen hatte.

Marie rieb sich mit den Handballen über die Stirn, hinter der lauter seltsame Dinge vorgingen.

Diese Nacht war nicht ihr Freund, noch weniger als sonst.

Da sowieso nichts mehr zu retten war, holte Marie einen Brief aus dem Korb, in dem sie die Post aufbewahrte. Der schwach nach Zimt duftende Umschlag hatte bereits vor drei Tagen im Briefkasten gesteckt. Bislang hatte sie ihn ignoriert. Sie ahnte, vor welche Herausforderung sein Inhalt sie stellen würde.

Mit einem flauen Gefühl im Magen öffnete sie den Umschlag und holte einen Bogen Papier heraus, der mit einer vertrauten, sehr disziplinierten Schrift bedeckt war. Offenbar hatte Pia darauf gesetzt, dass Marie einen Brief ihrer Freundin wohl nicht so leichtherzig entsorgen würde wie deren E-Mails, die sie bislang ungelesen weggeklickt hatte. Raffinierter Schachzug, gestand Marie ihr zu.

Marie kannte den kleinen, aber nichtsdestotrotz energiegeladenen Blondschopf mit der Vorliebe für Herrenkleidung schon seit dem Studium. Damals hatte Pia Blattschild keine Probleme mit Maries zurückhaltender Art gehabt, weil sie ohnehin für zwei redete. Sie hatten sich in der Linguistikabteilung der Bibliothek kennengelernt, wohin Pia vor ihren Jura-Kommilitonen geflüchtet war.

»Nicht auszuhalten mit diesen Möchtegern-Paragrafen-Fuzzis. Ich bin umgeben von Leuten, die sich mit zwanzig Lenzen schon auf der Kanzlei ausruhen, die sie eines schönen Tages von Papi und Mami mit einer rosa Schleife verpackt geschenkt bekommen werden. Unter diesem Geldadel der Juristerei findest du nix als Selbstgerechtigkeit«, hatte sie Marie erklärt, die versucht hatte, sich hinter einem Stapel Bücher vor dieser viel zu lauten Person zu verstecken. Es hatte nicht viel genutzt, schon kurze Zeit später hatte Pia sie zu einer gemeinsamen Kaffeepause genötigt und eine Diskussion über Dostojewskis Roman »Schuld und Sühne« aus dem

Ärmel geschüttelt. Ihrem wachsamen Blick war nämlich nicht entgangen, dass Marie gerade mit Begeisterung eine Hausarbeit über dieses Thema schrieb. Obwohl Pia eine angehende Juristin war, fiel es ihr leicht, über Literatur zu reden – genau wie über Psychologie, Secondhand-Klamotten und die beste Art, einen indischen Linseneintopf zu kochen, ohne dabei allzu viel Geschirr dreckig zu machen. Pia war ein offener Mensch, der mehr sah als bloß seine eigenen Interessen, und mit großer Leidenschaft über den Tellerrand blickte. Genau das hatte ihre langjährige Freundschaft letztendlich in einen Winterschlaf fallen lassen: Marie hatte den durchdringenden Blick und die ungeschönten Worte ihrer Freundin nicht länger ertragen.

Es brauchte noch eine Weile, bis sie sich dazu durchrang, Pias Brief zu lesen. Beinahe hätte sie ihn unbesehen in den Umschlag zurückgesteckt, dann hielt sie sich jedoch vor Augen, dass sie mit Feigheit auf Dauer kaum ihr Problem lösen würde. Sie konnte Pias Zeilen ja lesen, ihre Worte, falls sie ihr nicht passten, in die tiefe Grube ihrer Erinnerung fallen lassen und den Brief anschließend mit gutem Gewissen zu der Sammlung alter Postkarten & Co. tun. Damit wäre die Unruhe, die sie ergriffen hatte, hoffentlich vorbei.

Meine liebe Marie,

nun bist Du schon vor gut einem Monat in den fernen Norden gezogen, und ich habe von Renate gehört, dass Du Dich wacker schlägst, obwohl das noble Kapitänshaus sich als Vorhölle des schlechten Geschmacks entpuppt hat. Bestimmt gefällt Dir die Herausforderung, die alte Hütte auf einen Stand zu bringen, der Deinem edlen Geschmack Genüge tut. Ich kann Dich regelrecht vor mir sehen, wie Du Farbproben einem Echtlichttest unterziehst und den Esstisch einen Zentimeter mehr nach links verrückst, obwohl Dein Rücken Dich bestimmt wieder einmal umbringt vor lauter Verspannung. In dieser Hinsicht bin ich froh, dass Du so weit weggezogen bist. Ansonsten hättest Du mich gewiss in die Pflicht genommen – und Du weißt ja, wie sehr ich diesen ganzen Inneneinrichtungsquatsch hasse. Außerdem soll es da noch einen Garten geben, der mehr einer öffentlichen Parkanlage gleicht. Scheiße. Wenn ich als Betonliebhaber:in das mal so schreiben darf.

Marie ertappte sich beim Schmunzeln. Pia und sie waren tatsächlich in so mancher Hinsicht die reinsten Gegensätze. Während für Marie ein schönes Zuhause essenziell war, hatte Pia gegenüber ihren vier Wänden eine so pragmatische Einstellung, dass es schon an Selbstverleugnung grenzte. Aber für die junge Staatsanwältin bedeutete eine Wohnung bloß Bettstatt, Lagerhalle und Duschmöglichkeit, während das wahre Leben im öffentlichen Raum stattfand.

Wie geht es Dir denn ansonsten so an der Elbmündung? Bringt die Weite Dithmarschens die Ruhe, nach der Du Dich gesehnt hast? Ich denke oft an Dich & Valentin, vor allem mein Patenkind fehlt mir. Obwohl ich es – unter uns gesagt – nicht vermisse, die Samstage mit ihm auf der Wasserrutsche im Fun-Park zu verbringen.
Denkst Du denn manchmal, dass ich nicht nur eine ziemlich lästige, sondern auch eine verdammt gute Freundin bin? Mir ist schon klar, dass Du auf Abstand gegangen bist, weil wir unterschiedlicher Meinung darüber sind, wie man mit einem so großen Schock,

wie Du ihn erlitten hast, umgeht. Aber Freunde sind doch dazu da, einem auch Unangenehmes zu sagen. Ich weiß, dass ich Dich mit meiner Drängelei verscheucht habe, und das tut mir sehr leid. Natürlich musst Du keine alten Wunden aufreißen, wenn Du Dich nicht stark genug dazu fühlst. Und ich werde es auch nicht mehr tun, obwohl ich in meinem Beruf jeden Tag aufs Neue sehe, wohin es führen kann, wenn man sich seiner Vergangenheit nicht stellt.
Siehst Du? Nun fange ich schon wieder an. Ich bin schrecklich, eine alte Nervensäge. Es liegt mir nur so sehr am Herzen, dass es Dir & dem kleinen Rotschopf gut geht, nach allem, was ihr durchgemacht habt.
Bitte sende mir ein Lebenszeichen! Ich nehme, was ich kriegen kann: sms, Postkarten und sogar Brieftauben.

Deine Freundin Pia

Sorgfältig knickte Marie den Brief in der Mitte und faltete ihn immer weiter zu einem winzigen Rechteck, während sie in Gedanken ein paar Zeilen formulierte, die auf eine Postkarte passen würden. Denn mehr würde Pia nicht von ihr bekommen, sosehr sie sich nach diesen Zeilen auch wünschte, auf ihre Freundin zugehen zu können. Denn sie vermisste Pia. Sogar sehr. Nur wie sollte sie mit ihrer Hartnäckigkeit umgehen? Immer, immer wieder drehte sich bei Pia alles um dieses eine Thema, über das Marie nicht reden wollte. Nicht reden konnte. Reichte es denn nicht, dass die Vergangenheit sie bis in ihre Träume verfolgte? Darüber zu reden machte nichts besser, dadurch veränderte sich nämlich nichts. Alles blieb so, wie es war. Damit hatte sie sich abgefunden, bloß ihre einst so enge Freundin wollte das nicht akzeptieren und diagnostizierte mit ihrer Küchenpsychologie, dass Maries Weigerung, den Schicksalsschlag aufzuarbeiten, mehr Schaden anrichtete als Nutzen brachte.

»Was weiß Pia schon?«, flüsterte Marie, die das Papierrechteck so fest zwischen ihren Fingern hielt, dass die Fingerkuppen ganz taub wurden. »Ihr ist noch nie etwas Schreckliches zugestoßen. Sie kennt Schmerz, Angst und Verlust nur aus dem Verhandlungsraum, wenn Opfer und Täter dort ihre Geschichten ausbreiten. Mehr als Gerede hat sie nicht zu bieten. Keine Erfahrung, keine …«

Marie hielt inne.

Ihre Fingerkuppen fühlten sich nicht länger taub an von dem Druck, der auf ihnen lastete: Sie waren plötzlich wie abgestorben.

Bestürzt versuchte sie, die Fingergelenke zu bewegen, was ihr jedoch nicht gelang. Offenbar war sie nicht nur außerstande, sie zu spüren, sondern auch, ihnen einen Befehl zu erteilen. Es war fast, als gehörten ihre Hände nicht mehr ihr selbst, sondern einer Fremden. Nein, keiner Fremden, sondern einer Statur, einem leblosen Geschöpf, das nur vorgab, lebendig zu sein.

Mit einem leisen Aufschrei schickte Marie einen Ruck in ihre Handgelenke, doch sie erreichte nicht mehr, als dass der zusammengefaltete Brief auf die Tischplatte fiel.

Sie starrte auf ihre Hände. War es das Neonlicht, oder verlor ihre Haut wirklich an Farbe?

Während Marie kaum einen klaren Gedanken fassen konnte, wurden ihre Finger immer blasser, bis sie geradezu durchsichtig schienen. Glashände. Wie die Hände eines lebenden Gespensts. Nägel, Fingerglieder, Handrücken waren da, aber sie sah sie kaum noch. Sie waren nicht mehr als eine Erinnerung, deren Kontur sich bereits auflöste.

»Das bilde ich mir ein«, sagte Marie in die Stille des Raums hinein. »Das ist nur Pias Schuld, weil sie das Vergangene nicht ruhen lässt. Weil sie mich dazu zwingen will zuzugeben, dass …« Nicht einmal im Schutz der Nacht schaffte sie es, ihre Angst in Worte zu fassen. Bislang war sie mit ihrer Verweigerung, sich mit ihren Problemen auseinanderzusetzen, gut gefahren. Nun sah es jedoch ganz danach aus, als würde diese Überlebenstaktik sie in einen Geist verwandeln, der nur vorgab, am Leben zu sein.

Marie schloss die Augen. Ihre einzige Chance, den Bann zu brechen. Ganz leicht senkten sich ihre Lider, bis sie so sanft auflagen, als träume sie. Einen bösen Traum, aber eben nur einen Traum. Falls ihre gläsernen Hände in Wahrheit ein Warnsignal waren, wollte sie es nicht hören. Nicht jetzt, wo sich doch gerade alles zu normalisieren schien. Sie hatte, verflucht noch einmal, keine Kraft mehr für neue Herausforderungen!

Als Marie die Augen wieder öffnete, lagen ihre Hände auf der Tischplatte. Kein gläserner Schimmer, keine Spur von Transparenz. Natürlich ist es ein Trugbild gewesen, das war doch klar, schalt Marie sich. Dein übermüdetes Gehirn hat sich einfach eine kurze Auszeit genommen.

Nur das Gefühl von Taubheit war geblieben, aber das war ja ohnehin ein fester Bestandteil ihres jetzigen Daseins.

Kapitel 11

Der Vormittag verging wie im Flug.

Nachdem Valentin beim Frühstück ausnahmsweise auf seine gebetsmühlenartige »Ich will nicht zur Schule«-Ansprache verzichtet hatte, war Marie guter Hoffnung gewesen, dass dies der erste leichte Tag in Tidewall sein würde. Nachdem ihre vorübergehend tauben Finger sie in ihrer Renovierungswut ausgebremst hatten, war das Wohnzimmer nun endlich ausgemistet, und sie konnte schon bald mit den Malerarbeiten anfangen. Valentins schlauchartiges Zimmer war inzwischen als U-Boot dekoriert, und in der Küche verstrahlten Tulpen, die in einer alten Waschschale wuchsen, einen Hauch Frühlingserwachen. Nach gut zwei Monaten an der Elbmündung ahnte Marie, wie es sich anfühlen würde, angekommen zu sein.

Gewiss hing ihre gute Stimmung auch mit dem Wetter zusammen. Wie es sich für den April gehörte, blitzte heute hinter den schweren Regenwolken die Sonne hervor und bestärkte sie darin, ihr Pensum rasch zu erledigen. Dann könnte sie ohne schlechtes Gewissen noch eine Stunde im Garten arbeiten. Für die nächsten Tage waren nämlich weitere schwere Regenfälle vorhergesagt.

Marie streckte sich, so gut ihr chronisch verspannter Körper es zuließ. Dann beugte sie sich vor, stützte ihr Kinn in die Hände und blickte zum Fenster hinaus. Ihr Schreibtisch – eine ehemalige Konsole für Ziergegenstände – stand direkt unter dem Doppelfenster, das auf den Vorgarten hinausging. Bislang hatten von den Blumen nur Narzissen und eine Handvoll Hyazinthen ausgetrieben. Allerdings gingen sie fast unter in dem überall wuchernden Giersch, dem Marie den Kampf angesagt hatte. Sie würde diesen Garten vom Unkraut zurückerobern! Und sobald das Wetter es zuließ, würde sie ihren Sieg feiern, indem sie ihren Schreibtisch rausstellte und unter blauem Himmel arbeitete.

Marie war so sehr ins Pläneschmieden vertieft, dass das Zuklappen der Gartenpforte sie zusammenfahren ließ.

Ein Blick auf die Uhr zeigte, dass es nicht Valentin sein konnte, weil der sich gerade im Musikunterricht abmühte (»Unsere Lehrerin ist eine versnobte Gurke, der man es nicht recht machen kann!«). Außerdem glaubte sie, ein Motorengeräusch gehört zu haben. Der Postmann – eigentlich eine Postfrau namens Gitti mit einer Schwäche für selbst gedrehte Zigaretten – kam allerdings erst gegen Nachmittag zum Kapitänshaus, quasi als letzte Etappe auf der Route. Und für den Brotmann, der jeden Donnerstag die verstreut liegenden Häuser Tidewalls abklapperte, um ihnen Sauerteigbrot und Blechkuchen zu verkaufen, war es ebenfalls noch einen Tick zu früh.

Wen sonst verschlug es am Vormittag in diese Gegend?

Unwillkürlich wanderten Maries Gedanken zu Asmus Mehnert, den sie seit ihrer ersten Begegnung nur von Weitem gesehen hatte. Seine Schafe standen nun endlich auf dem Deich, und er schaute regelmäßig in Begleitung seiner beiden Hunde nach dem Rechten. Valentin verschwand zwar immer wieder mal für einen Nachmittag, um dem Schäfer bei seiner Arbeit zu helfen, aber anschließend erzählte er ausschließlich von den Tieren. Besonders Klein Mähnerts Fortschritte waren von größter Bedeutung und brachten die

Augen des Jungen zum Leuchten. Über den Mann, der ihn anleitete, sprach er hingegen nicht von sich aus, und Marie wagte es nicht nachzubohren. Valentin sah sie ohnehin schon immer so lauernd an.

Während Marie vom Schreibtisch aufstand, um den mit Klinker gepflasterten Weg besser einsehen zu können, ging die Haustür plötzlich wie von Geisterhand auf. Außer ihr und Valentin hatte niemand einen Schlüssel … Oder? Mit einem unbehaglichen Gefühl in der Bauchgegend eilte sie in die Diele, nur um dort mit einer älteren Dame zusammenzustoßen, die sie zornig anfunkelte.

»Gib doch Acht, Mädchen«, schimpfte der ungebetene Gast, eine kleine ältere Frau mit einem eleganten Kurzhaarschnitt. Sie trug ein überaus edles Twinset und einen dazu passenden Stiftrock, während ihre Füße nicht etwa in bequemen Schuhen steckten, denen Damen im höheren Alter gewöhnlich den Vorrang gaben, sondern in grauen Wildlederpumps, die Marie unter anderen Umständen gern einmal anprobiert hätte. In dem mit unzähligen feinen Falten übersäten Gesicht funkelten jadegrüne Augen. Marie erkannte die Farbe sofort, weil ihre Iris die gleiche hatte. Ein Familienerbstück sozusagen.

»Tante Marlene?«, fragte sie.

»Wenn überhaupt, dann gefälligst Großtante Marlene. Obwohl es lächerlich ist, verwandtschaftliche Nähe zu betonen, wo man einander ja überhaupt nicht kennt. Du bist Marie, das Kind meines Neffen Hindrick, nicht wahr?« Sie wartete gerade noch Maries zustimmendes Nicken ab, ehe sie eine abwertende Handbewegung machte. »Nun, den Burschen kenne ich im Grunde genommen genauso wenig wie dich, schließlich ist dein Vater nur der uneheliche Sohn meines Onkels – der wohlgemerkt aus der zweiten Ehe meines Großvaters stammte. So gesehen gibt es zwischen uns keine ernstzunehmende familiäre Beziehung.«

Mit sichtlichem Vergnügen an diesem Seitenhieb wartete die alte Dame Maries Reaktion ab. Die ließ sich Zeit, was angesichts dieses Familienwirrwarrs verständlich war. Allem Anschein nach war an den Geschichten über Großtante Marlene mehr als ein Körnchen Wahrheit dran, sie war nicht nur zänkisch, sondern geradezu versessen darauf, ihre Mitmenschen auf den ihnen zustehenden Platz in ihrer huldvollen Gegenwart zu verweisen.

Marie seufzte. So leicht ließ sie sich nicht einschüchtern. »Wenn wir einander so fremd sind, dann hättest du anstandshalber lieber anklopfen sollen, bevor du ins Haus kommst.«

»Ich soll bei meinem eigenen Haus anklopfen, bevor ich eintrete? So weit kommt es noch.« Marlene schritt an ihr vorbei, als sei sie nicht mehr als eine schlecht ausgebildete Angestellte.

Einen Moment spielte Marie mit dem Gedanken, sich umzudrehen und die unfreundliche alte Dame einfach stehen zu lassen. Sollte sie doch ihrer Wege gehen. Streitereien kosteten sie nur Kraft, und um ihre Reserven war es schließlich nicht gerade üppig bestellt. Seit sie vor einigen Tagen die schreckliche Vision gehabt hatte, dass ihre Hände sich in Glas verwandelten, stand sie unter Dauerstrom. Alles entwickelte sich so gut in Tidewall – und sie litt wie zum Hohn unter den Nachwehen eines verrückten Wachtraums. Zumindest redete sie sich das unablässig ein, obwohl das verstörende Gefühl der Taubheit sich immer öfter in ihren Fingerspitzen bemerkbar machte. Sie konnte geradezu spüren, wie die Kälte unter ihre Haut kroch und die feinen Nervenbahnen lähmte … Sie musste Marlene möglichst schnell loswerden.

»Wenn ich Gerald richtig verstanden habe, gehört das

Haus ihm. Du hast es deinem Sohn schon vor Jahren überschrieben«, gab Marie zu bedenken.

»Es war eine Schenkung.« Es gelang Marlene, das Wort mit solchem Nachdruck auszusprechen, dass Marie zusammenzuckte. »Eine Schenkung kann man bei Böswilligkeit übrigens jederzeit rückgängig machen, das sollte mein lieber Herr Sohn eigentlich wissen. Schließlich haben sein verstorbener Vater und ich ihn nicht umsonst Jura studieren lassen. Und von einer Böswilligkeit zu sprechen, ist in diesem Fall ja auch keineswegs übertrieben. Wie soll ich es sonst verstehen, dass Gerald dich einfach in unserem Familieneigentum einquartiert, während ich auf Kur bin? Es ist eine wahre Schande, dass ich nach meiner Rückkehr erst auf Umwegen erfahren musste, dass du dich im Kapitänshaus eingenistet hast.«

»*Einnisten* ist wohl kaum der richtige Ausdruck, schließlich bin ich Geralds Einladung gefolgt. Falls überhaupt, solltest du dich mit deinem Sohn auseinandersetzen«, hielt Marie dagegen. »Einmal davon abgesehen, dass es dem Haus guttut, Menschen zu beherbergen, die sich darum kümmern. Du solltest dich freuen – wenn schon nicht für mich und mein Kind, weil wir ein neues Zuhause gefunden haben, so doch wenigstens für dieses Haus, das dir ja scheinbar viel bedeutet.«

Auf Marlenes Stirn grub sich eine lotrechte Falte ein. »Woher willst du denn wissen, ob ich dem Haus etwas Gutes wünsche?« Natürlich erwartete sie keine Antwort, das taten Frauen wie Marlene nie. »Du hast ja nicht die geringste Ahnung, meine Liebe. Du bist völlig unbeleckt, was die Geschichte des Kapitänshauses anbelangt, das schon seit vier Generationen in der Hand meiner Familie ist. Du weißt ja offenbar nicht einmal, wer ich bin.«

»Natürlich weiß ich, mit wem ich es zu tun habe«, unterbrach Marie ihre Großtante, während sie ihre Locken hinter die Ohren schob, ohne die Berührung ihres Haars zu spüren. Ihre Geduld war langsam am Ende. »Du bist Marlene Weiss, die alleinige Erbin des Löwenkamp-Konzerns, der sich nach dem Ersten Weltkrieg in der Metallbranche einen Namen machte und bis heute Bedeutung hat, wenn auch mit gewissen Abstrichen, was typisch für dieses Geschäft ist. Von deinem Reichtum einmal abgesehen gilt Marlene Weiss in unserer Familie als alter Drachen par excellence.« Marie wusste, dass es klüger gewesen wäre, den Mund zu halten. Nicht nur weil sie für solche verbalen Nahkämpfe eher ungeeignet war, sondern auch weil sie Marlene für durchaus rachsüchtig hielt. Aber nun war es zu spät für eine Kehrtwende, und letztendlich hatte die werte Tante es ja herausgefordert, die Meinung gesagt zu bekommen. Während Marlenes Kopf nach hinten ruckte, als habe sie ein harter Gegenwind erwischt, gönnte Marie ihr ein zuckersüßes Lächeln. »Du siehst: Obwohl wir einander zum ersten Mal persönlich gegenüberstehen, ist mir sehr wohl bewusst, mit wem ich es zu tun habe. Insofern weiß ich es also zu begrüßen, dass es mit unserer Verwandtschaft nicht allzu weit her ist.«

Zuerst stand Marlene nur reglos da, dann erwiderte sie überraschenderweise Maries Lächeln, ohne dass sich jedoch die Zornesfalte auf ihrer Stirn glättete. Sie ging unangemessen dicht an Marie vorbei und nahm eine Rosenthalvase vom Büfett, ein Familienerbstück, das Renate ihrer Tochter überlassen hatte. Die alte Dame betrachtete das schneeweiße Porzellan, an dem die Jahre spurlos vorbeigegangen waren, und fuhr mit den Fingern über den Rand aus durchbrochener Spitze. »Ein hübsches Stück«, sagte sie zu sich selbst, während Marie gegen das Verlangen ankämpfte, auf sie zu-

zustürzen und ihr die Vase notfalls mit Gewalt zu entwinden. Doch in der nächsten Sekunde blitzte Marlene sie schon wieder an, und Marie war froh über jeden Millimeter Abstand. »Da du so gut über meine Umgangsformen Bescheid weißt, wundert es mich umso mehr, dass du Geralds vollkommen unangemessenes Angebot angenommen hast. Dir müsste doch klar sein, dass mit mir nicht zu spaßen ist. Und er wird dir wohl kaum verschwiegen haben, dass ich ganz besonders eigen bin, wenn es um das Kapitänshaus geht.«

Marie zuckte hilflos die Schultern. »Gerald erwähnte nur, dass du die obere Etage für dich beanspruchst, was mir durchaus recht ist. Valentin und mir reichen die unteren Zimmer. Falls es dir also nur darum geht, uns von deinem Reich fernzuhalten, kannst du unbesorgt sein – wir sind nicht daran interessiert. Ich bin bislang noch nicht einmal die Treppe hochgestiegen, um mir einen Eindruck vom Obergeschoss zu verschaffen, obwohl das durchaus sinnvoll wäre.«

»Bist du nicht, was?« Alles an Marlene bewies, dass sie ihr kein Wort glaubte. »Eine einsame Frau, die ihre Tage mitten in einem verlassenen Landstrich verbringt, mit nichts als ein paar Schafen zur Unterhaltung, während sie über Texten brütet, für die sich vermutlich nicht mal eine Handvoll Menschen interessieren. Ziemlich unwahrscheinlich, dass so eine Person nicht von ihrer Neugierde heimgesucht wird und ihre Nase in Angelegenheiten steckt, die sie nichts angehen.«

»Deine Menschenkenntnis in allen Ehren, aber ich sterbe keineswegs vor Neugierde, mir deine Ansammlung alter Möbel und Erinnerungsstücke anzuschauen. Mir reicht es vollkommen, welch einen trostlosen Anblick mir die untere Etage bei unserem Einzug geboten hat.«

»Trostlos«, wiederholte Marlene, als wäre das Wort eine

schmelzende Praline auf ihrer Zunge. »Das passt zu diesem Haus. Es ist trostlos. Und so wäre es auch geblieben, wenn es nach meinem Willen gegangen wäre. Aber Gerald, dieser leicht zu beschwatzende alte Knabe, hat mir offenbar einen Strich durch die Rechnung gemacht. Nun, ich erwarte …«

Was auch immer Marlene erwartete, sie kam nicht dazu, es auszusprechen. Denn in diesem Moment klopfte es an der Tür, und Marie nahm die Chance wahr, sich dieser ständig noch einen Tick unangenehmer werdenden Unterhaltung zu entziehen. Überschwänglich riss sie die Tür auf und lächelte einen sichtlich verdutzten Asmus Mehnert an, dessen Arm noch vom Klopfen erhoben war.

»Moin«, sagte er. »Ich hoffe, ich störe nicht?« Sein Blick ging zu Marlene, die ebenfalls zur Tür gekommen war, als sei sie die Hausherrin.

»Sie sind doch der neue Schäfer, richtig?« Wenn Marie eben noch gedacht hatte, dass ihre Tante ihr gegenüber einen scharfen Ton anschlug, dann hatte sie sich geirrt. Die Art, mit der Marlene Asmus ansprach, war tausendmal kälter. »Was auch immer Sie wollen, Sie haben sich in der Tür geirrt. Hat Ihr Vorgänger Ihnen nicht erzählt, was man in diesem Haus von Ihresgleichen hält?«

»Das muss er wohl verpasst haben«, sagte Asmus so trocken, dass der Verdacht nahelag, dass er durchaus wusste, mit wem er es zu tun hatte. Im Gegensatz zu Marie tappte er jedoch nicht in die Falle, sich auf ein Wortduell mit der alten Lady einzulassen. »Falls das Ihr Mercedes ist, der mitten in der Kurve geparkt steht, sollten Sie ihn wegfahren. Oswald müsste jeden Augenblick mit seinem Brotwagen um die Ecke kommen. Bestimmt hat er mal wieder nicht seine Brille auf der Nase, obwohl er ohne sie blind wie ein Maulwurf ist. Ein Maulwurf, der einen ziemlich heißen Reifen fährt. Falls Sie also lieber keinen Kratzer in Ihrem auf Hochglanz polierten Lack haben wollen …«

»Du hättest deinen Wagen ruhig auf dem Hof parken können«, wunderte Marie sich, bis ihr aufging, dass Marlene mit Absicht ein Stück abseits geparkt hatte, damit ihre Ankunft nicht vorzeitig bemerkt wurde. Würde die von Wind und Nässe verzogene Eingangstür nicht einen solchen Lärm machen, wäre die alte Dame vermutlich ungestört durchs halbe Haus spaziert, bevor Marie sie entdeckt hätte.

Marlene schnaubte ungehalten. »Ich wollte sowieso nur kurz reinschauen und klarstellen, dass du auf der oberen Etage nichts verloren hast, Marie. Aber was mache ich mir überhaupt Sorgen? Die Sicherheitstür, die ich oben habe einbauen lassen, bekommst du ohne Schlüssel gewiss nicht auf. Da sind schon deine herumschnüffelnden Vormieter dran gescheitert.« Mit einem abschätzigen Blick maß sie ihre Nichte. »Nachdem ich dich jetzt persönlich kennengelernt habe, glaube ich ohnehin nicht, dass du genug Lebensenergie aufbringst, um auf dumme Gedanken zu kommen. Vielleicht war es ja doch keine so schlechte Idee von meinem Sohn, dir die untere Etage zu überlassen. Dann ist hier wenigstens jemand, der den Eingangsbereich sauber hält.«

Marlene stellte die Vase mit einer nachlässigen Geste aufs Fensterbrett, jedoch so knapp auf die Kante, dass sie prompt herunterfiel. Marie wollte schon aufschreien, da streckte Asmus seinen Arm aus und fing das gute Stück auf. Dazu musste er jedoch Marlene ein Stück zur Seite schieben.

»Was bilden Sie sich eigentlich ein?«, fauchte Marlene und war im nächsten Moment ohne ein Abschiedswort zur Tür hinaus.

Dankbar nahm Marie die Vase entgegen und drückte sie gegen ihre Brust. »Das war ja eine großartige Reaktion, vielen Dank! Ich habe mein Schätzchen schon zu Bruch gehen sehen.«

»Das ist ja angeblich eine Spezialität von Marlene Weiss: Dinge zu Bruch gehen zu lassen«, sagte Asmus und warf einen Blick nach draußen, als wolle er sich vergewissern, dass die alte Dame wirklich den Rückzug angetreten hatte.

»Dann wussten Sie also doch Bescheid, wer sie ist?« Marie konnte ein verschwörerisches Lächeln nicht unterdrücken.

Asmus rieb über seinen Bart, als wüsste er nicht recht, was er sagen und was er besser verschweigen sollte. Während dieser stillen Sekunden ertappte Marie sich dabei, dass sie sich sein Gesicht erneut ohne diese dichte Behaarung vorzustellen versuchte. Es kam ihr vor, als würde er sich dahinter verstecken.

»Ich habe die Schäferei vor einigen Jahren von Gerke Taden übernommen«, sagte Asmus schließlich. »Der alte Taden gehörte einer alteingesessenen Familie an und wusste wenig Schmeichelhaftes über die werte Frau Weiss zu sagen. Der kannte Geschichten noch aus der Zeit, als das Kapitänshaus in voller Pracht dastand. Es waren wohl piekfeine Hamburger, die hierherkamen, um mit ihren Segelschiffen die Elbe unsicher zu machen und ausschweifende Sommerfeste zu geben. Später war das Kapitänshaus dann eher Schauplatz einiger Dramen, um schließlich von seiner Besitzerin wie ein lästiges Stiefkind behandelt zu werden.«

Asmus' Redefluss versiegte, als es für Marie gerade anfing, interessant zu werden. »Und was hat das alles mit der Schäferei von Tidewall zu tun? Marlene hat Sie deswegen ja regelrecht angegangen.«

»Nun ja«, wand Asmus sich sichtlich. »Das sind alles alte Geschichten. Ich bin eigentlich wegen etwas anderem hergekommen: Ein Bekannter von mir fischt nach Stint, das sind kleine schmale Küstenfische. Normalerweise ist mit der Fischerei schon Ende März Schluss, aber weil es so kalt ist, fährt er am nächsten Wochenende noch einmal raus. Ich habe Dasha davon erzählt, die natürlich prompt mit dabei sein will. Und Ihr Sohn war auch gleich aus dem Häuschen, weil er alles toll findet, was meiner Nichte gefällt.«

Asmus verstummte, als befürchte er, mit seiner Beobachtung zu weit vorgeprescht zu sein. Marie lachte jedoch nur, schließlich war nicht zu übersehen, dass Valentin der älteren Dasha restlos ergeben war.

»Es gibt nun wirklich schlechtere Vorbilder als ein selbstbewusstes und begeisterungsfähiges Mädchen. Solange Dasha meinen Sohn nicht dazu überredet, mit ihr nach Russland auszuwandern, bin ich ihr größter Fan.«

Asmus grinste stolz, dann nahm er den Faden wieder auf. »Jedenfalls besteht die Gelegenheit, mit an Bord zu gehen. Dasha kennt sich schon aus mit der Fischerei und könnte Ihrem Sohn einiges erzählen. Wenn Sie also nichts dagegen haben, würde ich Valentin am nächsten Samstagmorgen abholen, damit er den Fang miterleben kann.« Dann blickte er zur Decke hoch, als stünde dort sein Text geschrieben. »Sie können natürlich auch gern mitkommen, wenn Sie wollen. Wenn man sich warm anzieht und ein wenig Seegang verträgt, ist das eine spannende Sache.«

»Vielen Dank, aber auf das Abenteuer verzichte ich lieber.« Was auch immer ein Junge wie Valentin an der Fischerei faszinierend fand, Marie ging die Vorstellung vollkommen ab. »Aber natürlich können Sie Valentin gern mitnehmen, wenn Sie mir versprechen, die ganze Zeit über auf ihn Acht zu geben. Er ist für sein Alter zwar ein ganz anständiger Schwimmer, aber das Wasser ist eisig, und man hört ja so viel über gefährliche Strömungen vor der Küste.« Sie verstummte, weil ihr mit jedem Wort immer banger wurde. Ihre Angst um Valentin lauerte knapp unter der Oberfläche wie ein Raubtier, bereit, jederzeit zuzuschnappen. Es kostete sie viel Kraft, diesem dunklen Sog zu widerstehen und die Zusage nicht gleich wieder zurückzunehmen.

Asmus lächelte verständnisvoll und berührte vorsichtig die Porzellanvase, an der Marie sich immer noch festhielt. »Ich bin gut darin, Acht zu geben … Auf Schafe, Vasen und auf abenteuerlustige Jungen. Ich werde Ihnen Valentin heil und mit einem Paket frischer Stinte zurückbringen. Versprochen.«

Marie hielt sich die Hand vor den Mund, damit Asmus ihr erleichtertes Lächeln nicht zu sehen bekam. Die Finger auf ihren Lippen fühlten sich warm und so lebendig wie schon lange nicht mehr an. Irrwitzigerweise verunsicherte Marie dieser Umschwung. Als wäre es einfacher, sich in seinem Elend einzurichten, anstatt Veränderungen zuzulassen. Davon abgesehen, dass sie gar nicht gewusst hätte, worin die Veränderungen bestehen sollten. Mehr als das Leben, das sie zurzeit führte, konnte sie sich schlichtweg nicht vorstellen. Sie war schon hart am Rand des Möglichen angekommen.

Asmus' Augen verengten sich, und für einen schrecklich peinlichen Moment glaubte Marie, er könne ihre Gedanken lesen und sie in ihrer ganzen Mutlosigkeit erkennen. Doch es waren nur ihre mit Pflastern umwickelten Finger, die seine Aufmerksamkeit erregt hatten. Beim Abreißen der Tapeten hatte sie sich besonders ungeschickt angestellt.

»So wie es aussieht, ist die Renovierung bereits voll im Gange. Sie haben sich ja schon ein paar Schmisse verdient«, sagte er anerkennend.

Rasch stellte Marie die Vase ab, um ihre Hände in den Hosentaschen verschwinden zu lassen. »Im Gange ist die Renovierung schon, aber ich komme bloß im Schneckentempo voran. Im Augenblick zerbreche ich mir den Kopf darüber, ob ich mich traue, die abgehängte Zwischendecke im Wohnzimmer rauszureißen. Der Raum würde deutlich dazugewinnen, außerdem bin ich mir nicht sicher, was für Giftzeug in den alten Platten drinsteckt. Vermutlich braucht man für so einen Herkulesakt jedoch mehr als nur eine Extraportion guten Willen.« Natürlich kam ihr Asmus' Hilfsangebot in den Sinn, aber war es nicht dreist, darauf zurückzukommen? Bei ihrem Kennenlernen waren sie nicht gerade freundschaftlich auseinandergegangen und hatten es seitdem auch nicht darauf angelegt, dass sich ihre Wege kreuzten. Er ist wegen Valentin hier, hielt sich Marie vor Augen. Und noch viel mehr wegen seiner Nichte, die dank des Jungen an Bord viel mehr Spaß an diesem Ausflug haben wird.

Auch Asmus schien erst einmal abzuwägen, was er von der unausgesprochenen Bitte halten sollte. Bevor Marie es jedoch nicht länger aushielt und ihn verabschiedete, sagte er: »Ich schaue mir die Decke einmal an«, und ging auch schon ins Wohnzimmer.

Marie blieb nichts anderes übrig, als ihm zu folgen, mit einem leisen »Das ist doch nicht nötig« auf den Lippen. Als sie das Zimmer betrat, hatte Asmus sich schon auf die Trittleiter gestellt und begutachtete das Guckloch, das sie in die Decke gesägt hatte, um einen Blick auf die Unterkonstruktion zu werfen. Schweigend reichte sie ihm eine Taschenlampe.

»Das sieht doch ganz gut aus«, sagte er, nachdem er wieder vom Tritt gestiegen war. »Die Spanplatten werden lediglich von einer Verankerung an den alten Deckenbalken gehalten. Es dürfte kein Problem sein, die erst einmal rauszuschneiden und dann den Rest abzumontieren. Wenn ich richtig gesehen habe, ist der Stuck unversehrt.«

»Stuck?«, wiederholte Marie ungläubig. Vor ihrem geistigen Auge verwandelte sich das durch die niedrige Decke gedrungen wirkende Wohnzimmer in ein lichtes Reich, gekrönt von einem bestens erhaltenen Zierband. »Das klingt fast zu schön, um wahr zu sein.« Erneut hielt sie ihre vor Wärme kribbelnden Finger vor ihren lächelnden Mund. Eine alberne Angewohnheit, die sie sich dringend abgewöhnen musste. Davon abgesehen, dass Asmus für die Einschätzung mehr als ein verstecktes Lächeln verdiente. »Ich fuchse mich in diese Handwerkssachen gerade erst rein. Mit *Rausschneiden* meinen Sie *Raussägen*, nehme ich mal an.« Sie deutete auf die Fuchsschwanzsäge, mit der sie das Guckloch mehr herausgebrochen denn gesägt hatte.

Asmus' Stirn runzelte sich vielsagend. »Mit dieser Säge hobeln Sie sich noch die nächsten Jahre durch die Rigipsplatten, und am Ende haben Sie nicht genug Pflaster im Haus, um Ihre Blasen und Schnittwunden zu versorgen. Wenn Sie wollen, komme ich morgen früh mit einer elektrischen Handsäge vorbei. Es soll den ganzen Tag lang wie aus Eimern schütten, da gibt es für mich ohnehin nicht viel zu tun. Das ist also keine große Sache«, hängte er rasch an, als Marie abwehrend die Hände hob. »Außerdem muss ich zugeben, dass ich selbst neugierig bin, wie das Zimmer danach aussieht. Die alte Weiss spuckt garantiert Gift und Galle, wenn sie mitbekommt, dass Sie etwas aus dem alten Kasten machen.«

Daher wehte also der Wind: ein kleiner Racheakt für Marlenes arrogantes Gehabe. Und er hatte recht: Wenn die untere Etage in neuem Glanz erstrahlte, wäre das eine echte Genugtuung. Mehr Überzeugungsarbeit brauchte es bei Marie nicht. »Dann starten wir also gleich morgen mit dem großen Kahlschlag. Das ist wirklich großartig von Ihnen, Herr Mehnert.« Es kam Marie seltsam vor, ihn mit dem

Nachnamen anzureden, obwohl sie doch nun Verbündete waren. Ob sie ihm das Du anbieten sollte? Wie sich herausstellte, hatte er den gleichen Gedanken.

»Nennen Sie mich ruhig Asmus. Eigentlich heißt es ja Erasmus, aber ein solcher Name passt nicht wirklich zu mir.« Trotz des Bartes war in seinem Gesicht ein breites Lächeln zu erkennen.

»Für jemanden, der in Russland geboren wurde, ist das auch nicht gerade ein typischer Name«, sagte Marie, um das Gespräch in eine Richtung zu treiben, von der sie dachte, dass sie ihnen beiden gefiele. Doch bei dem Wort Russland verlor Asmus' Lächeln an Leuchtkraft. Eigentlich durfte Marie darüber nicht überrascht sein, wusste sie doch selbst nur zu genau, wie schmerzhaft Erinnerungen sein konnten. Und dass dieser Mann einen Bogen um die Geschichte seiner Eltern machte, hatte sie ja bereits mitbekommen. »Es tut mir leid, ich wollte nur …«

»Nein, nicht doch.« Asmus trat bereits einen Schritt zurück. »Ich muss jetzt wirklich los. Wir sehen uns dann morgen.« Er stockte, dann fügte er ein »Bis dahin, Marie« hinzu.

Während sie noch darüber nachdachte, wie ihr Name aus seinem Mund klang, verschwand Asmus aus ihrem Sichtfeld.

Kapitel 12

Der Wind pfiff auf dem Deich, dass einem die Ohren dröhnten. Mit gewaltigen Schüben jagte er Wolkenberge über den Himmel und verdüsterte den Nachmittag, indem er das weite Land in Schatten tauchte. Trotzdem gelang es immer wieder einem Sonnenfeld, sich gegen die dunkle Übermacht zu behaupten, und dann sprengte der helle Fleck wie ein Hoffnungsbanner über die Wiesen und die grüne Anhöhe, seinem Verfolger davoneilend. Kurz darauf fingen die Wolken das Licht ein, nur damit es an einer anderen Stelle frei brach und das Spiel von Neuem begann.

Der Himmel über Frankfurt hatte nie ein solches Drama geboten, dafür war er zu zerschnitten von den hoch aufragenden Gebäuden. Außerdem fand sich kaum eine Ecke unbebautes Land, auf dem man ungestört den Kopf in den Nacken legen und hinaufblicken konnte. Hier in Schleswig-Holstein gab es von Himmel und Weite mehr als genug.

Das Naturspektakel beeindruckte Valentin so sehr, dass er es rasch in seine mentale Schatztruhe packte. Die altertümlich aussehende Kiste stand in einem ruhigen Winkel seines Oberstübchens. Darin sammelte er ganz besondere Erinnerungen. Einige von den aufgehobenen Momenten sahen aus wie Fotoabzüge oder gemalte Bilder, andere waren Flakons mit Gerüchen und Schachteln, in die man mit geschlossenen Augen hineingreifen musste, um ihren Inhalt zu ertasten. In der Truhe zu stöbern, war nicht nur aufregend, sondern oftmals auch tröstend. Außerdem war sie ein Zufluchtsort: Dort konnte er all den Erinnerungen nachhängen, bei denen seine Mutter sofort diesen verhassten Zombieausdruck bekam, wenn er sie auch nur erwähnte. Also träumte er allein von der Zeit, als sein Vater noch bei ihnen gewesen war, und brauchte kein schlechtes Gewissen zu haben, weil er sich – im Gegensatz zu Marie – nicht von der Vergangenheit trennen konnte. Warum auch? Es war eine schöne Zeit gewesen, viel besser als die Zeit danach, obwohl seine Mutter von Anfang an so getan hatte, als sei alles in Ordnung. Nur wenn jetzt alles auch ohne Papa angeblich so toll war, dass man ihn ruhig vergessen konnte, wieso fühlte es sich dann nicht so an?

Nachdem die Sonnen- und Wolkenschlacht am weiten Horizont in der Schatztruhe verstaut war, widmete sich Valentin dem eigentlichen Grund, warum er sich vom Wind durchpusten ließ: Er wollte die Meergänse mit dem treffenden Namen Nonnengans beobachten. Auf ihrem schönen weißen Kopf saß eine schwarze Haube, und auch der Hals samt Brustlatz war passenderweise schwarz. In Schwärmen zogen sie übers Marschland und die Kooge, wobei ihr kräftiger Ruf weit schallte. Schon bald würden die Nonnengänse die Elbufer verlassen und in Richtung ihrer Sommerquartiere fliegen, die in kühlen Gegenden wie in Grönland oder der Tundra lagen. So stand es jedenfalls in dem kleinen Vogelführer, den er sich bei seinem Besuch im Schäferhaus von Asmus Mehnert ausgeliehen hatte. Valentin tröstete sich mit dem Gedanken, dass die Nonnengänse in diesem kalten Frühjahr ohnehin ungewohnt lange zu Gast geblieben waren.

Heute bekam er allerdings schon einen Vorgeschmack darauf, wie es ohne die Vogelschwärme über der Elbmarsch sein würde. Mehr als fünf, sechs Flügelpaare bekam er nämlich nicht vor seinen Feldstecher. Und dafür hatte er das Mittagessen runtergeschlungen und seine Mutter abgeschüttelt, was eine echte Herausforderung gewesen war, obwohl er demonstrativ mit seinem Vogel-Bestimmungsbuch vor ihrer Nase herumgewedelt hatte. Dass Marie ihn ungern allein ziehen ließ, war nichts Neues, aber heute war sie anhänglich wie eine Klette gewesen. Sie hatte gelacht und herumgealbert, was absoluten Seltenheitswert hatte.

Während Valentin die Marschen mit dem Feldstecher absuchte, überkam ihn der Verdacht, dass Maries gute Laune nicht nur mit der Wohnzimmerrenovierung zu tun hatte. Asmus Mehnert hatte ihr versprochen zu helfen. Das zauberte ihr ein Lächeln aufs Gesicht. Dann hatte Dasha also doch recht! Sie hatte schon vermutet, dass zwei einsame Herzen – wie ihr Onkel und Marie – unmöglich nebeneinander wohnen konnten, ohne sich im Lauf der Zeit näherzukommen. Das sei so sicher wie das Amen in der Kirche, hatte Dasha mit einem bekräftigenden Nicken gesagt.

»Ausgerechnet diese beiden Plaudertaschen, das kann ja lustig werden …«, raunte Valentin unter dem Feldstecher, dessen Gewicht seine Handgelenke schmerzen ließ.

Dabei war er durchaus begeistert von Asmus. Dieser Mann wusste einfach alles über das Land, die Deiche und die Schafe – klar, das musste er auch bei seinem Job. Aber er wusste auch Bescheid über das Wetter, über Fische und wie man sie aus dem Wasser holte, wie man Holz hackte und kaputte Wasserleitungen reparierte. Dasha behauptete, ihr Onkel könne wie kein Zweiter mit Tieren und besonders mit Pferden umgehen, außerdem kenne er sich eins a mit den Zugvögeln aus, die in schieren Massen über Dithmarschen flogen. Natürlich hatte Valentin das anfangs für Angeberei gehalten, schließlich war Asmus ein Schäfer mitten in der

Pampa, der noch nicht einmal einen Fernseher besaß. Nachdem er jedoch ein paar Mal zu Gast im alten Reetdachhaus gewesen war und die Buchregale und Stapel mit fremdländischen Zeitschriften genauer inspiziert hatte, war ihm der Verdacht gekommen, dass man als Schäfer mehr als die platt getrampelte Grasnarbe und Futtervorräte für den Winter im Kopf haben konnte. Obwohl Asmus die hohe Kunst pflegte, sich seine Belesenheit nicht anmerken zu lassen: Nach außen hin gab er den einsilbigen Gummistiefelträger mit einem Hang zu dicken Strickpullis.

Valentin war so vertieft in seine Grübeleien, dass er gar nicht bemerkte, wie durchgefroren er inzwischen war. Erst als eine Böe ihn ins Taumeln brachte und ihm der Feldstecher beinahe aus den Händen glitt, fiel es ihm auf. Er zog die Mütze tiefer über die Ohren, aber es half nichts. Einmal davon abgesehen, dass es an und für sich eine Sauerei war, im April immer noch Winterkleidung tragen zu müssen, taugte dieser gehäkelte Topflappen wenig. Eigentlich hätte er seiner Mutter längst sagen müssen, dass ihre Handwerkskünste wenig gegen das stürmische Wetter in dieser Gegend auszurichten vermochten. Nur hatte er es einfach nicht über sich gebracht. Sie wirkte in letzter Zeit ohnehin schon so, als hätte sie mächtig Schlagseite, da konnte sie keinen nölenden Sohn gebrauchen. Also fror Valentin und hoffte auf den Frühlingseinbruch. Jetzt musste er aber erst einmal von der Deichkrone runter, damit ihm die Ohren nicht komplett abfroren.

Als das Dach des Kapitänshauses auftauchte, verlangsamte Valentin seine Schritte. Natürlich wäre es das Klügste, hineinzugehen und darauf zu hoffen, dass der seltsame Heiterkeitsanfall seiner Mutter vorbei war. Im Idealfall saß sie vorm Computer und war vertieft in einen Haufen Worte, die

Valentin weder verstehen noch lesen konnte. Wenn er ganz leise war, schaffte er es vielleicht unbemerkt auf sein Zimmer. Dort würde er sich aufs Bett hauen und eine Clone-Wars-CD über Kopfhörer hören. Nur leider war ihm überhaupt nicht nach Rumhängen, nein, nicht im Geringsten. Der Vormittag in der Schule war langweilig, aber okay gewesen. Solange er mit einem Ohr zuhörte und ein aufmerksames Gesicht machte, ließ ihn seine Klassenlehrerin Frau Grünlicht in Ruhe. Erstaunlicherweise zeigte sie weder das Bedürfnis, ihn vor der Klasse vorzuführen, noch schwärzte sie ihn unentwegt wegen seiner mangelnden Lernbegeisterung bei seiner Mutter an. Solange er ein unauffälliger Schüler war, lächelte Frau Grünlicht nachsichtig, was den Unterricht zunehmend interessanter wirken ließ. Nach dem ruhigen Vormittag sprühte Valentin jetzt allerdings vor Unternehmungslust. Eigentlich würde er in so einem Fall dem Schäferhaus einen Besuch abstatten, Asmus zur Hand gehen und ihm ein Loch über Gott und die Welt in den Bauch fragen. Nur war Asmus heute so gar nicht der Mann, den Valentin sehen wollte. Und einen Schulfreund, bei dem man den Nachmittag zubringen konnte, hatte er leider noch nicht vorzuweisen.

Während er seine kalten Hände rieb, betrachtete Valentin das Kapitänshaus, sein neues Zuhause. Sein Blick blieb an dem Erker an der Vorderfront hängen. Unter dem Dachgiebel befand sich ein ovales Fenster. Was wohl hinter dem schwarzen Glas lag? Seine Einbildungskraft malte einen gewaltigen Raum unter urigen Holzsparren aus, der Boden überzogen mit einer dicken Staubschicht, weil schon seit Ewigkeiten niemand mehr einen Fuß in dieses verborgene Reich gesetzt hatte. Vor seinem geistigen Auge füllten sich die Ecken des Dachbodens mit Kisten, Truhen und altmodischen Koffern, lauter Schätze, wie gemacht für einen abenteuerlustigen Jungen. Wenn das Kapitänshaus seinen Namen zu Recht trug, gab es darin logischerweise Seemannsdinge, etwa rostige Sextanten oder zusammengerollte Landkarten, die vom Alter so brüchig waren, dass man sie nur mit äußerster Vorsicht anfassen durfte. Möglicherweise befand sich sogar das Logbuch des namengebenden Kapitäns in einer der Truhen.

In Valentins Phantasie erstrahlte das Kapitänshaus im Licht der Vergangenheit, mit frisch geweißter Fassade und die Haustür friesengrün gestrichen anstelle dieses gegenwärtigen Schmuddeltons. Die Tür ging auf, und ein Mann in Uniform trat ins gleißende Aprillicht, bereit, in See zu stechen und sich jeder Herausforderung zu stellen. So muss es hier früher zugegangen sein, so richtig eindrucksvoll, dachte Valentin.

Von einem plötzlichen Verlangen heimgesucht, diese Vergangenheit lebendig werden zu lassen, nahm Valentin das ovale Dachfenster ins Visier. Wenn er nur einen Blick dadurch werfen könnte … Da fielen ihm die Rosengitter an den Wänden auf, ein hoch aufragendes, hölzernes Raster, an dem sich eine Kletterrose emporrankte. Seine Mutter hatte die wilden Triebe und alles Überhängende zurückgeschnitten, Dünger in die gelockerte Erde gegeben und wartete nun gespannt darauf, welche Farbe die Blüten tragen würden. Doch noch war nicht allzu viel zu sehen. Wegen der nicht enden wollenden Kälte lag die Natur gut und gern drei Wochen zurück – was Valentin in diesem Fall durchaus entgegenkam. Wenn er wegen der dornenbesetzten Ranken aufpasste, könnte er die Sprossen wie eine Leiter hochklettern, sich über die Traufe aufs Dach ziehen, sich über den Giebel beugen und auf diese Weise einen Blick durchs Fenster ergattern.

Mit langen Schritten rannte er den Deich hinab, sprang über den Gartenzaun, anstatt die Pforte zu nehmen. Er nahm sich gerade noch die Zeit, den schweren Feldstecher sicher unter der Sitzbank neben der Haustür zu verstauen, dann kletterte er auch schon das Rosengitter hoch, obwohl das alte Holz gefährlich unter seinem Gewicht ächzte. Eine Sprosse brach mit einem trockenen Knacken, doch davon ließ er sich nicht beeindrucken. Er hatte sein Ziel fest vor Augen, nicht einmal die Splitter, die das spröde Holz ihm in den Handballen jagte, verlangsamten sein Tempo. Nur der Aufschwung über die Traufe stellte ein echtes Hindernis dar. Seine Arme wollten einfach nicht die nötige Kraft aufbringen, um ihn aufs Dach zu befördern.

Hingebungsvoll verfluchte er seinen zu lang geratenen, schlaksigen Körper, der ihn nicht nur wie eine Bohnenstange zwischen seinen Klassenkameraden hervorstechen ließ, sondern offenbar seine gesamte Kraft darauf verwendete, immer weiter in die Höhe zu schießen, anstatt ein paar Muskeln anzusetzen.

Valentin hielt den Rand der Traufe mit beiden Händen umklammert und stieß sich entschlossen von der letzten Sprosse ab. Es musste einfach funktionieren! Tatsächlich brachte ihn der zusätzliche Schub seinem Ziel näher, doch nicht nah genug. Ein brennender Schmerz fuhr durch seinen Bizeps, und schon gaben seine Ellbogen nach, und er rutschte wie ein Mehlsack in die Tiefe. Die Spitzen seiner Converse-Sneakers erreichten die Sprosse, die jedoch bei der Berührung in zwei Teile brach.

»Hühnerkacke«, keuchte Valentin, und Tränen schossen ihm in die Augen, allerdings nicht aus Angst, sondern weil er sich schlichtweg gedemütigt fühlte.

Ein Blick über die Schulter zeigte ihm, wie hoch er bereits

geklettert war. Das Kapitänshaus zählte zwar nur zwei Stockwerke, aber die waren bei einer Deckenhöhe von über drei Metern kein Klacks. Vor allem nicht, wenn man Gefahr lief, entlang einer seit Jahrzehnten gewachsenen Kletterrose hinunterzustürzen. Wenn er mit zerrissener Kleidung und einem gebrochenen Knöchel nach seiner Mama rufen müsste, würde er vor Scham hundert Prozent sterben. Was noch besser war, als eine Strafpredigt über sich ergehen lassen zu müssen. Seine Mutter schimpfte selten, aber wenn sie es tat, dann richtig. Ein Sturz war also keine Lösung, er musste rauf aufs Dach – und zwar rasch, bevor die Kraft aus seinen Fingern wich.

Keuchend verstärkte Valentin seinen Griff um die Dachrinne, machte einen Katzenbuckel und setzte ein paar Schritte an der Fassade entlang, bis es ihm gelang, die Oberschenkel vor die Brust zu ziehen. Dabei schlugen seine Knie schmerzhaft gegen die Außenwand, und Tränen verschleierten seinen Blick. Es kostete ihn seine ganze Willenskraft, sich so weit von der Wand abzudrücken, bis sein Fuß sich der Dachrinne näherte. Gerade als er dachte, sich unmöglich länger festhalten zu können, rutschte sein Schuh über die Rinne, gefolgt von seinem Unterschenkel. Ab hier war es ein Leichtes, sich hochzuziehen.

Endlich in Sicherheit!, war das Erste, was Valentin durch den Kopf ging, als er sich zusammengekauert auf den Dachziegeln hockend wiederfand. Dann bemerkte er das dumpfe Pochen in seinen Handflächen, das Brennen der überanstrengten Muskeln und die zerschundenen Knie. Außerdem klaffte ein langer Riss in seiner neuen Jack-Wolfskin-Jacke, auf die er so stolz gewesen war. Und trotzdem konnte er mit dem Grinsen nicht aufhören. »Ich hab es geschafft«, keuchte er. »Ich bin tatsächlich aufs Dach geklettert. Zwar nicht gerade Ninja-mäßig, aber ich hab es echt durchgezogen.« Nun war der Rest nur noch ein Klacks, er musste sich bloß weit genug über die Gaube beugen, um herauszufinden, welche Schätze sich hinter dem ovalen Fenster verbargen.

Von diesem Gedanken angespornt, kletterte Valentin über die Dachziegel mit ihrer porösen Oberfläche, die ihn an erstarrte Lava erinnerten und seine Abenteuerlust zusätzlich befeuerten. In seinen Augen war er nicht mehr als ein Schatten, der elegant übers Mansardendach glitt, unsichtbar für Spaziergänger auf dem Deich oder für Mütter, die dem Krachen und Bersten von Holz nachgingen. Er war nicht länger ein schlaksiger Junge, dessen liebste Hobbys Comics und Raumschiffe aus Lego waren, sondern ein berühmt-berüchtigter Fassadenkletterer.

Ohne einen Hauch von Angst beugte Valentin sich seitlich über den Rand der Gaube. Sein Blick fiel jedoch nicht durch das ovale Fenster, sondern in die Tiefe, die unter ihm gähnte. Augenblicklich überkam ihn ein Schwindel, der zum Glück vom Adrenalin weggewischt wurde. Die eine Hand an den Ziegeln, die andere gegen den Holzrahmen des Fensters gepresst, schob er sich langsam vor das von Regen und Dreck blinde Glasoval, als dessen Verrahmung plötzlich nachgab und das gesamte Fenster nach innen wegkippte. Valentin, der vor Überraschung wie erstarrt war, rutschte hinterher und hing im nächsten Moment bis zur Hüfte in der kleinen Öffnung. Haltlos baumelten seine grauen Converse in der Luft. Dann rappelte er sich auf und zog sich durch die Öffnung ins Haus.

Der Spitzboden unterm Dach des Kapitänshauses sah genauso aus, wie Valentin ihn sich vorgestellt hatte: ein großer und zugleich verwinkelter Raum, zerschnitten von einem Gewirr aus mächtigen Dachsparren und säulengleichen Stützbalken. Die Ziegel lagen direkt auf der Verlattung, und unter ihnen herrschte eine Landschaft aus Spinnweben. Graues Licht fiel durch die Gaubenöffnung, in die Valentin das ovale Fenster wieder so einsetzte, wie er es für richtig hielt. Mit einiger Mühe ließ es sich an Ort und Stelle verkanten, wobei es wohl nur eine Frage der Zeit war, bis es erneut herausfallen würde. Sich darüber jetzt Sorgen zu machen, hielt er für unnötig, schließlich hatte ja niemand den Schatten gesehen, der in den Dachboden eingestiegen war. Und Spuren gab es auch keine – einmal abgesehen von ein paar zerbrochenen Klettergerüstsprossen und seiner kaputten Jacke, für deren Riss ihm schon eine gute Ausrede einfallen würde. Jetzt galt es erst einmal, dieses geheimnisvolle Reich zu erobern, für das er so viele Mühen auf sich genommen hatte.

Tatsächlich war der Dachboden randvoll mit Schätzen, die allem Anschein nach schon seit Ewigkeiten in den Ecken vor sich hin moderten. Valentins Blick streifte eingestaubte alte Vorhänge, in die Motten interessante Muster gefressen hatten, Leinensäcke voller braunem Gekrümel, das entfernt nach getrockneten Pilzen roch, und Stapel von vergilbten Modemagazinen aus dem letzten Jahrhundert, als die Frauen noch Hüte getragen hatten. Die Möbel erinnerten ihn an die Auslage eines Antiquitätenladens, besonders eine Kommode mit Verzierungen aus Rosenholz. Intarsien nannte man so was, hatte ihm seine Mutter mal erklärt. Dem guten Stück fehlte ein Fuß, und obenauf klaffte ein hässliches Brandloch, als hätte dort jemand achtlos eine brennende Zigarette abgelegt. Valentin erspähte verrostete Bettgestelle, die hochkant lagerten, einen schiefen Metallständer für eine Waschschale und Kisten mit Büchern, die nicht nur wie vertrocknete Mumien rochen, sondern deren Seiten ebenso porös waren.

Da Valentin die Frakturschrift nicht recht entziffern konnte, verlor er rasch das Interesse daran und machte sich stattdessen an einem altertümlichen Kofferschrank zu schaffen, dessen rostige Verschlüsse sich anscheinend nur mit Gewalt öffnen ließen.

Während er sich mit den Verschlüssen abmühte, stellte seine von Comic-Heften geprägte Phantasie eine Auswahl all der Schrecklichkeiten zusammen, die sich in diesem Monstrum verbergen mochten, angefangen bei einem hungrigen Vampir bis hin zu einer Dimensions-Pforte. Als die Verschlüsse endlich widerwillig aufschnappten und Valentin die beiden Schrankhälften einen Spaltbreit auseinandergeschoben hatte, kam zu seiner Enttäuschung jedoch nur ein Haufen alter Frauenkleidung zum Vorschein.

Eine Hälfte des Kofferschranks gehörte allein einem altweißen Kleid. Ein Brautkleid, dachte Valentin enttäuscht. Für Dasha wäre dieser Fund bestimmt der Hit, aber für einen Jungen wie ihn? Trotzdem berührte er vorsichtig die Spitze, die in die Ärmel und den Halsausschnitt eingelassen war und dem Kleid etwas von einem aufwendig gearbeiteten Kunstwerk verlieh.

Wäre das Risiko nicht zu hoch gewesen, dass seine Mutter einen Tobsuchtsanfall erlitt, wenn sie von seiner Kletteraktion erfuhr, hätte Valentin ihr sofort von diesem Schatz erzählt. Marie war nämlich nicht nur von dem angestaubten Kapitänshaus fasziniert, sondern hatte generell einen Hang zu alten Dingen, als könnte sie die Geschichte hinter ihnen sehen. Gemeinsam hätten sie das Brautkleid genauer betrachtet und sich ausgesponnen, wer es wohl einst getragen hatte: Wer war die Braut in diesem spitzenverzierten Kleid gewesen? Hatte sie im Kapitänshaus gelebt, vielleicht sogar geheiratet? Hatte sie ihr Leben hier am Fluss geführt, oder war sie nur ein Gast gewesen? Und wer war der Mann an ihrer Seite gewesen? Ja, dieses Spiel hätte seiner Mutter zweifelsohne Spaß gemacht, und es kostete Valentin einiges an Beherrschung, nicht loszurennen, um sie zu holen.

Stattdessen beschloss er, dass es höchste Zeit war, einen Weg nach unten zu finden. Er hatte sich schon viel zu lange nicht bei seiner Mutter gemeldet. Bestimmt war ihr – Arbeitswut hin oder her – längst aufgefallen, dass er sich ungewöhnlich lange draußen herumtrieb. Im schlimmsten Fall war sie bereits auf der Suche nach ihm.

Im trüben Licht des Dachbodens suchte Valentin nach einer Luke im Boden und wurde nicht enttäuscht. Unter einer rechteckigen Öffnung gab es einen Treppenschacht, der vor einer weiß lackierten, mit Absetzungen verzierten Tür mit Messinggriff endete. Mit pochendem Herzen drückte er die Klinke hinunter, darauf hoffend, dass nicht abgeschlossen war. Diese wohlerhaltene Tür würde sich auf keinen Fall aus ihrem Rahmen drücken lassen wie zuvor das Fenster. Doch er hatte Glück: Das Schloss gab nach, und die Tür öffnete sich mit einem Knarren, das bewies, dass hier schon lange niemand mehr durchgegangen war.

Valentin blickte auf einen schnurgeraden langen Flur, zu dessen Seiten elegant aussehende, verschlossene Türen abgingen. Seine Hand ertastete einen kühlen Porzellanschalter, und eine Deckenlampe leuchtete auf.

Sanftes Licht fiel auf wattgrau lackierte Holzdielen und einen Seidenläufer in seiner Mitte. Die Wände waren mit lindfarbener Tapete verkleidet, deren helle Ornamente wie gestickt aussahen. Dann bemerkte er mehrere gerahmte Bilder an der Wand, die Aufnahmen vom Fluss und dem Deich zeigten, jedoch auf eine sehr moderne Art. Hatte man sich damals tatsächlich auch was anderes als so kitschige Ölschinken an die Wände gehängt?, fragte sich Valentin, dem die Zeit vor seiner Geburt so weit weg erschien wie das finstere Mittelalter.

Gerade als er eine Tür, die vom Flur abging, einen Spalt geöffnet hatte, hörte er Maries Rufen.

»Valentin, wo zur Hölle steckst du?«

Das klang ja mächtig sauer.

Sofort stürzte Valentin auf die einzige modern aussehende Tür am Ende des Flurs zu, von der er vermutete, dass sie ins Untergeschoss führte. An einem Nagel neben der Tür hing ein passend aussehender Schlüssel, der zu seiner Erleichterung butterweich ins Schloss glitt. Leise wie ein Ninja schlüpfte Valentin zur Tür hinaus, wagte es jedoch nicht, sie ins Schloss zu ziehen, aus Angst vor einem unnötigen Geräusch, das seine Mutter auf ihn aufmerksam machte. Außerdem wollte er sich die Chance nicht verbauen, sich später noch einmal in Ruhe in diesen verwunschenen Räumen umzusehen.

Auf Zehenspitzen tippelte Valentin die Holzstufen hinab in die Diele, von wo aus er gerade noch mitbekam, wie seine Mutter auf den Deich stieg. Offenbar hatte sie ihre Suche erweitert, nachdem sie ihn im Haus nicht angetroffen hatte. Bestimmt würde sie schon bald zurückkehren, voller Sorge und einem ersten Anflug von Wut.

Er musste sich dringend etwas einfallen lassen.

Hastig stieg er aus seinen Schuhen und der mitgenommenen Jacke, schmiss beides in die hinterste Ecke seines Zimmers und zerwuschelte sich sein ohnehin wirr vom Kopf abstehendes Haar. Dann schnappte er sich ein paar Kissen und drapierte sie samt einer Decke hinter dem hohen Kopfteil seines Bettes. Kaum war er fertig, kehrte Marie auch schon ins Haus zurück.

»Valentin?«, rief sie, und es klang wie ein letzter Versuch, bevor sie die Kavallerie holte.

»Ja?«, gab er möglichst verschlafen zurück. »Was ist denn? Ich bin in meinem Zimmer irgendwie total tief eingepennt.«

Sofort tauchte Marie im Türrahmen auf, das Gesicht weiß vor Anspannung. »Das kann nicht sein, ich habe doch in dein Zimmer geschaut, bevor ich draußen nach dir gesucht habe.«

Die Unschuld in Person, deutete Valentin auf das gut verborgene Kissenlager. »Ich hab's mir zum Lesen auf dem Boden gemütlich gemacht. Zu gemütlich.« Er zuckte mit der Schulter. »Ich bin voll weg gewesen und hab dich eben erst rufen gehört.«

Marie lachte vor Erleichterung auf und wuschelte ihrem Sohn zärtlich durchs Haar. »Und ich dachte schon, du wärst mir verloren gegangen.«

»Ich doch nicht.«

»Nein, du doch nicht. Aber du weißt ja, wie viele Sorgen ich mir immer mache. Wenn ich dich nicht direkt vor meiner Nase habe, male ich mir sofort die schlimmsten Dinge aus. Dabei bist du mein vorsichtiger Junge, nicht wahr?«

Valentin nickte widerstrebend, und die Versuchung, seiner Mutter von seinem Ausflug ins Obergeschoss zu erzählen, erstarb vollends. Sie hatte recht, er musste Rücksicht auf sie nehmen. Schließlich hatte Marie nur ihn.

Kapitel 13

Tidewall, Juni 1924

Der Morgenhimmel war vom gleichen seidigen Blau wie am Vortag, allerdings stach das Licht unangenehm, während die Wärme einem alle Kraft raubte. Unter dem Laubdach der Kastanie war es noch einigermaßen erträglich, auch wenn es hinter Minas Stirn schwirrte, während sie mit gesenktem Kopf nach der verlorenen Rubinnadel suchte. Erst bei der Morgentoilette war ihr der Verlust aufgefallen und hatte sie aus ihrer Verträumtheit gerissen, die sie seit der Begegnung mit dem namenlosen Mann erfüllte. Das durfte doch nicht wahr sein! Wie konnte sie nur so unachtsam gegenüber einem Familienerbstück sein? Ihre Großmutter wäre gewiss maßlos enttäuscht über diese Nachlässigkeit, die bewies, wie wenig sie die Nadel verdiente.

Unter der Kastanie war jedoch nichts als zerwühlte Erde zu entdecken, und als ein Schwarm plaudernder Stimmen verriet, dass sich ein Putztrupp daranmachte, die Orangerie von Schokoladenspritzern und anderem Unrat zu reinigen, trat sie den Rückzug an. Vielleicht hatte ja jemand die Nadel gefunden, nachdem sie gegangen war … Jemand, der die Lichter in der Baumkrone entzündet hatte und bereits bewiesen hatte, dass ihm nichts entging.

In der Diele fiel das Ostlicht unbarmherzig durch die Fenster, und Mina beschattete ihre Augen stöhnend mit der Hand. Sosehr sie das herrliche Wetter gestern noch geschätzt hatte, jetzt hatte sie keinen Sinn dafür. Sie war befangen von den widersprüchlichen Empfindungen, die sie heimsuchten: Sie kam sich vor, als stünde sie in Flammen, so lebendig war sie! Doch zugleich war sie auch überreizt und dünnhäutig. Sogar die sonst so geliebte Morgentoilette war rasch erledigt gewesen. Das Haar hatte sie mit Kämmen aus dem Gesicht gesteckt und ein wenig Puder aufgetragen. Zu mehr war sie nicht imstande gewesen, allein der Gedanke an ihr schweres Parfüm verursachte ihr Übelkeit. Das Fest hatte ihr einen Kater beschert, der allerdings keineswegs vom Champagner herrührte. Es war die Aufregung unter dem dichten Dach der Kastanie gewesen, die ihren Magen in Aufruhr versetzt und sie die Nacht über wach gehalten hatte. Allerdings nicht wegen dieses aufdringlichen Godehard, der schnell vergessen gewesen war. Nein, Minas Gedanken galten fast ausschließlich dem Mann, dessen Namen sie nicht erfahren hatte.

»Moin«, grüßte die Haushälterin, die gerade mit einem Tablett voll frisch abgewaschenem Geschirr auf die Anrichte zuhielt. Die Uniform aus schwarzem Tuch, die Adelheid für die Feier durchgesetzt hatte, hatte Fräulein Helmtraud ausgetauscht gegen einen Rock von unbestimmter Farbe und ein Hemd, das den Anschein erweckte, eigentlich für einen Mann geschneidert worden zu sein. Einen großen, beleibten Mann. Was die Kleiderordnung anging, war das letzte Wort wohl noch nicht gesprochen. Mina hätte ihr Hab und Gut auf einen Sieg der Haushälterin gesetzt, obwohl ihre Stiefmutter sonst nicht zu unterschätzen war. Dieses sture Nordlicht ist der perfektionssüchtigen Adelheid überlegen, so viel steht fest, dachte Mina und genoss ihre Schadenfreude.

Fräulein Helmtraud zerrte mit Gewalt an den Glastüren des Wandschranks, um sie aufzubekommen. Der Schrank war ein besonderes Stück, denn er war in die Wand zwischen Diele und Salon eingelassen, sodass man das Porzellan von beiden Räumen aus bewundern konnte. Eduard hatte das gute Stück extra aufarbeiten lassen und wurde nicht müde, seine Einzigartigkeit zu betonen. Als die Haushälterin bemerkte, dass Mina immer noch an Ort und Stelle stand, musterte sie die junge Frau eindringlich.

»Der Rest der werten Familie schläft noch, und du wärst vielleicht auch lieber im Bett geblieben. Siehst ziemlich erschöpft aus, Fräulein Mina.« Sie schnalzte mit der Zunge. »Dich hat doch wohl kein nächtlicher Besucher wach gehalten, weil er von deinen Tanzkünsten nicht genug bekommen konnte? Ich hatte ja einiges um die Hand, trotzdem habe ich den einen oder anderen Blick auf dich geworfen in deinem hübschen grünen Kleid. Die Kerle waren ganz verrückt nach dir.«

»Ich wünsche Ihnen auch einen guten Morgen«, erwiderte Mina mit einem breiten Lächeln. Eigentlich hätte sie es einer Angestellten verbieten müssen, so mit ihr zu reden. Nur ähnelte Fräulein Helmtraud nicht im Geringsten den Dienstboten, die fast unsichtbar durch die Hamburger Villa ihrer Familie geisterten. Diese resolute Dame hielt sich nämlich keineswegs für eine Untergebene, sondern für die gute Seele des Kapitänshauses, der man bei der Erfüllung ihrer Aufgaben besser nicht in die Quere kam. Und die offenbar auch keinerlei Rücksicht auf die vornehmen Gefühle ihrer Arbeitgeber nehmen musste. Während sie Mina als junge Dame schlankweg duzte, erwartete Fräulein Helmtraud natürlich, als ältere Respektsperson von ihr gesiezt zu werden. »Es ist wirklich ein gelungenes Fest gewesen, Ihre Mühen haben sich tausendfach ausgezahlt«, lobte Mina, die eine solche Umgangsweise erfrischend fand. Denn wer lebte schon gern mit stumm umherhuschenden Geistern im selben Haus?

Fräulein Helmtraud wischte sich über die Stirn, auf der bereits Schweißtropfen standen. »Die Mühen haben gerade erst ihren Anfang genommen: Der Garten sieht aus wie nach einer Schlacht, und die Küche erst! Edel feiern hinterlässt nämlich keinen edlen Dreck, mein Kind.«

Mina verkniff sich ein Lachen und half stattdessen, das Geschirr einzuräumen. Es war kein Wunder, dass Fräulein Helmtraud der kapriziösen Adelheid ein Dorn im Auge war. Allein ihre ausladende Erscheinung mit dem vorstehenden Kinn, das ihr etwas von einer englischen Bulldogge verlieh, stand im Gegensatz zu der zarten Hausherrin – von ihrer Art, kein Blatt vor den Mund zu nehmen, ganz zu schweigen. Allein deshalb mochte Mina die Haushälterin schon gut leiden, auch wenn sie den Verdacht nicht loswurde, dass diese noch ein halbes Kind in ihr sah. Was ihre nächsten Worte denn auch gleich bestätigten.

»Dieses Seidentüchlein, das du trägst, solltest du übrigens fester um den Hals wickeln. Sonst sieht noch jemand, der nicht so verschwiegen ist wie meine Wenigkeit, die Male auf deiner Haut. Und dann gehst du zügig in die Küche, um dir eine Tasse Tee mit extra viel Kandis und ein Marmeladenbrot zu holen.«

»Ich helfe Ihnen aber gern.« Mina meinte es genau so, wie sie es sagte. Unter anderen Umständen war ihr jede Form von Hausarbeit, vor der sie dank ihrer Herkunft bewahrt wurde, ein Gräuel. Aber in Fräulein Helmtrauds Umkreis gedieh schlichtes Geschirreinräumen zu einer verantwortungsvollen Aufgabe, die einem Stand und Würde verlieh. Je mehr die Haushälterin sie mit ihren breiten Hüften abzudrängen versuchte, desto hilfsbereiter war Mina. Trotzdem fand sie sich schlussendlich neben der Küchentür wieder wie ein Kind, das nicht mitspielen durfte.

Unwillkürlich wanderten Minas Finger zu der Rubinnadel, die jedoch nicht an ihrem Kleid steckte. Wie auch? Sie hatte das wertvolle Stück gestern vor Schreck fallen gelassen und dann vergessen, weil sie nur noch an den Mann im Schatten hatte denken können. Den namenlosen Mann, der sie um ihre Nachtruhe gebracht hatte. Und der hier aus der Gegend stammen musste … Ihr kam eine Idee, die sie sogleich in die Tat umsetzte.

»Ehrlich gesagt bin ich so früh aufgestanden, weil ich etwas verloren habe. Gestern Abend bin ich bei der Orangerie spazieren gegangen, und da ist mir ein Schmuckstück abhandengekommen.«

Fräulein Helmtraud stöhnte auf und wollte schon in die Küche hineinrufen, um eines der Mädchen aufzuscheuchen, damit sie nach dem verlorenen Stück suchte, aber Mina packte sie gerade noch rechtzeitig beim Arm.

»Nein, bitte warten Sie. Bestimmt liegt es dort nicht mehr, weil …« Es war schwierig, diese Geschichte zu erzählen, ohne zu viel zu verraten. »Unter der Kastanie war ein junger Mann, der die Lampions angezündet hat.«

Schlagartig ging der Blick der Haushälterin zu ihrem malträtierten Hals, was Mina daran erinnerte, ihr Halstuch endlich anständig zu binden. »Wenn ich den Burschen in die Finger kriege …«, knurrte Fräulein Helmtraud.

»Es ist nicht so, wie Sie denken. Der junge Mann hat wirklich nur Lampions angezündet«, flüsterte Mina, damit auch wirklich niemand anders diese missverständliche Geschichte mithörte. »Es wäre nur denkbar, dass er meinen Schmuck dabei gefunden hat. Das war ja ein wahres Lichtermeer, das Sie in der Baumkrone haben entzünden lassen, nicht wahr?«

»Du meinst also, dass unser Freund das gute Stück heimlich eingesteckt hat.« Zwischen Fräulein Helmtrauds eisgrauen Brauen zeichnete sich eine steile Falte ab. Es war leicht zu erraten, wie sie mit Gelegenheitsdieben umzuspringen pflegte.

»Nein, nein«, wiegelte Mina hastig ab. »So etwas will ich ihm nicht unterstellen, darum geht es mir ganz gewiss nicht. Wenn überhaupt, dann glaube ich, dass er meine Brosche gefunden hat, um sie mir später persönlich zurückzugeben.«

Nun blitzte es verständig in Fräulein Helmtrauds Augen auf. »Wie ein Pfand also, das nur angeblich vergessen wurde, damit der Finder es der Dame zurückbringen kann. Langsam verstehe ich, worum es geht.«

Das tun Sie nicht, dachte Mina, ließ es aber dabei bewenden. Wenn Fräulein Helmtraud die Rubinnadel für ein Liebespfand hielt, sollte ihr das recht sein. Gegen zwei junge Menschen, die sich in einer Sommernacht näherkamen, hatte die Haushälterin – ihrer gelassenen Miene nach zu urteilen – nichts einzuwenden. Vermutlich konnte sie sich selbst noch an die Verführungskraft lauer Abende erinnern … Nein, die Vorstellung war Mina unmöglich. Schließlich trug Fräulein Helmtraud ihre Ledigkeit wie eine Auszeichnung auf der vor Stolz geschwellten Brust.

»Unglücklicherweise hat mir der junge Herr seinen Namen nicht verraten«, gestand Mina, wofür sie lediglich ein unbestimmtes Schnaufen erntete. »Er war ein Stück größer als ich, hatte kantige Gesichtszüge und dunkle Brauen, obwohl sein Haar blond sein dürfte. Außerdem waren seine Augen …«

»Schon gut«, unterbrach Fräulein Helmtraud sie. »Das

Licht war wohl doch nicht so gut unter der Kastanie, obwohl es eigentlich Siggis Aufgabe war, die Lampions zu entzünden. Nun, vermutlich war das gar nicht dumm von ihm, die Dunkelheit auszunutzen. Im Zwielicht sehen alle Kavaliere besser aus.«

»Er heißt Siggi?« Mina ließ den Namen über ihre Lippen gleiten, doch er fühlte sich selbst dann nicht schmeichlerisch an, als sie ihn mit den ausdrucksstarken Augen des jungen Mannes in Verbindung zu bringen versuchte.

»Ja, der Feine Siggi, einer von den Habenichtsen aus dem Dorf. Entschuldige meine Unverblümtheit, Fräulein Mina, aber so ist es nun einmal. Wer in Tidewall keinen Hof oder Fischerkahn erbt, hat nichts bei der Hand und muss zusehen, wie er sein Auskommen findet. Was meinst du, wie es deinem werten Herrn Vater gelungen ist, so viele junge Burschen für ein paar Tage Arbeit zusammenzubekommen? Die Ernte steht erst bevor, da haben die mehr als genug Zeit.«

»Und wo finde ich diesen Siggi?«

Fräulein Helmtraud zögerte. »Der Bursche soll sich im Augenblick um den Graben kümmern, der hinterm Garten entlangführt. Der ist offenbar von einigen vornehmen Gästen als Latrine benutzt worden.« Die Haushälterin blickte verlegen drein. »Nichts für ungut, Fräulein Mina. Aber die Sauerei muss weg, sonst verdirbt der Gestank noch den Vormittagsspaziergang deines Herrn Vaters.«

Mina nickte verständig, obwohl sie sich wünschte, nichts davon gehört zu haben. Ein verdreckter Graben passte so gar nicht zu ihren Gefühlen der letzten Nacht, als sie sich von einer Seite auf die andere gewälzt hatte, mit kaum greifbaren Bildern eines Fremden vor Augen, der ihr unerklärlich nah gekommen war. Vielleicht hatte Fräulein Helmtraud ja recht, und im Dunkel unter dem Laubdach erschienen die Dinge anders als im grellen Tageslicht. Nur, was blieb ihr anderes übrig, als es auf einen Versuch ankommen zu lassen? Und falls das Tageslicht ihr eine Wahrheit zeigte, die sie abstieß, dann wäre sie wenigstens von der überhandnehmenden Sehnsucht befreit.

Vom Glanz des Festes war nicht viel übrig geblieben, nur ein von Glasscherben gezierter Rasen, ein leeres Festzelt und schief hängende Papiergirlanden, an denen der auffrischende Wind zerrte. Es würde allerdings nicht mehr lange dauern, und der Garten würde wieder in seiner vollen Schönheit erstrahlen, bereit, Gäste zum Kaffee zu empfangen, die nicht schon wieder aufgebrochen waren, sondern die Gegend noch ein wenig kennenlernen und vor allem segeln wollten. Bis es so weit war, liefen überall Männer und Frauen in Arbeitskleidung umher, eifrig zugange und in vielerlei Hinsicht das reinste Gegenteil zur Gesellschaft des vergangenen Abends. Gerade bei den Frauen wurde Mina der Unterschied bewusst: Gesichter, denen anzusehen war, dass sie zu viel Wind und Sonne abbekommen hatten. Hände, die nicht von Spitzenhandschuhen geschützt wurden, und Haar, das zurückgesteckt unter Tüchern verborgen wurde. Im Gegensatz zu ihren Hausangestellten in Hamburg wichen die Frauen ihrem Blick jedoch nicht aus, sondern grüßten sie geradewegs, um sich dann wieder um ihre Angelegenheiten zu kümmern. Mina fühlte sich wie ein herausgeputzter Ziervogel unter lauter Amseln in deren Revier.

Letzte Gelegenheit umzudrehen, sagte sie sich. Doch ihre Schritte wurden nicht etwa langsamer, sondern schneller, so als wolle sie ihr Ziel erreicht haben, bevor ihr die Vernunft einen Strich durch die Rechnung machte.

Als Mina den Graben zwischen Farnen und ausladenden

Tafelblättern erreichte, bemerkte sie sogleich die schimpfende Gestalt eines Mannes, der im Graben kauerte. Ein graues Wollhemd umspannte den Rücken, den sie sich in ihrer Schlaflosigkeit ausgemalt hatte. Genau wie die Farbe des Haarschopfs, der allem Anschein nach nicht wie feiner Sand, sondern wie das Erdreich um den Graben herum aussah. War es wirklich das, was sie wollte, diesen verschlampten Kerl?, fragte sie sich pikiert. Oder war dieses langsam erlöschende Kribbeln bloß den Scheuklappen ihrer Erziehung geschuldet?

In deiner Welt stecken Männer eben nicht bis zu den Knien im Dreck und schimpfen wie ein Rohrspatz, dachte sie, während sie sich einen trägen Schweißtropfen fortwischte, der sie am Schlüsselbein kitzelte. Wenn sich zwischen zwei Menschen diese besondere Energie entspinnt, dann sind gesellschaftliche Unterschiede bedeutungslos, ermunterte sie sich. Du musst hinwegsehen über Grenzen, die von anderen Menschen gesetzt wurden. Nur dann kannst du deine eigenen Entscheidungen treffen.

»Entschuldigen Sie bitte …« Mina streckte sich, weil ihr die Worte in der Kehle stecken zu bleiben drohten. »Mein Herr?«

Der Mann, der sich umdrehte, die Arme bis zu den hochgekrempelten Ärmeln verdreckt, blinzelte Mina fragend an. Ein hageres Gesicht, dessen Oberlippe von einem schmalen Schnurrbart geziert wurde. »Ja?«

Mina zögerte. »Es tut mir leid, Sie bei Ihrer Arbeit zu stören, aber ich suche nach einem gewissen Herrn Siggi.«

Der Mann schlug sich mit der Hand auf die Brust, was sich aufgrund des Schmutzes, der an ihr klebte, als Fehler herausstellte. Sein Mund verzog sich zu einem schiefen Lächeln, während er an seinem ruinierten Hemd herumstrich.

»Siggi? Da sind Sie hier richtig, das bin nämlich ich. Der Feine Siggi.« Er vermied es wohlweislich, seinen Oberlippenbart mit den schmierigen Fingern nachzuziehen.

Weitere Schweißtropfen rannen Mina den Nacken hinab und zogen ein prickelndes Netz über ihre Stirn. »Sie haben gestern zur Mitternacht aber nicht die Lampions angezündet«, sagte sie verwirrt.

Ein schlechtes Gewissen breitete sich auf den Zügen des Feinen Siggis aus. »Das wissen Sie, Fräulein?« Er kletterte aus dem Graben und trat auf Mina zu, was diese sofort bereute, denn etwas an dem Mann roch ganz und gar nicht nach Blumen. »Helmtraud, dieser grässliche Oberfeldwebel in Frauengestalt, hatte mich zum Lämpchenanzünden verdonnert, weil sie mich in der Gartenküche dabei erwischt hat, wie ich ein paar von den Leckereien verköstigt habe. Als wäre nicht genug von dem Zeug da, um eine ganze Garnison durchzufüttern.« Um Zustimmung heischend blickte er Mina an, die hastig nickte. Sie wollte die Unterhaltung so rasch wie möglich zu Ende bringen. »Jedenfalls sollte ich rauf auf den Baum, nur leider bin ich nicht schwindelfrei. Das habe ich der ständig quakenden Kröte aber nicht auf die Nase binden wollen, die war ohnehin schon nicht gut auf mich zu sprechen, weil ich und ein paar Jungs uns das Kapitänshaus früher am Abend mal von innen angesehen haben.« Den Punkt begriff Mina nicht sofort; erst später sollte ihr aufblühen, dass offenbar fremde Leute durch das Haus ihrer Familie spaziert waren, als sei es ein Ausstellungsgelände. »Ein Kumpel ist dann für mich eingesprungen«, schloss der Feine Siggi die Geschichte ab.

Mina widerstand nur leidlich dem Drang, ihren Seidenschal über Mund und Nase zu ziehen. »Und wo ist dieser Freund jetzt?«

»Der Johann? Keine Ahnung, den habe ich heute noch nicht gesehen. Vielleicht gab es nicht ausreichend Arbeit, oder jemand hat ihm ein besseres Auskommen versprochen. Der Bursche muss ja zusehen, wo er sein Geld herkriegt. Dem geht es ja noch dreckiger als dem Rest von uns.«

Das war also der Name des Mannes, nach dem sie suchte: Johann. Bevor Mina sich jedoch an diesem Gedanken wärmen konnte, wurde ihr bewusst, dass es kein Wiedersehen mit Johann geben würde, wenn er nicht mehr für ihren Vater tätig war. Was hatte Fräulein Helmtraud angedeutet? Wer mittellos war, den wehte die Suche nach Arbeit übers Land wie ein Blatt im Wind.

»Was wollen Sie denn vom Johann?« Beim Feinen Siggi hatte sich eine Neugierde eingeschlichen, die Mina zurückweichen ließ.

Einen Moment lang spielte sie mit dem Gedanken, es trotz ihres Widerwillens mit Einschmeicheln zu versuchen, damit er ihr half, Johann zu finden. Das brachte Mina aber nicht über sich. Vielleicht würde Geld helfen ... Aber wie würde sie dann dastehen, wenn sich der Mann, der in ihrer Phantasie immer strahlender wurde, im Tageslicht in einen Doppelgänger des Feinen Siggis verwandelte?

»Was ich will, hat Sie nichts anzugehen.« Mina reckte ihr Kinn, obwohl dabei ihr Halstuch ins Rutschen kam. »Einen schönen Tag noch. Und ... sehen Sie zu, dass Sie den Dreck loswerden. Das stinkt ja bis zum Himmel, und unsere Gäste werden schon bald zum Tee erwartet.«

Ohne den sichtlich verdutzten Feinen Siggi eines weiteren Blickes zu würdigen, schritt sie davon. Es wollte ihr jedoch nicht recht gelingen, vollends in die Haut von Eduard Boskopsens verwöhnter Tochter zu schlüpfen. Es war, als hätte sich etwas zwischen sie und das Bild, das sie von sich hatte, gedrängt. Was es auch war, es machte ihr Angst und bereitete ihr zugleich eine Verwirrung der süßen Art. Vor ihrem einundzwanzigsten Geburtstag hatte sie fest geglaubt zu wissen, wer sie war und was sie sich wünschte. Jetzt aber, nur einen Tag später, hatte nichts davon mehr Bestand, wobei die Frage blieb, was genau ihre Welt ins Wanken gebracht hatte: ein Mann, auf dessen Gesicht Kerzenlicht fiel und Blattwerk Schatten warf – oder eine Rubinnadel, die sie alle falsche Vorsicht vergessen ließ?

Kapitel 14

»Mina, Herzblatt! Ist das nicht ein perfekter Tag für einen Segeltörn?«

Großmutter Theophila winkte mit ihrer in einem cremefarbenen Lederhandschuh steckenden Hand. Während der Rest der kleinen Gesellschaft – bestehend aus der Boskopsen-Familie und einigen Freunden – die leichteste Kleidung angezogen hatte, die ihre festlich angehauchte Reisegarderobe hergab, war die alte Dame in voller Montur bekleidet, und auf ihrem Kopf saß zur Krönung ein ausladender Sonnenhut. Die Nadeln, mit denen er festgesteckt war, dienten mehr der Dekoration, denn der Wind hatte sich fast vollständig gelegt. Mina hatte sich für einen Strohhut in Glockenform entschieden und ein locker geschnittenes Sommerkleid, für das sie kaum Komplimente erwarten durfte.

Adelheid nahm sie auch prompt beiseite. »Du siehst in diesem unförmigen Ding aus, als wolltest du allein auf dem Deich herumstromern, statt an einem geselligen Treiben teilzunehmen. Nach deinem bezaubernden Auftritt auf dem Fest ist das ein Abstieg, der nicht unbemerkt bleiben wird.«

Mina zuckte bloß mit den Schultern. »Entschuldige, aber ich lege heute keinen Wert darauf, mich von potenziell Heiratswilligen begutachten zu lassen. Es ist so heiß, dass schon das bloße Atmen zu viel ist. Wir sollten im Schatten der Bäume sitzen, anstatt einen Segelausflug zu unternehmen.«

Obwohl Mina als eigensinnig verschrien war, hatte Adelheid ihrer verblüfften Miene nach zu urteilen nicht mit solchen Widerworten gerechnet. In ihrer Ratlosigkeit begann sie, Strähnen unter dem enganliegenden Hut ihrer Stieftochter hervorzuziehen, wohl in der Hoffnung, ihrem Erscheinungsbild wenigstens einen Hauch von Verspieltheit zu verleihen. »Ein wenig mehr Dankbarkeit wäre angebracht, schließlich veranstalten wir dieses ganze Brimbamborium nur für dich. Damit du endlich einen geeigneten Hafen findest«, sagte sie, während sie immer gröber an Minas Haar herumzerrte.

»Das sehe ich nicht so. Papa und du tut das in erster Linie für euch selbst, denn es wäre ja ein Skandal, falls sich die Tochter des Hauses am Ende noch unter ihrem Stand verlieben würde. Diese ganzen Kaufmannssöhne und Unternehmenserben sollen doch nur eure Reputation sichern. Ob für mich ein Mann, der nur Zahlen im Kopf hat, von Interesse ist, ist nebensächlich.«

»Was sind denn das für Reden?«

Adelheid zerrte so fest an einer Strähne, dass Mina die Zähne zusammenbeißen musste, um nicht aufzuschreien. Die Genugtuung gönnte sie ihr nicht. Ein wenig verwundert bemerkte sie, dass der Gedanke, den sie soeben laut ausgesprochen hatte, tatsächlich neu war. Es ließ sich nicht leugnen: Die wenigen Minuten in der Gesellschaft des Tagelöhners Johann hatten ihre Welt auf den Kopf gestellt. Nicht nur ihre Gefühle schlugen Kapriolen, sondern auch ihre Zukunftspläne waren plötzlich nicht mehr von derselben Klarheit wie noch tags zuvor. Weite Reisen, aufregende Großstädte und der Duft jener Freiheit, den die Moderne versprach, waren zwar immer noch eine aufregende Vorstellung. Nur beschlich sie zum ersten Mal der Gedanke, dass ein glückliches Leben auch anders verlaufen könnte.

»Mein liebes Fräulein, so einen Unsinn möchte ich nie wieder aus deinem Munde hören.« Obwohl Adelheid eine zarte Person war, konnte sie durchaus bestimmend sein, wenn ihr ein Anliegen wichtig war. Und dass ihre Stieftochter ihr keine Schande bereitete, gehörte eindeutig dazu.

Endlich gelang es Mina, das Handgelenk ihrer Stiefmutter zu fassen zu bekommen. Sie drückte es nieder und sagte: »Keine Sorge. Ich habe nicht vor, mich in eine Rebellin zu verwandeln. Aber ich möchte mich selbst um meine Belange kümmern, und zwar auf meine Art.« Dann setzte sie ein freundliches Gesicht auf, auch wenn es mehr einer Maske ähnelte. »Und jetzt sei doch bitte wieder die entzückende Gastgeberin, die für jedermann ein Lächeln übrig hat. Diese finstere Miene steht dir so gar nicht. Man könnte fast meinen, du hast keine besondere Freude an unserem ausstehenden Segeltörn.«

Adelheid schnaufte, schließlich machte sie kein Geheimnis daraus, dass sie weder dem Segeln noch dem Schiff etwas abgewinnen konnte. Dabei trug Eduard Boskopsens Segelschiff den stolzen Namen »Adelheid«, in königlichem Blau und mit eleganten Lettern auf die Bootswand geschrieben. »Ein kleiner Trick, meine Frau gibt nämlich nicht viel aufs Segeln«, erklärte Eduard gern. »Wo jedoch das Schiff ihren Namen trägt, kann sie mir meine häufige Abwesenheit nicht vorhalten. So gesehen verbringe ich schließlich jede freie Stunde mit meiner lieben Adelheid.«

Die echte Adelheid fand solche Bonmots weder charmant noch nach der gefühlt hundertsten Wiederholung witzig, wie Mina amüsiert beobachtet hatte. Trotzdem schenkte sie ihrem Mann stets ein Lächeln, von dem er nie mitbekam, wie künstlich es war. Oder Eduard war so lebenserfahren, dass er gelassen darüber hinwegsah. Ohnehin war er seiner jüngeren Frau ähnlich zugetan wie einem edlen Rassehund, dessen Vorzüge man genießt, während man seine Eigenarten erträgt. Solange Adelheid – in diesem Sinne – nur gelegentlich murrte, aber nicht schnappte, war alles bestens. Und als gut erzogene Hanseatin schnappte Adelheid nie. Ansonsten, da war Mina sich sicher, hätte ihre Stiefmutter sich an diesem drückend heißen Sommertag wohl kaum bereiterklärt, die Gesellschaft zum Hafen zu begleiten. Dabei war schwerlich zu sagen, was mehr an ihren Nerven zerrte: der Gedanke an eine provinzielle Hafenanlage voller Fischkutter, die unausweichliche Nähe ihrer Schwiegermutter oder die Tatsache, dass ihre Stieftochter sich über Nacht in ein widerborstiges – und was noch schlimmer war – geschmacklos angezogenes Geschöpf verwandelt hatte.

Theophila, die den Zwist der beiden Frauen ungeduldig betrachtet hatte, stieß plötzlich einen Schrei aus, als ein Wagen über den Schotterweg angefahren kam. Es war ein rot lackiertes Automobil mit offenem Verdeck, dessen laut röhrender Motor die allgemeine Aufmerksamkeit erregte. Am gestrigen Abend waren einige Automobile beim weißen Gartenzaun vorgefahren, aber dieses übertraf sie allesamt. Nicht nur, weil es offenbar frisch aus dem Werk kam, sondern auch weil eine kleine britische Flagge an seiner Seite seine Herkunft verriet. Ein nagelneuer Wagen aus Großbritannien – kein Wunder, dass Mina ein solches Exemplar noch nie gesehen hatte. Mit den deutschen Automobilen war es zurzeit nicht allzu weit her, da sich die heimische Industrie noch nicht davon erholt hatte, dass während des Krieges sämtliche Produktionen auf die Waffenherstellung umgestellt worden waren.

»Das ist ein Bentley Chassis, ein englisches Rennmobil für die Straße«, erklärte Eduard Boskopsen, der neben seine

Tochter getreten war, wohl um ihr unauffällig den Kopf für ihr Benehmen Adelheid gegenüber zurechtzurücken. Aber allem Anschein nach war die Strafpredigt angesichts eines solchen Wagens vergessen. »Eine großartige Wahl, wie du anhand der Begeisterung sämtlicher Herren beobachten kannst. Ob Deutschland angesichts der nur schleppend in Gang kommenden Industrie jemals wieder im Stande sein wird, solche eleganten Autos herzustellen, steht in den Sternen. Zu viele unserer Zulieferer sind ruiniert, und dann sind da noch die verdammten Reparationszahlungen …« Eduard brach schlagartig ab und lächelte entschuldigend.

Mina ahnte auch, warum: Ihre Familie hatte schließlich allerlei Anstrengungen unternommen, um die bittere Realität der Nachkriegszeit von ihr fernzuhalten. Vermutlich dachte man, dass junge Frauen ihrer Herkunft es leichter hätten, wenn sie unbelastet von den Sorgen der Zeit auftraten. Bislang hatte sie das nicht weiter gekümmert, schließlich bekam sie trotzdem all das mit, wofür sie sich interessierte. Zumindest hatte sie das bislang so gesehen. »Kann man die Industrie denn nicht einfach wieder umstellen? Jetzt, wo sie keine Waffen mehr zu fabrizieren braucht, dürfte das doch kein Problem sein. Automobile sind ja ganz offensichtlich ein Geschäft mit Zukunft.«

Das leichte Schmunzeln ihres Vaters verriet, dass ihr Vorschlag wohl nicht ganz ernst zu nehmen war. »Alles wird wieder gut, mein Liebes«, sagte er, als spräche er mit einem verängstigten Kind.

»Entschuldige bitte, Papa. Aber könntest du …«

Eduard hörte ihr schon nicht mehr zu, sondern deutete auf Theophila, die mit weit geöffneten Armen auf den Bentley zuging. »Damit wäre das Geheimnis gelüftet, wer für diesen Überraschungsbesuch verantwortlich ist: Deine liebe Frau

Großmama hat offenbar Einladungen auf eigene Faust vorgenommen.«

Theophila begrüßte den Fahrer überschwänglich, kaum dass er ausgestiegen war. Der Mann trug einen Lederblouson, der ihn wie einen Piloten aussehen ließ. Sein schwarzes Haar war glänzend zurückgestrichen. Erst als Mina näher trat, bemerkte sie graue Strähnen und einige Linien in der sonnengebräunten Haut. Dieser Mann war älter, als man auf den ersten Blick glaubte, aber das machte ihn nur attraktiver. Mina wartete auf ein verräterisches Ziehen in ihrer Leibesmitte wie immer, wenn sie einem interessanten Mann gegenüberstand, doch nichts dergleichen geschah. Dieses Elektrisiertsein war nun offenbar einzig und allein einem speziellen Mann vorbehalten.

»Mina, schau nur, wer endlich den Weg ans Ende der Welt gefunden hat: der wundervolle Alfred Löwenkamp! Ein lieber Freund, mit dessen Herrn Vater wir Geschäfte zu machen pflegten«, stellte Theophila den Gast mit Überschwang vor. »Eigentlich sollte Fred gestern schon eintreffen, um unser kleines Sommerfest zu beehren.«

Alfred »Fred« Löwenkamp blickte verlegen drein. Unter anderen Umständen hätte Mina ihm zugebilligt, dass dieser reumütige Blick ihm gut zu Gesicht stand, doch nun bemerkte sie überdies, dass er sich dessen überaus bewusst war. Ein Filou, erkannte sie, noch während sie ihn begrüßte.

»Es tut mir sehr leid, dass ich mich verspätet habe. Ich bereue es in so mancher Hinsicht.« Fred deutete einen Handkuss über Minas bloßem Handrücken an. Sie hatte sich nicht dazu durchringen können, bei dieser Hitze die kratzigen Spitzenhandschuhe überzuziehen. »Es freut mich sehr, endlich Ihre Bekanntschaft zu machen, Mina. Ihre Großmutter weiß in den schillerndsten Farben von Ihnen zu erzählen.«

Mina begnügte sich mit einem Lächeln, während sie ihr Gedächtnis nach dem Namen Fred Löwenkamp durchforstete. Er war tatsächlich öfter gefallen, allerdings meist im Zusammenhang mit den Geschäften ihres Vaters, die sie nur insofern interessierten, als dass sie erfolgreich waren und somit keinen Grund zur Besorgnis gaben.

»Sie leben in Berlin, richtig?«, griff sie nach dem ersten Faden, der sich ihr bot. »Eine weite Anreise für ein Sommerfest.«

Fred lachte, dass ein ganzes Furchenfeld um seine Augen entstand. Es lag etwas Belustigtes in seinem Ton, so als wäre sie ein offenes Buch für ihn, und er amüsiere sich bestens über das, was er darin las. »So gern ich vorgeben würde, die Anreise nur wegen Ihres Festes auf mich genommen zu haben, muss ich Sie leider enttäuschen. Ich bin vor ein paar Tagen nach Hamburg geflogen, um dieses kleine Schätzchen hier am Hafen in Empfang zu nehmen. Ein britischer Sportwagen.« Er tätschelte zärtlich die leuchtend rot lackierte Karosserie.

»Ich weiß. Ein Bentley, wie es aussieht.«

Fred zog eine Augenbraue hoch. »Sieh an, eine Automobil-Liebhaberin. Nun bin ich wirklich froh, die ganze Strecke von Hamburg hierhergekommen zu sein. Welche Vorlieben haben Sie denn noch mit mir gemeinsam?«

Unter anderen Umständen wäre Mina begeistert auf dieses Spiel eingestiegen. Sie hätte sich fasziniert gezeigt von ihrem Gesprächspartner, hätte mit vor Aufregung hoher Piepsstimme nachgefragt, ob Fred etwa selbst von Berlin nach Hamburg geflogen sei – vielleicht sogar mit einer eigenen Maschine! –, und hätte sein arrogantes Gehabe durchaus charmant gefunden. Es stand außer Frage, dass ihre Großmutter ihr Fred Löwenkamp vorstellte, damit sie sich von ihm umschwärmen ließ. Schließlich war er genau der Typ Mann, den sich ihre Familie für sie wünschte: reich, mondän und gewiss ein wenig launisch. Heute jedoch hätte Fred Löwenkamp trotz aller Vorzüge nicht weiter davon entfernt sein können, ihren Puls zu beschleunigen.

»Dann wünsche ich Ihnen noch viel Vergnügen mit Ihrem Schätzchen«, sagte Mina freundlich. »Die Straßen in Dithmarschen sind schnurgerade, perfekt zum Einfahren eines neuen Wagens.«

Falls Fred irritiert war vom Verlauf, den ihr Gespräch nahm, ließ er es sich nicht anmerken. Ganz im Gegensatz zu Theophila. Die alte Dame schüttelte den Kopf, als traue sie ihren Ohren nicht recht. »Das Vergnügen wird selbstverständlich auch das deine sein«, erklärte sie ihrer Enkelin geradewegs. »Du wirst Fred nämlich zum Hafen begleiten und ihm unterwegs eine angenehme Gesellschaft sein. Bitte beweise dem Herrn, dass meine Schwärmerei nicht etwa das Gerede einer einfältigen Großmutter ist, die in ihrer Enkeltochter ein Engelsgeschöpf sieht, sondern dass diese bezaubernde junge Dame tatsächlich existiert.«

Einer solchen Aufforderung konnte Mina sich unmöglich verweigern. »Selbstverständlich, Großmama. Aber beklagen Sie sich später bitte nicht, wenn Ihr Freund rasch das Weite sucht, nachdem er an meiner Seite durch Kohlfelder gefahren ist, weil wir die Straße zum Hafen verpasst haben. Das liegt dann an der Wirkung der Provinz und nicht an meiner Unausstehlichkeit.«

Fred hielt Mina galant die Beifahrertür auf. »Ein wenig Unausstehlichkeit gefällt mir – ehrlich gesagt – ausgesprochen gut«, flüsterte er ihr zu, kurz bevor er die Wagentür schloss.

Während Theophila sichtlich zufrieden mit sich dem davonpreschenden Wagen nachblickte, war Adelheid immer noch aufgebracht.

»Warum nur macht Mina es mir so schwer? Erst dieser topfartige Hut samt Hängekleid, und dann legt sie gegenüber einer guten Partie auch noch einen schnodderigen Ton an den Tag, anstatt besonders charmant zu sein«, klagte sie Theophila ihr Leid, obwohl die alte Dame, auf ihren Gehstock gestützt, gerade laut darüber nachdachte, nach dem Segeltörn in der Schankwirtschaft einzukehren und ordentlich Matjes mit Zwiebeln zu essen. Kaum hatte Adelheid die Aufmerksamkeit ihrer Schwiegermutter mit einem hartnäckigen Hüsteln errungen, setzte sie nach: »Dieses Kind treibt mich noch zur Verzweiflung. Da bekommt sie schon einen außergewöhnlichen Fang wie diesen Löwenkamp-Erben auf dem Tablett serviert und schafft es, die Bekanntschaft mit ihrer eigensinnigen Art gleich im Keim zu ersticken.«

Theophila spitzte die Lippen. Diese Mimik in Adelheids Gegenwart war wieder einmal typisch für die alte Dame: als würde sie unablässig richten über diese unwürdige Person, die ihr Sohn zu heiraten die Frechheit besessen hatte. Für gewöhnlich machte sich Adelheid nichts aus den despektierlichen Blicken ihrer Schwiegermutter, schließlich war sie ebenso wenig von dieser familären Bindung entzückt. Aber wenn es um Minas unerfreuliches Benehmen ging, versetzte es ihr doch einen Stich. Irgendwann musste dieses Mädchen schließlich aus dem Haus, je schneller, desto besser. Es war einfach nicht genug Platz für zwei so eigensinnige Charaktere wie Mina und sie vorhanden. Und Adelheid hatte nicht vor, sich in ihrer Lebensart zu beschränken, ganz im Gegenteil.

»Dein Urteil in allen Ehren, meine Liebe«, erwiderte Theophila in ihrem besten Von-oben-herab-Ton. »Ich glaube allerdings nicht, dass unsere Mina sich bei diesem Kennenlernen ungeschickt angestellt hat. Das Interesse eines Mannes wie Fred erregt man nicht, indem man besonders liebreizend lächelt und ansonsten ganz die gutbürgerliche Tochter gibt. Wenn es so einfach wäre, wäre der Gute bei seinem familiären Hintergrund schon längst unter der Haube. Einmal davon abgesehen, dass das ganze Land weiß, welch ein Vermögen die Löwenkamps mit ihren Berliner Fabriken und dem Metallhandel gemacht haben. Nein, eine Frau, die gegen dieses Mannsbild bestehen will, braucht ihren eigenen Kopf. Und was sie noch mehr braucht, ist ein Charakter, der seine Neugierde weckt. Denn das Letzte, was Fred Löwenkamp schätzt, ist Langeweile. Genau aus dem Grund habe ich ihn ja eingeladen: Unsere Mina ist nämlich die beste Kur gegen jede Form von Eintönigkeit.«

Adelheid lag die Bemerkung auf der Zunge, was sie von der Neigung ihrer Schwiegermutter hielt, die ohnehin schon leicht aus dem Rahmen schlagende Mina zu einer größeren Unangepasstheit zu ermuntern. Letztendlich behielt sie ihren Unmut jedoch für sich. Es brachte wenig, einem Ausbund an Selbstvertrauen wie Theophila die Stirn zu bieten. Einmal davon abgesehen, dass sie vermutlich dankbar dafür sein sollte, wenn es ihrer Schwiegermutter gelang, Mina standesgemäß zu verheiraten. »Ich wünschte bloß, Sie hätten mich eingeweiht, dass Sie Fred Löwenkamp eingeladen haben. Auf einen solchen Besuch möchte man schließlich vorbereitet sein.« Der Blick, mit dem Theophila sie maß, bezeugte ihre Vermutung, dass die alte Dame genau aus diesem Grund geschwiegen hatte: weil sie der Auffassung war, dass eine umständliche Person wie Adelheid nur alles ruiniert hätte.

Als ob sie keine Ahnung davon hatte, wie man mit Männern umging. »Wirklich, meine Liebe, es hätte nicht geschadet, mich zu informieren«, setzte sie nun doch erregt nach. »Immerhin bin ich die Hausherrin, und Sie sind mein Gast.«

Falls Theophila ein schlechtes Gewissen beschlich, so ließ sie es sich nicht anmerken. »Ach, wozu? Ich war mir ja nicht einmal sicher, ob Fred überhaupt kommt. Schließlich ist er ein viel beschäftigter Mann, dem alle möglichen Zerstreuungen zur Verfügung stehen – dieses Kapitänshäuschen jenseits der zivilisierten Welt in allen Ehren. Nun ist er da, und Mina hat zweifelsohne sein Interesse erregt. Es würde mich schon sehr wundern, wenn die beiden schnurstracks den Hafen ansteuern sollten.«

Kapitel 15

Mina lehnte sich in die cognacfarbenen Ledersitze, die für einen Sekundenbruchteil Kühle ausstrahlten, während Fred Löwenkamp den Bentley wendete. Der Rest der Gesellschaft würde einen Spaziergang zum Hafen machen, und obwohl Mina die Idee eben noch abwegig vorgekommen war, wäre sie jetzt gern mit von der Partie gewesen. Zu zweit in einem Automobil würde sie wohl kaum ungestört ihren Gedanken nachhängen können, obwohl ihr dringend der Sinn danach stand. So viel war durcheinandergeraten, seit ihre Großmutter ihr die Rubinnadel geschenkt hatte. Als der Motor aufröhrte und der Wagen lospreschte, vergaß sie ihre Grübelei. Wind wehte ihr ins Gesicht, streifte ihr erhitztes Dekolleté und brachte ihr die Abkühlung, nach der sie sich gesehnt hatte. Als Fred rasant eine Kurve nahm, konnte sie ein Lachen nicht länger unterdrücken.

»Gefällt Ihnen mein Schätzchen also doch?«, rief er gegen den Fahrtwind an. »Ich habe mir schon gedacht, dass Sie auf den Geschmack kommen würden, wenn Sie erst einmal drinsitzen.«

Mina verkniff sich die passende Antwort, obwohl Freds provokante Art sie durchaus herausforderte. Es war erstaunlich, wie zielsicher ihre Großmutter diesen Mann aus der Gruppe von Anwärtern herausgepickt hatte. Bis zur letzten Nacht hätte er auch ganz hervorragend gepasst, nur lagen die Dinge inzwischen anders. Recht betrachtet, hatte das Ganze mit Theophilas Erzählung über die Rubinnadel angefangen. All diese besonderen Frauen vor Mina, die das Schmuckstück getragen hatten, waren eine Inspiration gewesen. Allerdings hatte diese Inspiration sie in eine Sackgasse gelockt. Wer auch immer Johann war, es würde alles andere als leicht werden, mehr über ihn herauszufinden. Fräulein Helmtraud mochte gelassen auf ihre Fragen reagiert haben, aber ansonsten würde sie bei weiteren Nachforschungen einigen unangenehmen Fragen Rede und Antwort stehen müssen. Wenn sie es nicht klug anstellte, würde der Zauber, den Johann in ihr geweckt hatte, unerfüllt bleiben.

Eine Wehmut nach diesem Mann überkam Mina, die sie vor noch größere Rätsel stellte, während die weiten Felder an ihr vorbeirasten. Schließlich wurde ihr bewusst, dass die Fahrt viel zu lange dauerte; die kleine Ansiedlung von Häusern rund um den Hafen von Tidewall hätte schon längst auftauchen müssen. Vor allem bei dem Tempo, mit dem Fred den Wagen über die unbefestigten Straßen jagte.

»Ich befürchte, hier sind wir falsch«, sagte Mina, während sie sich nach dem Deich als Orientierungspunkt umsah. Der lag in weiter Ferne hinter ihr, während sich das flache Land der Marschen vor ihr auftat.

»Falsch nicht unbedingt, denn ich habe die Abbiegung zum Hafen absichtlich übersehen. Ich habe nämlich Ihre Idee von der Spritztour aufgegriffen. Warum sollten wir ohne Umwege zum Hafen fahren, wenn die restliche Gesellschaft gewiss noch Ewigkeiten braucht, sich auf ein Tempo zu einigen und dort einzutreffen?« Fred verkniff sich ein raffiniertes Grinsen, als ahne er, dass Mina nicht der Sinn nach Schäkereien stand. »Außerdem habe ich gehört, dass es ganz in der Nähe ein hervorragendes Gestüt gibt. Reiten Sie?«

Bei der Erwähnung des Gestüts vergaß Mina ihren aufkeimenden Unwillen. »Wenn Sie meine Großmutter so gut kennen, wie es vordem den Anschein hatte, dann kennen Sie doch auch gewiss ihr Gut im Alten Land. Ich habe dort als Mädchen mehr als genug Sommer auf einem Pferderücken verbracht.«

»Und nun reiten Sie nicht mehr?«

Mina zuckte mit den Schultern, was nicht ganz leicht war, denn mittlerweile musste sie ihren Hut mit der Hand festhalten, damit er ihr nicht vom Kopf flog. Dabei konnte man diese modischen Modelle erstaunlich weit über Stirn und Ohren ziehen. »Die Begeisterung ist mir wohl abhandengekommen wie so viele andere Dinge auf dem Weg ins Erwachsenenleben.«

»Pferde sind doch nicht allein eine Leidenschaft von kleinen Mädchen, jedenfalls nicht die Pferde, die ich meine.«

Zu ihrer rechten Seite tauchte eine Koppel auf, und Fred ließ den Wagen ausrollen. Trotz der drückenden Hitze scheute die kleine Herde von vier Tieren mit einem Fohlen in ihrer Mitte vor dem Motorenlärm und stob über die großzügig bemessene Wiese. Schlanke, muskulöse Leiber, das Fell so dunkel wie ein Gewitterhimmel.

Kaum waren sie aus dem Wagen gestiegen, zog Fred seine Jacke aus und hängte sie sich über die Schulter, während er Mina seinen Arm anbot. Unter seinem weißen Hemd ließ sich ein gut gebauter Oberkörper erahnen, der bei seinem Alter einen gewissen Ehrgeiz verriet. Zumindest sahen die meisten Männer um die vierzig, die Mina kannte, anders aus. Dann fühlten sich die Herren schon in einem gesetzten Alter, wo das Äußere nur insofern eine Rolle spielte, weil die herausgeputzte Ehefrau neben einer Villa an der Elbchaussee den redlich erworbenen Status verkörperte. Vielleicht, überlegte Mina, sind die Männer in Berlin ja anders, nicht so gesetzt, vor allem wenn sie ungebunden und im Geist jung geblieben sind.

Gemeinsam stellten sie sich vor das Gatter, froh darüber, die zunehmend stechende Sonne im Rücken zu haben.

»Das sind Holsteiner, hervorragende Springpferde«, erklärte Fred. »Diese Rasse gefällt mir besonders gut, weil sie so ausdrucksvoll und athletisch sind. Außerdem ist der Holsteiner für seinen Charakter bekannt, er ist zuverlässig und steht selbst im größten Chaos wie eine Eins. Und darauf kommt es schließlich an: Standvermögen.«

Mina zog die Brauen hoch.

»Sie sehen so erstaunt aus?«, bemerkte Fred.

»Von allen Eigenschaften, die ich Ihnen zugeordnet hatte, wären Zuverlässigkeit und Nervenstärke unter den Tisch gefallen.«

Fred strich sein schwarzes Haar zurück, das der Fahrtwind durcheinandergebracht hatte. »Sie sind schnell mit Ihrem Urteil zur Hand. Aber das kommt vielleicht daher, weil die jungen Burschen, mit denen Sie ansonsten verkehren, eher eindimensional sind.«

Widerwillig gestand Mina sich ein, dass ihr Freds forsche Art durchaus gefiel. Er ist mir nicht ganz unähnlich, dachte sie, während sie ihn noch einmal mit frischem Blick vermaß. Von seinem eckigen Gesicht über die schmale und doch sportliche Figur bis hin zu seiner lässigen Haltung – Fred Löwenkamp war nicht zu verachten. »Das klingt, als würden Männer im Laufe der Jahre erst interessante Eigenschaften ausbilden. Wie ein Wein.«

»Der Wein-Vergleich ist gut, aber ich glaube, dass es auf die Veranlagung des Menschen ankommt.« Mittlerweile hatte Fred seine spielerische Art abgelegt und erwiderte geradewegs ihren Blick. »Bei Ihnen kann man schon jetzt sehen, dass Sie eine faszinierende Persönlichkeit sind. Dabei haben Sie doch gerade gestern erst Ihren einundzwanzigsten Geburtstag gefeiert. Dazu auch die besten Glückwünsche von mir.« Nachdem Mina dankend genickt hatte, wendete er sich wieder den Pferden zu, die sie aus sicherer Entfernung beobachteten. »Ich spiele mit dem Gedanken, selbst eine kleine Zucht zu eröffnen, allerdings nur fürs private Vergnügen, schließlich muss man ja nicht aus allem ein Geschäft machen.«

Diese Aussage gefiel Mina ausgesprochen gut, denn es unterschied ihn von den Geldanbetern im Dunstkreis ihrer Familie. »In Hamburg wird man für ein solches Ansinnen höchstwahrscheinlich erschossen. Vergnügungen ohne einen geschäftlichen Hintersinn gehören verboten. Wussten Sie das nicht, Herr Löwenkamp?«

Fred hob die Hände hoch, als müsse er sich für dieses Geständnis verteidigen. »Die Idee kam mir, nachdem ich ein Häuschen in Potsdam am Heiligen See geerbt habe. Es ist sehr hübsch dort draußen, eine wunderbare Landschaft. Nur leider bin ich kein begeisterter Fußgänger, bei mir muss es schon etwas schneller zugehen.«

»Also zu Pferd. Ist das nicht einen Tick zu unmodern für einen Helden aus der Weltstadt Berlin?« Mina konnte die Stichelei nicht unterdrücken.

Fred lachte, während er sich auf den Zaunpfosten stützte und der Herde hinterherblickte, die gerade quer über die Koppel lief und Staub aufwirbelte. »Sagen Sie es mir, Mina: Bin ich ein versteinertes Fossil? Sie scheinen mir von Kopf bis Fuß ein Kind der Gegenwart zu sein, eine junge, selbstbewusste Frau, die überholte Zwänge gemeinsam mit den alten Kleidern und Zöpfen abgelegt hat. Verbietet es der Zeitgeist, auf einem Pferderücken eine herrliche Landschaft zu erkunden?«

Die sturmgraue Stute mit dem Fohlen setzte sich von der Gruppe ab und trabte unter einen schattigen Baum, woraufhin die anderen Tiere ihr folgten. Das Bild strahlte eine Ruhe und Unschuld aus, die Mina zu gern in sich getragen hätte. »Der Zeitgeist ist eine Sache, etwas so elementar Schönes wie die Pferdeschar eine ganz andere.«

»Sie würden mich also zur Unterredung mit dem Züchter der Holsteiner begleiten?«

Die Frage kam für Minas Geschmack zu schnell, fast so als wäre es bereits ausgemacht, dass sie einander zugetan waren. Dieser Berliner Geschäftsmann hatte offenbar mindestens einmal zu oft die Erfahrung gemacht, dass er von der Damenwelt bekam, was er wollte.

»Wenn Sie Begleitung wünschen, stehe ich Ihnen als Freundin der Familie natürlich zur Seite«, erwiderte sie kühl. »Aber jetzt sollten wir zum Hafen aufbrechen. Es wäre unhöflich, die anderen bei der Hitze auf uns warten zu lassen.«

Fred beeilte sich, ihr die Wagentür zu öffnen, was sie kommentarlos geschehen ließ. Auch seine Versuche, eine leichte Unterhaltung aufzunehmen, ließ sie an sich vorbeiziehen. Sein schlechtes Gewissen, eine Grenze überschritten zu haben, schwang bei jedem seiner Worte mit. Dabei ging es Mina gar nicht darum, ihn auf seinen Platz zu verweisen. Sie hatte einfach nur so rasch das Interesse verloren, wie es aufgeflammt war.

Kapitel 16

Tidewall, April 2013

Es kam einem mächtigen Befreiungsschlag gleich, die beängstigend dicht über dem Kopf hängende Wohnzimmerdecke rauszureißen und freizulegen, was hinter ihr verborgen lag. Als das Zimmer sich nach einigen Stunden harter Arbeit zu seiner vollen Höhe erstreckte, glaubte Marie, ein erleichtertes Seufzen zu hören, als wäre zuvor nicht genug Raum zum Atmen vorhanden gewesen. In ihrem Kopf setzte ein Schwindel ein, sie fühlte sich trunken von der so rasch herbeigeführten Veränderung.

Asmus Mehnert hatte Wort gehalten und am Morgen vor der Tür gestanden, nachdem er seinen mit Werkzeug beladenen alten Volvo vorm Haus geparkt hatte. Er hatte genau gewusst, wo er bei der Deckenkonstruktion ansetzen musste, um mit sicheren Griffen eine Spanplatte nach der anderen rauszulösen. Marie fühlte sich geradezu beflügelt, und mit Elan packte sie jede einzelne Platte und schleppte sie schnurstracks ins Freie, obwohl es seit der letzten Nacht Bindfäden regnete. Horizontal fliegende Bindfäden, die der Wind gegen die Fenster prasseln ließ. Die Sonnenstrahlen des Vortags waren bereits am vergangenen Nachmittag Geschichte gewesen, als hätte Marlene Weiss sie mit ihrem unmöglichen Antrittsbesuch vertrieben. Eine Wolkendecke hatte sich ausgebreitet, so undurchdringlich, als sei sie aus Blei gegossen.

»Wenn es bei uns erst einmal anfängt zu regnen, hört es so bald nicht wieder auf«, erklärte Asmus leichthin. Er stand auf der Leiter, die er mitgebracht hatte, und entfernte die Metallverankerungen aus den Holzbalken. Seinen Pullover hatte er ausgezogen, und das T-Shirt, das er nun trug, gab einen Blick auf seine kräftigen Arme frei. Für jemanden wie ihn waren solche Arbeiten ein Kinderspiel, während Marie vom Schleppen der Platten bereits aus der Puste war. Sie stützte sich das Kreuz, zu erschöpft, sich die feuchten Locken aus dem Gesicht zu wischen.

Asmus deutete mit dem Schraubenzieher auf sie. »Du solltest eine Pause einlegen, schließlich bist du seit Stunden unentwegt zugange.«

Marie schüttelte den Kopf und verteilte dabei Putzkrümel, die in ihrem Haar hängengeblieben waren. »Ich kann mich jetzt unmöglich hinsetzen und einen Kaffee trinken, dafür ist es gerade viel zu aufregend. Man erlebt ja nicht alle Tage, wie sich das eigene Wohnzimmer von einer Schuhschachtel in einen Ballsaal verwandelt. Von den unerwarteten Schätzen hinter der Holzvertäfelung mal ganz abgesehen.« Sie deutete auf die weiß lackierte Holzverkleidung an der Wand, die oberhalb der Deckenabhängung zum Vorschein gekommen war. »Ich möchte zu gern wissen, was sich noch so alles hinter diesen Platten verbirgt, mit denen meine Vormieter alles zugepappt haben.«

Das Grinsen war unter Asmus' Bart kaum auszumachen, aber Marie erriet es dank seiner Augen, die vor Schalk leuchteten. »Du hast Blut geleckt, was?« Er lachte kurz auf, als Marie eifrig nickte. »Wenn du planst, das Haus noch heute Vormittag komplett zu entkernen, sollten wir uns wirklich beeilen. Solange die Sintflut anhält, habe ich nämlich Zeit für solche Abenteuer.«

Schuldbewusst richtete Marie sich auf. Das hier war wirklich harte Arbeit, und was Asmus leistete, ging weit über gewöhnliche Nachbarschaftsdienste hinaus. »Hör mal, ich wollte dich nicht in die Pflicht nehmen. Bestimmt hast du jede Menge anderer Dinge zu erledigen, als bei deiner Nachbarin Unmengen von Staubmilben einzuatmen und dir vielleicht noch den Muskelkater deines Lebens einzufangen«, sagte sie.

Doch Asmus winkte bloß ab, ehe er sich wieder der Decke zuwandte. Offenbar war er ebenfalls angespornt vom Ergebnis ihrer Arbeit, anders konnte Marie sich seine Hilfsbereitschaft nicht erklären.

Nachdem Asmus ihr seine Unterstützung spontan zugesichert hatte, wurde Marie von Gewissensbissen geplagt. Eigentlich gehörte sie nicht zu den Menschen, die ein Problem damit hatten, Hilfe anzunehmen. An und für sich gefiel ihr die Idee, dass Nachbarn sich gegenseitig zur Hand gingen. Nur stellte sich die Frage, womit sie sich bei Asmus revanchieren konnte, damit das empfindliche Gleichgewicht aus Geben und Nehmen gewahrt wurde. Ihr wollte beim besten Willen nicht einfallen, wie eine solche Wiedergutmachung aussehen sollte. Wie auch, wo sie diesen Mann gerade erst kennengelernt hatte? Was sie bislang von Asmus Mehnert wusste, ließ sich mit ein paar knappen Sätzen umreißen. Und einer davon besagte, dass er nicht viel Wert auf Gesellschaft legte – sonst würde er ja wohl kaum ein so abgeschiedenes Leben führen. Sich für einen Kaffee an ihren Tisch setzen und plaudern, dazu würde sie ihn nicht überreden können. Er war da, um etwas zu tun, etwas Handfestes, das ihm sichtlich Freude bereitete.

Widerwillig streckte Marie ihre Fühler aus und versuchte zu ergründen, ob dieser allein lebende Mann irgendwelche romantischen Hoffnungen mit seiner Unterstützung verband. Allein bei der Vorstellung, Asmus könnte in der Wohnzimmersanierung den Start einer amourösen Beziehung sehen, brach ihr der Schweiß aus. Wenn sie allerdings die beiden Male durchging, die sie miteinander gesprochen hatten, ließ sich nicht der kleinste Flirtversuch seinerseits entdecken. Er war auf eine unaufdringliche Weise liebenswürdig, aber sobald man ihm zu nahe kam, zog er sich zurück. So verhielt sich kein Mann, der froh darüber war, in der Abgeschiedenheit der Elbmündung endlich einer alleinstehenden Frau begegnet zu sein. Nein, Asmus war hilfsbereit, wenn ihm die Dinge Spaß machten, wie etwa Valentin von seiner Arbeit zu erzählen oder alten Räumen mit ein paar Handgriffen Glanz zu verleihen. Mehr steckte nicht hinter seinem Verhalten. Und wenn die Arbeit erledigt war, würde Marie ihn so bald nicht wieder zu sehen bekommen. Wenn sie sich nicht völlig irrte, würde er sogar jeden Versuch von Wiedergutmachung überflüssig finden.

Während Marie sich noch den Kopf zermarterte, wie sie mit der Situation umgehen sollte, hatte Asmus die Arbeit an der Decke beendet und ein Brecheisen aus der Werkzeugkiste hervorgeholt.

»Verlässt dich gerade deine Unternehmungslust?«, fragte er. »Oder bist du immer noch der Meinung, dass von dem alten Gerümpel raussoll, was rauskann?«

Es dauerte einen Moment, bis Marie begriff, dass sie minutenlang Löcher in die Luft gestarrt hatte. Offenbar verwandelte sie die Einsamkeit des Kapitänshauses schneller als gedacht in eine schrullige Person, die sich nur noch in der Gesellschaft von Büchern zurechtfand. »Diese Pappmaché-Wand muss raus, sonst finde ich keine ruhige Minute mehr. Es ist nur …« Sie verstummte, weil sie ansonsten Gefahr lief,

Asmus auf die Nase zu binden, dass sie sich über seine Beweggründe den Kopf zerbrach. Ein solches Geständnis ließe sie zweifelsohne noch seltsamer erscheinen als ihr Hang zur Geistesabwesenheit.

Glücklicherweise deutete Asmus ihr Verhalten vollkommen anders. »Setz dich nicht unter Druck, wir haben für heute doch schon ordentlich was geschafft. Es wird ohnehin viel Zeit und Mühe kosten, die ganzen Dübellöcher zu glätten und anschließend zu überstreichen. Der Raum wird auch dann gut aussehen, wenn du dir die Wandverkleidung nicht sofort vornimmst.«

Marie begutachtete eingehend die Wand, von der zwei Drittel aus einer Spanplattenverkleidung bestanden, während das obere Drittel einen Traum aus altem Holz versprach. »Diese Verkleidung ist nicht auszuhalten«, sagte sie im Brustton der Überzeugung. »Aber die bekomme ich bestimmt auch alleine runter.«

»Kein Problem, tob dich ruhig aus.« Asmus reichte ihr das Brecheisen. »Vielleicht liege ich ja falsch, aber irgendwie stehst du schon den ganzen Vormittag über unter Starkstrom. Wenn ich gewusst hätte, wie wichtig es dir ist, eurem Zuhause einen Neuanstrich zu verpassen, wäre ich schon früher mit meiner Abriss-Ausrüstung vorbeigekommen.«

»Warum denn?« Nun war die Frage doch heraus.

Asmus blinzelte. »Was meinst du mit warum?«

»Ich will dir nicht auf die Füße treten, es ist nur …« Obwohl es eine Gemeinheit war, Asmus in die Ecke zu drängen, sah Marie keinen anderen Weg. »Schau, ich bin dir überaus dankbar, dass du mir so tatkräftig unter die Arme greifst. Ohne dich wäre jetzt bloß ein größeres Loch in der Zimmerdecke, und ich hätte von der Sägerei bereits eine Sehnenscheidenentzündung. Das ist alles ganz großartig, nur … Warum hilfst du mir? Wir kennen uns doch gar nicht, haben es beide bis vor Kurzem noch nicht einmal für nötig gehalten, uns als neue Nachbarn vorzustellen, obwohl hier draußen nun wirklich nicht gerade sozialer Überfluss herrscht.« Hilflos hielt sie inne.

Asmus balancierte das Brecheisen auf seinen beiden Handtellern aus. Auch wenn er den Kopf gesenkt hielt, versuchte Marie einen Eindruck davon zu erhaschen, was in ihm vorging. Während sie auf eine Regung seiner Augenbrauen, das Auftauchen einer Zornesfalte oder das Heben der Mundwinkel zu einem spöttischen Lächeln wartete, bemerkte sie eine feine, längst verblasste Narbe, die oberhalb der rechten Schläfe ihren Anfang nahm und sich im vollen dunklen Haar verlor. Eine alte Kopfverletzung, mutmaßte sie. Bevor sie jedoch weiter darüber spekulieren konnte, riss Asmus' Stimme sie aus ihren Grübeleien.

»Es gibt keinen besonderen Grund – außer dem, dass es mir richtig vorkommt, dir zu helfen. Vielleicht weil Marlene Weiss sich gestern so überheblich aufgeführt hat und es die alte Dame vermutlich fuchsteufelswild machen wird, wenn du die untere Etage des Kapitänshauses in ein Schmuckstück verwandelst. Außerdem war ich schlichtweg neugierig, was hinter dieser Pappwand zum Vorschein kommen würde. Dieses Haus ist nicht einfach ein verwahrloster Kasten, auch wenn seine Besitzer alles in ihrer Macht Stehende getan haben, um ihn dazu zu machen. In den sechs Jahren, seit ich die Schäferei übernommen habe, bin ich jedes Mal auf dem Deich stehen geblieben und habe mir das Haus angeschaut – ob ich wollte oder nicht. Dem Kapitänshaus wohnt unleugbar eine gewisse Schönheit inne, die einen nicht unberührt lässt. Daran ändern auch die Geschichten nichts, die man sich über seine Vergangenheit erzählt. Es bereitet mir schlichtweg Freude, an seiner Wiederauferstehung teilzuhaben. Falls mich das irgendwie verdächtig oder merkwürdig aussehen lässt, dann … dann tut mir das leid. Ich wollte mich ganz bestimmt nicht aufdrängen.«

»Das tust du ja auch überhaupt nicht«, beeilte sich Marie richtigzustellen. »Außerdem: Wenn sich hier jemand merkwürdig aufführt, dann bin ich es. Ich stehe nämlich tatsächlich ziemlich unter Strom. Ständig.« Als Asmus zum Sprechen ansetzte, wusste Marie, was kommen würde. Er würde sie fragen, woran es lag, dass ihr Blick so umherirrte und sie bereit war, sich bis über ihre Grenze hinaus zu verausgaben. Ob ihr vielleicht etwas zugestoßen sei und sie deshalb mit ihrem Sohn in diese Einöde gezogen war …

Allein bei der Vorstellung, sich einer solchen Befragung stellen zu müssen, drohte ihre Schlagader zu platzen. Sie musste ihn ablenken, sofort. »Komm, verwandeln wir meine Anspannung in etwas Sinnvolles. Dieses Gerät sieht aus, als wäre es genau das richtige Werkzeug dafür«, sagte sie mit einem wohleinstudierten Lächeln, das ihr Gesicht zu einer Maske verkommen ließ.

Bevor Asmus Einspruch erhob, hatte Marie ihm schon das Brecheisen aus der Hand genommen und schlug damit auf die Wand mit der Fototapete ein.

»Hoho, ganz langsam.« Asmus packte sie beim Handgelenk, bevor sie den nächsten Schlag ausführen konnte. »So tust du dir höchstens selbst weh. In der Ecke dort gibt es einen Spalt, da setzt du das Eisen an und beginnst zu hebeln. Bei deiner Methode hast du sonst noch einen Durchbruch zur Diele, der aussieht, als wäre hier drinnen eine Bombe explodiert.«

»Um irgendwas zum Explodieren zu bringen, hätte ich die letzten zehn Jahre nicht ausschließlich am Schreibtisch verbringen dürfen.« Marie lockerte ihre Schultern, die nach dem Aufschlag des Brecheisens mit einiger Zeitverzögerung zu schmerzen begannen. »Meine Muskulatur erleidet gerade einen Schock, so wie sich das anfühlt.«

Obwohl ihr die Draufschlagmethode deutlich lieber gewesen wäre, beherzigte sie Asmus' Vorschlag. Nachdem sie eine Weile gehebelt hatte, gelang es ihnen, die erste Platte zu lösen. Zu ihrer beider Überraschung verwandelte sich das, was sie für eine weiß lackierte Holzvertäfelung gehalten hatten, in zwei Schranktüren mit sorgfältig geschnitzten Reliefs.

»Weißt du, was das ist?«, fragte Asmus, dessen Finger ganz weiß vom bröckelnden Putz waren. »Das ist ein Einbauschrank, aber von der uralten Sorte. Richtige Handwerkskunst. Den haben deine Vormieter einfach zugeklatscht, die konnten damit offenbar nichts anfangen. Kaum zu glauben.«

Marie pfiff durch die Zähne – etwas, das sie schon sehr lange nicht mehr getan hatte. »Wir haben einen echten Schatz im Kapitänshaus gefunden. Wer hätte das gedacht?«

Kapitel 17

Asmus war unsicher, wie er mit dem fiebrigen Eifer, mit dem Marie sich auf die Arbeit stürzte, umgehen sollte. Ihre Begeisterung war für ihn zwar ganz und gar nachvollziehbar, schließlich konnte er es selbst kaum abwarten, das Herzstück des Kapitänshauses freizulegen. Aber das allein erklärte nicht die Unruhe, die Marie verströmte. Sie wirkte gehetzt, froh über jede Aufgabe, die sie am Laufen hielt. Dabei war sie bereits seit Anbruch der Dämmerung am Arbeiten, wie Valentin ihm verraten hatte. Der Junge war so begeistert von Asmus' Werkzeugkasten gewesen, dass er seine sonstige Verschwiegenheit hinsichtlich seiner Mutter prompt vergessen hatte.

»Gestern war Mama komplett aus dem Häuschen.« Mit leuchtenden Augen hatte Valentin einen Hammer in der Hand gewogen und dann auf den Boden krachen lassen, bevor Asmus ihn davon hatte abhalten können. Glücklicherweise hielt das Laminat einiges aus. »So richtig gut drauf, meine ich, mit Lachen, durchs Zimmer tanzen und Pizza beim Bringdienst bestellen, obwohl der drei Euro für die Fahrt nach hier draußen nimmt. Die muss sich vielleicht auf dich gefreut haben, nachdem ihre eigenen Heimwerkerversuche allesamt gescheitert sind. Das mit dem Loch in der Decke war ja voll der Witz, es sah aus, als wäre sie da mit ihrer Nagelfeile zugange gewesen.«

»Besonders erfreut kommt mir Marie ehrlich gesagt nicht

vor. Ganz im Gegenteil«, hatte Asmus mehr zu sich selbst gesagt, als der Junge widerstrebend seinen Schulranzen geschultert hatte. Marie hatte ihn nämlich ziemlich wortkarg begrüßt, als er an die Haustür geklopft hatte, und sich an ihrer Kaffeetasse festgehalten.

Valentin hatte eine wegwerfende Handbewegung gemacht. »Das hat bei Mama nichts zu sagen, so mies ist die morgens immer drauf.«

»Wie bin ich morgens drauf?« Marie war unvermittelt in der Diele aufgetaucht, ein Regencape in der Hand, das sie ihrem Sohn samt Ranzen überstülpte. Der Junge weigerte sich trotz des Regens nämlich, sich zur Schule fahren zu lassen. »Das bisschen Pipi ist echten Kerlen wie uns doch egal«, hatte er verschwörerisch zu Asmus gesagt.

Auch nachdem seine Mutter Valentin beim Tratschen erwischt hatte, war er keineswegs verlegen gewesen. »Du bist morgens immer verknöttert, weil du schon mitten in der Nacht aufstehst und irgendwelche Sachen machst. Das ist voll ungesund.« Mit dieser Weisheit hatte der Junge sich verabschiedet, allerdings nicht ohne sich zuvor noch einmal versichern zu lassen, dass er nach Schulschluss auf der Baustelle mitmischen durfte.

Marie hatte sichtlich betreten in der Diele gestanden, und Asmus hatte ernsthaft überlegt, ob es eine gute Idee war zu bleiben, obwohl es sich so anfühlte, als dränge er sich dieser erschöpft aussehenden Frau auf.

»Warum hast du mitten in der Nacht das Wohnzimmer ausgeräumt? Das hätten wir doch gemeinsam tun können«, hatte er schließlich das Schweigen gebrochen.

»Der Regen hat mich nicht schlafen lassen.«

Mehr als diese dahingesagte Erklärung hatte Marie nicht zu dem Thema sagen wollen. Asmus war sich nicht so sicher, ob das der einzige Grund für die tiefen Schatten unter ihren Augen und die fahrigen Gesten war. Er hütete sich jedoch, sie weiter zu bedrängen. Zwar hatte er den Verdacht, dass Marie sich gern etwas von der Seele geredet hätte, aber das würde vermutlich nur passieren, wenn sie unter Druck gesetzt wurde. Und genau so etwas würde er ihr niemals antun, schließlich wehrte er sich selbst sofort mit Zähnen und Klauen, wenn er in die Ecke gedrängt wurde.

Den Vormittag über hatten sie einander aus den Augenwinkeln beobachtet, so unauffällig es nur ging. Dabei hatte Marie den Eindruck gemacht, als könne sie sich nicht entscheiden, ob sie sich nun über Asmus' Anwesenheit freute oder ihn vielmehr zum Teufel wünschte, weil er sie in ihrer Einsiedlerei störte. Unter anderen Umständen hätte Asmus schon längst den Rückzug angetreten, aber irgendwie reizte Maries Zerrissenheit seinen Trotz. Zur Hölle, *er* war auch ein Mensch, der gern und viel allein war. Es hatte ihn viel Überwindung gekostet, zum Kapitänshaus zu kommen. Und wenn er es geschafft hatte, über seinen Schatten zu springen, dann sollte ihr das eigentlich auch gelingen.

Während Marie mit unerschöpflichem Elan die Spanplatten mit dem Brecheisen bearbeitete, versuchte Asmus, sich zu entspannen. Was in Maries unmittelbarer Nähe nicht gerade einfach war. Es fühlte sich an, als stünde man neben einem Bienenkorb, in dem größte Aufregung herrschte. Eine unangenehm schwingende Vibration ging von ihr aus, spiegelte sich in ihrem umhereilenden und plötzlich gefrierenden Blick und der Art, wie sie unentwegt ihre Hände massierte, als drohten sie sonst zu erstarren. Seit ihrem Treffen am Vortag musste etwas passiert sein, das Marie aus ihrem inneren Gleichgewicht gebracht hatte. Die Frau, die mit fast manischem Eifer jeden Fitzel Pappe nach draußen auf den Hof trug und die Spanplatten zu Kleinholz zerlegte, hatte kaum etwas mit jener Marie zu tun, die gestern Marlene Weiss' bösartige Provokationen die Stirn geboten hatte. Jene Marie, mit der so leicht ein Wort das andere ergab, sodass er gar nicht anders gekonnt hatte, als ihr seine Hilfe anzubieten. Aus ganz egoistischen Gründen, wie er sich noch am selben Abend eingestanden hatte, nachdem die Schafe gefüttert waren und er mit vor Kälte steifen Gelenken aus seinen Stiefeln gestiegen war. Er wollte mit ihr ein Abenteuer erleben – allerdings eins von der unschuldigen Sorte, bei dem man sich gemeinsam einer Herausforderung stellte und sich anschließend anerkennend für die geleistete Arbeit auf die Schulter klopfte. Das war jedoch keine gute Idee gewesen. In einem ehrlichen Moment musste er sich nämlich eingestehen, dass es noch einen anderen Grund für seine Hilfsbereitschaft gab als Unternehmungslust. Diesen anderen Grund durfte er jedoch nicht einmal denken …

Es war ein grauer Februartag gewesen, als Asmus Marie zum ersten Mal gesehen hatte. Die Erinnerung an den ungewöhnlich kalten Winter steckte ihm noch immer in den Knochen, genau wie seine Verwunderung, als er plötzlich die Frau mit den langen dunklen Haaren auf der Deichkrone bemerkt hatte. Er war am Rand des Röhrichts, der das Elbufer rahmte, entlanggegangen, versunken in seine typischen Grübeleien. Im nächsten Moment hätte er um keinen Preis mehr sagen können, worüber er überhaupt nachgedacht hatte, so sehr hatte ihn der Anblick dieser fremden Frau aus dem Gleichgewicht gebracht. Obwohl er ein ganzes Stück von ihr entfernt gestanden hatte, war er nicht umhingekommen, die Intensität zu spüren, mit der sie den Fluss beobachtet hatte. Asmus hatte sofort erkannt, was in dieser Frau vorging, schließlich trug auch er schwer an einem Geheimnis. Und er wusste um die raren Momente, in denen es einem unmöglich war, dieses Geheimnis vor der Welt zu verbergen.

Genau in einem solchen Moment sah er Marie Odenwald zum ersten Mal, als sie ihre Deckung vollständig aufgegeben hatte und ihr Ausdruck offenbarte, dass sie einem Stern glich, dessen Umlaufbahn massiv gestört worden war. Den Grund dafür verheimlichte sie vor ihrem Umfeld – und vermutlich noch mehr vor sich selbst.

Noch immer fand Asmus, dass er damals genau das Richtige getan hatte: Er war gegangen, ohne sich noch einmal zu der Fremden auf dem Deich umzudrehen. Denn die Geheimnisse anderer Leute rührte man nicht an, solange man nicht wollte, dass sie die eigenen ans Tageslicht zerrten. An diesem Wintertag, als er sich unbemerkt ein erstes Bild gemacht hatte von der Frau, die seitdem am Fluss lebte, hatte er beschlossen, nicht neugierig zu sein. Nicht einmal einen guten Nachbarn hatte er abgeben wollen, obwohl dieser Plan gescheitert war, sobald er Marie persönlich kennengelernt hatte. Die Frage nach ihrem Unglück war vergessen, nachdem der Zorn auf ihren Schafe stibitzenden Sohn verflogen war und sie ihn angelächelt hatte. Asmus hatte mit vielem gerechnet, als er das Kapitänshaus aufgesucht hatte, aber nicht damit, angelächelt zu werden und dieses Lächeln auch noch zu erwidern. Ein Großteil von Maries Anziehungskraft lag in dem aufglimmenden Leuchten, das er in ihren Augen bemerkt hatte, während sie einander wegen der Farbe Lila geneckt hatten. Es war eine ganz besondere Form der Verführung gewesen, ungezwungen und leicht. Später hatte er sich dafür verflucht, dass er nicht einmal eine Spur von Widerstand an den Tag gelegt hatte. Ein solches Leuchten, egal wie schwach, reichte offenbar aus, um ihn seine eisernen Vorsätze vergessen zu lassen. Offenbar hatte er zu viel Zeit im Dunklen verbracht, um einer solchen Versuchung Widerstand zu leisten. Trotzdem … Nachdem es ihm nicht gelungen war, sich von Marie fernzuhalten, konnte er wenigstens ihre Geheimnisse respektieren.

»Schau dir das an! Hinter dem ganzen Rigips ist tatsächlich ein kompletter Schrank verborgen. Den haben sie einfach in die Mauer eingebaut. Er hat Glastüren, und dahinter sehe ich Einlegeböden, auf denen sogar noch ein paar alte Keramiken stehen.«

Maries aufgeregter Ton riss Asmus aus seinen Gedanken. Wie es aussah, war mit den Entdeckungen im alten Kapitänshaus noch kein Ende in Sicht. Vorsichtig öffnete Marie eine der soeben freigelegten Schranktüren, indem sie mit dem Brecheisen einen verrosteten Verschluss hochschob. Die Türknäufe waren nämlich abgetrennt worden.

»Siehst du die Muster auf der Rückseite?« Marie schlug sich aufgeregt auf die Schenkel, wobei sie das Brecheisen in ihrer Hand vergaß. Ihrem Stöhnen nach würde das einen dicken blauen Fleck geben, was ihre Begeisterung jedoch kaum dämpfte. Noch in der Hocke deutete sie auf die Hinterwand. »Hat man die Schränke früher auch von innen verziert?«

Asmus reichte ihr die Hand und zog sie hoch. Dann stellte er sich neben sie, wobei er darauf achtete, dass er einen gewissen Abstand einhielt. Nach allem, was ihm eben durch den Kopf gegangen war, war das bestimmt klüger, Marie nicht zu nahe zu kommen.

»Das ist keine Verzierung … Wenn ich mich nicht irre, waren das mal kleine Fenster zur Diele hin, damit das wandernde Tageslicht sich auf die Räume verteilte. Ziemlich clever.«

»Dann verbirgt sich in der Diele hinter der hässlichen

Tapete also die andere Seite dieses genialen Schranks. Wir müssen den ganzen Krempel unbedingt runterreißen.« In Maries Augen funkelte es unternehmungslustig auf. »Ich komme mir vor wie auf einer Schatzsuche. Ich hatte schon die ganze Zeit über das Gefühl, dass das Kapitänshaus mehr zu bieten hat, als man auf den ersten Blick erfasst. Als wäre es froh, dass endlich jemand da ist, der es aus seinem Dornröschenschlaf befreit.«

So spannend Asmus das auch fand, Maries überbordende Energie irritierte ihn zunehmend. »Wir machen hier den großen Rundumabriss, versprochen. Aber nicht jetzt sofort. Lass uns erst mal eine Pause machen, der Vormittag ist ja schon fast vorbei, und wir haben uns noch nicht einmal einen Imbiss gegönnt.«

In diesem Moment machte Asmus den Fehler und legte seine Hand auf Maries Schulter. Es sollte eine beruhigende Geste sein, und zuerst spürte er auch, wie die Anspannung aus ihrem Körper wich, nur um gleich darauf mit doppelter Stärke zurückzukehren. Als erlitte sie unter seiner Berührung einen Stromschlag.

Das Brecheisen fiel mit einem Knall auf den Boden.

Marie stand einige Sekunden lang reglos da, als habe sie der Krach nicht erreicht, dann wich sie einen Schritt zur Seite aus. Auch Asmus rückte ab und verschränkte die Arme vor der Brust. Keine Sorge, ich strecke nicht noch einmal die Hand nach dir aus, sollte das signalisieren. Marie beachtete ihn allerdings gar nicht, sondern starrte auf ihre eigenen Hände, die sie weit von sich gestreckt hielt, die Handflächen nach oben.

»Ich kann meine Finger nicht mehr spüren. Sie sind mit einem Schlag ganz kalt und leblos geworden«, flüsterte sie. »Es ist, als wären sie aus Glas, als lösten sie sich vor meinen

Augen in nichts auf.« Mit einem Wimmern rieb sie die Spitzen aneinander, nur um es sogleich wieder aufzugeben.

»Hast du das Gefühl schon öfter gehabt?« Asmus war sich nicht sicher, ob seine Worte überhaupt zu ihr durchdrangen. Ihre eben noch sprühende Energie hatte sich nach seiner Berührung ins Gegenteil verkehrt, und nun sah Marie aus wie eine Frau, die schon lange von etwas heimgesucht wurde, das sie an den Rand ihrer Kräfte trieb. Insofern war ihre Angst, gläsern und somit unsichtbar zu werden, gar nicht abwegig. Wenn einen Kraft und Mut verließen, verlor man seine Konturen und verschwand immer mehr. Niemand wusste das besser als Asmus. »Marie, seit wann hast du das Gefühl, dass deine Hände sich in Glas verwandeln?«

»Seit wir ins Kapitänshaus eingezogen sind … Eigentlich seit ich dachte, nun würde endlich alles besser werden. Mit jedem Tag, den ich mehr in Tidewall ankomme, erstarre ich von innen heraus. Was ist nur mit mir los?«

Marie klang so elend, dass Asmus nur schwerlich dem Verlangen widerstand, sie in den Arm zu nehmen. Er befürchtete, dass sie unter seiner Berührung tatsächlich zerbrechen könnte. Zersplittern wie Glas.

»Vielleicht würde es dir guttun, mit jemandem darüber zu reden, warum du unter so einem enormen Druck stehst, dass du nachts nicht schläfst und auch sonst kaum zur Ruhe kommst. Wenn du möchtest, höre ich dir gern zu. Das wäre kein …«

»Ich will nicht reden«, unterbrach Marie ihn flehentlich. »Ich will nicht mal einen Gedanken daran verschwenden. Es macht nur alles schlimmer, wenn man der Vergangenheit einen Raum im Jetzt zugesteht, dann stülpt sie sich über einen wie ein schwarzes Tuch, unter dem man erstickt.«

»Einen Versuch wäre es doch wert. Ich will mich nicht

aufdrängen, aber ich habe den Eindruck, dass du gar nicht mehr die Wahl hast, so schlecht wie es dir geht.« Nun streifte er doch vorsichtig ihre Finger, die zu seiner Überraschung warm waren. Glas fühlte sich anders an.

»Wenn ich erst einmal anfange, über ihn zu sprechen, dann werde ich für immer an ihn gebunden sein. Und an das, was passiert ist. Dann fällt das Vergangene auf mich wie ein Schatten, in dem ich verschwinde.« Maries Gesicht wurde blass, als flösse das Leben aus ihr heraus. »Ich halte es nur aus, wenn ich die Erinnerung von mir wegschiebe. Es kostet mich allerdings immer mehr Kraft, das zu tun. Während ich vor den Geistern der Vergangenheit davonlaufe, verwandle ich mich selbst in einen.« Sie lachte bitter. »Schau mich an, ich sehe doch schon aus wie ein Geist mit meinen hohlen Wangen, der aschgrauen Haut und den dazu passenden Augenringen. Es ist nur noch eine Frage der Zeit, bis ich verschwunden bin. Ich werde an meinem Schreibtisch sitzen, über ein Manuskript gebeugt, aber ich werde nicht länger da sein.« Obwohl sie kurz davor stand, in Tränen auszubrechen, lächelte sie auf eine Weise, die Asmus in die Brust schnitt. »Verrückt, nicht wahr? Aber ich kann es nicht länger verbergen: Ich bin kurz davor, den Verstand zu verlieren. Und das meine ich wortwörtlich. Ich verwandle mich in eine gläserne Figurine. Und ich höre seine Stimme, nicht mehr bloß in den Träumen, die mich jede Nacht aus dem Schlaf reißen. Jetzt höre ich ihn auch, wenn ich wach bin. Letzte Nacht war es besonders schlimm. Dabei war ich nach unserem Gespräch so guten Mutes …« Sie brach einfach ab, als gäbe es nichts mehr zu sagen.

»Wer ist *er*?«, fragte Asmus.

Einen unerträglichen Moment lang sah Marie ihn an, die Augen blank vor Panik, dann wandte sie sich ab und lief zur

Tür. In der Diele schlug die Haustür mit einem Knall ins Schloss und verriet, dass sie nach draußen gestürmt war.

Asmus zwang sich dazu, ihr nicht nachzulaufen. Du hast sie mit deiner Ungeduld ohnehin schon überfordert, sie steht kurz vor einem Zusammenbruch, mahnte er sich. Er zwang sich, tief einzuatmen. Durchs Erkerfenster beobachtete er, wie Marie den Deich hinaufstieg und in Richtung der Elbmündung lief, als werde sie gejagt. Seine Atemzüge verstrichen einer nach dem anderen, aber er wurde nicht ruhiger. Das Blut rauschte hinter seiner Stirn, er kam einfach nicht zur Ruhe. Irgendwann gelang es ihm, nicht wie gebannt auf den Deich zu starren, in der Hoffnung, dass sie zurückkehrte. Es war ohnehin seltsam, in einem fremden Haus herumzustehen, nachdem seine Besitzerin Hals über Kopf geflohen war. Er sollte gehen. Jetzt gleich. Aber er tat es nicht.

Der Regen hatte sich mittlerweile in einen feinen Sprühregen verwandelt. Vermutlich war der Seenebel bereits dabei, Wasser und Land unter einer dichten grauen Decke verschwinden zu lassen. Asmus holte seine Armbanduhr hervor, die er während der Abrissarbeiten sicherheitshalber in die Hosentasche gesteckt hatte. Halb zwölf. Die Flut war bereits im Kommen und würde jeden Spaziergang an der Einmündung der Elbe ins Meer unmöglich machen. Es sei denn, der Spaziergänger achtete nicht auf die immer tiefer werdenden Priele, die ihn vom Festland abschnitten. Ein Festland, das im Nebel verschwand.

Asmus verfluchte sein Zögern, dann rannte er zur Haustür hinaus, in der Hoffnung, Marie noch rechtzeitig zu finden.

Kapitel 18

Marie!«, hörte sie die Stimme aus der Vergangenheit rufen, die sie nun auch am Tag verfolgte. »Meine Marie.«

Thomas' Stimme dröhnte unablässig in ihren Ohren, sodass sie am liebsten die Hände dagegengepresst hätte. Nur wusste sie allzu gut, dass er dadurch nicht zum Schweigen gebracht würde. Außerdem würde sie an Tempo einbüßen, und die Vorstellung bereitete ihr noch größere Sorge. Denn im Augenblick ging von Asmus Mehnert eindeutig die größere Gefahr aus. In seinen Augen war klar zu lesen gewesen, dass er sie durchschaut hatte. Sie ging sich verloren – schon seit Langem, nicht erst seit ihre Hände zu Glas erstarrten. Und jetzt wollte sie nur noch, dass es aufhörte: der Druck, die Angst und das Nicht-Leben, das sie führte.

Dann setz endlich einen Schlussstrich!, spornte sie sich an. Erzähl Asmus, was dich langsam, aber sicher in den Wahnsinn treibt. Vielleicht ist das deine einzige Chance, mit dem Wahnsinn zu brechen.

»Ich kann nicht«, beharrte Marie mit ebenjener Sturköpfigkeit, die sie in eine solch verfahrene Situation gebracht hatte.

Mit jedem Schritt versank sie so tief im vom Regen vollgesogenen Gras, dass Wasser in ihre abgetragenen Segelschuhe sickerte und ihr in Erinnerung rief, wie nasskalt es war. Doch damit wollte sie sich jetzt nicht auseinandersetzen, auch nicht mit dem klammen Stoff ihrer Tunika, der wie eine zweite Haut am Rücken klebte, und ihrem rasch gehenden Atmen. Ohne in ihrem Tempo nachzulassen, flog sie den Deich hinunter und lief in die Salzwiesen hinein. Ihre Schritte wurden leichter auf dem Sandgrund, der schließlich das nahe Elbufer ankündigte, und sie folgte dem Saum des Schilfrohrs, auf eine Schneise durch den dichten Röhrichtwald hoffend. Sie wollte zum Wasser, an das blaue Band der Elbe, das sie bei ihrem Eintreffen in Tidewall so freundlich begrüßt hatte. Sie wollte den Fluss an sein Versprechen erinnern, dass sie hier an seinen Ufern ein neues Leben beginnen konnte, losgelöst von der Last der Vergangenheit. Wenn es ihr gelang, einen Blick auf sein ruhig dahinziehendes Wasser zu werfen, würde dieser wertvolle Moment wieder lebendig werden und ihr jenen Mut geben, den sie brauchte, um ins Kapitänshaus zurückzukehren und Asmus ihre Geschichte zu erzählen. Denn obwohl sie sein Angebot in Panik versetzt hatte, wünschte sie sich, es anzunehmen und damit endlich den Bann zu brechen, der sie zu einer Gefangenen ihrer Vergangenheit machte. Sie würde es ihm sagen, geradeheraus – aber erst, nachdem der Fluss ihre Sorgen in seinen dunkelblauen Wassern mitgenommen hatte.

Noch immer klang ihr der unwirkliche Ruf ihres Namens in den Ohren. Nur dass die Stimme überhaupt nicht nach Thomas' kräftigem Bariton klang, sondern tiefer, spröder. Es dauerte eine Weile, bis sie begriff, dass es in Wirklichkeit Asmus war, der sie rief.

»Marie, bitte warte auf mich!«, ertönte es hinter ihr. Allerdings erklang der Ruf wie aus weiter Ferne und war seltsam gedämpft.

Marie blieb stehen und blickte sich um.

Zu ihrer Bestürzung war das Einzige, was sie sah, Schilfrohr und Watt. Der Rest der Welt verbarg sich hinter einem gräulichen Nebelschleier, gewoben aus unzähligen Wassertropfen. Der Deich war als Landmarke nicht mehr zu erkennen, und auch das Elbufer ließ sich nicht ausmachen. Erneut rief Asmus ihren Namen, doch der Nebel machte es unmöglich, seine Richtung zu bestimmen. Verängstigt suchte Marie nach ihren Spuren im Sand und rechnete schon fast damit, dass der Nebel sie ebenfalls verschluckt hatte. Doch da waren sie: ihre Schuhabdrücke, in denen sich bereits Wasser gesammelt hatte. Sie musste nichts anderes tun, als ihnen zu folgen, sie waren wie die Brotkrümel im Märchen und würden sie nach Hause bringen. Obwohl Marie außer Atem war, lief sie schnellen Schrittes los, die Kälte, die sich auf ihre Wangen legte und sie taub werden ließ, ignorierend. Doch sie kam nicht weit. Ihre Spur wurde von einer Wasserader durchschnitten, die eben noch nicht da gewesen war.

Marie spielte mit dem Gedanken, nach Asmus zu rufen. Vielleicht war er besser darin, sie in dieser immer dichter werdenden Waschküche zu finden. Ihr Stolz verschloss ihr jedoch die Lippen, schließlich hatte sie sich schon verrückt genug aufgeführt, als sie Hals über Kopf aus ihrem eigenen Haus geflohen war. Die Vorstellung, sich nun auch noch wie ein verirrtes Kind retten zu lassen, war unerträglich. Also biss sie die Zähne zusammen und watete in den Priel hinein, dessen eisiges Wasser ihr bis über die Knöchel reichte. Auf der anderen Seite angekommen, war jedoch keine Spur ihrer Fußabdrücke zu entdecken. Entweder hatte das Wasser sie ausgelöscht, oder sie war im Bett des Priels entlanggelaufen. Ratlos sah Marie sich um. Sogar der Röhrichtsaum war inzwischen im weißgrauen Einerlei verschwunden. Da war nur Wattgrund unter einer Glocke aus Nebel. Nebel, der immer näher kam, während sich die Täler des Wellenmusters im Sand mit Wasser füllten.

Den Kopf vor Anstrengung schräg gelegt, lauschte Marie, obwohl der dicht gewirkte Tropfenschleier sämtliche Geräusche so weit dämmte, dass weitgehend Stille herrschte. Nicht einmal das Blöken eines Schafs oder Gänsegeschrei drangen an ihr Ohr. Und auch von Asmus war nichts zu sehen oder zu hören. Hatte er sie etwa aufgegeben in der Überzeugung, dass sie sich vor ihm verbarg?

Marie schloss die Augen, um sich besser auf das konzentrieren zu können, was dem Nebel zum Trotz an ihr Ohr drang.

Da war doch etwas …

Im nächsten Augenblick kroch ihr ein kalter Schauer über den Rücken. Es war tatsächlich etwas zu hören gewesen: das Schlagen von Wellen. Möglicherweise aus größerer Nähe, als ihr bewusst war. Nur aus welcher Richtung das Geräusch kam, konnte sie nicht sagen. Wenn es die Elbe war, die dort gegen ihr Ufer schlug, war sie gerettet. Wenn sie jedoch der Mündung viel näher gekommen war, als sie dachte, war es möglicherweise die Flut, die sich mit jeder Sekunde mehr von ihrem an die Ebbe verlorenen Land zurückholte.

Ohne einen rechten Plan lief Marie los, während ihr in Erinnerungsblitzen durch den Kopf jagte, was Valentin ihr aus seinem nagelneuen Wattführer vorgelesen hatte. So ungefährlich der wellige Streifen, den das Meer der Tide folgend freilegte, auch aussah, man lief als Neuling besser nicht hinein. Bei Flut verwandelten sich eben noch trocken gelegte Priele in schnell fließende Ströme, und wenn die Sicht schlecht war, verlor man sogar mit einem Kompass die Orientierung. Wenn die Flut einem erst einmal den Weg zum Festland abgeschnitten hatte, konnte man nur noch darauf hoffen, rechtzeitig gefunden zu werden.

Maries Herz trommelte wild in ihrer Brust, während ihre

Füße immer öfter im kalten Wasser versanken. Sie rannte auf einen Flecken aus festem Grund zu, doch kaum hatte sie ihn erreicht, verwandelte er sich in einen Flickenteppich, in dem das Blau immer stärker wurde. Trotz des Schmerzes in ihrer Brust sammelte sie Luft in ihren Lungen und rief: »Asmus! Ich finde nicht den Weg zurück.«

Während sie auf eine Antwort wartete, stützte sie sich mit den Händen auf den Oberschenkeln ab und versuchte, wieder zu Atem zu kommen. Ihre Hände waren nun – der Kälte im Watt zum Trotz – warm und pulsierten vor Leben. Hätte sie sich nicht in solch einer misslichen Lage befunden, wäre Marie direkt zum Lachen zumute gewesen. Kaum gestand sie sich ein, dass sie sich allein nicht retten konnte, auch wenn sie sich noch so sehr bemühte, fühlte sie sich gleich wieder lebendig.

Der Nebel war mittlerweile so dicht, dass Marie kaum weiter als einen Steinwurf sah. Dafür waren ihre anderen Sinne mehr als geschärft.

Da! War da nicht eben der Hall einer männlichen Stimme gewesen?

Marie lief in die Richtung los, in der sie Asmus vermutete. Sie kümmerte sich nicht um den Priel, den sie durchqueren musste, auch nicht, als der Grund unter ihren Füßen immer stärker abfiel und die Wellen ihr bis über die Knie schlugen.

»Asmus!«, rief Marie so laut, wie ihre Kräfte es zuließen. »Asmus, hier bin ich.« Bitte, bitte finde mich, setzte sie in Gedanken hinzu.

Als sich plötzlich ein Gewicht auf ihre Schulter legte, schrie sie vor Schreck auf. Dann spürte sie die Wärme einer Hand durch den dünnen Stoff ihrer Tunika und wusste, dass es seine Hand war.

»Wo läufst du denn hin? Ich bin doch direkt hinter dir«,

sagte Asmus mit einer Mischung aus Wut und Erleichterung, während er Marie an ihren Schultern zu sich umdrehte.

In Marie stieg ein Lachen auf, ein nicht zu zügelndes Brausen und Schäumen. Es brach aus, sprudelte hervor, so plötzlich wie die Flut. Noch immer hielt Asmus sie fest, was auch gut war, weil sie recht unsicher auf ihren Füßen stand. Sein Blick irrlichterte über ihr Gesicht. Bestimmt hielt er sie für vollkommen von Sinnen. Und das war sie ja auch – dank ihm.

Schließlich gelang es Marie, sich zusammenzureißen. »Da bist du ja«, sagte sie. Die Freude in ihrer Stimme war nicht zu überhören. Froh und hell und überaus lebendig. Eine fast schon vergessen geglaubte Empfindung.

»Natürlich bin ich da.« Asmus zog die Stirn kraus. »Und ich wäre es auch schon viel früher gewesen, wenn der Nebel nicht so verflucht dicht wäre. Aber jetzt raus mit dir aus dem Wasser, oder wolltest du ein Bad in der Nordsee nehmen?«

Schlagartig begriff Marie, dass sie nicht in einen besonders tiefen Priel gewatet war, sondern die Meeresbrandung erreicht hatte. »Ich kann doch unmöglich so weit gelaufen sein, das hätte ich doch bemerkt«, sagte sie, während sie sich bei Asmus unterhakte und das aufgewühlte Wasser hinter sich ließ. Der Arm, den er um ihren Rücken legte, fühlte sich alles andere als erdrückend an.

»Im Nebel kommt einem nicht nur die Orientierung, sondern auch das Zeitgefühl abhanden.«

Im Gegensatz zu ihr schien Asmus keine Probleme zu haben, den Weg zurückzufinden. Vielleicht entwickelte man ja einen inneren Kompass, wenn man so lange an der Elbmündung lebte. Einem solchen Wegführer konnte man sich doch anvertrauen, oder? Marie verdrängte das Zittern, das sie wegen der Kälte und Erschöpfung überkam, und räusperte sich. »Da ist etwas, was ich dir erzählen muss …« Die Worte drängten hoch und wollten doch nicht hinaus, stolperten über die Hindernisse, die sie zu ihrem Schutz höher und höher aufgerichtet hatte.

Asmus warf ihr einen Blick zu, in dem Aufmerksamkeit zu lesen war. Er wusste, wie wichtig dieser Schritt für sie war. Sanft verstärkte er den Druck seines Halts. »Ich weiß. Aber wir haben später noch genug Zeit, um darüber zu reden. Jetzt musst du erst einmal aus der Kälte raus, davon abgesehen, dass uns die Flut auf dem Fuß folgt.«

Zuerst befürchtete Marie, es würde sie zerreißen, jetzt zu schweigen. Dann bemerkte sie jedoch, dass es gut war. Sie hatte den ersten Schritt getan, und sie würde den Rest des Weges gehen, sobald sie wieder festen Boden unter den Füßen hatten. Ohne einen Blick zurückzuwerfen, folgte sie Asmus durch den Nebel.

Kapitel 19

Valentin zog nur eine Augenbraue hoch, als Marie in Asmus' Begleitung zur Tür hereinkam. Die beiden Erwachsenen sahen trotz ihrer nassen Kleider und zerzausten Haare auf eine Weise gelöst aus, die er zumindest bei seiner Mutter nur selten zu sehen bekam. Asmus' Hand lag auf Maries Schulter, als hätte sie dort eine neue Heimat gefunden.

Mehr als einen Blick hatte Valentin jedoch nicht übrig, denn er war viel zu sehr damit beschäftigt, mit dem Brecheisen an den verbliebenen Spanplatten herumzuhebeln. Nachdem die Erwachsenen so lange irgendwo draußen im Regen mit ihren Angelegenheiten beschäftigt gewesen waren, hatte er beschlossen, sich selbst eine Erlaubnis zu erteilen. Im Wohnzimmer sah es so aus, als habe eine wilde Schatzsuche stattgefunden – und er wollte unbedingt daran teilhaben, selbst wenn es nur noch Reste zu erbeuten gab.

»Sehen Sie, dort drüben …«, würde Valentin Besuchern später mit stolz vorgestreckter Brust erklären. »Die Wand, hinter der das wertvolle Gemälde verborgen war, habe *ich* eingerissen. Ja, mit meinen eigenen Händen, obwohl ich damals erst zehn Jahre alt war.«

So weit kam es jedoch erst einmal nicht, weil Asmus ihm das Brecheisen abnahm und von Schutzmaßnahmen wie einer Brille und Handschuhen redete. Seine Mutter bedachte ihn mit einem Kopfschütteln, anstatt die Nerven zu verlieren und ihm eine Predigt zu halten, was ihm Schreckliches hätte zustoßen können. Dann verschwand sie ins Nachbarzimmer, um in trockene Kleidung zu schlüpfen.

»Wenigstens bin ich nicht der Einzige, der auf dumme Ideen kommt«, maulte Valentin Asmus an, dessen Wortschwall versiegte, während sein Blick Marie folgte. »Wer macht bei diesem Schweinewetter denn schon einen Spaziergang? Das ist draußen nebeliger als in jedem Horrorfilm.«

»Was weißt du Zwerg schon über Horrorfilme.«

Asmus strubbelte ihm durchs Haar, aber es war nicht zu übersehen, dass der Mann nicht richtig bei der Sache war. Ein Teil von ihm war Marie gefolgt – und Valentin war sich nicht sicher, was er davon halten sollte. In seinen Augen war Asmus ein echter Kerl, groß und breitschultrig, mit einer ordentlich tiefen Stimme, deren Brummen man bis in den Magen spürte. Bislang hatte er nicht ein Wort zu viel gesagt, wie Valentin wohlwollend vermerkt hatte, außerdem umgab ihn eine Aura der Verlässlichkeit. So hatte das zumindest Dasha beschrieben, die generell gern über ihren Onkel sprach, da er deutlich mehr Zeit mit ihr verbrachte als ihr Vater, der mehr Zeit in seiner Anwaltskanzlei als zu Hause verbrachte. Beide waren sie übereingekommen, dass Asmus einen tollen Ersatzpapa abgab. Und Dasha hatte ihren Freund wie nebenbei darauf hingewiesen, dass er seiner Mutter ruhig mal davon erzählen sollte.

»Wenn die beiden ein Paar wären, wäre nicht nur Schluss mit der Einsiedlerei, sondern wir zwei wären quasi so was wie Geschwister. Oder zumindest Cousin und Cousine.« Dabei hatte sie feierlich Valentins Hand gedrückt, und er hatte genickt, obwohl es ihm schwerfiel, sich seine Mutter mit einem Mann an ihrer Seite vorzustellen. Der Platz war doch schon seit einer Ewigkeit leer.

Nach ihrem heutigen Spaziergang im Nebel, der so dicht

war, dass man ihn in Scheiben schneiden konnte, spürte Valentin jedoch einen Hoffnungsfunken aufglimmen. Und beim anschließenden Mittagessen wurde ein Feuerchen daraus. Die beiden Erwachsenen schwiegen zwar überwiegend, während sie Maries Spezialität – Ruckzuck-Pasta mit Pesto – auf die Gabeln drehten. Es war jedoch keine unerträgliche Stille, wie sie zwischen seinen Großeltern geherrscht hatte, kurz bevor Opa sich aus dem Staub gemacht hatte. Valentin brauchte eine Weile, um die richtigen Worte zu finden: Erwartung lag in der Luft. So eine von der prickelnden Sorte, bei der man sich nur mühsam beherrscht. Er hatte sie vor seinem ersten Tag an der neuen Schule gespürt, als er sich nicht entscheiden konnte, ob er die Hosen gestrichen voll hatte oder einfach nur gespannt auf seine Klasse war.

Die zwei wollen sich bestimmt küssen!, wurde es Valentin schlagartig klar. O Gott!

Also erzählte der Junge ein paar Witze, dann verkündete er lautstark, seinem Schulkameraden Ole einen Besuch abzustatten. Das hatte er zwar noch nie getan, aber jetzt blieb ihm wohl oder übel nichts anderes übrig. Seine Mutter blickte so verdattert drein, dass er grinsen musste, und Asmus zog die Stirn in Falten. Vermutlich wunderte er sich darüber, dass Valentin freiwillig die Bühne räumte, obwohl im Wohnzimmer das Abenteuer wartete.

Als Valentin vor die Tür trat und sich der Nebel auf seine erhitzten Wangen legte, fühlte er sich deutlich reifer als ein Viertklässler. Stolz warf er einen Blick zurück auf das Kapitänshaus und bemerkte im diesigen Schleier, dass in einem Fenster im Obergeschoss Licht brannte. Erst erschrak er und glaubte, dort oben schleiche jemand herum. Aber dann wurde ihm klar, dass er selbst das Licht bei seinem Abenteuer auf dem Dachboden angelassen hatte. Bei der nächsten Gelegenheit würde er hochgehen müssen, sonst fand seine Mutter noch etwas über seine waghalsige Kletterpartie heraus … Und Valentin war sich sicher, dass er dann kaum ungeschoren davonkommen würde. Rasch verdrängte er den Gedanken, denn nun stand erst einmal sein Besuch bei Ole an. Das Leben steckte wirklich voller Herausforderungen.

Marie schlang beide Hände um ihre Teetasse. Die Wärme tat ihrem von Wasser und Seenebel mitgenommenen Körper gut und half ihr, das leichte Beben ihrer Glieder zu besänftigen. Wenn sie jetzt daran dachte, wie sie halb blind von den Nebelschwaden durchs Watt gelaufen war, kam es ihr vor, als wäre es einer anderen passiert – einer aufgelösten, ja hysterischen Person, die wenig mit der Frau zu tun hatte, die ihr Leben tagtäglich allen Widerständen zum Trotz meisterte. Die Angst, die sich mit dem steigenden Wasser in ihr ausgebreitet hatte, war plötzlich genauso wenig fassbar wie das dröhnende Chaos in ihrem Innern, das sie überhaupt erst vor die Tür getrieben hatte. Vielleicht wurden diese Empfindungen auch bloß überdeckt von der immensen Erleichterung, dass Asmus sie gefunden hatte. Und das gleich in doppelter Hinsicht: Auch wenn die eigentliche Aufgabe, Asmus – und damit sich selbst – von Thomas zu erzählen, noch ausstand, änderte das nichts an der Befreiung, die sie seit ihrem Geständnis an der Wassernaht verspürte. Es war dieser erste Schritt zur Öffnung gewesen, der zählte. Allerdings fragte Marie sich, wie es sein würde, sobald sie ihre Geschichte erzählt hatte. Wäre der Bann, unter dem sie gestanden hatte, endgültig gebrochen, oder würde sie nur eine Auszeit von den Dämonen erleben, die sie verfolgten? Es stand allerdings noch eine ganz andere Frage im Raum: Wie würde Asmus darauf reagieren, wenn sie sich ihm öffnete?

Marie schaute zu dem Mann hinüber, der sie im dichtesten Nebel gefunden hatte, als hätte sie so hell gestrahlt wie ein Leuchtfeuer. Asmus pustete unauffällig auf eine Brandblase, die er sich gerade mit dem alten Benzinfeuerzeug eingehandelt hatte, das noch aus Maries Zeiten als Raucherin stammte. Nun brannte die Kerze im Stövchen, sehr hübsch offenbar, denn er betrachtete die kleine Flamme hingebungsvoll. Wenn Marie nicht aus eigener Erfahrung gewusst hätte, dass man selbst dann nach außen hin vollkommen ruhig wirken konnte, während es in einem brodelte, wäre er ihr wohl vollkommen entspannt vorgekommen. Ein Nachbar auf Besuch, der wegen seiner klammen Jeans in der Nähe des Heizkörpers saß und abwartete, bis sie das Gespräch wieder aufnahm.

»Ich habe Thomas gleich zu Beginn meines Studiums kennengelernt, auf einer dieser typischen Campus-Partys. Bekannte von mir waren Bekannte von ihm, wie das halt so ist«, begann Marie ohne weitere Einleitung zu erzählen. »Eigentlich ganz unspektakulär, und doch … Von der ersten Sekunde an war dieses überwältigende Gefühl der Vertrautheit da, ich fand mich unweigerlich zu ihm hingezogen. Dabei passte er überhaupt nicht in mein damaliges Beuteraster, laut dem aufregende Männer groß, blond und mit einem verwegenen Lächeln ausgestattet zu sein hatten. Im Sommer, bevor wir uns kennenlernten, hatte ich mich während eines Kreta-Urlaubs unsterblich in einen Schweden verliebt. Und im Jahr davor war es ein – jetzt bitte nicht lachen – Surflehrer auf Sylt gewesen. Ich war zweiundzwanzig Jahre alt und der festen Überzeugung, genau zu wissen, wo man die Liebe spürt: als ein heftiges Ziehen im Unterleib. Als ich mit Thomas frierend im dunklen Hinterhof stand, damit wir uns unterhalten konnten, ohne gegen die Musik anschreien zu müssen, war diese Regel plötzlich überholt und die einstigen Traummänner vergessen. Es störte mich nicht, dass wir bestenfalls gleich groß waren, Thomas' Brille ein scheußliches Designteil war und er darüber hinaus eine Leidenschaft für Informatik hegte, die an Religiosität grenzte. Dieser gemeinsame Moment reichte aus, um mich erkennen zu lassen, dass wir zusammenpassten – über ein Maß hinaus, das sämtliche Raster und Grundsätze lächerlich erschienen ließ. Mit diesem Mann zusammen zu sein, war für mich so einfach, wie zu atmen. Und genauso wichtig.«

Marie hielt inne, erstaunt über die Leichtigkeit, mit der sie über ihre einstige Liebe sprach. Dabei hatte sie damit gerechnet, dass sie sich winden und bei jedem zweiten Wort stocken würde. Forschend musterte sie Asmus. Wie reagierte er auf ihre Offenheit? Asmus hatte, kaum dass sie zu sprechen begonnen hatte, ihren Blick gesucht und konzentriert zugehört. Kein Kräuseln der Stirn, kein unwillkürliches Zucken der Lippen verriet, wie er zu ihrer gewöhnlichen und doch für sie so großen Liebesgeschichte stand. Als sie eine Pause einlegte, nahm er einen Schluck Tee und sagte dann:

»Es klingt, als habe eure Liebe von Anfang an festgestanden.«

Über die Antwort musste Marie nicht lange nachdenken. »Ja, so kann man das wohl sagen. Es war Liebe, aber niemals diese locker-leichte Art von Verliebtsein. Es fühlte sich von der ersten Sekunde an richtig an, mit Thomas zusammen zu sein – wie sehr, habe ich erst ein paar Jahre später wirklich begriffen. Rückblickend bin ich an seiner Seite zu dem Menschen geworden, der ich ohnehin schon war.« Nun musste sie doch die Augen schließen, um den Aufruhr ihrer Gefühle zu beherrschen. Genau solche Dinge hatten Thomas und sie einander in vertrauten Momenten zugeflüstert und sich eingestanden, was sie einander bedeuteten. Instinktiv wollte sie die Erinnerung wie auch die Flut an Gefühlen zurückdrängen, ehe sie überhandnahmen. Doch genau mit dieser Taktik war sie ja gerade so grandios gescheitert. Also ließ sie zu, dass die Welle über ihr brach. Sie wurde nicht, wie erwartet, fortgerissen und hinabgesogen, sondern fand sich obenauf wieder, als würden die Gefühle sie tragen.

Derart ermutigt wagte Marie es, weiter über ihre Beziehung zu Thomas zu sprechen. »Wir erleben doch alle diese Phase, in der wir glauben, wir könnten alles sein, was wir nur wollen. Dass uns die unterschiedlichsten Lebensentwürfe zur Verfügung stehen. Dann verschwenden wir nicht mal einen Gedanken daran, dass unser Leben kein Kleidungsstück ist, das man sich überstreift und das notfalls passend gemacht wird. Bis ich Thomas traf, hatte ich ein Bild von meiner Zukunft im Kopf, die herzlich wenig mit mir zu tun hatte. Verstehst du, was ich meine?«

Asmus nickte. »Es ist ein Fehler zu glauben, man könne sich sein Leben aussuchen. In Wirklichkeit ist vieles festgelegt, auch wenn es uns nicht gefällt – unsere Persönlichkeit, unser Temperament, aber auch unsere Geschichte und sogar die Geschichte der Menschen, die zu uns gehören. Zumindest ist man dazu verdammt, wenn man kein Leben führen will, das einem Schauspiel ähnelt. Künstler können sich vielleicht neu erfinden, aber uns Normalsterblichen bleibt nichts anderes übrig, als uns selbst gegenüber ehrlich zu sein.«

»Sich selbst zu erkennen, ist eine der größten Herausforderungen«, stimmte Marie zu. »Und das Schlimmste ist: Es hört nie auf. Nur weil ich einmal begriffen habe, was das Richtige für mich war, gilt es jetzt längst nicht mehr. Und ich tue mich elend schwer damit, mich dieser Herausforderung noch einmal zu stellen. Vermutlich auch deshalb, weil ich es dieses Mal allein schaffen muss. Damals, an Thomas' Seite, war die Fahrtrichtung schnell klar. Nicht nur, weil er ein paar Jahre älter war und schon einen ausgefeilten Plan im Kopf hatte, was er aus seinem Können machen wollte. Sondern …« Bei dieser Erinnerung konnte Marie ein glückliches Lächeln nicht unterdrücken.

»Du wurdest mit Valentin schwanger«, beendete Asmus den Satz und erwiderte ihr Lächeln auf eine Weise, die verriet, dass ihm mehr an ihrem Sohn lag, als sie bislang vermutet hatte.

»Spätestens nachdem ich ungeplant schwanger geworden war, gestand ich mir ein, dass mein Leben wie von allein eine Form annahm. Die wichtigsten Weichen wurden offenbar gestellt, während ich mit dem Kopf ganz woanders war. Im Nachhinein würde ich sagen, dass meine Liebe zu Thomas mir den richtigen Weg gewiesen hat, auch wenn ich ihn nicht bewusst betreten habe.«

»Dann war Thomas damals der entscheidende Wegweiser auf deiner Reise ins Erwachsenenleben.« Es fiel Asmus verblüffend leicht, Maries Gedanken zu folgen. So leicht, dass sie sich fragte, ob er das alles selbst in ähnlicher Form erlebt hatte.

»Ja, es fing mit Thomas an … und es endete mit ihm. Seitdem bin ich auf der Flucht. Ich weiß nicht mehr, wer ich bin. Und ich habe auch keine Idee, wer ich sein könnte. Das hier«, Marie deutete mit einer weiten Bewegung um sich herum, »ist nur ein Schauspiel, wie du es gerade genannt hast. Ich tue so, als würde ich in Tidewall mein Leben führen, weil es mir unmöglich vorkommt, mich jetzt – so beschädigt, wie ich bin – anzusehen und mir einzugestehen, welches Leben ich in Wahrheit führen müsste.«

Marie stand von ihrem Stuhl auf. Ihre Oberschenkel führten ihre Aufgabe aus, ohne dass sie den Befehl dazu gegeben hatte. Gerade noch rechtzeitig konnte sie ihre Füße davon abhalten, sie aus dem Zimmer zu tragen. Wohin auch immer, nur möglichst weit weg. Bewusst langsam setzte sie sich wieder und dankte Asmus in Gedanken dafür, dass er sich jeden Kommentar verkniff.

Bis vor drei Jahren war Marie der Überzeugung gewesen, ein glückliches Leben zu führen. Wobei die Bezeichnung »Glück« keineswegs zu hoch gegriffen war. Ihre Familie war ein Sicherheitsnetz gewesen gegenüber der Willkür, die das Leben nur allzu gern demonstrierte. Als sie überraschend mit Valentin schwanger wurde, hatte sie nicht eine Sekunde überlegt, ob sie das Kind überhaupt wollte. Dabei lag ihr Studienabschluss zu diesem Zeitpunkt noch in weiter Ferne, und Thomas, den sie gerade erst kennengelernt hatte, war für seinen damaligen Arbeitgeber ständig im Ausland unterwegs. Trotzdem hatte sie nie an ihrer Entscheidung, Russisch zu studieren, gezweifelt. Ein Orchideenfach, vor allem wenn man bedachte, dass ihr Antrieb nicht etwa wie bei Dasha einen familiären Bezug hatte, sondern einfach ihrer Liebe zur Literatur entsprang. Die Leidenschaft einer Siebzehnjährigen war nicht zu unterschätzen, vor allem wenn sie dank »Anna Karenina« zum ersten Mal begriff, dass die Liebe mehr war als ein lohnendes Motiv für Vorabendserien im Fernsehen. Zu tief hatte sich die Lektüre von Tolstoi in sie eingebrannt, als dass die junge Marie rationale Argumente wie »Aber du kennst ja nicht einmal jemanden, der Russisch spricht!« oder »Damit lässt sich doch kein Geld verdienen« abschrecken ließ. Sogar als die Schwangerschaft ein bereits geplantes Auslandssemester in Sankt Petersburg unmöglich machte, änderte das nichts an ihrer Leidenschaft. Aus der

Liebe zu »Anna Karenina« wurde die Liebe zu einer Sprache, die ihr die Türen zum Übersetzen öffnete. Diesen Traumjob hatte sie auf ein Hobby reduziert, als Thomas mit einer wahnwitzigen Idee den Sprung in die Selbstständigkeit gewagt hatte und sie ihn in der Anfangsphase hatte unterstützen wollen. Rückblickend war sie froh, all diese Risiken eingegangen zu sein. Ohne groß darüber nachzudenken, hatte sie die Herausforderungen angenommen, weil sie sich trotz allem behütet gefühlt hatte. Wie leicht das Leben damals trotz aller Mühen gewesen ist, dachte Marie.

»Es ist fast drei Jahre her, dass ich aufgewacht bin. Aus diesem Traum, der mein Leben war. Es war ein ganz gewöhnlicher Morgen, an dem das Klingeln des Weckers mich aus dem Schlaf holte.« Marie presste den Handballen gegen ihr linkes Ohr, in dem es wie auf Knopfdruck zu schellen begann. Wenn sie die Lider leicht schließen würde, würde sie sogar die Zeigereinstellung des Weckers vor sich sehen. 6 Uhr 15, für immer eingebrannt in ihrem Bewusstsein. »Ich habe damals immer tief und traumlos geschlafen, wie man eben schläft, wenn man erschöpft, aber zufrieden ist. Thomas lag unter seiner Decke verborgen, eingemummt wie ein Kind, und zuckte nicht einmal, obwohl der Wecker eine ganze Weile klingelte, bevor ich mich dazu durchringen konnte, ihn auszuschalten. Das war keineswegs ungewöhnlich, er war eine Nachteule, arbeitete gern, wenn die Welt draußen schlief. Also gönnte ich ihm seine langen Morgende, schließlich reichte es, wenn einer von uns Valentin in Richtung Schule schubste.«

Für einen Augenblick stand ihr der längst vergangene Alltag dermaßen lebendig vor Augen, dass sie verstummte. Das war ihre Welt gewesen, so echt und für ein Aufflackern so nah … Ein leises Geräusch brachte sie zurück in die Gegenwart: Asmus stellte seine Tasse auf den Küchentisch. Falls überhaupt noch ein Schluck drin war, war er längst kalt. Marie nutzte die Gelegenheit, um Tee nachzuschenken, und bemerkte, dass das Zittern ihrer Hände nahezu verschwunden war. Es war überraschend leicht, sich Asmus gegenüber zu öffnen. Auch wieder so eine Sache, die sie nicht auf ihrem Zettel stehen gehabt hatte. Offenbar war es nicht nur schwer, sich selbst zu begreifen, sondern auch sein Gegenüber. Wer war Asmus Mehnert in Wirklichkeit? Oder, was genauso entscheidend war: Was empfand sie für ihn, wenn sie ehrlich war? Rasch stellte Marie die Kanne zurück auf den Tisch und rettete sich in ihre Erzählung.

»Wenn ich versuche, mich an diesen Morgen vor drei Jahren zu erinnern, sehe ich einige Details geradezu überdeutlich, manchmal sogar dann, wenn ich gar nicht bewusst daran denke. Etwa den Stand der Uhrzeiger am Wecker oder wie ich Valentin einen Smoothie mit einer grinsenden Orange auf der Verpackung in den Ranzen getan habe, in der Hoffnung, ihn dadurch von einem zweiten Frühstück zu überzeugen. Kleinigkeiten, Alltagskram, Gedankenfetzen von offenen Rechnungen und dem Ärger über eingerissene Fingernägel. Wenn ich es mir jetzt vor Augen führe, wird mir klar, dass die großen Bögen, mit denen wir unser Leben skizzieren, es nicht wirklich treffen. Unser Leben ist ein Sammelsurium von Nebensächlichkeiten, über das hinaus wir die entscheidenden Dinge schlichtweg übersehen. So wie an diesem Morgen, der bereits zu einem Vormittag geworden war, bis mir auffiel, dass aus dem Schlafzimmer immer noch kein lautes Gähnen oder gar Fußgetrappel ertönt waren.

Als ich vor Thomas' Bett stand, überlegte ich, ihm die Steppdecke mit einem Rutsch wegzuziehen und mit einem Grinsen zuzusehen, wie er schlagartig wach wurde. Eine klitzekleine Rache dafür, dass ich mich schon seit Stunden abplagte, während er süßen Träumen nachhing. Diese Gemeinheit konnte ich dann jedoch nicht über mich bringen. Er lag so friedlich in sein Kissen geschmiegt, den Deckensaum bis unter die Nase gezogen. Ich setzte mich auf die Bettkante und strich ihm durch sein dunkles Haar, das wieder einmal büschelweise in alle Richtungen abstand. Es war schlichtweg unbezähmbar, sodass er es am liebsten ganz kurz geschnitten getragen hätte. Aber das tat er nicht, weil ich es viel zu gern mit meinen Fingern durchpflügte. Als meine Hand durch sein Haar fuhr, spürte ich die Kälte, ohne sie zu begreifen. Immer noch keine Regung, nicht einmal das kleinste Zucken. Meine Finger zausten wieder sein Haar und dann noch einmal, und jedes Mal fühlten sich meine Fingerspitzen betäubter an, als hätte ich sie in Eiswasser gebadet. Mein Körper begriff die Wahrheit lange vor mir. Oder ich wollte sie mir nicht eingestehen, denn ich stand ruckartig auf und ging ins Bad. Dort stand ich eine ganze Weile herum und machte mir im Stillen Vorwürfe. Du bist eine dumme Kuh, sagte ich mir. Eine verdammt dumme Kuh. Warum hast du die Decke nicht zurückgestreift und ihn grob geweckt? Warum machst du bloß so einen Zirkus? Weil … und der Gedanke war fast unerträglich … weil es sein könnte, dass meine Angst berechtigt ist.

Ich brauchte ziemlich lange, um ins Schlafzimmer zurückzukehren. Jedenfalls glaube ich das. Bevor ich die Decke von Thomas zurückzog, hatte es bereits eingesetzt: dieses Gefühl zu schwinden. Als ich in sein Gesicht mit dem merkwürdig schief geöffneten Mund sah, die Verfärbung der Haut registrierte und mir eingestand, dass seine Brust sich nicht hob und senkte, war ich froh um dieses Gefühl, verschwunden zu sein. Ich streckte meine Hand nach ihm aus und sah, wie meine Fingerkuppen seine Schläfe berührten, aber ich spürte nichts. Weder Leben unter Thomas' Haut noch in mir.« Marie horchte ihren Worten nach und stellte erleichtert fest, dass sie so wahrheitsgetreu wie möglich spiegelten, wie es ihr in diesem Moment ergangen war. »Thomas ist mitten in der Nacht an einem Gehirnaneurysma verstorben. Ohne jede Vorwarnung. Am Abend zuvor war er noch ein gesunder, leicht übergewichtiger Mann Mitte dreißig gewesen, der gerade erst mit dem Joggen angefangen hatte und die Tage bis zu unserem anstehenden Urlaub abhakte. Am nächsten Morgen, als ich ganz normale Dinge tat, ohne zu wissen, dass mein Leben in seiner bisherigen Form schon seit Stunden nicht mehr existierte, war er schon lange fort.«

Beinahe neugierig fühlte Marie in sich hinein, wartete ab, ob Tränen oder Wut aufstiegen, aber da war nur eine Erleichterung, als hätte sie einen bleiernen Mantel abgestreift. Davon ermutigt wagte sie sich weiter vor. »Nachdem Valentin zur Welt gekommen war, habe ich jahrelang befürchtet, ich könnte nachts in sein Zimmer gehen und mein Kind tot im Bett finden. Es war wie eine Urangst, die mir im Nacken saß. Manchmal musste ich sogar zu ihm gehen und ihn berühren, dann erst konnte ich dieses schreckliche Gefühl abschütteln. Aber ich habe niemals damit gerechnet, dass es mein Mann sein könnte, der neben mir stirbt, und ich bekomme es nicht einmal mit.«

Als Marie am Ende ihrer Erzählung angelangt war, kam es ihr vor, als würde sie aus einem stillen tiefen See auftauchen, dessen Wasser sie umfangen gehalten hatte. Nichts war mehr zu ihr vorgedrungen, kein Laut, keine Wahrnehmung. Sie war vollkommen darauf konzentriert gewesen, genau zu erzählen, wie es mit Thomas gewesen war. Jetzt, nachdem sie die Oberfläche durchbrochen hatte, holte sie erst einmal Luft, dann sah sie zu Asmus, der sie kein einziges Mal in ihrem Redefluss unterbrochen hatte. Seine Züge waren so angespannt, dass sie nicht darin lesen konnte. Regelrecht versteinert.

Marie hatte befürchtet, dass Asmus die erste Gelegenheit nutzen würde, sie in den Arm zu nehmen. Eine solche Nähe hätte sie jedoch kaum ausgehalten. Stattdessen blieb er auf seinem Stuhl sitzen und erwiderte lediglich ihren fragenden Blick. Etwas, das sie gesagt hatte, hatte ihn auf Abstand gebracht.

Die Sekunden verstrichen zäh, während Asmus in Gedanken versunken dasaß. Schließlich räusperte er sich. »Das ist eine traurige Geschichte. Und sie erklärt die Stimmen und Bilder, die dich verfolgen, deine tauben Hände und die Angst, dass du dich auflösen könntest … und vor allem die Schlaflosigkeit … Du schiebst deine Furcht beiseite, nur um festzustellen, dass sie bereits hinter dir steht.«

»Du meinst, ich verstecke mich im Kapitänshaus, damit mich das hinter jeder Ecke lauernde Schicksal nicht findet?« Marie ließ den Gedanken zu, er fühlte sich warm und vertraut an. Offenbar hatte Asmus ins Schwarze getroffen. »Gut möglich, dass ich mich ein wenig zu sehr abkapsle. Aber ich habe den Kopf halt randvoll und kann mich nicht auf zu viel Neues einlassen. Ich brauche Ruhe anstelle von bösen Überraschungen.« Dem letzten Satz wohnte ein Flehen inne, das sie selbst überraschte. Sie war wirklich kurz davor gewesen, unter dem Druck zu zerbrechen. Wenn Asmus nicht gewesen wäre …

Endlich schlich sich etwas Weiches in seinen Blick. »Wenn einem ohne jede Vorankündigung der Boden unter den Füßen weggezogen wird und da nichts ist, um den Sturz abzufangen, vertraut man dem Leben nicht mehr, dann scheint es nur Fallstricke bereitzuhalten. Du bist nicht hier, um ein ruhiges Leben zu führen, Marie. Sondern um dich zu verstecken.« Als wäre er von seinem eigenen Gedankenfluss überrascht, hielt er inne und sank dann auf seinem Stuhl zusammen, als fehle ihm plötzlich die Kraft, die ihn bis eben noch aufrecht gehalten hatte. Währenddessen gestand Marie sich ein, dass er mit jedem Wort recht hatte. Er verstand ihre Geschichte nicht nur verblüffend gut, sondern begriff auch, warum sie sich anschließend nur so hatte verhalten können. Was hast du erlebt, dass du mich so problemlos durchschaust?, fragte Marie sich. »Du willst die Vergangenheit totschweigen, damit sie dir keine Angst macht, aber dadurch versperrst du dir den Zugang zur Gegenwart.« Mittlerweile sprach Asmus so leise, dass Marie ihn kaum verstand. »Dieses Verharren … das kenne ich nur zu gut.«

Während Asmus in Schweigen verfiel, begriff Marie, was zu tun war, wenn sie den Teufelskreislauf durchbrechen wollte. Es würde nicht ausreichen, bloß von der Vergangenheit zu erzählen. Nein, sie musste sich ihrem Verlust stellen, all die schrecklichen Gefühle zulassen, die sie bislang von sich ferngehalten hatte, weil sie kaum die Kraft besaß, den Alltag zu meistern. »Das kann einfach nicht die Lösung für mein Problem sein«, sagte sie heiser, denn allein bei der Vorstellung legte sich ein unsichtbarer Ring um ihren Hals, der ihr die Luft abdrückte. »Ich flüchte nicht vor meiner Trauer, sondern ich habe bloß keine Zeit, um mich in Tränen zu suhlen.« Das klang schon wesentlich besser. »Seit Thomas fort ist, bin ich vollauf damit beschäftigt, mein zerbrochenes Leben wieder zusammenzusetzen. Finanziell stehe ich gerade erst wieder auf sicheren Beinen, nachdem mir das Ende unseres Unternehmens fast das Genick gebrochen hatte. Und dann ist da noch Valentin, dem ich an manchen Tagen nicht in die Augen schauen kann, weil ich dieses irrsinnige Gefühl habe, dort eine Anklage zu lesen. Die Anklage, was für ein schreckliches Leben ich meinem Sohn biete.«

»Das ist doch Unsinn«, unterbrach Asmus sie. Ohne dass sie es bemerkt hatte, war er aufgestanden und hockte nun neben ihrem Stuhl. Vorsichtig, als würde er auf das kleinste Zeichen achten, dass ihr so viel Nähe unangenehm war, legte er einen Arm um ihre Schultern. »Valentin ist trotz seines Verlusts ein glückliches Kind. Der Bursche hat ein Selbstbewusstsein für zehn und ist heilfroh, dass du mit ihm nach Tidewall gezogen bist. Hier blüht er richtig auf, alles interessiert ihn, und sogar unsere Dorfschule scheint einigermaßen erträglich für ihn zu sein, auch wenn er sich nicht gern einsperren lässt. Was ja auch kein Wunder ist bei Eltern, die ihren eigenen Ideen und Wünschen gefolgt sind.«

Nun schlich sich ein kleines Lächeln auf Maries Gesicht, auch wenn es ihr nicht recht gelingen wollte, sich so in Asmus' Umarmung zu schmiegen, wie sie es gebraucht hätte. Trotzdem fiel es ihr leicht, seine ungeschönten Worte als wahr anzunehmen. Es war offensichtlich der richtige Zeitpunkt, um ihre Deckung aufzugeben. Während sie gerade noch geglaubt hatte, zu guter Letzt doch noch in den Abgrund zu stürzen, vor dem sie schon so lange stand, fand sie sich nun am Anfang einer Brücke wieder, auf deren anderer Seite tatsächlich so etwas wie fester Grund auf sie wartete. »Wie kommt es nur, dass du in diesem ganzen Chaos einen Weg siehst?«

»Ich weiß, was es bedeutet, vom Leben aus der Bahn geworfen zu werden. Verdammt gut sogar«, sagte Asmus leise. Seine Hand hob sich von ihren Schultern, dann wanderten seine Finger zu der Narbe an seiner Schläfe, die Marie zuvor aufgefallen war, weil sie sich wie eine verblichene Linie in sein Haar schlängelte. Vielleicht, dachte Marie, ist dies nur ein schwacher Ausläufer, während die eigentliche Narbe unter dem stets zerzausten dunklen Haar verdeckt liegt.

»Du hast einen Unfall gehabt.«

Asmus nickte, dann setzte er sich gedankenverloren auf die Tischkante. Kurz grämte Marie sich, weil er nun nicht länger neben ihr saß, andererseits war er immer noch nah genug. Nah auf eine Weise, die sie zumindest nicht verunsicherte.

»Ein Motorradunfall auf einer Reise durch Marokko. In meinem anderen Leben habe ich Medizin studiert und habe mich schon als künftiger Neurochirurg an einer der führenden Kliniken gesehen. In meinem anderen Leben war ich nämlich nicht nur ehrgeizig, sondern hielt mich auch an die Familientradition, ein Dasein als Arzt zu führen. Mein Großvater war ein angesehener Hautarzt in Eppendorf, und meine Schwester Katharina hat seine Praxis übernommen. Dort hätte ich notfalls auch unterschlüpfen können, falls sich meine hochtrabenden Träume nicht erfüllt hätten. Eine sichere Sache. Leider habe ich dann nicht einmal das erste Staatsexamen gemacht, weil ich vorher unbedingt noch einmal ausspannen wollte. Marokko. Der richtige Ort, um sich gehen zu lassen.«

Marie achtete darauf, ob sich ein bitterer Unterton in Asmus' Stimme schlich. Doch da war nicht der geringste Anflug von Wehmut oder Groll auszumachen. Wenn er sagte »in meinem anderen Leben«, dann meinte er das offenbar genau so.

»Der Höhepunkt der Reise sollte eine Wüstentour auf Crossbikes sein. Ganz schön raue Gegend da, die man besser nicht unterschätzt. Habe ich leider. Mein Unfall war an und für sich unspektakulär. Die Räder des Motorrads sind mir auf einer der unbefestigten Strecken weggerutscht, und der Helm, den ich mir ebenfalls ausgeliehen hatte, hat nichts getaugt. Es war, als wäre ich direkt mit dem Schädel aufs Kiesbett geschlagen. Ein glatter Schädelbruch. Wäre mir das in der Stadt passiert, wäre das Ganze vermutlich kein großes Drama gewesen. Aber wir befanden uns mitten im Nirgendwo, und es dauerte Ewigkeiten, bis ich vernünftig medizinisch behandelt wurde. In der Zwischenzeit hatte die Blutung mein Hirn so weit geschädigt, dass mein Sehnerv noch Monate später hinüber war. Nicht dass ich etwas verpasste, ich war Ewigkeiten ans Bett gefesselt und vollauf damit beschäftigt zu lernen, wie man seinen Nachtisch auslöffelt, ohne das Bett und sich selbst dabei einzusauen. Das Staatsexamen war in weite Ferne gerückt, denn selbst nachdem ich die Klinik endlich verlassen konnte, brachte ich kaum die Konzentration auf, die Tageszeitung zu lesen, geschweige denn für eine knallharte Prüfung zu lernen. Alles, was mich bislang ausgemacht hatte, gehörte schlagartig der Vergangenheit an, genau wie meine Hoffnungen und Pläne. Zurückgeblieben war ein nutzloser Kerl, der vor Kopfschmerzen kaum einen klaren Gedanken fassen konnte und in den unmöglichsten Situationen einschlief, weil die einfachsten Anforderungen schon zu viel für ihn waren.«

Marie stellte sich einen jungen, verletzten Asmus vor, aber irgendwie passte das Bild nicht zu dem Mann, der jetzt neben ihr saß. Dafür wirkte er zu viril, und auch das Leben, das er in Tidewall führte, passte zu ihm wie angegossen. Selbst von seinen einstigen Beeinträchtigungen schien nichts übrig geblieben zu sein, wenn man Valentins Schwärmereien für Asmus' Belesenheit Glauben schenkte.

»Davon ist heute aber nichts mehr zu merken«, sagte sie wahrheitsgemäß.

»Nein, ist es nicht. Zumindest so gut wie nichts.« Asmus lächelte, und zu Maries Erleichterung lag keine Bitterkeit darin. »Bis zu dem Unfall habe ich geglaubt, dass wir Menschen unseres Glückes Schmied sind. Seit Marokko weiß ich, dass wir vielmehr in einem Zug sitzen, von dem wir nur glauben, dass wir das Ziel seiner Fahrt bestimmen. Wir tun das, um nicht zu verzweifeln. Nur leider ist es oft der Zufall, der die entscheidenden Weichen stellt. Dagegen kann man nichts tun, man muss es hinnehmen. Manche von uns sind von der einen Sekunde auf die andere tot, und manchmal stirbt nur ein Teil von uns, auch wenn es genau jener Teil ist, den wir am dringendsten brauchen, um weitermachen zu können. Das zu akzeptieren ist hart, aber nicht unmöglich.«

»Du meinst, ich sollte akzeptieren, dass Thomas tot ist und mein Leben nie wieder dasselbe sein wird?« Marie war mit einem Mal zu erschöpft, um wütend über diese harte Wahrheit zu sein.

Asmus musterte sie mit einer Ruhe, die eine gewisse Anziehungskraft auf sie auszuüben begann. »Nein, das hast du nämlich schon. Wenn ich mich nicht täusche, leidest du unter einem Problem, das ich ebenfalls kenne: unbewältigte Trauer. Und es ist ganz offensichtlich, dass wir dafür beide keine Lösung anzubieten haben.«

»Dein Vater …«, flüsterte Marie. Sie war sich nicht sicher, ob es gut war, dieses Thema anzusprechen, denn bislang hatte Asmus noch jedes Gespräch abgebrochen, das in diese Richtung ging. Jetzt nickte er jedoch, wenn auch nur zaghaft. »Vielleicht hättest du statt nach Marokko nach Russland reisen sollen«, dachte sie laut nach.

»Ich bin nach Russland gereist.« Als sie ihn erstaunt anblickte, hob er die Hände. »Ich habe noch nie jemandem davon erzählt, aber als ich die Reha verlassen hatte, wusste ich nicht, wie es mit mir weitergehen sollte. Mein Studium lag anderthalb Jahre zurück, meine Studienfreunde waren mittlerweile berufstätig, während ich froh war, einigermaßen geradeaus laufen zu können. Ich hatte nicht einmal eine vage Vorstellung davon, wie es weitergehen sollte. Also beschloss ich, zu meinen Wurzeln zurückzukehren und von dort aus meinen Neuanfang zu starten.«

»Aber das klingt doch wie eine wunderbare Idee.«

Asmus stockte. »Ja, insofern, dass sie mich nach Tidewall gebracht hat. Denn ich kehrte aus Russland zurück mit der Einsicht, dass ein ruhiges, zurückgezogenes Leben das Richtige für mich ist, ein Leben, das jahrein, jahraus im selben Rhythmus und ohne große Überraschungen verläuft.«

»Bist du damit zufrieden?«

»Bislang habe ich es jedenfalls nicht bereut. Und das ist wohl mehr, als jemand in meiner Situation erwarten kann.« Asmus stieß sich von der Tischkante ab, gegen die er gelehnt hatte. Er sah erschöpft aus. Weder die schwere Arbeit am Vormittag noch die Suche im Nebel hatten ihm offenbar so zugesetzt wie ihre Unterhaltung. Marie konnte das nur allzu gut nachempfinden. Auch in ihr breitete sich mehr und mehr eine Leere aus, die verriet, wie hoch die Kosten für ihre Offenbarung sein würden.

»Ich werde noch rasch die letzten Platten von der Wand lösen, damit Valentin nicht auf dumme Gedanken kommt«, sagte Asmus. »Dann kannst du am Wochenende erst einmal in Ruhe sämtliche Löcher verputzen, falls du vor Schmerzen überhaupt auf die Trittleiter steigen kannst. Ich vermute mal, dass wir beide einen wahnsinnigen Muskelkater haben werden. Anfang nächster Woche können wir dann mit dem Streichen beginnen.«

Marie musste über seine pragmatische Art schmunzeln. »Du hast also vor wiederzukommen, nachdem ich dir mein ganzes Seelenleid vor die Füße geworfen habe?«

Einen Moment blinzelte Asmus irritiert, dann grinste er breit, soweit man das unter seinem Bart sehen konnte. »Natürlich komme ich wieder, gern sogar. Ich weiß nicht, wann ich mich das letzte Mal so intensiv unterhalten habe. Und das liegt nicht daran, dass es draußen am Deich außer den Schafen nicht besonders viele willige Zuhörer gibt. Nein, das war schon etwas Besonderes, dass du so offen warst.«

Das Kompliment kam unerwartet und freute Marie doppelt. »Du kannst mir ja beim nächsten Mal ein wenig mehr über dich erzählen. Allein warum du dich für Tidewall und die Schäferei entschieden hast, anstatt dein Medizinstudium zu Ende zu bringen.«

Asmus zögerte, dann schüttelte er den Kopf, als müsse er sich selbst zur Einsicht bewegen. »Du brauchst Ruhe, Marie. Und ich … Ich vermutlich auch. Am Wochenende hole ich Valentin zum Stinte-Fischen ab, dann hast du ein wenig Zeit für dich. Und danach sehen wir weiter.«

Als Marie aufstand, überkam sie ein leichter Schwindel, der sich jedoch sogleich verflüchtigte. Sie stellte sich dicht vor Asmus und wunderte sich nicht länger darüber, dass sie seine Nähe nicht nur ertrug, sondern geradezu heilsam fand. Vorsichtig legte sie ihre Hand auf seine Brust und fühlte seinen Herzschlag gegen ihre Finger pochen. Kräftig und voller Leben. Und sie nahm es wahr.

»Danke«, sagte sie leise.

Kapitel 20

Tidewall, Juni 1924

Als die Stimmung auf der Geburtstagsparty ihren Höhepunkt erreichte, beschlossen Eduard Boskopsen und eine illustre Auswahl seines Freundeskreises in ihrer Champagnerlaune spontan, am nächsten Vormittag einen Abstecher raus auf die Elbe zu unternehmen, getrieben von der Hoffnung, auf der Sandbank im Mündungsbereich ein paar Seehunde zu erspähen und pittoresk anmutende Fischer bei ihrer Arbeit zu beobachten. Keine Regatta, wie er sie sich vor ein paar Tagen mit Freunden geliefert hatte, die von Hamburg mit ihren Segelschiffen angereist waren, sondern eine reine Vergnügungsfahrt, bei der auch die Damen mit von der Partie sein würden, die sich ansonsten nicht fürs Segeln begeistern konnten.

So drückte es zumindest die junge, recht abgehoben wirkende Adelheid Boskopsen aus, als sie die frohe Kunde zu später Stunde überbrachte. Nachdem das Fest so außerordentlich geglückt war, hatte Adelheid offenbar ihre Abneigung gegen ihre resolute Haushälterin nicht nur kurzerhand abgelegt, sondern war darüber hinaus zu der Überzeugung gelangt, diese könne gleich einer guten Fee mit Schürze und stahlgrauem Haarschopf auch das Unmögliche möglich machen.

»Es muss ja gar nichts Großes sein, nur ein kleines exklusives Picknickkörbchen. Das bekommen Sie doch gewiss bis morgen Vormittag hin, eine tüchtige Person wie Sie, nicht wahr?«

Die Frage war eine reine Höflichkeitsfloskel, was sich schon daran zeigte, dass Adelheids Aufmerksamkeit mehr den Falten ihres Abendkleids denn ihrem Gegenüber galt. Für sie war die Angelegenheit bereits in dem Augenblick erledigt, als sie – mit sichtlichem Widerwillen – die Küche betreten und die Aufgabe vorgetragen hatte.

Helmtraud nickte bloß, während sie im Kopf bereits eine Liste der vielfältigen Aufgaben anlegte, die die spontane Idee des Herrn Boskopsen mit sich brachte. Dann schickte sie einen extra für das Fest angeheuerten Küchenjungen zu ihrem Neffen Wolfram, einem begnadeten Skipper, der die Küstenregion wie kein Zweiter kannte und deshalb für das prächtige Segelschiff der Boskopsens verantwortlich war. Nachdem sie Wolfram in den frühen Morgenstunden davor gewarnt hatte, was ihm blühen würde, überlegte der ehrgeizige junge Mann, wie viele Leute er wohl brauchen würde, um das Segelschiff für den anstehenden Ansturm auf Trab zu bringen.

Seine Tante beobachtete ihn aufmerksam. »Du weißt genau, dass ich selbst jeden Mann brauche. Wenn es schon unbedingt sein muss, dann such dir einen aus, mehr kann ich nicht erübrigen.«

»Gut«, gab Wolfram klein bei. »Dann aber deinen besten.«

Johann war gerade dabei, die leeren Wein- und Sektflaschen hinterm Festzelt in Kisten zu verstauen, als Wolfram dort auftauchte und ihm auf seine flotte Art von den Wünschen des Hausherrn erzählte. Der Morgen brach an, die letzten Sterne verloschen, während rosafarbenes Sonnenlicht den Himmel flutete. Auf eine warme Nacht würde ein noch wärmerer Tag folgen, das ließ sich jetzt schon erahnen.

»Für den Unsinn ist später noch jede Menge Zeit, von den feinen Pinkeln wird schon keiner nachschauen, ob es hinterm Zelt auch schier aussieht.« Wolfram sprach mit einem unüberhörbaren Zischlaut, der zwischen seinen schiefen Zähnen herauspfiff und ihm den Spitznamen Pfeifenkessel eingebracht hatte. Seit die Boskopsens mit ihrem schicken Zweimaster aufgetaucht waren, hörte man den Spitznamen allerdings seltener. Mit jemandem, der für diese wohlhabende Familie arbeitete, stellte man sich besser gut in Zeiten, da es selbst für den umtriebigsten Hilfsarbeiter eine Herausforderung war, durchgehend in Beschäftigung zu bleiben. Johann hielt nicht viel von albernen Beinamen, und das war vermutlich auch der Grund, warum Wolfram sich die Mühe gemacht hatte, ausgerechnet nach ihm im morgendlichen Zwielicht zu suchen.

»Hör mal, ich habe einen besseren Job für dich«, erklärte Wolfram geradeheraus und legte Johann den Arm um die Schultern. Sie kannten einander vom Hafen, wo Johann gelegentlich bei einem der Fischer in Lohn stand. »Ich weiß, du hast wegen dieser Feier noch kein Auge zugetan und willst dich vermutlich nur noch aufs Ohr hauen, sobald Helmtraud dich entlässt. Wenn du deine Müdigkeit aber vergisst und mit mir zum Hafen kommst, springen ein paar Mäuse mehr raus als bei dieser mühsamen Splittersucherei.«

Johann blinzelte ihn aus seinen übermüdeten Augen an. »Die Mäuse sind mir herzlich egal. Wenn ich hier nämlich nicht schnellstens für Ordnung sorge, bläst Fräulein Helmtraud mir den Marsch – und bei dieser Aussicht kannst du gar nicht genug mit Geldscheinen winken.«

»Wegen meiner Tante mach dir mal keine Sorgen, alles schon geregelt.«

Wolfram nahm ihm eine Sektflasche aus der Hand und

warf sie – nachdem er kurz nachgeschaut hatte, ob noch ein Schluck drin war – in die bereits halb gefüllte Kiste. Das Klirren, als sie zerschlug, schmerzte in Johanns Ohren und verdeutlichte ihm, wie erschöpft er war. Das Feuer, das um Mitternacht durch sein Blut getobt war, als er mit Mina Boskopsen unter der Kastanie gestanden hatte, war nach der schweren Arbeit heruntergebrannt. Allerdings vertrieb der Gedanke an Minas Blick, mit dem sie ihn kurz vorm Gehen gemessen hatte, nun jede Müdigkeit.

Wolfram entging das Aufflackern in seinen Augen nicht. Sofort schöpfte er Hoffnung. »Nun komm schon, Taden. Gib dir einen Ruck.«

»Ich glaube nicht, dass deine Tante mich entbehren kann, so wie es hier aussieht«, gab Johann zu bedenken.

Normalerweise pflegte Johann eine pragmatische Haltung gegenüber seinen Arbeitgebern: Wer am besten zahlte, bekam den Zuschlag – davon einmal abgesehen, dass er immer seltener die Wahl hatte. Für Fräulein Helmtraud zu arbeiten war jedoch etwas anderes: Sie begegnete einem stets auf Augenhöhe und führte zwar ein hartes, aber gerechtes Regiment über das Heer aus Dienstmägden und Hilfsarbeitern, das angeheuert worden war, um der offenbar 1001-Nacht-reichen Familie Boskopsen das Leben zu verschönern. Seit Johann bei ihr im Lohn stand, war sein Magen nicht einmal leer gewesen. »Wer gut arbeitet, hat auch das Recht, gut zu essen«, war Helmtrauds Leitspruch. Die Vorbereitungen für das Fest waren eine harte und zugleich angenehme Art gewesen, sein Geld zu verdienen.

Johann hatte jedoch noch etwas anderes während dieser Tage beflügelt: Während seine Kollegen keinen Blick übrig hatten für die Schönheit des Kapitänshauses, sondern höchstens die Insignien des Reichtums begafften, mit denen die

Boskopsens sich umgaben, gefielen Johann Garten und Haus auf eine Weise, die ihn selbst erstaunte. Eigentlich hatte er erwartet, ein gewisses Unwohlsein zu verspüren, schließlich war er nur ein Stück den Deich rauf aufgewachsen, in einem Reetdachhaus bei der Mündung – ein Ort, an dem täglich der Kampf ums Überleben ausgefochten worden war, wie es nun einmal so ist, wenn ein Schäfer und seine Frau sich abmühen, neun Kinder durchzubringen. Als Junge war er oft am Kapitänshaus vorbeigelaufen, und obwohl es damals in einem traurigen Zustand gewesen war, war es ihm mit seiner hohen Fassade und den großzügig verteilten Fenstern mit ihren weiß lackierten Rahmen wie ein Palast vorgekommen. Es hatte für eine andere Art von Leben gestanden, bei dem es nicht unentwegt bloß ums Überleben ging. Auch heute noch hatte Johann bestenfalls eine vage Vorstellung davon, wie ein solches Leben aussehen mochte. Aber allein die Aussicht, dass es mehr gab als die dunklen kalten Räume seiner Kindheit, hatte ihn aufrecht gehalten.

Nachdem das Kapitänshaus dank der Familie Boskopsen in neuem Glanz erstrahlt war, verspürte Johann keine Gier, keinen Neid und auch keine Sehnsucht, selbst einen solchen Besitz sein Eigen zu nennen. Er genoss es einfach, sich um Haus und Grund zu kümmern und dabei das Treiben der Familie in ihrer weißen Sommergarderobe zu beobachten. Wie Schmetterlinge flatterten die Boskopsens umher, scheinbar nicht gewahr, dass ihre Umgebung aus schwitzenden Arbeitern mit Blutblasen an den Handballen und von Putzerei ganz wirren Frauen bestand. In der Welt der hanseatischen Kaufmannsfamilie existierten Leute wie Johann Taden nicht, deren Hemden und Hosen sich zu einem Bündel zusammenschnüren ließen und die nicht in einem weichen Bett mit Daunendecken, sondern im Heuschober des nächsten Bauern schliefen, bis die Festzelte abgebaut waren und keine weiteren Arbeiten mehr anstanden. Dann würde er weiterziehen, ohne dass jemand aus dem Kapitänshaus sich überhaupt bewusst wäre, dass ein junger Mann auf ihrem Grund umhergegangen war, getrieben von der Frage, warum manche Menschen Schmetterlingen glichen, während andere dazu verdammt waren, wie Ameisen zu rackern.

Obwohl ... *Ein* Schmetterling würde sich vielleicht an ihn erinnern. Ein Nachtfalter, den Johann davor bewahrt hatte, einem übereifrigen Sammler in die Hände zu fallen.

Wie von selbst wanderten Johanns Finger zu seiner Hosentasche. Dort verbarg sich, in ein Taschentuch gewickelt, eine Brosche, deren Endstück von einem Rubin geziert wurde. Das rötliche Leuchten des Edelsteins war ihm ins Auge gestochen, während er die Lampions in der Kastanie aufgehängt hatte. Wie eine Nadel hatte die Brosche in der von Füßen aufgewühlten Erde gesteckt und ihm ein Signal gesendet. Eigentlich hätte er das Schmuckstück bei Fräulein Helmtraud abliefern müssen, aber er war sich sicher, die Besitzerin zu kennen. Und falls die Brosche doch nicht Mina Boskopsen gehörte, wollte er das gern aus ihrem Mund erfahren. Er war letzte Nacht recht verhalten mit ihr umgesprungen, jedenfalls war es ihm später so vorgekommen, als er ihre Begegnung immer und immer im Geiste durchgegangen war. Dabei ging es allerdings weniger um diesen halbseidenen Rüpel, der nicht gewusst hatte, wann die Feier vorbei war, sondern um den kurzen Moment, als Mina und er allein gewesen waren. Nicht die wenigen Worte, die sie miteinander gewechselt hatten, hielten ihn im Bann, sondern die Anziehungskraft, die sich innerhalb weniger rasch gewechselter Sätze zwischen ihnen aufgebaut hatte. Johann konnte sich einreden, dass sein Herz bei der Erinnerung schneller schlug, weil er kurz davor gestanden hatte, einem Spross aus reicher Familie Manieren einzubläuen. In Wirklichkeit war der aufdringliche Kerl jedoch in der Sekunde vergessen gewesen, als er in der Dunkelheit verschwunden war. Ab da war nur noch Platz für Mina Boskopsen gewesen und die Leichtigkeit, mit der sie ihn in ein Gespräch verwickelt hatte, obwohl er sich dazu angehalten hatte, auf Abstand zu gehen. Auch jetzt unterbrach er jeden Gedanken an die junge Frau, die eine solche Wirkung auf ihn hatte – er hatte weiß Gott andere Probleme, als seinen Gefühlen freien Lauf zu lassen. Trotzdem hatte er die Brosche eingesteckt.

»Jetzt gib dir endlich einen Ruck«, riss Wolfram ihn aus seinen Gedanken. »Helmtraud kommt schon auch ohne dich klar. Wenn nicht sie, wer dann?« Der Skipper wurde langsam ungeduldig. Was auch kein Wunder war, wenn man bedachte, dass er in ein paar Stunden einer Gruppe Amüsierwilliger ein top herausgeputztes Segelschiff präsentieren musste. »Zierst dich hier wie eine spröde Jungfrau. Dabei ist es doch kein Geheimnis, dass du niemanden, der Arbeit hat, von der Bettkante schubst. Und meine Tante wird dir dankbar sein, schließlich ist es auch in ihrem Interesse, wenn die Boskopsens mit dem Segeltörn zufrieden sind. So ist sie die Bagage wenigstens für ein paar Stunden los und kann mal die Beine hochlegen. Was ist nun, schlägst du ein?«

Der Zweimaster »Adelheid« war ein Prachtexemplar, das stolz zwischen den Fischkuttern und kleineren Segelschiffen aufragte. Gut zwanzig Personen fanden auf ihr Platz, was sie zum größten Schiff machte, das hier vor Anker lag. Es nötigte dem Skipper einiges an Können und Erfahrung ab, um die »Adelheid« vom Hafen in die Elbe zu leiten.

An diesen Moment mochte Johann Taden jetzt jedoch

nicht denken, denn bis der Anker gelichtet wurde, musste noch vieles erledigt werden. Dabei war die »Adelheid« gut in Schuss, zumindest sah es für Johann so aus, der sich bislang nur auf Schiffen getummelt hatte, wo man es mit der Reinlichkeit des Decks nicht so genau nahm und es in allen Ecken penetrant nach Fisch roch. Außerdem war er davon ausgegangen, dass die meiste Arbeit anfallen würde, sobald das Segelschiff erst einmal abgelegt hatte. Schließlich würde keiner der Gäste Hand an die Segel legen, die Ankerwinde kurbeln und die Seitenschwerter bedienen. Nein, vermutlich würden die Herren in ihren eleganten Anzügen die Hände tief in den Taschen vergraben, während sie wortreich übers Segeln fachsimpelten.

Nun wuchtete Johann allerdings erst einmal Essenskörbe und Getränkekisten vom Pferdekarren, der soeben vom Kapitänshaus eingetroffen war. »Es war die Rede von einem Dutzend Gästen und der Familie. Wie viel können die paar Leute nach der durchzechten Nacht bloß schon wieder saufen?«, fragte er den Fahrer, der ihm ungerührt dabei zusah, wie er sich abrackerte. Aus dem Picknickkorb, den Helmtraud hatte zusammenstellen sollen, war offenbar ein kaltes Büfett für eine halbe Garnison geworden. Kaum brachte Johann den letzten Korb mit belegten Broten an Bord, drückte Wolfram ihm auch schon einen Wischmopp in die Hand.

»Auf Deck muss noch mal nachgewischt werden. Die verdammten Möwen kreisen über uns, weil sie glauben, so ein dicker Kahn muss doch ordentlich Fisch aus dem Wasser holen.«

Murrend machte Johann sich an die Arbeit, während die Sonne ihm auf den Rücken brannte. Es würde ein weiterer warmer Tag werden, und obwohl er es gewohnt war, im Freien zu arbeiten, setzte die Hitze ihm ordentlich zu.

Bert Lorenz, die rechte Hand von Wolfram und ein echter Seebär, bemerkte, wie er leicht schwankte. »Na, Junge«, sagte er. »Vielleicht solltest du dich für einen Moment in den Schatten setzen. Du siehst aus, als würdest du gleich einen Abgang über die Reling machen, in der Hoffnung auf ein wenig Abkühlung. Wenn du nicht aufpasst, bekommst du noch einen Sonnenstich.«

Wenn Bert spricht, sieht man seinen Mund im weißen Rauschebart gar nicht, dachte Johann seltsam vergnügt. Wie ein Kind ließ er sich von dem alten Mann aus der Sonne führen und nahm ohne Zögern einige kräftige Schlucke aus dem Flachmann, den Bert ihm reichte, obwohl er sonst wenig auf Schnaps gab. Hustend schloss er die Augen, weil sich hinter seiner Stirn alles drehte. Als es ihm endlich wieder gelang, geradeaus zu blicken, tauchten bereits die ersten Spaziergänger auf. Aufgeregt plaudernde Menschen, die trotz der letzten Nacht erstaunlich fidel aussahen, bevölkerten binnen kürzester Zeit den Hafen und schienen alles interessant zu finden, von einem Haufen ausgedienter Seile bis hin zu einigen herumlungernden Katzen, die auf die einlaufenden Fischerboote warteten. Johann dachte an den Wischmopp, den er fallen gelassen hatte, doch Bert drückte ihn gleich wieder runter.

»Ich räume dat Ding schon weg. Wenn du jetzt aufstehst, stolpern die Gäste noch über dich, wenn du der Länge nach auf den Planken liegst. Und trink noch ein paar ordentliche Schlucke. Wenn die Meute das Deck stürmt, musst du wieder auf Vordermann sein.«

Johann nickte und schloss erneut die Augen. Die schwarzen Punkte, die plötzlich in seinem Blickfeld aufgetaucht waren und wild herumsprangen, ließen eh nichts anderes zu. Als er das nächste Mal die Lider hob, war sein schlechter

Zustand schlagartig vergessen. Ein Automobil mit offenem Verdeck hielt gerade im Hafen, und in ihm saß Mina Boskopsen.

Mehr brauchte es nicht, um Johann auf die Beine zu kriegen.

Mit einem Fluch auf den Lippen packte er sich ans Kinn, das zweifelsohne mit dunklen Stoppeln übersät war. Er musste wie ein heruntergekommener Streuner wirken, denn für mehr als eine kurze Wäsche und ein frisches Hemd hatte es bei der gebotenen Eile nicht gereicht.

Dann vergaß er auch schon sein Äußeres. Ein auffallend gut aussehender Mann in einem Lederblouson sprang aus dem Automobil und eilte um die Haube herum, um Mina beim Aussteigen behilflich zu sein. Sie trug ein locker geschnittenes Kleid, das ihre geschwungene Silhouette umspielte – was offenbar nicht nur Johann auffiel, sondern auch ihrem Begleiter, der sie mit einem Ausdruck bedachte, als führe er gerade sein bestes Pferd aus dem Stall. Während Johann auf die Schnelle versuchte, seine Kleidung in Ordnung zu bringen und sein welliges Haar mit den Fingern zu kämmen, enterte die Gesellschaft das Deck der »Adelheid«. Mina und ihr Begleiter begrüßten gerade eine ältere, ausgesprochen elegant zurechtgemachte Dame, die Johann als ihre Großmutter wiedererkannte. Eduard Boskopsen hatte die aufopfernde Fürsorge seiner Mutter Mina gegenüber in seiner Ansprache nämlich überschwänglich erwähnt. Gemeinsam schlenderte das Trio über Deck und kam dabei in Johanns Richtung, der nicht recht wusste, ob er sich lieber in Luft auflösen oder zu einem freundlichen Gruß vortreten sollte.

»Meine liebe Mina ist so still«, sagte die vornehme Frau Boskopsen in einem besorgten Tonfall. »Ich hoffe, die aufregende Fahrt in Ihrem Wagen hat sie nicht allzu sehr aus dem Gleichgewicht gebracht. Sie fahren aber auch wirklich wie ein echter Teufelskerl.«

»Ich habe mich mit meiner ungestümen Art bei Ihrer Enkeltochter offenbar unbeliebt gemacht, gnädige Theophila«, sagte der Geck kleinlaut. Allerdings verriet sein Blinzeln, dass er nicht wirklich davon ausging, Mina könnte ihm seinen Fahrstil übel nehmen. Vermutlich glaubte er, sie beherrsche das Spiel aus Locken und Zurückweisen nur besonders gut und zeige ihm deshalb die kalte Schulter. Ein Spiel, dem die junge Dame ja durchaus nicht abgeneigt war, wie Johann selbst am vergangenen Abend miterlebt hatte. Nun war offensichtlich ein neuer Verehrer wie eine Figur aufs Spielfeld gesetzt worden, und Fräulein Mina verlor bereits das Interesse an seiner Gegenwart.

Gerade als Johann sich umdrehte, um sich in der Kombüse – weit weg vom Trubel – nützlich zu machen, bemerkte Mina ihn.

»Johann Taden, da sind Sie ja!«, rief sie in einem glockenhellen Tonfall, der wenig mit der rauchigen Stimme der letzten Nacht gemein hatte. Während Johann sich noch wunderte, woher sie seinen Namen kannte, stand sie bereits vor ihm, fast zu nah, um noch die Hand zur Begrüßung auszustrecken – was sie jedoch nicht davon abhielt. Johann ergriff die angebotene Hand instinktiv und fragte sich dann erst, wie ungewöhnlich ihre Begegnung auf Außenstehende wirken musste. So begrüßte eine vornehme Dame vielleicht liebe Bekannte, aber gewiss nicht einen Aushilfsarbeiter, der kaum aus seinen übernächtigten Augen blicken konnte und vermutlich schmutzige Hände hatte.

»Ich freue mich ja so sehr, Sie zu sehen«, sprudelte es aus Mina hervor. »Ich hatte schon befürchtet, Sie seien auf und davon, als ich Sie heute Morgen nicht gefunden habe.«

»Nun, ich wurde hier auf dem Schiff gebraucht«, brachte Johann wenig schneidig hervor. Er war viel zu verblüfft darüber, mit welcher Freundlichkeit ihm Mina begegnete. Letztendlich war er es sogar, der ihr seine Hand entzog, während sie vollkommen vergessen zu haben schien, dass ein solches Hallo üblicherweise nicht mehr als einen freundlichen Händedruck beinhaltete.

Mina schien sich nichts daraus zu machen, denn ihr Lächeln wurde noch strahlender, und sie schlug ihm spielerisch vor die Brust. »Wollen Sie mich denn gar nicht fragen, woher ich Ihren Namen weiß? Den haben Sie mir nämlich nicht verraten, obwohl das sehr unhöflich ist.«

»Ich wollte weder unhöflich sein noch Sie vor ein Rätsel stellen. Davon einmal abgesehen hatte ich ohnehin vor, Sie nach unserem letzten Treffen aufzusuchen.« Johann begann, seine Hosentaschen nach der Brosche zu durchsuchen.

»Tatsächlich?« Minas sinnliche Lippen formten ein O.

Bevor einer von ihnen auch nur ein weiteres Wort sagen konnte, gesellte sich ihre Großmutter dazu und drängte ihre Enkelin ein Stück zur Seite. Als der strenge Blick der älteren Dame Johann traf, vergaß er augenblicklich, wonach er suchte, und richtete sich stattdessen so gerade wie möglich auf, obwohl es ihm wohl kaum gelingen würde, bei dieser Musterung zu bestehen.

»Riechen Sie etwa nach Schnaps, junger Mann?«, fragte Frau Boskopsen. So abschätzig, wie sie ihn ansah, hatte sie offenbar nichts anderes erwartet.

Johanns Mund öffnete sich bereits zu einer Erklärung, als er sich eingestand, wohl kaum etwas Dienliches sagen zu können. »Entschuldigen Sie mich bitte, ich werde unter Deck gebraucht«, brachte er nach einem Räuspern zustande.

»Wo Sie in Ihrem Zustand auch lieber bleiben sollten,

wenn der Hinweis erlaubt ist. Das hier ist zwar ein rustikaler Segeltörn, um Fluss und Leute besser kennenzulernen. Das bedeutet aber noch lange nicht, dass wir auf den Anblick betrunkener Matrosen erpicht sind.« Ohne Johann eines weiteren Blickes zu würdigen, entließ Frau Boskopsen ihn mit einem vagen Wedeln der Hand.

Johann wagte es nicht, Mina noch einmal anzusehen, aber er registrierte, wie sie ihm nachsetzen wollte, als er sich zum Gehen wandte. Die Reaktionen ihrer Großmutter waren jedoch trotz ihres hohen Alters ausgezeichnet, und sie hielt die junge Frau zurück.

»Mein lieber Schatz, ich weiß nicht, wie es um dein Wohl bestellt ist, aber ich brauche jetzt dringend einen Sitzplatz und ein Glas Wasser. Ob du wohl so gut wärst und deiner alten Großmutter zu ihrem Glück verhilfst?«, hörte er Frau Boskopsen in einem Ton sagen, der keine Widerrede zuließ.

Später an Deck, wo Johann peinlichst darauf achtete, der ehrwürdigen Frau Großmama nicht noch einmal unter die Augen zu geraten – was nicht weiter schwierig war: Die ältere Dame zog sich rasch in die Kajüte zurück, weil ihr die Sonne nicht bekam –, spürte er einen Blick auf sich ruhen. Es war jedoch nicht Mina Boskopsen, wie er gegen jede Vernunft erhofft hatte, sondern der ihres Begleiters, des Besitzers des rot lackierten Automobils. Als Johann ihn erwiderte, erkannte er, dass er sich in dem Mann getäuscht hatte. Wegen der schnittigen Garderobe und dem Auftritt am Hafen war er davon ausgegangen, es einfach mit einem reichen Laffen zu tun zu haben, der für Mina nur einen weiteren Zeitvertreib darstellte, wie dieses Bürschlein von letzter Nacht. Das Auftreten eines Mannes war das eine, was ihn im Wesen jedoch ausmachte, etwas ganz anderes. Was Johann nun in diesen dunklen Augen las, waren unbedingter Siegeswille und ein Ehrgeiz, der nur schwer zu befriedigen war. Und genau dieser Ehrgeiz war befeuert worden, als Mina – wenn auch nur für einen Augenblick – der Gesellschaft eines verwahrlost aussehenden Hilfsarbeiters der seinen den Vorzug gegeben hatte.

Der Mann in dem Lederblouson lächelte kalt und tippte sich zum Gruß gegen die Schläfe, bevor er sich wieder seinem Gesprächspartner zuwandte, als habe es den jungen Mann, der sich um das Schratsegel kümmerte, nie gegeben.

Kapitel 21

Mina steckte den Jadekamm seitlich in ihr offenes Haar und betrachtete die Wirkung eingehend im Spiegel. Sie hatte sich das wertvolle Stück aus Adelheids umfangreicher Haarschmucksammlung ausgeliehen. Eigentlich war es dafür gedacht, Zöpfe am Hinterkopf hochzustecken, allerdings gefiel Mina der Kamm als reiner Schmuck in ihrem streng gescheitelten Haar besser. Im Lauf des Tages war es immer schwüler geworden, sodass ein stetiger Schweißfilm auf ihrer Haut lag und sich die Nackensträhnen widerborstig lockten. Mit ein paar gezielten Kammstrichen, die an ihrer Kopfhaut ziepten, bürstete sie das Haar glatt. Wer wusste schon, wie viel Zeit ihr noch blieb, um einen guten Eindruck zu machen, sobald sich endlich einmal die Chance ergab, Johann unter vier Augen zu sprechen? Die meisten Gäste waren abgereist, und schon bald würden keine helfenden Hände mehr benötigt werden, um Tische im Schatten der Obstbäume aufzubauen oder die Rasenfläche auf Wunsch einiger Nimmersatten noch einmal in eine Tanzfläche zu verwandeln, obwohl die Platten bereits abgebaut und verstaut waren. Doch sie musste Johann wiedersehen. Schließlich verging keine Minute, in der sie nicht an ihn dachte – und das, obwohl reichlich für Zerstreuung gesorgt gewesen war.

Entschlossen griff Mina zum Shalimar-Flakon und parfümierte sich großzügig ein.

»Nicht doch«, jammerte ihre Cousine Erika prompt.

»Dieser schwere Geruch bringt mich noch um. Du riechst wie eine Opiumhöhle, das kann dir doch unmöglich gefallen. Mir verursacht dieser penetrante Geruch jedenfalls Kopfschmerzen.«

»Stell dich nicht so an«, sagte Mina ohne eine Spur von Mitgefühl, während sie den Sitz des Jadekamms noch einmal korrigierte.

Erika lag ausgestreckt auf dem Bett, einen nassen Lappen auf der Stirn. Bei dem Segelausflug vor zwei Tagen hatte sie einen Sonnenstich erlitten und sich noch immer nicht richtig erholt. Mina, mit der sie sich während ihres Besuchs das Zimmer teilte, vermutete hingegen, dass Erika schon längst wieder wohlauf war. Sie verspürte nur keine Lust mehr, am Gesellschaftstreiben teilzunehmen. Abgesehen von den Familienmitgliedern der Boskopsens war von den wenigen Freunden, die noch nicht abgereist waren, einzig Fred Löwenkamp von Interesse für eine ungebundene Frau. Der Berliner hatte jedoch ausschließlich Augen für Mina, mit der er in seinem englischen Wagen durch die Weiten Dithmarschens brauste, stets eine neue Idee in petto, was man Aufregendes unternehmen könnte. Dieser Umstand war für beide Frauen unglücklich, denn während Erika zweifelsohne nur zu gern etwas mit dem umwerfend gut aussehenden Herrn Löwenkamp unternommen hätte (leider bot sein Bentley tatsächlich nur Platz für zwei Personen, wie sie seufzend zugeben musste), wollte Mina nichts lieber, als ihre Zeit im Kapitänshaus zu verbringen – was ihre Stiefmutter und noch mehr ihre Großmutter jedoch nicht zuließen. So unterschiedlich Theophila und ihre Schwiegertochter Adelheid auch sein mochten, wenn es um Fred Löwenkamps Bemühungen ging, waren sie einer Meinung: Mina konnte ihm gar nicht oft genug Gesellschaft leisten. Da fiel es auch nicht weiter auf, dass sie sich sogar für ein Abendessen im kleinen Kreis herausputzte. Einem Mann, der das Berliner Nachtleben wie seine Westentasche kannte, musste schließlich etwas geboten werden.

Nur war es nicht Fred, für den Mina die Anstrengung unternahm – ein Geheimnis, das sie wohlweislich für sich behielt. Zwar hegte Mina keinerlei Zweifel an ihren Gefühlen für Johann Taden, dafür war das unablässig zündende Feuerwerk in ihrer Brust zu eindeutig, aber sie konnte sich lebhaft ausmalen, wie ihre Familie zu einem Tagelöhner stehen würde. Die kaiserliche Ordnung der Gesellschaft war zwar spätestens seit dem verlorenen Krieg passé, das änderte jedoch nichts daran, dass Johann für einen Mann wie Eduard Boskopsen schlichtweg nicht existierte, wenn es um seine Tochter ging. Und er erwartete selbstredend, dass sein eigen Fleisch und Blut diese unausgesprochene Regel beherzigte.

Mit zerfurchter Stirn betrachtete sich Mina im Spiegel, dann setzte sie den Kajalstift an.

»Ich an deiner Stelle würde auf die Kohlestriche auf den Lidern verzichten«, nörgelte Erika weiter herum.

»Du bist aber nicht an meiner Stelle.«

So leicht gab Erika sich nicht geschlagen. »Es ist viel zu schwül, selbst draußen unterm Festzeltdach wird die Farbe verlaufen und dich wie einen Pandabären aussehen lassen.« Als Mina nicht darauf einging, fläzte Erika sich auf den Rücken und starrte an die Zimmerdecke.

Im Salon spielte jemand Klavier.

Sehr gekonnt.

Bestimmt war es Fred.

Eigentlich hasste Mina es, wenn jemand ihr Instrument anrührte, aber jetzt murrte sie nicht einmal. Sie war mit ihren Gedanken woanders, weit weg.

»Das Sommerfest war für deine Familie ein voller Erfolg«, dachte Erika laut nach, als suche sie nach einer Beschäftigung. »Alle waren begeistert, dabei hat es ja zuvor die ein oder andere Stimme gegeben, die sich gefragt hat, warum um Himmels willen der werte Eduard Boskopsen uns alle in diese Einöde lockt. Wenn es um die Sommerfrische geht, gibt es doch nun wirklich lohnenswertere Ziele als die Elbmündung. Einmal davon abgesehen, dass Anreise und Unterbringung in diesem zersiedelten Landstrich ja nicht gerade eine Kleinigkeit darstellen. Aber der Aufwand hat sich gelohnt. Die gesamte Festgesellschaft hat sich in Tidewall verliebt, dein Vater wurde gefeiert, Adelheid für ihren Geschmack gelobt, und du hast pünktlich zu deinem einundzwanzigsten Geburtstag auch noch eine nennenswerte Partie gemacht. Fred ist quasi so etwas wie ein verspätetes Geburtstagsgeschenk. Lauter Gewinner in der Familie Boskopsen.«

Mit einem Seufzen legte Mina den Kajalstift beiseite und wandte sich um in Richtung Bett. Dort lag ihre Cousine zwischen den weißen Leinenkissen, als ruhe sie nicht auf einem gemütlichen Bett, sondern in einem Sarg: kerzengerade ausgestreckt und mit gefalteten Händen, den Blick starr ins Leere gehend. Wo andere Geschlechtsgenossinnen launisch, verjammert oder gar wütend wurden, reagierte sie mit Resignation.

»Arme Erika. Es muss hart sein, wenn man von lauter Menschen umgeben ist, die den Sommer genießen, während man selbst …« Mina zögerte, den Satz zu Ende zu bringen. Es wäre so leicht gewesen, der drögen Erika eine Giftspritze zu verpassen. Und sei es nur, um dieser Unterhaltung so etwas wie einen Höhepunkt zu entlocken. Als Mina sich die junge Frau, die sie seit Kindesbeinen kannte, genauer ansah, schien es ihr jedoch nicht fair, sie unnötig zu quälen. Das erledigte Erika schließlich bereits selbst. »Während man vor lauter vornehmer Zurückhaltung nicht auf seine Kosten kommt«, nahm sie den Faden wieder auf. »Weißt du was? Du setzt dich zum Abendessen neben mich, auch wenn unsere Mütter es nicht gern sehen, wenn wir Mädchen beieinander glucken, anstatt die Gesellschaft aufzulockern. Ich sorge dann dafür, dass Fred einige seiner Reisegeschichten zum Besten gibt. Er ist ein ganz wunderbarer Unterhalter, das wird dir gefallen.«

Mit einem Ruck saß Erika aufrecht, sogar der feuchte Lappen, der ihr in diesen Tagen ein treuer Begleiter geworden war, war vergessen. »Unsinn, das wäre doch in niemandes Interesse, dass ich eure Zweisamkeit störe.« Der Einwand klang, wie erwartet, ausgesprochen dünn.

Mina lachte, allerdings nur für einen Augenblick, dann schlüpfte sie in ihre Seidenstrümpfe. Diesen Moment hatte sie bis zu guter Letzt hinausgeschoben, denn obwohl das Material hauchdünn war, war es schon fast zu viel. Was hätte sie dafür gegeben, barfuß durchs Gras zu laufen, das von der Dämmerung bestimmt schon feucht war? Aber selbst ein freiheitsliebender Geist wie sie musste gewisse Abstriche akzeptieren. Ihre Familie mochte die neueste Mode und so manche zeitgeistige Attitüde hinnehmen, aber wenn es um naturverbundene Bedürfnisse wie nackte Füße im frischen Gras ging, waren ihre Grenzen erreicht. Nachdem Mina sich in ihre Schuhe gezwängt hatte, hielt sie Erika ihre Hand hin und zog sie mit Schwung auf die Beine.

»Falls du Sorgen hast, dich zwischen Fred und mich zu drängen, kannst du vollkommen unbesorgt sein. Die Gefahr besteht nicht. Ich finde Fred ganz unterhaltsam, mehr aber nicht.«

Erika war an der Nasenspitze abzulesen, dass sie Minas

Gleichgültigkeit schockierte. An ihrer Stelle wäre sie gewiss von tiefer Dankbarkeit erfüllt gewesen, während ihre verwöhnte Cousine einen solchen Verehrer bloß für einen angenehmen Zeitvertreib hielt.

Mina verdrehte die Augen. Es war zum Verrücktwerden mit dieser Frau. Wie konnte man nur so fügsam sein! Ohne auf Erikas Quieken zu achten, sprühte sie ihre Cousine von Kopf bis Fuß mit Shalimar ein und klaute ihr dann auch noch die Haarnadeln, die ihren Schopf so damenhaft zurückhielten.

»Sei nicht immer bloß die Person, die irgendwelche Leute von dir erwarten«, forderte Mina ihre Cousine auf, die nicht recht wusste, wie ihr geschah. »In deinem Alter solltest du eigentlich schon mitbekommen haben, dass die lieben Mädchen meist unbeachtet in der Ecke stehen. Jedenfalls wenn sie sich eine Begleitung vom Kaliber eines Fred Löwenkamp wünschen. Wir gehen jetzt zu den anderen, und das Erste, was du tun wirst, ist, ein Glas Schampus zu trinken und zu lachen. Worüber, ist mir egal, Hauptsache, es klingt voll und laut. Falls du dich nicht daran hältst, schwärme ich der Gesellschaft von der sündigen Unterwäsche vor, die du unter deinem ach so züchtigen Kleid trägst.«

»Aber ich trage doch gar keine gewagte Unterwäsche«, protestierte Erika sichtlich schockiert über diese Aussicht.

»Ach nein?« Mina lächelte maliziös. »Dann kannst du gern beweisen, dass ich geflunkert habe, indem du uns vorführst, was du in Wahrheit untendrunter trägst. Damit würde dieser Abend zumindest unvergesslich.«

Mina verließ das Zimmer, bevor Erika auf die Idee verfiel, ihr für diese Frechheit den Kopf zurechtzurücken. Noch auf der Treppe holte Erika sie ein, ohne sie jedoch zur Rede zu stellen. Die Aussicht, einen fröhlichen Abend zu verleben –

wenn auch gezwungenermaßen –, hatte ihr rote Wangen gezaubert. Der feuchte Waschlappen blieb vergessen auf dem Bettpfosten zurück.

Das Abendessen unterm Baldachin des Festzeltes kam zum Hauptgang hin langsam in Schwung, was vor allem an der Schwüle lag, die die Wirkung des Alkohols mindestens verdoppelte. Die Unterhaltung wendete sich leichten Themen zu, es wurde auffällig viel gegluckst und nicht mehr allzu viel Wert auf eine aufrechte Körperhaltung gelegt. Die Herren zupften an ihren Krägen, bis Eduard als Tischherr endlich sein Jackett auszog. »Wir wollen es mit der Etikette mal nicht übertreiben, schließlich sind wir unter uns«, erklärte er sichtlich mitgenommen von der Hitze. »Das gilt auch für Sie, Fred. Fühlen Sie sich ganz wie zu Hause.«

Fred nickte, während er den Knoten seiner kornblauen Krawatte lockerte. »So fühle ich mich tatsächlich: als gehörte ich zur Familie. Das habe ich natürlich Ihrer wunderbaren Gastfreundschaft zu verdanken.« Es gelang Fred, die gesamte Aufmerksamkeit des Tisches auf sich zu ziehen. »Aber am meisten ist es wohl Wilhelmines Wesen geschuldet, dass ich mir gar nicht vorstellen kann, je wieder ohne sie zu sein.« Fred warf Mina einen tiefen Blick zu und hob das Glas in ihre Richtung.

Zuerst war Mina versucht, seine Anspielung einfach zu ignorieren, aber nachdem ihre Stiefmutter sie unsanft mit der Schuhspitze anstieß, hob sie ihr Glas ebenfalls. »Ja, es ist wirklich schade, dass die Sommertage an der Elbe zu Ende gehen. Sie müssen uns nächstes Jahr unbedingt wieder besuchen, mein lieber Fred«, sagte sie so höflich, dass es schon herablassend klang.

Fred beugte sich zu ihr, ohne jedoch die Stimme zu senken, sodass ihre Tischnachbarn gar nicht anders konnten, als jedes Wort mitzubekommen. »Der nächste Sommer ist in endlos weiter Ferne. Ich glaube nicht, dass ich so lange auf Ihre reizende Gesellschaft verzichten kann. Vielleicht werde ich Sie einfach nach Berlin entführen. Würde Ihnen das gefallen?«

Mina hörte, wie Erika, die auf Freds anderer Seite saß, nach Luft schnappte. Und auch Mina war sprachlos. Wohin soll das denn bitte schön führen?, fragte sie sich. Ungläubig beobachtete sie, wie Fred sich anschickte, ihre Hand zu ergreifen. Ohne nachzudenken, stieß sie ihr Weinglas um, und ein rotes Rinnsal ergoss sich auf ihren Schoß. Obwohl die Serviette die meisten Flecken abbekam, während ihr Kleid bis auf ein paar Sprenkel verschont blieb, sprang Mina mit einem Satz auf.

»Wie ungeschickt von mir. Wenn ihr mich für einen Augenblick entschuldigen würdet?«

Ehe jemand reagieren konnte, verließ Mina das Zelt und eilte auf das Kapitänshaus zu. Auf ihrem Zimmer stürmte sie als Erstes an das geöffnete Fenster und lehnte sich hinaus, in der Hoffnung auf eine Brise, die ihr vor Aufregung brennendes Gesicht kühlte. Zu was – um Himmels willen! – hatte Fred sich eben hinreißen lassen? Dann begriff sie, dass er keineswegs einer Mischung aus Hitze, Wein und überbordender Gefühle erlegen war, sondern bewusst die Situation bei Tisch ausgenutzt hatte, um seine eigenen Interessen ins rechte Licht zu rücken. Offenbar war er sich absolut sicher, was er wollte. Nämlich sie. Und er hatte nicht vor, erst einmal herauszufinden, wie sie zu seinen Plänen stand. Stattdessen hätte er sie, wenn der kleine Zwischenfall nicht passiert wäre, vor Publikum in die Ecke gedrängt, wobei er sich dem Applaus ihrer Familie hätte sicher sein können.

Gerade noch rechtzeitig entkommen, schoss es Mina durch den Kopf. Ohne ihr kleines »Missgeschick« hätte dieser Abend vermutlich mit einer Verlobung geendet, bei der die Verlobte nicht einmal nach ihrer Meinung gefragt wurde, weil ohnehin jeder davon ausging, dass sie natürlich nichts anderes als Ja sagen konnte. Sogar ihre Großmutter ließ keine Gelegenheit ungenutzt, um Mina die Vorzüge des werten Herrn Löwenkamp vor Augen zu halten. Vergessen war die Rede von einem Leben nach eigenen Regeln. Als ahne Theophila, dass ihre Enkelin die Brosche verloren hatte und deshalb jeglicher Anspruch auf mutige Selbstbestimmung verwirkt war.

Mina hielt sich am Fensterrahmen fest und atmete tief durch. Doch anstatt einer kühlen Brise erwischte sie eine Woge aus Zigarettenrauch, die träge in die Luft emporstieg. Unter ihr erkannte sie die Umrisse von zwei Männern, die scheinbar zur Küchentür an der Nordseite entschwunden waren und eine Pause machten. Fasziniert beobachtete sie die tanzende Glut von zwei Zigaretten.

»Und wohin geht es bei dir, sobald die Boskopsens abgereist sind und das Kapitänshaus so weit in Schuss ist, dass keine zupackenden Hände mehr gebraucht werden, Siggi?«, fragte eine vertraute Stimme.

Mina konnte es kaum fassen. Unter ihrem Fenster stand Johann, den sie seit ihrer kurzen Unterhaltung auf der »Adelheid« nur von Weitem gesehen hatte. Obwohl sie bloß auf eine Gelegenheit gewartet hatte, ihn unter vier Augen zu sprechen, war es nicht dazu gekommen. Sie hatte sogar der Verdacht beschlichen, dass er sie absichtlich mied. Was auch kein Wunder gewesen wäre, nachdem ihn Großmutter Theophila auf Deck derart bloßgestellt hatte. Obwohl er ihre harsche Zurechtweisung ohne eine Miene zu verziehen hingenommen hatte, hatte Mina in seinen Augen gelesen, wie sehr ihm die herablassende Art zugesetzt hatte. Wie sollte eine solche Demütigung auch an ihm abprallen? Johann mochte sein Geld mit Hilfsarbeiten verdienen und anstelle eines gepflegten Anzugs in einem schlichten Hemd und Hose herumlaufen, das änderte jedoch nichts daran, dass er eine Persönlichkeit besaß, die Mina bei den jungen Herren ihres Bekanntenkreises vermisste. Dass ihre Großmutter das nicht erkannte, kränkte sie fast genauso sehr wie Johanns Herabsetzung.

»Bei mir geht's nirgendwohin nach der elenden Maloche hier«, grollte der Feine Siggi. Mina hatte den Schnösel mit seinem hauchfeinen Schnurrbart schon fast vergessen. »Sobald die Münzen in meiner Tasche klimpern, lege ich mich erst mal auf die faule Haut. Genug verdient hab ich dann ja, da wird man doch wohl ein paar Tage mit Angeln verbringen dürfen. Die Sonne genießen, den Damen hinterherschauen und abends auf einen Absacker in den ›Beerkrug‹. Was ist mit dir? Solltest dich mit dazusetzen an den Fluss, sonst kippst du irgendwann noch mal um vor lauter Plackerei. Verantwortung hin oder her, man darf von keinem Menschen erwarten, dass er sich zu Tode schuftet, damit andere ihren Seelenschmerz pflegen können. Du musst Acht geben auf dich, mein Freund. Sonst tut es ja ganz offensichtlich niemand.«

Johann lachte heiser, während Mina sich noch ein Stück weiter aus dem Fenster lehnte. Wer pflegte seinen Seelenschmerz, während Johann jede Arbeit annahm, die sich ihm bot? Im nächsten Moment zuckte sie aber auch schon zurück, als ein Ruf ums Haus schallte.

»Siggi, du elender Faulpelz! Stehst du schon wieder mit einer Zigarette ums Eck?« Fräulein Helmtraud klang, als wäre sie bereit, den Drückeberger eigenhändig zu erwürgen.

»Wenn du Lotte nicht augenblicklich beim Abdecken des Esstisches hilfst, kannst du dich auf was gefasst machen.«

Glut erlosch auf dem Klinkerweg, während ein unterdrückter Fluch von Fußgetrampel übertönt wurde. Jetzt leuchtete nur noch eine Zigarettenspitze rot in der Dunkelheit auf. Mina zögerte keine Sekunde. So schnell ihre Füße sie trugen, lief sie die Treppen hinunter und in der Diele an einer sichtlich überreizten Erika vorbei, die nach ihr zu greifen versuchte.

»Wo bleibst du denn? Alle warten sehnsüchtig auf deine Rückkehr. Deshalb wollte ich mal nach dem Rechten sehen.« Erika war ganz die Pflicht in Person.

»Mir geht es nicht gut, ganz und gar nicht. Die Schwüle macht mir zu schaffen«, rief Mina ihrer verdatterten Cousine zu. »Bitte entschuldige mich bei Tisch.«

Dann war sie auch schon zur Haustür hinaus und um die Ecke zur Nordwand herum.

Dort stand Johann.

Ganz allein, wie Mina überglücklich feststellte. »Oh, so eine Überraschung«, sagte sie und versuchte dabei, nicht allzu kurzatmig zu klingen. »Da hat sich ja noch jemand eine ruhige Ecke für eine Zigarettenpause gesucht.« Eine freche Lüge, sie hatte nämlich noch nie in ihrem Leben geraucht.

»Guten Abend, Fräulein Wilhelmine«, grüßte Johann viel zu förmlich für Minas Geschmack.

»Können wir uns nicht auf Mina einigen und das mit dem Fräulein lassen? Das wirkt so unpassend, wo Sie doch höchstens ein paar Jahre älter sind als ich. Und bei der Gelegenheit lassen wir auch gleich das ›Sie‹ weg. Hier an der Küste duzt man sich doch, oder?«

Johann brummte zustimmend, dann trat er seine Zigarette aus und verließ den Schatten an der Wand.

Minas Herz tat einen so unerwarteten Satz, dass sie leise aufkeuchte. Was war nur an diesem Mann, dass sein bloßer Anblick sie aus der Fassung brachte, während alle anderen nicht länger als ein paar flüchtige Momente ihre Aufmerksamkeit zu erregen vermochten? Es ist einfach alles an ihm, gestand sie sich ein. Angefangen bei seinen tief liegenden Augen, die ihm etwas Düsteres verliehen, der kraftvollen Linie seiner Schultern und dem Klang seiner Stimme bis hin zu der Art, immer genau das Richtige zu tun. Als wäre jede Geste, jedes Wort nur dafür bestimmt, sie um den Verstand zu bringen. Dann trat Johann noch einen Schritt näher, und Mina dachte gar nicht mehr. Er streckte die Hand aus, und sie rechnete fest damit, dass er sie berühren würde. Um eine ihrer Haarlocken mit den Fingerspitzen nachzuzeichnen, ihre Schulter flüchtig zu streifen oder gar ihre Taille zu umfassen … Warum auch immer er sich eine solche Unverfrorenheit erlauben sollte, sie würde sie ihm auf jeden Fall erlauben, daran bestand kein Zweifel. Doch anstelle der erhofften Grenzüberschreitung reichte er ihr lediglich ein Taschentuch.

»Könnte es sein, dass du das hier unter der Kastanie verloren hast?«, fragte Johann.

Mit zitternden Fingern schlug Mina den Stoff auseinander und betrachtete im Zwielicht die Rubinnadel. Augenblicklich war ihre Enttäuschung vergessen. »Du hast meine Brosche gefunden! Wenn du wüsstest, wie sehr ich nach ihr gesucht habe.«

Voller Freude presste Mina das Schmuckstück an ihre Brust, dann streckte sie sich und gab Johann in ihrem Überschwang einen Kuss auf die Wange. Dabei registrierte sie, dass er nicht zurückwich. Leider machte er auch keine Anstalten, sie zu weiteren Zärtlichkeiten zu ermutigen. Er stand nur da und ließ es geschehen. Notgedrungen zog sie sich zurück, allerdings nur so weit, dass sie seinen Geruch von Tabak und frischem Schweiß noch wahrnahm.

Ein Knistern erfüllte die Atmosphäre. Nicht mehr lang, und ein Gewitter würde losbrechen. Die Aufladung in der Luft verursachte Mina einen leichten Schwindel, so empfindlich reagierten ihre Sinne. »Meine Großmutter hat mir die Brosche gerade erst zum Geburtstag geschenkt. Ein altes Familienerbstück, das den Träger darin bestärkt, ein selbstbestimmtes Leben zu führen. Ich habe es in den letzten Tagen schrecklich vermisst.« Mit der Rubinnadel hätte sie Fred vermutlich gar nicht so weit in seinem Werben kommen lassen, fügte sie in Gedanken hinzu.

»Um nach den eigenen Regeln zu spielen, braucht jemand wie du doch keinen Glücksbringer. Du bekommst doch immer, was du willst«, sagte Johann so leise, dass Mina den Ton nicht zu deuten wusste. Trotzdem fühlte sie sich verunsichert, nachdem sie seit dem Fest zwar unablässig an Johann gedacht, aber kaum mehr als ein paar Sätze mit ihm gewechselt hatte. Sie konnte also nicht wissen, wie er zu ihrem – zugegeben – forschen Benehmen stand. Nur weil er bislang höflich gewesen war, bedeutete das noch lange nicht, dass er auch etwas auf sie hielt.

»Du hältst mich für ein verwöhntes Gör, nicht wahr?«, sprach sie ihre Befürchtung laut aus.

Johann schwieg, und einen schmerzhaften Augenblick lang befürchtete Mina, dass er nur Eduard Boskopsens Tochter in ihr sah, aufgewachsen in dem Glauben, die Welt gehöre ihm. Dass ihr Geburtsrecht darin bestand, sich zu nehmen, egal wonach es sie verlangte.

»Verwöhnt – ja«, sagte Johann schließlich. »Aber ich glaube, dass du vor allem eine starke Person bist, die zu ihren

Entscheidungen steht. Nach dem, was unter der Kastanie passiert ist, hast du sehr ehrlich auf dich selbst geschaut. Das hat mir imponiert.«

»Du machst es mir also nicht zum Vorwurf, dass ich gegen sämtliche Anstandsregeln verstoßen habe?«

Johann fuhr sich mit der Hand durchs Haar, das im Sonnenlicht auf Deck wie poliertes Messing geschimmert hatte. »Du bist eine junge ungebundene Frau, niemand kann es dir übel nehmen, dass du dich ausprobierst. Und du bist mutig … vielleicht sogar schon wagemutig. Ich glaube jedenfalls nicht, dass sich viele andere in dieser Situation dasselbe getraut hätten.«

Das Kompliment gab Mina das nötige Quäntchen Mut, während sie die Rubinnadel an ihrem Kleid befestigte. »Du bist also auch der Auffassung, dass die alten gesellschaftlichen Vorstellungen überholt sind. Heutzutage kann man dazu stehen, wer man ist … Und noch mehr zu dem, was man sich von ganzem Herzen wünscht.« Mina war mitgerissen von ihrer eigenen Rede. Genau so war es! Kaum hatte sie die Rubinbrosche angesteckt, sah sie den Weg ganz klar vor sich – oder vielmehr das Ziel, das ganz dicht vor ihr stand. Ihr Weg führte direkt zu Johann, darin war sie sich gewiss. »Lass uns zu unseren Wünschen stehen«, sagte sie kaum hörbar.

Bevor Johann reagieren konnte, schmiegte Mina sich an ihn und suchte seinen Mund. Sie traf auf leicht geöffnete Lippen, als wolle er etwas sagen. Doch sie wollte jetzt nichts mehr hören, sie hatte anderes im Sinn, und so nutzte sie ihre Chance zu einem Kuss. Johann trat einen Schritt zurück, doch seine Lippen blieben, wo sie waren. Als weiche ein Teil von ihm zurück, während ein anderer Teil zu bleiben beschloss. Sein innerer Zweikampf dauerte nur wenige Sekunden, dann legte er die Arme um Mina und erwiderte ihre Liebkosung mit einer Leidenschaft, die sie vergessen ließ, wo sie war und was sie tat. Für sie gab es nur noch diesen Mann, der sie hielt und ein Verlangen in ihr schürte, das ihr bislang fremd geblieben war. Dann gab Johann sie unvermittelt frei und presste sich den Handrücken vor den Mund. Mina wollte ihm nachsetzen, doch der Ausdruck in seinen dunklen Augen hielt sie zurück.

»Bist du mir böse?« Während sie die Frage aussprach, kam ihr in den Sinn, dass sie soeben mehr als eine Grenze überschritten hatte. Nicht nur, indem sie einen Mann geküsst hatte, der im Dienst ihrer Familie stand, sondern es war auch der erste Kuss in ihrem Leben gewesen, der wirklich von Bedeutung war.

Noch immer war da diese steile Falte zwischen Johanns Augenbrauen, während er sie eindringlicher musterte, als ihr lieb war. »Ehrlich gesagt weiß ich gerade nicht, was ich denken soll. Soll ich es dir übel nehmen, dass du deine Spielchen jetzt auch mit mir spielst? Oder sollte ich besser mit mir selbst ins Gericht gehen, weil ich mich nur allzu bereitwillig darauf eingelassen habe?«

Johann trat in den Schatten des Kapitänshauses, doch dieses Mal folgte Mina ihm. Sie berührte sein Hemd, dessen Stoff sich warm anfühlte, so dicht schmiegte es sich an seine Haut. Obwohl Johann sich unter der Berührung augenblicklich versteifte, legte sie ihre Hand auf seine Brust. Sie wollte seinen Herzschlag spüren – und er ließ sie gewähren.

»Überspann den Bogen lieber nicht«, flüsterte Johann. »Du solltest jetzt besser zu deiner Familie gehen. Du gehörst an die Abendtafel mit ihrem Kerzenlicht und der vornehmen Gesellschaft – und nicht hierher, zu einem Handlanger deines Vaters hinterm Haus, wo das Personal seine Pausen verbringt. Solche Unterschiede lassen sich nicht einfach wegreden, nur weil du ein Abenteuer erleben willst.«

Die Worte zielten ganz klar darauf, sie zu verletzen, damit sie beleidigt davonlief. So, wie es verwöhnte Mädchen vermutlich taten, wenn jemand nicht nach ihrer Pfeife tanzte. Gewiss wäre Mina auch vor dem sichtlich aufgebrachten Mann geflüchtet, der so dicht vor ihr stand, dass sie seinen Atem auf ihren Wangen spürte.

Wenn es sich denn tatsächlich nur um ein Spiel gehandelt hätte.

So war es jedoch nicht.

»Du machst es dir zu einfach, wenn du mich in diese Schublade steckst«, sagte Mina. »Aber vor allem: Sei ehrlich zu dir selbst. Wir wissen doch beide, dass die Anziehungskraft zwischen uns von Anfang an viel zu stark ist, um bloß von einem Flirt zu reden. Und selbst wenn ich mich getäuscht hätte und es nicht mehr als flüchtige Sympathie zwischen uns gäbe … Warum stehst du dann noch hier?«

Johann schnaubte. »Du solltest nicht vergessen, dass ich ein Mann bin. Für mich gibt es weniger Gründe wegzugehen, als zu nehmen, was mir so überaus großzügig angeboten wird.«

Fast hätte Mina gelacht. Sie glaubte ihm kein Wort. »Das mag vielleicht für andere Männer gelten, aber du würdest das nicht tun, Johann Taden. So viel habe ich schon begriffen. Du bist keine Spielernatur – und genau deshalb bin ich hier.«

Nie zuvor war Mina sich eines Augenblicks so bewusst gewesen wie jetzt, als ein erstes Donnergrollen am Nachthimmel erklang. Eine lautstarke Ankündigung, dass die Erlösung kurz bevorstand. Die drückende Schwüle war kaum mehr zu ertragen. Mina spürte ihren Körper mit erschreckender Intensität: die feinen Härchen, die sich auf ihrer Haut aufstellten, die verschwitzte Seide ihres Kleides zwischen den Schulterblättern, der herbe Geschmack von Tabak, den Johann auf ihren Lippen zurückgelassen hatte. Sie hörte in der Ferne die Stimmen von Familie und Angestellten, sah aus den Augenwinkeln, wie eine erste Böe das schwarze Filigrangeflecht der Bäume und Büsche zum Tanzen brachte. Aber vor allem war sie gewahr, dass Johann vor ihr stand. Es war, als würde sie zum ersten Mal einem echten Menschen begegnen. Als wäre er nur für mich geschaffen worden, dachte sie mit großer Ernsthaftigkeit. Dann schlang Johann die Arme um sie, und es bestand kein Zweifel mehr daran, dass es kein Spiel war.

Kapitel 22

Mit einem plötzlich aufkommenden Sturm brach das Gewitter über den Fluss und seine Ufer herein. Die Böen schleuderten Sommerlaub umher, und das Donnern rollte vom Deich herüber, sodass selbst gestandene Männer zusammenfuhren. Die Boskopsens und ihre Tischgesellschaft traf die plötzlich einsetzende Regenflut völlig unvorbereitet. Träge von der hohen Luftfeuchtigkeit und dem guten Essen, hatten sie sich in Plaudereien an der Tafel verloren und stürmten fluchtartig ins Haus, als die Regenfluten lärmend aufs Zeltdach prasselten. In der Sicherheit ihrer Betten zogen sie sich die Decken über die Köpfe und beteten, das Kapitänshaus möge den aufgebrachten Elementen standhalten. Das Gewitter tobte so heftig, dass sogar Fräulein Helmtraud ein Einsehen hatte und keinen ihrer Leute hinausschickte, um die Tafel abzuräumen. »Morgen ist auch noch ein Tag«, sagte sie erschöpft. Die Schwüle der vergangenen Stunden hatte die stattliche Frau genauso niedergerungen wie den Rest ihrer Schar. Sie beschloss, nicht einmal auf der Erledigung des Abwaschs zu bestehen. Eine gute Entscheidung, wie sich herausstellen sollte, denn das Unwetter hielt bis tief in die Nacht an. Als mit dem anbrechenden Morgen nur noch ein feiner Regenschauer niederging, lag der Garten zum ersten Mal seit Langem zu dieser Uhrzeit verlassen da. Keine verschlafenen Angestellten, die umhereilten, um die Spuren des Vortags zu beseitigen, und auch keine munteren Städter, die den Sonnenaufgang genießen wollten. Lediglich vom Deich war dann und wann ein Blöken zu hören, als wollten sich die Schafe für die Abkühlung bedanken.

Mina erwachte, als vereinzelte Sonnenstrahlen die Wolkendecke durchbrachen und das von einem Tropfenschleier bedeckte Dach der Orangerie zum Glitzern brachten. Allerdings hatte sie nicht mehr als einen raschen Blick aus einem nur halb geöffneten Auge für diese Schönheit übrig. Ihr einziger Wunsch war es, umgehend weiterzudösen. Ihr Körper fühlte sich so schwer und kraftlos an, als sei sie gerade erst eingeschlafen. Im nächsten Moment kräuselte sie jedoch die Nase, in der sich ein feines Kribbeln ausbreitete. Kein Wunder, sie hatte ihren Kopf nicht etwa auf ein Kissen, sondern in die Mulde zwischen Johanns Hals und Schulter gebettet. Die Spitzen seiner schon seit Längerem nicht mehr geschnittenen Haare kitzelten sie.

Vorsichtig streckte Mina die Hand aus, um die Strähne wegzuwischen, hielt dann jedoch mitten in der Bewegung inne. Denn kaum hob sie ihren Arm, der auf Johanns nackter Brust ruhte, durchfuhr sie ein Kälteschauer. Eine alberne kleine Wahrnehmung – und doch kam Mina nicht umhin, sie als Zeichen zu nehmen: Von Johann je getrennt zu sein, schien ihr nach dieser Nacht unmöglich. Was einige gemeinsame Stunden bewirken konnten, obwohl sie kaum von Worten angefüllt gewesen waren … Es war ein einziger Ansturm auf ihre Sinne gewesen, als hätte der Sturm sie erfasst und mitgerissen, bis sie atemlos in seine Arme gesunken war.

Ohnehin erschien es Mina mit dem anbrechenden Morgen wie ein Wunder, dass sie an diesem hinter Eibenhecken verborgenen Ort mit Johann zusammen war. Im Durcheinander des Unwetters war es ihnen gelungen, unbemerkt in die Orangerie zu gelangen. Wobei sie zugegebenermaßen nicht sonderlich vorsichtig gewesen waren, dafür war ihre Aufmerksamkeit zu sehr auf andere Dinge ausgerichtet gewesen. Für Mina hatte es nur noch diesen Mann gegeben, der sie sanft und stürmisch zugleich gehalten hatte, während die Dunkelheit immer wieder vom gleißenden Licht der Blitze erhellt worden war. Noch immer flackerten Bilder hinter ihrer Stirn auf, wie Johanns scharf geschnittenes Gesicht sich über sie beugte, die Muskulatur seines Rückens Schlagschatten warf und seine Finger über ihre Taille und Hüfte wanderten, deren Konturen im aufgleißenden Licht an eine geschwungene Landschaft erinnerten. Bei der Erinnerung durchfuhr ihren Körper ein Nachbeben, und sie leckte sich unwillkürlich über ihre salzig schmeckenden Lippen. Der Rausch der letzten Nacht wirkte immer noch nach. Die Fragen und Unsicherheiten, die während ihres Zwiegesprächs im Schatten des Kapitänshauses zwischen ihnen gestanden hatten, waren spätestens in dem Moment vergessen gewesen, als sie unter Johanns drängenden Küssen die Tür zur Orangerie aufgestoßen hatte. Viel mehr noch: Es kam ihr so vor, als hätte es sie nie gegeben, als wären sie einander von Beginn an ohne eine Spur von Zweifel begegnet.

Jetzt, im noch milchigen Tageslicht, musste sich beweisen, was die letzte Nacht versprochen hatte.

Vorsichtig stützte Mina sich mit dem Ellbogen auf und betrachtete den schlafenden Johann dicht neben ihr auf dem Chippendale-Sofa. Seine gelösten Züge ließen ihn wesentlich jünger wirken: die Lippen, sonst stets fest aufeinandergepresst, waren nun leicht geöffnet, während die Anspannung des Kiefers und die zusammengezogenen dunklen Brauen einer Gelassenheit gewichen waren, als hätte er alle Sorgen und Nöte abgeworfen. In der Einkerbung seines Kinns sammelten sich Bartstoppeln und verliehen ihm etwas Verwegenes.

Was für eine verführerische Mischung, dachte Mina. Es fiel ihr schwer, nicht über seine Lippen oder das Kinn zu streicheln, doch davon wäre er gewiss aufgewacht – und sie wollte ihn nur zu gern noch eine Weile einfach nur betrachten.

Zum ersten Mal hatte Mina das Gefühl, dass sie beide nicht Welten voneinander trennten, sondern dass sie trotz ihrer Verschiedenheit zusammengehörten. Johann mochte schon lange auf sich allein gestellt sein und ein Leben führen, von dem sie als behütete Tochter eines wohlhabenden Kaufmanns keine Ahnung hatte. Das änderte jedoch nichts daran, dass sie ab jetzt ein Teil davon sein würde. Die Nacht in der Orangerie war erst der Anfang gewesen.

Wie einnehmend die Träumereien auch waren, in denen Mina schwelgte, sie konnte dennoch nicht länger ignorieren, dass ihr Hüftknochen schmerzhaft pochte, weil sie halb auf Johann und halb auf der Sofakante lag. Während ihr eines Bein mollig warm zwischen seinen Oberschenkeln ruhte, fror das andere in der Morgenluft. Genau wie ihr Rücken, wie sie sich widerwillig eingestand. Als sie seine Schulter streichelte, stellte sie fest, dass auch sein Körper sich in fröstelnde und glühende Stellen unterteilte. Nur kümmerten Johann offenbar weder die Kühle noch das immer kräftiger werdende Tageslicht. Er schlief so selig in ihrer Umarmung, dass sie ihr Gesicht am liebsten wieder in die Mulde über seinem Schlüsselbein geschmiegt hätte, um diesen kostbaren Moment auszudehnen. Doch das durfte sie sich nicht erlauben. Bestimmt war es dem Regen zu verdanken, dass bislang noch niemand das Kapitänshaus verlassen hatte. Das konnte sich jedoch allzeit ändern, dazu brauchte nur Cousine Erika aufwachen und feststellen, dass der Platz im Bett neben ihr leer war. Bis dahin mussten Johann und sie nicht nur wach und angekleidet, sondern am besten auch nicht länger zusammen sein. Egal wie überzeugt Mina von ihrer Entscheidung für Johann war: Es wäre gewiss nicht vorteilhaft, wenn ihr Vater davon erfuhr, weil es im Garten einen Aufruhr gab, in dessen Mittelpunkt seine zerzauste Tochter und ihr Liebhaber standen.

Trotzdem konnte Mina sich nicht dazu durchringen, Johann zu wecken. Jede einzelne Sekunde, in der sie ihn auf diese unbeschwerte Weise erlebte, war ihr wertvoll. Sobald er die Augen aufschlug, würden die dunklen Brauen sich zusammenziehen, und der Mund würde wahrscheinlich Dinge sagen, die der wolkenleichten Stimmung ein Ende setzten. Doch die vorgerückte Stunde ließ Mina keine andere Wahl. Behutsam gab sie Johann einen Kuss auf die Wange und ignorierte dabei die Sehnsucht, die diese flüchtige Berührung auslöste. Wenn sie sich nicht zusammennahm, würde sie all die vernünftigen Gründe vergessen, warum ihr Versteck nicht länger sicher war. Als Johanns Wimpern unruhig zu tanzen begannen, musste sie schmunzeln. Das wellenartige Glücksgefühl, das sie überkam, kitzelte noch viel mehr als jede Haarspitze an ihrer Nase.

Kaum öffnete Johann die Augen, erwiderte er ihr Lächeln mit einer gewissen Unschuld. Offenbar sah er in diesem Moment nur die junge Frau, zu der er sich hingezogen fühlte, und nicht die Geliebte, von der er in der letzten Nacht nicht genug bekommen hatte.

»Guten Morgen«, flüsterte er, als bestehe die Gefahr, Mina könne wie ein fragiles Traumgebilde zerbrechen, wenn er zu laut sprach.

»Guten Morgen, du Murmeltier.«

Mina konnte nicht widerstehen und ließ ihre Finger über seine Brust wandern. Vielleicht brach der Regen ja gleich erneut mit voller Kraft herein und schenkte ihnen die Gelegenheit, das gemeinsame Aufwachen ohne Eile zu begehen. Allerdings leuchtete Johanns Gesicht bereits unleugbar hell im Sonnenlicht – im Gegensatz zu seinen Augen, die sich schlagartig verdunkelten. Sein Lächeln verschwand, und er richtete sich auf, was nicht leicht war, so verschlungen waren ihre Körper. Die Art, wie er ihre auf dem Boden liegende Kleidung betrachtete und sich dann reckte, um den Stand der Sonne auszumachen, machte unmissverständlich klar, dass er sich nicht von der unbeschwerten Morgenstimmung einfangen ließ.

»Wir hätten nicht einschlafen dürfen.« Seine Stimme war ein tiefes Grollen.

Mina fuhr ein Schauder über den Rücken. Selbst in dieser Situation übte er eine Anziehungskraft auf sie aus, die alles andere überstrahlte.

»Ich weiß«, sagte sie. Unwillkürlich hob sie den Arm, um ihre Blöße zu bedecken, ließ ihn aber gleich wieder sinken, weil sie keinerlei Scham verspürte, nicht vor Johann. In seiner Gegenwart schien es ihr ganz natürlich, nackt zu sein, ohne jede Verkleidung. »Es sieht allerdings ganz danach aus, als wäre im Haus noch niemand aufgewacht«, beruhigte sie ihn, während sie ebenfalls zum Kapitänshaus blickte. »Sieh doch, nicht einmal der Ofen in der Küche brennt, obwohl das sonst Fräulein Helmtrauds erster Gang am Morgen ist, weil sie ohne ihren Tee kaum die Augen aufbekommt.« Sie schmiegte sich an ihn. »Bleib noch eine Weile bei mir.«

»Mina …«, raunte Johann gegen ihre Lippen, bevor sie ihm einen Kuss stahl.

Fast schien es, dass er seine Bedenken vergaß und sich ihrer

Verführung überließ. Dann aber löste er sich sanft, wenn auch bestimmt von ihr. Atemlos saßen sie voreinander. Sie spürte seinen Blick über ihren Körper schweifen und hoffte gegen jede Vernunft, er möge es sich anders überlegen, als er ihr das zerknitterte, immer noch klamme Seidenkleid reichte.

»Zieh dich bitte an, sonst kann ich keinen klaren Gedanken fassen.« Der raue Tonfall seiner Bitte ließ keinen Zweifel daran aufkommen, dass er es ernst meinte. Als Mina nicht reagierte, stöhnte er verzweifelt auf. »Sei so gut und tu mir den Gefallen. Uns bleibt nicht mehr viel Zeit – egal ob Rauch aus dem Schornstein dringt oder nicht.«

Widerwillig kam Mina seiner Aufforderung nach. Sie zog sich das Kleid über den Kopf und wischte dann mit einem Finger unter ihren Augen entlang, weil sie sich an den Kajalstift erinnerte, den sie am letzten Abend großzügig aufgetragen hatte. Tatsächlich waren ihre Fingerspitzen rabenschwarz. Bei der Vorstellung, welch ein gerupftes Bild sie abgeben musste, kam in ihr plötzlich der Wunsch auf, die Unterhaltung auf später zu verschieben. Bis dahin würde sie den verräterischen Duft von ihrer Haut gewaschen und ihr Haar gerichtet haben, und auch sonst wäre sie mit jeder Faser eine Frau, mit der ein Mann nur allzu gern über eine gemeinsame Zukunft sprach.

Unsere gemeinsame Zukunft, wiederholte Mina im Geiste. Genau darum ging es ihr und nicht darum, sich abzusprechen, wann und wo sich die nächste Gelegenheit auf ein Schäferstündchen ergab. Nein, so würde es nicht sein mit Johann.

Als hätte er ihre Gedanken erraten, sanken seine Hände kraftlos hinab. »Das, was zwischen uns passiert ist, hat mir sehr viel bedeutet. Mehr, als du dir vermutlich vorstellen kannst.«

Am liebsten wäre Mina ihm vor Freude um den Hals gefallen, weil er genau die Worte sagte, auf die sie gehofft hatte. Doch etwas hielt sie zurück, vielleicht die Art, wie er hart schluckte, oder seine hochgezogenen Schultern, als schütze er sich innerlich bereits gegen einen Schlag. Entgegen ihrer sonstigen Art hielt sie sich zurück.

Johann brauchte einen Augenblick, bevor er weitersprach. »Vermutlich ist es tölpelhaft, überhaupt darüber zu reden ... In deiner Welt geht man über eine solche Nacht bestimmt mit einem beiläufigen Lächeln hinweg. Das fände ich jedoch nicht richtig. Ich will dazu stehen, dass es mir etwas bedeutet hat, dass es mehr als nur die Leidenschaft eines Augenblicks war.« Als von Minas Seite kein Protest kam, nahm er ihre Hand. »Vermutlich findest du meine Gefühlsduselei albern, schließlich gab es ja kaum eine Gelegenheit, dich besser kennenzulernen. Nur hatte ich von Anfang an das Gefühl, dir nah zu sein. Näher als jedem anderen Menschen zuvor.«

Ein Lachen perlte über Minas Lippen. »Mir geht es doch ganz genauso! Seit ich dir begegnet bin, gibt es nur dich. Mein gesamtes Denken und Empfinden ist nur auf dich ausgerichtet.«

»Wirklich?« Einen Herzschlag lang sah es so aus, als würde Johann in ihr Lachen einfallen – glücklich, erleichtert. Dann aber wandte er das Gesicht ab. »Trotzdem wird es kein weiteres Mal geben«, sagte er bestimmt.

»Was für ein unsinniger Gedanke.« Zuerst glaubte Mina, Johann erlaube sich einen grausamen Scherz mit ihr. Doch wie er so zusammengesunken dasaß ... Das konnte nicht gespielt sein. »Du meinst das ernst: Du willst mich nicht wieder treffen. Etwa weil ich eine Boskopsen bin, deren Eltern sie lieber heute als morgen mit einem wohlhabenden Mann verheiraten wollen? Darüber musst du dir nicht den Kopf zerbrechen. Für mich spielt diese altmodische Denkweise keine Rolle, ich werde mich bei etwas so Wichtigem wie der Liebe gewiss nicht nach derartigen Konventionen richten. Was ab jetzt zwischen uns passiert, das entscheiden allein wir beide.«

Noch immer wirkte Johann, als drücke ihn ein unsichtbares Gewicht nieder. »Für dich mag die Freiheit bestehen, solche Entscheidungen zu treffen, aber nicht für mich.«

»Was redest du nur!« Minas Einwurf hallte von den Glaswänden der Orangerie wider. »Selbst wenn du dich für einen Hilfsarbeiter ohne Hab und Gut hältst, bist du nichtsdestotrotz ein freier Mann.«

Johann schüttelte den Kopf. »Nein, genau das bin ich nicht. Ich bin verheiratet, Mina. Zwar nicht glücklich, aber doch verheiratet.«

»Du bist …« Hinter Minas Stirn brach ein Unwetter aus, das dem von letzter Nacht in nichts nachstand. Ihre Gedanken wirbelten umher, während Johanns Geständnis auf sie niederprasselte. »Du trägst keinen Ring am Finger«, sprudelte es aus ihr hervor, als sei damit ein Gegenbeweis erbracht.

Johanns Lippen umspielte ein bitteres Lächeln. »Für Ringe fehlte Ingrid und mir schlicht das Geld, als wir vor drei Jahren geheiratet haben.«

»Erst vor drei Jahren? Aber du sagtest doch eben, eure Ehe sei unglücklich? Wie kann das denn so schnell passieren?«

Der Blick, mit dem Johann sie bedachte, verriet seine Gedanken. Du weißt nicht viel über das Leben, nicht wahr?, war darin zu lesen. »Es war keine Heirat aus Liebe, sondern reine Vernunft. Für Ingrid war es die einzige Möglichkeit, ihrem Elternhaus zu entkommen. Es ist kein Vergnügen, sich als junge Frau das Bett mit drei anderen Geschwistern zu teilen, während der Vater im täglichen Rausch die wenigen Möbel, die die Familie besitzt, kurz und klein schlägt. Und für mich war es die Chance, nicht länger von einem Arbeitsplatz zum nächsten zu treiben, ohne ein Zuhause, das mir Halt gibt. Wir wollten beide ein Heim, eine eigene Familie. Das reichte uns vollauf als Grund, um zu heiraten.«

»Und trotzdem bist du in dieser Ehe unglücklich. Das hast du gesagt.« Minas Stimme nahm gegen ihren Willen einen trotzig-verzweifelten Ton an, doch sie konnte nichts dagegen tun.

»Es stimmt ja auch. Unsere Hoffnungen haben sich nicht erfüllt. Ich bin trotz des Zimmers, das ich für uns gemietet habe, jeden Tag woanders, immerzu auf der Suche nach Arbeit. Und wenn ich mal daheim bin, komme ich mir wie ein Eindringling vor und nicht wie ein Ehemann, der nach Hause kommt.« Nun, da er einmal angefangen hatte zu erzählen, konnte Johann nicht an sich halten, und der ganze angestaute Kummer brach sich Bahn. »Sogar unser Wunsch, eine Familie zu gründen, hat sich zerschlagen. Ingrid hat im Winter unser Kind verloren. Dieses kleine Wesen hätte unserer Ehe und unserem Leben einen Sinn verliehen, es hätte uns den Halt geboten, den wir beide dringend brauchten, um weiterzumachen. Seither sitzt sie brütend am Fenster, anstatt dem Bauern, bei dem wir untergekommen sind, wie vereinbart zur Hand zu gehen. Und ich reibe mich auf, um genug Geld für ein Heim aufzutun, in dem ich nicht willkommen bin.«

Obwohl Johanns Geständnis Mina mit Wucht getroffen hatte, gelang es ihr, Verständnis aufzubringen – für ihn, aber auch für diese unbekannte Frau, deren Träume sich nicht erfüllt hatten.

»Das ist eine sehr traurige Geschichte«, sagte sie so ruhig sie es vermochte. »Aber vielleicht ist jetzt die Gelegenheit, dir einzugestehen, dass diese Vernunftehe ein Fehler war. Gib diese Frau frei und komm zu mir.«

Anstatt ihre ausgestreckte Hand zu ergreifen, wich Johann zurück. Er verschränkte sogar die Arme, als könne er damit die Distanz zwischen ihnen vergrößern.

»Wie kannst du so etwas auch nur vorschlagen? Ingrid ist am Boden zerstört wegen unseres verlorenen Kindes. Es ist nicht allein Trauer, so wie ich sie empfinde. Ihre Traurigkeit geht tiefer, etwas ist in ihr zerbrochen. Und da soll ich sie verlassen, als ginge es mich nichts mehr an, nun, da ich die Chance auf eine echte Liebe habe? Was für ein Mann wäre ich, wenn ich das täte? Ich kann mir nicht vorstellen, dass du so jemanden an deiner Seite wünschst.«

Mina sträubte sich dagegen, die Situation aus dieser Sicht zu betrachten. Sie brauchte Johann zu ihrem Glück, dessen war sie sich sicher. Zwar hatte sie keine rechte Vorstellung davon, wie ihr gemeinsames Leben aussehen könnte, doch dass sie es wollte, wusste sie genau.

»Ich könnte es verstehen, wenn du dich von deinem Eheversprechen lossagst. Es ist keine Schwäche, einen Fehler zuzugeben, wenn man ihn anschließend, so gut es geht, behebt. Ingrid braucht natürlich Hilfe, aber deine Liebe braucht sie offenbar nicht – im Gegensatz zu mir.«

Johann musterte sie abschätzend. »Bist du wirklich so kalt, wie dein Vorschlag klingt? Ich trage die Verantwortung für meine Frau, ich habe versprochen, mich um sie zu kümmern. Ich könnte mir selbst nicht mehr in die Augen blicken, wenn ich mich davonschleichen würde, um in den Armen einer anderen Frau glücklich zu sein.«

»Du würdest dich ja auch gar nicht davonschleichen und sie in ihrem Elend zurücklassen müssen«, erwiderte Mina. »Schließlich habe ich die finanziellen Mittel, damit sie die notwendige Hilfe bekommt …« Sie unterbrach sich selbst, als ihr bewusst wurde, dass sie soeben vorgeschlagen hatte, Johann freizukaufen. Das konnte nicht der rechte Weg sein. »Es muss eine Lösung für dieses Dilemma geben«, sagte sie leise. »Schließlich macht es keinen Sinn, dass ich dich treffe, um dich sogleich wieder zu verlieren.«

Ein Lächeln erschien auf Johanns Lippen, wenn auch ein bitteres. »Meiner Erfahrung nach gibt es so etwas wie höhere Gerechtigkeit nicht. Die Dinge passieren einfach, und manchmal bleibt einem nichts anderes übrig, als sie zu akzeptieren.«

Mina schlug sich verzweifelt die Hand vor die Brust und spürte das spitze Ende der Rubinnadel, die sich in ihren Handteller grub. Sie drückte fester zu, der Schmerz war eine Wohltat. »Wir haben nur ein Leben, Johann. Und ich möchte meins mit dir verbringen.«

»Du blutest ja.« So sanft, dass sie seine Berührung kaum spürte, nahm Johann ihre verletzte Hand und drückte ihr einen Kuss neben die Wunde.

Für einen Augenblick gab sich Mina der Hoffnung hin, dass er seine Meinung ändern würde. Doch in Wahrheit war ihr längst klar, dass Johann kein Mann für Kompromisse war, kein Abenteurer und Chancensucher. Er war sich seiner sicher – und genau das machte seine Anziehungskraft aus. Wenn er sagte, dass er sich ihr so nah fühle wie keinem anderen Menschen, dann stimmte das. Aber genauso sicher würde er die Verantwortung für seine Ehefrau tragen, um jeden Preis. Das würde selbst sie ihm nicht ausreden können. Mina begriff, wie tief ihre Gefühle für diesen Mann wirklich waren – und welch quälende Wunde er ihr schlug. Als er ihre Hand freigab, wusste sie bereits, dass sie am Ende ihres gemeinsamen Weges angekommen waren.

»Ich habe einige Fehler begangen«, sagte Johann. »Aber mein größter Fehler war es, dass ich die letzte Nacht zugelassen habe. Egal wie trunken vor Glück ich auch war, ich hätte dir nicht nachgeben dürfen. Es tut mir leid, dass ich nicht die Kraft aufgebracht habe, Abstand zu wahren, und stattdessen meinen Gefühlen für dich freien Lauf gelassen habe. Ich habe mir einzureden versucht, dass es dir ohnehin nicht ernst ist, dass es nur für mich von Bedeutung sein würde. Wenn ich mir das nicht vorgesagt hätte, wäre ich bestimmt zur Vernunft gekommen. Stattdessen habe ich dich verletzt – und kann nichts anderes tun, als dich um Entschuldigung zu bitten.«

»Ich will keine Entschuldigung«, flüsterte Mina. »Ich will dich.« Obwohl ihre Niederlage offensichtlich war, konnte sie nicht anders. Sie brachte gerade noch ausreichend Selbstbeherrschung auf, nicht vor Wut und Verzweiflung aufzuschreien, als Johann den Kopf senkte als Zeichen für ihre Niederlage. Sie ballte die Hände zu Fäusten und achtete nicht auf den Schmerz, der von der frischen Stichwunde ausging. Er war ohnehin viel zu gering, um gegen den tobenden Schmerz in ihrem Inneren anzukommen.

»Es tut mir leid«, sagte er. »Ich hoffe, dass du rasch jemanden findest, der meinen Schaden wiedergutmacht.«

»Du siehst mich also schon in den Armen eines anderen Mannes, damit du dir keine Vorwürfe mehr zu machen brauchst? Wenn das alles ist, was du von mir willst!«

Mina wartete Johanns Reaktion gar nicht erst ab. Sie stürzte aus der Orangerie, und erst als ihre Füße den nassen Rasen berührten, merkte sie, dass sie Strümpfe und Schuhe vergessen hatte. Das kümmerte sie jedoch genauso wenig, wie sie sich Gedanken darum machte, was für einen Eindruck sie erweckte, als sie um die Häuserecke bog und fast in

Fred Löwenkamp lief, der für eine Ausfahrt angekleidet vor die Tür trat. Der Bentley stand schon bereit.

»Genau der Mann, den ich suche«, brachte Mina atemlos hervor.

Fred zuckte mit der Schulter, ohne sie weiter zu beachten. »Ehrlich gesagt überrascht es mich, das zu hören, nachdem Sie mich am vergangenen Abend einfach haben sitzen lassen, meine Werteste.«

»Sie haben mich ja auch ganz schön vor meiner Familie in Verlegenheit gebracht. Geben Sie es ruhig zu.« Als Fred etwas Unverständliches murmelte, nickte Mina. »Damit sind wir ja wohl quitt.« Ihre Stimme war brüchig, weil sie eine Tränenflut unterdrückte.

»Das ist mir natürlich unangenehm. Ich kann Ihnen jedoch versprechen, dass mir so etwas Törichtes nicht noch einmal passieren wird.« Freds Stimme klang völlig gleichgültig. Während Mina das Gewitter in der Orangerie verbracht hatte, hatte er in der Sicherheit des Kapitänshauses offenbar beschlossen, seiner kleinen Schwärmerei für sie ein Ende zu setzen.

»Sie sind im Aufbruch begriffen?« Mina deutete auf das Gepäck, mit dem sich der Feine Siggi gerade abmühte. Fred nickte, während er die Handschuhe hervorholte. Einen Herzschlag lang kehrten ihre Gedanken zurück in die Orangerie, und sie fragte sich, ob Johann seine Entscheidung bereits bereute. Doch sie wusste es besser: Er stand zu seiner Überzeugung, egal was es ihn kostete. »Eine Spritztour nach Berlin wäre auch nach meinem Geschmack«, sagte sie leichthin. »Ich kann die Deiche und Schafe nicht länger ertragen, ich brauche dringend Stadtluft.«

Endlich erwiderte Fred ihren Blick, obwohl ihm sein Nachgeben merklich gegen den Strich ging. Die Unbekümmmertheit, mit der sie sich ihm entzogen hatte, hatte seinen Stolz spürbar verletzt – was sich ein Mann seines Formats jedoch nur ungern anmerken ließ. Dennoch schien etwas an ihr ihn unweigerlich anzuziehen, egal wie sehr er sich dagegen wehrte. Der dritte Unglückliche an diesem Morgen, stellte Mina ohne einen Anflug von schlechtem Gewissen fest. Schließlich ließ Fred sich zu einem Lächeln herab. Falls er erriet, auf welche Weise sie die Nacht verbracht hatte, brachte es ihn offenbar nicht gegen sie auf. Vielmehr glaubte sie, Zeugin zu werden, wie sein Interesse erneut aufflammte.

»Welch ein Mann wäre ich, wenn ich mich gegen eine so charmante Begleitung verwehren würde? Wollen Sie rasch ins Haus schlüpfen und sich für die Fahrt zurechtmachen?«

Mina blickte auf ihre Füße, an denen Grashalme klebten. Dann tastete sie nach der Rubinnadel und sagte: »Ich habe, was ich brauche. Alles andere gibt es doch gewiss auch in Berlin, oder nicht?«

Fred lachte so laut, dass er den Kopf in den Nacken warf. Dann reichte er ihr seinen Arm. Als Mina sich unterhakte, erwartete sie einen schneidenden Schmerz oder zumindest einen verzweifelten Schrei, der sich aus den Tiefen ihrer Brust hervorkämpfte. Doch nichts dergleichen geschah. In ihr herrschte nur Leere.

Kapitel 23

Tidewall, Anfang April 2013

Der Garten musste früher einmal ein wahres Prachtstück gewesen sein, der gewiss nach vielerlei Überlegung und mit Leidenschaft angelegt worden war. Es gab klug gesetzte Eibenhecken, Windschatten aus Blutbuchen und eine Wiese mit verspielt anmutenden Obstbäumen. Von den ehemaligen Beeten kündeten noch ihre Klinkereinfassungen, vom Winter niedergedrückte Staudengerippe und unverwüstliche Rosenstämme. Durch die Laubdecke bahnten sich die ersten Spitzen der Pfingstrosen, an anderen Stellen wuchsen Teppiche aus Buschwindröschen, die tapfer der strengen Witterung widerstanden. Die Jahrzehnte der Vernachlässigung hatten das Grün zu einer beeindruckenden Dornröschenhecke wuchern lassen, sodass Marie ein wenig benommen mit der Gartenschere in der Hand herumlief und sich fragte, wo sie nur ansetzen sollte, um diesen Gordischen Knoten zu entwirren. Eigentlich sollte sie im Haus die letzten Spuren der herausgerissenen Wohnzimmerdecke zuspachteln. Wie Asmus es jedoch prophezeit hatte, bekam sie vor Muskelkater kaum die Arme über den Kopf, nachdem sie den gestrigen Tag auf einer Trittleiter mit einem Mörteleimer verbracht hatte. Außerdem hatte sie von Feinstaub und Putzbröckeln im Auge erst mal die Nase voll.

Die Sonne schien sanft durch den Wolkenschleier, und

es war ungewöhnlicherweise windstill, sodass die Stinte-Fischerei gewiss ein voller Erfolg werden würde. Wie versprochen hatte Asmus Valentin in aller Herrgottsfrühe abgeholt, vermutlich kurz nachdem Marie am Küchentisch über einem Kreuzworträtsel eingenickt war. Allem Anschein nach hatte sie tief und fest geschlafen, obwohl sie hätte schwören können, dass sie nur kurz ihre übernächtigten Augen geschlossen hatte. Als sie wieder zu sich gekommen war, hatte eine Nachricht von Asmus auf dem Tisch gelegen, dass er Valentin wie verabredet mitgenommen habe und ihr einen schönen Tag wünsche. Den Satz »Ruh dich aus« hatte er unterstrichen, was wohl bedeutete, dass sie wie eine Leiche über der Tischplatte gehangen hatte. Hoffentlich war wenigstens ihr Mund geschlossen gewesen …

Seit ihrem Gespräch mit Asmus fühlte Marie sich zwar gelöster und wurde tagsüber auch nicht mehr von Visionen heimgesucht, in denen ihre Hände sich in Glas verwandelten. Nur die Nächte setzten ihr weiterhin zu. Von daher war sein Rat nicht verkehrt, und Marie versuchte, ihn in die Tat umzusetzen, indem sie es mit Gärtnern versuchte. Gartenarbeit galt neben Kochen schließlich als die Entspannung schlechthin, außerdem würde diese sie davon abhalten, sich unentwegt Sorgen um Valentin zu machen. Ob er auch eine Schwimmweste trug? Und wenn er seekrank wurde oder Dasha ihn dazu überredete, eine Hand in einen Eimer Fischgedärm zu stecken?

Doch kaum stand sie in dem verwilderten Garten, verschwendete sie keinen Gedanken mehr an die Liste schrecklicher Dinge, die ihrem Sohn zustoßen konnten, nur weil er sich nicht in der Obhut seiner Mutter befand. Dafür gab es schlicht zu viel zu tun.

Ich muss einfach irgendwo anfangen, egal womit, sagte

Marie sich, um sich in Anbetracht des jahrzehntelang gewucherten Grüns zu motivieren. So wie es aussah, war es wichtig, dass überhaupt etwas geschah. Und zwar rasch, sonst würde sie der Mut verlassen. Sie hatte immer eine Liebe zu Pflanzen verspürt, mit einigem Erfolg den Balkon ihrer früheren Wohnung begrünt und natürlich massenhaft Gartenmagazine gelesen. Allerdings schienen die Tipps angesichts dieser üppigen Vegetation, die sich in Abwesenheit einer kultivierenden Hand zum Alleinherrscher über den Garten aufgeschwungen hatte, nicht viel wert zu sein. Giersch, Moos und Efeu hatten nicht bloß ein paar Blumentöpfe überfallen, sondern ein viertausend Quadratmeter großes Grundstück. Und was einst vermutlich als hübsche Kleinigkeit angelegt worden war wie etwa die Heckenrosen, war in der Zwischenzeit zu wahren Riesen mutiert, die einem den Durchgang verweigerten.

Wenn Marie nicht rasch einen Punkt in diesem Chaos fand, an dem sie ansetzen konnte, würde sie vor lauter Erschöpfung den Rückzug antreten, ohne auch nur einen Halm gekappt zu haben. Murmelnd drehte sie sich um die eigene Achse und stolperte dabei über einen aufragenden Stein. Mit der Stiefelspitze schob sie die Laubschicht beiseite und legte zu ihrer Überraschung einen schmalen Klinkerweg frei, der scheinbar in einer Eibenhecke verschwand. Im Herzen dieses immergrünen Gestrüpps ragte die größte Kastanie auf dem gesamten Grundstück hervor. Allerdings weckte noch etwas anderes Maries Neugierde: Aus dem Eibengrün lugte eine stilisierte Lilie wie eine Lanzenspitze.

Was verbarg sich hinter dieser Dornröschenhecke?

Beseelt von echtem Forscherdrang, schlängelte Marie sich zwischen den Eiben durch und stand schließlich vor einem Konstrukt aus vom Rost angefressenen Eisenstäben. Erst auf den zweiten Blick begriff sie, dass es sich um eine Orangerie im viktorianischen Stil handelte, deren Glasscheiben schon vor langer Zeit zerbrochen waren. Nachdem sie gerade erst mit Asmus' Hilfe einige versteckte Kleinodien im Kapitänshaus freigelegt hatte, war sie nun inmitten dieser Wildnis auf einen weiteren Schatz gestoßen. In diesem gläsernen Gartenhaus hatte man früher vermutlich Zitrusbäumchen und Palmen gehalten, windige Nachmittage mit Lesen oder Handarbeit verbracht, am Abend Schach gespielt oder als Kind an Regentagen beobachtet, wie die Tropfen aufs gläserne Dach prasselten. Damals hatten das Kapitänshaus und sein Garten einer anderen Welt angehört, davon war Marie mehr denn je überzeugt.

Fasziniert von so viel vergangener Schönheit, tanzten Maries Fingerspitzen über die Eiseneinfassungen, an denen noch Reste von flaschengrünem Lack hafteten. Dann schob sie behutsam die Mischung aus abgebrochenen Zweigen, Glasscherben und Laub beiseite, bis sie auf einen Marmorboden traf.

Marie pfiff leise durch die Zähne.

Offenbar war Asmus' Erzählung, dass das Kapitänshaus früher als Wochenendbleibe für den piekfeinen Hamburger Familienzweig ihres Vaters gedient hatte, keinesfalls übertrieben. Plötzlich sah Marie den Ort, in dem sie und Valentin Unterschlupf gefunden hatten, aus einer neuen Perspektive: Anstelle des verwitterten Hauses mit seinen vielen Macken und Schrammen hatte sie ein strahlend weißes Gebäude vor Augen, in dem die Farbe noch frisch duftete, umringt von einem Garten, für den weder Kosten noch Mühen gespart worden waren. Während die meisten Spaziergänger gegenwärtig am Zaun vorbeiliefen, ohne das angegraute Haus eines Blickes zu würdigen, war es damals die Schönheit von

Tidewall gewesen. Ein Ort, wo Menschen ein und aus gingen, die wenig mit dem Alltagsleben der Fischer und Bauern in Dithmarschen zu tun hatten. Die einen fanden es vielleicht übertrieben bis maßlos, was die wohlhabenden Hanseaten rein zu ihrem Vergnügen trieben, während andere sich über die ungewöhnlichen Farbtupfer freuten.

Es war wirklich schade, dass Marlene ein so unzugänglicher Mensch war, ansonsten hätte Marie sie liebend gern ausgefragt, wie die Welt des Kapitänshauses ausgesehen hatte, als es noch in seiner vollen Pracht dagestanden war. Sie hätte gewiss in aller Ausführlichkeit erzählen können, wie Haus und Garten ursprünglich ausgesehen hatten, wie ihre Familie die Tage an der Elbe verbracht hatte und welche Geschichten sich um die aufregende und gewiss auch verstörende Zeit zwischen dem Ersten und Zweiten Weltkrieg rankten. Bestimmt besaß sie auch noch Fotos … Allein bei dieser Vorstellung überschlug sich Maries Phantasie. Die Möglichkeit, einen Blick in die Vergangenheit des Kapitänshauses zu werfen, schien zum Greifen nah. Nur dass zwischen ihr und jener Zeit, die eine solch unerwartete Sehnsucht in ihr hervorrief, eine Person stand, die nicht gerade für ihre Hilfsbereitschaft bekannt war. Viel mehr noch: Marlene legte auch keinen sonderlichen Wert darauf, das Kapitänshaus zu erhalten. Ihre Familie hatte vielleicht glückliche Sommer an der Elbe verbracht, nur schien die Begeisterung nicht auf Marlene übergesprungen zu sein. Statt die Erinnerung zu wahren, hatte sie es an Menschen vermietet, die seinen Wert nicht zu schätzen wussten, und es anschließend dem Zahn der Zeit überlassen.

Zu ihrer Überraschung fand sich Marie vor der Eibenhecke wieder, durch die sie gedankenverloren getreten sein musste. Vor ihr ragte die Südseite des Hauses auf, in dessen Obergeschoss drei Fenster eingelassen waren. Die zugezogenen Vorhänge machten es unmöglich, einen Blick in Marlenes Reich zu werfen. Aber das brauchte sie auch nicht. Sollte der alte Drachen mit den oberen Räumen machen, was er wollte, solange ihr der Rest zur Verfügung stand. In diesem Moment fasste Marie einen Entschluss. So weit es in ihrer Macht stand, würde sie die Pracht des Kapitänshauses wiederauferstehen lassen. Sie würde sich nicht länger unterkriegen lassen, weder von ihrer Vergangenheit noch von einer bärbeißigen Großtante. Und das Haus würde der Beweis dafür sein.

Marie musste unwillkürlich auflachen. »Ich werde den Bann der bösen Hexe brechen«, sagte sie laut. Obwohl es nicht mehr als ein Scherz auf Marlenes Kosten war, fühlte es sich wie ein Versprechen an. Vielleicht war ja genau das die Medizin, die sie brauchte, damit ihr Leben wieder einen Sinn erhielt. Vielleicht fand sie in Tidewall noch mehr als ein Dach über dem Kopf für Valentin und sie und einen Platz, an dem sie ihrer Arbeit nachgehen konnte. Eigene Träume, eigene Wünsche, die so ganz anders waren als die, die sie gemeinsam mit Thomas ausgeheckt hatte.

Thomas …

Wie auf einen geheimen Befehl hin legte sich ein Würgegriff um Maries Kehle und drohte ihr, die Luft abzudrücken. Von diesem Gefühl ließ sie sich jedoch nicht länger verunsichern. Seit ihrem Gespräch mit Asmus wusste sie, dass der Schmerz, den die Erinnerung an Thomas auslöste, leichter zu ertragen war, wenn sie ihn zuließ. So paradox das auch erscheinen mochte, es war eher auszuhalten, wenn die dunkle Woge über ihr zusammenschlug, als wenn sie mit aller Macht versuchte, ihr zu entkommen. Außerdem reifte in ihr allmählich die Einsicht, dass ihr altes Leben, das mit Thomas gestorben war, nicht an Wert verlor, nur weil sie neue Pläne schmiedete. Es hatte sie drei Jahre gekostet, um zu begreifen, dass ein Neuanfang nur dann möglich war, wenn sie die Schutzmechanismen aufgab. Den Kopf in den Sand zu stecken und ihre Trauer zu verleugnen hatte sie zwar durch die erste Zeit nach Thomas' Tod gebracht, aber zuletzt hatte sich diese Strategie in Stolperfallen verwandelt. Ein paar von diesen Fallen hatte sie gemeinsam mit Asmus beiseitegeräumt. Anderen würde sie sich allein stellen müssen, obwohl es so schmerzlich wie ein zweites Abschiednehmen war.

»Einen Schritt nach dem anderen«, flüsterte ihr eine Stimme zu, die mit dem unerwarteten Hoffnungsschimmer beim Anblick der Orangerie aufgetaucht war. »Heute ist der Garten dran, darum geht es jetzt. Also leg erst einmal den Weg zur Orangerie frei, das wäre doch ein Anfang.«

Während Marie sich nach einem Platz für die abgeschnittenen Eibenzweige umsah, bemerkte sie am Gartenzaun eine Frau, die ihr zuwinkte. Neben der Fremden stand Dashas Fahrrad mit den roten Punkten. Als Marie auf sie zuging, bemerkte sie noch mehr Ähnlichkeiten mit dem Mädchen: das gleiche blonde Haar, auch wenn es bei der Frau zu einem strengen Haarknoten hochgesteckt war, das gleiche herzrunde Gesicht, nur dass in seiner Mitte keine Stupsnase wie bei Dasha saß, sondern ein kerzengerades Hollywoodstück, das man nur mit chirurgischer Präzision hinbekam. Außerdem kündete die grazile Figur der Frau ganz offenbar von ausgesprochen wohlwollenden Genen plus einem eisenharten Willen, der sie vor Schokoladengelüsten schützte und sie stattdessen zum Training antrieb. Marie war sich schlagartig ihrer rundlichen Oberschenkel in der Jeans bewusst und versuchte hastig, ihr nachlässig zusammengebundenes Haar zu ordnen. Dabei zupfte sie einige Eibennadeln hervor. Großartig, dachte sie. Wahrscheinlich sehe ich aus, als würde ich in der Hecke hausen.

»Guten Tag«, grüßte die Frau in einem perfekten Hochdeutsch, wie man es ansonsten nur aus der Tagesschau kannte. »Tut mir leid, dass ich Sie überfalle, wo Sie gerade so fleißig im Garten zugange sind.« Sie streckte die Hand über den Gartenzaun, und Marie ergriff sie in der Hoffnung, dass an ihren Fingern weder Erde noch Harz hafteten.

»Das ist doch kein Problem. Ich bin ehrlich gesagt ziemlich froh, wenn ich hier draußen überhaupt mal jemanden zu sehen bekomme. Ich bin Marie Odenwald. Wir können uns übrigens gern duzen, wir dürften ja ungefähr gleich alt sein.«

»Das nehme ich mal als Kompliment, denn ich bin bestimmt ein paar Jährchen älter als du.« Die Frau lächelte mit einem Hauch Professionalität, als gehöre der freundliche Umgang mit Menschen zu ihrem Tagesgeschäft.

Eine Verkäuferin vielleicht, tippte Marie. Kosmetik oder irgendwas anderes Schickes.

»Ich bin Katharina Lorenz, die Schwester von Asmus Mehnert. Dem Schäfer mit dem schrecklichen Vollbart«, setzte sie hinzu, als sei Asmus jemand, den man leicht vergessen könnte. »Also, warum ich mich dir aufdränge … Das ist so: Ich habe gestern spontan meine Tochter nach Tidewall begleitet.« Katharina lächelte perlweiß. »Ich arbeite als Hautärztin in unserer Familienpraxis, da muss man sich so einen Luxus ja auch mal leisten dürfen.« Der Hinweis auf ihren Beruf gehörte scheinbar so sehr zu ihrem Selbstbild, dass er sogleich im Gespräch untergebracht werden musste. Marie verkniff sich ein Grinsen. Es sah ganz danach aus, als ob auch Madame Perfect ihre Schwachstellen hätte. »Jedenfalls sollte dieser gemeinsame Ausflug die Chance sein, ein wenig *quality time* mit meinem Mädel zu verbringen. Ansonsten bekomme ich sie ja kaum zu Gesicht. Unter der Woche nimmt die Schule sie in Beschlag, und an den Wochenenden entschwindet sie so schnell nach Tidewall, dass ich von ihr höchstens noch einen Kondensstreifen am Horizont sehe. Jedenfalls hat mir Johanna viel von dir und noch mehr von deinem Sohn Valentin erzählt.«

»Johanna?«, wunderte sich Marie. »Ich kenne sie nur unter dem Namen Dasha, benannt nach ihrer Urgroßmutter, wie sie nicht müde wird zu betonen. Deine Tochter gerät jedes Mal in Verzückung, wenn sie erklärt, dass er eine Verniedlichung von Darja ist.«

Katharinas Strahlelächeln bekam Risse. »Ach, dieser alberne Kosename. Dass sie damit immer noch hausieren geht ... Meine Tochter heißt in Wirklichkeit Johanna – und zwar nur Johanna. Es gibt keinen Zweitnamen, auch wenn sie das gern behauptet. Dasha war der Kosename unserer Großmutter väterlicherseits – ich habe nicht eine einzige Erinnerung an diese Frau, aber meine Tochter besteht darauf, sich nach ihr zu nennen. Als Teil ihrer Identität quasi. Die Pubertät stellt wirklich seltsame Dinge mit den Mädchen an.« Katharina versuchte sich an einem Augendrehen, doch es war klar, dass dieses Thema sie keineswegs kaltließ. Vermutlich hatte es bereits hitzige Diskussionen zwischen Mutter und Tochter wegen dieser eigenmächtigen Umbenennung gegeben. »Meine Tochter will unbedingt ihre ach so russischen Wurzeln entdecken, dabei haben Asmus und ich dieses Land bereits als Kleinkinder verlassen und hatten seitdem nicht den geringsten Kontakt zu der Verwandtschaft unseres verstorbenen Vaters. Unsere Familie ist so russisch wie der Kaviar im Supermarkt. Ehrlich gesagt geht mir dieses Stöbern in der Vergangenheit ziemlich gegen den Strich, aber Johanna hat ihren eigenen Kopf.«

Marie war versucht zu sagen, dass es doch für das Mädchen sprach, sich mit Dingen wie der eigenen Familiengeschichte auseinanderzusetzen. Andererseits wirkte Katharina ernsthaft angefressen über den Spleen ihrer Tochter – und Marie hatte wenig Lust, gleich einen Schlussstrich unter ihr Kennenlernen zu ziehen, indem sie ungefragt Erziehungstipps gab. Also nickte sie bloß vielsagend, während Katharina bereits zum nächsten Thema überging.

»Während ich heute Morgen jedenfalls allein in Asmus' Küche über einem Kaffee saß, habe ich mir überlegt, dass wir beiden einsamen Mütter doch mal etwas Schönes zusammen machen könnten. Deshalb würde ich dich gern zum Mittagessen einladen, natürlich mit deinem Sohn. Es gibt – große Überraschung! – Stinte satt. Da du neu in der Gegend bist, weißt du bestimmt nicht, was man mit diesen kleinen Fischchen anfängt, oder?«

»Stinte sind also klein«, stellte Marie fest. Bislang hatte sie das Bild von einem forellenartigen Fisch im Kopf gehabt, dessen Schwanzflosse über den Pfannenrand hing. Etwas, das man ins Tiefkühlfach tat und wartete, bis Renate zu Besuch kam, die immer wusste, was zu tun war. Selbst bei ganzen Fischen.

»Die Biester sind klein wie Sardinen, und man kann sie fast im Ganzen essen.« Katharina spreizte Zeigefinger und Daumen zu einer Spanne auseinander, während Marie versuchte, keine Grimasse zu ziehen. »Bei den Profis bleiben nur Kopf und Schwanz übrig, aber das müssen wir uns ja nicht unbedingt zum Vorbild nehmen. Ich serviere sie mit Knoblauchsauce, darin kann man die kleinen Dinger ertränken. Superlecker. Sagen wir ein Uhr? Du kennst den Weg?«

Marie schüttelte den Kopf. »Das ist mir jetzt wirklich

peinlich, aber ich habe es noch nicht hinbekommen, mir Tidewall näher anzusehen.«

»Die paar alten Häuser hier sind ja auch nicht gerade verlockend«, sagte Katharina. »Wenn du zu meinem Bruder willst, musst du einfach nur den Deich entlanggehen. Nach einem kurzen Marsch taucht dann ein Reetdachhaus auf, das laut Asmus gemütlich aussieht und meiner Meinung nach einen abgewirtschafteten Eindruck macht. Mein lieber Bruder behauptet zwar steif und fest, dieses leicht Angeranzte verleihe dem Haus erst seinen Charme, was ich als Neubaufetischistin nicht verstünde. Aber oll ist oll, oder?«

Marie warf einen demonstrativen Blick auf das Kapitänshaus. »Ich bin wohl auch eher der Vintage-Typ.«

Katharina schlug sich die Hand vor die Brust und lachte lauthals. Als Marie sie verständnislos anblickte, zuckte sie mit den Schultern.

»Sorry, ich musste kurz über mich selbst lachen: Ich lasse einfach kein Fettnäpfchen aus. Asmus scherzt immer, es sei gut, dass ich so arbeitswütig bin und meine Tage in der Praxis verbringe, dadurch hätte ich weniger Gelegenheit, andere Menschen vor den Kopf zu stoßen. Aber mein Bruder gibt auf Nachfrage auch zu, dass ich im Grunde genommen eine echt Nette bin, mit der man wunderbar zu Mittag essen kann. Du magst doch trotz meines Fauxpas noch kommen, oder?«

Katharina hatte eindeutig Lust, sie kennenzulernen – so viel stand fest. Aber nicht nur deshalb nahm Marie die Einladung an. Es war zugleich *die* Chance, ihrem Einsiedlertum ein Ende zu setzen – was sie nach ihrer Unterhaltung mit Asmus auf jeden Fall tun wollte. Für einen Augenblick tauchte Asmus' erschöpftes Gesicht vor ihrem geistigen Auge auf. Auch ihm setzte etwas zu, das ihn langsam von innen heraus aufrieb. Was er wohl davon hielt, wenn sie plötzlich an seinem Küchentisch saß? Aber dann erinnerte sie sich daran, wie er ihren Blick erwidert hatte, als sie dicht vor ihm gestanden hatte.

»Ich bin um Punkt eins beim Reetdachhaus«, schoss es aus Maries Mund hervor. »Mit einem Schokopudding, was Besseres bekomme ich nachtischmäßig nämlich nicht hin.«

Kapitel 24

Asmus' Haus als abgewirtschaftet zu beschreiben, war ein hartes Urteil. Es war uralt und windschief, keine Frage. Aber man sah ihm an, dass es liebevoll gehegt und gepflegt wurde. Marie konnte keine Spur von Vernachlässigung entdecken, allerdings auch keine Spur von Modernisierung. Zwangsläufig malte sie sich aus, wie seine Schwester Katharina wohl lebte, nachdem sie mit dieser ländlichen Perle so gar nichts anfangen konnte. Vermutlich wohnte sie in einem modernen Penthouse in der HafenCity und ließ wöchentlich die Fensterrahmen von ihrer Reinemachfrau polieren.

Das Reetdachhaus wirkte wie ein altes Gemäuer, das schon lange seinen Zweck erfüllte und auf Firlefanz wie Heckenrosen und Kerzenständerarrangements im Fenster verzichten konnte. Seine flaschengrün und weiß gestreiften Holzelemente im Giebel und die gusseiserne Glocke neben der Tür wirkten nicht wie Zierrat, sondern als wären sie schon immer da gewesen, einfach weil sie dorthin gehörten. Wie das Kapitänshaus lag auch dieses Haus direkt am Deich, umgeben von einem großen Grundstück, auf dem die Stallungen untergebracht waren.

Marie kam über die Deichkrone gelaufen und sah sich erst einmal alles in Ruhe an, wobei sie sich darüber wunderte, warum sie so lange gebraucht hatte, diesen Weg in Richtung der Flussmündung einzuschlagen. Wenn sie ehrlich zu sich war, hatte sie die vergangenen Wochen in Tidewall damit verbracht, nichts von der Gegend mitzubekommen. Sie hatte sich in ihrem neuen Heim eingeigelt und kaum aufgeschaut, wenn jemand am Gartenzaun entlangging, geschweige denn die Nachbarschaft erkundet. Nun stand sie in Gummistiefeln zwischen Schafen, die in einer lockeren Aufteilung mit ihren Jungen grasten, durchmischt von einer Gänseschar, die aufgeregt schnatterte, als sie ihr zu nah kam. Auf der Uferseite des Deichs war die Unterelbe so breit, dass Marie sich nicht sicher war, ob es nicht vielleicht schon die Nordsee war, auf die sie blickte. Bis hier musste sie durch den Nebel gelaufen sein, ohne es mitzubekommen. Jetzt war Ebbe, und die schwer beladenen Containerschiffe schienen besonders weit weg, während Vogelschwärme wie auf ein geheimes Zeichen hin aus dem Röhricht aufstoben.

Doch wie anziehend die Aussicht auch war, Maries Aufmerksamkeit kehrte zum Reetdachhaus zurück, dem Ort, an dem Asmus Mehnert wohnte. Sie fragte sich, ob er an Sommerabenden auf der Bank vor dem Haus saß und ob er oder Dasha die rosa Maiglöckchen entlang des grün gestrichenen Holzzauns gepflanzt hatten. In den Fenstern hingen schlichte Leinenvorhänge, und für die Hunde gab es einen Verschlag, den sie jedoch sofort verließen, als Marie einen Fuß auf das Grundstück setzte. Die beiden Border Collies bildeten ihre Eskorte über den mit Kopfstein gepflasterten Hof, wobei sie ausgesprochen freundlich waren, allerdings auf diese spezielle Art, die bedeutete: »Solange du dich brav an die Regeln hältst, sind wir Freunde. Wenn nicht …«

Marie beeilte sich, die Türglocke zu läuten.

Valentin öffnete ihr. Nachdem er erfahren hatte, dass seine Mutter zum Mittagessen kam, hatte er sich gar nicht erst die Mühe gemacht, nach dem Fischzug zu Hause vorbeizuschauen. Vermutlich ahnte er, dass sie ihn ohnehin nur gelöchert hätte, ob er seinen Schal die ganze Zeit um gelassen hatte, ob seine Kleider trocken geblieben waren und ob er auch bloß keinen Schock beim Anblick dahingeraffter Stinte erlitten hatte. Nun stand er in Socken in der Haustür und schob mit Zeige- und Mittelfinger die Brille hoch, wie er es sich von seinem Vater abgeschaut hatte. Verblüffenderweise durchfuhr Marie bei der Erinnerung an Thomas kein Schmerz.

»Warum bist du nicht einfach reingekommen? Die Tür steht doch immer offen«, sagte Valentin mit einer gewissen Überheblichkeit. Schließlich war er mit diesem Revier vertraut, während seine Mutter es sich erst einmal erschließen musste. Was ihn sichtlich stolz machte. »Bei Asmus ist nie abgeschlossen, es lohnt sich nicht, meint er. Na ja, stimmt ja auch. In der Küche steht nicht mal ein anständiger Herd, sondern nur so ein Uraltteil, das man mit Holz beheizt. Wie im Mittelalter.«

»Ich würde auch gern auf Zeitreise gehen, aber ich werde die beiden Wächter nicht los.« Marie deutete auf die Border Collies, die sich links und rechts von ihr postiert hatten.

Valentin grinste von einem Ohr zum anderen. »Mascha und Fjodor wollen eine Belohnung für ihren Begleitschutz. Ich nehm dir mal kurz den Schokopudding ab, dann kannst du sie hinter den Ohren kraulen.«

Marie tat brav wie geheißen und wunderte sich, wie weich sich das Fell der Hunde anfühlte. Als wären sie nicht halb so robust, wie sie auf den ersten Blick wirkten. »Müssen die beiden Süßen etwa draußen bleiben?«

»Tagsüber klar«, sagte Valentin. »Das sind Hütehunde und keine Kuscheltiere, die haben draußen einen Job zu erledigen. Und wenn gerade nichts los ist, beobachten sie am liebsten das Gelände. Im Haus wäre den beiden Stromern total langweilig, da gehen die nur nachts zum Schlafen rein. Und im Sommer wohl nicht mal das.« Die Erklärung klang, als hätte er sie eins zu eins von seinem großen Vorbild Asmus übernommen.

»So ist das also.« In Maries Vorstellung gehörten Hunde neben ihre Besitzer aufs Sofa oder unter den Essenstisch wie der verwöhnte Pinscher ihrer Tante Angie. Dass Hunde geradezu eigenverantwortlich einer Aufgabe nachgingen und nicht nur im Windschatten ihres Herrchens unterwegs waren, kam ihr seltsam vor. »Und wie war's mit der Stinte-Fischerei?«, rief sie rasch, bevor Valentin im Flur zwischen einer Ansammlung antiker Möbel verschwand.

»Gut natürlich.«

Mehr gab es dazu offensichtlich nicht zu sagen. Typisch Valentin. Wenn ihm der Sinn danach stand, konnte er einen in Grund und Boden plappern – über Zugvögel, Comic-Hefte und was sonst noch sein Interesse erregte. Manchmal rezitierte er ellenlange Abschnitte aus seinen Lieblingshörbüchern, gern mit verstellten Stimmen, oder zwang seiner Mutter ein Gespräch über die Frage auf, welches Lego-Modell das absolut genialste sei. Aber wehe, man stellte ihm eine konkrete Frage, dann musste man sich mit einem universell einsetzbaren »Gut« zufriedengeben.

Während Marie ihrem Sohn durchs Haus folgte, staunte sie darüber, wie leicht es Valentin fiel, sich in diese so ganz und gar neue Welt einzufügen. Vielleicht würde die Schule nie ein Ort sein, an dem er sich wohlfühlte, aber die Schäferei bot ihm einen Unterschlupf. Welch ein Glück, dass Dashas Suche nach Zimt sie zum Kapitänshaus geführt hatte. Und welch ein Glück, dass sie meinen Sohn zum Schafsklau angestiftet hat, ansonsten hätte ich Asmus vermutlich nie kennengelernt, dachte Marie, um im nächsten Moment den

Kopf zu schütteln. Was ihr nur für Gedanken kamen, einfach unglaublich.

In der großzügig geschnittenen Küche herrschte Trubel: Fett spritzte in einer Pfanne, von der Katharina im letzten Augenblick zurücksprang, sonst wäre ihre Grace-Kelly-Bluse ruiniert gewesen. Asmus deckte den Tisch mit einem bunten Sammelsurium an Porzellangeschirr ein, während Dasha auf einer rustikalen Holzbank voller Leinenkissen saß. Vor Konzentration lugte ihre Zungenspitze hervor, als sie das Radio einstellte, bis ein holländischer Moderator zu trällern begann. Offenbar bekam man auch im Reetdachhaus sämtliche holländischen, dänischen und sogar russischen Sender rein, aber so gut wie keinen deutschen.

»Möchtest du ein Bier?«, begrüßte Asmus Marie, ohne seine Arbeit zu unterbrechen, und deutete auf eine Kiste, die neben der uralten Küchenzeile stand. In der Mitte thronte tatsächlich ein emaillierter Ofen, der auf Löwenfüßen stand und mit Holz befeuert wurde. Sämtliche in Mode gekommenen Landhauszeitschriften hätten ihre reine Freude an diesem Originalstück gehabt – allerdings erst nachdem die Bierkiste aus dem Sichtfeld verbannt worden wäre.

Da Marie zu den ausgemachten Weintrinkerinnen gehörte, zögerte sie. Offenbar lang genug, dass es auffiel.

»Marie kommt aus Hessen, da trinkt man Wein und keine bittere Hopfenplörre«, rief Katharina über die Schulter, während sie kleine panierte Fische ins heiße Fett gab. »Vom Geschmack mal abgesehen finde ich persönlich diese Biertrinkerei aus der Flasche primitiv.«

Asmus überhörte den Seitenhieb seiner Schwester. Allem Anschein nach hatte er Übung darin, mit ihrer recht ungeschminkten Art umzugehen. Dafür blinzelte er Marie zu.

Wie es schien, hatte er nach ihrer Unterhaltung keineswegs beschlossen, lieber auf Abstand zu gehen. »Ansonsten habe ich nur Leitungswasser oder Schnaps anzubieten. Tja, oder Milch, obwohl die für die Kinder ist.«

»Schon gut, ich nehme gern ein Bier«, lenkte Marie ein. Es war ihr unangenehm, als nicht vom Hausherrn persönlich eingeladener Gast auch noch die Getränkeauswahl zu bemäkeln. Gerade als sie zu einer Entschuldigung ansetzen wollte, nahm Asmus ihr die Schale mit Pudding ab, die Valentin ihr gleich wieder in die Hände gedrückt hatte, kaum dass sie mit dem Hundeohrkraulen fertig gewesen war.

»Schokoladenpudding, großartig. Hat Katharina dir den Tipp gegeben?«

»Unsinn.« Katharina stürzte herbei, um die Schale in Sicherheit zu bringen, bevor ihr Bruder sich einen Löffel schnappen konnte, um zu probieren. Doch er hielt sie fest, während Katharina ihn mit einem spöttischen Blick maß. »Ich habe deiner Nachbarin natürlich nicht auf die Nase gebunden, dass du in Wahrheit ein ganz Süßer bist. Das würde mir Marie ohnehin nicht glauben, nachdem du so überzeugend den Einsiedler gibst. Bestimmt dachte sie, dass deine Schafe mit am Tisch sitzen. Gib es ruhig zu, Marie: Dir war bestimmt mulmig zumute.«

Das folgende Schweigen machte es unmöglich zu sagen, ob die Anspielung Marie oder Asmus unangenehmer war. Zumindest starrten sie beide peinlich berührt auf den Dielenboden, wo sich jedoch leider kein Loch auftat, in dem sie verschwinden konnten.

Dasha, die bislang eifrig mit dem Feintuning des Radiosenders beschäftigt war, stand abrupt auf, sodass ihr roter Strickpulli mit Hammer und Sichel auf der Brust zum Vorschein kam. Valentin, der treu an ihrer Seite saß, deutete prompt darauf und formte mit den Lippen ein stummes »Auch haben will«. Dann lern mal schön stricken, mein Schatz, dachte Marie. Diesen aufblühenden Dasha-Kult würde sie gewiss nicht unterstützen.

»Wenn es darum geht, seine Mitmenschen zu verstehen, würde ich auf Ratschläge von Mama verzichten. Besonders was das Mann-Frau-Ding angeht«, erklärte Dasha mit ungewöhnlich ernsthafter Miene. »Für Mama sind Beziehungen etwas, das man anhand von Pro-und-kontra-Listen erstellt, und sie haben in erster Linie zweckmäßig zu sein. Wenn der Kandidat – sagen wir mal – achtzig Prozent in den Kategorien gesellschaftlicher Rang, Beruf, Aussehen und Neigungen erreicht und auch noch vom Temperament her erträglich ist, dann ist die Wahrscheinlichkeit, dass Liebe Sinn macht, ihrer Meinung nach hoch. Nach dem Prinzip hat sie auch Papa ausgesucht.«

Marie wusste nicht recht, wo sie hinschauen sollte – die wütend funkelnde Dasha war ebenso wenig ein gutes Ziel wie Katharina, deren Gesicht sich gerade in das einer Eiskönigin verwandelte, während sie die Pfanne so heftig über dem Herd schwenkte, dass die Stinte in die Höhe sprangen, als wären sie wieder lebendig. Also blickte Marie zu Asmus, direkt in seine flussblauen Augen. In diesem Moment war sie froh, nichts in den Händen zu halten, denn sonst wäre es ihr gewiss runtergefallen. Asmus blinzelte, dann trat er zum Kühlschrank, einem laut grollenden Gerät im »voll krass Über-Retro«-Style, wie es bei Valentin hieß, und schob die Puddingschüssel hinein.

Mit einem Knall stellte Katharina eine große Schale mit gebratenen Stinten auf den Tisch. In ihrem berückend ebenmäßigen Gesicht zuckte es kurz, dann hoben sich ihre Mundwinkel zu einem zuckersüßen Lächeln.

»Mein liebes Töchterlein, ich habe mich daran gewöhnt, dass ich in deinen Augen ein herzloses Geschöpf bin, nur weil ich meinen Verstand einsetze, wo du deinem Herzen folgst. Hör also bitte damit auf, mich unentwegt zu provozieren.«

Dasha schob herausfordernd ihr spitzes Kinn vor, während Valentin sich im Hintergrund die Hand vor den Mund hielt und mit der anderen in der Luft wedelte, als habe er sich stellvertretend für seine Freundin die Finger verbrannt.

»Als ob ich es draufhätte, deiner Titanhülle auch nur einen Kratzer zuzufügen«, sagte das Mädchen leise, aber dennoch mit Schärfe. »Was mir nicht in den Kopf will, ist, dass Asmus und du die Ergebnisse einer großen Liebe seid und beide nix für Romantik übrig habt.« Als Asmus ein »Halt mich bitte aus der Sache raus« einwarf, ignorierte sie ihn kurzerhand. »Ihr beiden glaubt nicht an die Liebe, an große Gefühle und wahre Bestimmung. Warum nicht? Nur weil die Liebesgeschichte von Oma und Opa so traurig geendet hat, macht das ihre Verbundenheit kein bisschen geringer. Oma hat ihr Leben in Deutschland aufgegeben, um mit einem bettelarmen Philosophiestudenten zusammen zu sein. Schöner geht es doch nicht! Wenn Opa nicht so jung gestorben wäre, wären sie sicher das glücklichste Paar aller Zeiten geworden. Bis zu ihrem Tod meinte Oma Elsa sogar, sie sei auch so die glücklichste Frau gewesen, weil sie überhaupt ein paar gemeinsame Jahre mit Opa verbringen durfte. Aber solche hochfliegenden Gefühle gehen meiner Frau Mamuschka natürlich ab.«

Nun verstärkte sich das Zucken in Katharinas Gesicht zu einem nervösen Tick, während sie den Teller ihrer Tochter mit Essen belud. »Lass gefälligst diesen Mamuschka-Mist, das reizt mich mehr als alles andere. Und damit das klar ist: Dieses Gerede über die ach so große Liebe unserer Eltern höre ich mir nicht länger an. Damit ist jetzt Schluss.« Sie warf Marie einen entschuldigenden Blick zu. »Tut mir leid, aber meine Tochter macht einen Kult um ihre längst verstorbenen Großeltern, der mir langsam, aber sicher auf die Nerven geht.«

»Für Jugendliche nehmen Liebesdinge eben noch eine ganz andere Dimension ein«, versuchte Marie die Stimmung aufzulockern. Dabei war sie durchaus neugierig, was sich damals in Russland abgespielt hatte, dass die Wogen derart hochschlugen. Allein Asmus' Reaktion gab ihr Rätsel auf. Er hatte sich immer noch nicht an den Tisch gesetzt, sondern räumte im Kühlschrank herum, nur um ihn unvermittelt zu schließen und ein wenig ratlos im Raum herumzustehen. »Vielleicht sind wir Erwachsenen tatsächlich zu abgebrüht, um noch empfänglich für die Schönheit überwältigender Gefühle zu sein«, dachte Marie laut nach. »Es ist schon eine Weile her, dass ich bei einem Liebesfilm zum Taschentuch gegriffen habe oder ein Roman mich so gefangen genommen hat, dass er mir tagelang nicht mehr aus dem Kopf ging. Die Zeiten, in denen mich noch alles mitriss und berührte, liegen ziemlich weit zurück.«

»Wenn das so ist, dann wundere ich mich, warum du wegen Papas Tod noch jede Nacht in dein Kissen weinst.« Valentin spießte mit der Gabel gleich zwei Stinte auf einmal auf. Seine Tischmanieren hatte er offenbar zu Hause gelassen. Als er den brennenden Blick seiner Mutter nicht länger ignorieren konnte, sagte er: »Manchmal wache ich vor Durst auf, und wenn ich dann in die Küche gehe, höre ich dich eben. Ist doch keine große Sache. Gefühle sind wichtig«, sagte er und wandte sich um Zustimmung heischend an Dasha. Dass er soeben etwas sehr Intimes ausgeplaudert hatte, schien ihm keineswegs bewusst zu sein.

»Jetzt hätte ich gern einen Schnaps«, sagte Marie.

Asmus holte zwei Gläser aus dem Schrank und nickte ihr zu. »Ich brauche auch einen. Anders ist dieses Mittagessen wohl nicht zu überstehen.«

Kapitel 25

Nach dem eher ungewöhnlichen Auftakt entwickelte sich das gemeinsame Essen überraschend gemütlich. Dasha und Katharina stellten ihre Fehde ein, Valentin bequemte sich dazu, vom Fischfang zu erzählen und seiner Mutter damit einige Glücksmomente zu verschaffen, weil ihr Sohn offenbar ein richtiges Abenteuer erlebt hatte, während Asmus an den richtigen Stellen brummte und lachte. Die gebratenen Stinte waren ein Erfolg, auch wenn Marie sich nicht an die Vorstellung gewöhnen konnte, die bläulich schimmernde Hauptgräte mitzuessen, wohingegen Valentin behauptete, sie würde großartig zwischen den Zähnen knacken. Fein säuberlich sezierte sie die kleinen Filets und spülte sie mit reichlich Schnaps hinunter, zumal Asmus die Flasche gleich auf dem Tisch hatte stehen lassen.

»Ich glaube«, sagte Marie schließlich in die Nachtischrunde hinein, »das Kapitänshaus umgibt ein Geheimnis.«

»So etwas wie Schimmel in den Wänden oder morsches Dachgebälk?« Katharina schien über den Zustand des Hauses bereits zu einem abschließenden Urteil gekommen zu sein. »Du solltest deinen Vermieter mal ordentlich in die Pflicht nehmen, damit er dir wenigstens den Unrat aus dem Vorgarten entfernt.«

Einen Moment lang fragte Marie sich ernsthaft, ob sie sich an diese Arroganz, die Katharina so unbedarft an den Tag legte, gewöhnen könnte. Im Gegensatz zu Asmus'

Sensibilität, die verriet, dass er mit offenen Augen durchs Leben gegangen war, schien seine Schwester nie aus ihrer heilen, schicken Hamburger Welt hinausgekommen zu sein. Es war schwer vorstellbar, dass die beiden in derselben Familie aufgewachsen waren, so unterschiedlich waren ihr Verhalten, ihre Lebensentwürfe und ihre Sicht der Dinge. Während Asmus sich für die Zurückgezogenheit entschieden hatte und der Ausdruck Bescheidenheit ihn am besten beschrieb, stand bei Katharina eindeutig der Statuserhalt im Vordergrund. Obwohl … so leicht war sie vielleicht doch nicht in eine Schublade zu stecken. Frau Dr. Hautärztin war zwar mit jeder Faser die ehrenwerte Hanseatin mit Perlenkette und Jil-Sander-Outfit. Sie war sich jedoch nicht zu schade gewesen, auf dem Fahrrad ihrer Tochter zum Kapitänshaus zu fahren und eine fremde Nachbarin zum Mittagessen einzuladen. Katharinas unverblümte Art hin oder her: Marie mochte diese Frau. Deshalb beschloss sie über die Unterstellung, das Kapitänshaus sei ein Sanierungsfall ersten Grades, großzügig hinwegzusehen.

»Ich meine etwas viel Spannenderes als den gegenwärtigen Zustand des Hauses: Ich rede über seine Geschichte. Je länger ich darüber nachdenke, desto überzeugter bin ich, dass sich etwas Außergewöhnliches in den vier Wänden ereignet haben muss.«

»Ach so. Du willst dich als Historikerin versuchen. Keine schlechte Idee, vielleicht wirft die Vergangenheit ja ein charmantes Licht auf diesen … Bau«, sagte Katharina und nahm einen Löffel Schokoladenpudding, nachdem sie allem Anschein nach minutenlang mit sich gerungen hatte, ob sie sich diese Kalorienzufuhr wirklich antun durfte.

Asmus, der bislang schweigend zugehört hatte, warf seiner Schwester einen scharfen Blick zu. »Könntest du bitte mit deiner Überheblichkeit aufhören? Das ist nicht nur unpassend, sondern auch verdammt anstrengend, ständig von dir unter die Nase gerieben zu bekommen, was alles deinem Maßstab an Perfektion nicht genügt. Dieses Getue kannst du gern zu Hause ausleben, hier reicht es, wenn du einfach nur Katharina bist. Die übrigens sehr liebenswert ist«, versicherte er rasch in Maries Richtung. »Man muss meine Schwester nur manchmal daran erinnern.«

Während Marie bei dieser Ansprache unwillkürlich die Luft anhielt, zuckte Katharina bloß mit den Schultern. »Diese Predigt hättest du ruhig subtiler verpacken können, Bruderherz. Leider hast du wohl recht.« Sie schenkte Marie ein schiefes Lächeln. »Sorry, ich habe manchmal eine Art an mir … so von oben herab. Richtig unausstehlich, aber das merke ich immer erst im Nachhinein. Vergessen wir das einfach, okay? Ich möchte es mir schließlich nicht mit jemandem verscherzen, der den besten Schokopudding aller Zeiten kocht.« Wie zum Beweis löffelte sie ihre Schale leer.

Marie musste sich ein Grinsen verkneifen. Ein größeres Bußeopfer konnte die gertenschlanke Katharina wohl kaum bringen.

»Schon vergessen. Das Kapitänshaus ist ja tatsächlich nicht gerade im besten Zustand, auch wenn ich das eigentlich ganz charmant finde. Kann ich dir noch einen Nachschlag geben?« Die kleine Bosheit konnte sie sich nicht verkneifen, und nachdem sie – begleitet von Dashas Kichern – der sichtlich erblassten Katharina, die sich nicht abzulehnen traute, ein paar großzügig bemessene Löffel in die Schale gegeben hatte, nahm sie den Faden wieder auf.

»Das Kapitänshaus wurde 1924 eingeweiht, wie die Ziffer über der Haustür erzählt. Die Familie meines Vaters väterlicherseits hat ihre Wurzeln in Hamburg und zählte dort zum alten Kaufmannsadel. Das früher gewiss schmucke Haus an der Elbmündung war für sie vermutlich nicht mehr als ein Sommerspaß vor den Toren der Hansestadt. Asmus hat ja auch schon einiges darüber gehört.«

Marie gab ihm die Chance, etwas Erleuchtendes beizutragen, aber er nickte lediglich und schenkte sich einen weiteren Schnaps ein. Als er mit hochgezogenen Augenbrauen auf ihr leeres Glas deutete, zögerte sie. Sie fühlte sich bereits beschwipst und war sich nicht sicher, wohin das Ganze führen würde, wenn sie noch einen Schnaps trank. Eigentlich vertrug sie Alkohol recht gut, nur lockerte er wie mit Zauberhand ihre eiserne Selbstkontrolle – und nach ihrem letzten Zusammensein mit Asmus war Kontrolle etwas, worauf sie nur ungern verzichtete. Er hatte ihr ein Geständnis entlockt, von dem sie noch nicht einmal ansatzweise wusste, welche Auswirkungen es haben würde. Und auch er hatte sich ihr gegenüber geöffnet, was ihm angesichts seiner sonstigen Zurückhaltung sicherlich einiges abverlangt hatte. Beide waren sie bei ihrer letzten Begegnung unerwartet weit aufeinander zugegangen, und Marie fragte sich seitdem, wie sie jetzt eigentlich zueinander standen. Du wirst es nicht herausfinden, indem du dich wieder einigelst, hielt sie sich vor Augen. Außerdem zeigte ein Blick durchs Küchenfenster, dass der Himmel zuzog und alles auf einen kräftigen Aprilregen zusteuerte. Das wird kein Nachmittag, um im Garten zu werkeln. Da kannst du genauso gut in dieser gemütlichen, nach Holzfeuer duftenden Küche sitzen bleiben und dich unterhalten, beschloss Marie und ließ sich ihr Glas nachschenken.

Valentin, der zwischen den Kissen der Sitzecke vor sich hin gedöst hatte, streckte sich und gähnte dabei ungeniert. »Was ist denn nun mit der Geschichtsstunde? Ich wäre fast eingeschlafen, während du erzählt hast. Mach mal weiter«, forderte er seine Mutter auf.

Manchmal konnte Marie sich nur darüber wundern, was Valentin so von sich gab. Jetzt allerdings musste sie – wie alle anderen am Tisch – über seine forsche Art lachen.

»Ich stelle mir vor, dass im Kapitänshaus Leben herrschte – zumindest bis zum Ausbruch des Zweiten Weltkriegs, in dem mein Großvater blieb. Übrigens bevor er meine schwangere Großmutter heiraten konnte, sodass ich leider nur wenig über die Familiengeschichte weiß. Aber irgendetwas muss in diesem Haus passiert sein. Es wurde einst geliebt und mit allen Schikanen der damaligen Zeit ausgestattet, um anschließend wie ein verstoßenes Kind sich selbst überlassen zu werden.« Marie überlegte, wie weit sie mit ihren Vermutungen gehen konnte. Ihre vom Schnaps gelockerte Vorstellungskraft gestand ihr reichlich Spielraum zu. »Während das Untergeschoss genau wie der Garten vernachlässigt wurde, ist die obere Etage verschlossen.«

Valentin gab ein Stöhnen von sich und vergrub sein Gesicht zwischen den Kissen. »Glaubst du, dass irgendetwas Unheimliches im Obergeschoss vor sich geht?«, fragte er verunsichert.

»Klar, da gibt es bestimmt eine eingemauerte Leiche«, kicherte Dasha, die seine Reaktion für Klein-Jungen-Gehabe hielt. »Und auf dem Dachboden hausen garantiert die verdammten Seelen irgendwelcher im Fluss ertrunkenen Piraten. Du weißt doch, dass es hier früher Piraten gegeben hat, oder? Richtig blutrünstiges Gesindel, das bevorzugt kleine Jungen verschleppt hat, während die ganz unschuldig mit ihrem Fernglas Vögel beobachteten. So wie du.«

Ohne das Gesicht aus den Kissen zu heben, zeigte Valentin seiner Freundin eine Handgeste, die Dasha unbekümmert ließ, während Marie schlucken musste. Sie würde später dringend ein paar Worte mit ihrem Herrn Sohn wechseln müssen.

»Natürlich glaube ich nicht, dass irgendwas Unheimliches oder gar Übersinnliches im Obergeschoss vor sich geht«, sagte Marie. »Aber ich glaube, dass die Vergangenheit des Kapitänshauses eine Geschichte birgt, deren Auswirkungen man bis heute spüren kann.«

Katharina lehnte sich auf ihrem Stuhl zurück und betastete ihren sichtlich gefüllten Bauch. »Na, dann solltest du diesem mysteriösen Obergeschoss einfach mal einen Besuch abstatten. So ein normales Türschloss dürfte doch keine sonderliche Herausforderung darstellen.«

Valentin stöhnte erneut auf, und Marie streckte sich, um ihm den Rücken zu tätscheln. Dabei bemerkte sie einen leichten Schwindel hinter ihrer Stirn, allerdings einen von der angenehmen Sorte. »Die Tür am Ende der Treppe wurde extra eingebaut, um neugierige Nasen fernzuhalten. Da wird mit einer Haarnadel nichts auszurichten sein. Außerdem gibt es da noch einen besonders scharfen Wachhund, dem ich lieber nicht zu nahekommen will.«

»Die liebenswerte Marlene Weiss«, fügte Asmus hinzu, in dessen Augen ein verräterischer Glanz lag. Genau wie Marie wirkte er deutlich gelöst und fand merklich Gefallen an ihrer Unterhaltung. Er hatte die Ärmel seines karierten Flanellhemdes hochgekrempelt und es ein Stück weit aufgeknöpft, als habe ihm der Schnaps ordentlich eingeheizt. Sogar auf seinen Wangen hatte sich eine leichte Röte eingeschlichen, die ihn sehr lebendig aussehen ließ, wie Marie fand.

»Vielleicht bilde ich mir das nur ein, aber bei meiner Unterhaltung mit Marlene hatte ich den Eindruck, dass sie irgendeinen Groll gegen das Haus hegt …« Marie suchte nach den richtigen Worten. »Das klingt jetzt sicher überzogen, aber mir kommt es so vor, als wollte Marlene das Haus leiden sehen. Es soll zum Gegenteil dessen werden, wofür es einst stand: Schönheit, Geselligkeit, die schillernde Familie …« Sie durchforstete ihr Gedächtnis nach dem Namen ihres Urgroßvaters.

»Boskopsen«, half Asmus ihr aus. »Es war Eduard Boskopsen, ein Hamburger Kaufmann, der das Kapitänshaus mehr oder weniger neu errichtete. Marlenes Großvater, wenn ich mich nicht irre. Tidewall war sein Privatvergnügen, er hat seinerzeit einiges für die Gegend getan, wie man so hört.«

»Ach, und was hört man denn so?«, wollte Marie wissen.

»Zum Beispiel hört man, dass Boskopsens Tochter Wilhelmine stark nach ihrem Vater schlug, was ihre Liebe zu Tidewall anbelangte. Gerke Taden, von dem ich die Schäferei übernommen hatte, kannte sie noch persönlich. Sie muss eine beeindruckende Persönlichkeit gewesen sein, diese Wilhelmine Boskopsen – oder Löwenkamp, wie sie später nach ihrem Ehemann hieß. Der alte Taden ist alles andere als ein Schwätzer, aber während er mich angelernt hat, hat er nicht nur einmal das rotgolden schimmernde Haar der schönen Mina erwähnt. Das war ihr Kosename – Mina. Jedenfalls scheint sich dieser besondere Familienschatz in Rotgold ja bis heute erhalten zu haben.« Asmus deutete auf Valentin, der sich mittlerweile wieder aufgesetzt hatte und vor Neugier auf der äußersten Kante der Sitzbank hockte. Die Unterhaltung fesselte ihn merklich.

Unwillkürlich griff der Junge in sein Haar, dann verzog er das Gesicht. »Keine Ahnung, wovon du sprichst. Mein Haar ist nicht schatzmäßig.«

Dasha verpasste ihm prompt einen Stoß in die Rippen. »Mensch, du hast voll den polierten Messinghelm auf dem Kopf, das kannst du doch nicht leugnen, nur weil ein paar

Vögel vielleicht mal einen dummen Spruch gemacht haben. Vor allem nicht, wenn du die Haarfarbe von einer vor langer Zeit verstorbenen Tante geerbt hast. Sehr cool«, schob sie hinterher und bekam dafür ein Lächeln von Valentin geschenkt.

»Mina Boskopsen also.« Marie hörte in sich hinein, aber der Name brachte keinen Nachhall mit sich. »Ich glaube nicht, dass jemals eine schöne Mina in einer unserer Familiengeschichten erwähnt wurde. Im Gegensatz zu Anekdoten über die kratzbürstige Art ihrer Tochter Marlene – und zwar zu Recht, wie ich am eigenen Leib erfahren durfte.« Sie tastete sich an das Bild heran, das auf der einen Seite die anziehend wirkende Mina zeigte und auf der anderen Marlene mit ihrem verkniffenen Gesichtsausdruck. Mutter und Tochter, zwei verschiedene Seiten einer Medaille? Etwas war passiert im Kapitänshaus, das spürte Marie ganz deutlich, und zweifelsohne wusste Marlene darüber Bescheid.

»Warum interessieren dich diese alten Geschichten?«, unterbrach Asmus ihre Grübeleien. »Was auch immer sich im Kapitänshaus abgespielt haben mag, es betrifft dich nicht, es ist Vergangenheit. Du solltest dich lieber an die Gegenwart halten, die bietet dir doch mehr als genug Herausforderungen.« Etwas in seinem Gesicht hatte sich während des Gesprächs verändert, war härter, aber auch unsicherer geworden. Als er bemerkte, dass Marie zusammenzuckte, hob er hilflos die Hände, ohne jedoch von seinem Kurs abzuweichen. »Lass den Minas dieser Welt ihre Ruhe, es wird in deinem Leben nichts besser dadurch, dass du dir den Kopf über sie zerbrichst. Ihre Vergangenheit gehört ihnen und nicht dir.«

Willst du deshalb nicht über deinen Vater reden, weil auch seine Vergangenheit ihm allein gehört und du lieber so tust, als hätte sein Leben nicht ebenso deutliche Spuren in deinem hinterlassen?, hätte Marie fast gefragt, hielt sich aber zurück. Schließlich hatte sie schon ihre Erfahrung damit gemacht, wie schnell Asmus sich verschließen konnte, wenn man auf seinen Vater zu sprechen kam. Im Gegensatz zu ihr fürchtete er vielleicht nicht den Tod, aber der Trauer über den Verlust schien er sich nicht gestellt zu haben. Marie wollte diese Wunde nicht berühren, dafür entwickelte sich der Nachmittag viel zu gut.

»Es geht mir ja gar nicht darum, in der schmutzigen Wäsche längst verstorbener Menschen zu wühlen«, sagte sie stattdessen sanft. »Dieses Bedürfnis, mehr zu erfahren, sitzt tiefer ... Ich kann es nicht genau benennen. Es ist, als wäre das Kapitänshaus eine Person, die mich bittet, ihr wahres Ich zu entdecken, das unter einer dicken Schicht aus einsamen Jahren verborgen liegt. Als hätte es nur auf mich gewartet. Und nun versuche ich, seine Geschichte zu ergründen, auch wenn ich im Moment noch im Dunkeln tappe.« Marie verstummte, zu unsicher, ob sie nicht gerade ausgemachten Unsinn von sich gab. Woher kamen nur diese ungewöhnlichen Gedanken?

»Keinen Schnaps mehr für die Dame«, befand Asmus.

Marie musterte ihn aus zusammengekniffenen Augen. »Hast du das eben mit einem Lächeln gesagt oder todernst?«

»Mit einem Lächeln natürlich. Hat man das denn nicht gesehen?«

»Ein Lächeln? Nein. Bei dir sieht man nur Barthaare.« Marie fand langsam Gefallen an der neuen Offenherzigkeit. Es war großartig, mit diesen Menschen zusammen zu sein, denen sie sich öffnen konnte und die ihr ein Interesse entgegenbrachten, das sie nur zu gern erwiderte. Und das alles auf so eine leichte, spielerische Art ... Ja, sie war zweifelsohne angetrunken. Hastig kontrollierte sie, ob ihr Sohn sie vielleicht scheel von der Seite ansah. Doch Valentin lehnte entspannt gegen Dasha, die ihn ihrerseits als Stütze benutzte.

Unterdessen fuhr Asmus mit der Hand über sein zugewuchertes Kinn. »So, wie du das eben gesagt hast, könnte man glatt meinen, dass du meinen Bart nicht magst.«

»Natürlich mag sie ihn nicht!«, warf Dasha ein, als könne sie es nicht fassen, dass etwas so Offensichtliches diskutiert werden musste. So sahen sie aus, die Diplomatiekünste einer Jugendlichen. »Bei einem Zwanzigjährigen ist so ein Bart sexy, aber wenn man so alt ist wie du, Asmus, sieht man damit bloß aus wie ein Waldschrat. Ich habe dir schon ein paar Mal gesagt: Die Zausel müssen ab.«

Asmus' Finger gruben sich in seinen Bart, geradezu beschützend, als befürchte er, Dasha würde ihn sonst noch abreißen. »Ich bin viel draußen unterwegs, da halten einen diese Zausel schön warm. Außerdem macht es wenig Sinn, sich jeden Tag zu rasieren, wenn einen ohnehin nur die Schafe zu sehen bekommen.«

»Ich kann dir die Gesichtsbehaarung weglasern, wenn du willst. Dann brauchst du dir über die Rasiererei keine Gedanken mehr zu machen. Das wird glatt wie ein Babypopo«, sagte Katharina und erntete dafür einen entsetzten Blick ihres Bruders. »Nun gut, dann sind moderne Techniken zur Verschönerung eben nicht dein Ding. Trotzdem hat Dasha recht: Sollte das Gestrüpp in deinem Gesicht weiter in alle Himmelsrichtungen wuchern, werden dich die Touristen bald als Unikat von Tidewall anstarren.«

»Der Deich-Yeti«, brachte Valentin sich kichernd ein.

Hilfesuchend blickte Asmus zu Marie, die ihm schon zur Seite springen wollte, sich dann jedoch eingestand, dass auch sie diesen Bart am liebsten abgeschnitten im Waschbecken sehen wollte. Eine solche Chance ergab sich bestimmt nicht so bald wieder. Der Schnaps und die gute Stimmung hatten den ansonsten so stolzen Asmus weichgeklopft. Wenn sie jetzt zögerte, würde sie weiter raten müssen, welchen Gesichtsausdruck er gerade trug.

»Wenn du mir eine Schere zum Schafescheren gibst, nehme ich dir die Zotteln ab und verwandle dich in einen ansehnlichen Menschen«, schlug sie mit der nötigen Härte vor.

Dieses Mal reichte es aus, Asmus' Reaktion von seinen Augen abzulesen. Wie liebenswürdig, stand dort überdeutlich zu lesen.

Keine zehn Minuten später saß Asmus auf dem Rand einer mit Patina überzogenen Emaillebadewanne, ein Handtuch über den Oberschenkeln. Marie stand mit der Küchenschere vor ihm und fragte sich, ob sie sich das wirklich zutraute. Nicht nur, weil ihr Blick ein wenig unscharf war vom Schnaps. Ihr Mut war völlig verflogen, als sie sich zu Asmus hinuntergebeugt hatte und mit den Fingern einmal durch seinen Bart gefahren war, um die Länge der Haare zu messen. Plötzlich war alles Leichte und Verspielte dahin gewesen, während sich die Berührung erschreckend intim angefühlt hatte. Daran änderte sich auch nichts, obwohl Dasha und Valentin im Türrahmen herumlungerten und versuchten, ihr über die Schulter zu blicken.

»Augen zu und abschneiden«, feuerte Valentin sie an.

Dasha setzte noch einen drauf. »Genau, Frau Odenwald. Säbel das ganze Unkraut ab!«

»Raus mit euch beiden. Helft lieber Katharina in der Küche«, raunte Asmus den Kindern zu, die daraufhin ohne Widerspruch das Feld räumten.

Diesen Ton muss ich mir merken, dachte Marie. Es war erstaunlich, wie gut Asmus mit den beiden Frechdachsen zurechtkam. Schließlich gehörten weder Dasha noch Valentin zur pflegeleichten Sorte. Asmus würde einen großartigen Vater abgeben … Dieser Satz, der ihr unvermittelt durch den Kopf ging, verschreckte sie noch mehr. Hier begann sich etwas zu entspinnen, von dem sie nicht wusste, ob es ihr gefiel. Nun, es gefiel ihr schon – aber ob es richtig war, stand auf einem anderen Blatt.

»Ich kann das nicht«, sagte sie und meinte damit nicht nur ihre Fähigkeiten als Barbier.

»Für einen Rückzieher ist es jetzt zu spät.« Asmus nahm ihre Hand mit der Schere, und sie schnitt eine hässliche Kante in den Bart.

»Jetzt auf jeden Fall.«

Marie wagte ein schiefes Lächeln, dann schnitt sie das kräftige Haar so weit runter, wie es ging. Ein markantes Gesicht kam zum Vorschein und ein – zu ihrer Überraschung – schön geschwungener Mund. Plötzlich zeichneten sich Wangenknochen ab und verliehen seinen Augen einen melancholischen Zug, den sie zuvor mehr erahnt als gesehen hatte. Eine Ähnlichkeit zu Katharina war nicht zu erkennen, und Marie fragte sich, nach welchem Elternteil Asmus wohl schlug. Wieder eine Frage, die sie besser nicht laut aussprach. Stattdessen hielt sie auf dem Porzellanbord nach einem Rasierapparat Ausschau.

Asmus bemerkte ihren Blick. »Ich habe das Rasieren aufgegeben, als mein Apparat vor einiger Zeit kaputtging. Wir werden es wohl auf die klassische Art machen müssen. Es gibt noch ein Rasiermesser aus der Zeit meines Vorgängers.« Er stand auf und musste Marie ein wenig beiseiteschieben, weil sie zu verblüfft war, um rechtzeitig zu reagieren. Seine Hände lagen kurz auf ihren Hüften, nicht mehr als eine Ahnung. Dann öffnete er eine Schatulle, die in der Kommode unterm Waschbecken stand. Das Rasiermesser, das er in die Hand nahm, sah aus wie ein Requisit aus einem weit zurückliegenden Jahrhundert, als die Menschen noch ihr Holz im Wald schlugen und ihre Kleidung selbst webten.

»Ist der Griff etwa aus Elfenbein?«, fragte Marie ungläubig.

Asmus nickte. »Dieses Rasiermesser ist echte Qualitätsarbeit. Wenn man die Klinge übers Leder wetzt, dürfte sie einigermaßen scharf sein.«

Mit offenem Mund starrte Marie auf die angelaufene Klinge, die in einem elfenbeinfarbenen Griff endete. Als Asmus sie ihr hinhielt, zog sie demonstrativ die Hände zurück.

»Damit schneide ich dir höchstens die Kehle durch bei meinem Geschick.«

»Wie du meinst.« Asmus betrachtete sein von unregelmäßigen Stoppeln überzogenes Gesicht im Spiegel. »Dann bleiben wir also beim Waldschrat-Look. Obwohl sogar ich zugeben muss, dass dieses Minenfeld aus Stoppeln eine echte Katastrophe ist. Bestimmt dauert es Ewigkeiten, bis sich das verwächst und wieder ein ansehnlicher Bart draus wird.«

Maries Blick wanderte zwischen dem Rasiermesser, den Bartstoppeln und dem ansprechenden Gesicht, das unter dem Wust von Haaren zum Vorschein gekommen war, hin und her. Sie entschied, dass sie seinen Anblick nicht missen wollte.

»Gut, aber wenn ich dich schneide und du eine Blutvergiftung bekommst, dann ist es nicht meine Schuld.«

»Damit kann ich leben, aber verwandle mich jetzt bitte in einen richtigen Menschen.«

»Du glaubst, das kann ich? Einfach so?«

Asmus lächelte immer noch, als Marie die erstaunlich scharfe Klinge ansetzte und begann, die letzten Spuren seines Barts zu tilgen.

Kapitel 26

Valentin hatte nicht lange betteln müssen, dass Marie ihm erlaubte, die Nacht im alten Reetdachhaus zu verbringen. Die Kinder wollten sich auf Katharinas Laptop einen Gruselfilm in Schwarz-Weiß ansehen, in dem der Höhepunkt des Nervenkitzels in einer Mumie bestand, die eindeutig in Küchenrollen eingewickelt war. Marie konnte sich noch gut daran erinnern, wie viel Spaß es machte, sich einen solchen Unsinn anzusehen. Vor allem, wenn man im Schlafanzug neben seiner besten Freundin saß mit einer Schale voll Erdnussplätzchen in der Mitte.

Der Tag im Schäferhaus war so berauschend leicht und unterhaltsam gewesen, dass es Marie schwerfiel, sich nicht einfach mit aufs Sofa zu setzen und der Zewawischundweg-Mumie bei ihren Schreckenstaten zuzusehen. Leider musste Asmus jedoch raus in den Stall, und Katharina hatte sich für den Abend Arbeit mitgebracht, wie sie sichtlich betrübt eingestand.

»Ich würde jetzt viel lieber einen Abendspaziergang machen und noch ein wenig mit dir plaudern, aber ich muss den verlorenen Freitag nachholen. Auf mich wartet ein ganzer Stapel Patientenakten. Wenn man selbstständig ist, ist das mit dem Blaumachen wie mit einem Bumerang: Früher oder später holt einen die Arbeit ein.«

»Wem erzählst du das? Seit meine Übersetzungsaufträge langsam wieder Fahrt aufnehmen, sitze ich jeden Abend vorm Rechner, obwohl ich mir schon seit Wochen vornehme, alle Folgen von ›House of Cards‹ im Marathon hintereinander wegzusehen. Es ist aber nun mal nicht entspannend, die Seele baumeln zu lassen, wenn sich die Arbeit im Hintergrund zum Mount Everest auftürmt.«

Katharina nickte, während Marie den Reißverschluss ihrer Jacke hochzog. Gegen Abend frischte es an der Küste empfindlich auf.

»Genau so ist es, wir teilen das Schicksal der modernen Frau.«

Als Marie die Haustür öffnete, hielt Katharina sie an der Schulter zurück und schloss sie in die Arme. »Ich bin wirklich froh, dass ich mich dir heute Morgen so dreist aufgedrängt habe.«

»Quatsch, *ich* bin froh.« Marie erwiderte die Umarmung und bemerkte erfreut, wie leicht ihr das fiel. »Von mir aus wäre ich doch niemals auf die Idee gekommen, dich anzusprechen. Wahrscheinlich hätte ich dich noch nicht einmal bemerkt, wenn du am Zaun vorbeigeradelt wärst. Ich bin einfach zu …« Erschöpft? Chronisch reserviert? Ein bisschen schräg durch die selbst auferlegte Einsamkeit?

Glücklicherweise beendete Katharina den Satz an ihrer Stelle. »Du bist genau richtig, so wie du bist.« Dann trat sie einen Schritt zurück und blickte plötzlich drein wie ein Kind, das zugeben musste, dass der Goldfisch samt Glas natürlich nicht von allein in der Tiefkühltruhe gelandet war. »Ich habe dich heute Morgen wirklich aus dem Grund eingeladen, weil ich dich gern kennenlernen wollte. Aber ich habe mir auch gewünscht, dass du Asmus im Kreis seiner Familie erlebst. Mein Bruder ist nämlich schrecklich zurückhaltend und tut immer so geheimnisvoll. Und nachdem Dasha mir erzählt hat, wie sehr seine Augen leuchten würden, sobald dein

Name fällt, war mir klar, dass er ein wenig Unterstützung braucht. Von allein wäre er vermutlich nie auf die Idee gekommen, dich auf einen Klönschnack einzuladen, obwohl ihr beide doch quasi Haus an Haus wohnt. Ich hoffe, du nimmst es mir nicht übel?«

Marie war viel zu gut gelaunt, um Katharina den Verkupplungsversuch nachzutragen. »So großartig, wie du kochst, kann ich unmöglich auf dich wütend sein«, sagte sie mit einem breiten Lächeln. »Davon einmal abgesehen haben Asmus und ich uns bereits ganz gut kennengelernt, auch wenn wir beide eine große Ähnlichkeit mit Einsiedlerkrebsen haben.« Als Katharina große Augen machte, fühlte Marie eine gewisse Genugtuung. »Asmus hat mir von seinem Motorradunfall erzählt und dass er danach Schwierigkeiten hatte, sein altes Leben wieder aufzunehmen.«

»Ach, das meinst du«, sagte Katharina. »Nach dem Unfall war bei Asmus nichts mehr wie zuvor. Ein vollkommen neuer Mensch.« Sie strich sich nachdenklich durchs Haar. »Doch selbst in der schwierigen Zeit danach hätte ich nie gedacht, dass aus meinem Bruder ein Schäfer werden würde.«

»Asmus erwähnte, dass er nach dem Unfall noch einmal auf Reisen gegangen ist«, sagte Marie in der Hoffnung nach, mehr über seine Zeit in Russland zu erfahren.

Wie auf Kommando verzog Katharina das Gesicht. »Diese verdammte Reise. Keine Ahnung, was Asmus damals zugestoßen ist, jedenfalls kehrte er mit dem Entschluss zurück, all seine ehrgeizigen Pläne fahren zu lassen und sich stattdessen hiermit«, sie deutete auf den vorm Grundstück aufragenden Deich, »zufriedenzugeben.« Mit diesen Worten verschwand Katharina zu ihren Patientenakten.

Als Marie sich an der Pforte von den Border Collies verabschiedete, die mit freudigen Sprüngen aus dem erleuchteten

Stall herübergeeilt waren, fragte sie sich, was Asmus wohl erlebt haben mochte, das ihn in seiner Entscheidung bekräftigt hatte. Offenbar hatte er seine wahren Beweggründe nicht einmal seiner Familie verraten. Warum hatte ein junger Mann aus wohlhabendem Hause es für richtig gehalten, nach Tidewall zu ziehen und eine Schäferei zu übernehmen, anstatt in die Familienpraxis einzutreten? Asmus wird es mir schon erzählen, wenn er es für richtig hält, entschied Marie, während sie die im Dämmerlicht liegende Straße am Deich entlanglief. Jeder hatte ein Recht auf seine Geheimnisse.

»Aber was, wenn sie wie eine nach innen blutende Wunde sind, die einen langsam umbringt?«, hörte sie die Stimme ihrer Freundin Pia fragen. »Muss man dann nicht den Finger auf die schmerzende Stelle legen, egal wie unbeliebt man sich dadurch macht? Wir tragen doch Verantwortung für die Menschen, die uns nahestehen.«

Pia hatte sich an diese Devise gehalten, und als Dankeschön für ihr Hilfsangebot hatte Marie sie kurzerhand aus dem Gedächtnis gestrichen. Ob Asmus sich ähnlich verhalten würde, sollte sie ihn in die Enge treiben?

Seufzend erinnerte Marie sich an den Brief, der immer noch unbeantwortet und zu einem winzigen Rechteck gefaltet im Postkorb lag. Ihre Freundin hatte recht gehabt mit ihrer Forderung, dass Marie Thomas' Tod und den Verlust des gemeinsamen Lebens nicht einfach wie ein zerbrochenes Stück Vergangenheit unter den Teppich kehren konnte. Erst jetzt erkannte sie, wie wichtig Pias Hartnäckigkeit gewesen war. Ohne ihre Freundin wäre sie vielleicht noch immer auf der Flucht vor den Erinnerungen. Auch wenn es ihr nach wie vor schwerfiel, ihre Trauer anzunehmen, anstatt sie einfach zu verdrängen. Wer konnte schon sagen, ob sie Asmus überhaupt von Thomas erzählt hätte, hätte ihre Freundin ihr nicht unablässig ins Gewissen geredet?

Marie beschleunigte ihre Schritte und ließ sich nicht einmal von einer jagenden Katze ablenken, die mit weit vorgestreckten Pfoten im Zickzack über den Deich preschte. Sie würde Pia die längst überfällige Antwort geben – und ein Dankeschön gleich mit dazu.

Im Kapitänshaus brannte Licht.

Allerdings nicht etwa in den unteren Räumen und schon gar keins, das Marie versehentlich angelassen hatte, als sie zum Stinte-Essen aufgebrochen war. Der Lichtschimmer drang vielmehr aus einem Fenster im Obergeschoss durch die geschlossenen Vorhänge, kaum wahrnehmbar, aber in der Abenddämmerung nicht zu übersehen.

»Verflucht, Marlene ist zu Besuch«, schimpfte Marie. Sie konnte sich wirklich keinen schlechteren Abschluss für diesen ansonsten so überragend guten Tag vorstellen. Das Letzte, was sie jetzt brauchte, war eine erneute Auseinandersetzung mit ihrer kratzbürstigen Großtante.

Der ausladende Mercedes, mit dem Marlene bei ihrer letzten Stippvisite die Straße versperrt hatte, war jedoch nirgends zu sehen. Und die Eingangstür lag verschlossen im Dunkeln.

Mit einem mulmigen Gefühl in der Magengegend betrat Marie die Diele und lauschte angestrengt. Nichts. Jedenfalls kein Geräusch, das bis ins Untergeschoss durchgedrungen wäre. Natürlich war es denkbar, dass ein Einbrecher in das einsame Haus eingestiegen war, indem er eins der alten Fenster im Erdgeschoss ausgehebelt hatte. Aber er würde sich doch wohl kaum die Mühe machen und die sorgfältig verriegelte Tür im Obergeschoss knacken, nachdem er bereits in den unteren Räumen festgestellt hatte, dass es im Kapitänshaus nichts zu holen gab. Sogar Maries Rechner taugte höchstens noch als Theaterrequisite, so altertümlich sah er aus. Vermutlich waren es bloß ein paar gelangweilte Teenager aus dem Ort, die sich den Samstagabend damit vertrieben, sich den wohlgehüteten Schatz der berüchtigten Marlene Weiss mal aus der Nähe anzusehen.

Marie riss sich zusammen und schaltete das Licht in der Diele an.

»Hallo, ist da jemand?«

Weder ertönte eine Antwort, noch verrieten hastige Schritte, dass ein Eindringling es für angebracht hielt, das Weite zu suchen.

Nach einem kurzen inneren Kampf stieg Marie die Holztreppe ins Obergeschoss hoch, wobei sie extra laut auftrat, um ihr Kommen anzukündigen. Marlenes Worte kamen ihr in den Sinn: »Die Sicherheitstür, die ich oben habe einbauen lassen, bekommst du ohne Schlüssel nicht auf.« Aber wie kam es dann, dass Licht brannte? Irgendwer musste sich Zutritt verschafft haben. Tatsächlich war die Tür lediglich angelehnt, und durch den Spalt fiel ein kaum wahrnehmbarer Streifen Licht. Zögernd legte Marie die Hand gegen die massive Schutztür, die als einziges Teil in diesem Haus jüngeren Datums war.

Lautlos glitt die Tür auf.

Instinktiv flog Maries Blick zur Lichtquelle, die das Unbekannte, ja Verbotene vor ihr enthüllte. Von der Decke hing eine Messinglampe mit einem Milchglasschirm, der an eine Blüte denken ließ. Feinstes Art déco, schoss es ihr durch den Kopf. Abgestandene Luft mit einem Hauch von einer orientalischen Note wehte ihr entgegen. Ein Parfüm, erkannte Marie, doch sie konnte es nicht zuordnen. Schwer, leicht rauchig.

Sie trat auf die lackierten Holzdielen und hielt inne, bevor sie die Seidenläufer mit ihren Straßenschuhen ruinierte. Als sie aus den Stiefeln schlüpfte, war in ihren Gedanken längst kein Platz mehr für Einbrecher oder angeödete Dorfjugendliche auf der Suche nach einem Thrill. Sie fühlte sich wie bei einem Antritt zu einer Zeitreise, so als hätte sie mit dem Durchschreiten der Sicherheitstür das Jahr 2013 hinter sich gelassen, um ins frühe 20. Jahrhundert zu reisen, als das Kapitänshaus seine Blütezeit erlebt hatte. Und hier, im Obergeschoss, wurde diese Zeit wieder lebendig – zumindest in Maries Phantasie, die durch eine Unzahl von Romanen geprägt war. Auf Socken eroberte sie den Flur, ließ die Fingerspitzen über die Seidentapeten tanzen und hielt verzückt vor einer englischen Stockuhr inne. Eine dicke Staubschicht lag auf dem schwarzen Lack und dem Uhrenglas mit seiner Messingumrahmung. Obwohl die Zeiger still standen, glaubte Marie, ein leises Ticken zu hören, nur dass für sie die Zeit rückwärts lief.

Hielt Marlene diese Räume verschlossen, weil sie ihr ganz persönliches Tor in die Vergangenheit darstellten?

Zum ersten Mal brachte Marie Verständnis für ihre Großtante auf. Wenn dies ihr Reich wäre, würde sie es ebenfalls eifersüchtig bewachen. Gut möglich, dass Marlene den Tag über tatsächlich zu Besuch gewesen war und dann, benommen von der einnehmenden Atmosphäre, nicht nur vergessen hatte, das Licht zu löschen, sondern auch die Tür nach allen Regeln der Kunst zu verriegeln. Selbst eine hartgesottene alte Dame wie sie schien eine Schwachstelle zu haben – und in diesem Fall eine, für die sie sich wirklich nicht zu schämen brauchte.

Mühsam löste Marie sich von der Stockuhr und wog ab, ob sie das Licht ausschalten und in ihr eigenes Reich zurückkehren oder ob sie weiter vordringen sollte, wo sich ihr die Gelegenheit schon einmal bot. Noch während sie darüber nachdachte, verselbstständigten sich ihre Füße bereits, und sie trat durch die Tür zu ihrer Linken. Ihre suchenden Finger fanden den Lichtschalter, und nur mit Not unterdrückte sie einen Seufzer, als eine Kammer mit rosenroten Wänden zum Vorschein kam. In der Mitte stand ein ovaler Tisch, auf dem eine Samtdecke im gleichen Farbton lag. Einer der Stühle war abgerückt, als habe sich gerade erst jemand erhoben, um sich einen Tee zu holen. Das in Leder gebundene Buch lag noch aufgeschlagen mit den Seiten nach unten, obwohl ein Lesezeichen in greifbarer Nähe war. Fast rechnete Marie damit, dass gleich eine vornehme Dame in Bluse und knöchellangem Rock, das Haar aufgesteckt, an ihr vorbeigehen würde, um sich an den Tisch zu setzen und wieder in die Lektüre zu vertiefen. Marie warf einen Blick auf den Einband. »Sturmfluten«, lautete der Titel des Romans. Sie wagte es nicht, das Buch in die Hand zu nehmen und herauszufinden, an welcher Stelle der geheimnisvolle Leser seine Lektüre unterbrochen hatte.

Dann nahm Marie das eigentliche Herzstück des Zimmers in Augenschein: einen hohen Sekretär aus Nussbaum. Obwohl sie ein schlechtes Gewissen bekam, zog sie nacheinander die kleinen Schubladen auf. Leider fand sich darin nur das Übliche wie Büroklammern aus angelaufenem Kupfer, vergilbtes Briefpapier und ein Sammelsurium aus Perlmuttknöpfen. Ein mit Seidenband zusammengehaltener Packen mit Fotoaufnahmen, Briefen oder gar ein unter Krimskrams verstecktes Tagebuch waren leider nicht dabei. Als Marie sich dabei ertappte, wie sie den Sekretär nach einem Geheimversteck abzusuchen begann, musste sie über sich selbst schmunzeln. »Ja, meine Liebe, du hast eindeutig zu viele Romane gelesen. Wo ist nur das seit Generationen verschollene Tagebuch, das alle Geheimnisse des verschlossenen Obergeschosses offenbart?«

Dennoch mochte sie die Hoffnung nicht aufgeben, dass eins der Zimmer ihr mehr über die Vergangenheit des Kapitänshauses verriet. Und so schlüpfte sie durch eine Verbundtür in den nächsten Raum, der sich als elegant eingerichtetes Wohnzimmer erwies, in dessen Zentrum ein Klavier stand. Der Deckel war hochgeklappt, als warte das Instrument nur darauf, gespielt zu werden.

Marie setzte sich ans Klavier und musste unwillkürlich an die Unterrichtsstunden denken, die sie ihrer Mutter als Mädchen abgerungen hatte, bis sie sich schließlich eingestand, dass der Wille allein niemanden zu einer brauchbaren Pianistin macht. Trotzdem kribbelte es in ihren Fingern. Warum auch nicht? Das Haus war leer, es gab keinen Zeugen, der sich über ihr Geklimper lustig machen konnte. Davon abgesehen konnte sie jeden misslungenen Ton auf das alte, verstimmte Klavier schieben. Während sie in ihrer Erinnerung nach den ersten Tönen der Mondscheinsonate suchte, fanden ihre Finger die richtigen Tasten von ganz allein. Zu ihrer Überraschung klang weder das Klavier schief, noch griff sie daneben. Ihr Blick glitt zum Fenster hinüber, doch die bodenlangen Vorhänge versperrten ihr die freie Sicht. Zu gern hätte sie in die Nacht hinausgesehen oder einen Blick auf ihr Spiegelbild erhascht, wie sie der getragenen, sich allmählich steigernden Melodie der Mondscheinsonate nachhing.

Plötzlich riss sie ein dumpfes Pochen aus ihren Gedanken. Sie brauchte einen Moment, um das Geräusch zu orten: Es kam von unten, aus der Diele.

Dann erklang ein Ruf.

Kapitel 27

Marie? Bist du da?«

Die Stimme war männlich und rau.

Thomas!, schoss es Marie durch den Kopf. Dann wurde ihr klar, dass es Asmus war, der nach ihr rief. Hastig sprang sie vom Klavierschemel auf und lief zum obersten Treppenabsatz.

»Ich bin hier oben. Ist etwas passiert?«

»Nein, alles gut. Ich war nur mit den Hunden noch einmal vorm Haus, und als ich bei dir vorbeikam, brannte nicht nur Licht im Obergeschoss, sondern jemand spielte Klavier. Da wollte ich lieber mal reinschauen.«

Als Asmus in den Lichtkegel unten in der Diele trat, wich Marie bei seinem Anblick unwillkürlich zurück. Für einen Sekundenbruchteil erschien sein Gesicht ihr wie das eines Fremden: die sich unter den Wangenknochen abzeichnenden Schatten, der schmale und doch schön geschwungene Mund und das dunkle Haar, das der Abendwind ihm aus der Stirn geweht hatte. Dieser Mann hatte kaum etwas gemeinsam mit dem zerzausten Schäfer in Gummistiefeln, der vor wenigen Wochen auf der Suche nach einem Lamm vor ihrem Gartenzaun aufgetaucht war. Ein zurückhaltender, freundlicher Nachbar war das gewesen; der Mann aber, den Marie jetzt in ihrer Diele stehen sah, wirkte äußerst selbstbewusst und hatte ausdrucksvolle Augen, in denen eine Stärke lag, die sie nervös machte. Es schien ganz so, als hätte Asmus seine Scheu gänzlich abgelegt. Etwas hat sich verändert, erkannte Marie in jenem atemlosen Moment.

Asmus lächelte sie von der Diele aus an, wobei er den Kopf in den Nacken legen musste. »Habe ich dich erschreckt? Du siehst mich an, als wäre ich ein Gespenst.«

Marie schüttelte benommen den Kopf. Der Eindruck, den er auf sie machte, war nicht leicht abzustreifen. »Ganz bestimmt nicht. Es ist nur … Ich stehe wohl noch ganz unter dem Bann von Marlenes Räumen, die haben mir irgendwie den Kopf verdreht, ich fühle mich ganz dünnhäutig.« Als Asmus fragend die Brauen hob, begriff sie, dass man den Zauber, der vom Obergeschoss ausging, am eigenen Leib erlebt haben musste, um ihn zu verstehen. Zwar war es nicht recht, gegen Marlenes Willen zu verstoßen, aber schließlich hätte ihre Tante die Tür auch nicht einladend offen stehen lassen müssen. Eigentlich sollte Marlene ihr sogar dankbar sein, weil sie sich der Sache annahm, anstatt das Licht brennen zu lassen, bis die alte Elektrik durchschmorte.

»Am besten schaust du dir Marlene Weiss' wohlgehütetes Geheimnis mit eigenen Augen an.«

»Das brauchst du mir nicht zweimal anbieten.«

Asmus stieg aus seinen Stiefeln und hängte den Parka übers Treppengeländer. Unschlüssig betrachtete er den angebissenen Apfel, den er auf seinen Abendspaziergang mitgenommen hatte, und warf ihn nach draußen vor die Tür, bevor er sie zuzog. »Dann haben Mascha und Fjodor etwas zu tun, während sie auf mich warten«, sagte er, stieg die Treppe hoch und hielt auf dem schmalen Flur vor Marie inne. Sie konnte nicht widerstehen und musterte ihn erneut, obwohl Asmus ihre Neugier aus dieser Distanz wohl kaum entging. Sie spürte, wie sich ein Leuchten in ihre Augen schlich, von dem nur allzu klar war, wer es entzündet hatte. Tatsächlich, etwas an ihm war anders, und dieser Eindruck war nicht nur ihren überreizten Sinnen zuzuschreiben. Oder liegt es an mir?, fragte sie sich. Bin ich nicht auch eine andere Frau?

Mit einem schiefen Lächeln strich Asmus sich über das frisch rasierte Kinn. »Es wird wohl eine Weile dauern, bis man sich an diese Veränderung gewöhnt hat.«

»Fühlt sie sich denn richtig an?«

Asmus zögerte, dann nickte er. »Und wie geht es dir? Seit meinem letzten Besuch im Kapitänshaus war so viel los, dass ich gar nicht dazu gekommen bin zu hören, wie es dir nach unserem Gespräch ergangen ist.« Seine Hand fuhr erneut über sein glattes Gesicht, während er nach den richtigen Worten suchte. Marie ertappte sich bei dem Gedanken, was er bei der Berührung wohl fühlte. Sofort stieg ihr Hitze ins Gesicht, aber sie konnte den Blick nicht von Asmus abwenden.

»Ich bin immer noch sehr froh darüber, dass du deinen Ausflug ins nebelige Watt gut überstanden hast«, sagte er. »Und ich bin auch froh über alles, was danach geschehen ist. Was mich allerdings ziemlich beschäftigt … Wie soll ich sagen … Bereust du es vielleicht, mir gegenüber so offen gewesen zu sein?«

Das Nein! formulierte sich klar und deutlich in Maries Kopf, aber es wollte nicht über ihre Lippen kommen. Es verriet nämlich nicht nur, was Asmus für sie getan hatte, indem er sie aus ihrem Schneckenhaus hervorgelockt hatte, sondern auch, wie glücklich sie darüber war, dass er und kein anderer es gewesen war. Will ich es denn, dieses Gespräch, das sich so intim anfühlt, dass hinter meiner Stirn ein wahrer Funkenregen niedergeht?, fragte sie sich. Unschlüssig fuhr sie mit der Hand durch ihre Locken und verhedderte sich prompt. Als Asmus fragend den Kopf schieflegte, musste

Marie erst einmal Luft holen. »Es gibt ehrlich gesagt nichts, das ich bereue«, gestand sie ein. »Nicht einmal meine kopflose Flucht ins Watt. Und ganz bestimmt nicht, dass du mich darin bekräftigt hast, über Thomas zu reden. Es war, als hättest du den Knoten durchschlagen, bevor er mich endgültig erstickte. Du hast etwas gut bei mir, Asmus Mehnert«, sagte sie leise mit einem Lächeln.

»So wie der Frosch bei der Märchenprinzessin?« Asmus beugte sich ein Stück zu ihr hinab, fast flüsterte er ihr ins Ohr.

Er war so nah, dass Maries Blick unwillkürlich auf die feinen Narben auf seiner Wange fiel. Ein kleines Sternenfeld, das sie am Nachmittag mit einer Rasierklinge freigelegt hatte. Längst verblasste Erinnerungen an seinen Unfall. Wie von selbst spann sich in ihren Gedanken eine Verbindung zu seiner Russlandreise, die er nach seiner Genesung unternommen und die eine entscheidende Kreuzung auf seinem Lebensweg dargestellt hatte. Bestimmt wäre es für ihn befreiend, darüber zu reden. Warum sollte sie ihm nicht die Unterstützung gewähren, die er ihr geboten hatte?

»Genau wie im Märchen«, sagte sie deshalb und legte ihm eine Hand auf den Oberarm. Eine freundschaftliche Geste, zumindest hoffte sie das, während sie die Wärme seiner Haut durch den Stoff seines Hemdes wahrnahm. »Du hast einen Wunsch bei mir frei, und wenn du möchtest, kannst du ihn jetzt gleich einlösen. Wir sind allein und haben alle Zeit der Welt.«

Während Asmus über ihr Angebot nachdachte, überzog kurz ein Schatten sein Gesicht, als er die Kiefer fest aufeinanderpresste. Ein Zögern, eine Unsicherheit. Solche Feinheiten in seinem Gesichtsausdruck zu erkennen war, vorher unmöglich gewesen. Marie fragte sich, ob er sich bewusst war, wie offen seine Mimik ohne den schützenden Bart war. Ob er sich solche sichtbaren Regungen wohl abtrainieren würde, wenn er es herausbekam? Sie vergaß diesen Gedanken schlagartig, als er ihren Blick geradeaus erwiderte.

»Lös deinen Wunsch gleich ein, wenn dir danach ist«, sagte sie aufmunternd.

»Ja, das möchte ich«, sagte Asmus.

Während Marie eine flüsternd erzählte Geschichte über seine Zeit in Russland erwartete, umfasste Asmus sanft ihren Nacken und küsste sie.

Es war nicht mehr als eine vorsichtige Liebkosung ihrer Lippen, ein Herantasten, ob sie wirklich einen Kuss zuließ. Hätte Marie eine Gelegenheit gehabt, darüber nachzudenken, wäre sie vor Überforderung erstarrt. Doch ihre Lippen erwiderten die Zärtlichkeit, ehe sie einen klaren Gedanken fassen konnte. Und gerade als sie sich eingestand, dass sie nur zu gern von Asmus geküsst werden wollte, suchten ihre Hände bereits eigenmächtig nach seinem Oberkörper, um ihn näher an sich zu ziehen.

Aus dem vorsichtigen Spiel wurde rasch mehr, die Barrieren fielen ohne Widerstand, ihre Münder verschmolzen miteinander. Glatte Baumwolle und Rückenmuskeln unter ihren Fingerspitzen, sein kräftiges Haar und der Geschmack von Schnaps und … Er schmeckt nach Apfel, ganz nach Verführung, rauschten die Worte wie ein Glutstrom durch sie hindurch. Als er sich mit seinem ganzen Körper an sie schmiegte, erkannte sie, dass sie etwas Vertrautes vollkommen neu erlebte. Küsse, eine fiebernde Umarmung, die schneller und tiefer gehende Atmung eines Mannes an ihrem Ohr, während er sich gegen sie drängte und stürmisch ihren Hals küsste – das alles kannte sie, und doch kam es ihr vor, als erlebe sie es zum ersten Mal.

»Himmel«, entfuhr es Marie, als Asmus' Lippen an der empfindsamen Kuhle ihres Halses eine Lust in ihr auslösten, der sie sich nicht gewachsen fühlte. Sie tastete nach der Wand hinter sich und sank dagegen. Ihr wurde immer schwindeliger. Obwohl es ihr schrecklich vorkam, blieb ihr nichts anderes übrig, als Asmus ein Stück von sich zu schieben. Er ließ es geschehen und löste sogar seine Hände, die eben noch ihre Taille umfasst hatten. Zu gern hätte Marie ihm erklärt, dass er sie nicht loszulassen brauchte, aber dazu fehlte ihr der Atem. Als sie wieder einigermaßen bei Sinnen war, probierte sie ein entschuldigendes Lächeln, aber ihre Gesichtsmuskeln fühlten sich merkwürdig kraftlos an.

»Versteh mich nicht falsch, es ist nur ... Ich habe schlicht nicht damit gerechnet, dass du einen Kuss als Wiedergutmachung einfordern würdest«, gestand sie ein.

»Tatsächlich? Da habe ich wohl etwas falsch verstanden. Das Märchen mit dem Frosch und der Prinzessin klang in meinen Ohren wie eine Einladung.« Asmus legte den Kopf schief und sah nicht im Mindesten so aus, als ob ihm dieses Missverständnis wirklich leidtäte. Er zeigte nicht einmal ein jungenhaftes Grinsen als Entschuldigung für so viel Ungestüm, sondern wirkte vielmehr, als sei er überzeugt davon, genau das Richtige getan zu haben – auch wenn es Marie als Opfer dieses Missverständnisses ziemlich schummerig geworden war.

»Da war eindeutig Wunschdenken mit im Spiel«, verteidigte sie sich, allerdings nicht sonderlich nachdrücklich.

»Du nimmst es mir also übel?«

Es prickte Marie, wie zufrieden er mit sich aussah, während sie immer noch nicht wagte, die stützende Wand zu verlassen. Wie oft kam es wohl vor, dass einer über Dreißigjährigen die Knie nach einem Kuss wegzuknicken drohten?

»Wenn ich nicht so eine verdammt schlechte Lügnerin wäre, würde ich Ja sagen.«

»Das bedeutet dann wohl, dass dieses Missverständnis ein Glücksfall war.« Asmus nahm vorsichtig ihre Hand und zog sie an sich. Nah genug, um Marie nach Luft schnappen zu lassen, aber mit ausreichend Raum, dass sie ihm elegant ausweichen konnte. Falls ihr das lieber war.

Ein Teil von Marie wollte ganz und gar nicht auf Abstand zu Asmus gehen, nur blieb ihr nichts anderes übrig, wenn sie wenigstens ein Stück Souveränität zurückgewinnen wollte. Sie zog sich zurück, aber nur so viel, wie gerade nötig war.

»Wenn ich mich nicht täusche, sind uns beiden heute Nacht schon mehr als genug Wünsche erfüllt worden. Mir ist jedenfalls ganz schwindelig von der Geschwindigkeit.« Als Asmus verständnisvoll nickte, breitete sich eine Wärme in ihrer Brust aus, ein Feuer, von dem sie nicht geglaubt hatte, dass es sie jemals wieder versengen würde. Verstohlen blickte sie ihn an und verspürte zu ihrer Verwunderung nicht den leisesten Stich im Herzen. Es fühlte sich alles überwältigend gut und richtig an.

Ohne Asmus' Hand loszulassen, führte Marie ihn ins Schreibzimmer und dann in den vornehmen Salon, wo er neben dem Klavier stehen blieb.

»Von hier kam also das Klavierspiel«, stellte Asmus fest. »Wenn ich beim Kapitänshaus vorbeikam, habe ich noch nie welches gehört.«

»Kommst du in den Abendstunden oft hier entlang?«, fragte Marie nicht ohne Hintergedanken.

Asmus zuckte mit den Schultern, aber sein Lächeln verriet ihn. »Öfter als früher. Sehr viel öfter.« Dann trat er an den bodenlangen Vorhang und schob ihn ein Stück zur Seite. »Die Aussicht muss bei Tag großartig sein, ich würde drauf tippen, dass man von hier oben die Elbe sieht. Wenn du mich fragst, sind das die beiden besten Zimmer im Haus, auch wenn die repräsentativen Räumlichkeiten früher vermutlich im Erdgeschoss lagen.«

»Darüber habe ich auch schon nachgedacht.« Was tatsächlich stimmte. Nur fiel es Marie ausgesprochen schwer, sich auf ein Thema zu konzentrieren, das nichts mit dem überwältigenden Kuss zu tun hatte, der angeblich einem Missverständnis entsprungen war. Wobei … so unruhig wie Asmus' Finger über den Klavierlack tanzten, schien auch er nicht ganz bei der Sache zu sein. »Die ganzen Möbel sind doch gewiss aus der Anfangszeit des 20. Jahrhunderts, wenn teilweise nicht sogar älter«, sagte Marie und ließ die Finger leicht über Asmus' Hand tanzen. Gerade so viel, dass es die besondere Stimmung, die sich zwischen ihnen entspann, nicht zerstörte. »Warum stehen sie in Zimmern, die ursprünglich wohl bloß als Schlafzimmer gedacht waren? Schau dir allein den Fußboden an: schlichte breite Holzdielen, während unten unter dem Linoleum Eichenparkett liegt. Irgendwann einmal müssen die damaligen Besitzer samt ihrer wertvollen Möbel ins Obergeschoss umgezogen sein, und Marlene hat diesen Zustand konserviert, während sie das Untergeschoss und den Garten hat verwahrlosen lassen. Allein dieses Sofa dort drüben ist ein wahrer Schatz.«

Widerwillig riss Asmus den Blick von ihren sich berührenden Fingern, um das flaschengrün bezogene Chippendale-Sofa zu betrachten, auf dem ein Korb mit Stickzeug bereitlag, während auf dem zierlichen Beistelltisch ein Teeservice darauf wartete, benutzt zu werden.

»Es sieht aus wie in einem Museum«, sagte er, als hätte er den Raum erst jetzt in seiner Besonderheit erfasst, obwohl sie nun schon eine ganze Weile hier beisammenstanden.

»Gleichzeitig wirkt es vollkommen echt, als sei man in die Vergangenheit eingetreten. Ist es das, was Marlene Weiss in diesen Räumen sieht: eine Art Tor in eine längst vergangene Zeit, über das sie eifersüchtig wacht? Ich habe deine Tante ja nur kurz kennengelernt, aber sie machte nicht den Eindruck, ein besonders sentimentaler Mensch zu sein. Schwer vorstellbar, dass sie einen solchen Aufwand betreibt, nur um gelegentlich mal vorbeizuschauen und in eine andere Epoche abzutauchen. Zumal sie diese Zeit persönlich höchstens als junges Mädchen erlebt hat.«

»Ich kann mir auch beim besten Willen nicht vorstellen, dass die bärbeißige Marlene so eine zarte Seite hat. Und falls doch, warum macht sie ein Geheimnis daraus? Nicht einmal ihr Sohn Gerald, dem sie das Haus geschenkt hat, weiß etwas von der Schönheit dieser Räume. Zumindest wirkte er ziemlich ratlos, was die Haltung seiner Mutter gegenüber dem Kapitänshaus anbelangt.« Sie beobachtete Asmus, wie er das Wohnzimmer gründlich studierte. Es geht ihm wie mir, stellte Marie fest. Er will dem Geheimnis auf die Spur kommen.

»Was ist mit den anderen Zimmern, die vom Flur abgehen? Hast du dir die schon angeschaut?«, fragte er, wie um ihre Vermutung zu bestätigen.

Marie schüttelte den Kopf. Gemeinsam wechselten sie in ein Schlafzimmer am Ende des Flurs, in dessen Mitte ein Biedermeierbett aus lackiertem Buchenholz stand. Staunend betrachtete Marie das geschwungene Kopf- und Fußteil und die aufwendig gearbeiteten Füße. Von dem mit weißem Leinen bezogenen Bettzeug stieg der überall in den Räumen zu findende Geruch auf. Endlich erkannte Marie den einprägsamen Duft nach Jasmin und Iris wieder: Ihre Mutter hatte an Feiertagen nach Shalimar geduftet, weil Maries

Vater ihr das Parfüm zu jeder Gelegenheit geschenkt hatte. Die Flakons waren nach seinem Auszug allesamt in den Müll gewandert.

Asmus trat so dicht neben Marie, dass sie seinen Atem hörte. Seinen etwas zu rasch gehenden Atem.

Es wäre so einfach, das Spiel wieder aufzunehmen in diesen Räumen. Schließlich hatte die Welt hier im Obergeschoss wenig mit dem Leben zu tun, das sie unten führte. Diese Welt stellte ein eigenes Reich dar, versuchte Marie sich einzureden, während Asmus reglos neben ihr verharrte. Wir könnten zusammen sein, und es müsste nichts bedeuten, sobald wir die Tür hinter uns schließen und die Treppe hinabgehen. Was wir in dieser Kammer tun, wird hier als ein weiteres Geheimnis verwahrt bleiben. Während ihre Finger flüchtig das Leinen des sorgfältig gemachten Bettes streiften, wusste sie, dass es eine Lüge war. Der Kuss hatte bewiesen, dass die Verbindung zwischen ihr und Asmus längst mehr als eine Freundschaft war.

»Dort drüben«, unterbrach Asmus ihre Gedanken. Er deutete auf den Nachttisch, auf dem eine gerahmte Fotografie stand.

Marie biss sich auf die Unterlippe. Dass ihr ein so wichtiges Detail entgangen war! Während sie sich bemühte, ihr inneres Durcheinander zu beherrschen, war Asmus weiterhin vollauf mit ihrer Suche beschäftigt gewesen. Für das weiße Leinen hatte er offenbar nicht mehr als einen Blick übrig gehabt, während ihre Phantasie mit ihr durchgegangen war. Schnell ging sie zum Nachttisch auf der anderen Seite des Bettes und nahm den silbernen Rahmen, der sich wie ein Buch zusammenklappen ließ, in die Hand. Er zeigte zwei Schwarz-Weiß-Aufnahmen. Auf der linken Fotografie war ein Mädchen kurz vor dem Sprung ins Erwachsenenalter zu sehen, das geziert auf dem Chippendale-Sofa aus dem Salon saß und unter halb geschlossenen Lidern in die Kamera blickte. Dem Blick sollte wohl etwas Verführerisches innewohnen, aber dafür war der trotzige Zug um den Mund zu dominant.

»Das muss Marlene als junges Mädchen sein. Diesen bärbeißigen Zug hatte sie offenbar schon in jungen Jahren drauf. Einfach unglaublich.« Marie schüttelte den Kopf. »Die Aufnahme scheint übrigens in der Orangerie gemacht worden zu sein, die ich im Gebüsch gefunden habe.«

»Und die Frau auf der anderen Aufnahme?« Asmus lehnte sich ein Stück vor, um die handtellergroße Fotografie besser betrachten zu können.

Bitte nicht, dachte Marie, als sein Oberarm ihren streifte und sie die Wärme seiner Berührung durch den Stoff hindurch zu spüren glaubte. Dabei bemühte sie sich nach Kräften, den lockenden Geruch nach Heu, Moschus und Apfelgrün, der von ihm ausging, zu ignorieren. Noch immer wirkte der unerwartete Kuss in ihr nach und drohte, sie aus der Fassung zu bringen. Schließlich gelang es ihr, sich auf die zweite Fotografie zu konzentrieren. Sie zeigte eine bestechend gut aussehende Frau, die um die vierzig sein mochte. Sie trug das wellige Haar, das ihr bis auf die Schultern reichte, offen, was einen reizvollen Kontrast zu ihrem sorgfältig geschminkten Gesicht bildete. Auf den Lidern lag ein schwarzer Kajalstrich, und die Lippen, auf denen ein rätselhaftes und doch anziehendes Lächeln lag, waren bestimmt kirschrot angemalt. Im Gegensatz zu der aufgerüschten Marlene trug sie eine schlichte schwarze, kragenlose Bluse, die nur von einer Brosche geschmückt wurde. Vor dem Hintergrund der Orangerie saß sie in einem Schaukelstuhl und rauchte eine Zigarette. Mit ihren manikürten Fingernägeln und der selbstbewussten Ausstrahlung hätte sie durchaus eine Frau der Gegenwart sein können, wäre das Foto nicht in der Orangerie aufgenommen worden, von der heute nur noch das Metallskelett stand. Etwas in ihrem Blick fesselte Marie, vielleicht war es die Art, mit der sie ihrem Betrachter zu sagen schien: Ich brauche mich nicht in Pose zu werfen, dieses ganze Tamtam habe ich weit hinter mir gelassen. Sie war auf eine Art offen, wie es nur selbstbewusste Menschen sein können. Und doch war da auch eine Spur von Verletzlichkeit …

»Ich habe keine Ahnung, wer diese Frau ist«, sagte Marie. »Aber ich kann mir gut vorstellen, dass sie diejenige war, welcher der Shalimar-Flakon auf dem Schminktisch gehörte. Das Parfüm passt zu ihr.« Wenn jemand diese schwere, sinnliche Duftnote tragen konnte, dann die Frau auf der Fotografie, das wusste Marie ganz instinktiv.

Asmus tippte mit dem Zeigefinger auf den Silberrand des Rahmens. »Das ist bestimmt die schöne Mina Boskopsen oder Mina Löwenkamp, wie sie nach ihrer Heirat hieß. Gerke Taden, mein Vorgänger, hat gelegentlich von ihr geschwärmt, weil sie immer in ihrer extravaganten Aufmachung am Deich entlangflaniert ist. Für ihre Tochter Marlene hat der alte Taden hingegen nur scharfe Töne übrig. Er ist zwar ein ausgemachter Muffelkopf, aber wir sollten ihm mal einen Besuch abstatten. Vielleicht erwischen wir einen guten Tag, und er erzählt uns ein paar Geschichten vom Kapitänshaus. Er hat die Schäferei zwar erst 1961 übernommen, aber als Tidewaller Urgestein wird er bestimmt das ein oder andere aufgeschnappt haben. Meinst du, du könntest dir das Foto für eine Weile ausleihen?«

Marie nickte, während sie Minas Bildnis genauer studierte. Dabei wanderte ihre Aufmerksamkeit von dem ansprechenden Gesicht zu der Brosche, dem einzigen Schmuck dieser so tadellos zurechtgemachten Frau. Es war ein schlichtes Stück, vermutlich eine Goldnadel mit einem Edelstein an einem Ende. Aus einem unerfindlichen Grund heraus verspürte Marie das Verlangen, die echte Brosche zwischen ihren Fingern zu halten und sie von allen Seiten zu begutachten, sie vielleicht sogar anzustecken. Wenn es im Obergeschoss Erinnerungsstücke von Mina wie den in Leder gebundenen Roman oder ihr Parfüm gab, überlegte sie, dann war vielleicht auch die Brosche irgendwo zu finden. Von einer plötzlichen Aufregung heimgesucht, öffnete Marie das Schmuckkästchen auf dem Schminktisch, doch es war leer.

»Suchst du nach etwas Bestimmtem?«, fragte Asmus.

»Diese Brosche auf dem Foto … Es würde mich nicht wundern, wenn sie irgendwo in diesen Räumen aufbewahrt wird.«

»Dann probier es doch mal mit dem Kleiderschrank«, schlug Asmus vor. »Vielleicht verrät die Kleidung darüber hinaus noch mehr über die Frau, die hier einst gelebt hat.«

Marie öffnete die leicht klemmenden Schranktüren, doch das Innere war vollkommen leer. Enttäuscht verschränkte sie die Arme.

Asmus trat zu ihr, und kurz hatte Marie das Gefühl, als wolle er ihr einen Arm um die Schultern legen, dann steckte er jedoch die Hände in die Hosentaschen. »Es ist spät«, sagte er. »Wir sollten die Suche für heute einstellen und erst einmal abwarten, was der alte Taden zu erzählen hat. Vielleicht stellt sich ja heraus, dass es gar nichts zu suchen gibt.«

Widerwillig nickte Marie, und als sie bei der Sicherheitstür nach dem Lichtschalter langte, fühlte sie den scharfen Stich der Enttäuschung, als das Licht erlosch und die Welt, die das wahre Herz des Kapitänshauses zeigte, sich ihren

Blicken entzog. Dennoch verließ sie das Obergeschoss nicht als dieselbe Frau, als die sie es betreten hatte. Nicht nur Asmus hatte heute eine bemerkenswerte Veränderung an den Tag gelegt. Sie selbst hatte nicht nur einen Kuss zugelassen, sondern auch noch genossen.

Nachdem Asmus sich mit einem schlichten »Schlaf gut« verabschiedet hatte, als ahne er, dass sie mehr in diesem Moment nicht ertragen hätte, saß Marie noch eine Weile auf dem Cordsofa, das sie für die Zeit der Renovierung in die Küche geschoben hatte. Die Gedanken schossen ihr kreuz und quer durch den Kopf. Sie fragte sich nach dem Grund für die Sicherheitstür und dem Sinn der über Jahrzehnte hinweg erhaltenen Räume, grübelte über Marlene und die Beziehung zu ihrer Mutter und natürlich über die schöne Frau mit der Brosche. Worüber sie sich jedoch konsequent nachzudenken verbot, war Asmus. Die Nacht brach an, und schon bald würde sie sich nicht mehr gegen die Müdigkeit wehren können. Was, wenn sie im Traum Thomas' Rufen hörte?

Kapitel 28

Tidewall, November 1940

Mina kontrollierte im Spiegel des Schminktischs, ob ihr Make-up nicht zu dramatisch ausfiel. Als sie am Vormittag nach Marne gefahren war, um ein paar Besorgungen zu machen, waren ihr die Blicke der Kleinstädter nämlich nicht entgangen. In der Weltstadt Berlin fielen ihre fein gestrichelten, hohen Augenbrauen und der geschminkte Mund genauso wenig auf wie die Zigarette in ihrer Hand. Am Rand von Dithmarschen jedoch wirkte ihre Aufmachung, als wolle sie direkt auf die Bühne eines exklusiven Nachtclubs steigen. Natürlich war ihr das schon bei ihrem letzten Besuch in Tidewall vor einigen Jahren aufgefallen, aber da hatte sie sich nichts daraus gemacht. Sollen sie ruhig schauen, so viel Stadtluft wird den Landeiern hier so schnell nicht wieder um die Nase wehen, hatte sie gedacht. Heute jedoch bereitete ihr die Vorstellung, angestarrt zu werden, wenig Vergnügen. Nicht nur, weil ihr seit Beginn des Krieges die Leichtigkeit abhandengekommen war, sondern auch weil im Augenblick wahrhaftig kein Anlass dazu bestand.

Ein Haushalt in Trauer bot keinen Raum für Extrovertiertheiten.

Davon einmal abgesehen war ihre Zeit für ein meisterhaft geschminktes Gesicht genauso vorbei wie die Sehnsucht nach dem großen Auftritt.

Die Stimmung in ihrem Vaterland hingegen war geradezu in Champagnerlaune, so trunken wie es von seinem Eroberungsstreifzug durch Europa war. Mina hatte sich noch nie sonderlich viel aus Politik gemacht, aber den Siegestaumel der Menschen fand sie nicht nur ordinär, sondern geradezu verstörend. Als vor einigen Monaten infolge des überaus erfolgreichen Blitzkriegs sogar Paris unterworfen worden war, hatte sie zum ersten Mal Beschämung angesichts des deutschen Eroberungswahns verspürt. Wie hatte diese Stadt sie als junge Frau inspiriert! Und nun rissen ihre Landsleute das Schmuckstück Europas nicht nur ins Elend, sondern erstickten mit ihrem Kleingeist all das, was Paris für Mina bedeutete: *savoir-vivre*, wohin man nur blickte.

Auch ihr Mann Fred sah auf die Nationalsozialisten herab und hatte deren Partei lange Zeit als unangenehme Modeerscheinung abgetan, deren Ecken und Kanten sich im täglichen Politikgeschäft schon noch abschleifen würden. Seine Einstellung hatte sich mit dem Einmarsch in Polen im letzten Jahr schlagartig geändert. Seitdem zeigte Fred sich nach außen hin als national begeistert, während er seine wahre Haltung zu den Exzessen für sich behielt. Die Geschäfte mit diesen Leuten liefen einfach zu gut, als dass sogar ein stolzer und elitär denkender Mann wie Fred Löwenkamp hätte widerstehen können. Nachdem Mina einmal ihren Missmut bei einem gemeinsamen Abendessen mit einigen braunen Parteibonzen geäußert hatte, hatte Fred sie beiseitegenommen und seine Finger dabei so kräftig in ihren Oberarm gegraben, dass man noch Stunden später die Abdrücke sah.

»Du kannst von diesen Spießgesellen halten, was du willst – solange du es für dich behältst«, hatte er ihr mit schneidendem Ton ins Ohr geflüstert, während sein falsches Lächeln vortäuschte, dass er seiner Frau gerade ein intimes

Kompliment machte. »Dein Interesse an Nachtclubbesuchen und dein ganzes aufgesetztes Mäzenatentum, mit dem du deine Langeweile zu kaschieren versuchst, wird nämlich bezahlt von ebendiesen Leuten, denen im Augenblick die halbe Welt gehört. Du kannst ruhig in deinen Pelzmänteln über den Ku'damm flanieren und junge Gecken in Cafés aushalten. Dabei sollte dir allerdings stets klar sein, warum du dazu in der Lage bist: weil meine Familie stets wusste, aus welcher Richtung der Wind weht. Also wisch dir jetzt diesen arroganten Ausdruck vom Gesicht, und sei eine angenehme Gesellschaft. So wie es sich für eine Löwenkamp-Gattin gehört.«

Mina hatte tatsächlich ein Lächeln aufgesetzt, allerdings ein so kaltes, dass Fred umgehend ihren Arm freigegeben hatte. »Wenn du dich in diesem gesellschaftlichen Kreis wohlfühlst – bitte schön. Man wird es dir als Unternehmer des Jahres sicherlich nachsehen, falls du bei folgenden Zusammenkünften ohne mich erscheinst. Dann kannst du dir auch sicher sein, dass dein dummes Frauchen sich nicht zufällig über deine hervorragenden Geschäftsbeziehungen mit England verplappert. Oder glaubst du, deine neuen Freunde wüssten deine ebenfalls ach so profitablen Businesspartner zu schätzen?«

Mit einer vermeintlich zärtlichen Geste hatte Fred über ihren malträtierten Arm gestrichen. »Ich weiß gar nicht, warum du dich so sträubst. Schließlich ist dein lieber Bruder Hubert ein brennender Verehrer des Führers. Das Geld deiner Familie hat diese Leute in Hamburg groß gemacht. Oder hast du das über die eine oder andere geleerte Champagnerflasche hinweg vergessen?« Fred hatte ihr gar nicht in die Augen schauen müssen, um zu wissen, dass er mit dem Hinweis auf Huberts politische Neigung einen empfindlichen

Treffer gelandet hatte. Die nationalistischen Ansichten ihres Halbbruders, zu dem sie trotz allem eine herzliche Beziehung pflegte, waren ihre Achillesferse. Genüsslich hatte Fred nachgesetzt: »Die Zeiten der Freigeistigkeit, die du so geliebt hast, sind schon seit Jahren vorbei, meine Teure. Sei kein Mädchen von gestern, sondern stell dich den neuen Herausforderungen.«

Das war also aus Fred Löwenkamp, dem stolzen Dynastieerben, geworden: ein Opportunist, der erwartete, dass das Rückgrat seiner Frau genauso nachgiebig war wie sein eigenes. Nie hätte Mina ein solches Verhalten von dem selbstbewussten Mann erwartet, der sie damals ohne zu zögern nach Berlin entführt hatte, als sich ihm die Chance dazu geboten hatte. Es hatte eine Zeit gegeben, in der es Fred gleichgültig gewesen war, was die Leute von ihm hielten. Diese Zeiten, als sie ihn wenn schon nicht mit Liebe, so doch zumindest mit Bewunderung hatte in die Augen blicken können, waren lange vorbei.

Seufzend griff Mina nach dem schwarzen Samtblazer, der ihr Kostüm vervollständigte. Während sie in das schmal geschnittene Modell schlüpfte, schaute sie zum Fenster hinüber. Es dämmerte bereits, trotzdem war das Dach der Orangerie zu erkennen. Aus seiner Schneehaube stachen die stilisierten Lilien hervor, die den Giebel schmückten.

Als würde dieser Anblick eine Tür in ihrer Erinnerung öffnen, hörte Mina die Stimme ihrer längst verstorbenen Großmutter Theophila, die ihr vom Tod erzählt hatte, der ihrer Vorfahrin ein besonderes Geschenk bereitet hatte. »Du brauchst also niemals zurückzuweichen. Nimm dein Leben und lebe es«, hatte sie ihrer Enkelin aufgetragen. Damals war Mina überaus beeindruckt gewesen von diesem Leitspruch, hatte er ihr doch ein freies und aufregendes Leben versprochen. Mittlerweile, als siebenunddreißig Jahre alte Frau und Mutter einer Tochter, deren Rundungen zunehmend weiblicher wurden, glaubte sie nicht mehr daran, dass es nichts Aufregenderes gab, als dem Tod ins Gesicht zu lachen. Diese Tage lagen hinter ihr wie so vieles andere auch. Als die Einladung zur Beerdigung eintraf, war sie froh gewesen, dass Fred geschäftlich zu eingebunden war, um sie nach Dithmarschen zu begleiten. In einem Dorf wie Tidewall, dessen einzige Gaststätte aus einem rustikalen Schankraum bestand, konnte man sich nämlich verdammt schwer aus dem Weg gehen. Außerdem machte ihre Tochter Marlene gerade eine schwierige Phase durch, da war ein nutzloser Vater zu Hause besser als gar kein Vater.

»Es ist nicht der Tod, den ich fürchte«, gestand Mina sich ein. »Es ist das Leben, das mir Sorgen macht: Es zerbricht einem unter den Händen, egal wie fest oder behutsam wir es halten.«

Eigentlich war es an der Zeit, in den Salon zu gehen und ihrer Stiefmutter Adelheid Gesellschaft zu leisten, aber dazu konnte sich Mina nicht durchringen. Die fünf Jahre, seit ihr Vater verstorben war, hatte Adelheid dazu genutzt, sich in ein aufgelöstes Vogelnestchen zu verwandeln. Sicher, sie war schon immer ein nervöses und feinsinniges Geschöpf gewesen, aber jetzt wirkte sie mit ihrer großbürgerlichen Attitüde wie ein verstaubtes Relikt aus der Kaiserära. Es war ein Segen für Mina und ihren Bruder Hubert gewesen, dass die Haushälterin Helmtraud sich der immer seltsamer werdenden Adelheid angenommen hatte. Zu Anfang hatte es einige Diskussionen gegeben, ob man Eduard Boskopsens Frau wirklich auf dem Lande leben lassen durfte, wo die Aufrechterhaltung ihrer gesellschaftlichen Verpflichtungen unmöglich war. Aber es war schnell klar geworden, dass Adelheid jene Gesellschaft bevorzugte, die sie ausschließlich in ihrer Phantasiewelt antraf. Und auf die von ihr bevorzugten eng geschnittenen Kleider wie aus Kaisers Zeiten verstand sich die Marner Schneiderin weit besser als die hanseatischen Nadelkünstler, die mit solchen Sentimentalitäten wenig anzufangen wussten.

Um sich die Zeit zu vertreiben, bis ihr Fernbleiben unhöflich wurde, begutachtete Mina die Schminkutensilien, die sie damals vor über sechzehn Jahren bei ihrer überstürzten Abreise zurückgelassen hatte. Weder Adelheid noch die Haushälterin Helmtraud hatten je etwas von dem Nippes weggeworfen, auf den die junge Mina damals so stolz gewesen war. Zuerst fand sie so viel Rührseligkeit albern, aber als der elegante Shalimar-Flakon in ihrer Hand lag, freute sie sich über das Erinnerungsstück. Das Parfüm hatte ihre Großmutter Theophila während ihrer Paris-Reise von einem ihrer Verehrer geschenkt bekommen, »etwas Exquisites für eine besondere Dame«. Denn damals war der schöne Flakon noch nicht im gewöhnlichen Handel zu erwerben gewesen. Glücklicherweise hatte der üppige Duft Theophilas Nase nicht zugesagt, und sie hatte ihn kurzerhand ihrer Enkelin mit den Worten »Das ist nicht exquisit, sondern aufreizend – womit es eindeutig besser zu einer jungen Dame passt« weitergeschenkt. Dann, an ihrem einundzwanzigsten Geburtstag, hatte Mina den Duft getragen. Ein Tag, an den sie sich im Lauf der Jahre jeden Gedanken verboten hatte ... Schließlich warf er unweigerlich die Frage auf, welche anderen Türen ins Leben ihr offen gestanden hätten, wenn sie nicht durch die erstbeste geflüchtet wäre, die sich ihr angesichts der erfahrenen Zurückweisung geboten hatte.

Während Mina den sinnlichen Jasminduft auf ihre Handgelenke und hinters Ohrläppchen tupfte, verspürte sie keinen

Schmerz mehr bei der Erinnerung. Die warmen Sommertage von 1924 schienen weit weg; sie gehörten zu einer jungen, lebenshungrigen Frau, deren Gefühle genauso hochgreifend gewesen waren wie ihre Hoffnungen. Mit beidem hatte Mina heute wenig gemein. Ihre Empfindungen waren oftmals so schal, dass sie sich nicht weiter mit ihnen befasste, und ihre einzige Hoffnung bestand darin, dass das Leben keine weiteren Demütigungen für sie bereithielt. Fred Löwenkamp hatte zwar sein Versprechen gehalten und ihr ein schillerndes Leben in der Stadt ihrer Jungmädchenträume ermöglicht. Aber er hatte versäumt, ihr zu sagen, dass es mit solch einem schillernden Leben war wie mit jedem Tag Torte essen – irgendwann hatte man es über. Wenn man dann mit einem Mann verheiratet war, der einen für nichts weiter als eine spritzige Unterhaltung und das passende Accessoire bei Abendveranstaltungen hielt, musste man sich nach einer erfüllenden Beschäftigung umsehen. Darin war Mina trotz ihrer Liebe zur Kunst und Mode nicht sonderlich erfolgreich gewesen, wie sie sich schmerzlich eingestand. Alles, was sie in den lebendigen Zwanzigerjahren in Berlin begeistert hatte, war unter dem Regime der Nationalsozialisten weggefegt worden. Das war ihr vollends klar geworden, als vor zwei Jahren die Wanderausstellung über angeblich entartete Kunst nach Berlin gekommen war. Und nun sollte sie – wenn es nach Fred ging – mit diesen Banausen an einem Tisch sitzen und huldvoll lächeln.

Genug Selbstbespiegelung, beschloss Mina und stellte den schweren Glasflakon zurück auf den Schminktisch. Es war an der Zeit, das obere Stockwerk des Kapitänshauses zu besuchen, in dessen Räumen Adelheid sich mit den altersschweren Möbeln ihrer Mädchentage eingerichtet hatte: eine krude Mischung aus Biedermeier und englischen Stücken, die sie von lang zurückliegenden Reisen mitgebracht hatte. Schon auf der Treppe glaubte Mina ein unterdrücktes Schluchzen zu vernehmen und überprüfte rasch, ob sie ausreichend Taschentücher eingesteckt hatte. Ihre Stiefmutter verwandelte sich nämlich im Minutentakt in eine menschliche Fontäne, seit Helmtraud von einem Schlaganfall niedergestreckt worden war. Auf den Klinkerboden der Küche, um genau zu sein. Eine Schüssel mit Pfannkuchenteig war neben ihr auf den Fliesen gelandet.

Natürlich teilte Mina die Trauer ihrer Stiefmutter, denn obwohl sie Tidewall seit ihrer rauschenden Geburtstagsfeier möglichst gemieden hatte, war ihr die resolute Haushälterin in lebhafter Erinnerung geblieben. An Freds Seite hatte sie in Berlin jede Menge aufregender, eigensinniger und hochbegabter Menschen kennengelernt, aber nur wenige hatten solch einen Eindruck hinterlassen wie die füllige Helmtraud, der schon eine Fahrt ins nahe Marne oder gar ins malerische Meldorf einer Weltreise gleichgekommen war.

Im Obergeschoss blieb Mina im Flur stehen und betrachtete die gerahmten Fotografien. Eigentlich stellten diese Schwarz-Weiß-Aufnahmen einen Stilbruch dar, schließlich war Adelheid doch nach Kräften bemüht, alles Moderne aus ihrem Reich fernzuhalten. Vielleicht gefallen die Bilder ihr, weil sie die Landschaft rund um Tidewall zeigen, überlegte Mina. Doch das konnte nicht die wirkliche Erklärung sein, dafür waren die Motive zu künstlerisch angehaucht, schon fast abstrakt: die Elbe als schwarzer Balken, gepflügte Felder wie eine geografische Studie und Wolkenformationen als Spiegelungen in Pfützen. Viel interessanter als die Frage, warum Adelheid die Bilder aufgehängt hatte, war, wer sie gemacht hatte. Sobald ihre Schwiegermutter nicht mehr ganz so in ihrer Trauer aufging, würde sie nachfragen. Es wäre zu aufregend, in dieser ländlichen Gegend auf eine Künstlerseele zu treffen.

Erwartungsgemäß saß Adelheid wie hindrapiert in dem abgewetzten Ohrensessel, den sie aus Helmtrauds Stube ins Obergeschoss hatte tragen lassen und der nun im Zentrum ihres ansonsten so eleganten Salons stand. Eigentlich hätte Adelheid als Hausherrin das repräsentative Erdgeschoss mit dem Eichenparkett zugestanden. Nach Eduards Tod hatte sie jedoch unbedingt nach oben ziehen wollen, um dem Himmel näher zu sein. Mina vermutete hinter dieser Entscheidung weniger einen gläubigen Hintergrund, als dass ihre Schwiegermutter lieber in die Wolken blickte als auf die Straße, wo die gewöhnlichen Leute ihrem Tagwerk nachgingen. Davon einmal abgesehen boten die Ostsüdfenster einen phantastischen Ausblick auf den Garten, der unter Adelheids Regie zu einem wahren Paradies herangewachsen war. Ihre Stiefmutter mochte sich weigern, die alten Zöpfe aus Kaisers Zeiten abzuschneiden, beharrlich die Realität des neuen Deutschlands ausblenden und sich von ihrer Haushälterin wie ein unsicheres Kind bemuttern lassen – wenn es jedoch um ihren Garten ging, kannte Adelheid weder Berührungsängste noch Grenzen. Sie wies erfahrene Gärtner an, sich verflixt noch mal an ihre Vorgaben zu halten, engagierte Tagelöhner, deren Existenz sie ansonsten nicht einmal wahrnahm, für Umpflanzarbeiten und ersann findige Möglichkeiten, um von Tidewall aus an ihre geliebten englischen Rosen zu gelangen.

Adelheid ist vielleicht ein zerbrechliches Geschöpf, aber ich tue gut daran, sie nicht zu unterschätzen, ermahnte sich Mina, bevor sie an die Salontür klopfte.

»Da bist du ja endlich«, klagte Adelheid, kaum dass sie ihre Stieftochter hineingebeten hatte.

Mit Erstaunen stellte Mina wieder einmal fest, wie großartig sich das Aussehen ihrer Stiefmutter gehalten hatte. Während Adelheids Persönlichkeit viel zu rasch gealtert war, hatte ihre Figur die schmale Linie behalten, und auf ihrer Haut war kaum eine tiefere Linie zu finden. Der optische Altersunterschied zwischen uns wird mit jedem Jahr geringer, gestand Mina sich ein. Im Gegensatz zu ihrer Stiefmutter hatte sie das Leben als junge Frau in vollen Zügen genossen, sodass sich die durchfeierten Nächte, die Drinks und Zigaretten unweigerlich in ihr Äußeres gefressen hatten. Jetzt, Ende dreißig, war sie zwar eine aufregende Frau, gewiss schöner als mit Anfang zwanzig. Sie ahnte jedoch, dass ihre Entwicklung in eine andere Richtung als bei Adelheid gehen würde, die schon lange Fleisch verschmähte, auf Kamillentee mit Honig schwor und jeden Abend Punkt zehn Uhr das Nachtlicht löschte.

»Diese Situation ist einfach nicht zu ertragen.« Adelheids Stimme war tränenerstickt. »Wie kann Fräulein Helmtraud nur solche Sachen machen, wo sie doch ganz genau weiß, wie schlecht es um meine Nerven bestellt ist? Zerbrechlicher als Brüssler Spitze – das hat sie selbst immer gesagt. Und nun so etwas: Sie stirbt. Einfach so. Nein, es ist nicht zu ertragen.«

Mina lag die flapsige Bemerkung auf der Zunge, dass die gute Helmtraud ja wohl kaum aus Rücksichtslosigkeit gegenüber ihrer zwanzig Jahre jüngeren Dienstherrin einen Schlaganfall erlitten hatte. Das wäre jedoch unfair gewesen, denn Adelheids Leid und Trauer waren echt – wenn auch auf ihre ganz eigene Art. »Es ist immer schwer, den Verlust eines Menschen zu akzeptieren, der uns nahesteht«, versuchte sie ihr Beileid in Worte zu fassen.

Sogleich zogen sich Adelheids blasse Brauen zusammen,

und sie funkelte ihre Stieftochter durch den Tränenschleier hindurch an. »Fräulein Helmtraud und ich standen uns selbstverständlich nicht nahe, wir stammen aus zwei vollkommen verschiedenen Welten. Sie war meine Haushälterin, Herrgott.« So plötzlich, wie die Erregung aufgetaucht war, verflüchtigte sie sich wieder. Adelheid führte ihr Taschentuch vor die bebenden Lippen. »Die beste Haushälterin aller Zeiten ist sie gewesen, unser Fräulein Helmtraud. Eine wahrhaft treue Seele, unersetzlich. Ach, Mina. Was soll jetzt nur aus mir werden?«

Während Mina nach einer Antwort suchte, die Adelheid beschwichtigte, zog sie einen Stuhl neben den Sessel und nahm die Hand ihrer Stiefmutter. Eiskalt und auf eine unangenehme Weise feucht fühlte sich die Haut an, aber Mina widerstand dem Bedürfnis, die Hand sofort wieder loszulassen. Trotz ihrer Verschiedenheit verspürte sie zum ersten Mal Sympathie für diese überkandidelte Person, aus deren Gesicht gerade die letzten mädchenhaften Züge verschwunden waren, während das Haar bereits ergraut war.

Für Eduard war Adelheid nicht mehr gewesen als die Belohnung für seinen Erfolg, dachte Mina, während ihre Stiefmutter den erlittenen Verlust mit tränenerstickter Stimme aufs Neue beklagte. Adelheid hatte sich brav in die Rolle der Ehefrau gefügt, aber genau betrachtet war es für sie ein hervorragender Handel gewesen. Welcher junge Ehemann hätte seiner Frau so viele Freiheiten zugestanden und ihr vor allem ihre Narreteien durchgehen lassen? Mina kannte die Antwort. Schließlich hatte sie selbst ihre Erfahrungen gemacht, nachdem sich die morgendliche Übelkeit nicht länger mit den champagnerseligen Berliner Nächten hatte erklären lassen. Sie hatte Freds Werben nachgegeben und ihn geheiratet, weil sie mit seinem Kind schwanger gewesen war. Außerdem hatte sie im Lauf der Jahre genug Paare beobachtet, die nach außen hin aufgeklärt und modern auftraten, während hinter verschlossenen Türen ein anderer Ton herrschte. Mit der Freiheit war es eine komplizierte Sache – das hatte sie immer wieder aufs Neue erfahren, seit Johann Taden ihr von den Grenzen erzählt hatte, die jeden noch so freien Geist am Boden hielten.

»Ich verstehe nicht …«

Von Adelheids verdutzten Worten aus den Gedanken gerissen, zuckte Mina zusammen. »Wie bitte?«

»Du hast eben einen Namen geflüstert«, erklärte Adelheid ihre Reaktion. »Johanna oder so ähnlich. Du überlegst doch nicht etwa in dieser Trauerstunde, wer die frei gewordene Stelle übernehmen könnte? Allein die Vorstellung, dass sich jemand Fremdes in Fräulein Helmtrauds Reich zu schaffen macht, lässt mich …« Adelheid schluchzte herzzerreißend.

Mina tätschelte die Hand ihrer Schwiegermutter, wobei sie eifrig die Assoziation mit einem toten Fisch zu verdrängen versuchte. »Beruhige dich, meine Liebe. Niemand will deine Haushälterin ersetzen.« Weil es in Wahrheit nämlich längst geschehen war: Kaum war Helmtraud aufgebahrt gewesen, hatte ihre handfeste Cousine Netti Fröhlich den Haushalt übernommen, um die Witwe Boskopsen während dieser schweren Zeit nicht unnötig mit Alltagsdingen zu belasten. Netti mochte um die fünfzig oder älter sein. Ihr grauer Haarknoten und das hagere Gesicht weckten den Anschein, als sei sie ohnehin schon immer eine alte Seele gewesen, die vom Leben nichts als Arbeit erwartete. Das Gleiche galt für den Schwarm fleißiger Bienen, lauter »Nettis« unterschiedlichen Alters, von denen Mina nicht sagen konnte, ob es nun ihre Töchter oder ihre Enkel waren. Da diese verstockten Wesen immer nur mit dem Kopf in Nettis Richtung deuteten, sobald man sie etwas fragte, hatte Mina es aufgegeben, schlau aus den Familienbanden zu werden. Trotzdem gab es ihr ein Rätsel auf, wie Adelheid die Netti-Invasion im Kapitänshaus entgangen sein konnte. Was glaubte ihre Stiefmutter eigentlich, wer sich um das Feuer im Ofen kümmerte und ihre gebrauchte Wäsche einsammelte?

Adelheid ließ sich nicht von Minas Worten ablenken. »Und wer ist dann diese Johanna, von der du unter deiner Nase flüsterst, damit ich nichts davon mitbekomme? Ein Komplott entgeht mir nicht einmal in meiner Trauer.« Sie fuchtelte mit dem nass geweinten Taschentuch herum.

Wie immer war Mina sich nicht sicher, ob Adelheid einen Hauch Paranoia verströmte oder ob es sich bloß um ihren gewöhnlichen Narzissmus handelte, der sie glauben ließ, alles drehe sich einzig und allein um sie. »Ich sagte nicht Johanna, sondern Johann. Ein alter Bekannter aus Tidewaller Zeiten«, fügte Mina rasch hinzu, damit nicht der Eindruck entstand, es verberge sich etwas Bedeutsames hinter diesem Namen.

Mit einem Kräuseln des Nasenrückens betrachtete Adelheid ihr fleckiges Taschentuch und ließ es dann einfach auf den Beistelltisch fallen. Eine weitere Aufgabe für die fleißigen Nettis.

»Ich erinnere mich … Deine Gedanken sind also bei Johann Taden.«

Laut ausgesprochen – und das nach all den Jahren, in denen Mina sich den Namen kaum zu flüstern erlaubt hatte – jagte der Klang wie ein Stromschlag durch ihren Körper. Abrupt stand sie vom Stuhl auf. Dabei stieß sie Adelheids Hand von sich, was diese jedoch kommentarlos hinnahm. Ihre Stiefmutter schien viel zu bedacht darauf, ihre Reaktion auf Johanns Namen einzufangen.

Es war Mina ein Rätsel, wie Adelheid ihre Trauer gleich einem eben noch leidenschaftlich verschlungenen Buch beiseitelegen und zu einem gänzlich anderen Thema übergehen konnte. In diesem Fall gab sie sich nicht einmal Mühe, ihre Neugierde zu verbergen.

»Ich erinnere mich gut an diesen Tagelöhner, obwohl er einer wahren Heerschar angehörte, die dein Vater damals eingestellt hatte, um das Kapitänshaus fürs Sommerfest herauszuputzen. Dein einundzwanzigster Geburtstag … Weißt du noch?«

Als ob Mina ihn je vergessen hätte – und offensichtlich konnte sich auch Adelheid bestens an die sonnendurchfluteten Tage und lauen Nächte erinnern, die mit Minas vollkommen überstürzter Abreise nach Berlin geendet hatten. Adelheid tippte mit dem Zeigefinger gegen ihre noch leicht nachbebende Unterlippe, nun ganz auf einen Mann konzentriert, dem sie höchstens mal eine Anweisung erteilt hatte. »Trotz seiner Herkunft und niederen Bildung war dieser Johann ein bemerkenswerter junger Mann, das musste man ihm lassen«, gab sie zu.

Mina konnte kaum glauben, was ihr zu Ohren kam. »Du erinnerst dich tatsächlich an ihn.«

»Damit sind wir ja offenbar schon zu zweit.«

In Adelheids geröteten Augen funkelte es. Der Themenwechsel tat ihr gut – im Gegensatz zu ihrer Stieftochter. Mit einer fahrigen Bewegung holte Mina das silberne Zigarettenetui hervor und konnte gar nicht schnell genug ihre Lungen mit Rauch füllen. Dann schaute sie sich ausgiebig nach einem Aschenbecher um, obwohl sie genau wusste, dass es keinen gab. Adelheid verabscheute Tabakrauch, besonders an Damen. Dabei rauchte seit den Zwanzigerjahren die halbe Welt.

Offenbar fand Adelheid das Thema Johann Taden interessant genug, um keine Ablenkung zuzulassen, auch wenn der Zigarettenqualm noch so stank. Mit einem Kopfnicken deutete sie zum Fenster hin.

»Gib Acht, dass der Wind die Asche nicht zurück in den Raum weht.« Als Mina immer noch keine Anstalten machte, das Thema Johann wieder aufzunehmen, seufzte Adelheid. »Offenbar hat der Eindruck, den dieser Tagelöhner damals auf dich gemacht hat, keineswegs an Wirkung eingebüßt. Fehlt nur noch, dass du zart errötest unter deiner dicken Schicht Schminke. Oder bist du das schon längst, und ich kann es nur nicht sehen?«

Mina bemühte sich um Gleichmut. Vergebens, wie sie sich eingestand. Ihre Wangen glühten tatsächlich unter dem Make-up. »So eine alte Geschichte. Mich wundert's, dass du überhaupt seinen Namen kennst. Für dich war Johann doch bloß eine Arbeitsdrohne wie alle anderen auch.«

»Damit hast du durchaus recht«, stimmte Adelheid ohne einen Anflug von schlechtem Gewissen zu. »Aber in diesem Fall blieb mir ja gar nichts anderes übrig, als mich näher mit dem jungen Mann zu beschäftigen. Sogar deine Großmutter, die ansonsten eine schockierend laxe Haltung gegenüber romantischen Belangen pflegte, war in Sorge. ›Ein kleiner Flirt ist eine Sache‹, sagte Theophila damals. ›Aber Liebe eine ganz andere.‹ Womit deine werte Frau Großmutter ganz richtiglag, wie deine Reaktion beweist.«

Der Salon schien zu schrumpfen, um sich im nächsten Moment unnatürlich weit auszudehnen.

Mina setzte sich auf die Fensterbank und schnipste ihre halb aufgerauchte Zigarette ins Freie. Was sie jetzt dringend brauchte, war frostklare Luft und kein Nikotin, das ihre Nerven eher reizte als beruhigte. Sie kam sich ohnehin schon wie ein aufgescheuchtes Huhn vor. Was war schlimmer?

Dass ihre Liaison vor über fünfzehn Jahren nicht einmal ihrer egozentrischen Stiefmutter entgangen war oder dass ihre geliebte Großmutter ihrer Liebe zu Johann ablehnend gegenübergestanden hatte? Vermutlich Letzteres. Und dabei hatte sie immer geglaubt, Theophila hätte sie vorurteilslos auf all ihren Wegen unterstützt.

Nur war der Weg von Johann und dir kein gemeinsamer Weg, sagte Mina sich und setzte ihren Grübeleien ein Ende.

»Als junge Frau fand ich Johann interessant, weil er mir mit seiner Lebensart so fremd war. Er führte ein Leben, das ich mir als verwöhnte Kaufmannstochter überhaupt nicht vorstellen konnte. Es war, wie einen neuen Kontinent zu entdecken, nur um festzustellen, dass man trotz aller Faszination immer nach Hause gehören wird.«

»Ist das so?« Adelheid wirkte nicht überzeugt.

Es war erstaunlich, dass ihre Stiefmutter an einer Episode der Familiengeschichte festhielt, bei der sie lediglich eine Nebenrolle gespielt hatte. Sie musste damals wirklich in Sorge gewesen sein … Zu Recht, gab Mina zu. Hätte Johann nicht so konsequent jede ihrer Hoffnungen zunichtegemacht, wäre sie bereit gewesen, alles aufzugeben, um mit ihm zusammen zu sein. Als junge Frau war ihr das nicht als großer Schritt vorgekommen, jetzt aber erahnte sie, welch einen Preis sie für ihre Liebe zu einem Mann gezahlt hätte, der am anderen Ende der sozialen Leiter stand.

»Mit der Liebe ist das so eine Sache«, sagte Mina, während sie den eisigen Wind auf ihren Wangen genoss. Der Garten lag unterm Schnee bedeckt wie eine entrückte Welt. »Wenn sie einen überkommt, ist man bereit, ihr alles zu opfern. Leider bin ich nie weit genug gegangen, um zu beurteilen, ob man es später bereut oder ob die Liebe das Opfer wert ist.«

Ohne sich mit einem Laut zu verraten, war Adelheid neben Mina getreten. Als ihre Stieftochter zurückwich, lächelte sie beschwichtigend. Kaum hatte sie Minas Aufmerksamkeit, war klar, dass Adelheid sich bloß aus dem Sessel erhoben hatte, um ihr ins Gesicht sehen zu können. Sie wollte sich sicher sein, dass Mina meinte, was sie sagte. »Dann ist es dir also gleichgültig, was aus Johann Taden geworden ist?«

Genau diese Frage hatte Mina sich bewusst nicht gestellt, als sie in Schleswig-Holstein aus dem Zug gestiegen war. Nein, noch viel früher. Eigentlich seit dem Moment, als sie Tidewall 1924 hinter sich gelassen hatte. Sie zwängte sich an ihrer Stiefmutter vorbei und schloss das Fenster. »Manchmal ist es besser, der Vergangenheit nicht Tor und Tür zu öffnen. Es ist sowieso schon eine große Herausforderung, sein Leben mit Anstand zu führen, auch ohne den Ballast alter Zeiten.«

Mina wollte sich zum Gehen abwenden, als Adelheids Stimme sie innehalten ließ. »Für jemanden, der im Besitz einer Nadel ist, an deren Spitze ein Tropfen Blut vom Tod verewigt ist, bist du ganz schön feige geraten, meine Liebe.«

Als Mina herumwirbelte, brachten ihre hohen Hacken sie fast zu Fall. »Was weißt du über die Rubinnadel?«

»Nicht viel, aber doch genug.« Die Art, mit der Adelheid ihrem Blick standhielt, bewies, dass Mina mit ihrer Vermutung richtiglag: Diese Frau mochte sich ihren Spleens und Schwächen hingeben, wenn es jedoch darauf ankam, war sie eine Kämpfernatur. »Ich gebe zu, dass ich mich nicht sonderlich für die Geheimnisse der Familie Boskopsen interessiert habe. Besonders Theophila mit ihrer affektierten Art und ihrer ach so wunderbaren Weltgewandtheit fand ich anstrengend. Aber man muss trotzdem imstande sein, das Wichtige vom Unwichtigen zu trennen. Als Eduard mir von einem alten Familienerbstück erzählte, um das sich ein Mythos spann, wurde ich hellhörig. Sein Leben jedem Widerstand zum Trotz auf seine eigene Art zu leben, ist eine Herausforderung, die Theophila zweifelsohne gemeistert hat – was ich durchaus bewundere. Ich habe die Rubinnadel immer wieder einmal an ihren Kleidern hervorblitzen sehen und später auch an deiner Garderobe.« Als Mina die Augen weit aufriss, lächelte Adelheid selbstgefällig. »Da staunst du, nicht wahr? Ja, ich wusste, dass dieses Erbstück an dich übergegangen ist – von Frau zu Frau in der Familie. Wo ist die Rubinnadel denn jetzt?«

Mina fühlte sich überrumpelt, und das von einer Frau, die eben noch in Tränen aufgelöst den Verlust ihrer Haushälterin beklagt hatte. Nicht nur dass jemand wie Adelheid über so ein intimes Geheimnis wie die Rubinnadel Bescheid wusste, sie gab Mina auch noch das Gefühl, dieses besonderen Geschenks nicht würdig zu sein, indem sie sie feige nannte. »Das alte Erbstück in Ehren, aber es passt wohl kaum zu einer modernen Garderobe«, wehrte sie sich.

Nur ließ Adelheid sich davon nicht beeindrucken. »Leider hast du ja noch nie einen Rat von mir angenommen … Sei's drum. Ich würde dir empfehlen, die Nadel schleunigst wieder anzustecken. So wie ich das sehe, würde dir eine Prise Mut nicht schaden. Besonders wenn wir morgen früh zu einer Beerdigung gehen.«

Kapitel 29

Es war überraschend, wie viele Trauergäste zur Beerdigung von Fräulein Helmtraud kamen. Vor allem wenn man bedachte, dass Tidewall lediglich aus ein paar Häusern bestand und auch der Landstrich entlang der Elbmündung nur spärlich besiedelt war. Trotzdem war der Marner Friedhof an diesem eisigen Novembermorgen so gut besucht, dass es Mina nicht gelingen wollte, auch nur die Hälfte aller Anwesenden nach Johann abzusuchen. Dabei hatte sie so darauf gehofft, seine vertrauten Züge zu entdecken … Falls es denn noch vertraute Züge waren. Am Vorabend, als sie allein mit einem Glas Rotwein vorm Ofen gesessen hatte, hatte sie ein ums andere Mal versucht, das Gesicht des jungen Johann altern zu lassen, und sich vorgestellt, wie die einst hageren Wangen aufgebläht, die dunklen Brauen mit Grau überzogen und das kräftige Haar schütter geworden waren. Doch ihre Phantasie hatte sich gesträubt und stattdessen den jungen Mann lebendig werden lassen, wie er damals, ins Morgenlicht gebettet, in der Orangerie geschlafen hatte. Während Mina nun auf dem Marner Friedhof stand, war sie sich nicht mehr sicher, ob es überhaupt eine gute Idee war, nach Johann Ausschau zu halten. Die Zeit tat den Menschen manchmal schreckliche Dinge an, und zwar nicht nur ihrer äußeren Erscheinung. Als Tagelöhner war er gewiss viel Ungemach ausgesetzt gewesen, die harte Arbeit für wenig Lohn hatte bestimmt Spuren auf seiner Seele hinterlassen. Doch so wie ich ihn kennengelernt habe, hat er seine Seele bestimmt niemals verkauft, dachte Mina. Anders als ich.

Der Wind trieb Schneeflocken mit sich, die sich auf ihrer Reise vom wolkenbeladenen Himmel in kristallisierte Geschosse verwandelten und schmerzhaft auf Lider und Wangen trafen. Nur wenigen Trauernden gelang es, dem Wetter stoisch standzuhalten, während die anderen die Gesichter hinter ihren schwarzen Tüchern, Stolen und selbst gestrickten Schals versteckten. Der Pastor stand da wie eine windschiefe Birke, den Talar zu einem schwarzen Segel aufgebläht. Er war ein Mann in den Sechzigern, dem es sichtlich Mühe bereitete, trotz seiner starken Erkältung gegen die Böen anzupredigen. Mina vermutete, dass der gute Mann den Leichenschmaus ausfallen lassen würde, um sich mit einer Wärmflasche im Bett zu verkriechen. Die Zusammenkunft würde im Kapitänshaus stattfinden, darauf hatte Adelheid bestanden, nachdem Helmtraud schon in ihrem Elternhaus aufgebahrt worden war.

Von allen Seiten wurde viel geschnauft und gehüstelt, während der Sarg hinabgelassen wurde. Allerdings nicht nur aus Trauer, sondern weil der strenge Herbst an der Küste seinen Tribut forderte. Dass trotzdem so viele bis zur Beisetzung ausharrten, stimmte Mina froh. Offenbar hatte Helmtraud nicht nur auf sie einen tiefen Eindruck gemacht. Wie viele Menschen hatte sie in ihrem Leben kennengelernt, die es in die vor Energie vibrierende Hauptstadt zog, getrieben von der Hoffnung, dort ein bedeutendes Leben zu führen – sie selbst nicht ausgenommen. Und nun stand sie am Grab einer Frau, die ihre Heimat niemals verlassen hatte, die keine romantischen Liebschaften gepflegt und sich stattdessen als Haushälterin für eine abgehobene, egozentrische Hanseatin verdingt hatte. Es war nicht zu übersehen: Fräulein Helmtraud hatte ein erfülltes Leben geführt. Nichts wirkte auf die Menschen so anziehend wie jemand, der seines Glückes Schmied war.

Als ich Helmtraud damals kennenlernte, habe ich das instinktiv gespürt, dachte Mina, die unauffällig von einem Fuß auf den anderen trat, um den Frost zu vertreiben, der sie in die Zehen zwickte. Nur begriffen habe ich es nicht. In meiner jugendlichen Arroganz dachte ich, für kleine Leute ist das kleine Glück, während für unsereins eine ganz andere Klasse von Erfüllung vorgesehen ist.

Einmal mehr wurde Mina bewusst, wie begrenzt ihre Sicht damals gewesen war, als sie die Entscheidungen für ihr Leben getroffen hatte.

Unterdessen hing Adelheid mit ihrem ganzen Gewicht an Minas Arm, von Kopf bis Fuß in Pelz gehüllt wie eine russische Prinzessin, und dankte jedem, der ihr die Hand zum Gruß reichte, für sein Beileid. Mina kam es so vor, als könne Adelheid nur mit Mühe akzeptieren, dass man Helmtrauds Familie als Erstes kondolierte und nicht *ihr*, obwohl sie einander doch auf ganz besondere Weise zugetan gewesen waren. Als Mina schon glaubte, ihre Schwiegermutter nicht länger stützen zu können, war Netti Fröhlich unversehens zur Stelle und half ihr, Adelheid vom Friedhof zu führen. Draußen auf dem Vorhof wartete ihr Wagen, vor den zwei schwarzbraune Holsteiner gespannt waren. Obwohl Mina glaubte, die Kälte kaum noch länger auszuhalten, nahm sie sich einen Moment, um die Tiere zu bewundern. Fred hatte ihr zur Hochzeit eine wunderschöne Stute mit ähnlicher Färbung geschenkt, doch Mina hatte sie bald aufgeben müssen, weil sie wegen ihrer zahlreichen gesellschaftlichen Verpflichtungen kaum die Zeit zum Ausreiten gefunden hatte. Potsdam mochte vor den Toren Berlins liegen, aber damals war ihr selbst der Katzensprung zu weit vom schlagenden Herzen der Stadt entfernt gewesen. Eine weitere Fehlentscheidung in einer ganzen Reihe von Trugschlüssen.

In der Kutsche vergrub sich Adelheid trotz ihrer Pelzflut unter einer Decke und zitterte am ganzen Leib. Von dem Tee mit Rum, der eher Rum mit Tee war, wollte sie zuerst nichts wissen, ließ sich dann aber von Netti zu einem Schluck überreden. Helmtrauds Cousine war auf den ersten Blick das reine Gegenteil zu der Verstorbenen: klein und drahtig statt groß und füllig, das Gesicht lang gezogen anstelle von Apfelbacken und die Stimme ein heiseres Flüstern im Wind statt eines Baritons, der die Wände zum Wackeln brachte. Netti verfügte jedoch über die gleiche Bereitschaft anzupacken. Trotz ihrer Trauer um ihre verstorbene Verwandte zeigte sie die notwendige Geduld, um mit Adelheids dramatischen Anwandlungen fertigzuwerden. Offenbar sah sie angesichts ihres Verlusts in der exzentrischen Frau Boskopsen eine Seelenverwandte.

Eigentlich hätte Mina froh sein sollen, dass ihre Schwiegermutter von den Händen einer guten Seele in die nächsten übergegangen war. So war es jedoch nicht. Dafür war die Vorstellung, eine Weile im Kapitänshaus bleiben zu müssen, zu verlockend. Gewiss, in Berlin wartete ihre Tochter Marlene auf ihre Rückkehr, ein fünfzehn Jahre altes Mädchen, das mit jedem Tag schwieriger wurde. Es lag auf der Hand, dass Marlene mit ihrem Hang zur Eigenbrötlerei und einer kräftigen Portion Überheblichkeit vonseiten ihres Vaters mehr Hilfe denn je brauchte – nur fühlte sich Mina bei dem Gedanken an ihre Tochter seltsam erschöpft. Bei Marlene lief sie gegen noch dickere Wände an als bei Fred und fühlte sich oftmals zur Zuschauerin des Dramas verdammt, das ihre Tochter aus ihrem Leben machte. Als sie am Abend vor ihrer Abreise die Rubinnadel hervorgeholt hatte, war ihr erster Instinkt gewesen, sie an Marlene weiterzureichen. Für sie selbst hatte sich der Zauber dieses Erbstücks nicht erfüllt, aber vielleicht würde ihre Tochter imstande sein, ihn zu entfachen. Doch hatte sie gezögert, die Nadel schließlich mit nach Tidewall genommen und verbarg sie nun unter dem schweren Wollmantel mit dem Fuchskragen, weil sie Adelheid die Genugtuung missgönnte, mit ihren Worten ins Schwarze getroffen zu haben. Sie war zwar nur ihre Stiefmutter, aber Mina verhielt sich ihr gegenüber zuweilen ebenso störrisch, als wäre sie ihre leibliche Tochter.

Im diesigen Licht der Kutsche streckte Adelheid ihre Hand nach Mina aus. »Meinst du, die Beerdigung wäre nach ihrem Geschmack gewesen? Dieser Pastor mit seiner Schnupfennase und dann der Schnee, der sich unter all den Füßen der Anwesenden in unansehnlichen Matsch verwandelt hat …«

»Nicht doch. Helmtraud wäre zufrieden gewesen, sogar sehr. Es waren so viele Menschen da, denen sie wichtig gewesen ist«, tröstete Mina, so gut sie konnte.

»Hätte alles ihre Zustimmung erfahren«, bestätigte Netti, die sich gerade eine zweite Tasse Grog-Tee nachfüllte. »Sogar aus Brunsbüttel sind Neffen zweiten Grades gekommen. Und der Pastor hat eine anständige Predigt gehalten, nicht so ein Gedöns. Nun kommt aber die Kür jeder Beerdigung: der Leichenschmaus. Da dürfen wir jetzt nicht to Water lopen, wie man hier sagt.« Normalerweise sprach Netti ein gut verständliches Hochdeutsch, das Mina fast vergessen ließ, dass in dieser Gegend eigentlich Platt geschnackt wurde. Vielleicht würde sie sich die eine oder andere Redewendung aneignen, nur für den Fall, dass sie länger in Tidewall bleiben sollte.

Adelheid wirkte nach Nettis Worten etwas gefasster. »Der Leichenschmaus als Kür. So soll es sein.«

Die Zusammenkunft der Trauergemeinde im Kapitänshaus wurde dankbar angenommen. Jeder Winkel des Untergeschosses war von Menschen besetzt, die Helmtraud gekannt hatten und nun die Gelegenheit nutzten, bei Tee und üppig belegten Broten in Erinnerungen zu schwelgen. Dass die Räume mit ihrer nordisch schlichten und zugleich liebevoll gepflegten Art viel von ihrer ehemaligen Bewohnerin erzählten, trug gewiss zu der besonderen Atmosphäre bei. Es war jedoch nicht zu übersehen, dass die Besucher aus Tidewall, Neufeld, Marne und Umgebung es zudem genossen, einmal zu Gast im Kapitänshaus zu sein, um dessen Luxus sich so viele Gerüchte rankten. Worüber Mina jedoch am meisten staunte, war der Respekt, den man ihrer Schwiegermutter entgegenbrachte. In den Augen ihrer Familie mochte Adelheid ein nervöses Hühnchen sein, das seit dem Tod ihres Gatten kopflos umherflatterte. Die Tidewaller jedoch schienen in ihr eine große Dame zu sehen, der selbstverständlich ein hohes Maß an Exzentrik zugestanden wurde. In der heutigen Zeit, wo Kleingeist und Unterwürfigkeit selbst im einst für seine Wildheit berühmten Berlin regierten, kam Mina die winzige Anzahl von Häusern entlang der Elbe wie ein verlorenes Paradies vor.

Sie drehte eine Runde durch die Gästeschar, stets mit einem Lächeln und ein paar freundlichen Worten auf den Lippen. Obwohl es sie froh stimmte, inmitten dieser Menschen zu sein, konnte sie die Enttäuschung, dass Johann nicht unter ihnen war, schwer bändigen. Schließlich gestand sie sich ein, dass sie ein wenig Zeit für sich brauchte. Die vielen Gäste erschöpften sie, außerdem wühlte es sie innerlich stärker auf, nach all den Jahren wieder hier zu sein, als sie sich eingestehen mochte. Nachdem sie der Küche einen Besuch abgestattet und festgestellt hatte, dass Netti samt einer Horde jüngerer Nettis alles im Griff hatte, während Adelheid in der Stube Hof hielt, holte Mina ihren Mantel. Um die Haustür zu öffnen, musste sie einiges an Kraft aufwenden, so sehr hatte sie der Frost verzogen. Immer noch tanzten vereinzelte Schneeflocken umher und verliehen dem in Weiß daliegenden Garten etwas Unwirkliches. Eigentlich hatte Mina vorgehabt, am Deich spazieren zu gehen. Immer geradeaus, die Gedanken frei treibend. Doch die schlafenden Hecken, Sträucher und Rosen zogen sie an, genau wie die Schneedecke, die sich über der Landschaft ausgebreitet hatte und alles weich und geschmeidig aussehen ließ. Hier und da entdeckte sie Vogelspuren, und als sie um das Haus herumging, bekam sie gerade noch zu sehen, wie ein Eichhörnchen einen Kastanienstamm in Windeseile hochkletterte und Schnee wie Sternenstaub hinabrieseln ließ.

Das ist das erste Mal, dass ich den Garten im Winterkleid erlebe, dachte Mina. In ihrer Erinnerung existierte Tidewall nur im Sonnenschein. Dass die dunkle Jahreszeit der Schönheit des Ortes keinen Abbruch tat, stimmte sie froh. Vertieft in ihre Beobachtungen, bemerkte sie die Stiefelspuren im Schnee erst, als sie bereits mit ihren deutlich kleineren Füßen in ihnen stand. Jemand war offenbar vor ihr auf die Idee gekommen, dem Garten einen Besuch abzustatten. Allerdings war er andersherum ums Haus gegangen, vorbei an den Hochbeeten und dem kleinen Bauerngarten, in dem ab dem Frühjahr Kräuter, Gemüse und Adelheids geliebte Johannisbeeren wuchsen.

Mina steckte sich eine Zigarette zwischen die Lippen und bekam die Feuerzeugflamme wegen ihrer Lederhandschuhe nur mit Mühe zum Brennen. Gerade als sie einen ersten kräftigen Lungenzug getan hatte, bemerkte sie eine Gestalt auf dem verschneiten Vorhof der Orangerie. Sie blinzelte, als der Wind ihr Rauch in die Augen trieb, dann musterte sie den Mann, der dort stand, die Hände in den Taschen seines Mantels vergraben. Obwohl sie ihn nur durch einen Tränenschleier sah, wusste sie sofort, wer er war.

Johann Taden.

Mina hatte nicht den geringsten Zweifel. Diesen Mann hätte sie überall wiedererkannt, sogar nach den vielen Jahren, die seit ihrem letzten Treffen vergangen waren. Als ihr bewusst wurde, dass sie reglos dastand und ihn anstarrte, gab sie sich einen beherzten Ruck, um den Bann zu brechen. Langsam, um den Aufruhr ihrer Gefühle in den Griff zu bekommen, ging sie auf ihn zu. Fast fühlte sie sich wie in Trance, als spaziere sie durch einen Traum, der sie zurückgebracht hatte nach Tidewall … zurück zu dem Mann, an den sie niemals aufgehört hatte zu denken. Passiert das wirklich?, fragte sie sich, während ihre Schritte kaum einen Laut verursachten und die Kälte von der Hitze, die in ihr aufstieg, verdrängt wurde.

Johann kam ihr entgegen, ein Lächeln auf dem Gesicht, das mit den Jahren noch markanter geworden war. Obwohl er nur zwei oder drei Jahre älter war als Mina, hatte er stets einen reiferen Eindruck gemacht, als hätte er schon lange ein eigenverantwortliches Leben geführt, während sie noch Tagträume für die Realität gehalten hatte. Erst jetzt in seinen Vierzigern zeigte sein Gesicht jenen Mann, den sie immer in ihm gesehen hatte: Diese Achtung gebietende Ausstrahlung, die schon damals sein Wesen bestimmt hatte, war tief in seine Züge eingeprägt. Und die zu dunklen Augenbrauen gaben ihm nicht länger etwas Unfügsames, sondern passten zu seinem starken Charisma. Er wirkte größer als in ihrer Erinnerung, was vermutlich daran lag, dass er kräftiger geworden war und so aufrecht ging, als könne nichts ihn niederhalten. Als er vor Mina zum Stehen kam, zog er die Wollmütze vom Kopf, und sein blondes Haar kam zum Vorschein. Es war ein Stück kürzer als früher, was ihm gut stand.

Immer noch benommen von dem unverhofften Aufeinandertreffen, streckte Mina die Hand zur Begrüßung aus – und ärgerte sich prompt über diese platte Geste. So begrüßten sich flüchtige Bekannte, aber gewiss kein verflossenes Liebespaar. Nur … Wie sollen wir es denn passend anstellen?, fragte sie sich, während ihr Herz das Einzige war, das nicht erstarrt war. Es schlug so aufgeregt, dass sein Pochen bis in die Schläfen hinein spürbar war. Bevor Mina die Hand vor lauter Verzweiflung sinken ließ, ergriff Johann sie auch schon und drückte sie mit einer Herzlichkeit, die sie ihre Verwirrtheit vergessen ließ. In seinen Augen waren keine Herablassung oder gar alter Zorn zu erkennen, er freute sich vielmehr aufrichtig, sie zu sehen.

»Mina«, sagte er und deutete eine leichte Verbeugung an. »Dass ich dich noch treffe … Im Haus war so ein Trubel, dass ich bloß von Weitem einen Blick auf dich erhaschen konnte. Was bei deinem rotgoldenen Schopf allerdings ein Leichtes ist, du ragst ja wortwörtlich aus der Menge heraus.«

In ihren Ohren klang seine Stimme noch immer wie geschmeidig fließendes Wasser. Sie war tief und besaß eine eigene Präsenz, die dafür sorgte, dass Mina sich augenblicklich daran erinnerte, wie es sich anfühlte, jeden Argwohn über Bord zu werfen und einfach nur hingerissen zu sein. Wie hatte sie nur all die flauen Jahre überstanden, in denen es vor allem künstlich gepuschte Gefühle und herbeigeredete Interessen gegeben hatte?

»Mein lieber Johann, wie schön, dich zu sehen«, brachte sie hervor. »Noch dazu an dem Ort, an dem wir beide uns zum ersten Mal begegnet sind. Die Kastanie ist seitdem ja noch mächtiger geworden.« Musste sie wirklich auf ihr Kennenlernen anspielen, das unter einem unglücklichen Stern gestanden hatte? Es gelang ihr einfach nicht, ihre übliche Gefasstheit zurückzuerlangen.

Johann warf einen Blick auf den Baum, der in einen weißen Mantel gehüllt war, fast als müsse er sich vergewissern, dass es ihn wirklich noch gab. »Dass wir beide dort einmal standen … das ist sehr lange her.«

»Eine Geschichte aus einem anderen Leben, würde ich meinen«, sagte Mina mit einem rauen Lachen.

»Kommt es dir so vor? Als sei diese Nacht heute kein Teil mehr von dir?« Johanns Blick verschwamm, als tauche vor seinem geistigen Auge das Bild jenes längst vergangenen Sommers auf. »Für mich fühlt es sich an, als wären wir gerade gestern erst auseinandergegangen. Alles ist noch so greifbar …« Unvermittelt brach er ab.

Wie kann er so etwas nur sagen?, dachte Mina, während ihr der Atem stockte.

Johann tat einen Schritt zurück, sich überaus bewusst, dass er ihr mit dieser Entgegnung zu nahe getreten war. »Tut mir leid, ich wollte dich nicht vor den Kopf stoßen.«

»Nicht doch … Du hast ja recht. Es ist nur so seltsam, solche Dinge aus deinem Mund zu hören. Und das, wo wir uns doch gerade erst die Hand gegeben haben.« Durch Johanns Offenheit fühlte Mina sich dünnhäutig, als könne jedes weitere seiner Worte ihr eine Wunde zufügen. Allem Anschein nach hatte sie sich selbst etwas vorgemacht, als sie davon ausgegangen war, bei einem Treffen würden sie bestenfalls mit freundlicher Neugier voreinander stehen, eben wie alte Bekannte, die lediglich die Vergangenheit miteinander verband. Doch die Gefühle, die in Mina aufwallten, fühlten sich keineswegs aufgewärmt an. Es gelang diesem Mann offenbar noch immer, sie in Aufruhr zu versetzen.

Nach seinem Vorstoß wagte Johann es nicht, sie anzuschauen, sondern blickte zum Kapitänshaus hinüber, wo sich hinter den erleuchteten Fenstern Silhouetten abzeichneten. Stimmfetzen drangen zu ihnen herüber, weil die Fenster trotz der winterlichen Temperaturen geöffnet worden waren. Noch mehr Leute, denen die Enge und die Hitze des bollernden Ofens zu schaffen machten.

»Beerdigungen …«, sagte er leise. »Sie rücken alles in ein anderes Licht, nicht wahr? Die gute Helmtraud war so etwas wie das Original von Tidewall, eine Haushälterin, die zu keiner Zeit jemandes Diener gewesen ist. Sie war Mensch gewordenes Selbstvertrauen und darüber hinaus die beste Pfannkuchenbäckerin entlang des Elbufers.«

Mina warf ihre Zigarette fort, die vergessen zwischen ihren Fingern verglimmt war. »Ich hatte kaum Gelegenheit, Fräulein Helmtraud besser kennenzulernen. Leider.«

»Und doch bist du trotz des eisigen Novemberwetters den weiten Weg nach Tidewall gekommen.«

Schwang da etwa Respekt mit? Mina musste tief einatmen, was Johann keineswegs entging. »Drinnen ist mir alles ein wenig zu viel geworden«, gestand sie. »Ich musste unbedingt raus, in die Kälte.«

»Mir ging es genauso. Da will einer den anderen beim Erzählen alter Geschichten übertrumpfen, während der Rum im Tee dafür sorgt, dass es immer wärmer wird. Aber ich will dich nicht um deine ruhigen Minuten bringen, indem ich mich wie ein sentimentaler Trottel aufführe. Es war wirklich schön, dich nach so langer Zeit wiederzusehen.« Er tippte sich zum Abschied an die Schläfe.

Hastig packte Mina ihn am Arm. »Geh noch nicht. Ich habe dich so schrecklich lange nicht gesehen. Und wenn hier jemand sentimental ist, dann bin ich das. Seit ich in Tidewall angekommen bin, habe ich mir gewünscht, dich zu treffen«, brach es aus ihr hervor. Wenn es um ungeschminkte Offenheit ging, stand sie ihm wahrhaftig in nichts nach.

»Lass uns ein paar Schritte zusammen gehen«, schlug Johann vor und bot Mina den Arm.

Gemeinsam flanierten sie zwischen Hainbuchenhecken, deren Geäst wie schwarze Spitze aussah, nachdem der Wind es zuoberst vom Schnee befreit hatte. Sie gingen an einer flaschengrünen Bank vorbei, die geschützt unter einem Rosenbogen stand, und kamen schließlich wieder bei der Orangerie an. Die Scheiben des Glashauses waren von Eisblumen überzogen, einige waren sogar gesprungen und verrieten, dass es keine Möbel in seinem Inneren barg. Die Orangerie stand leer – und dieser Umstand war beruhigender, als wenn dort einladend ein Chippendale-Sofa gestanden hätte. Nicht dass sie Gefahr liefen, dort erneut zu landen – egal mit welcher Offenheit sie einander begegneten. Nichtsdestotrotz spann sich zwischen ihnen jener alte Zauber, der Mina ein Gefühl von tiefer Verbundenheit gab. Sie sah ihren Atem davonstieben, während sie sich eifrig unterhielten. Es war so leicht und gleichzeitig unendlich schwer, an Johanns Seite zu sein.

Als sie schließlich unter der ausladenden Krone der Kastanie erneut innehielten, konnte Mina sich nicht länger zurückhalten. Dass sie beide vor lauter Aufregung über ihr Wiedersehen so offen und ehrlich gewesen waren, machte ihr Mut. »Ich hoffe, ich nehme dich nicht allzu sehr in Anspruch.

Nicht dass du von jemand Besonderem im Kapitänshaus zurückerwartet wirst.«

Johann schmunzelte.

Ein ungewöhnlicher Ausdruck, wo er doch sonst jedes Lächeln gut abzuwägen pflegte. So war es zumindest früher gewesen; inzwischen war er viel großzügiger darin, seine Regungen zu zeigen: Er lachte, zog die Nase kraus und gestikulierte beim Sprechen. Je mehr Mina darüber nachdachte, desto klarer wurde ihr, dass Johanns alte Zurückhaltung wie weggewischt war. Er wirkte befreit, was Mina überraschend gut gefiel – schließlich hatte sie immer gedacht, dass von seiner Unnahbarkeit ein ganz besonderer Reiz ausging. Vermutlich fühlten sich junge Frauen eher von verschlossenen Männern angezogen, während ihre Altersgenossinnen ein offenes Gesicht zu schätzen wussten. Es versprach nicht nur Ehrlichkeit, sondern auch gereiftes Selbstvertrauen. Etwas, das ihrem Mann Fred abhandengekommen war und dessen Fehlen er mit noch mehr Geschäftseifer und einem ganzen Arm voll junger Geliebter auszugleichen versuchte.

Während Mina ihren Gedanken nachhing, wischte Johann sich die Schneeflocken aus dem Haar.

»Nun?«, hakte sie nach.

Johann legte die Stirn in Falten, als müsse er angestrengt nachdenken, was sie ihn soeben gefragt hatte. »Ach ja. Du möchtest wissen, ob bereits eine ungeduldig mit dem Fuß wippende Ehefrau meine Rückkehr erwartet, richtig?«

Mina sparte sich eine Antwort, ihre Neugierde hatte sie längst verraten. Ganz die Ruhe in Person, streifte sie die Handschuhe ab und griff nach ihren Zigaretten. Dann würde sie eben rauchen, bis er sich zu einer Antwort bequemte. Er hatte ihr schließlich beigebracht, dass man solche Fragen beizeiten stellen musste – und solange sie nicht Bescheid wusste, würde ihre Unterhaltung eben pausieren. Als Johann ihr Feuer gab, berührten sich ihre Hände. Mina wusste nicht recht, ob sie den Schauder, der sie überkam, genießen oder nicht eher als Warnzeichen nehmen sollte, dass dieses Spiel doch ernster war, als gut für sie sein mochte. Die Art, mit der Johann ihr beim Rauchen zusah, verriet ebenfalls eine gewisse Faszination, die er gar nicht erst zu überspielen versuchte.

Nur hielt Mina das Schweigen nicht aus, zu sehr führte es ihr vor Augen, wie stark sie auf Johanns Nähe reagierte. Immer noch. »Du rauchst nicht mehr?«, fragte sie.

Mit einem Schulterzucken steckte Johann das Feuerzeug zurück in seine Manteltasche. »Ich habe es schon vor Jahren aufgegeben. Es hat mir nicht gefallen, ständig auf die nächste Zigarettenpause zu lauern. Als teile einem das Nikotin den Tag ein wie ein Vorarbeiter. Seitdem rede ich mir unablässig ein, dass mir Abhängigkeiten nicht sonderlich liegen, während ich in Wahrheit bis heute davon träume, wie herrlich der erste Zug am Morgen ist. Dicht gefolgt von der Zigarette nach dem Essen, vorm Schlafengehen und einem ganzen Dutzend weiterer Momente. Ich vermisse das Rauchen mehr, als ich mir eingestehen will.«

»Du warst schon immer gut darin, deine Bedürfnisse unter Kontrolle zu halten.« Mina störte sich nicht daran, wie zweideutig diese Feststellung klang. »Willst du mir nun endlich verraten, ob es eine mit dem Fuß wippende Frau Gemahlin gibt? Ansonsten muss ich diesen netten kleinen Plausch nämlich aus Gründen des allgemeinen Anstands beenden.«

»Was die Jahre so alles an Veränderungen mit sich bringen … Frau Mina legt Wert auf Sitte und Anstand.« Johann schüttelte betrübt den Kopf. »Um es geradeheraus zu sagen: Ich bin allein zur Beerdigung gekommen. Ingrid hat sich vor drei Jahren von mir getrennt. Unsere Ehe ist kinderlos geblieben, was ihr sehr zugesetzt hat, und als dann immer mehr zutage trat, wie verschieden wir in vielerlei Hinsicht sind, hat sie einen Schlussstrich gezogen. Ich hätte das wohl nicht gekonnt.«

»Du warst deiner Ehefrau eben treu ergeben.« Mina war selbst überrascht, dass keine Bitterkeit in ihren Worten mitschwang. Wie oft in ihren schlaflosen Nächten hatte sie jene unbekannte Frau verflucht, die Johann auf eine Weise an sich zu binden wusste, die wenig mit Minas tief empfundener Leidenschaft zu tun hatte. Und die er auch ihr entgegengebracht hatte – zumindest für eine Nacht.

Johann nahm sich einen Augenblick Zeit, um darüber nachzudenken. »Mit Treue hatte das Ganze wohl wenig zu tun, sondern mehr mit meinem Dickschädel. Ihr Frauen scheint eher bereit, einen neuen Weg einzuschlagen, während wir Männer – oder zumindest ich – stur geradeaus rennen, selbst wenn der Weg in einem Abgrund endet. Ohne überheblich klingen zu wollen: Ich bin Ingrid dankbar dafür, dass sie gegangen ist. Wir haben einander leider nicht glücklich gemacht.«

»Dann bist du bereits ein Stück weiter als ich«, brach es aus Mina hervor. »Meine Ehe ist … Nun sie ›ist‹ eigentlich gar nicht mehr, es fühlt sich jedenfalls schon lange nicht mehr an wie eine Beziehung, an der zwei Menschen beteiligt sind. Ich kann aus meiner Erfahrung als Frau also nicht behaupten, dass ich die richtigen Pfade beschritten habe. Im Moment bin ich sogar so blind, dass ich nicht einmal mehr die Wege sehe, die sich mir anbieten würden.« Mina verfolgte hoch am Himmel den Flug eines Greifvogels, der in Richtung des Kooges flog, wohl in der Hoffnung, dort eine Maus zu finden, die vom Hunger getrieben ihren Bau verlassen hatte. »Was du eben über Beerdigungen gesagt hast, dass sie alles in ein neues Licht rücken … Genau das könnte ich im Augenblick gebrauchen.«

Zu Minas Verwunderung begann Johann zu lachen, erst leise, dann kräftiger. Bevor sie sich versah, wurde sie von seinem Lachen angesteckt. Wann immer sie es sich in den vergangenen Jahren erlaubt hatte, sich auszumalen, wie es Johann wohl ergangen war, hatte sie ihn stets von Kindern umringt am Deich spazieren gehen sehen. Einen Mann, der zufrieden war mit dem Leben, für das er sich entschieden hatte. Ein Leben, das ohne sie stattfand. Und wie hätte sie sich gern in seinen Augen gesehen? Die Dame von Welt, die mit einem süffisanten Lächeln an ihre Jugendeskapaden zurückdachte, ohne auch nur die Andeutung eines Schmerzes zu verspüren? Die eine Gesellschaft erheiterte mit Anekdoten darüber, zu welch außergewöhnlichen Leistungen die Arbeiterklasse in schwülen Gewitternächten imstande war, erkannte sie mit einer gewissen Bitterkeit.

Ihr Lachen verklang.

»Schau uns an«, sagte Mina. »Da stehen wir beide wie zwei Kriegsversehrte voreinander und staunen nicht schlecht darüber, was aus uns geworden ist.«

Johann hob den Arm und strich Mina sanft über die Schulter. Als er die Hand zurückzog, sah sie schmelzende Schneeflocken auf seinen Fingerspitzen. »Wir sollten ins Haus zurückkehren, der Schneefall wird stärker. Außerdem brechen die ersten Trauergäste bereits auf«, sagte er.

Erst jetzt bemerkte Mina die schwarzen Schatten, die am Zaun des Grundstücks entlanghuschten, gebeugt vom Wind. Bildete sie sich das ein, oder schauten einige der Gestalten zu ihnen herüber? Wenn sie noch lange mit Johann in trauter Zweisamkeit zusammenstand, würden sie beide gewiss das neueste Tratschobjekt in Tidewall werden. Eine Vorstellung, die Mina wenig schreckte. Trotzdem hatte Johann recht, es war an der Zeit für sie, ins Haus zurückzukehren und Adelheid bei der Verabschiedung der Trauergäste zu unterstützen. Einmal davon abgesehen, dass ihre Stiefelsohlen allmählich durchweichten. In Berlin waren die Winter zwar auch hart, aber man verbrachte sie nicht im Freien. Besonders wenn man mit einem Autonarren verheiratet war, der keine Gelegenheit ungenutzt verstreichen ließ, sein Hab und Gut vorzuführen.

»Sehen wir uns wieder?«, fragte Mina und spannte unwillkürlich sämtliche Muskeln an.

Johann zögerte nicht eine Sekunde. »Ich würde dich sehr gern wiedersehen. In der ganzen Zeit habe ich immer wieder an dich gedacht und mich gefragt, wie es dir wohl ergangen ist, obwohl ich natürlich einiges über dein glamouröses Leben in Berlin aufgeschnappt habe. Ich möchte trotzdem mehr wissen über die Frau, die einen Sommer lang ganz Tidewall mit ihrem Charme durcheinandergewirbelt hat.« Dass dieser Sommer in seinen Armen geendet hatte, blieb unausgesprochen zwischen ihnen stehen. »Da wäre allerdings noch eine Sache … Es wäre nur fair, wenn du Bescheid weißt, was ich heutzutage so tue. Wenn du dich mit mir in der Öffentlichkeit blicken lässt, dann stellt sich nicht mehr die Frage, was die junge Dame aus gutem Hause mit einem ehemaligen Tagelöhner zu schaffen hat. Seit wir uns kennengelernt haben, hat sich nämlich einiges geändert – in so mancher Hinsicht. Tidewall ist nicht länger bloß ein einsam gelegenes Dorf und ich …« Johann verstummte.

Langsam bekam Mina eine Ahnung davon, worauf ihre Stiefmutter angespielt hatte. »Ich nehme an, du bist nicht länger ein Hilfsarbeiter, der zu der Schar von Namenlosen gehört, die ständig auf der Suche nach Brot und Lohn sind?«

Mit einem wachen Blick, dem keine ihrer Reaktionen entgehen würde, nickte Johann. »Mir ist durch einen glücklichen Zufall gelungen, was den meisten Leuten meines Standes nicht vergönnt ist: Als jüngster Sohn eines Schäfers, ohne große Schulbildung und vor allem ohne einen Pfennig in den Taschen, habe ich mir eine eigene Existenz aufgebaut.« Als Mina ein erstauntes Pfeifen von sich gab, winkte Johann rasch ab. »Das klingt jetzt nach mehr, als es ist. Die Geschichte ist schnell erzählt: Ich habe im Herbst vor drei Jahren die Kohlernte für einen Bauern eingefahren, der unter den Pferdekarren geraten ist und mit gebrochenen Beinen im Bett lag. Helmut Reese war alleinstehend und froh, dass ihm jemand zu Hilfe kam. Da ich durch meinen ständig wechselnden Broterwerb viel herumgekommen bin und einiges über den hiesigen Handel wusste, habe ich seinen üblichen Zwischenhändler übergangen, indem ich auf eigene Faust einige Güterwaggons geordert und die Ernte selbst zur Verladestation gebracht habe. Auf diese Weise war der Gewinn viel größer. Und als das Bein vom alten Reese nicht heilte und abgenommen werden musste, habe ich seine Pflege und den Hof übernommen. Nichts Großes, Kohl ist eben Kohl. Aber dafür weiß ich mittlerweile, wofür ich mir den Rücken krumm arbeite.«

»Du bist also Bauer geworden«, beglückwünschte Mina ihn. Im Gegensatz zu ihr hatte Johann seinen Traum wahr werden lassen: Er hatte ein Zuhause, auch wenn er dort allein lebte. »Das klingt wunderbar. Genau das, wonach du dich gesehnt hast. Ich will dir zwar nicht vorgaukeln, dass ich mich für Kohl interessiere, aber ich würde gern alles darüber hören, was dein Leben jetzt ausmacht. Natürlich bin ich auch neugierig, was sich hinter gewissen Anspielungen verbirgt. Das muss etwas Hochinteressantes sein, wenn sogar meine

Stiefmutter davon Wind bekommen hat. Du läufst doch wohl nicht des Nachts in eine Gardeuniform aus Kaiser Wilhelms Zeiten herum und proklamierst die Rückkehr zur Monarchie?«

Anstatt über ihren Witz zu lachen, wiegte Johann sich einen Schritt vor und zurück, als liefe er sonst Gefahr, an Ort und Stelle festzufrieren. »Lass dir von Netti Fröhlich erzählen, was man sich in Tidewall so über mich erzählt. Und falls du dann immer noch der Auffassung bist, dass du guten Gewissens mit mir zusammen gesehen werden kannst, würde ich dich morgen Abend gern zum Essen einladen.«

Es lag Mina schon auf der Zunge, Johann zu versichern, dass es gleichgültig war, was Netti ihr erzählte – sie würde seine Einladung auf jeden Fall annehmen. Dann beschloss sie jedoch, sich nicht wie eine überspannte Zwanzigjährige zu benehmen. »Einverstanden, so machen wir es. Obwohl ich es schöner fände, wenn du mir dein Geheimnis selbst offenbaren würdest. Du brauchst mich übrigens auch nicht auszuführen, wir können genauso gut spazieren gehen. Diese Schneelandschaft ist einfach zu schön, um sie nicht zu genießen«, erklärte sie. Wenn sie eins aus ihrer Entzweiung mit Fred gewonnen hatte, dann die Einsicht, dass der schöne Schein auf Dauer an Glanz verlor. All die Zerstreuung, der Prunk und die scheinbar unendlichen Möglichkeiten, sich in Berlin zu amüsieren, hatten lange darüber hinweggetäuscht, dass es nicht Liebe war, die sie aneinanderband. Ihre Ehe hatte auf einem Handel basiert, der beiden die größtmögliche Befriedigung ihrer Bedürfnisse garantierte. Nur war Minas Hunger immer größer geworden – und erst jetzt unter dem wolkenschweren Himmel, der weiteren Schneefall versprach, mit Möwengeschrei im Ohr und dem leicht salzigen Geschmack der nahen Nordsee auf ihren Lippen, dämmerte ihr, auf welche Weise sie diesen zermürbenden Hunger stillen konnte. »Ich glaube, das würde mir gefallen.«

»Dann also ein Spaziergang am Nachmittag.« Johann blinzelte ihr mit einem Ausdruck zu, der tatsächlich Übermut verriet. »Vermutlich ist es in der Hauptstadt gerade in Mode, durch den Schnee zu flanieren. Da tritt man vermutlich auch nicht alle naselang in Pferdeäpfel oder rutscht auf vermoderten Kohlblättern aus. Obwohl ich mir lebhaft vorstellen kann, dass du einfach über solche Dinge hinwegschreitest.«

»Selbstverständlich, zu schreiten liegt einer Berliner Pflanze im Blut.«

Johann pfiff anerkennend. »Darf ich dir trotzdem meinen Arm anbieten?«

»Du darfst«, sagte Mina mit erhobenem Kinn. Sie fand, dass Johann sich jetzt genug über sie lustig gemacht hatte.

Gemeinsam liefen sie zum Kapitänshaus zurück. Dabei entging Mina nicht, wie sie vom Gartenzaun aus beobachtet wurden. Eine kleine Gruppe Aufbrechender schien sich nicht recht von ihrem Anblick losreißen zu können. Offenbar hatte sie längst nicht mehr die Chance, sich zu überlegen, ob sie mit Johann Taden in der Öffentlichkeit gesehen werden wollte oder nicht.

Kapitel 30

Die neue Wirtschafterin des Kapitänshauses saß mit kerzengeradem Rücken am Küchentisch, die Brille aus Drahtgestell auf der Nasenspitze, und brütete über dem Haushaltsbuch. Schließlich nahm sie es in die Hand, um es ein Stück von sich wegzuhalten, dann gab sie ein zufriedenes Brummen von sich. Eine der jüngeren Nettis war mit Besteckpolieren zugange. Dabei war das Mädchen so eifrig, dass der Servierlöffel bereits das Kerzenlicht reflektierte. Ein heimeliges Bild an einem Novembertag, an dem die Bäuche der dunklen Wolken so sehr mit Schnee beladen waren, dass sie jeden Augenblick aufs Land niederzusinken drohten. An einem solchen Tag war eine warme Küche der beste Ort auf Erden. Trotzdem blieb Mina in der Türschwelle stehen, obwohl es eigentlich ihr gutes Recht war einzutreten. Aber Recht hin oder her, sie wurde den Verdacht nicht los, fremdes Revier zu betreten. Als Netti ins Buch zu schreiben anfing, nachdem sie den Bleistift ordentlich angeleckt hatte, räusperte sich Mina.

Netti schob die Brille noch ein Stück weiter die Nase hinab, um die Besucherin besser in Augenschein nehmen zu können. »Ach, Frau Löwenkamp. Ist etwas vorgefallen?«

»Nein, alles ist bestens«, versicherte Mina mit einem Lächeln. Sie konnte sich selbst nicht erklären, warum sie eine solche Zurückhaltung an den Tag legte. In ihrem Haushalt in Berlin war eine ganze Schar Angestellter am Werk, und sie war die Rolle der Hausherrin selbstverständlich gewöhnt. Nur schien sich Netti – genau wie zuvor ihre Cousine Helmtraud – nicht als Untergebene zu sehen. Sie begegnen einem auf Augenhöhe, stellte Mina fasziniert fest. So, wie es eigentlich sein sollte unter modernen Menschen, die den Standesdünkel alter Zeiten überwunden haben. »Ich bin sehr angetan davon, wie gut Sie alles im Griff haben. Es ist eine große Erleichterung zu wissen, dass das Kapitänshaus in besten Händen ist. Sie sollten sich eine Pause gönnen, Netti.«

Tatsächlich waren bereits am Morgen alle Spuren der Trauerfeier beseitigt gewesen. Außerdem hatte Adelheid ihr Bett bislang noch nicht verlassen, sodass im Augenblick kein weiterer Handlungsbedarf für fleißige Hände bestand. Mina wusste genau, dass ihre Stiefmutter noch nicht gesellschaftsfähig war. Sie hatte eine Zeit lang Klavier im Salon gespielt, in der Hoffnung, Adelheid damit anzulocken. Zwar war jede Unterhaltung mit diesem nervösen Geschöpf eine Herausforderung, aber Mina hätte sie trotzdem gern gefragt, was genau sie über Johann Taden wusste. Da Adelheid jedoch allem Anschein nach noch eine Weile brauchen würde, um die Eindrücke der Beerdigung zu verdauen, würde Mina nichts anderes übrig bleiben, als Netti gegenüber ihre Neugierde zu offenbaren.

Netti nahm das Kompliment gelassen entgegen. »Nun, Helmtraud und ich haben beide die gleiche anständige Erziehung genossen. Ein ordentlicher Haushalt ist das Ergebnis eines geordneten Geistes, pflegte meine Großmutter zu sagen.« Sie stand auf, und nachdem sie die Falten ihres Rocks glatt gestrichen hatte, musterte sie Mina mit einer bemerkenswerten Eindringlichkeit. »Wenn alles zu Ihrer Zufriedenheit ist …«, sagte sie.

… was willst du dann in meinem Reich?, beendete Mina

die unausgesprochene Frage – allerdings nur in Gedanken. »Ich bin auf einen kleinen Schnack vorbeigekommen. Das sagt man hier doch so? Einen Schnack, eine Plauderei?«

»Für einen Schnack bin ich immer zu haben.«

Netti gab dem Mädchen ein Zeichen, auf dass es seine eifrigen Bemühungen mit dem Silberbesteck einstellte, etwas von wegen »dringend Wäsche zusammenlegen …« murmelte und die Küche verließ. Mina hoffte, dass das arme Ding nach der Plackerei der letzten Tage die Gelegenheit nutzte, die Beine hochzulegen. Denn im Haus konnte es unmöglich noch etwas aufzuräumen geben, alles war blitzblank.

»Möchten Sie einen Kamillentee?«, fragte Netti.

Das wollte Mina eigentlich nicht, ihr war eher nach etwas Stärkerem zumute. Trotzdem sagte sie: »Gern. Das klingt doch sehr gesund.«

Während Netti passendes Geschirr aus dem Wandschrank holte, blieb Mina mitten in dem Raum mit den schief gemauerten Wänden stehen. Dabei stellte sie leicht verwundert fest, dass sie zwischen Mehlkrügen, Zwiebelnetzen und dem blank gescheuerten Spülstein eine gewisse Beklemmung empfand. Von der Hälfte der Apparaturen wusste sie nicht einmal, wozu sie gut waren. Bislang hatte sie dieses Wissen auch nie vermisst. Als junges Mädchen hatte sie im Stadthaus ihrer Familie einmal versucht, sich nachts eine Milch auf dem Herd warm zu machen und sich ganz scheußlich an den nachglühenden Ringen, auf die man die Emailletöpfe stellte, verbrannt. Seitdem mied sie Wirtschaftsbereiche nicht nur deshalb, weil es sich für eine Dame kaum schickte, ihre Nase unnötig in die Angelegenheiten ihrer Angestellten zu stecken, sondern weil sie wortwörtlich ein gebranntes Kind war. Als Netti nun zu dem schweren Eisenherd, dem Herzstück der Küche, ging, um Teewasser in die Kanne zu gießen, hielt Mina vorsichtshalber einen gewissen Sicherheitsabstand.

Als der Kamillentee eingeschenkt und ordentlich Honig beigegeben war, saßen die beiden Frauen schweigend voreinander. Nettis Behauptung, jederzeit für einen Schnack zu haben zu sein, ließ Mina nun daran zweifeln, was unter diesem Wort zu verstehen war. Mit der guten Helmtraud wäre es leichter gewesen, die hatte sich nie lange bitten lassen.

»Ich stehe immer noch unter dem Eindruck der gestrigen Gesellschaft«, tastete sich Mina an die große Frage heran, die sie in die Enge der Küche getrieben hatte. »Wenn man auf Menschen trifft, die man seit fünfzehn Jahren nicht mehr gesehen hat, gibt einem das ganz schön zu denken.«

Netti brummte nicht einmal zustimmend, sondern pustete nur in ihre Tasse, über deren Rand sie Mina unablässig beobachtete.

Na gut, beschloss Mina. Dann werde ich eben konkreter. »Aus einem der Burschen, die vor Ewigkeiten mal bei meinem Vater für ein Sommerfest angeheuert hatten, ist ein Bild von einem Mann geworden. Damals ist er – wie so viele andere auch – durch die Gegend gezogen, auf der Suche nach Arbeit. Und jetzt hat er seinen eigenen Hof.«

»Das ist aber eine Geschichte, die man in unserer Gegend nur selten hört.« Netti stellte ihre Tasse auf die Tischplatte, ohne einen Schluck genommen zu haben. »Hier wird kein Land verschenkt, schließlich ist es die wichtigste Währung. Dithmarschen war ja einst eine Bauernrepublik. Der Boden: Das ist die Familie, die eigene Geschichte. Noch heute verheiraten die Bauern ihre Kinder untereinander. Wie heißt es? Die Liebe vergeht, der Hektar besteht.« Kein Lachen, kein Blinzeln, nur eine unlesbare Miene.

Mina fragte sich, ob es wirklich sinnvoll war, Netti bei

diesem Thema zu Rate zu ziehen. Nur ließ sich ihre Neugierde einfach nicht zügeln. »Das klingt ja, als wäre das Leben für alle Zeiten festzementiert. Wer hat, der hat – und wer nichts hat, der wird es auch niemals zu etwas bringen, egal welche Talente und Willenskraft er mitbringt. Genau das ist doch die Kehrseite dieser Denkweise, eine himmelschreiende Ungerechtigkeit. Dabei haben wir Menschen heutzutage, wo wir nicht länger an unsere Scholle gebunden sind, unzählige Möglichkeiten, etwas aus uns zu machen.«

»Sehen Sie das so?« Netti schien nicht sonderlich überzeugt von Minas Rede auf die Freiheit. »Welche Möglichkeiten sollen die jungen Leute denn nutzen, denen das Geburtsrecht keinen Batzen Land garantiert? Bleiben nur die Fischerei, die Gewerke in Städten wie Meldorf, Brunsbüttel und Marne – oder sie bieten eben ihre Arbeitskraft feil. Dann sind sie schon dahin, die großen Möglichkeiten. Meist ist es schon viel früher aus und vorbei, weil sich der Herr Dorflehrer natürlich nur um die Kinder kümmert, in deren Familie es was zu vererben gibt. Alles andere wäre ja die reinste Verschwendung. Wer nichts als seine Arbeitskraft anzubieten hat, der muss nichts können, außer zu schuften.« Die Art, mit der Netti ihr nicht unbeachtliches Kinn vorschob, verriet zum ersten Mal ihre Haltung: Diese zähe und disziplinierte Frau war wütend. Wütend auf eine Ungerechtigkeit, die offenbar so tief wurzelte, dass der Wandel der Zeit an ihr vorbeizog.

»An und für sich ist es nichts Schlechtes, seine Arbeitskraft zu Markte zu tragen. Sie stehen ja auch im Lohn bei uns«, warf Mina ein. Obwohl sie es sich nur ungern eingestand, hatte die resolute Meinung ihrer Haushälterin sie erschreckt. »Es kommt darauf an, dass faire Bedingungen herrschen. Oder nicht?«

Würdevoll warf Netti den Kopf in den Nacken. »Zu anderen Bedingungen hätten weder Helmtraud noch ich eine solche Arbeit angenommen. Als meine Cousine im Kapitänshaus angeheuert hat, war sie allerdings in einer anderen Position als die meisten Leute. Sie war nicht nur mit Rückgrat und einer kleinen Erbschaft ausgestattet, sondern auch alleinstehend. Sie konnte damals etwas in die Waagschale werfen, als sie mit dem werten Herrn Boskopsen über ihre Stellung verhandelt hat. Aber was können diejenigen schon tun, deren Familien seit Generationen nichts haben? Nicht jeder hat so viel Glück wie Johann Taden und stößt zur rechten Zeit auf einen Hof, der keinen Erben hat.«

Mina traute ihren Ohren nicht. »Sie wussten also, dass ich von Johann geredet habe.«

Nun schlich sich doch ein Lächeln auf Nettis schmale Lippen. »Nicht nur ich habe mitbekommen, mit wem Sie so vertraut durch den Garten flaniert sind. Was meinen Sie, warum die Trauergesellschaft so lange geblieben ist, obwohl der Leichenschmaus schon längst verputzt war? Die haben alle die vornehme Frau Löwenkamp beobachtet, wie sie mit dem aufsässigen Taden knöcheltief im Schnee stand und sich den Wind um die Ohren wehen ließ.«

»Dem *aufsässigen* Taden?«, wiederholte Mina.

Das war es – das Geheimnis, dessentwegen sie in die Küche gekommen war. Ob ein paar Schaulustige sie beobachtet hatten, war ihr vollkommen egal. Alles, was zählte, war Johanns Geheimnis, das er ihr nicht persönlich hatte offenbaren wollen. Mina konnte nicht an sich halten und beugte sich über den Tisch, damit ihr nur keines von Nettis Worten entging. Doch die Haushälterin dachte gar nicht daran, sie zu erlösen.

In aller Seelenruhe stand Netti auf, nahm die Teekanne

mit zum Spülstein und goss den Kamillensud aus. Erst als sie mit einem frisch gebrühten Schwarztee zurückkehrte, suchte sie Minas Blick. Allerdings nicht, um endlich über Johann zu reden, sondern um ihr den silbernen Flachmann zu zeigen, den sie aus ihrer Rocktasche hervorgeholt hatte.

»Rum aus Flensburg, ein ordentliches Tröpfchen«, erklärte Netti. »Bringt mir mein Schwiegersohn Willi immer mit, der arbeitet dort in der Brennerei und muss es wissen.« Sie deutete mit hochgezogenen Augenbrauen auf die Kanne, die auf einem Messingstövchen stand. »Wenn der Schnack eine solche Richtung nimmt, ist ein Schuss vom Guten nie verkehrt. Außerdem kann ich Kamillentee nicht ausstehen, eine miserable Plörre.«

Im letzten Moment gelang es Mina, ein Lachen zu unterdrücken. Stattdessen nickte sie lediglich, als Netti den Inhalt des Flachmanns in die Kanne schüttete. Als Mina einen Schluck von dem Gebräu nahm, stiegen ihr Tränen in die Augen, doch sie fasste Mut.

»Johann Taden scheint einen gewissen Ruf in Tidewall zu genießen. Warum?«

»Er hat Ihnen also nichts erzählt?« Die Kandisbrocken in Nettis Tasse knackten.

»Ich hatte den Eindruck, dass er mich nicht in Verlegenheit bringen wollte. Für den Fall, dass mir nicht zusagt, was er so Ungewöhnliches treibt. Es ist mir allerdings ein Rätsel, was ein Mann, der allein lebt und Kohl anbaut, tun könnte, dass ihn ein gewisser Ruf umgibt. Seine Scheidung vielleicht?«, mutmaßte Mina, obwohl sie es sich nicht recht vorstellen konnte. Trennungen wurden zwar nach wie vor nicht gern gesehen, die Ressentiments gingen in der Regel jedoch zu Lasten der Frau, vor allem wenn sie diejenige war, die auf der Scheidung bestand. »Die Ehe ist kinderlos geblieben.

Das könnte Johanns Frau als Trennungsgrund angegeben haben.«

Netti steckte mit einem Löffelchen ein geschmolzenes Kandisstück zwischen ihre beachtlichen Pferdezähne und zermahlte es genüsslich. »Ingrid und ihr Kinderwunsch. Darüber ist sie fast verrückt geworden, obwohl ihr Körper einfach kein Kind austragen konnte. War ein ziemliches Drama – und es wäre natürlich auch die perfekte Schuldzuweisung gewesen, als Johann sich weigerte, es weiterhin zu probieren. Sie hat an der ganzen Elbmündung herumerzählt, dass er ihr kein Kind gönnen würde, dabei hat er sie nur schützen wollen. Wenn das Kind im Leib stirbt und nicht rechtzeitig herauskommt, wird es nämlich auch für die Mutter gefährlich. Darüber konnte man mit Ingrid aber nicht reden, sie dachte, ihr Lebensglück hinge daran, Mutter zu werden. Was sie schließlich jedoch mit Johann brechen ließ, war ein anderer Grund – und für die Leute hier nicht minder leicht nachzuvollziehen. Der Dithmarscher gilt gemeinhin als eigen und stolz, dies ist ein ganzes Land voller Eigenbrötler. Nur in einer Sache sind sich alle einig: Unsere Regierung ist das Beste, was uns passieren konnte. Hitler und die Seinen sitzen zwar im illustren Berlin, aber sie wissen, was es bedeutet, eins zu sein mit seinem Grund und Boden.« Netti ließ diese Behauptung im Raum stehen.

Mina lehnte sich im Stuhl zurück, während sie abwägte, ob es angebracht war, ihre Meinung dazu kundzutun oder das Spiel erst einmal nach Nettis Regeln zu spielen. Es war allgemein bekannt, dass die Provinz Schleswig-Holstein sich früh für den Nationalsozialismus begeistert hatte; die Idee von einem Volk, das zu seinem Land gehörte, war hier auf fruchtbaren Grund gefallen. Ebendeshalb fühlte Minas Bruder Hubert sich derart wohl in dieser Gegend, dass er sich sogar ein Stadthaus in Meldorf gekauft hatte. Dort verbrachte er nun so viel Zeit wie möglich, auch wenn er die Familiengeschäfte weiterhin von Hamburg aus leitete. Die Parteigenossen in Dithmarschen seien eben so herrlich handfest, fand ihr jüngerer Bruder, der sich nicht scheute, sein Vermögen für seine politische Überzeugung einzusetzen. Kein Wunder, dass Netti sich davor hütete, Stellung zu beziehen, wenn sie mit der Schwester vom Braunen Hubert sprach.

Mina holte ihre Zigaretten hervor und sah Netti fragend an, die ihr zur Antwort eine Untertasse reichte. Als habe sie alle Geduld der Welt, blies Mina Rauchringe in die Luft. »Mein Bruder Hubert ist auch der Meinung, dass Dithmarschen eine Art gelobtes Land für seine Partei ist. Die Leute hier seien der Fleisch gewordene Beweis für die Überzeugung, dass Volk und Boden zusammengehören wie eine untrennbare Einheit.« Mina zuckte mit der Schulter. »Mag sein, dass Hubert recht hat, aber mir kommt dieser Gedanke zu schlicht vor, um wahr zu sein.« Das Wort Propaganda zu verwenden, wagte sie nicht. Dafür war die allgemeine Begeisterung für die Regierung nach den vielen bereits errungenen Siegen und denen, die zweifelsohne noch kommen würden, zu groß. Es war eine Sache, über die alte, immer noch währende Ungerechtigkeit zu klagen, aber eine ganz andere, der Regierung am Zeug zu flicken. Das wusste sogar ein Hitzkopf wie Mina.

Noch immer ließ sich Netti nicht in die Karten schauen. »Mit der Wirtschaftskrise vor gut fünfzehn Jahren ging es vielen bei uns schlecht, die Arbeit wurde immer weniger, obwohl immer mehr auf sie angewiesen waren. Eine Menge landwirtschaftliche Betriebe gerieten in Schieflage, es gab Konkurse und Pfändungen, die Proteste bei den Bauern hervorriefen. Eine unruhige Zeit. Das hat die Regierung geändert, was ihr viele hoch anrechnen. Wenn nun einer daherkommt und die Beweggründe dieser glorreichen Partei hinterfragt, dann wird das nicht gern gehört. Allein den Anspruch, darüber reden zu wollen, empfinden die meisten schon als Anmaßung.«

Langsam begriff Mina, worum es hier ging. Fast hätte sie laut aufgelacht. »Johann Taden stellt also die ehrenwerten Ambitionen unserer Regierung infrage. Offenbar so laut, dass es niemand überhören kann.« Als Netti den Köder nicht schluckte, seufzte Mina. »Schon gut, Sie brauchen sich keine Sorgen zu machen, dass Sie zu viel aus dem Nähkästchen plaudern. Johann hat mir den Rat gegeben, mich an Sie zu wenden, wenn ich mehr über seinen Ruf erfahren möchte. Damit ich Bescheid weiß, woran ich bin, wenn er mich später zu einem Spaziergang abholt.«

»Sie wollen Johann wiedersehen?«, fragte Netti misstrauisch.

Mina nickte. »Ja, das will ich.«

»Also, dann will ich mich mal nicht vor meiner Pflicht drücken. Schließlich ist Johann ein guter Freund der Familie. Er hat immer im Kapitänshaus vorbeigeschaut, besonders als Helmtraud schon ein wenig knapp bei Puste war. Mit ihm konnte man nicht nur reden, er hat sich auch, ohne groß zu fragen, ums Brennholz gekümmert oder eine Tube Pferdesalbe aus der Stadt mitgebracht.« Ein weicher Ausdruck schlich sich auf Nettis Züge, jedoch nur für einen kurzen Augenblick, dann war sie wieder die Alte. »Sie müssen wissen, Johann ist kein Marktschreier und gewiss auch kein politischer Mensch. Mit der Landvolkbewegung, die sich gegen die Ausblutung der Bauern wehrte, hat er höchstens geliebäugelt. Die Männer, die für ihre Überzeugung Sprengsätze gelegt haben, werden bestimmt nicht nach seinem Geschmack gewesen sein. Allerdings will Johann sich nicht den Mund verbieten lassen, selbst wenn seine Meinung auf wenig Gegenliebe stößt. Der hat schon als junger Kerl nie mit den Wölfen geheult und sich stets redlich bemüht, den richtigen Weg einzuschlagen, egal wie mühsam er sein mochte.«

Besonders den letzten Satz konnte Mina direkt unterschreiben. Einfach hatte Johann es sich nie gemacht. Aller Lebenserfahrung zum Trotz neigte er offenbar dazu, sich durchs Dornengebüsch zu schlagen, anstatt auf einer Straße zu bleiben, selbst wenn es ihm missfiel.

Mina blickte zum Fenster hinaus. Der Himmel war so dicht behangen, dass nicht einmal die Schneedecke zu leuchten vermochte. Hoffentlich kam bald Wind auf, der die Wolken weitertrieb, bevor sie ihre Flockenlast hinabrieseln ließen. Wenn es ganz arg wurde, würde Johann gar nicht erst auftauchen – eine Vorstellung, die Mina überhaupt nicht gefiel.

»Kennen Sie Johanns Familiengeschichte?«, fragte Netti in das Schweigen hinein.

Mina schüttelte den Kopf, während ihr Magen sich zusammenzog. Dafür, dass Johann so eine große Rolle in ihrem Leben spielte, wusste sie erschreckend wenig über ihn.

»Der alte Taden war seinerzeit der hiesige Schäfer, der Familie gehört ein kleines Haus ein Stück weiter rauf zur Mündung. Ein Reetdachhaus. Kennen Sie es?«

Erneut musste Mina den Kopf schütteln. Bei ihren Spaziergängen hatte sie nur einen Blick für die Weite gehabt, Häuschen am Wegrand hatten sie wenig interessiert.

»Nun, die Tadens besaßen nichts Großes, jedenfalls nicht groß genug, um jedem ihrer neun Kinder ein Auskommen zu bieten. Der älteste Taden-Sohn hat die Schäferei übernommen, und den beiden nächsten Söhnen hat der Vater noch eine Lehre bezahlt, sodass für Johann nichts übrig blieb. Als Schäfer lebt man oft genug von der Hand in den Mund, und auch seine Geschwister, die bereits im Lohn standen, hatten nicht genug, um Johann unter die Arme zu greifen. Eine echte Schande, denn von der Sippe ist er mit Anstand der hellste Kopf. Jedenfalls musste der Junge sich allein durchschlagen, so gut es ging – und er hat ja wirklich das Beste daraus gemacht. Vermutlich steht er deshalb so aufrecht und kann nicht viel mit der Idee von Blut und Boden anfangen. Seine Familie konnte ihm nichts bieten, er musste lange um sein Überleben kämpfen, bevor er die Chance erhielt, seines Glückes Schmied zu werden.«

Aufgeregt versuchte Mina sich eine Vorstellung davon zu machen, wo Johann jetzt in seinem Leben stand. Die Vorstellung, dass sie beide nicht zufrieden waren mit der Gegenwart, beflügelte sie regelrecht. Vielleicht waren sie ja doch nicht so verschieden, wie es auf den ersten Blick aussah. »Wenn Johann auf die übliche Meinung nichts gibt, woran glaubt er dann?«

»An ein Wort, das in dieser Gegend einst hohen Wert besaß: die Freiheit des Einzelnen. Unabhängigkeit – und Solidarität, um sie zu erhalten. Der Zusammenhalt unterm Parteibanner ist ihm verdächtig bei dem ganzen Kriegslärm, und er hat wohl so seine Zweifel, dass es den Mächtigen wirklich nur darum geht, zu den Wurzeln der Bauernrepublik zurückzukehren. Falls so etwas überhaupt möglich ist. Ich habe da so meine Zweifel, wenn ich mir die ganzen Wagen und Maschinen anschaue, die überall Einzug halten. Für Johann ist das Gerede von der guten alten Zeit bloß ein schönes Tuch, das etwas Hässliches verdecken soll.«

»Mit einer solchen Meinung macht man sich heutzutage bestimmt keine Freunde«, stimmte Mina zu.

»Tut man nicht«, sagte Netti und nickte. »Besonders wenn dann auch noch ein paar anfangen, zuzuhören und ähnliche Fragen zu stellen.«

Bei diesen Worten konnte Mina direkt vor sich sehen, wie Johann mit den resoluten alten Damen, deren Meinung in Tidewall nicht unwichtig war, in der Stube beisammensaß, Grog mit Tee trank und redete. Möglicherweise war ja sogar Adelheid dann und wann einmal hereingeflattert. Das wäre eine Erklärung dafür gewesen, dass ihre Schwiegermutter so gut Bescheid wusste. In wie vielen Stuben er wohl noch gesessen hatte, dass er als Aufrührer von sich reden gemacht hatte?

»Wir leben in einem Land, in dem es gefährlich sein kann, Fragen zu stellen, obwohl wir doch alle ein Volk von Deutschen sind.« Nun war der Hohn in Nettis Stimme nicht länger zu überhören. Sie gehörte zweifelsohne zu jenen, die sich mit Johann Tadens Überlegungen genau auseinandergesetzt hatten. Plötzlich verschärfte sich der Blick der Haushälterin über den Brillenrand. »Und, ändert es Ihre Haltung gegenüber Johann, nun, da Sie wissen, wo er steht?«

»Ganz im Gegenteil, ich habe nie näher bei ihm gestanden«, sagte Mina freiheraus.

Ein Aufschrei zerschnitt die Spannung, die sich zwischen den beiden Frauen am Küchentisch aufgebaut hatte.

Adelheid schwankte durch die Tür, das Haar bereits hochgesteckt, aber immer noch mit einem flamingofarbenen Morgenmantel bekleidet. Ein gelungener Auftritt, das musste Mina ihrer Stiefmutter neidlos zugestehen.

»Da seid ihr ja! Habe ich euch endlich gefunden.«

»Wir hatten uns doch gar nicht versteckt«, sagte Mina, ehe sie sich eine weitere Zigarette zwischen die Lippen steckte.

Ihre Worte fanden keine Beachtung, stattdessen massierte Adelheid ausgiebig ihre Schläfen. »Ich bin aufgewacht, und niemand war da«, beschwerte sie sich. »Und das nach der ganzen Aufregung. Da hätte es doch sein können, dass mein Herz stehen geblieben ist. Stundenlang habe ich im Bett gelegen, ohne dass jemand nach mir gesehen hat. Geschweige denn, dass mir eine Tasse Tee angeboten wurde.« Mit einem geübten Wedeln der Unterarme befreite sie ihre Hände von den federbesetzten Ärmeln ihres Morgenrocks und nahm einen Henkelbecher vom Regalbord. Zu Minas Erstaunen bewegte sich Adelheid äußerst zielstrebig in der Küche, was den Verdacht aufkommen ließ, dass sie hier wohl so manche Stunde in Helmtrauds Gesellschaft verbracht hatte. Dann bedeutete sie Netti, ihr aus der Teekanne einzugießen.

»Wenn ich bitten dürfte, meine Liebe. Ich bin schon ganz dehydriert.«

Netti wechselte einen raschen Blick mit Mina, die unauffällig den Kopf schüttelte. Adelheid mit ihrer zierlichen Figur und ihren allzeit überstrapazierten Nerven war nun wirklich niemand, dem man zu dieser frühen Stunde einen Schluck Rum zumuten durfte.

»Ich setze Ihnen rasch einen frischen Tee auf, der hier steht schon seit den Morgenstunden auf dem Stövchen.«

Obwohl Netti so entschlossen klang, dass eine Widerrede unmöglich schien, winkte Adelheid ab. »Unsinn. Tee ist Tee, immer die gleiche bittere Plörre. Also, keine falsche Scheu, schenken Sie mir ein.«

Mit einem fast greifbaren Schweigen goss Netti den Becher voll, genau wie Adelheid es wollte. Sie stellte die Kanne ohne hinzusehen zurück aufs Stövchen, denn ihr Blick ruhte genau wie Minas an Adelheids Gesicht. Die nahm einen Schluck, dann noch einen. Innerhalb von Sekunden breiteten sich rote Tupfen auf ihren Wangen aus, und sie hielt sich rasch den Federsaum vor den Mund, während sie ein Husten unterdrückte. Gespannt wartete Mina ab, ob ihre Stiefmutter den Becher fortschleudern und röchelnd zu Boden sinken würde oder vielleicht zu einer theatralisch vorgetragenen Anklage anhob, man habe mit diesem Teufelsgetränk einen Anschlag auf ihr Leben verübt. Stattdessen setzte Adelheid sich mit an den Tisch, wobei sie die Schleppe des Morgenmantels um die Armlehne des Stuhls drapierte, damit sie nicht auf dem Boden Falten schlug. Dann trank sie noch ein paar kräftige Schlucke, bevor sie sich selbst nachschenkte.

»Und?«, fragte Adelheid. »Worüber haben die Damen soeben geschnackt?«

Netti stand auf, wobei sie sich mit einer Grimasse das Kreuz hielt. »Ach, nur darüber, wie die Dinge in Tidewall so stehen. Nun muss ich aber mal nach meinem Mädchen schauen, ob sie auch alles ordentlich macht. Wenn man nicht ständig hinter den jungen Damen her ist …«

Adelheid schaute der Haushälterin mit einem gewissen Bedauern nach. »Man könnte fast meinen, sie flieht vor mir.«

»Das tut Netti ganz bestimmt nicht«, beschwichtigte Mina. »Sie ist halt nur nicht Helmtraud.« Diesen Platz will sie nämlich ganz bestimmt nicht einnehmen, denn das würde nicht nur bedeuten, das Kapitänshaus blitzblank zu halten, sondern auch noch deine beste Freundin zu sein … Diesen Gedanken behielt Mina jedoch lieber für sich.

»Ja, Helmtraud ist einfach unersetzlich.« Adelheid schniefte in ein Spitzentaschentuch, ehe sie wieder an ihrem Tee nippte. Dann musterte sie Mina auf diese klarsichtige Art, die sie in der letzten Zeit schon häufiger an den Tag gelegt hatte. »Ich hatte noch gar keine Gelegenheit, dich zu fragen, wie dein Spaziergang mit Johann Taden war.«

»Du hast es also auch mitbekommen?«

Adelheid schnaufte, allerdings auf eine sehr damenhafte Weise. »Natürlich, ich bin schließlich weder blind noch taub. Die halbe Trauergemeinde hatte sich vor den Fenstern aufgebaut und euch beobachtet. Dabei ist Neugierde ausgesprochen ungehörig. Ich habe mich deshalb kurz darauf in meine Räumlichkeiten zurückgezogen, um in Ruhe einen Blick auf euch zu werfen.« Bei diesem Geständnis zuckte Adelheid nicht einmal mit der Wimper.

»Ich verstehe die Aufregung ehrlich gesagt nicht«, versuchte sich Mina aus der Affäre zu ziehen. »Ich kenne Johann von früher, als wir das Kapitänshaus frisch bezogen hatten. Warum sollte ich also nicht ein paar Schritte mit ihm gehen und mir anhören, wie es ihm ergangen ist.«

»Dann weißt du jetzt also, was aus Johann Taden geworden ist.« Adelheid brauchte offenbar keine Antwort, sie sah es Mina wohl an der Nasenspitze an. »Es überrascht dich sicher nicht zu hören, dass ich mich herzlich wenig für politische Dinge interessiere, schließlich stamme ich noch aus einer Generation, in der es für Damen der Gesellschaft als belastend galt, sich mit diesem schmutzigen Geschäft auseinanderzusetzen. Von daher kann ich zu den Gerüchten, die über Johann Taden im Umlauf sind, nur sagen, dass Helmtraud ihn für einen feinen Kerl gehalten hat. ›Ein guter Junge‹, pflegte sie zu sagen. Auch als er den Hof vom alten Reese übernommen hat, kam er immer vorbei, um ihr ein wenig unter die Arme zu greifen. Der durfte das, alle anderen hat sie weggejagt. ›Der kommt nicht wegen der paar Penunzen, sondern aus alter Verbundenheit‹, meinte Helmtraud. Das war ihr viel wert.«

Und damit offenbar auch Adelheid, wie Mina verblüfft feststellte. Nie im Leben hätte sie darauf gesetzt, dass ihre statusbedachte Stiefmutter mit Achtung über einen einfachen Bauern sprechen würde. Und schon wieder hast du diese Frau unterschätzt, rief sie sich in Erinnerung. »Für mich war Johann schon immer etwas Besonderes.« Das Geständnis ging ihr leicht von den Lippen, trotzdem erwartete sie mit einer gewissen Unruhe, wie ihre Stiefmutter reagieren würde. Denn Johann Taden zuzubilligen, dass er ein feiner Kerl war, bedeutete noch lange nicht, dass sie Minas Interesse an ihm gutheißen würde.

»Dass du an diesem Burschen interessiert warst, haben wir damals durchaus bemerkt, deine Frau Großmutter und ich. Zuerst auf dem schrecklich anstrengenden Segeltörn nach dem Fest und dann in dieser Gewitternacht ...«

Mina hielt den Atem an. Ihr so sicher geglaubtes Geheimnis war offenbar gar keins gewesen.

Adelheid blickte sinnierend in ihre Teetasse, und erst nachdem Mina ihr nachgeschenkt hatte, fand sie die Kraft weiterzusprechen. »Deine Cousine Erika ist damals mitten in der Nacht zu mir gekommen, weil du trotz des Unwetters nicht auf dein Zimmer zurückgekehrt bist. Ich habe das Mädchen ins Bett geschickt und mich mit Theophila besprochen. Eduard haben wir nicht eingeweiht – ein aufgebrachter Vater hätte in dieser Situation nämlich nur Schaden angerichtet. Außerdem dachten wir ...« Adelheid rang sichtlich mit sich. »Nun, wir dachten, du wärst mit Fred zusammen, dass ihr beide nach der unangenehmen Situation bei Tisch doch noch zueinandergefunden hättet. Also genau das, was wir uns für dich wünschten. Der Irrtum wurde uns erst am nächsten Morgen klar, als Fred sich in aller Herrgottsfrüh verabschiedete.« Endlich erwiderte sie Minas Blick, und zu deren Überraschung funkelte es in diesen sonst so abwesenden Augen überaus lebendig. »Der gute Fred sah nicht im Geringsten aus wie ein Mann, der eine leidenschaftliche Nacht in den Armen einer jungen Frau verbracht hatte. Ganz im Gegenteil: Er war ausgesprochen verbittert.« Nun lächelte Adelheid sogar, auch wenn sie den Mund sogleich hinter ihrer Hand verbarg. »Jedenfalls hatte Theophila so einen Verdacht, was diesen Johann Taden anging. Und ein paar vorsichtige Fragen haben dann ergeben, dass er während der Gewitternacht ebenfalls wie vom Erdboden verschluckt war. Wir haben beschlossen, die Decke des Schweigens über diese Angelegenheit zu breiten, vor allem als Marlene im April des nächsten Jahres auf die Welt kam und ein Abbild ihres Vaters Fred war.«

»So war das also.« Mehr brachte Mina schlicht nicht heraus.

Adelheid nickte. »Ja, so war das. Damals erschien es mir richtig, aber heute frage ich mich, ob ein anderer Weg für dich nicht besser gewesen wäre. Doch jetzt bist du ja wieder in Tidewall, nicht wahr? Man kann die Zeit zwar nicht zurückdrehen, aber man kann sich durchaus eine zweite Chance geben.« Als Mina ihre Stiefmutter nur verwundert anschaute, zuckte Adelheid mit den Achseln. »Nun sieh mich doch bitte nicht so an, meine Liebe. Auf meine alten Tage wird es mir doch wohl vergönnt sein, meine romantische Neigung auszuleben. Und dieses Paar im Schnee war ein äußerst idyllischer Anblick.«

Kapitel 31

Johann trat vor den altersblinden Spiegel, der in der Diele an der Wand hing, und nutzte das spärlich einfallende Licht, so gut es ging. Nachdem er sein Tagwerk erledigt und sich gewaschen hatte, hatte er eine Zeit lang ratlos vor seinem Kleiderschrank gestanden. Dabei kannte er die wenigen guten Stücke in- und auswendig. Er war eigentlich niemand, der zur Eitelkeit neigte. Jetzt wünschte er sich jedoch zum ersten Mal, dass seine Sonntagsgarderobe nicht nur aus dem abgetragenen Anzug bestünde, der zwar für Gottesdienste und Beerdigungen taugte, aber wohl kaum für ein Treffen mit einer weltgewandten Dame, in deren Augen man gern einigermaßen akzeptabel daherkommen wollte.

Es war albern, trotzdem konnte er nicht anders, als immer wieder daran zu denken, wie großartig Mina ausgesehen hatte in ihrem schwarzen Mantel mit dem Pelzkragen und den rotgoldenen Locken, die das Gesicht wie eine edle Einfassung umrahmt hatten. Sie war wie eine Erscheinung vor dem weißen Schnee gewesen. Eine Erscheinung, deren Zauber er ungebrochen ausgeliefert war. Wenn Mina sich nur in Gesellschaft feiner Herren sehen würde, hätte sie mich zeit ihres Lebens kaum eines Blickes gewürdigt, führte er sich schließlich vor Augen. Also wozu etwas vorgeben wollen, was ich nicht bin? In diesem Sinn hatte er eine gute Hose, Hemd und Strickpullover angezogen, genau wie er es auch zum Stammtisch im »Beerkrug« trug, wenn er sich mit ein paar Männern aus früheren Tagelöhnerzeiten traf: gepflegt, aber nicht geschniegelt. Das war er, mehr hatte er nicht zu bieten. Und wenn er sich nicht täuschte, erwartete Mina ohnehin nichts anderes. Wenn sie seine Einladung annahm, dann gewiss nicht wegen dem, was er in der Welt darstellte.

Während Johann den Mantel vom Haken nahm und noch einen letzten Blick in den Spiegel warf, kam er nicht umhin, das Strahlen auf seinem Gesicht zu bemerken. Er war glücklich, geradezu überschäumend vor Energie und zugleich von einer Unruhe heimgesucht, die ihn schon lange vor Sonnenaufgang aus dem Bett getrieben hatte. Eine solch verwirrende Vielzahl von Gefühlen war ihm im Lauf der Jahre fast fremd geworden, als wäre seine Fähigkeit zu empfinden in jener Nacht abgestorben, als er Mina abgewiesen hatte. Lange hatte er diese Taubheit auf sein schlechtes Gewissen ihr gegenüber geschoben. Ihr zutiefst verletzter Ausdruck, als er sie abgewiesen hatte, hatte ihn bis in seine Träume verfolgt, während Ingrid neben ihm lag, ihm demonstrativ den Rücken zugedreht, vollkommen in ihr eigenes Unglück versunken. Erst später hatte er begriffen, dass seine verschütteten Empfindungen nichts anderes als Liebeskummer waren. Und erst als er Mina endlich wieder gegenübergestanden hatte, war ihm klar geworden, dass dieser Kummer keine Narretei, sondern echt gewesen war: Er hatte um eine Frau getrauert, die er geliebt hatte, obwohl er sie kaum gekannt hatte. Ein Teil in ihm, der sich jeder Vernunft entzog, hatte sich für Mina entschieden und beharrlich daran festgehalten.

»Wir werden sehen, wohin das führt«, sagte Johann zu sich selbst und griff nach der Türklinke.

Das aus rotem Klinkerstein erbaute Haus, das er samt einiger Felder, einem Stall voll Hühner und einem altersschwachen Wachhund übernommen hatte, war nicht mehr als ein ausgebauter Schuppen. Helmut Reese, für den er den Hof bis zu dessen Tod bewirtschaftet hatte, war ein ordentlicher Handwerker gewesen. Er hatte in dem länglichen Hauptraum eine Diele, die Wohnstube und eine Schlafkammer untergebracht und in den Anbau mit seinem feuchten Mauerwerk eine Küche gesetzt, in der es selbst an Sommertagen hundskalt war. Die Fenster waren allesamt unterschiedlich, Helmut hatte sie nach und nach eingebaut, wann immer er eins erwerben konnte. Das Gleiche galt für die Kacheln, die den Ofen zierten. Einige zeigten Windmühlen, andere waren flaschengrün, und wieder andere hatten ein Stäbchenrelief. Helmut Reese hatte sich seine Existenz zusammengeschraubt und -geflickt, nachdem das ursprüngliche Haus, das sein Großvater erbaut hatte, in einer Gewitternacht abgebrannt war. Vermutlich hatte er deshalb gleich Vertrauen in Johann gefasst, weil der ebenfalls ein Überlebenskünstler war.

Johann verspürte immer noch eine tiefe Dankbarkeit gegenüber Helmut, und es setzte ihm zu, dass der alte Mann verstorben war, bevor er ihm sein Vertrauen entlohnen konnte. Das allein wäre schon Grund genug gewesen, um das leicht schäbige Häuschen zu lieben. Aber für Johann war es auch sein erstes Zuhause, seit er seine Familie verlassen hatte, um auf eigenen Beinen zu stehen. Obwohl … Streng genommen konnte man das Reetdachhaus seiner Eltern nicht als Heim mitzählen, denn dort hatte er sich nur als Gast gefühlt. Schließlich hatte schon bei seiner Geburt als jüngstes von neun Kindern festgestanden, dass es dort keinen Platz für ihn gab. Und auch später, in der Kammer, die er gemeinsam mit Ingrid bewohnt hatte, war niemals auch nur das Gefühl aufgekommen, ein Zuhause zu haben. Hier, umgeben von

Feldern und Deichen, hatte er endlich einen Ort für sich gefunden. Das Land sorgte mit seinen Feldfrüchten nicht nur für ein Auskommen, sondern Johann hatte sogar einen Handel für die umliegenden Bauern mit ihren Ernten in Gang gesetzt, damit sie ihre Ware nicht länger unter Wert an einen Zwischenhändler abgeben mussten. Er hätte mit sich zufrieden sein können, doch etwas fehlte. Seit gestern wusste er endgültig, was es war.

Draußen vor der Tür warf Johann einen Blick auf seine Armbanduhr, denn im Haus war das Licht zu diesig gewesen. Im Laufe des Vormittags war der Himmel immer dunkler statt heller geworden, sodass er das Zifferblatt nicht hatte lesen können. Die Uhr war ebenfalls ein Erbstück von Helmut, das er in Ehren hielt. Sein eigener Vater war im selben Jahr wie der Kohlbauer verstorben, hatte seinem jüngsten Sohn jedoch nichts hinterlassen. Nach der Beerdigung des alten Taden hatte ihn sein Bruder Hans, der die Schäferei übernommen hatte, vielmehr gefragt, ob er ihm nicht aushelfen könne. Das Reetdach sei an einigen Stellen so von den Dohlen gerupft, dass es reinregne, außerdem brauche er eine Hilfskraft, da seine Frau ihm nach vier rasch aufeinanderfolgenden Geburten kaum zur Hand gehen könne. Falls Johann bis dahin ein stummer Zorn auf seine Familie gequält hatte, weil sie ihm so wenig mit auf den Weg gegeben hatte, war das Gefühl in jenem Moment verflogen gewesen. Wem konnte man auch Vorwürfe machen, wenn das Leben doch alle gleichermaßen am Boden gedrückt hielt, sodass man oft kaum noch Luft bekam?

Johann stellte den Kragen seines Mantels auf, dann ging er durch die schmale Gasse, die er vom Schnee freigeschaufelt hatte. Er zog das Tempo wegen der dunklen Wolken gleich an. Bis zum Kapitänshaus war es ein ordentlicher Fußmarsch, weiter über Feldwege, bis er auf die befestigte Straße traf, die in Richtung Deich führte. Ein Lieferwagen fuhr an ihm vorbei und spritzte Schneematsch auf, doch er sprang gerade noch rechtzeitig beiseite, sodass er nicht getroffen wurde. Ansonsten traf er niemanden auf der Straße an, was auch kein Wunder war, denn es braute sich ein Schneegestöber zusammen. Offenbar mied es ganz Tidewall, auch nur den Kopf vor die Tür zu stecken – abgesehen von Johann, der an diesem Tag bei jedem Wetter aufgebrochen wäre. In seine vier Wände eingesperrt zu sein und sich den Kopf darüber zu zerbrechen, wie Mina nun zu ihm stand, wäre nämlich mit Abstand das Unerträglichere gewesen, egal wie hart ihm der Wind um die Ohren pfiff. Draußen zwischen den Feldern, abseits der Siedlung, befand sich nichts, das den Böen Einhalt gebot, sodass es selbst für jemanden, der so abgehärtet war wie Johann, bald zu viel wurde. Mit einem Fluch schob er sich den Schal über Mund und Nase. Er *musste* Mina sehen und ihr in die Augen blicken. Bestimmt hatte sie bereits herausgefunden, warum ihm im Dorf bissige Kommentare hinterhergerufen wurden und er auf dem letzten Schützenfest plötzlich in eine Schlägerei verwickelt war. Einer der Kerle, mit dem er besonders hart aneinandergeraten war, hatte sogar seinen alten Reichsrevolver gezogen. Ob er Mina besser selbst erklärt hätte, warum er bei vielen in Tidewall und Umgebung nicht mehr gut gelitten war? Nein, damit hätte er sie gewiss überrumpelt. Es lag ihm einfach nicht, die Dinge diplomatisch anzugehen.

Das war auch der Grund, warum er zum ungekrönten Anführer der Handvoll Andersdenkender entlang des Deichs geworden war. Wobei die meisten seiner Gleichgesinnten es nicht wagten, ihre Bedenken außerhalb der eigenen vier Wände zu äußern. Streng genommen war es nur Johann, der für einen gewissen Wirbel gesorgt hatte. Nicht etwa, weil er ein durch und durch politischer Mensch war oder gar das dringende Bedürfnis verspürte, sich hervorzutun, sondern weil er den Mund nicht halten konnte, wenn ihm etwas gegen den Strich ging. Nun stand er wie ein Aufrührer da. Gestern auf der Beerdigung von Fräulein Helmtraud wäre es fast zu einem Eklat gekommen, als Björne Holms, ein Hafenarbeiter, ihn beim Friedhofsgatter in Empfang genommen hatte.

»Schau an, der Taden«, hatte Björne ihn mit seiner rumgestählten Stimme begrüßt, woraufhin ihm alle Blicke zugeflogen waren. »Du lässt wohl keine Bühne aus, um deine wirren Meinungen unter die Leute zu bringen.«

»Guten Tag, Björne. Es ist doch wohl kaum der richtige Zeitpunkt oder Ort, um Meinungsverschiedenheiten auszutragen.«

»Nun tu mal nicht so, als wärst du der große Trauernde.« Björne spuckte demonstrativ aus. Er ging so sehr in seiner Selbstgerechtigkeit auf, dass er vergaß, wo er sich befand.

Eigentlich hätte Johann mit einem solchen Empfang rechnen müssen, stattdessen war er so naiv gewesen zu glauben, dass allein der Respekt vor der Verstorbenen seinen Gegnern eine Auszeit abverlangen würde. Als Björne ihn unsanft am Arm gepackt hatte, hatte er kurz überlegt, ebenfalls sein gutes Benehmen zu vergessen und dem Klotz von einem Mann einfach einen Kinnhaken zu verpassen. Doch so weit war es nicht gekommen, denn Wolfram Dehne, der einstige Skipper der »Adelheid« und nun amtierender Ortsbürgermeister von Tidewall, hatte sich zwischen die beiden Männer gedrängt und Björne mit einem beredten Blick bedacht.

»Egal, was Johann ansonsten für einen Unsinn von sich gibt, in diesem Punkt hat er recht: Das ist die Beerdigung meiner Tante. Die Frau, die dir als Bengel den Hosenboden strammgezogen hat, wenn sie dich mit den anderen Taugenichtsen beim Äpfelklauen erwischt hat. Ich wäre dankbar, wenn man ihr den entsprechenden Respekt erweisen würde.« Ohne den verlegen dreinblickenden Björne weiter zu beachten, hatte Wolfram dem immer noch wütenden Johann den Ellenbogen in den Rücken gedrückt und ihn vorangeschoben, bis sie in der vor Kälte klirrenden Kapelle angelangt waren.

»Danke fürs Aushelfen. Ich wäre zwar auch allein mit Björne fertiggeworden, aber dabei hätte es wohl deutlich mehr Lärm gegeben.« Johann hatte nach einer Regung in Wolframs erstarrtem Gesicht gesucht, ohne fündig zu werden. Es hatte eine Zeit gegeben, da waren sie Freunde gewesen, aber das war vorbei. »Es tut mir sehr leid um Helmtraud, sie war eine großartige Frau«, hatte er dennoch gesagt und es von Herzen empfunden.

»Das war sie. Und sie hat dich gemocht, spätestens seit diesem Sommer, als sie die Stelle im Kapitänshaus übernommen hat und du so hart für sie gearbeitet hast. Von da an hat sie große Stücke auf dich gehalten. Bis zum Schluss. Falls du also später zum Leichenschmaus kommen willst, tu dir keinen Zwang an.« Dieses Zugeständnis hatte Wolfram sichtlich Überwindung gekostet, und bevor Johann etwas erwidern konnte, hatte er sich abgewendet. Und Johann war allein stehen geblieben. Wie so oft in letzter Zeit.

Es hatte vor vier Jahren angefangen. Nachdem der Apotheker Avi Borenstein es vorgezogen hatte, mit seiner Familie jenseits des Atlantiks sein Glück zu suchen, war in das imposante Klinkerhaus nahe beim Siel die Parteizentrale verlegt worden. Avi war nicht ganz freiwillig gegangen, wie jeder in Tidewall wusste, der Ohren und Augen hatte. Aus Johanns Sicht gehörte das prächtige Haus weiterhin den Borensteins, die es vor zwei Generationen erbaut und seitdem bewohnt hatten. Mit dieser Meinung hatte er bei einer Kneipenrunde nicht nur allein dagestanden, sondern war von Wolfram Dehne beiseitegenommen worden, nachdem einige der Männer verdächtig schweigsam geworden waren und ihre Fingergelenke unterm Tisch hatten knacken lassen.

»Johann, du Hornochse. Bekommst du eigentlich mit, in was für eine Bredouille du dich reinredest? Dort drinnen sitzen lauter Kerle, die vom selben Schlag sind wie du und ich. Kann ja sein, dass du nicht jedes Wort von denen unterschreibst, ein paar quatschen auch wirklich dummes Zeug über die Juden und was weiß ich. Trotzdem hast du mit denen mehr gemeinsam als mit diesem arroganten Fatzke Borenstein, der sich bei Nacht und Nebel aus dem Staub gemacht hat.«

»Die Familie ist geflüchtet, nachdem Borensteins Frau keine Lebensmittel mehr verkauft wurden und ein paar Strolche seiner Tochter auf dem Schulweg aufgelauert hatten«, hatte Johann dagegengehalten. »Und wer weiß, was der Familie noch alles passiert ist, von dem du und ich nichts wissen. Die Kerle quatschen nicht nur, sondern lassen auch Taten folgen. Die Juden waren noch nie beliebt, aber was sich in der letzten Zeit aufgestaut hat, darf in so einem Ort wie Tidewall nicht passieren, wo jeder jeden kennt. Plötzlich haben die Leute sich nicht nur das Maul über die Borensteins zerrissen, sondern alles darangesetzt, sie loszuwerden. Was ja auch funktioniert hat.«

Wolfram hatte die Hände in die Luft geworfen. »Ja, Gott. Es ist, wie du sagst: Tidewall ist ein kleiner Ort, da fällt es natürlich sofort auf, wenn was nicht passt. Und diese blasierten Juden haben halt nicht hierhergehört.«

»Die Borensteins haben seit mehreren Generationen in

Tidewall gelebt, sie haben eins der schönsten Häuser im Ort gebaut und bei jedem Umzug durchs Dorf mitgemacht. Sie waren wohlhabend, aber nicht blasiert. Wenn sie nicht zu Tidewall dazugehört haben, wer tut es dann?«

»Du willst es einfach nicht kapieren.« Wolfram hatte den Kopf geschüttelt. »Nicht mit den Wölfen zu heulen, ist eine Sache, mein Freund. Aber einer Meute Wölfe auf den Kopf zuzusagen, dass sie ein raffgieriger Haufen ohne jede Moral sind, eine ganz andere. Wenn du das nächste Mal in einer Kneipe mit stolz geschwellter Brust deine Meinung vertrittst, werden sie dir anschließend einen Sack über den Kopf stülpen und dich nach Strich und Faden verprügeln. Dabei wird es egal sein, wer aus der Meute zuschlägt, weil es eigentlich jeder aus dem Dorf sein könnte.«

»Das glaube ich nicht«, hatte Johann voller Überzeugung erklärt. Damals hatte er es noch nicht besser gewusst. »Nicht alle sind der Meinung, dass etwas deshalb richtig ist, nur weil die Mehrheit es behauptet.«

Wolfram hatte abgewunken, als sei jedes weitere Wort an Johann verschwendet. Nach diesem Wortwechsel hatte der Skipper einen großen Bogen um ihn gemacht.

An jenem Abend war Johann nicht an den Stammtisch zurückgekehrt, auch an den folgenden nicht. Er hatte sich eingeredet, dass es an der vielen Arbeit lag, der er noch mehr hinterherlief als je zuvor. Der eigentliche Grund war allerdings gewesen, dass er sich zum ersten Mal fremd fühlte inmitten von Menschen, die er schon sein Leben lang kannte. Oder vielmehr zu kennen geglaubt hatte. Trotzdem hatte er nicht damit aufhören können, weitere Beispiele zu sammeln. Allerdings erzählte er nur Ingrid davon – bloß um festzustellen, dass seine Frau sich nicht seiner Meinung anschließen konnte.

»Alles ist gut so, wie es ist«, hatte Ingrid gesagt. »Ich kann mich nicht erinnern, wann jemals eine solche Zufriedenheit geherrscht hätte wie heutzutage. Unsere Regierung sorgt für uns, mehr kann man nicht wollen. Dass dabei mal einer über den Rand fällt, ist doch ganz natürlich, das war schon immer so.«

Bei solchen Gesprächen hatten sie gemeinsam am Abendtisch gesessen, wobei Johann sich den von der Arbeit schmerzenden Rücken hielt. Oder sie waren auf dem Rückweg vom Gottesdienst gewesen. Alles rare, intime Momente – doch zu mehr Verbundenheit der beiden hatten sie nicht geführt. Ganz im Gegenteil. Sie drifteten immer weiter auseinander, denn Ingrid hatte eine enge Vorstellung davon, wie ihr Leben auszusehen hatte: Was ihren Horizont nicht streifte, sollte bitte schön auch keine Schatten werfen.

»Früher hatten Tagelöhner, kleine Bauern und Angestellte ganz klar den Mund zu halten und zu schuften, bis sie umfielen. Das war nicht gut, daran will ich ja überhaupt nicht rütteln. Allerdings bedeutet das nicht zwangsläufig, dass jetzt alles zum Besten steht. Es heißt jetzt landauf, landab, wir Deutschen seien ein Volk. Nur ist in Wirklichkeit deutsch nicht gleich deutsch«, hatte Johann zu bedenken gegeben.

»Du willst doch jetzt nicht wieder mit diesem verdammten Juden Borenstein anfangen«, hatte Ingrid drohend erwidert. »Der und seine Sippe waren keine Deutschen, nur weil sie hier gelebt haben. Richtig bedacht, haben sie uns um unseren eigenen Grund und Boden gebracht und auch noch ganz frech dieses protzige Haus draufgesetzt. Jetzt gehört es wieder uns Deutschen, und das ist nur recht so.«

Diese Unterhaltungen hatten den Grundstein für das Scheitern ihrer Ehe gesetzt – auch wenn Johann sich nicht hatte vorstellen können, dass Ingrid ihn deshalb verlassen würde. Im Nachhinein war er ihr dankbar gewesen, als sie Ende 1936 ihre Koffer packte, um zu ihrer Schwester zu ziehen, deren Mann an einer Lungenentzündung verstorben war. Nun hatte Ingrid Kinder, die es zu versorgen galt, und keinen Mann am Hals, der unredliches Zeug redete.

Nachdem Ingrid ihn verlassen und schon bald die Scheidung eingereicht hatte, war Johann allerdings nicht dazu gekommen, von seiner neuen Freiheit Gebrauch zu machen. Auf dem Hof, den er schon bald danach übernahm, fiel mehr Arbeit an, als ein Mann allein bewältigen konnte. Durch den Unfall des alten Helmut Reese war einiges liegen geblieben, und Johann ging vollständig darin auf, das Beste aus Land und Hof herauszuholen. Sogar als 1939 einige Anhänger der Landvolkbewegung verhaftet wurden, weil sie sich nicht der herrschenden politischen Meinung unterwerfen wollten, flammte Johanns Interesse am öffentlichen Leben nicht erneut auf. Erst als der ehemalige Journalist Lothar Meyer am Silvesterfest einen Aufsehen erregenden Selbstmord vor dem ehemaligen Apothekerhaus beging, las Johann dessen Aufsatz über das »Neue Deutschland, das seine eigenen Landsleute zerbricht«. Meyer hatte als SPD-Mitglied schon 1933 seine Anstellung als Journalist fürs Kreisblatt verloren und war später sogar in Schutzhaft gelandet. Nach seiner Rückkehr nach Tidewall war er ein gebrochener Mann gewesen. Auf Lothar Meyer waren weitere Beispiele gefolgt, die Johann in seiner Meinung bestärkten. Von der viel beschworenen Gemeinschaft, von Gerechtigkeit und Landesliebe konnte nicht wirklich die Rede sein. Was er stattdessen sah war eine blühende Günstlingswirtschaft, Hetzerei als neuer Volkssport und eine Gleichmacherei, bei der alles Andersartige, und sei es nur der Hang zur Spiritualität oder die verkehrten sexuellen Vorlieben, ausgemerzt wurde. Als alleinstehendem Mann gab es für ihn keinen Grund mehr, mit seiner Meinung hinter dem Berg zu halten.

Heute, da er durch den Schnee zum Kapitänshaus lief, hätte er seiner ehemaligen Frau am liebsten für ihre Engstirnigkeit gedankt. Hätte sie ihn nicht verlassen, wäre es ihm unmöglich gewesen, Mina Boskopsen auch nur in die Augen zu blicken. Doch jetzt konnte er geradewegs auf sie zugehen, so wie er es in seinen kühnsten Träumen nicht gewagt hätte.

Seit er Mina auf der Beerdigung wiedergesehen hatte, fragte Johann sich, was er eigentlich erwartete. Auch jetzt, als die verschneiten Felder nicht zu enden schienen und die Dächer von Tidewall nicht mehr als ein unwirkliches Ziel in der Ferne waren, zerbrach er sich den Kopf. Damals, als er Mina gestanden hatte, dass es zwischen ihnen nicht mehr als diese eine Nacht geben durfte, hatte er darauf gebaut, ihren Verlust zu verwinden. Schlicht aus dem Grund, weil ihm nichts anderes übrig geblieben war. Als er Mina danach zu Fred Löwenkamp ins Auto hatte steigen sehen, hatte er den Schmerz ignoriert. Dieser reiche Berliner stand schließlich für das aufregende Leben, das für Mina vorbestimmt war. Zumindest hatte er das bislang geglaubt. Nach dem, was sie gestern über ihre Ehe gesagt hatte, war er möglicherweise einem Irrtum erlegen: Weder ihre Schönheit noch ihr übersprühendes Charisma hatten darüber hinweggetäuscht, dass sie unglücklich war. Konnte er sie glücklich machen? Er spürte jedenfalls mit einer geradezu überwältigenden Gewissheit, dass er an ihrer Seite zu dem Mann werden konnte, der er war. Vielleicht konnte er das Gleiche auch für sie sein? Darum ging es doch in der Liebe, dass man sich selbst in dem anderen erkannte und für ihn ein besserer Mensch sein wollte …

Johann zog den Schal vom Gesicht und hielt es dem rauen Wind entgegen. Die Kälte war so klar wie die Gedanken, die sich hinter seiner Stirn abzeichneten. Wenn Mina ihn heute ins Kapitänshaus eintreten ließ, anstatt ihm die Tür vor der Nase zuzuschlagen, dann würde er alles daransetzen, an ihrer Seite zu bleiben. Dieses Mal würde ihn nichts davon abhalten, der Tiefe seiner Gefühle für diese Frau auf den Grund zu gehen.

Kapitel 32

Mina hatte Johanns vom Wind gebückte Gestalt schon gesehen, als er den Deich entlangkam. Sie saß im großen Salon mit dem Erkerfenster mit ihrer bereits fünften Zigarette und stieß erleichtert eine Rauchwolke aus. Während er auf den Weg zum Haus einbog, drückte sie die Zigarette in dem schweren Baccarat-Aschenbecher aus, den Netti ihr hingestellt hatte, bevor sie heimgegangen war. Als es an der Tür klopfte, musste Mina deshalb selbst öffnen. Denn auch mit Adelheid war an diesem Nachmittag nicht mehr zu rechnen: Nachdem sie den Vormittag damit verbracht hatte, ausgiebig Tee mit Rum zu trinken, hatte sie sich frühzeitig zu Bett verabschiedet. Mina strich sich noch einmal den blau-weiß geringelten Pullover glatt, den sie bei ihrem letzten Paris-Besuch gekauft hatte, obwohl Fred fand, dass sie darin wie ein ordinärer Matrose aussah. Natürlich hätte sie auch etwas Elegantes und deutlich Weiblicheres anziehen können, allein schon um ihre Wirkung auf Johann zu überprüfen, aber das erschien ihr unpassend. Wenn sie ihm näherkommen wollte, dann würden ihr kein Taktieren und schon gar keine Schauspielerei helfen. Nein, sie würde dort anknüpfen, wo die Sommernacht vor über fünfzehn Jahren geendet hatte: bei der Wahrheit.

Als Mina schließlich die Haustür öffnete, tat es ihr schlagartig leid, dass Johann so lange hatte warten müssen. Seine Wangen glühten, und der Wind hatte ihm Tränen in die

Augen getrieben. Sie beschloss, die Begrüßung angesichts der Witterung zu verkürzen, und zog ihn kurzerhand in die Diele.

»Komm schnell rein, du musst ja vollkommen durchgefroren sein.«

Sichtlich verblüfft stolperte Johann in den Raum und protestierte: »Aber meine Stiefel!«

Mina musste schmunzeln. »Keine Sorge, Netti wird dir schon nicht den Kopf abreißen, selbst wenn du eine halbe Schneelawine mit ins Haus bringst. Außerdem hat sie sich wegen des Wetters bereits nach Hause verabschiedet. Komm, gib mir deinen Mantel, du musst dich dringend aufwärmen.«

Trotzdem stand Johann immer noch voll Unbehagen da. »Da wäre noch eine andere Sache …« Er rieb sich das Kinn. »Hast du mit Netti gesprochen?«

»Ja, das habe ich.«

Johann sah sie mit wachsender Ungeduld an. »Mina …«, bat er sie inständig.

War es grausam, ihn auf die Folter zu spannen? Bestimmt. Aber dass es in ihrer Macht lag, eine solch starke Reaktion bei ihm auszulösen, jagte ihr einen Schauer über den Rücken. »Netti hat mir alles erzählt, aber erst nachdem ich ihr versichert habe, dass du es persönlich warst, der mich zu ihr geschickt hat. Ansonsten hätte ich wohl kein Wort aus dieser Frau herausbekommen, ihr Mund wäre so fest verschlossen gewesen wie eine Auster.« Mina überlegte, ob sie eine Kunstpause einlegen sollte, indem sie sich eine Zigarette anzündete. Nur war die Anspannung, die von Johann ausging, schon körperlich spürbar. Also fuhr sie fort: »Du hast dich im Dorf also mit deiner Meinung unbeliebt gemacht, beschwerst dich über Dinge, die alle anderen gutheißen, und stachelst deine Mitmenschen auf.«

Johann wich zurück und senkte den Blick. »So kann man das natürlich auch sehen.«

»Vielleicht – aber das tue ich nicht. Ganz im Gegenteil, ich bin sehr stolz auf dich und den Mut, mit dem du zu deiner Haltung stehst. Auch wenn du mit dem halben Dorf über Kreuz liegst, auf mich kannst du zählen.« Als sich ein Strahlen auf Johanns Gesicht ausbreitete, konnte Mina sich nur mit Mühe davon abhalten, ihn in die Arme zu schließen. Sie fühlte sich zum ersten Mal seit einer Ewigkeit wieder wie jene junge Frau, die sich einst Hals über Kopf in einen Mann verliebt hatte, der Lampions an einer Kastanie entzündete. Und wie diese junge Frau damals konnte sie es jetzt kaum ertragen, ihn nicht zu berühren. Es gab nur einen Unterschied: Sie hatte gelernt, die Dinge nicht zu überstürzen. Denn auch wenn Johann ihr ein wunderschönes Lächeln schenkte, bedeutete das noch lange nicht, dass er sich in ihren Armen wiederfinden wollte.

»Was du da gerade gesagt hast, bedeutet mir sehr viel«, sagte Johann. »Die meisten Menschen schauen mich an wie einen Aussätzigen, was mir eigentlich nichts ausmacht. Aber einen solchen Blick von dir … das hätte ich nicht ertragen.«

Mina stieß ein raues Lachen aus. »Was hast du denn von mir gedacht? Ich bin diese braune Tyrannei genauso leid, sie hat zu viel zerstört, was mir am Herzen lag.« Es tat so unheimlich gut, all das einmal laut auszusprechen, ohne dass ihr Gegenüber zusammenzuckte und sich erst einmal versicherte, dass niemand etwas von den ketzerischen Worten mitbekommen hatte. »Jetzt setzt du dich erst einmal auf die Bank und ziehst deine nassen Stiefel aus«, wies sie Johann an, der immer noch abwartend dastand, als wisse er nicht recht, wie es nun weiterging. »Ich sehe währenddessen zu, wo ich etwas zum Aufwischen finde. Sonst schimpft Netti uns tatsächlich noch aus.«

Als Mina mit einem Wischmopp zurückkehrte – sie hatte eine Weile gebraucht, um die Abstellkammer zu finden –, hatte Johann die Stiefel zwar ausgezogen, aber er saß wie versteinert auf der Bank. Er schüttelte den Kopf, als wundere er sich über sich selbst.

»Ich bin ein Idiot«, sagte er in einem amüsierten Ton. »Ich habe mir heute den lieben langen Tag den Kopf über alles Mögliche zerbrochen. Ob du mich überhaupt sehen willst oder ob mir das Wetter einen Streich spielt und ich es am Ende gar nicht bis zum Kapitänshaus schaffe. Nur an das Offensichtlichste habe ich keinen Gedanken verschwendet: Wir beide werden durch Kälte und Windstöße spazieren.«

»Eine grauenhafte Vorstellung«, gab Mina unumwunden zu. »Ich bin ja keine Spezialistin für das hiesige Wetter, aber dieser Himmel sieht ganz danach aus, als ob gleich die Schneehölle losbricht.« In ihr keimte die Hoffnung auf, dass sie die Chance nutzen und den Abend in trauter Zweisamkeit vorm Ofen verbringen würden. Sie zögerte jedoch, diesen Wunsch laut auszusprechen. Früher war es keine allzu große Herausforderung gewesen, auf Johann zuzugehen. Ohne jene jugendliche Verve sah die Lage jedoch ganz anders aus, vor allem weil die Furcht hinzukam, ein weiteres Mal von ihm abgelehnt zu werden. Neben den beflügelnden Gefühlen, die sie mit Johann verband, gab es eben noch die Erinnerung an jenen Schmerz, den seine Zurückweisung ihr bereitet hatte. Auch wenn es ihr nicht gefiel – sie war ein gebranntes Kind.

Johann riss sie mit einem Räuspern aus ihren Grübeleien. »Da unser Spaziergang nun abgesagt ist… Worauf hättest du denn stattdessen Lust? Nicht, dass Tidewall einen bunten

Strauß voller Möglichkeiten böte, eigentlich gibt es ja nur den ›Beerkrug‹.« Obwohl er lächelte, verrieten seine vorgebeugten Schultern, dass es ihm ebenfalls nicht leichtfiel, die Stoßrichtung zu bestimmen.

Mina fasste sich ein Herz. »Was hältst du davon, wenn wir uns einen gemütlichen Abend machen, ganz ungezwungen in unserer Küche. Dort lässt es sich nämlich ganz hervorragend schnacken.« Als Johann schon mitten in ihrer Rede zu nicken begann, kehrte jene Leichtigkeit zurück, die Mina so vermisst hatte. »Ich bin zwar keine große Köchin, aber Rühreier bekomme ich hin. Zusammen mit Nettis eingelegtem Hering und ein paar Brotscheiben haben wir eine passable Mahlzeit beisammen. Außerdem sind unsere Alkoholvorräte ganz anständig.«

»Du meinst also, es ist angenehmer, betrunken auf dem Heimweg im Schnee zu erfrieren, als einen nüchternen Tod zu sterben?« Trotz seines Spotts war Johann von der Nasenspitze abzulesen, dass ihm die Aussicht, im Kapitänshaus zu bleiben, gefiel.

Mina verschränkte demonstrativ die Arme vor der Brust. »Wir hätten da auch noch Kamillentee aus Helmtrauds Vorräten anzubieten.«

»Nicht doch, dein ursprünglicher Plan klingt großartig«, versicherte Johann, während er Mantel und Mütze ablegte, wobei seine steif gefrorenen Finger ihm sichtlich zu schaffen machten. »Nur bin ich ja eigentlich derjenige, der eine Einladung ausgesprochen hat. Wenn du also damit einverstanden bist, schau ich mir den Vorratsschrank an und sehe zu, dass ich etwas Essbares auf den Tisch bekomme. Du könntest mich dabei ja mit ein paar Berliner Geschichten unterhalten.«

»Berlin …«, setzte Mina zögerlich an. »An diese Stadt mag ich gerade gar nicht denken.«

»Hast du deinem Mann gegenüber ein schlechtes Gewissen?« Kaum war die Frage ausgesprochen, kniff Johann sich stöhnend ins Nasenbein. »Entschuldige, ich sollte nicht so indiskret sein.«

Mina griff nach seiner Hand, umfasste sie fest, um ihr ein wenig Wärme zu spenden. Dabei versuchte sie beherzt die Erinnerung auszublenden, wie diese Hände einst ihren Körper liebkost hatten. »Ganz im Gegenteil, ich bin froh, mit jemandem zusammen zu sein, der so ehrlich ist wie du. In deiner Gegenwart muss ich mich nicht verstellen, das ist mir mehr wert, als du ahnst. Wenn du von meinem Berliner Leben hören möchtest, erzähle ich dir gern davon. Wobei es vor allem die älteren Geschichten sind, die mir am Herzen liegen. Das heutige Berlin ist nicht mehr meins.«

Johann traute offenbar seinen Ohren nicht. »Du hast also keine Bedenken, den Abend mit mir zu verbringen?«

»Warum sollte ich? Ich kann mir keine bessere Gesellschaft vorstellen.«

Endlich drückte Johann Minas Hand, die ein nur scheinbar vergessenes Band zwischen ihnen aufs Neue knüpfte. »Ich sollte wohl nicht so erleichtert sein, aber ich bin es. Sehr sogar.« Dann wendete er sich der Küche zu. »Wenn es mit meiner Essenseinladung nicht bei leeren Worten bleiben soll, fange ich wohl besser an. Hast du schon einmal Labskaus gegessen?«

»Ist das ein Seemannsgericht?«, fragte Mina unsicher. Mit der norddeutschen Küche kannte sie sich nicht aus, da sogar Helmtraud ihrer Stiefmutter zuliebe das gekocht hatte, was man landläufig unter der feinen Küche verstand.

Auf Johanns Gesicht breitete sich ein Grinsen aus. »Ein Seemannsgericht aus eingelegtem Hering, Pökelfleisch und Roter Beete. Alles Zutaten, die Netti ganz bestimmt in der

Küche hat. Außerdem passt das Essen hervorragend zu deinem Matrosenpullover. Nun, was sagst du?«

Nun musste auch Mina lächeln. »Ahoi, natürlich.« Sie streckte sich und salutierte vor Johann. Von der niedergeschlagenen Frau, die erst vor einigen Tagen nach Tidewall gekommen war, um dem Trümmerfeld ihrer Ehe zu entfliehen, war nichts mehr zu spüren. Stattdessen fühlten sich die Empfindungen, die Johann in ihr wachrief, so frisch und echt an, als wäre das Gefühlsfeuerwerk ihrer Jugend zurückgekehrt – allerdings gepaart mit dem Wissen einer reifen Frau, dass die Liebe keine Selbstverständlichkeit war. Während er sich noch über ihren Salut amüsierte, stieg eine Kraft in Mina auf, die sie das letzte Mal gespürt hatte, als ihre Großmutter Theophila ihr die Rubinnadel geschenkt hatte. Alles fügte sich so perfekt, dass es fast einem Wunder gleichkam. Dieses Mal würden sie an keinem Hindernis scheitern.

Der Abend verging wie im Flug. Bei ihren Bemühungen, Johann beim Kochen zur Hand zu gehen, bewies Mina nur, wie wenig Ahnung sie von Küchenangelegenheiten hatte. Deshalb begnügte sie sich schon bald damit, ihn mit Anekdoten über die Berliner Gesellschaft zu unterhalten, während er mit routinierten Griffen Kartoffeln schälte und gehackte Zwiebeln in die Pfanne warf.

Mit besonders großem Gelächter wurde ihre Geschichte über eine üppige Operndiva belohnt, die nach einer Galavorstellung der »Nibelungen« auf einer ihr zu Ehren gegebenen Feier eine Chaiselounge zum Einsturz brachte. Den ganzen Abend über hatte sich die Dame geweigert, von dem Trümmerhaufen aufzustehen, während Mina gezwungen war, neben ihr sitzend vorzugeben, dass das Unglück nie geschehen sei. Ehrliches Interesse bekundete Johann für die Zeit, in der Mina sich als Mäzenin in den blühenden Künstlerkreisen der späten Zwanzigerjahre bewegt hatte. Auch wenn sie selbst keine kreative Ader besaß, war sie durchaus in der Lage gewesen, Talent zu erkennen und zu fördern – etwas, das sie mit einem gewissen Stolz erfüllte.

Das entging auch Johann nicht. »Es ist schön, dich davon erzählen zu hören«, stellte er fest.

»Ich hoffe, du hältst mein Gerede nicht für Angeberei.«

»Warum sollte ich? Nicht dass ich viel Ahnung auf diesem Gebiet hätte, aber ich kann mir vorstellen, dass es nicht einfach ist, einen Künstler zu erkennen, wenn er für alle anderen noch ein Niemand ist. Was du über diesen jungen Maler erzählt hast, der in einem Kellerloch hauste und dort Bilder über die Berliner Nacht malte, beweist doch deine Leidenschaft. Wer sonst hätte sich in dieses Rattenloch getraut und sich mit einem von Alkohol benebelten Egozentriker herumgeplagt, nur weil seine Bilder etwas Besonderes waren? Du hast dich was getraut, Mina.«

Sosehr Mina das Kompliment freute – von Herzen annehmen konnte sie es nicht, denn ihr kam es rückblickend nicht wie eine wirkliche Herausforderung vor. Vermutlich, weil sie allein davon profitiert hatte, als die Berliner Nachtbilder später in jedem Salon von Ruf diskutiert worden waren. Ihr hatte es Befriedigung gebracht und dem jungen Künstler Aufmerksamkeit, die sich für ihn allerdings kaum ausgezahlt hatte. Im Gegenteil: Als entartete Kunst verschrien, waren seine Bilder bald konfisziert worden, während über ihn ein Berufsverbot verhängt wurde. Hastig nahm sie einen Schluck Rotwein und griff dann nach der Flasche, um sich nachzuschenken. Als sie neben Johann trat, um auch ihm das Glas aufzufüllen, musste sie feststellen, dass er nicht mehr als einen Schluck getrunken hatte. Nein, er hat nicht zu wenig getrunken – du trinkst zu schnell, gestand sie sich ein. Als sie die Flasche mit einem Knall abstellte, blickte Johann sie fragend an.

»So habe ich das noch nie gesehen: dass ich etwas gewagt habe«, erklärte Mina. »Eigentlich kam es mir eher so vor, als nähme ich an einer großen Party teil. Den interessanten Gästen unter die Arme zu greifen, war so gesehen schon fast eigennützig. Denn was ist das für eine Party, wenn nur ein paar betuchte Gäste herumstehen, aber niemand für die Unterhaltung sorgt? Ich habe als vermögende Unternehmergattin lediglich dazu beigetragen, dass die Stimmung auf hohem Niveau bleibt und eine Attraktion die nächste jagt.«

Mit gerunzelter Stirn schlug Johann Eier in die Pfanne, und erst nachdem er die fertigen Spiegeleier über den Labskaus getan und aufgetischt hatte, nahm er das Gespräch wieder auf. »So, wie du deine Rolle beschreibst, klingt das wie eine amüsante Umschreibung für Zeitverschwendung. Eine reiche Frau, die nur darauf aus ist, sich nach Kräften zu vergnügen, weil sie ansonsten nichts zu tun hat. Einen derart leichtfertigen Eindruck machst du aber nicht auf mich, und so habe ich dich auch damals nicht erlebt. Du wusstest immer sehr genau, was du wolltest.«

Der Stolz, den Mina eben noch verspürt hatte, verblasste trotz seiner aufrichtig gemeinten Worte zusehends. Zu stark war der Eindruck jener lähmenden Leere, die sie zuletzt immer häufiger überkommen hatte. Vermutlich hatte Fred recht gehabt mit seinem Spott: Wenn sie unzufrieden sei, solle sie sich halt um ein paar gut aussehende Jungschauspieler kümmern, nachdem ihre Malerfreunde entweder ausgewandert oder mit einem Ausstellungsverbot belegt worden waren.

Mina richtete sich bewusst auf. Falls sie bislang ein oberflächliches Dasein geführt hatte, würde sie dazu stehen.

Gerade vor Johann war es wichtig, ehrlich zu sein – auch sich selbst gegenüber. »Es stimmt, als wir uns kennenlernten, war ich der festen Überzeugung, dass mir alle Möglichkeiten offenstanden«, sagte sie. »Nur habe ich nicht viel daraus gemacht. Ich habe nicht den Mann bekommen, in den ich mit Haut und Haaren verliebt war, und anstelle eines intensiven, selbstbestimmten Lebens habe ich mich nur darum gekümmert, dass ich mich prächtig unterhalten fühlte. Eine magere Bilanz für jemanden, der mit so hohen Erwartungen ins Rennen gestartet war.« Mina erschrak darüber, wie kalt sie ein Urteil über sich fällte. Als wäre ihr der Bezug zu sich selbst während ihrer Ehe mit Fred abhandengekommen …

Johann brummte und klopfte nachdenklich mit der Gabel auf den Tellerrand, das Essen vollkommen vergessen, während die Gedanken hinter seiner Stirn zu rasen schienen. Plötzlich konnte Mina sich vorstellen, warum manche Tidewaller lieber einen Bogen um ihn machten: nicht nur wegen seiner abseitigen Meinung, sondern auch weil er ein überaus gewissenhafter Beobachter war. Niemand setzte sich gern einem Blick aus, dem nichts entging. Auch Mina begann sich zu winden und griff allen Vorsätzen zum Trotz erneut nach ihrem Weinglas.

»Siehst du dich wirklich so?«, fragte Johann schließlich. »Für mich klingt es, als sprächest du von einer Fremden.« Als Mina vor Verblüffung der Mund aufging, zuckte er entschuldigend mit den Schultern. »Die Geschichten, die du mir über deine Künstler erzählt hast, passen einfach nicht zu einer Vergnügungssüchtigen. Gut möglich, dass du dich auch amüsieren wolltest, aber letztendlich ist es dir um etwas anderes gegangen. Du hast Verantwortung übernommen, dich gekümmert. So etwas hat mit Kurzweil wenig zu tun, es ist vielmehr harte Arbeit.«

»Wenn ich mich wirklich um diese Menschen gekümmert hätte, wären nicht so viele von ihnen in ausweglose Situationen geraten, nachdem dieses Unwort von der ›entarteten Kunst‹ alles überschattete und aus Künstlern Schmierfinken machte. Als es darauf ankam, Stellung zu beziehen, habe ich mich zurückgezogen.« Zum ersten Mal sprach Mina aus, was sie bislang nicht einmal sich selbst gegenüber eingestanden hatte.

»Du hast also von einem Tag auf den anderen beschlossen, dich aus den Künstlerkreisen zurückzuziehen und sie ihrem Schicksal zu überlassen?«, hakte Johann nach.

Minas Gedanken verstrickten sich zu einem unlösbaren Knoten, sodass sie Johann am liebsten gebeten hätte, das Thema fallenzulassen. Warum wühlte es sie nur so auf? Weil ich mir zum ersten Mal eingestehe, wie wichtig mir diese Angelegenheit war, während Fred sie erfolgreich kleingeredet hat, begriff sie schließlich. »Ich habe die eine oder andere Ausreise finanziert und ein paar Leuten dabei geholfen, ihre Durststrecke zu überstehen.«

»Also hast du dein Möglichstes getan«, stellte Johann fest.

»Mein ›Möglichstes‹, wie du es nennst, wäre es gewesen, meinen Mund gegen diese Ungeheuerlichkeit aufzumachen. Schließlich verkehren Fred und ich in Kreisen, in denen durchaus Entscheidungen getroffen werden. Das habe ich aber kein einziges Mal getan, weil der Schaden, den ich damit angerichtet hätte, nicht auf mich allein zurückgefallen wäre. Fred hatte zu dieser Zeit einige Schwierigkeiten mit der Berliner Politik, er hat einfach nicht den richtigen Ton gefunden, um mit diesen Leuten klarzukommen. Wenn dann auch noch seine hysterische Frau hohe Wellen geschlagen hätte ...«

»Dein Mann hat also nicht hinter dir gestanden?«

Es war Johann anzusehen, wie viel Überwindung ihn diese

Frage kostete. Bislang hatte Mina das Thema »Fred« elegant vermieden, bis auf die Andeutung, dass ihre Ehe gescheitert sei. Jetzt befürchtete sie, Johann könnte vermuten, dass sie lediglich eine alte Liebe aufwärmen wollte, um sich über ihren Kummer hinwegzutrösten. Es war wohl an der Zeit, mit offenen Karten zu spielen.

»Gut möglich, dass Fred früher einmal hinter mir gestanden hätte, falls es nötig gewesen wäre. Aber das ist lange her.« Mina spürte, wie ihr Stolz zurückkehrte, gerade weil sie zu ihren Niederlagen stand. Möglich machte das der Mann, der ihr gegenübersaß und mit keinem Anzeichen andeutete, dass er nun geringer von ihr dachte. So muss sich Liebe anfühlen, dachte Mina unwillkürlich. Echte Liebe, die nicht davon abhängig ist, was man darstellt, sondern wer man unverrückbar ist. »Meine Ehe war bereits gescheitert, als ich mich in den Zug in den Norden gesetzt habe. Kein großer Verlust, wie ich zugeben muss.« Mina stockte mitten im Satz. »Du bist wirklich ganz hervorragend darin, einen zum Reden zu bringen. Wenn ich noch lange mit dir zusammensitze, breite ich noch sämtliche beschämenden Verfehlungen seit meiner Jugendzeit aus.«

»Dann sollte ich besser zusehen, dass in den nächsten Stunden der Ofen warm bleibt und immer was zum Essen auf dem Tisch ist, damit du auf keinen Fall in Versuchung gerätst aufzustehen.« Johann lächelte sichtlich vergnügt, dann aber wurde sein Ausdruck ernst. »Es mag übrigens nicht jeder, wenn man so tief nach der Wahrheit gräbt, dass man dabei schmutzig wird. Du bist aber noch nie davor zurückgeschreckt, den Dingen auf den Grund zu gehen. Allein wenn ich daran denke, wie du mich in der Gewitternacht in die Ecke gedrängt hast, als ich dir ausweichen wollte. Du machst keine halben Sachen, Mina Boskopsen.«

Mehr brauchte es nicht, um sämtliche Dämme in Mina brechen zu lassen. »Unsere Sommernacht … Ich habe sie in all den Jahren nicht vergessen können, sie hat mich begleitet wie ein Versprechen, dass meine Wünsche noch in Erfüllung gehen würden.«

Endlich regte sich etwas in seinem Gesicht, ein Aufflackern … Mina hätte darauf geschworen, dass auch Johann nicht von den lebendigen Erinnerungen verschont geblieben war. Dann stand er auch schon neben ihr, und sie konnte nicht anders, als aufzuspringen und seine Umarmung zu suchen. Als er sie fest in die Arme schloss, erstarrte sie jedoch zu ihrer eigenen Verwunderung. Sie presste ihr Gesicht gegen seine Brust.

»O Gott«, flüsterte sie. Sanft strich er über ihren Rücken, liebkoste ihren Nacken, fuhr die Schulterblätter entlang.

»Wenn hier jemand Angst vor seiner eigenen Courage haben sollte, dann bin ich das doch wohl«, neckte Johann sie. »Schließlich gehören Geschichten, in denen Bauernjungen die Hand nach der schönen Prinzessin ausstrecken und erhört werden, ins Reich der Märchen.«

Mina hob den Kopf. »Versuchen Sie ja nicht, mich in Bescheidenheit zu übertreffen, Herr Taden. Das steht Ihnen nicht.«

»Was würde mir denn besser stehen?«

Johanns Lächeln war so einladend, dass Mina nicht widerstehen konnte. Als sie ihn küsste, erinnerte sie sich gerade noch an seine Worte, dass er ihre Beharrlichkeit schätzte. Es sprach also einiges dafür, ihm zu beweisen, dass sie nichts von ihrem drängenden Wesen verloren hatte.

Kapitel 33

Tidewall, Mai 2013

Pia verwuschelte mit der Hand ihr ohnehin vom Hinterkopf abstehendes Haar, bis es an einen wasserstoffblonden Heiligenschein erinnerte. Das Lächeln auf ihrem Gesicht war allerdings weit entfernt von allem Heiligen, sie grinste nämlich von einem Ohr bis zum anderen. »Der ist ja wirklich einzigartig, dieser Laden, in den du mich geschleppt hast. Und die Spezialität des Hauses sind offenbar diese schlangenartigen Biester, die einen zur Begrüßung durch die Anrichte angestarrt haben.«

»Die Biester heißen Aal – und sie gelten tatsächlich als Spezialität.« Marie musste ebenfalls grinsen, so froh war sie, endlich wieder einmal mit ihrer Freundin zusammen zu sein. Was das Restaurant, in dem sie eingekehrt waren, auf der Speisekarte stehen hatte, war da nebensächlich.

»Weiß ich doch mit dem Aal. Und ich weiß auch, dass man den eigentlich nicht essen sollte, weil er vom Aussterben bedroht ist«, sagte Pia mit ihrer wie immer viel zu lauten Stimme. Prompt drehten sich einige Gäste um, was an Pia allerdings komplett abprallte. Ohne dieses Selbstvertrauen hätte eine zierliche Person wie sie sich niemals als Staatsanwältin ins Frankfurter Rotlichtviertel gewagt, um einige Zeuginnen persönlich zu ihrer Aussage zu ermuntern. Und die schneidende Kälte, die Marie ihr in den letzten Monaten entgegengebracht hatte, wäre ebenfalls nicht spurlos an ihr vorbeigezogen. Nur deshalb konnten die beiden Frauen an ihre Freundschaft anschließen, ohne dass eine Endlosliste von unausgesprochenen Dingen und nicht eingestandenen Vorwürfen zwischen ihnen stand.

»Dir gefällt das Ambiente also nicht. Was ist denn nicht okay?« Marie war so auf ihre Freundin konzentriert gewesen, dass sie sich noch gar nicht richtig umgesehen hatte. Nun blickte sie auf Wände, die unter einem Meer aus Plastikblumen, Fischernetzen und alten Schwarz-Weiß-Aufnahmen verschwanden. An der Theke wurden hausgemachter Eierpunsch und Krabbenbrötchen auf die Hand angeboten. »Ist doch nett hier«, sagte sie leichthin. »Das Wichtigste ist ohnehin die Aussicht, das Restaurant heißt schließlich nicht umsonst ›Elbkieker‹. Ich mag es, wie die Pötte auf der Elbe Richtung Nord-Ostsee-Kanal, Hamburg oder raus auf die Nordsee tuckern.« Da Pia trotz dieser überragenden Argumente weiterhin breit grinste, setzte Marie noch hinzu: »Außerdem meinte Asmus, dass die Fischgerichte hier ganz ordentlich seien.«

»Das meinte dieser ominöse Asmus also. Was gibt der Bursche denn sonst noch so alles von sich? Muss ja ganz toll sein, denn zumindest dein Sohn kann gar nicht aufhören, vom hiesigen König der Deiche zu schwärmen.«

Marie machte eine gelassene Handbewegung, schließlich hatte sie mit einer Asmus-Befragung gerechnet. Vor zwei Tagen war ihre Mutter gemeinsam mit Pia aus Frankfurt angereist, um die Pfingsttage im Kapitänshaus zu verbringen. Seitdem hatte ihr Sohn keine Zeit verschwendet und die Liste runtergebetet, warum Tidewall der beste Ort auf der Welt war. Und ganz oben auf dieser Liste standen nun einmal Dasha und Asmus' Hof samt Besitzer. Um seine Großmutter vollends davon zu überzeugen, wie gut das Leben im Norden war (wohl auch in der unausgesprochenen Hoffnung, Oma möge ihre Koffer packen und zu ihnen ziehen), hatte er Renate am Vormittag zu einem Deichspaziergang eingeladen. Zwei Stunden später hatte dann das Handy geklingelt, und Marie war unter Pias verblüfftem Blick ins Freie gestürzt. Nicht nur der Verbindung zuliebe, sondern auch wegen der Nummer, die auf dem Display aufleuchtete. Auch jetzt noch klang ihr das Gespräch lebhaft in den Ohren nach …

»Moin, Asmus.« Marie war froh, dass ihr Nachbar noch nie etwas vom Skypen gehört hatte, ansonsten würde er jetzt eine übermäßig strahlende Frau sehen, was ihr dann doch ein wenig unangenehm gewesen wäre.

»Moin, ich wollte dir Bescheid sagen, dass ich nicht nur überraschend zwei Gäste bekommen habe, sondern sie sich auch zum Mittag bei mir eingeladen haben.«

»Meine Mutter ist bei dir? Oh, bitte nicht.« Aus der glücklich strahlenden Frau wurde schlagartig ein verlegen auf die Unterlippe beißendes Geschöpf.

Asmus' verhaltenes Lachen drang aus dem Handy. »Valentin wollte seiner Großmutter nur ganz kurz den Hof samt Stallungen zeigen. Und mein Haus … und dann meine Küche. Und wo wir dann schon mal gemütlich beisammensaßen, meinte er, könnte ich ja auch meine berühmten Pfannkuchen backen.«

»Ich weiß gar nicht, was ich sagen soll …« Marie legte den Kopf in den Nacken und fluchte lautlos. »Tut mir leid, dass Valentin so aufdringlich ist.«

»Ist er doch überhaupt nicht«, unterbrach Asmus sie, bevor sie sich weiter für ihren Sohn entschuldigte. Offenbar sah er die Sache nicht so eng. »Wirklich, ich fühle mich geehrt. Außerdem interessiert sich deine Mutter für die Schäferei –

und mich muss man nicht zweimal bitten, damit ich ausführlich von meiner Arbeit berichte.«

Das war die charmanteste Lüge, die Marie je gehört hatte. Schließlich war Asmus nicht gerade als geselliger Vielredner bekannt. Einmal davon abgesehen, dass Renate noch nie das geringste Interesse für Viehhaltung gezeigt hatte. Ihre Mutter nutzte zweifelsohne die Chance, den Mann, über den ihre Tochter so angestrengt nicht zu reden versuchte, näher kennenzulernen. Allein bei der Vorstellung, wie Renate mit Argusaugen Asmus studierte, während er über Schafe sprach, wurde Marie flau im Magen. »Sag den beiden Rumtreibern, sie sollen nach Hause kommen, anstatt die Nachbarschaft unsicher zu machen.«

»Das werde ich nicht tun«, erklärte Asmus hörbar belustigt. »Renate und Valentin bleiben über Mittag bei mir – und du kannst währenddessen ja was Schönes mit deiner Freundin unternehmen. Renate meinte, ihr beiden hättet euch so viel zu erzählen, da wären Valentin und sie nur im Weg.«

»Duzt du meine Mutter etwa?« Renate war normalerweise alles andere als der zutrauliche Typ.

»Warum denn nicht?«, fragte Asmus. »Schließlich sitzt sie in meiner Küche und will Pfannkuchen von mir.« Wieder dieses Lachen, das Marie am liebsten heimlich auf ihrem Handy aufgenommen hätte.

Immer noch ein wenig benommen hatte sie Pia ein paar Minuten später erklärt, dass sie die Gelegenheit auf einen Restaurantbesuch hatten, weil ihnen die andere Hälfte ihres vierblättrigen Kleeblatts abhandengekommen sei. Nur war das Thema Asmus damit offenbar noch nicht vom Tisch, wie Pias Frage, von wem genau der Junge denn so angetan sei, nun bewies.

»Valentin ist von Dithmarschen mit seinen Schafen, Zugvögeln und Fischkuttern begeistert«, stellte Marie klar. »Als Schäfer ist Asmus halt der perfekte Stellvertreter, weil er hier alles kennt und alles weiß. Da ist es doch kein Wunder, dass der Junge unentwegt über ihn spricht.«

»Ach so.« Pia nahm die Karte von der Kellnerin entgegen, ohne nur eine Sekunde den Blick von Marie abzuwenden. »Dann ist dieser Asmus also ein echter Kinderfreund, was?«

»Er kann wirklich gut mit Kindern, es macht richtig Spaß, ihm dabei zuzusehen, wie er mit ihnen umgeht«, bestätigte Marie eine Spur zu eifrig. Um das Tempo rauszunehmen, steckte sie die Nase in die Karte, doch es half nichts – die Lobpreisungen sprudelten nur so aus ihr hervor. »Asmus hatte von Anfang an einen Draht zu Valentin, aber er kommt auch großartig mit seiner Nichte Dasha zurecht, die quasi halb bei ihm wohnt. Angeblich, weil ihr Pferd bei ihm untersteht, aber wenn du mich fragst, fühlt sie sich einfach wohl bei ihrem Onkel. Das Mädchen hat einen noch größeren Dickschädel als Valentin, außerdem machen sich die ersten Hormoncocktails bemerkbar und lassen Dasha ordentlich drastische Reden schwingen. Ohne Rücksicht auf Verluste. Ihre Mutter hat damit so ihre Probleme, was ich durchaus verstehen kann. Asmus hingegen hält das ganz gut aus, er nimmt das Mädchen ernst, egal wie schwierig das manchmal auch sein mag.«

»Redest du immer noch von der kleinen Dasha oder von dir?«, fragte Pia. »Ich meine nur, weil es nämlich nicht nur Valentin ist, dem der Name Asmus regelmäßig rausrutscht.« Sie blinzelte scheinheilig, so als wäre das nicht genau der Punkt, auf den sie schon die ganze Zeit über hinausgewollt hatte. Zu Maries Glück kam genau in diesem Augenblick die Kellnerin an ihren Tisch. »Ich nehme Rührei mit Krabben und dazu Bier, wie es sich im Norden gehört. Und du?«

Marie fiel es schwer, so schnell wie ihre Freundin auf den Bestellmodus umzuschalten. Aus einem unerfindlichen Grund hatte sie einen Hang zu gnadenlos gradlinig daherredenden Menschen. Vermutlich, weil Gegensätze einander anzogen – nur leider war sie stets der Teil, der baff bis sprachlos dasaß. »Ich nehme Aal satt«, erklärte sie deshalb, entschlossen, mit dieser Tradition zu brechen. »Es sei denn, dir wäre das unangenehm, meine Liebe.«

»Nicht doch. Wenn du unbedingt aussterbende Schlange essen willst, nur zu«, winkte Pia ab, obwohl sie ein wenig blass um die Nase wurde.

»Ja, das will ich.« Marie lehnte sich auffordernd über den Tisch. »Außerdem bin ich der Meinung, dass wir beiden jetzt nicht noch mehr Zeit damit verschwenden sollten, um den heißen Brei herumzureden. Darum hier die Kurzzusammenfassung: Asmus Mehnert gefällt mir ausgesprochen gut, und er kann phantastisch küssen.« Marie konnte sich diese Provokation nicht verkneifen und erzielte prompt einen Erfolg: Pias Mund klappte auf … und kein Wort kam heraus. »Außerdem ist er ein sehr geduldiger Mensch, was im Umgang mit mir Gold wert ist«, fügte sie rasch hinzu, plötzlich in Sorge, ein falsches Licht auf den Mann zu werfen, dem sie mehr als einen überwältigenden Kuss zu verdanken hatte.

»Dieser Schäfer hat dich …«, setzte Pia immer noch verdattert an. »Und du hast ihn … Wow.«

Ja, wow, dachte Marie, das trifft es ziemlich genau. Da Pia den Schock immer noch nicht verwunden hatte und ihr entgleister Gesichtsausdruck langsam auffällig wurde, deutete Marie auf die Fensterfront des Restaurants. »Schau mal, da ist einer von diesen Luxuskreuzern draußen auf der Elbe. Es gibt sogar einen extra Kalender, wo man nachschauen kann, wann die hier vorbeifahren.«

»Lenk nicht ab«, sagte Pia. »Du hast wirklich und wahrhaftig einen Mann geküsst und bist darüber auch noch glücklich? Das ist ja so was von großartig! Ich muss diesen Schäfer-Mehnert unbedingt kennenlernen, der Mann ist für mich jetzt schon ein Gott.«

»Bitte einen Tick leiser.« Es lag sicherlich nicht an Maries Paranoia, dass sich die Gäste vom Nachbartisch immer weiter rüberlehnten, um nur ja kein Wort zu verpassen. In dieser Einöde kannte schließlich jeder jeden. »Außerdem klingt das jetzt so einfach, dabei hat es mir fast das Genick gebrochen, mich nach Thomas auf einen neuen Mann einzulassen. Und bevor du jetzt irgendwas über uneingestandene Trauer und mögliche Schuldgefühle erzählst, die mich blockieren, kann ich dir verraten, dass nicht ich allein so zurückhaltend bin. Asmus scheint nämlich auch seine Gründe zu haben, das, was sich zwischen uns entspinnt, langsam angehen zu lassen. Menschen haben ihre Geschichten, Pia. Darüber kann man sich nicht mit einem Fingerschnipsen hinwegsetzen.«

»Das weiß ich doch.« Obwohl Pia den Kopf zwischen die Schultern gezogen hatte, wirkte sie keineswegs so, als nehme sie Marie ihre Ansprache übel. Als sie sicher war, den Ausbruch überstanden zu haben, fand sie zu ihrem Grinsen zurück. »Ich hatte ja keine Ahnung, dass du so straight werden kannst.«

»Ich auch nicht«, gab Marie zu. »Fühlt sich allerdings ganz gut an … Das sollte ich wohl öfter mal machen.«

»Nur zu, aber für dieses Mittagessen lässt du es bitte gut sein, sonst setzen sie uns noch vor die Tür.« Pia deutete nicht gerade unauffällig auf einen Nachbartisch voller älterer Herrschaften, die ihre Unterhaltung wie Zuschauer ein Theaterstück verfolgten. »Du wirst schon angestarrt.«

Marie lehnte sich entspannt zurück. »Vertrau mir: Als

deine langjährige Freundin kann ich das problemlos aushalten. Wer sich in deiner Gesellschaft aufhält, steht ständig im Mittelpunkt.«

Der Besuch im »Elbkieker« verlief einträchtiger, als sein Start hatte vermuten lassen. Pia wusste spannende Geschichten aus ihrem Alltag als Staatsanwältin im Kampf um Gerechtigkeit zu erzählen, und Marie hatte so viel von ihren Übersetzerjobs, Renovierungsarbeiten und ihrem Leben in Tidewall zu berichten, dass sie gar nicht wusste, wo sie überhaupt anfangen sollte. Auf dem Rückweg liefen die beiden Frauen über den Deich in Richtung Kapitänshaus, vorbei an Schwärmen schnatternder Gänse, die nicht allzu viel von den Spaziergängerinnen zu halten schienen, während sich die Schafe kaum an ihnen störten. Nur wenn ein Hund auftauchte, gerieten die Wollknäuel in Aufregung, allerdings auf eine stoisch nordische Weise, indem sie blökend ein paar Schritte den Deich hinabhopsten. Das war offenbar Aufregung genug. Schon von Weitem sah man die mächtige Kastanie neben der Orangerie aufragen. Pia zeigte mit der Hand auf die weitgehend kahle Krone des Baumes, die aus dem ansonsten üppigen Maigrün herausstach.

»Der sieht aber gar nicht gesund aus, der Baum.«

»Eine Krankheit«, erklärte Marie. »Sämtliche rot blühenden Kastanien in dieser Gegend sind davon befallen. Die Bäume sterben allmählich ab, man sieht es an der sich pellenden Rinde. Außerdem ist schon ein Großteil der Äste tot, neulich ist ein riesiges Teil direkt vor meine Füße gekracht. Wenn ich das auf den Kopf bekommen hätte … Eigentlich wollte ich die alte Orangerie instand setzen, aber das wird wohl noch warten müssen. Soviel ich weiß, kann man gegen diese Baumkrankheit nämlich nichts machen.«

»Das ist wirklich schade, der Baum ist nämlich ein Prachtexemplar. Nach seiner Rodung wird er bestimmt eine große leere Stelle im Garten hinterlassen.« Pia schüttelte bekümmert den Kopf.

Marie blieb stehen und schaute sich die Kastanie zum ersten Mal in dem Bewusstsein an, dass der Baum womöglich gefällt werden musste. In ihrer Brust krampfte es. »Da sind doch noch ein paar Blätter an den Ästen, also lebt der Baum noch. Und solange er lebt, kann ich ihn unmöglich abholzen lassen.«

»Ich bin nicht gerade eine Fachfrau auf dem Gebiet, aber wenn ein Großteil von diesen mächtigen Ästen tot ist und ein Sturm aufkommt … Na ja, du hast ja eben selbst gesagt, dass ein herunterfallender Ast dich fast erwischt hätte.« Pia ahmte ein mächtiges Rumms nach. »Wäre doch schade, mit der Orangerie zu warten, jetzt wo es endlich warm wird. Außerdem ist Valentin ständig draußen unterwegs. Was, wenn ihm so ein Ast auf den Kopf fällt …«

Marie nickte. Natürlich hatte ihre Freundin recht, trotzdem widerstrebte ihr der Gedanke, dass die Kastanie nicht mehr Teil dieses Gartens sein sollte. Inzwischen waren sie so nah beim Kapitänshaus, dass die Straße zu erkennen war. Dort stand ein riesiger Mercedes-Benz.

»Großartig«, knurrte Marie. »Tante Marlene ist zu Besuch.«

»Noch mehr Besuch.« Pia schaute neugierig vom Deich hinunter zur Straße. »Du bist ja wirklich beliebt, seit du in diese Einöde gezogen bist.«

»Bei Tante Marlene bin ich ungefähr genauso beliebt wie eine Maus, die sich unterm Holzboden eingenistet hat und sich nicht verscheuchen lassen will.« Dann kam ihr ein Gedanke. »Verdammt. Die Sicherheitstür zum Obergeschoss war nicht abgesperrt. Bleib dicht hinter mir, und wenn der Familiendrache Feuer speit, dann wirf dich bitte schützend vor mich. Als Anwältin müsstest du so etwas doch draufhaben.«

»Ich bin auf deiner Seite, aber wie wäre es mit ein paar Infos?«

Dafür hatte Marie jedoch keine Zeit. Sie lief, so rasch sie konnte, den Deich hinunter und kletterte geschickt über den Maschendrahtzaun, darin hatte sie schließlich Übung. Pia brauchte deutlich länger für den Abstieg und war gerade erst am Deichsaum angelangt, als Marie bereits zur Haustür hineinstürmte. Die hatte nämlich weit offen gestanden. Sie traf auf Marlene im oberen Flur, vermutlich hatte ihre Großtante sie die Treppe hinaufkommen hören.

»Es ist eine Unverschämtheit sondergleichen«, begann die ältere Dame in aufgebrachtem Tonfall.

»Ja, das ist es wirklich«, fuhr Marie ihr über den Mund. »Ohne Anmeldung in mein Haus zu kommen und die Eingangstür einfach sperrangelweit offen stehen zu lassen.«

»Ich bin die Besitzerin dieses Hauses«, hielt Marlene ihr mit blitzenden Augen entgegen.

»Du *warst* früher die Besitzerin, was jedoch vollkommen gleichgültig ist. Denn ich bin jetzt die Mieterin, und ich dulde es nicht, dass du kommst und gehst, wie es dir gefällt.«

Marlene dachte gar nicht daran, darauf einzugehen. »Du hast hier oben herumgeschnüffelt, obwohl ich dir ausdrücklich klargemacht habe, dass du nichts in diesen Räumen verloren hast. Wie kannst du es nur wagen?«

»Ich denke, der Gesprächston ist eindeutig überhitzt«, mischte Pia sich in die Unterhaltung ein. Sie war japsend neben Marie zum Stehen gekommen, was sie jedoch nicht davon abhielt, ihre natürliche Autorität aufleuchten zu lassen. »Da es hier offensichtlich zwei verschiedene Sichtweisen gibt, schlage ich vor, dass wir uns in Ruhe zusammensetzen.«

Zuerst deutete alles darauf hin, dass Marlene einen Wutanfall bekommen würde, doch dann packte sie sich an die Brust und lehnte sich mit kalkweißem Gesicht gegen die Wand. Dabei fiel eine der gerahmten Landschaftsfotografien zu Boden, und das Glas zerbrach. Hastig packte Pia sie unterm Arm und stützte sie, bevor sie zu Boden sank.

»Keine Sorge, ich habe Sie. Bestimmt ist es nur ein kleiner Schwächeanfall, aber Sie sollten Ihre Schimpftirade einstellen, sonst sehe ich mich gezwungen, einen Krankenwagen zu rufen.«

Ebenfalls erschrocken über Marlenes blasses Gesicht, nahm Marie den anderen Arm ihrer Großtante und half ihr, sich im Schlafzimmer hinzulegen. Marlene schloss die Augen und atmete schwer durch den Mund.

»Rede beruhigend auf sie ein«, wies Pia sie an. »Ich hole rasch ein Glas Wasser und ein Stück Schokolade. Ich tippe mal darauf, dass deine Tante unterzuckert ist. Kein Wunder, in ihrem hohen Alter regt man sich besser nicht auf.«

Ratlos saß Marie auf der Bettkante und fragte sich, was um Himmels willen sie bloß sagen sollte, um diese bösartige Frau zu beruhigen. Am besten sprach sie über etwas, woran deren Herz hing. »Die Räume hier oben sind wirklich wunderschön«, redete sie aufs Geratewohl los, darauf bedacht, leise und aufgeräumt zu sprechen. »Wenn man sie betritt, ist es, als trete man durch ein Zeitportal. Erst denkt man, es läge an den alten Möbeln, die eine längst vergangene Zeit wieder auferstehen lassen. Aber dann gesteht man sich ein, dass mehr am Werk ist. Eine ganz besondere Magie.«

»Das stimmt, dieser Ort ist voller Magie.«

Marlenes Stimme war kaum zu verstehen. Marie las die Worte mehr von ihren Lippen, doch sie berührten sie auf ungeahnte Weise. Die sonst so abweisende Frau, deren Schutzwall nicht einmal ihr eigener Sohn zu durchbrechen vermochte, zeigte eine verletzliche Seite.

Marie beschloss, ihrem Bauchgefühl zu folgen. Sie griff zum Nachttisch, auf dem der Fotorahmen stand. »Wenn ich mich nicht täusche, dann hast du als junge Frau eine aufregende Zeit im Kapitänshaus verbracht.«

Marlene warf einen flüchtigen Blick auf die Aufnahme, die sie als schick zurechtgemachtes Mädchen zeigte. Mehr als ein Nicken brachte sie nicht zustande.

Ermutigt fuhr Marie fort: »Ich habe die Orangerie, in der du fotografiert wurdest, in der Eibenhecke entdeckt. Ein weiterer magischer Ort. Ich habe ihn regelrecht vor meinem inneren Auge gesehen, wie er früher gewesen sein muss, als der Lack in Flaschengrün leuchtete und der Marmorboden blitzeblank gescheuert war. Aber so richtig begriffen habe ich ihn erst, als ich das Foto von dir gesehen habe. Da wurde die Vergangenheit greifbar. Diese Räume hier oben machen es einem in dieser Hinsicht wesentlich leichter. Es ist, als hätten sie die Jahrzehnte überstanden, ohne von ihnen gestreift worden zu sein.«

Marlenes verschlossene Augen begannen in Tränen zu schwimmen. »Meine Großmutter Adelheid hat die Räume eingerichtet, sie hatte eine besondere Gabe. Ich habe sie nur bewahrt als Angedenken.«

Um Marlenes Großmutter ging es hier also. »Ist sie die Frau auf dem anderen Foto?«, fragte Marie. Offenbar hatte sie die Frau mit dem welligen Haar und dem geheimnisvollen Lächeln falsch zugeordnet.

»Nein, das ist meine Mutter Mina. Sie ist bei dem Versuch, meine Großmutter bei der Sturmflut 1962 in Sicherheit zu bringen, von einem herabstürzenden Ast erschlagen worden. Es war ein einziges Chaos. Damals waren die Deiche noch nicht so hoch wie heute, viele haben außerdem nicht gehalten.« Marlene brauchte einen Moment, um ihre Fassung wiederzuerlangen, aber als Marie ihr bedeutete, sich auszuruhen, setzte sie bereits wieder ihren sturen Blick auf. »Meine Großmutter Adelheid, die ich sehr verehrt habe, war zum Schluss ein wenig wunderlich und ist trotz des Unwetters aus dem Haus gelaufen. Vermutlich, um ihre Blumen zu retten. Sie liebte den Garten fast genauso sehr wie ihre Räume voller Erbstücke und Andenken.«

Zum ersten Mal bekam Marie eine Ahnung davon, warum Marlene Haus und Grundstück bewusst vernachlässigt hatte: Es hingen zu viele schmerzhafte Erinnerungen daran. Vielleicht spielte sogar ein gewisser Hass auf den einst liebevoll gepflegten Garten eine Rolle, weil er ihre Mutter das Leben gekostet hatte. Aber warum galt das auch fürs Erdgeschoss, in dem doch gewiss Mina gelebt hatte?

Bevor Marie nachfragen konnte, kehrte Pia mit einem Wasserglas und der versprochenen Schokolade zurück. »Du versteckst die Süßigkeitenvorräte ja eins a vor Valentin. Fast hätte ich die Suche aufgegeben.«

Mit ein wenig Unterstützung gelang es Marlene, sich im Bett aufzusetzen. Zögerlich nahm sie ein paar Schlucke Wasser, doch von der Schokolade aß sie erst, nachdem Pia darauf bestanden hatte. Nach und nach kehrte Farbe in ihr Gesicht zurück, nur das typisch wütende Funkeln ließ auf sich warten. Marlene mochte wieder aufrecht sitzen, aber ihr Kampfgeist war noch nicht zurückgekehrt.

»In diesem Haus habe ich die glücklichsten Tage meines Lebens verbracht«, gestand Marlene ein, ohne eine der beiden Frauen zu beachten. Ihr Blick hing an den alten Fotografien, wobei Marie nicht sagen konnte, ob ihre Großtante ihr eigenes Bild oder das ihrer Mutter Mina betrachtete. »Und dabei habe ich zuerst gar nicht nach Tidewall kommen wollen, damals zum Osterfest 1941.«

Kapitel 34

Tidewall, April 1941

Marlene Löwenkamp stolzierte über die gepflasterten Wege, die den Garten des Kapitänshauses wie ein gesponnenes Netz durchzogen und an Orte führten, die zum Verweilen einluden. Das war alles sehr hübsch, wie sie zugeben musste. Der Rasen strahlte in zartem Grün, und die Beete waren mit Märzenbechern, Buschwindröschen und Leberblümchen übersät. Die Namen der Blumen waren neu für Marlene, schließlich hatte sie sich als eingefleischtes Stadtkind bislang nie viel aus der Pflanzenwelt gemacht. Auch jetzt ging ihr das Thema eher ab, aber sie fühlte sich zu ihrer stets auf Anmut und Klasse bedachten Großmutter Adelheid hingezogen, und diese liebte die Blumen über alles.

Adelheid, die sich von ihr auf unzeitgemäße Weise siezen ließ, verkörperte eine Epoche, die Marlenes Phantasie beflügelte. Als ihre Großmutter in ihrem Alter gewesen war, hatte sie in einer ordentlichen Welt gelebt, in der eine allseits anerkannte Oberschicht dazu auserkoren war, Hervorragendes zu leisten, während der Rest dafür sorgte, dass das graue Allerlei funktionierte. Ganz anders als die Gegenwart, in der der Pöbel das Sagen hatte. Marlene hatte zwar durchaus ein offenes Ohr für die politische Gesinnung ihres Onkels Hubert, die auf von Reinheit gedrillten Gedanken beruhte. Allerdings hielt sie wenig von seiner Ansicht, dass die Nationalsozialisten dazu imstande seien, Deutschland zu seiner einstigen Größe zurückzuführen. Dieser Proletarierhaufen ganz bestimmt nicht! Großmutter Adelheids Haltung sagte ihr da schon mehr zu. Schließlich gab es keinen Tag, an dem Marlene nicht mit der Realität konfrontiert wurde, dass Menschen von gesellschaftlich niederem Rang durchaus einen Boden schrubben oder Kohl anpflanzen konnten. Wenn es jedoch um ein imposantes Bauwerk wie das Berliner Olympiastadion ging, bedurfte es ganz anderer Voraussetzungen, und zwar der Bildung, Lebensart und des richtigen gesellschaftlichen Hintergrundes. Ihre Familie mochte sich über Großmutter Adelheid lustig machen und sie als unheilbar altmodisch bezeichnen, aber wenn es nach ihrer Enkeltochter ging, würde ihr erhabener Geist die Zukunft bestimmen. Denn obwohl die Deutschen das herausragende Volk schlechthin waren, gab es unter ihnen eben solche, die aus der Menge herausstachen und dazu bestimmt waren, Großes zu schaffen. Womit die ganze Gleichmacherei Marlenes Meinung nach obsolet war.

Welch ein Elend, dass zwischen Frau Großmama und mir keine direkte Blutlinie besteht, dachte Marlene, während sie eine Katze beobachtete, die unter einer Hecke nach Mäusen suchte. Was bedeutete jedoch schon eine Blutsverwandtschaft? Marlene schnaufte so laut, dass die Katze das Weite suchte.

Sie musste sich nur ihre Eltern anschauen, um festzustellen, dass genetische Verwandtschaft nicht unbedingt Nähe schuf. Zwar hatte sie unleugbar das Aussehen ihres Vaters geerbt – von der Haarfarbe bis zu seinem leicht blasierten Gesichtsausdruck war sie eine weibliche Ausgabe von Fred Löwenkamp –, aber trotzdem interessierte er sich herzlich wenig für ihre Belange. Ansonsten hätte er ja wohl kaum zugelassen, dass sie gezwungen war, ihren sechzehnten Geburtstag in dieser Einöde zu begehen.

Fred Löwenkamp hatte sich Anfang April von seiner Tochter verabschiedet, um zu einer Venedigreise aufzubrechen. Nur ein einziges Mal hatte er sie gefragt, ob sie ihn nicht lieber begleiten würde, anstatt wie geplant zu ihrer Mutter nach Dithmarschen zu fahren. Dummerweise hatte Marlene ihrem Vater auf eine ausgesprochen schnippische Art zu verstehen gegeben, dass sie nicht vorhatte, während der Venedigreise für die jüngere Schwester der rothaarigen Tingeltangeltänzerin gehalten zu werden, die ebenfalls mit auf Reisen gehen würde. Dieses niveaulose kleine Biest namens Dodo wich ihrem Vater kaum von der Seite, seitdem es herausgefunden hatte, dass Fred Löwenkamp seine weibliche Begleitung, ohne mit der Wimper zu zucken, mit einer neuen Garderobe und Schmuck ausstattete – wobei die Kleidung prêt-à-porter war und der Schmuck nicht mehr als Tinnef. Mit Schmuck kannte Marlene sich aus, schließlich besaß ihre Mutter Unmengen an Saphir-Ohrringen, die zu ihrem rotgoldenen Haar passten, mit Diamanten besetzte Armspangen, in denen ein halbes Vermögen als Kapitalanlage steckte, und antike Erbstücke wie die Rubinnadel, die einen ganz speziellen Wert hatten. Natürlich hatte dieser Spatz aus der Berliner Gasse keine Ahnung von solchen Dingen. Woher auch? Als Marlene Dodo darüber aufgeklärt hatte, für welchen Schund sie sich zur Bettgenossin eines alten Mannes machte, hatte dieses Flittchen tatsächlich die Dreistigkeit besessen, sie zu ohrfeigen.

Daraufhin hatte Marlene ihren Vater vor die Wahl gestellt, Venedig mit ihr *oder* seiner ordinären Geliebten zu verbringen – was keine gute Idee gewesen war. Schließlich war er gerade vollauf damit beschäftigt gewesen, die aufgebrachte Dodo zu beschwichtigen, die ihm eine Ladung Modeschmuck vor die Füße geworfen hatte. Daraufhin hatte Fred Löwenkamp seinen Fahrer Roland angewiesen, Fräulein Marlene augenblicklich in den Wagen zu setzen und erst vor der Tür des Kapitänshauses in Tidewall wieder anzuhalten. Unterwegs hatte Marlene versucht, den Fahrer zu überreden, sie nach Berlin zurückzufahren. Nur leider hatte Roland, dieser alte Mistbock, sich nicht erweichen lassen. Er arbeitete schon zu lange für die Familie Löwenkamp und war Zeuge von so mancher Szene geworden, die Marlenes Temperament geschuldet war. Wenn sie sich nicht getäuscht hatte, hatte Roland sogar ein nur schlecht unterdrücktes Grinsen im Gesicht gehabt, als sie sich während der Fahrt vom Schimpfen und Drohen schlussendlich aufs Betteln verlagert hatte. Ihre Herabwürdigung hatte ihm sichtlich Genugtuung beschert.

Diese Dreistigkeit zahl ich dir heim, du Chauffeur-Wicht, hatte sie sich geschworen, als sich die flaschengrüne Tür des Kapitänshauses öffnete und ihre Mutter Mina sie in Empfang nahm. Natürlich hatte Mina sie geherzt, obwohl Marlene sich wie immer versteift hatte, und wie immer hatte ihre Mutter ihr tausend Fragen gestellt, die sie lediglich mit einem Brummen beantwortet hatte. Als Mina den Chauffeur nach der langen Fahrt zu einem Tee eingeladen hatte, hatte Marlene die Nerven verloren. Dass sie bei ihrer Raserei die Scheiben eines Schranks, der als Wandtrennung zwischen Diele und Salon diente, zerbrochen hatte, tat ihr nicht wirklich leid. Schließlich war sie Opfer einer Entführung geworden, wenn man es recht betrachtete. Das Entsetzen ihrer Großmutter Adelheid, die in einem wunderschönen zartblauen Kleid die Treppe herunterschritt und sehr bekümmert über den Schaden war, war ihr jedoch unangenehm gewesen.

Mittlerweile war Marlene seit drei Tagen in Tidewall, und wenn sie sich nicht bei Großmutter Adelheid in deren elegant hergerichteten Räumen aufhielt und ihren Geschichten vom untergegangenen Kaiserreich und seiner Blütezeit lauschte, dann ging sie ihrer Mutter aus dem Weg. Mina war nie eine begnadete Mutter gewesen, dafür war sie zu oft außer Haus und hatte sich in den Jahren nach Marlenes Geburt herzlich wenig für die Bedürfnisse ihres Kindes interessiert.

»Ich war zu jung und zu hungrig auf das Leben, als ich dich bekommen habe«, hatte Mina ihrer Tochter gegenüber eingestanden, als Marlene die Schwelle zur Adoleszenz erreicht hatte und sich die Probleme zu häufen anfingen. »Außerdem bin ich schlecht damit zurechtgekommen, dass du als kleines Kind so fordernd warst. Anstatt mich deinem Bedürfnis nach Aufmerksamkeit zu stellen, bin ich geflohen. Diesen Fehler werde ich nicht wiederholen. Ich stehe zu dir, egal was du tust.« Und dieses alberne Prinzip, für das Mina selbst die schroffste Zurückweisung hinnahm, hatte schließlich dazu geführt, dass Marlene über Ostern am Deich festsaß, während ihre Mitschülerinnen sich in extravaganten Feriendomizilen tummelten.

Während Marlene im Garten spazieren ging, grübelte sie darüber nach, wie sie ihre Mutter davon überzeugen konnte, wenigstens nach St. Peter Ording zu fahren. Dort gab es Pfahlbauten, und das Meer schlug in Wellen gegen einen endlosen Sandstrand, anstatt bloß müde gegen das Marschland zu schwappen. Mit den Geschichten von Großmutter Adelheid und ein paar Ansichtskarten mit Schafen auf dem Deich würde sie bei ihren Schulkameradinnen kaum auftrumpfen können – und das, wo sie in der Beliebtheitsskala ohnehin schon ganz unten stand. Während sie ihren Gedanken nachhing, beschlich Marlene erneut der Verdacht, dass sie die Höhere-Töchter-Schule sowieso nicht wiedersehen würde. Ihre Mutter machte unentwegt Andeutungen, dass sie im Kapitänshaus ein Zimmer ganz nach Marlenes Geschmack einrichten wollte. Das passte zu ihrer Beobachtung, dass Mina wohl nicht die Absicht pflegte, so rasch nach Berlin zurückzukehren. Seit sie im November nach Tidewall zu einer Beerdigung gefahren war, war sie nur nach Hause gekommen, wenn Fred auf einer seiner unzähligen Geschäftsreisen unterwegs gewesen war. Und jedes Mal hatte sie mehr von den Dingen, an denen ihr Herz hing, in den Norden mitgenommen, allem voran die Bilder mit den abscheulichen Motiven und dem Gekrakel, die ihr Vater persönlich abgehängt und in den Keller verbannt hatte.

In einem Moment der Klarheit wurde Marlene bewusst, dass ihre Mutter gar keinen Wert darauf legte, jemals wieder die einflussreiche, allseits bekannte Frau Löwenkamp zu sein, die schicke Abendkleider trug und Empfänge ausrichtete, auf denen sich halb Berlin tummelte. Nein, ihre Mutter hatte vor, in Rollkragenpulli und Bleistifthose im Garten zu werkeln, obwohl sie – laut Großmutter Adelheid – bei ihren Bemühungen mehr Blumen als Unkraut rausriss. Mina würde am langweiligen Deich spazieren gehen und die Abende mit einem Buch verbringen, weil die Einöde Tidewalls sonst nichts an Unterhaltung bot. Als wäre das nicht schon schlimm genug, versuchte sie ihrer Tochter dieses Leben auch noch schmackhaft zu machen.

»Nicht mit mir«, schwor sich Marlene, allerdings ohne die notwendige Inbrunst. Denn im Grunde ihres Herzens musste sie sich eingestehen, dass ihr der karge Norden mit seiner Weite durchaus gefiel.

»Moin«, riss eine Männerstimme Marlene aus ihren Gedanken.

Der Mann, der sie gegrüßt hatte, stieg vom Fahrrad und lehnte es gegen den Gartenzaun. In der Hand hielt er etwas Längliches, das in Zeitungspapier eingeschlagen war, während an einem breiten Band über seiner Schulter ein schwarzer Kasten hing. Der Lieferant war um etliche Jahre älter als Marlene, vielleicht hätte er sogar ihr Vater sein können, aber sie wusste in der Sekunde, als sie sein Gesicht sah, dass er ihr gefiel. Ältere Männer hatten schon immer ihr Interesse geweckt, nicht erst seitdem der Vater ihrer ehemaligen Busenfreundin Emmi ihr gezeigt hatte, was ein Herr mit Erfahrung zu bieten hatte. Der Mann mit dem Fahrrad hatte sich trotz seines Alters ausgesprochen gut gehalten: Er war schlank, mit kräftigen Schultern und muskulösen Unterarmen, die unter den hochgekrempelten Ärmeln seines Hemdes hervorschauten. Unter der Schiebermütze blitzten eindrucksvolle Augen auf, und als er die Mütze zum Gruß abnahm, kam ein blonder, kurz geschnittener Schopf zum Vorschein, in dem sich erste Silberfäden zeigten.

»Guten Morgen – oder vielmehr guten Tag. Es geht nämlich auf zwölf Uhr zu, wenn ich mich nicht irre«, erwiderte Marlene mit herablassendem Ton, der nicht mehr als den Versuch darstellte, ihre Unsicherheit zu überspielen. Dass der Mann belustigt die dunklen Augenbrauen hochzog, als habe sie unwissentlich einen Witz gemacht, brachte sie in noch größere Verlegenheit. »Falls Sie die Haushälterin Netti suchen, müssen Sie hintenrum zur Küche rein. Dort wird gerade das Mittagessen zubereitet.« Sie deutete auf das in Zeitungspapier eingeschlagene Bündel, das sich auf den zweiten Blick als Blumenstrauß herausstellte. Weiße Tulpen und Narzissen – diese Blumennamen hatte Marlene bereits gekannt, bevor Großmutter Adelheid sie in die Gartenkunde eingeführt hatte. Nur mühsam hielt sie die Frage zurück, für wen der Strauß gedacht war.

»Wenn Netti bereits am Kochen ist, bin ich ja genau richtig. Ich habe nämlich einen Riesenhunger.«

Der Mann trat durch die Gartenpforte, und bevor Marlene sich besann, war sie auf ihn zugelaufen wie ein kleines Mädchen. Ihrer Mutter wäre so etwas bestimmt nicht passiert, die hätte den Mann kommen lassen. Wenn es darum ging, wie man das andere Geschlecht um den Finger wickelte, war Mina Löwenkamp eine wahre Meisterin, das hatte Marlene bei unzähligen Anlässen beobachten dürfen.

»Ich heiße Johann Taden«, stellte der Mann sich vor und streckte die Hand aus.

Marlene ergriff sie augenblicklich. »Marlene Löwenkamp. Das hier ist das Haus meiner Familie, bestimmt werde ich es eines Tages erben.« Schlagartig stand ihr Gesicht in Flammen. Wie konnte sie nur so einen Unsinn reden?

Johann Taden schien ihren Fauxpas allerdings gar nicht bemerkt zu haben. Mit einem anerkennenden Nicken betrachtete er die weiße Vorderfront, an der sich die ersten Kletterrosentriebe in die Höhe schlängelten. »Das schönste Haus am Platz, wie man so sagt. Es freut mich zu hören, dass auch die jüngste Generation der Familie das Kapitänshaus schätzt. Das hat es zweifelsohne verdient.«

»Sie kennen unsere Familie also?« Marlene beschlich allmählich der Verdacht, dass sie es nicht mit einem Lieferanten oder Boten zu tun hatte.

»Könnte man so sagen.« Johann lächelte sie an. »Als Kind lebte ich mit meiner Familie im Nachbarhaus, das liegt allerdings noch ein ganzes Stück den Deich entlang. Immer wenn ich am Kapitänshaus vorbeikam, bin ich kurz stehen geblieben, um es mir anzuschauen. Das geht mir noch heute so, deshalb habe ich auch meinen Fotoapparat mitgebracht.« Er deutete auf den schwarzen Kasten, den er an einem Band über der Schulter trug.

»Der ist ja riesig! Scheint mir ein ziemlich altmodisches

Gerät zu sein. Sie müssen wissen, in Berlin, wo ich herkomme, begegnet man an jeder Ecke einem Fotoapparat. Kein Wunder, dort gibt es ja auch mehr lohnenswerte Objekte als hier in den Marschen«, fügte Marlene hinzu, um ihre Weltgewandtheit zu unterstreichen.

»Da ist wahrscheinlich etwas dran«, sagte Johann mit einem Lächeln, als flirte er mit ihr. Andererseits schmunzelte er vielleicht auch über sie, so wie es ihr Vater manchmal tat. Doch diesen Gedanken verdrängte Marlene umgehend, dafür gefiel ihr dieser Taden viel zu gut.

»Ich sollte langsam mal Hallo sagen, außerdem müssen die Blumen ins Wasser. Möchten Sie mich begleiten, Fräulein Marlene?«

»Natürlich«, sagte Marlene und hakte sich bei Johann ein, kaum dass er ihr seinen Arm anbot. Es gefiel ihr, dass er sie wie eine junge Dame behandelte. Offenbar wusste dieser Mann, wie man sich benahm, obwohl er, seinen derben Stiefeln und dem einfachen Hemd nach zu urteilen, offenbar in der Landwirtschaft tätig war. Gewiss ein Gutsbesitzer, der so weit über den Dingen steht, dass es seiner Würde keinen Abbruch tut, mit einem Fahrrad vorzufahren, redete sich Marlene den Auftritt von Johann Taden schön. Deshalb überraschte es sie auch nicht, als er später tatsächlich von ihrer Mutter zum Mittagessen eingeladen wurde und sogar Großmutter Adelheid ihm gegenüber ein paar Worte über das Pflanzenwachstum in diesem Frühjahr übrig hatte. Nun, dachte sich Marlene, wenn man es recht bedenkt, dann ist es nicht ausschließlich der familiäre Hintergrund oder ihr Reichtum, der Menschen Größe verleiht. Bei manchen ist es auch ihre Persönlichkeit. Bei Johann Taden schien das zumindest der Fall zu sein.

Kapitel 35

Das Aprilwetter gab sich zwar auch in diesem Jahr so unberechenbar, wie sein Ruf es verlangte, aber an Marlenes sechzehntem Geburtstag stand die Sonne seit dem frühen Morgen freundlich am Himmel, und keine Wolke weit und breit deutete auf einen Umschwung hin. Es würde ein wunderbarer Sonntag werden.

Ein gutes Zeichen, beschloss Mina, als sie auf der Nordseite des Hauses in Ruhe eine Zigarette rauchte. Genau darauf hatte sie gehofft: dass ihre Tochter Tidewall von seiner besten Seite kennenlernte. Wenn sie sich nicht allzu sehr täuschte, zeigte sich mittlerweile tatsächlich ein Funken Begeisterung in Marlenes Augen. Nachdem das Mädchen in den ersten Tagen nur Adelheid in seiner Nähe geduldet hatte, hatte es nach und nach seine kratzbürstige Haltung aufgegeben. Spätestens seit Johann zum Mittagessen vorbeigekommen war, damit Marlene ihn in einer ungezwungenen Situation kennenlernen konnte, war ihre Tochter aufgeblüht.

Marlene ließ den Tag im Geist Revue passieren, während der Zigarettenrauch träge in die Luft stieg.

Beim gemeinsamen Mittagessen unterhielt sich Marlene ganz normal, anstatt wie üblich jede noch so harmlose Unterhaltung in ein Streitgespräch zu verwandeln. Und später konnte sie gar nicht genug bekommen von dem Fotoapparat, den Johann extra mitgebracht hatte, um einen Aufhänger für seinen Besuch zu haben. Für gewöhnlich zeigte Marlene an den schönen Künsten wenig Interesse; die Malerei lehnte sie schlichtweg ab, und Konzerte hielt sie für Zeitverschwendung – abgesehen von der Gelegenheit, ein neues Kleid vorzuführen. Aufs Theater ließ sie sich nur widerwillig ein – im Gegensatz zum Kino. Die bewegten Bilder lösten bei ihr Begeisterungsstürme aus, sodass es eigentlich keine große Überraschung war, als sie sich bereitwillig von Johann erklären ließ, wie ein Fotoapparat funktionierte. Später hatten sie zu dritt viel Spaß in der Orangerie, nachdem der Wind aufgefrischt hatte und sie, geschützt von den Glaswänden, einige Porträts aufnehmen wollten.

»Ich will aber nicht in diesem langweiligen Aufzug abgelichtet werden«, protestierte Marlene, und für einen Moment tauchte wieder der gewohnt herausfordernde Zug um ihren Mund auf. »Dann würde man ja bis in alle Ewigkeit glauben, dass ich ein gewöhnliches Landei bin.«

»Die Gefahr besteht gewiss nicht.« Johann war der Ernst in Person. Zumindest gab er sich redlich Mühe, so auf die Eitelkeit des Mädchens zu reagieren. »Aber wenn du meinst … Mach dich in Ruhe zurecht, wir warten hier solange auf dich.«

Kaum war Marlene ins Haus verschwunden, zog Mina Johann dicht an sich, um seine inzwischen so vertraute Wärme zu spüren, die ihr jedes Mal aufs Neue das Gefühl gab, am Ziel angekommen zu sein. Sie wollte die wenigen Minuten der Zweisamkeit nutzen, denn vor Marlene waren solche Vertrautheiten natürlich nicht möglich. Sie hatten beschlossen, das Mädchen umsichtig an die veränderte Situation heranzuführen. Zwar hatte Marlene von den Liebschaften, in die ihre Eltern immer wieder verstrickt gewesen waren, geahnt und sich nie sonderlich an Einzelheiten interessiert gezeigt, doch in diesem Fall ging es um mehr.

»Sie mag dich«, stellte Mina fest.

Johanns Brust erzitterte leicht, als er ein Lachen unterdrückte. »Du klingst so überrascht. Warum sollte das Mädchen mich nicht mögen? Ich bin der Mann mit einem aufregenden Fotoapparat, der ihren Liebreiz für die Ewigkeit auf Papier bannen wird. Etwas Besseres hätte einer jungen Dame an einem gewöhnlichen Wochentag doch gar nicht passieren können.«

»So einfach ist es nicht«, hielt Mina dagegen. »Ich habe bestenfalls damit gerechnet, dass Marlene sich nach ein paar verschnupften Kommentaren auf ihr Zimmer zurückzieht, weil sie keinen Wert auf unsere Gesellschaft legt. Stattdessen hat sie sich nett unterhalten und ist anschließend regelrecht aufgeblüht, als sie dir beim Fotografieren assistieren durfte.«

»Zeig mir einen jungen Menschen, der so etwas nicht spannend findet. Das war doch schließlich der Plan: Anstatt mich ihr einfach vor die Nase zu setzen, lasse ich mir etwas einfallen, um sie kennenzulernen. Die Rechnung ist aufgegangen.«

Noch immer begriff Johann nicht, worin das Besondere an Marlenes Reaktion lag. Woher auch? Mina hatte es vermieden, allzu viel über die Eskapaden des Mädchens zu erzählen. Nun hegte sie Zweifel, ob er die Lage überhaupt richtig einschätzen konnte. Aus ihrer Sicht hing ihre gemeinsame Zukunft in Tidewall davon ab, ob Marlene sich einfügte. Denn bei Fred konnte das Mädchen unmöglich bleiben. Bei ihren Besuchen in Berlin war Mina rasch klar geworden, dass Fred auch seiner Tochter zuliebe nichts an seinem reisefreudigen und ausschweifenden Lebensstil ändern würde. Vielmehr war er dazu übergegangen, seine jungen Gespielinnen ins Haus zu holen, nun, da Mina sich nur noch in seiner Abwesenheit blicken ließ.

»Unsere Tochter ist alt genug, um ein eigenes Leben zu führen«, hatte Fred bei einem ihrer wenigen Telefonate behauptet, für die Mina jedes Mal zum Postamt nach Marne fahren musste. »Die besten Voraussetzungen dafür hat sie mit ihrem Familiennamen und dem Vermögen. Mehr kann ihr niemand geben.«

Das sah Mina anders. Seit sie sich für Johann und somit für Tidewall entschieden hatte, wünschte sie sich mehr für ihre Tochter, als bloß eine von diesen verwöhnten Gören zu sein, die glaubten, ihnen läge die Welt zu Füßen, ohne dass sie dafür auch nur einen Finger krümmen mussten.

»Dass Marlene so aufgeschlossen auf dich reagiert, kommt einem kleinen Wunder gleich«, erklärte Mina, während sie sich tiefer in Johanns Umarmung schmiegte. »Es gibt nämlich nur wenig, das sie mag. In den ersten Jahren hatte ich das Gefühl, sie sei mit dem festen Vorsatz auf die Welt gekommen, alles und jeden abzulehnen. Ich habe mir deshalb immer Vorwürfe gemacht, zumal ich meine Schwangerschaft als großes Unglück angesehen hatte. Meine große Freiheit war mit einem Schlag dahin. Ohne Marlene hätte ich bloß eine wilde Zeit in Berlin gehabt, bevor ich weitergezogen wäre, um mein Glück zu suchen. Sie muss meine Abneigung im Mutterleib gespürt haben, und das hat sie mir später tausendfach zurückgezahlt, obwohl sie sich dabei selbst Schaden zugefügt hat. Ihre feindselige Haltung macht sie zu einem einsamen Menschen. Vielleicht ändert sich das ja in Tidewall … Sie liebt ihre Großmutter, schaut recht gefällig auf das Kapitänshaus und hat meine Anspielung, dass es in Hamburg sehr gute Schulen gäbe, nicht annähernd so harsch vom Tisch gefegt, wie ich es erwartet habe. Tidewall könnte Marlenes Chance sein, sich neu zu erfinden. Bei mir hat es schließlich auch hervorragend funktioniert.«

Johann lachte. »Kaum zu glauben, aber es sieht tatsächlich danach aus. Die abenteuerliche Mina fühlt sich ausgerechnet am letzten Fleckchen Land vorm Meer wohl, wo es zur Unterhaltung nur Schafsgeblöke und ein paar hübsche Wolkenformationen gibt«, flüsterte er ihr ins Ohr, dann küsste er ihre Schläfe.

Zu gern hätte Mina seine Liebkosungen genossen, aber ihre Sorgen um Marlenes Wohlergehen waren stärker. Erst als das Mädchen aufgerüscht und frisch frisiert in die Orangerie zurückkehrte, vergaß sie ihre trüben Gedanken und beobachtete stattdessen, wie viel Aufwand Marlene betrieb, um die richtige Pose für ihr Porträt zu finden. Als es an Mina war, sich fotografieren zu lassen, lehnte sie sich einfach im Schaukelstuhl zurück und sah Johann durch die Kamera an. Er zögerte nicht einen Augenblick und betätigte den Auslöser.

»Das ging aber schnell«, sagte Marlene.

Johann trat zu der Tasche für die Kamera, die auf einem Beistelltisch lag. »Nun, der Moment war perfekt. Und wenn etwas perfekt ist, dann zögert man besser nicht. Wer weiß, ob die Gelegenheit wiederkommt.« Dabei blinzelte er Mina zu.

An dieses Blinzeln dachte Mina, als sie das Kapitänshaus betrat. Es war ein Versprechen gewesen – und heute würde sie es einlösen. Sie würde ihre Gelegenheit nämlich kein weiteres Mal verstreichen lassen.

Sie traf Marlene im oberen Salon an, das Mädchen hatte sich bereits für ihr Geburtstagsessen hergerichtet. Obwohl sich im Untergeschoss in den letzten Wochen viel getan hatte, zog Marlene beharrlich Adelheids Räume vor, auf denen jener Glanz längst vergangener Zeiten lag, der sie offenbar fesselte. Mina konnte es ihr nicht verdenken, auch wenn sie sich wünschte, Marlene würde das ganze Haus als ihr Heim ansehen. Aber vermutlich brauchte das, wie so viele Dinge, seine Zeit.

»Großmama ist noch nicht fertig«, erklärte Marlene geradeheraus, als sie ihre Mutter bemerkte. »Der Chauffeur wird sich noch einen Augenblick gedulden müssen – und du auch. Oder ist Johann etwa schon eingetroffen?« Mit einem Satz sprang sie auf, bereit, die Treppe hinabzustürzen, falls ihr neuer Hausfreund da sein sollte. »Ich bin so gespannt auf sein Geschenk. Er hat doch bestimmt ein Geschenk für mich, oder?«

»Johann hat es gewiss nicht vergessen, dir eine Kleinigkeit zu besorgen, aber er ist noch nicht da. Und ich bin auch nicht raufgekommen, um dich zum Aufbruch anzutreiben, sondern weil ich gern etwas mit dir besprechen möchte, bevor wir ins Restaurant fahren.« Mina bemühte sich um Gelassenheit, selbst als Marlene wie auf Knopfdruck die Augen verdrehte. »Bitte, es dauert nur einen Moment.« Als Marlene auf den Sessel deutete, der ihrem Platz auf dem Sofa gegenüberstand, schüttelte Mina den Kopf. »Lass uns bitte in mein Schlafzimmer gehen, es soll ein Gespräch unter vier Augen werden.«

»Wie du meinst.« Marlene musterte sie misstrauisch, sträubte sich aber nicht weiter.

Als Mina die Schlafzimmertür hinter ihnen zuzog, war sie sich plötzlich unsicher, ob ihr Plan richtig war. Vielleicht war ihre Tochter noch nicht so weit …

Marlene spazierte währenddessen umher, spielte mit den Parfümflakons auf dem Schminktisch und trat schließlich ans Fenster, wo sie mit verschränkten Armen in den Garten hinabblickte. »Weißt du eigentlich, dass du dir von allen

Zimmern im Haus das schönste ausgesucht hast?«, fragte sie ihre Mutter. »Es hat genau die richtige Größe, ist gemütlich und elegant zugleich, und außerdem ist die Aussicht grandios: nur Garten und die endlose Weite dahinter. Du hast ein unübertreffliches Händchen dafür, dir immer die Filetstücke unter den Nagel zu reißen.«

Mina schluckte die bitteren Worte hinunter, die ihr auf der Zunge lagen. »Nachdem mein Vater das Kapitänshaus sozusagen wieder neu erbaut hatte, war es Adelheid, die mir dieses Zimmer zugeteilt hat. Sie fand, ein junges Mädchen brauche ein solches Zimmer, damit es seinen Träumen und Hoffnungen nachhängen könne. Das Bett gehörte ihr, als sie in deinem Alter war.«

Wenn auch sonst nichts von Bedeutung sein mochte, aber dieses Argument zählte. Mit einem Schritt stand Marlene vor dem Biedermeierbett aus lackiertem Buchenholz und setzte sich mit einer gehörigen Portion Ehrfurcht auf den Rahmen.

»Was hältst du davon, wenn du mein Schlafzimmer übernimmst und ich eins im Untergeschoss beziehe? Mir wird es hier oben eh zu eng.« Und ohne Adelheid, die nur ein paar Türen entfernt wohnt, kann ich Johann sicherlich dazu überreden, häufiger im Kapitänshaus zu übernachten, bis ich ihn ganz davon überzeugen kann, hier einzuziehen, dachte Mina.

Marlene kaute auf ihrer Unterlippe. »Lohnt sich der Aufwand denn, so selten, wie ich hier bin?«

Das war der entscheidende Punkt. Nur mit Anstrengung gelang es Mina, die Finger vom Zigarettenetui zu lassen. Dabei hatte sie ausreichend Zeit gehabt, sich auf dieses Gespräch vorzubereiten. Es war nun schon drei Wochen her, seit Adelheid sie an einem der letzten Märztage in ihren Salon gebeten hatte. Draußen fuhr ein eisiger Wind um die

Hausecken, und der Himmel drohte, unter den düsteren Wolkenbergen zusammenzubrechen. Im Salon hatten sie die Wärme des Ofens und Kerzenglanz empfangen. Adelheid hielt offenbar nichts von der Konvention, dass Kerzen feierlichen Anlässen vorbehalten wären. Doch schon im nächsten Moment begriff Mina, dass ihre Stiefmutter einen guten Grund für das Lichtermeer hatte: Nahe bei den Fenstern stand eine Schneiderpuppe, die in ein altweißes Brautkleid mit Schleppe gekleidet war. Der passende Schleier aus Brüsseler Spitze lag sorgfältig drapiert über einem Stuhl. Ein Ensemble aus vergangenen Zeiten.

Mina kannte dieses Kleid. »In diesem Schmuckstück hast du Papa geheiratet.«

Adelheid presste die Hände gegen die Brust, als befürchte sie, dass ansonsten ihr Herz heraushüpfen würde. »Ich darf nicht einmal an diesen überwältigenden Augenblick denken, sonst verliere ich die Fassung.«

Mina nickte verständnisvoll. Auch ihr Vater war äußerst glücklich gewesen, als die so viele Jahre jüngere Adelheid vor dem Altar ein »Ja« gehaucht hatte.

Dann setzte ihre Stiefmutter hinzu: »Das Einzige, was mir von meinem Hochzeitstag in Erinnerung geblieben ist, ist das betörende Gefühl, dieses Kleid zu tragen. Und immerzu diese feinen Stiche voller Wehmut, weil es mir nur einmal im Leben vergönnt sein würde, es vorzuführen.« Mit einem verdächtigen Tränenglanz streichelte sie über den Seidentaft, der in all den Jahren nichts von seiner Schönheit eingebüßt hatte, während Mina ein Schmunzeln über die Eitelkeit ihrer Schwiegermutter kaum unterdrücken konnte. »Es gehörte meiner Frau Mama, musst du wissen«, erklärte Adelheid. »In diesem Kleid sind über sechzig Meter Seide aus Como in Italien verarbeitet. Damals wusste man noch, wie man Schönheit in Szene setzt. Allein der plissierte Seidentüll.« Sie stieß ein verzücktes Seufzen aus.

Seit Mina in Tidewall eingetroffen war, schwankte sie unentwegt bei der Frage, was eigentlich von dieser eigensinnigen Frau zu halten sei. Immer wieder bestätigte ihre Stiefmutter das Bild, eine egozentrische, geistig nicht ganz anwesende Person zu sein. Es gab jedoch auch Momente, in denen sie erstaunliche Einsichten an den Tag legte und die Dinge besser zu begreifen schien als sämtliche Alltagsgeister zusammen. Auch jetzt war nicht eindeutig zu sagen, in welchen Dimensionen Adelheid schwebte, doch Mina war nicht in der Stimmung für ein Geduldsspiel. In der letzten Nacht hatten Johann und sie im Schutz der Bettdecke darüber nachgedacht, wie es mit ihnen weitergehen könnte. Obwohl sich das Gespräch bis in die Morgenstunden zog, waren sie sich eine Antwort schuldig geblieben. Johann umwarb sie inständig, doch ihn quälte offenbar der Gedanke, wie er in das Leben passte, das sie bislang geführt hatte. Während Mina nicht den geringsten Zweifel hegte, dass sie beide zueinandergehörten, egal wie verschieden sie waren, zerbrach sie sich stattdessen den Kopf darüber, wie ihre Tochter Marlene darauf reagieren würde. Das Mädchen brauchte ihre Mutter in diesem komplizierten Alter mehr denn je. Erstaunlicherweise war Mina das erst richtig bewusst geworden, als Johann mehr über Marlene wissen wollte. Während sie ihm Anekdoten erzählte, die den Charakter ihrer Tochter spiegelten, begriff sie, dass sie endlich die Verantwortung für das unausgeglichene Mädchen übernehmen musste. Aber wie sollte sie das anstellen?

Mit einem Räuspern machte Adelheid auf sich aufmerksam. »Könntest du deine Grübeleien bitte auf später verschieben? Dies ist ein großer Moment für mich, deshalb wäre ich dir dankbar, wenn du dich entsprechend verhalten würdest.«

»Du meinst, beim Betrachten deines alten Brautkleides? Ich werde mich bemühen.«

Da Adelheid resistent gegen jede Form von Ironie war, lächelte sie zufrieden. »Sehr schön. Wie ich schon sagte, ist dieses Kleid ein Erbstück meiner Frau Mama, der es leider nicht vergönnt gewesen ist, mich am glücklichsten Tag in meinem Leben darin zu sehen. Darunter leide ich immer noch. Genau wie unter der Tatsache, dass mir nur ein Sohn vergönnt war.« Sie hob die Hand vor den Mund, als habe sie etwas Ungehöriges gesagt. »Natürlich ist Hubert mein Ein und Alles.«

»Aber dieses Brautkleid wird dein Sohn wohl kaum tragen, egal wie viel er auf Familientradition gibt.« Diesen Seitenhieb konnte Mina sich einfach nicht verkneifen.

Zum Lohn sah Adelheid sie scheel an. »Du bist ein freches Früchtchen, meine Liebe. Vielleicht überlege ich mir besser noch einmal, ob ich dir dieses Brautkleid wirklich überlassen soll.«

Mina traute ihren Ohren nicht. »Du willst was?«

Wieder wanderten Adelheids Hände in einer pathetischen Geste zur Brust. »Natürlich will ich das, schließlich bist du mir eine Tochter, und ich empfinde wie eine Mutter für dich. Mehr denn je, wie ich eingestehen muss.«

»Tatsächlich.« Mehr wusste Mina dazu nicht zu sagen. Natürlich hatte Adelheid stets versucht, die Rolle einer Mutter zu erfüllen, nur stand ihr dabei ihre Persönlichkeit im Weg – einmal davon abgesehen, dass Mina als junge Frau nicht gerade erpicht darauf gewesen war, dass eine nur unwesentlich ältere Frau sich ihr gegenüber als Mutter aufspielte. Und nun stand Adelheid vor ihr, mit ihrem säuberlich aufgesteckten weißblonden Haar, dem feinen Gesicht und einer Attitüde des letzten Jahrhunderts und sprach darüber, endlich ihre vorgesehene Rolle zu erfüllen. Eigentlich war es zum Lachen, allerdings verspürte Mina eine gewisse Rührung, die stärker war als die Komik der Situation.

»Seit du ins Kapitänshaus eingekehrt bist, sehe ich dich mit neuen Augen«, erklärte Adelheid freimütig. »Ich habe dich immer für ein eigennütziges Geschöpf gehalten, das nur einen Sinn für seine eigenen Interessen hat.«

»Ein wenig wie du, nicht wahr?«

Adelheid lächelte anerkennend. »So gesehen sind wir uns nicht unähnlich. Aber genau wie ich hast du dich ebenfalls verändert, allein schon, dass du mich in meiner Trauer nicht allein gelassen hast und mir zugestehst, meinen Traum von einer besseren Epoche zu leben …« Als sie Minas erstaunten Ausdruck bemerkte, winkte sie ab. »Glaubst du etwa, ich habe keine Vorstellung davon, was für ein Bild ich nach außen hin abgebe? Sei bitte nicht naiv. Die Rolle meines Lebens ist ein Luxus, den ich mir nur leisten kann, weil ich eine Boskopsen bin. Das Gleiche gilt für dich. Die Freiheiten, die du dir nehmen kannst – und auch schon immer genommen hast –, basieren auf dem Wohlstand und dem Status unserer Familie. Für unsereins ist es leicht, sich gegen den Wind zu stellen. Für jemanden wie Johann Taden schon viel weniger. Dafür habe ich Respekt.«

Mina hob die Hände, um einen Moment der Sprachlosigkeit zu überbrücken. »Entschuldige, dass ich so verblüfft bin. Aber es ist nach wie vor ein Schock für mich, dass du überhaupt eine Ahnung davon hast, wer Johann ist.«

Eine von Adelheids feinen Brauen ruckte in die Höhe. »Hast du eigentlich eine Ahnung davon, wie viele graue Nachmittage ich in Helmtrauds Gesellschaft verbracht habe?

Das Wetter an der Küste ist oft kein Zuckerschlecken, besonders wenn es sich erst einmal eingeregnet hat. Ich kann dir verraten, dass ich dank ihrer Erzählungen jede einzelne Tidewaller Nase samt Charakterstudie und Familienstammbaum kenne. Meine liebe verstorbene Haushälterin war *das* wandelnde Geschichtsbuch dieses Dorfes, sie hat alles gesammelt, was sie über Tidewall in die Finger bekommen hat. Daher stammen ja auch die Landschaftsfotografien von Johann, die im Flur hängen. Die hat sie mir vermacht, weil sie mir so gut gefielen.«

»Die Fotografien sind von Johann?« Mina ärgerte sich über sich selbst, dass sie nicht von allein darauf gekommen war.

»Natürlich. Von wem könnten sie sonst sein? Es laufen ja nicht gerade Heerscharen mit einem Fotoapparat durch Tidewall und verewigen den Horizont. Dafür sind die meisten Dörfler viel zu pragmatisch veranlagt.« Adelheids Ausdruck glich dem einer Katze, die sehr zufrieden mit sich war. Es gefiel ihr allem Anschein nach, ihrer Schwiegertochter eine Nasenlänge voraus zu sein.

Mina lächelte säuerlich. »A-ha. Ich hatte mich schon gewundert, warum ausgerechnet du etwas so Modernes aufgehängt hast. Da wäre ich doch eher von einem hübschen kleinen Stillleben mit einer eleganten Staubschicht ausgegangen.«

»Johanns Aufnahmen sind gut, das erkenne sogar ich«, erwiderte Adelheid gelassen. Als Mina darauf nichts zu erwidern wusste, zuckte sie mit den Schultern. »Doch genug jetzt geredet von diesem neumodischen Kram, widmen wi uns lieber Dingen von Wert und Bestand.« Sie hob di Schleppe des Brautkleids an und reichte sie Mina zum Be fühlen. »Dieses Kleid soll dich in deiner Entscheidung unter stützen, Berlin hinter dir zu lassen und stattdessen Tidewall als dein neues Zuhause zu sehen.« Es folgten einige Sekunden des Schweigens, dann fuhr Adelheid sich mit dem Handrücken über die Stirn, als sei das Gespräch die reinste Zumutung. »Um es geradeheraus zu sagen: Ich will dir mein altes Brautkleid anvertrauen.«

Noch immer wusste Mina nicht, worauf das Ganze hinauslaufen sollte. »Damit ich dich nicht missverstehe: Ich soll dieses Brautkleid bewahren, damit ich es eines Tages Marlene für ihre Hochzeit übergeben kann, richtig?«

Erneut faltete Adelheid die Hände vor der Brust, als habe sie diese Geste vor dem Spiegel geübt. »Ich wäre sehr stolz, wenn meine Enkeltochter – und als solche sehe ich Marlene – das Kleid eines Tages an ihrem großen Tag tragen sollte. Aber jetzt möchte ich erst einmal dich darin sehen, sobald du diese unglückliche Geschichte mit Fred Löwenkamp abgeschlossen hast.« Mina ließ die Schleppe fallen, als habe sie der Blitz getroffen, sodass Adelheid nervös blinzelte. »Sagt dir mein Ansinnen so wenig zu?«

»Nein, es ist nur …« Bei all ihren Plänen mit Johann war Mina nie so weit gegangen, an eine baldige Hochzeit zu denken. Und schon gar nicht in einem Kleid, das aussah, als dulde es keine Feier unter dem Niveau eines Fürsten. Dann schluckte sie ihre Bedenken hinunter und nahm die Geste als das, was sie war: ein Liebesbeweis ihrer Stiefmutter, der sie sich seit dem letzten Herbst mehr und mehr verbunden fühlte. Obwohl Adelheid sich steif wie ein Besen machte, nahm Mina sie in den Arm.

»Vielen Dank«, sagte sie leise.

Und nun saß Mina neben ihrer Tochter auf dem Bett und versuchte dem Mädchen ein Leben in Tidewall schmackhaft zu machen. Dabei kam sie sich vor, als schlüpfe sie in Adelheids Schuhe, nur mit dem Unterschied, dass sie im Vergleich zu Marlene ein williges Lämmchen gewesen war.

»Du könntest ja in Zukunft öfter hier sein«, schlug Mina ihrer Tochter vor. »Wir haben doch schon über die Hamburger Schulen geredet, es gibt auch ganz gute in Heide, das ist nur halb so weit weg. Zum Wochenende könnte Roland dich herfahren, er bleibt nämlich bei mir, schließlich habe ich ihn damals auch eingestellt. Nur in Tidewall zu sitzen, halte selbst ich bei aller Begeisterung für das Kapitänshaus nicht aus. Denk über diese Möglichkeit nach, ja?« Als Marlene lediglich eine Spur verkniffen nickte, gab Mina sich zufrieden. Dann kam sie zu dem eigentlichen Grund für ihr Gespräch. Ihre Finger wanderten zu der Rubinbrosche, die sie an ihrer cremefarbenen Bluse trug. »Als du ein kleines Kind warst, habe ich dir gelegentlich davon erzählt, wie meine Großmutter mir die Rubinbrosche schenkte, die vor ihr schon viele Frauengenerationen unserer Familie getragen hatten.«

Marlene spielte mit der abgenähten Kante des Leinenbezugs und ließ ihre Mutter warten, bevor sie sich zu einer Antwort bequemte. »Du meinst diese Geschichte mit dem Tod. Ja, daran erinnere ich mich, schließlich hast du mir nicht oft eine Geschichte erzählt.«

Wieder ein vernichtendes Urteil, stellte Mina fest. Marlene trifft selbst mit geschlossenen Augen ins Schwarze. »Du erinnerst dich also daran, dass die Rubinbrosche ein Geschenk des Todes ist.«

»Wenn man an diesen Hokuspokus glaubt.«

»Das tue ich«, bekräftigte Mina.

»Ach ja? Und warum hat die Brosche dann jahrelang in deiner Schmuckschatulle gelegen?«

»Nun trage ich sie wieder.« Mina deutete auf das Schmuckstück, das eine Handbreit über ihrem Herzen angesteckt war. »Und sie hat mir prompt gute Dienste erwiesen. Das Gleiche wünsche ich mir für dich, darum möchte ich sie dir heute zum Geburtstag schenken. Ich war damals zwar bereits einundzwanzig Jahre alt, als ich sie bekommen habe, aber ich denke, heutzutage trifft man schon deutlich früher jene Entscheidungen, die das Leben prägen.« Vorsichtig löste Mina die Nadel und steckte sie ihrer Tochter ans Kleid. »Heute ist dein Ehrentag, meine liebe Marlene. Mögen all deine Wünsche in Erfüllung gehen und du stets den Mut finden, deinen eigenen Weg zu gehen.«

Kapitel 36

Tidewall, Mitte Mai 2013

Ich kann es immer noch nicht glauben, was Marlene Weiss dir erzählt hat – dass sie für den Liebhaber ihrer Mutter geschwärmt hat. Die alte Dame muss sich den Kopf gestoßen haben, als ihr gerade nicht hingeschaut habt. Anders kann ich mir einen solchen Wahrheitsausbruch nicht erklären.«

Asmus schüttelte den Kopf, während er seinen klapprigen Volvo durch die üppig grünen Felder fuhr. Endlich hatte die schöne Jahreszeit Einzug gehalten, und Marie konnte gar nicht genug bekommen von dem Licht und den satten Farben. Der Frühling war wie ein Versprechen, dass nun endlich alles gut werden würde. Am liebsten hätte sie den Kopf zum Fenster hinausgestreckt, um die Sonne auf ihrem Gesicht zu spüren.

»Das Obergeschoss des Kapitänshauses ist so etwas wie Marlenes Achillesferse, wenn du mich fragst. Sie wusste nur zu gut, wie verletzlich sie inmitten dieser Erinnerungen war. Und tatsächlich war von dem Schutzwall, der sie sonst immer umgab, nichts mehr übrig. Vermutlich war Marlene schon an ihre Grenze gestoßen, als sie bemerkt hatte, dass jemand in ihr Reich eingedrungen war. Für sie muss das gewesen sein, als wäre ein Stück ihrer Seele entblößt worden. Als sie dann entkräftet auf dem Bett lag und spürte, dass ich einen gewissen Zugang zu ihrer Vergangenheit habe, ist es aus ihr herausgebrochen.« Obwohl das Ereignis nun schon ein paar Tage her war, konnte Marie es immer noch nicht recht glauben. »Du hättest meine Freundin Pia sehen sollen: Die Gute war so ergriffen, dass sie Tränen in den Augen hatte. Eigentlich sind Tränen in Pias Programmierung gar nicht vorgesehen, dafür ist sie viel zu tough.«

Asmus lachte. Er hatte während der Pfingsttage das Vergnügen gehabt, Pia besser kennenzulernen, als ihm vermutlich lieb war. Marie hatte die beiden entdeckt, gerade als Pia hinter der Eibenhecke Asmus ins Gewissen redete, nur ja nett zu ihrer Freundin zu sein. Kein emotionales Versteckspielen, das wäre Gift für Marie, wo sie doch gerade erst dabei wäre, sich zu berappeln. Frankfurt sei zwar eine ganze Strecke entfernt, aber nicht weit genug, um sie, Pia, gegebenenfalls davon abzuhalten, mal kurz vorbeizukommen und gewissen Männern den Kopf zurechtzurücken. Natürlich hatte Pia später behauptet, all das in einem netten Plauderton vorgebracht zu haben, schließlich möge sie diesen Schäfer-Asmus. Trotzdem hatte sie Marie vor ihrer Rückreise unter vier Augen gesagt, dass ihr Asmus einen Tick zu zurückhaltend erschiene. »Ein toller Kerl, ganz ohne Zweifel. Tolles Lächeln, tolle Kehrseite und ganz eindeutig aus einem anständigen Holz geschnitzt. Nur … Da ist irgendwas Verborgenes, das spüre ich ganz deutlich. Dafür habe ich einen Instinkt. Was auch immer das ist, bekomm es lieber raus, bevor du dich mit Haut und Haaren auf diesen wahr gewordenen Frauentraum einlässt.«

Zwar hatte Marie darüber gelacht und sich über Pias überspannten Beschützerinstinkt lustig gemacht, aber zum Nachdenken hatte es sie trotzdem gebracht. Asmus suchte ihre Nähe, unterstützte sie in vielerlei Hinsicht und gab ihr das Gefühl, mehr zu sein als eine Frau, die lediglich funkionierte.

Und natürlich hielt sie ihm zugute, dass er ihr Zeit ließ, bis sie auch die letzten Hemmungen wegen Thomas abgelegt hatte. Allerdings hatte sie den Verdacht, dass er ebenfalls froh darüber war, dass sich die Dinge zwischen ihnen nicht überstürzten. Sie hatte sogar schon überlegt, seine Schwester Katharina auf seine verborgene Seite anzusprechen, doch sie wollte die gerade erst entstehende Freundschaft zu der Hanseatin nicht belasten. Wer konnte schon sagen, wie Katharina darauf reagierte, wenn ihrem Bruder ein Problem unterstellt wurde?

Asmus grübelte sichtlich noch über Marlenes Geständnis nach. »Was mich am meisten beschäftigt, ist der Name von dem Mann, in den Marlene sich verguckt hatte. Johann Taden … Na, wie gut, dass wir gerade auf dem Weg zu einem gewissen Herrn Taden sind, der alte Herr kann gewiss Licht ins Dunkel bringen.«

»Meinst du, Johann Taden und dein Gerke Taden sind verwandt?«

Asmus nickte. »Das ist ziemlich wahrscheinlich. Gerkes Großvater hatte einen ganzen Stall voller Kinder, und nur einer von denen konnte die Schäferei übernehmen – eben Gerkes Onkel, der Erstgeborene. Der Rest musste zusehen, dass er ein anderes Auskommen fand. So wie dieser Johann, von dem Marlene erzählt hat: ein ungelernter Tagelöhner, dem ein Hof ohne Nachkommen zugefallen war. Er könnte also durchaus ein Onkel ersten oder zweiten Grades von meinem Gerke sein. So ist das oft in dieser Gegend, über irgendwelche Ecken sind die Leute aus der älteren Generation immer miteinander verwandt.«

Während Asmus redete, hielt er den Blick auf die Straße gerichtet. Es war ihm anzumerken, dass er nur ungern Auto fuhr. Marie hatte ihm angeboten, mit ihrem Wagen zu fahren, aber Asmus hatte in den Kofferraum frisches Heu geladen. »Ein Gastgeschenk«, hatte er erklärt. »Gerke züchtet Kaninchen.« Obwohl Marie die kleinen Pelzknäuel gern mochte, wollte sie nur ungern mehr über die Zucht hören. Zu hoch war ihr das Risiko, dass die Tiere nicht zum Schmusen gezüchtet wurden, sondern für die Schlachtbank. Sie hatte bereits ausreichend Bekanntschaft mit Asmus' Pragmatismus gemacht und bezweifelte, dass in Gerke Taden, der jahrzehntelang der Schäfer von Tidewall gewesen war, eine zartere Seele wohnte.

»Also … Die Geschichte, die Marlene indirekt über ihre Mutter Mina erzählt hat, ist die einer reichen Erbin, die auf dem Foto einen sehr mondänen Eindruck macht. Nachdem ihre Ehe gescheitert war, verliebte sie sich in einen Dithmarscher Bauern und verließ für ihn die schillernde Hauptstadt Berlin. Anstelle von Luxus und Zerstreuungen gab es die Kohlernte und einen Mann mit von der Feldarbeit schwieligen Händen, doch das schien Mina nicht zu schrecken. Genau wie ihre Tochter Marlene war sie vollauf begeistert von Johann.« Marie konnte sich ein seliges Seufzen nicht verkneifen. »Aus damaliger Sicht ist das eine furchtbar romantische Geschichte, aber heutzutage spielen soziale Unterschiede ja keine Rolle mehr. Und auch der Umzug aufs Land bedeutet nicht länger, vom Rest der Welt abgeschnitten zu sein.«

Nun nahm Asmus doch den Blick von der Straße und lächelte sie an. »Diese Mina hätte es deutlich härter erwischen können.« Als sie immer noch nicht verstand, sagte er: »Nun, wenigstens war dieser Taden *kein* Schäfer. Kohl blökt nicht und bekommt auch nicht mitten in der Nacht seinen Nachwuchs.«

»Du würdest Frauen also davon abraten, sich in Schäfer zu verlieben?«

Mit einer unleserlichen Miene setzte Asmus den Blinker und bog auf einer verlassen daliegenden Kreuzung ab.

Unwillkürlich berührte Marie ihre Lippen, die er heute Vormittag erst zur Begrüßung geküsst hatte. Nur ganz flüchtig, weil Valentin am Küchentisch gesessen und eine Ninja-Turtle-Collage zusammengesetzt hatte. So waren die Berührungen zwischen ihnen beiden: vorsichtig, kaum mehr als ein Tasten, so leicht, dass man sich anschließend unsicher war, ob man es sich nicht bloß eingebildet hatte. Seit dem Kuss im Obergeschoss traute Marie sich nicht weiter vor, und Asmus schien ihr das Tempo überlassen zu wollen – durchaus nicht zu ihrem Vorteil. Von Minas Entschiedenheit hätte sie sich zu gern eine Scheibe abgeschnitten.

Zwischen einer Gruppe alter Eschen tauchte mitten in der Einsamkeit ein Bauernhaus aus rotem Backstein auf. Als sie näher kamen, erkannte Marie die Unterschiede: das alte Wohnhaus mit dem liebevoll gepflegten Vorgarten aus Rosen, Katzenminze und Frauenmantel und daneben mehrere moderne Ställe, Vergangenheit und Gegenwart von Dithmarschen dicht nebeneinander.

»Das ist ja kein Bauernhaus, sondern ein riesiges Anwesen«, platzte es aus ihr hervor, als Asmus den Wagen auf dem Hof parkte.

»Gerke Tadens einzige Tochter Lena hat ein paar ordentliche Hektar Land geheiratet«, erklärte Asmus trocken.

Marie konnte gar nicht schnell genug aussteigen und die Beete bewundern. »Das ist ja wunderschön hier. Obwohl ich eigentlich nicht erstaunt sein sollte, die Höfe in Dithmarschen sind fast alle gut in Schuss. Es ist nur … Wir haben in der letzten Zeit so oft darüber gesprochen, wie die Menschen wohl früher hier gelebt haben. Mir kommt die Vergangenheit immer lebendiger vor.«

Der Blick, den Asmus ihr zuwarf, verriet, wie viel Freude ihre Begeisterung ihm bereitete. »Ja, es hat schon was, in einem solchen Landstrich zu Hause zu sein. Allerdings sind die Uhren auch hier nicht stehen geblieben. Auf diesem großen Hof hatten Lena und ihr Mann bis vor einigen Jahren so ziemlich alles, von Kühen bis zu Schafen, Getreide und Kohl. Jetzt gibt es nur noch Hühner und das Futter, das für die Tiere angebaut wird. Früher waren die Dithmarscher Bauern für ihre Unabhängigkeit bekannt, jetzt sind sie abhängig vom Welthandel.« Auf seiner Stirn erschien eine steile Falte. »Dieses Thema sollten wir Gerke gegenüber tunlichst meiden, sonst regt er sich nur unnötig auf. Der alte Herr neigt ohnehin zu einer gewissen Mürrischkeit, aber davon darf man sich nicht schrecken lassen. Im Grunde ist er ein guter Kerl – ansonsten hätte er sich damals bestimmt nicht so viel Mühe gemacht, mich in die Schäferei einzuführen.«

Trotz dieser Beschwichtigung war Marie mulmig zumute, als Lena Löwe – wie Gerkens Tochter jetzt hieß – sie begrüßte und zu einem kleinen Backsteinhaus führte, das auf der Rückseite des Hofs nahe beim Garten lag. »Damals baute, wer es sich leisten konnte, solche Altenteilhäuser, in denen die alten Hofbesitzer unterkamen, wenn die nächste Generation den Betrieb übernahm. Ohne ein eigenes Reich hätte Gerke sich niemals darauf eingelassen, sich zur Ruhe zu setzen. Der hätte weitergemacht, bis er auf dem Deich tot umgekippt wäre«, erklärte Asmus ihr leise, während sie der sichtlich von Hitzewallungen heimgesuchten Lena folgten.

Vor der grünen Tür blieb Lena stehen und wischte sich mit einem Stofftaschentuch über die mit Schweißperlen besetzte Stirn. »So, bevor ihr da reingeht, lasst mich bitte noch mal betonen, dass Vater sich nicht aufregen darf. Ich sag das, weil er jede Chance nutzt, seitdem wir in der Familie alle nur noch übers schöne Wetter mit ihm reden. Also meidet einfach alles, was mit Politik sowie der Landwirtschaft im Allgemeinen und unserem Hof im Speziellen zu tun hat. Du weißt ja Bescheid, Asmus. Lasst euch seine Karnickel zeigen, plaudert übers bevorstehende Hafenfest, und wenn ihr erste Ermüdungserscheinungen bemerkt, verabschiedet euch.«

»Wenn alle so mit Gerke umspringen, wird er noch an Langeweile sterben«, gab Asmus zu bedenken. Offenbar war er nicht gerade glücklich mit dem Kurs, den Lena vorgab. »Während meiner Ausbildungszeit bin ich morgens regelmäßig von seinem Wutgebrüll beim Lesen der Tageszeitung geweckt worden. Sein Blutdruck ist es gewohnt, auf hundertachtzig zu sein. Wenn man ihm die Aufregung nimmt, ist das wie Drogenentzug.«

Lena schaute Asmus skeptisch an, als wäge sie ab, ihn vom Hof zu jagen.

Rasch schob Marie sich dazwischen. »Wir sind zu Besuch, weil wir uns für alte Familiengeschichten interessieren. Ich wohne im Kapitänshaus und bin gerade dabei, ein wenig über seine Vergangenheit in Erfahrung zu bringen. Ihr Vater hat ja fast sein ganzes Leben nebenan gewohnt. Ich hoffe, er kann mir etwas über seine früheren Bewohner erzählen.«

Noch immer zog Lena die Stirn kraus. Sie war eine kräftige Frau mit kurz geschnittenem grauem Haar. Die filigranen Goldohrringe, die sie trug, bildeten einen interessanten Kontrast zu ihrer ansonsten so handfesten Art. »Es geht doch nicht etwa um diese bösartige Marlene Weiss, die das Kapitänshaus hat verkommen lassen? Da kriege ja sogar ich einen Blutsturz, wenn ich nur dran denke. Dieses alte Biest hat für genug Unheil gesorgt.«

»Nein«, beschwichtigte Marie. »Es geht um die Zeit, bevor Marlene das Haus geerbt hat, quasi um die Blütezeit, als Adelheid Boskopsen ein Schmuckstück daraus gemacht hat.«

Endlich nickte Lena beschwichtigt und ließ sie ein, nicht ohne Asmus noch einen strengen Blick zuzuwerfen. Hier wurde kein Rebellentum geduldet, so viel stand fest.

Sie trafen Gerke Taden in seiner Küche an, wo er gerade Kaffeebohnen mit einer handbetriebenen Mühle mahlte. Der Mann war um die fünfundachtzig Jahre alt und wie ein Haken, lang, mit gebogenem Rücken und so drahtig, dass die braun gebrannte Haut faltig vom Hals hing. Obwohl es ein warmer Tag war, trug Gerke über seinem Hemd eine dicke Strickjacke, die verdächtig nach Schaf roch.

»Moin, Asmus, mein Jung«, grüßte er mit altersrauer Stimme. »Hast ja tatsächlich hübsche Gesellschaft mitgebracht. Und ich dachte, du willst mich opnehmen.« Kurzerhand drückte Gerke Asmus die Kaffeemühle in die Hand und begrüßte Mina mit den Worten: »Sie sind also das Goldstück, das den Jung auf den Geschmack gebracht hat? Hab mir ja schon Sorgen gemacht, dass er ein Eenspänner bleibt.«

Als Marie nur ein fragendes Lächeln zustande brachte, tätschelte Gerke ihr den Oberarm. »Das mit dem Plattdeutsch müssen Sie aber noch üben, wenn Sie hier heimisch werden wollen.«

»Bevor Marie sich mit solchen Feinheiten beschäftigt, will sie erst einmal herausfinden, wo genau sie eigentlich lebt.« Asmus hatte den gemahlenen Kaffee in einen Porzellanfilter getan und goss heißes Wasser auf. »Wir dachten, du erzählst uns ein bisschen was über das Kapitänshaus, als dort noch die schöne Mina lebte, von der du immer schwärmst.«

Gemeinsam setzten sie sich an einen runden Tisch im

Wohnzimmer. Ein muffiger Geruch lag in der Luft, als hätten die alten Mauern noch nichts von der Frühlingswärme abbekommen. Als Marie sich auf einen gepolsterten Stuhl setzte, gab er ein vernehmliches Knarzen von sich.

»Ein Erbstück«, verkündete Gerke mit merklichem Stolz. »Stammt aus derselben Zeit wie die schöne Mina. Sind Sie mit ihr verwandt?« Es war ihm von der Nasenspitze abzulesen, dass ihm die Vorstellung gefiel.

»Sie ist eine Großtante väterlicherseits, allerdings sieht es so aus, als hätte mein Sohn ihre Haarfarbe geerbt.« Mina holte ihr Handy hervor und zeigte Gerke ein Foto von Valentin, auf dem sein rotgoldenes Haar in der Sonne glänzte.

Gerke nahm seine Brille zur Hand und betrachtete das Foto eingehend. »Tatsächlich, da gibt es eine gewisse Ähnlichkeit. Nur sah Frau Minas Haar noch tiefer vom Rot aus. Ein echtes Tizianrot, pflegte meine Mutter zu sagen, die die Damen aus dem Kapitänshaus verehrte. Allerdings nur im Stillen, sie hat sich nämlich nie getraut, Frau Mina mehr als einen guten Tag zu wünschen, obwohl sie als offen und freundlich galt. Da lagen halt Welten zwischen den beiden, und meine Mutter wusste als Frau eines Fischers wohl nicht, wie sie den Graben hätte überwinden können.«

»Ihr Vater war also kein Schäfer?«, stellte Marie enttäuscht fest.

»Nein, aber mein Großvater und später mein Onkel. Von dessen Kindern wollte keiner sein Handwerk übernehmen, also habe ich meine Chance genutzt. Mir war es immer schon lieber, bloß aufs Wasser zu schauen. Auf so einem Fischkutter muss man mehr als seefest sein, da schlagen die Wellen an manchen Tagen der Länge nach über den Kahn. Wenn man Pech hat, nimmt einen die Welle mit, oder das Boot läuft voll. Und schwimmen bis zum Ufer, das ist nicht so einfach. Einer meiner Cousins hat es damals jedenfalls nicht geschafft.« Gerke nahm die Brille ab und verstaute sie umständlich in der Hemdtasche. Der alte Mann sah so bedrückt aus, dass Marie sich beim besten Willen nicht vorstellen konnte, warum er als Wüterich galt. Die Erinnerungen bereiteten ihm einerseits sichtlich Freude, andererseits setzten sie ihm auch zu. »Jedenfalls war ich noch ein Bube, als Frau Mina ins Kapitänshaus zog. Ganz Tidewall war in Aufregung, und nicht nur weil sie eine so weltgewandte Erscheinung war. Für diese Art von Aufsehen sorgte schließlich schon ihre Stiefmutter, die immer aussah, als wäre sie einem Buch aus der Kaiserzeit entsprungen. Wenn Frau Adelheid durch ihren Garten flanierte, versteckten wir Kinder uns hinterm Zaun und beobachteten sie, als wäre sie eine Traumgestalt. Man musste ganz leise sein. Wenn einen nämlich die Haushälterin entdeckte, dann setzte es was. Aber diese hochgeschlossenen Kleider und der Sonnenschirm mit Spitzenbesatz waren das Risiko wert.«

»Und wieso zog Mina die Aufmerksamkeit auf sich?«

»Nun, zum einen war sie von Kopf bis Fuß eine Dame von Welt. Es waren jedoch nicht nur ihre Kleider oder dieser leicht süffisante Gesichtsausdruck. Auch nicht die Zigaretten, die sie wie ein Schlot rauchte. Es hing vielmehr mit ihrem Wesen zusammen, man *sah* ihr an, dass sie etwas Besonderes war. Bestimmt hing es damit zusammen, dass sie mehr erlebt hatte als die meisten Leute. Sie hatte einen offenen Geist und vor nichts Angst. Sonst wäre sie wohl auch kaum ihrer Schwiegermutter hinterhergelaufen, als die in ihrem überfluteten Garten irgendein Grünzeug retten wollte.«

»Dann stimmt es also, dass Mina während der Sturmflut 1962 umgekommen ist«, dachte Marie laut nach. »Lebten die beiden Frauen zu dem Zeitpunkt allein im Kapitänshaus?«

»Nur die beiden Frauen«, bestätigte Gerke. »Die junge Netti, die Enkeltochter der alten Haushälterin, kümmerte sich um den Haushalt. Das edle Fräulein Marlene setzte nur selten einen Fuß auf Tidewaller Boden, nachdem sie einen Hamburger geheiratet hatte. Und wenn sie einmal auftauchte, gab es nur Streit und Elend. Ein widerliches Weibsstück, das weiß ich so genau, weil ich damals schon bei meinem Onkel in die Lehre ging. Man musste nur über den Deich gehen, dann konnte man Marlene schon hören, wie sie ihrer Mutter Vorhaltungen machte. Schlimm, so was, habe ich der jungen Dame bei Gelegenheit auch einmal gesagt.« Gerke grunzte zufrieden. »Hat Gift und Galle gespuckt, das werte Fräulein Marlene. Wenn sie mich danach am Deich angetroffen hat, hat sie jedes Mal versucht, mich mit ihrem durchdringenden Blick zu rösten. ›Was sich diese verkommenen Tadens nur einbilden!‹, hat sie bei jeder Gelegenheit verlauten lassen.«

»Das hat Marlene wortwörtlich gesagt: ›*die* verkommenen Tadens‹?«, wagte Marie nachzufragen. »Ich habe gehört, dass Mina eine Liaison mit einem Johann Taden gehabt hat.«

Gerke nickte ein wenig erschöpft, als habe ihn seine leidenschaftlich vorgetragene Rede zu viel Kraft gekostet. Aber vielleicht war es auch die Frage nach Johann Taden. »Wie ich schon sagte, die schöne Mina hatte ihren eigenen Kopf und vor nichts Angst, nicht einmal davor, ihr Herz an einen Mann zu verschenken, der sich im Dorf mehr Feinde gemacht hatte, als gut für ihn war. Damals kursierten viele Gerüchte über Johann Taden, sodass mein Vater und mein Onkel nicht recht wussten, wie sie zu ihrem aufsässigen Bruder stehen sollten. Ich war zum Ausbruch des Zweiten Weltkriegs gerade mal elf, aber selbst ich habe damals gewusst, dass es viele Dinge gab, die man besser nicht dachte oder gar sagte. Onkel Johann hat dagegen verstoßen, immer wieder

Allerdings hat er es seinen Geschwistern leicht gemacht und sich von ihnen ferngehalten, um sie zu schützen. Er wollte niemandem seine Haltung aufzwingen. Aus heutiger Sicht würde ich sagen, dass er wohl ein feiner Kerl war.«

»Und wie standen die Dinge damals?« Asmus legte deutlich weniger Hemmungen an den Tag als Marie, allerdings kannte er Gerke ja auch besser und konnte vermutlich einschätzen, wo die Grenzen bei dem alten Schäfer lagen.

Gerke grunzte missmutig, dann schob er sich ein Kissen im Kreuz zurecht, als richte er sich darauf ein, dass die Unterhaltung noch ein Weilchen dauern könnte. »Ich sagte ja, dass die schöne Mina viel Aufmerksamkeit erregte, nachdem sie sich in Tidewall niederließ. Das muss im Winter 1940 auf 1941 gewesen sein, als alle ganz verrückt waren von der deutschen Übermacht, die die halbe Welt unterwarf. Anstatt auf dieser Welle der Euphorie mitzuschwimmen, verliebte sie sich in Johann Taden. Wobei es hieß, die beiden wären einander schon als junge Menschen verfallen. Und es muss wohl wirklich Liebe gewesen sein, ansonsten hätte eine Dame wie Mina sich ja wohl kaum auf ein Leben in unserem Dorf eingelassen. Und das sage ich als jemand, der Tidewall aufrichtig liebt.« Gerke schlug sich auf seine vom Alter eingefallene Brust.

»Die schöne Mina und Johann Taden, der Aufrührer, waren also ein Liebespaar, damals um 1941?« Marie spürte einen Schauder, nun, wo diese Vermutung Gewissheit wurde.

»Ja, so war es.« Gerke blickte grimmig drein. »Aber Liebe allein trägt einen nicht durch schwere Zeiten. Natürlich weiß ich nicht alles, was damals im Kapitänshaus geschah, vermutlich nicht mehr als ein paar Bruchstücke, die ich mir aus dem zusammengepuzzelt habe, was die Erwachsenen einander erzählten, wenn sie dachten, wir Kinder würden nicht zuhören. Dazu kamen die Tratschgeschichten, die später kursierten. Vielleicht habe ich das ein oder andere falsch zusammengesetzt, aber allzu weit weg von der Wahrheit dürfte ich nicht liegen. Es war ja auch sehr eindeutig.« Er blickte von Asmus zu Marie, die kaum wusste, wie sie sitzen oder dreinschauen sollte, damit der alte Herr nur ja nicht zu reden aufhörte. Die Angespanntheit seines Publikums schien Gerke zu gefallen, denn er richtete sich förmlich auf und räusperte sich. »Also, dann schauen wir mal, was mein altes Gedächtnis noch so alles hergibt.«

Kapitel 37

Tidewall, April 1941

Das Restaurant »Deichkrone« war ein beliebtes Ziel für Ausflügler, die über den Kaiser-Wilhelm-Kanal in die Hafenstadt Brunsbüttel gefahren waren, um sich die berühmten Schleusen an der Unterelbe anzusehen. Von dort aus brauchte man nur den Mühlenstraßen entlang des Flussufers zu folgen, und nach einem ordentlichen Spaziergang landete man bei dem stolz aufragenden Restaurant auf dem Deich.

An diesem Sonntagmittag war die »Deichkrone« bis auf den letzten Platz belegt, was vor allem an einer größeren Gesellschaft lag. Deren Tische waren zwar noch nicht besetzt, aber es war für zwanzig Personen eingedeckt. Mina hatte glücklicherweise einen Tisch mit Panorama-Blick reserviert, damit sie die Schiffe, die zwischen Nordsee und Elbe verkehrten, beobachten konnten. Eine gute Wahl, wie sich herausstellte. Denn sowohl das Geburtstagskind als auch Adelheid zeigten sich begeistert von der Aussicht, besonders als Johann ihnen phantasievoll ausmalte, von woher die Schiffe möglicherweise kamen und welche exotische Ladung sie an Bord hatten. Die Welt wirkte plötzlich ein ganzes Stück größer.

Mina stand ein Stück abseits, während der Rest der kleinen Gesellschaft die Aussicht genoss. Es gelang ihr einfach nicht, sich zu entspannen. Das lag daran, dass sie der Begegnung mit ihrem Bruder Hubert mit einer gewissen Nervosität entgegenblickte. Sie hatte ihn zwar in die »Deichkrone« eingeladen, ohne jedoch mit einer Zusage zu rechnen. In den letzten Monaten hatte sie Hubert nicht zu Gesicht bekommen, obwohl Hamburg und erst recht seine Wahlheimat Meldorf nicht weit von Tidewall entfernt lagen. Aber sein übervoller Terminplan als Verwalter des Familienunternehmens und Förderer der Nationalsozialisten ließ offenbar keine Besuche zu.

Als am Vormittag Huberts Zusage mit der Post eingetroffen war, war keine Zeit mehr gewesen, sich den Kopf über die durchaus riskante Gruppenkonstellation zu zerbrechen. Es hatte nämlich noch eine Zusage gegeben – und zwar von Johann, nachdem Marlene ihn eingeladen hatte. Seit Johann die Fotos in der Orangerie gemacht hatte, stand er hoch in der Gunst des Mädchens. Mina war das nur recht, schließlich bedeutete es, dass Marlene ihn als neuen Mann im Leben ihrer Mutter leichter akzeptieren würde. Bei nächster Gelegenheit würde sie mit ihrer Tochter darüber sprechen. Nur mussten sie zuerst dieses Mittagessen überstehen.

Es war nicht so, dass Hubert sich daran stoßen würde, wenn seine verheiratete Schwester auf einem intimen Familienfest neben einem alleinstehenden Bauern wie Johann Taden saß. Für solche Dinge interessierte Hubert sich nicht, dafür war er Mina viel zu dankbar, dass sie ihrerseits nicht nachfragte, warum er trotz des reichlichen Angebots an heiratswilligen jungen Damen immer noch Junggeselle war. »Chacun à son goût« – Jeder nach seinem Geschmack, pflegte er über Liebesdinge zu sagen, ganz der Sohn einer umfassend gebildeten Familie, auch wenn er dieses Detail seiner Biografie gegenüber seinen Parteifreunden sorgsam verbarg.

Die Beziehungsebene war die einzige, auf der Hubert eine offene Haltung pflegte und sich nicht um die Meinung der Allgemeinheit scherte. Wenn er trotzdem in die Ecke gedrängt wurde, etwa von Fred, der seinen Schwager nicht ausstehen konnte, dann erwiderte Hubert stets: »Ist der Führer etwa verheiratet? Na bitte.«

Hubert hegte eine Verehrung für Adolf Hitler, die schon an religiöse Anbetung grenzte. In seinem Eifer erlaubte Minas jüngerer Bruder keinerlei Mäkeleien, Witze oder gar ernsthafte Kritik an den Wundertaten, die der verehrte Führer zum Wohl des deutschen Volkes vollbrachte. Gerade in diesen Tagen, da allein die Engländer der deutschen Übermacht widerstanden und die Unterwerfung des widerspenstigen Russlands nur noch eine Frage der Zeit war, war es ohnehin schwieriger denn je, mögliche Bedenken zu äußern, ohne als verrückt dargestellt zu werden. Was Johann im Zweifelsfall jedoch nicht davon abhielt, den Eroberungswillen, von dem seine Mitmenschen befallen waren, als kriegstreiberischen Größenwahn zu bezeichnen. »Wir brauchen nicht mehr Land – schon gar nicht im ›Lebensraum Osten‹, sondern eine gerechte Gesellschaft«, sagte er bei jeder sich bietenden Gelegenheit. Im Kapitänshaus konnte man es sich durchaus erlauben, das Verlangen seiner Landsleute nach mehr Raum als Gier abzutun. Oder gar anzudeuten, dass die Vorstellung, wer denn nun alles zum deutschen Volk zähle und wer nicht, ein Skandal sei. Wenn allerdings Hubertus Boskopsen mit am Tisch saß, führte so etwas direkt zum Eklat und vermutlich sogar zu einer Anzeige.

Während ein kleiner Feldstecher, Johanns Geburtstagsgeschenk, zwischen der sichtlich entzückten Adelheid und der noch entzückteren Marlene hin- und herwanderte, um das Treiben auf dem leicht dunstigen Fluss besser beobachten zu können, beschloss Mina, für eine Zigarette vor die Tür zu gehen.

Johann bemerkte, wie sie sich ihr Halstuch umlegte, und trat rasch neben sie. »Soll ich dich begleiten?«

»Nein, schon gut«, winkte Mina ab, obwohl es ihr schwerfiel, das Angebot abzulehnen. »Kümmere du dich ruhig um die beiden Damen. Marlene würde sowieso nicht zulassen, dass du dich auch nur einen Schritt von ihr entfernst. Mit deinem Geschenk hast du sie vollends davon überzeugt, dass du das mit Abstand Beste bist, was Tidewall zu bieten hat. Womit sie natürlich vollkommen recht hat. Besser geht es nicht.« Nicht, dass Mina im Augenblick selbst etwas davon hatte. Seit Marlene im Kapitänshaus gastierte, hatten Johann und sie so gut wie keinen Moment für sich allein gehabt – und sie vermisste nicht nur seine Zärtlichkeiten, sondern auch ihre vertraulichen Gespräche, die stets aufs Neue bewiesen, wie nah sie sich trotz aller Unterschiede waren.

»Du machst dir Sorgen wegen deines Bruders, richtig?« Johann kannte sie mittlerweile ausgesprochen gut.

»Sagen wir so: Ich möchte mir nicht die Chance entgehen lassen, Hubert einzuimpfen, dass am Geburtstag seiner einzigen Nichte jede politische Diskussion verboten ist. Einmal davon abgesehen, dass ich es für eine Unart halte, im engen Familienkreis Kriegsstrategien und Ähnliches zu besprechen.«

Johann schmunzelte. »Du brauchst mir nicht durch die Blume zu sagen, dass du ebenfalls von mir gutes Benehmen erwartest. Aber falls es dich beruhigt: Ich schwöre dir feierlich, dass ich die Geburtstagsfeier deiner Tochter nicht auf dem Altar meiner Eitelkeit opfern werde.« Johann legte beruhigend eine Hand auf Minas Arm. »Meinetwegen musst du dir keine Sorgen machen – und wenn dein Bruder ein gescheiter Mann ist, gilt für ihn dasselbe. Alles zu seiner Zeit und an seinem Ort.«

»Dein Wort in Gottes Ohr«, sagte Mina, ehe sie vor die Tür trat. Allein, obwohl sie seine wärmende Hand bereits vermisste.

Kaum hatte Mina auf der Terrasse der »Deichkrone« ein sonniges Plätzchen gefunden, wo der Wind nicht ganz so hartnäckig pfiff, stieg eine Gruppe Männer die Treppe zum Restaurant hoch. Einer der Herren lüftete den Hut, als er Mina bemerkte, und kam auf sie zu. Eine vage Erinnerung machte sich in ihr bemerkbar, doch selbst als der Mann vor ihr stand, konnte sie ihn immer noch nicht einordnen.

»Guten Tag, Frau Boskopsen«, grüßte er sie ganz untypisch für die hiesige Gegend, wo ein Moin eigentlich der Standardgruß war. Dieser Mann hielt sich trotz seines billigen Anzugs offenbar für weltgewandt. Was Mina jedoch mehr irritierte, war, dass er sie mit ihrem Mädchennamen ansprach und ihn derart betonte, als wolle er sich über sie lustig machen. Nur wirkte er durchaus erfreut, sie zu sehen.

»Guten Tag.« Mina nickte, während sie ihr Tuch enger um sich schlang. Die Kälte kroch ihr trotz des herrlichen Aprilwetters unaufhaltsam über die Haut. »Entschuldigen Sie, dass mein Gedächtnis mich im Stich lässt. Aber ich vermute, dass wir uns vor langer Zeit einmal vorgestellt worden sind. Ich trage nämlich schon ewig nicht mehr den Namen meiner Familie.« Leider wollte ihr der Name ihres Ehemanns partout nicht über die Lippen kommen, und so schaute sie den Mann nur abwartend an.

Um ihren gegenwärtigen Nachnamen schien sich der Herr ohnehin nicht groß zu kümmern. »Sie haben recht, es ist schon eine ganze Weile her, dass wir einander begegnet sind. Mein Name ist Wolfram Dehne, ich habe mich im Auftrag

Ihres Vaters früher als Skipper um die ›Adelheid‹ gekümmert. Und Ihr Bruder Hubert kontaktiert mich aus alter Verbundenheit noch heute, wenn es mit dem Segelschiff Probleme gibt. Die ›Adelheid‹ ist einer der schönsten Zweimaster, mit denen ich je in See gestochen bin.«

Schlagartig tauchte eine Flut an Bildern hinter Minas Stirn auf, auf denen sie ihren Vater aufs Schiff begleitete. Weiße gebauschte Segel, Wind im Haar, raue Stimmen, die Kommandos riefen, die sie nur teilweise verstand, und ihr Vater Eduard Boskopsen, der mit stolzgeschwellter Brust übers Deck wanderte. Und noch eine weitere Erinnerung beschlich Mina: ein spuckender Hubert, der über der Reling hing. Ihr Halbbruder hatte es wirklich nicht leicht gehabt, in die Fußstapfen ihres Vaters zu treten – weder als Seefahrer noch als Familienoberhaupt oder gar als Geschäftsmann hatte er sich sonderlich hervorgetan.

Wolfram Dehne schien ihre Erinnerung an den seekranken Hubert zu erraten, denn er lächelte schief. »Die ›Adelheid‹ sieht in diesen Tagen selten Wasser, meistens nur, wenn Hubert den Seglern unter seinen Freunden einen Gefallen tun will. Trotzdem geht es dem Schiff hervorragend, schließlich ist es ein Erinnerungsstück an Ihren werten Herrn Vater. Wenn Sie jetzt häufiger an der Elbe sind, sollten Sie sich das Schiff vielleicht einmal von Ihrem Bruder ausleihen. Wenn ich mich recht entsinne, hatten Sie als junge Dame viel Freude an den Ausflügen zu Wasser. Und falls Sie einen guten Skipper suchen … Ich bin zwar mittlerweile sehr mit meinen politischen Ämtern ausgelastet, aber für einen Törn mit der ›Adelheid‹ wäre ich jederzeit zu haben.«

»Vielen Dank für das Angebot, darauf werde ich bestimmt zurückkommen.« Mina meinte es durchaus ernst. Wenn ihre Tochter wenigstens ein Quäntchen nach ihr schlug, würde sie das Segeln ebenfalls begeistern. Und Mina hätte noch einen Trumpf mehr in der Hand, um Marlene den Norden schmackhaft zu machen: ein wunderschönes Segelschiff. »Mein Bruder Hubert hat sich übrigens zum Essen angekündigt, wir feiern den Geburtstag meiner Tochter Marlene. Er wird sich bestimmt freuen, Sie zu sehen.«

»Na, das passt ja!« Wolfram Dehnen lachte. »Wir haben heute nämlich ein Treffen der Zellenleiter. Da werden Sie Probleme haben, Ihren Bruder am Tisch zu halten. Wir sind ja alles gute Bekannte.«

Mina wartete nicht ab, dass Wolfram Dehne sein schallendes Gelächter beendete, sondern drehte sich auf dem Fuß um und kehrte ins Restaurant zurück. Johann stand mit dem Rücken zu der Tischgesellschaft der bereits eingetroffenen Zellenleiter, die einen Großteil der freien Plätze belegten. Der Blick, den er Mina zuwarf, verriet, dass er sich der Lage durchaus bewusst war. Adelheid und Marlene saßen derweil zusammen und betrachteten einen Blumenbildband, den die Großmutter als Geschenk für ihre Enkelin ausgewählt hatte.

Kaum erreichte Mina den Tisch, sagte Johann auch schon: »Mir ist gerade brennend heiß eingefallen, dass ich zu Hause die Abzugsklappe des Ofens geschlossen habe, obwohl ein Feuer brennt. Ich muss leider sofort los, sonst passiert ein Unglück.«

Mina nickte bloß stumm, doch Marlene war mit dieser plötzlichen Wendung gar nicht einverstanden. »Du gehst auf keinen Fall, Johann. Wir schicken einfach Roland, unseren Chauffeur. Soll der sich darum kümmern, anstatt sich im Hinterzimmer des Restaurants den Wanst vollzuschlagen. Außerdem wollte ich dir gerade die Geschichte über die Rubinnadel erzählen, die Mama mir zum Geburtstag geschenkt hat.« Stolz deutete sie auf die Brosche, die sie gut sichtbar an ihrem Kleid befestigt hatte.

»Das machen wir ein anderes Mal«, entgegnete Johann, während er bereits zur Garderobe ging, um seinen Mantel zu holen. Mina folgte ihm, um rasch noch ein paar Worte mit ihm zu wechseln.

In diesem Moment betrat Hubert das Lokal, ein hochgewachsener Mann mit kurz geschnittenem Haarkranz und einem einwandfrei sitzenden Anzug, der ihn mehr wie einen Lebemann denn wie ein Mitglied der Partei aussehen ließ. Zuerst begrüßte er seine Mutter Adelheid, dann hielt er mit weit ausgebreiteten Armen auf Marlene zu.

»Da ist ja unser Geburtstagskind! Und so wunderschön wie immer.«

Anstatt ihrem Onkel entgegenzustürmen, blieb Marlene schmollend sitzen. »Es ist alles ganz schrecklich, Johann will wegen seines blöden Herds schon gehen. Was soll das bitte schön für eine Geburtstagsfeier sein, wenn die Gäste abhauen, bevor überhaupt auf mein Wohl angestoßen wurde?«

Hubert blickte sich irritiert um, bis er Mina und Johann bei der Garderobe bemerkte. Und selbst dann wusste er noch nichts mit Johann anzufangen. Nach einem flüchtigen Wangenkuss fragte er seine Schwester: »Mina, kannst du mich bitte aufklären, worüber unser Geburtstagskind sich beschwert?«

Genau vor diesem Moment hatte es Mina gegraut. Sie deutete auf Johann, der soeben Huberts Hand schüttelte. »Du erinnerst dich vielleicht? Das ist Johann Taden, er hat früher für Papa gearbeitet und ist der Familie in Freundschaft verbunden geblieben.«

Während Hubert weiterhin ratlos dreinblickte, stießen die Herren an der Tischrunde sich bereits die Ellbogen in die

Seiten und begannen zu tuscheln. Von ihnen wusste zweifelsohne der ein oder andere sehr genau, wer dieser ominöse Johann Taden war.

»Ein Freund der Familie also«, sagte Hubert, wie immer einen Ton zu laut, so als müsse er beweisen, dass er die Situation voll im Griff hatte. »Und dazu noch einer, auf den unter keinen Umständen verzichtet werden kann. Was immer Sie gerade auch zum Aufbruch drängte, es kann doch bestimmt noch ein Weilchen Ihrer Aufmerksamkeit entbehren, mein Guter. Einem Geburtstagskind widerspricht man nicht, richtig?«

»Natürlich«, sagte Mina, ehe Johann sich widersetzte und noch mehr Aufmerksamkeit auf sich lenkte. »Johann kann gewiss noch so lange bleiben, bis wir auf Marlenes Wahl angestoßen haben. Dann muss er aber wirklich los.«

»Nachdem wir das geklärt haben, könntet ihr euch ja vielleicht zu Tisch begeben. Von der Aufregung an diesem Ehrentag fühle ich mich ganz erschlagen«, erklärte Adelheid, wobei sie sich mit ihrer behandschuhten Hand Luft zufächelte. Sie warf Mina einen beredten Blick zu, der verriet, dass sie sich der brisanten Lage durchaus bewusst war. Adelheid mochte sich so weltabgewandt geben, wie sie wollte, doch in den entscheidenden Augenblicken war sie durchaus präsent. Als einer der Herren vom Nachbartisch an Hubert herantrat, um ihn zu begrüßen, funkelten ihre Augen drohend. »Nun wird sich der Rest der Familie zu Tisch setzen, für alles andere ist später noch Zeit«, klärte sie ihren Sohn auf, ehe der auf die Idee kommen konnte, erst einmal seine Gesinnungsgenossen zu begrüßen.

»Selbstverständlich, Mama«, erwiderte Hubert und machte seinem Bekannten ein Zeichen, dass er sich später zu ihm gesellen würde.

Während sie sich setzte, atmete Mina aus. Dabei war ihr gar nicht aufgefallen, dass sie vor Anspannung die Luft angehalten hatte. Vielleicht geht ja doch noch alles gut aus, dachte sie.

»Ich hätte nicht geglaubt, dass wir so glimpflich davonkommen«, sagte Johann, als er mit Mina am Arm die »Deichkrone« verließ. Roland holte bereits den Wagen, um Johann nach Hause zu bringen. »Dieser Kerl mit dem Stiernacken, der aussah, als brächte er seinen Anzug gleich zum Zerplatzen, ist Rudgar Möller, einer von diesen aufgeblasenen Blockwarten, die sich wie kleine Könige aufführen. Dessen nähere Bekanntschaft durfte ich auf dem letzten Schützenfest machen. Mein rechtes Ohr dröhnt immer noch von dem Schwinger, den er mir verpasst hat. Wenigstens kann man ihm nicht vorwerfen, seinen Gegnern hinterrücks aufzulauern.«

Mina verharrte mitten im Lauf. »Du hast dich von diesem grobschlächtigen Menschen schlagen lassen?«

Das Grinsen auf Johanns Gesicht verriet, dass ihre Reaktion ihm durchaus gefiel. »So gesehen hat er sich auch von mir schlagen lassen. Sogar ganz ordentlich, wenn ich mich recht erinnere. Der Herr Blockwart war der Meinung, er hätte uns Tidewallern zu sagen, wer auf unserem Fest willkommen sei und wer nicht. Ich fand, das könnten wir Alteingesessenen ganz gut allein bestimmen. Ausnahmsweise waren dabei mehr Leute meiner Meinung als sonst. Vermutlich wäre es ansonsten nicht beim Ohrensausen geblieben. Der Kerl hat in seiner Wut sogar mit einem dieser alten Reichsrevolver rumhantiert.«

Mina versuchte, sich Johann inmitten einer handfesten Schlägerei vorzustellen. Zu ihrer Verwunderung gelang ihr das problemlos. »Das ist nichts, worauf du stolz sein kannst«, behauptete sie und gab ihm dann einen Kuss.

»Das kann er wirklich nicht sein«, sagte Wolfram Dehne, der anscheinend am Ausgang des Restaurants auf sie gewartet und alles mit angehört hatte. »Weißt du, Johann, es ist eine Sache, wenn du in Tidewall bei jeder Gelegenheit dein Maul aufreißt. Seit sie dich vor zwei Jahren mit dem Rest dieser ganzen politischen Querköpfe nicht nach Kiel weggebracht haben, bist du ganz schön mutig geworden, gerade so als könne dir nun nix mehr passieren. Ich habe es ja schon vor Jahren aufgegeben, dir klarzumachen, dass du dir damit eines Tages selbst dein Grab schaufelst. Aber das hier«, er zeigte in Richtung Brunsbüttel, »das ist nicht dein Revier. Das gehört Rudgar Möller. Und der hat sich gerade daran erinnert, dass er noch ein Hühnchen mit dir zu rupfen hat.«

Johann zuckte mit der Schulter. »Dann hätte Rudgar sich besser mal beeilen sollen, anstatt an der Tafel seinen Hintern breitzusitzen, ›Aal satt‹ in sich reinzuschaufeln und über den bevorstehenden Endsieg zu schwadronieren. Ich habe mich bereits verabschiedet. In diesem Sinne.« Er tippte sich an die Hutkrempe.

Als Johann sich zum Gehen wenden wollte, hielt Wolfram ihn am Arm zurück. »So einfach ist das leider nicht. Rudgar ist seit ein paar Wochen unser Zellenleiter. Hast du überhaupt eine Ahnung, was das bedeutet? Eine seiner vornehmsten Aufgaben ist es, sich um die nationalistische Gesinnung zu kümmern. Also auch um deine. Du hast doch bestimmt davon gehört, wo die Unruhestifter und Querulanten heutzutage landen? Außerdem ist Rudgar seitdem mein Boss, ein ziemlich wütender Boss. Wenn du eben nicht in so vornehmer Gesellschaft unterwegs gewesen wärst, würdest du jetzt kein Gespräch mit mir, deinem ehemaligen Kumpel, führen, der immer noch eine sentimentale Loyalität dir gegenüber empfindet. Sondern mit ihm, wenn du verstehst.«

»Dann spielst du also den Handlanger für den Herrn Zellenleiter und verbreitest in seinem Auftrag Angst und Schrecken. Was du unter Loyalität verstehst, ist nicht mehr als ein Witz«, stellte Johann trocken fest. »Lauf schnell wieder rein, Wolfram, und erzähl deinem Herrn und Meister, dass ich vor Furcht geschlottert habe. Wobei ich schon sagen muss, dass es ein feiner Zug war, einem jungen Mädchen nicht seinen Ehrentag zu verderben.«

»Welches junge Mädchen?« Wolfram musterte Johann, als habe der nicht mehr alle Sinne beisammen. »Wir haben aus Rücksicht auf Hubert Boskopsen keinen Streit aufkommen lassen, bei dem du am Tisch gesessen hast. Das wäre doch zu pikant gewesen, schließlich unterstützt er unsere Blöcke mit großzügigen Spenden.«

»Wenn das so ist, dann sollten Sie eigentlich auch in meiner Gegenwart mehr Benimm an den Tag legen, schließlich bin ich Hubert Boskopsens Schwester«, mischte Mina sich ein, die am liebsten schon viel früher etwas zu dieser Unverschämtheit gesagt hätte.

Wolfram Dehne wich ihrem Blick nicht aus. Ganz im Gegenteil, er erwiderte ihn geradeheraus, wie es nur wenige Leute wagten, wenn sie einer aufgebrachten Mina gegenüberstanden. »Bei allem Respekt, das haben wir, Frau Boskopsen – oder wie immer Sie jetzt auch heißen mögen. Das haben wir.« Damit tippte er sich gegen die Stirn und kehrte ins Restaurant zurück.

»Du gehst besser gleich wieder zu deiner Familie«, sagte Johann. »Und Roland bleibt hier, falls du ihn brauchst. Ich laufe zu Fuß nach Hause, das wird mir guttun, und vielleicht bekomme ich den Kopf dabei frei. Wie es aussieht, kann ich mich auf einiges gefasst machen.« Dass Johann blass geworden war, schreckte Mina mehr als die schlecht verpackte Drohung von Wolfram Dehne. »Geh rein und sprich mit deinem Bruder. Bestimmt hat dieses Pack die Gunst der Stunde genutzt, um ihn aufzuklären, mit wem der linientreue Hubert Boskopsen soeben an einem Tisch gesessen hat. Würde mich nicht wundern, wenn sie unserem Vorhaben, deine Familie sanft in unsere Zukunftspläne einzuweihen, soeben einen Strich durch die Rechnung gemacht hätten.« Er stockte. »Soll ich nicht doch besser mit reinkommen, für den Fall, dass dein Bruder die Fassung verliert?«

Mina schüttelte den Kopf. »Nein, mach dir keine Sorgen. Hubert ist zwar ein glühender Parteianhänger, aber er ist in erster Linie ein Boskopsen. Er würde es seiner Mutter niemals antun, vor ihren Augen einem Familienmitglied eine Szene zu machen. Dieses Essen stand wirklich unter einem schlechten Stern. Geh bitte nach Hause, Johann. Dann gibt es schon mal eine Sache weniger, um die ich mir Sorgen machen muss. Mit Hubert werde ich fertig, ich bin schließlich immer noch seine große Schwester.«

Mit sichtlichem Widerwillen stimmte Johann zu.

Mina blickte ihm nach, wie er die Treppen hinabstieg, achtete auf seine kräftigen Schultern, den federnden Gang. Warum wurde sie das klamme Gefühl nicht los, dass ihr das Wichtigste in ihrem Leben zu entgleiten drohte? Ihre Finger wanderten zu ihrem Herzen, doch dort saß die Rubinnadel nun nicht mehr. Besorgt kehrte sie ins Restaurant zurück.

Kapitel 38

Seit Johann sich von der Gesellschaft verabschiedet hatte, ging es mit ihrer Geburtstagsfeier merklich bergab. Marlene wusste nicht, was der Auslöser war, aber die Stimmung befand sich eindeutig im Sinkflug – nicht nur ihre, sondern auch die ihrer Mutter, die blass und in sich gekehrt am Tisch saß, während Hubert, der zuvor noch den Gute-Laune-Onkel gegeben hatte, schlagartig ein sauertöpfisches Gesicht gezogen hatte.

Nein, eigentlich nicht schlagartig, wenn Marlene es genau bedachte.

Hubert hatte es erst die Laune verhagelt, nachdem er ein paar Worte mit diesem Klotz von einem Mann vorm Toiletteneingang gewechselt hatte. Mehr hätte Großmutter Adelheid nicht erlaubt, schließlich hatte sie extra darauf hingewiesen, wie wichtig ihr dieses familiäre Beisammensein sei und dass sie es nicht dulden könne, wenn Hubert auch nur einen Gedanken an die Arbeit oder gar die verhasste Politik verschwenden würde. Worum auch immer es bei diesem kurzen Männergespräch gegangen war, es sorgte dafür, dass Mina und Hubert sich seitdem wie zwei Katzen belauerten, während Großmutter Adelheid tapfer Konversation betrieb. Unter anderen Umständen hätte Marlene solche Bemühungen zu schätzen gewusst, schließlich verdiente sie es, dass man sich an ihrem Ehrentag amüsierte. Nur gingen ihr selbst gerade einige unangenehme Gedanken durch den Kopf.

Johann – ihr Gast! – hatte sich durchaus um sie gekümmert, da gab es nichts zu klagen. Allerdings war ihr nicht entgangen, wie er ihre Mutter angesehen hatte: mit dem wachen Interesse eines Mannes, für den es nur eine Frau im Raum gibt. Sie hingegen hatte sich mit jener freundlichen Aufmerksamkeit zufriedengeben müssen, die für Geburtstagskinder reserviert war.

Zuerst hatte Marlene versucht, diese Beobachtung als Unfug abzutun. Es war schließlich nicht von der Hand zu weisen, dass Johann sich in den letzten Tagen ausgesprochen liebevoll um sie bemüht hatte. Und zwar nur um sie, während ihre Mutter stets abseits gestanden hatte. Marlenes Erfahrungsschatz mochte, was männliches Verhalten betraf, noch recht begrenzt sein. Das änderte jedoch nichts daran, dass sie erkannte, wann ein Mann überaus aufmerksam war. Nur hatte sie in ihrer Eitelkeit offenbar vergessen, sich eine entscheidende Frage zu stellen: Warum interessierte jemand wie Johann sich überhaupt für sie? Nun ja, weil sie eine junge, gut aussehende Frau aus einer wohlhabenden Familie war. Bislang hatte ihr das allerdings noch keine zahlreichen Bewunderer eingebracht – und schon gar keinen von Johann Tadens Klasse. In seiner Gegenwart hatte Marlene sogar vergessen, dass er nur ein Bauer war. Sie hatte sich umgarnen lassen. Ein paar freundliche Worte hier, ein Augenzwinkern da … Mehr brauchte es nicht, um ihr Herz zum Schmelzen zu bringen. Vermutlich hatte Johann sich über ihre Einfältigkeit ins Fäustchen gelacht, während er es in Wirklichkeit darauf anlegte, ihre Mutter zu becircen.

Nachdem Roland die Damen ins Kapitänshaus zurückgefahren hatte, entschuldigte sich Adelheid und zog sich für ein Nickerchen in ihre Räumlichkeiten zurück. Mina nickte geistesabwesend und platzierte sich am Dielenfenster, wo sie offenbar auf Hubert wartete, der mit seinem eigenen Wagen nachkommen wollte.

Zum ersten Mal betrachtete Marlene ihre Mutter, wie eine Frau eine Konkurrentin musterte. Natürlich war ihr von Kindesbeinen an klar gewesen, dass Mina Löwenkamp eine Schönheit war, nicht allein wegen ihrer ungewöhnlichen Haarfarbe, die im Lauf der Jahre kräftiger geworden war und deren Rot das Gold wie einen Sonnenaufgang aufleuchten ließ. Ihre Rundungen waren weicher geworden, dafür hatten ihre Gesten an Anmut gewonnen. Marlene glaubte sich zu erinnern, dass ihre Mutter früher überaus lebendig gewesen war; nun setzte sie jede einzelne Bewegung überlegt, fast formvollendet ein. Und dann ihre Aufmachung: die schlichte Kleidung, die Marlene für langweilig hielt, die aber im Zusammenspiel mit Minas meisterhaft geschminktem Gesicht und ihrem unwiderstehlichen Charisma jeden Blick auf sich zog. Daneben schnitt ihre halbwüchsige Tochter, die im Vergleich nur ihre Jugend zu bieten hatte, nicht sonderlich gut ab. Marlene schluckte. So gesehen war es kein Wunder, wenn Johanns Blick von ihr zu Mina wanderte, um sich deren Feuergluthaar anzuschauen.

Ein Stich bohrte sich in Marlenes Brust – sie wusste sofort, um welches Gefühl es sich handelte: Es war Eifersucht, die sie heimsuchte, eine wohlbekannte Begleiterin. Offenbar war es die Rolle ihres Lebens, im Schatten ihrer Mutter zu stehen, ob es nun um die Zuneigung des selten anwesenden Vaters ging oder um Aufmerksamkeit allgemein. Immer schon hatte sie kämpfen müssen, um wahrgenommen zu werden. Wie viel Kraft hatte sie schon aufgewendet, um dagegen zu rebellieren, Mina ihre Grenzen zu zeigen und zu beweisen, dass ihre werte Frau Mama nicht alles haben konnte, zumindest keine liebende Tochter? Und jetzt war

Marlene gerade dabei, in einer weiteren, vielleicht sogar entscheidenden Schlacht zu versagen. Sie würde Johann verlieren, bevor sie ihn überhaupt gehabt hatte.

Nein, so leicht gebe ich mich nicht geschlagen, versprach sich Marlene.

Endlich bemerkte Mina, dass ihre Tochter sie herausfordernd anstarrte. »O mein Schatz. Stehst du da schon länger? Ich war ganz in Gedanken versunken, tut mir leid. So ein Geburtstag ist ganz schön anstrengend, bestimmt auch für dich. Warum ziehst du dich nicht ein Weilchen mit dem Bildband zurück, den Großmama dir geschenkt hat?«

»Ich habe ganz und gar nicht vor, mich mit einem albernen Bildband zurückzuziehen. Ich werde hier stehen bleiben und darauf warten, dass Johann kommt. Die Klappe eines Ofens zu öffnen, kann ja nicht so verdammt lange dauern.« Marlene verschränkte demonstrativ die Arme vor der Brust.

Die feinen Augenbrauen ihrer Mutter fuhren in die Höhe. »Ich glaube nicht, dass Johann uns heute noch einmal besuchen kommt …«

»Wer redet denn davon, dass er *dich* besucht? Wenn überhaupt, ist er meinetwegen da. Wir zwei verstehen uns gut, während du immer nur danebenstehst. Du warst nicht diejenige, die er mit viel Aufwand fotografiert hat. Bei dir hat er bloß einmal schnell klick gemacht, mehr warst du ihm nicht wert. Und du bist auch nicht diejenige, um die er sich stets bemüht. Das bin ich. Merk dir das.«

Marlene rechnete fest damit, dass ihre Mutter eine beleidigte Schnute ziehen würde oder dass zumindest die Unterstellung, sie buhle um Johanns Gunst, ihr Temperament auflodern ließ.

Stattdessen hob Mina verwirrt die Hände. »Ich verstehe nicht ganz, worauf du hinauswillst. Natürlich hat sich Johann ganz wunderbar darum gekümmert, dir eine schöne Zeit im Kapitänshaus zu bereiten. Es ist uns beiden wichtig, dass du dich hier wohlfühlst. Ich bin ihm sogar sehr dankbar, weil du Tidewall durch ihn lieb gewonnen hast. Mehr wünsche ich mir doch gar nicht.«

Nun war es an Marlene, nach Worten zu suchen. »Du hast also nichts dagegen, dass Johann sich um mich bemüht?«

»Ich habe ihn sogar darum gebeten«, gestand Mina mit einem Lächeln ein. »Und ich bin sehr froh, dass du ihn bereits in dein Herz geschlossen hast.« Ein Motorenbrummen unterbrach sie. »Schau, da kommt Hubert. Entschuldige mich bitte, ich muss kurz mit meinem Bruder unter vier Augen reden.«

Unter anderen Umständen hätte Marlene gewiss protestiert, zurückgelassen zu werden. Aber sie war immer noch vollauf damit beschäftigt, die Reaktion ihrer Mutter zu begreifen.

Es brauchte nicht viel, um zu erkennen, dass Hubert die Fahrt genutzt hatte, um sich in Rage zu bringen. Allein dass er sich nicht die Zeit nahm, den Wagen auf dem Grundstück einzuparken, sondern ihn einfach auf der Straße stehen ließ, verriet seinen inneren Aufruhr. Als Mina vor die Tür trat, zeigte er mit dem Finger auf sie.

»Wir müssen reden«, blaffte er, als hätte er den Respekt vergessen, den er seiner Schwester schuldig war.

»Ja, sehr gern«, sagte Mina. »Aber bitte in einem freundschaftlichen Ton. Alles andere wäre doch wohl übertrieben.«

Normalerweise ließ Hubert sich leicht lenken, doch der Eindruck dessen, was der Zellenleiter Rudgar Möller ihm in der »Deichkrone« zugeflüstert hatte, war offenbar stärker. Hubert kam so nah vor seiner Schwester zum Stehen, dass sie schon glaubte, gleich mit ihrer Nase gegen sein Kinn zu stoßen. Als wäre diese Nähe ihm ebenfalls unangenehm bewusst, trat Hubert einen Schritt zurück. Mina entging allerdings nicht, dass er die Hände zu Fäusten geballt hatte und sie gegen seine Schenkel presste, als könne er sich nur leidlich zurückhalten, sie gegen seine Schwester einzusetzen.

»Wie kannst du mich nur so schrecklich blamieren?«, brachte Hubert zwischen zusammengebissenen Zähnen hervor.

»Ich kann mich nicht entsinnen, dich in eine unangenehme Lage gebracht zu haben.« Mina gab sich selbstsicherer, als sie sich fühlte. Ihr jüngerer Bruder erschien ihr mit einem Schlag wie ein Fremder, den sie gegen sich aufgebracht hatte. Wusste sie denn wirklich, wer Hubert Boskopsen war, wofür sein Herz brannte? Doch, versicherte sie sich, er ist immer noch derselbe Hubert, den ich getröstet habe, wenn er sich das Knie aufgeschlagen oder wenn Vater ihn viel zu streng gezüchtigt hat. Nur gelang es ihr nicht, das auch wirklich zu glauben.

Huberts Gesicht verzog sich zu einer Grimasse, als bereite es ihm Ekel, überhaupt über dieses Thema zu sprechen. »Was für ein dreckiges Pack bringst du an unseren Familientisch? Hast du überhaupt eine Ahnung, was es für meinen Ruf bedeutet, gemeinsam mit solch einem Gesindel gesehen zu werden, einander in trauter Zwietracht zuprostend?«

»Ich weiß beim besten Willen nicht, wovon du redest«, behauptete Mina.

»Ach, das weißt du also nicht?« Seine Fäuste zuckten kurz, dann senkte er sie aber wieder. »Du machst es mit deiner Scheinheiligkeit nur noch schlimmer. Natürlich weißt du, welchen Ruf dieser Johann Taden hat. Schlechter geht es kaum. Und dir war es durchaus bewusst, denn ansonsten hättest du ihn wohl kaum hinausbegleitet, als Gefahr drohte, dass meine Parteifreunde mich aufklären würden.« Hubert schlug sich die Hände vors Gesicht.

Nun kam Mina nicht umhin, sich einzugestehen, dass ihr Bruder sich mehr aus der Geschichte machte als erwartet. Das änderte jedoch nichts an ihrer Einstellung. »Es stimmt, dass Johann gegangen ist, weil er mit einigen der anderen Restaurantgäste über Kreuz liegt und Marlene zuliebe keine Szene riskieren wollte. Davon einmal abgesehen wundert es mich, dass du irgendwelchen von deinen Parteifreunden erlaubst, sich in unsere Familienbelange einzumischen.«

Als Hubert die Hände herunterriss, kam sein rot glühendes Gesicht zum Vorschein. »Nur weil dieser Taden mit an unserem Tisch gesessen hat, gehört er noch lange nicht zur Familie.«

»Das sehe ich anders«, erwiderte Mina.

Die Wut umgab Hubert mittlerweile wie ein Strahlenfeld. »Mir ist ganz und gar nicht nach Scherzen zumute. Rudgar hat mir erzählt, dass sie vor ein paar Monaten sogar erwogen haben, Taden festnehmen zu lassen, weil er sich in der Öffentlichkeit abfällig gegenüber der Partei geäußert und sogar Würdenträger tätlich angegriffen hat.«

»Du redest wohl vom letzten Schützenfest, auf dem dieser feiste Rudgar Möller sich eine Schlägerei mit Johann geliefert hat. Seit wann nimmt man jemanden fest, nur weil er sich seine Meinung nicht aus dem Leib prügeln lässt? Das sind wirklich feine Freunde, auf die du so viel Wert legst. Ich muss ehrlich sagen, dass ich schockiert bin über die Wahl deiner Gesellschaft. Du bist schließlich ein Boskopsen. Oder kannst du dir vorstellen, dass Papa vor solchen Strolchen gebuckelt hätte?«

Der Verweis auf ihren Vater kühlte Huberts Temperament merklich ab. »Das waren damals andere Zeiten«, erklärte er lax, aber es war ihm anzusehen, dass er seinem Vater mit solchen Gesinnungsgenossen wohl besser nicht unter die Augen getreten wäre. Eduard Boskopsen hatte Politik für ein schmutziges Geschäft gehalten, aber er hatte viel Wert auf Anstand und Stil gelegt.

»Selbst wenn wir Rudgar Möller beiseitelassen, ändert das jedoch nichts daran, dass Johann Taden ein ausgemachter Unruhestifter ist, der die Leute gegen die herrschende Ordnung aufwiegelt. Allein diese Undankbarkeit gegenüber einer Regierung, die so hervorragend für uns alle sorgt und sich mit vollem Einsatz darum kümmert, dass künftig selbst für Leute wie Taden genug Land zur Verfügung steht, bringt mich schon auf. Es ist schwer zu ertragen, dass es überhaupt Widerlinge wie diesen Kohlbauern gibt, die etwas so Reines in den Dreck ziehen. Da muss ich nicht auch noch mit ihnen auf das Wohl meiner Nichte anstoßen. Allein der Gedanke ist unerträglich.«

Hubert hatte sich regelrecht in seine Schimpferei hineingesteigert. Nun fand Mina, dass es reichte. »Daran wirst du dich wohl gewöhnen müssen, mein Lieber. Genau wie an die Tatsache, dass du künftig noch öfter mit Johann Taden an einem Tisch sitzen wirst.« Ihre Stimme war schneidend kalt. »Schau mich nicht so entsetzt an. Dir muss doch schon seit Längerem klar sein, dass meine Ehe mit Fred gescheitert ist. In diesem Moment schippert mein werter Ehegatte mit einer Kneipensängerin namens Dodo über den Canal Grande – und wirklich, ich gönne ihm das Vergnügen von Herzen. Wenn Fred frei ist, dann bin ich es nämlich auch.«

»Ich muss mich wohl verhört haben. Das klang gerade so, als würdest du dich offiziell auf diesen Taden einlassen wollen, anstatt dich nur ein wenig von deinem Eheleid mit Fred abzulenken.«

»Du hast mich schon ganz richtig verstanden. Johann und ich, wir werden unser Leben miteinander verbringen. Das will ich schon, seit ich eine junge Frau war – und dieses Mal wird mir niemand Steine in den Weg legen. Du schon gar nicht, kleiner Bruder. Ich habe deinen Lebenswandel stets akzeptiert, Hubert, obwohl ich natürlich weiß, warum du noch Junggeselle bist. Mit deinem Vorbild, dem Führer, hat das nämlich rein gar nichts zu tun, dass du der Ehe abhold bleibst. Sei es dir gegönnt, was auch immer du treibst. Aber ich erwarte im Gegenzug, dass du es mit meinem Liebesleben genauso hältst.«

Entgegen Minas Hoffnung schüttelte Hubert den Kopf. »Eine Affäre könnte ich gutheißen, aber eine feste Bindung mit einem Bauern? Und dann auch noch mit einem, der die Partei und damit unser geliebtes Vaterland verunglimpft? Du erwartest zu viel, Mina. Offenbar bist du vollkommen verwirrt vor Leid. Als dein Bruder sehe ich mich gezwungen, deinen Mann zu kontaktieren und über diese unhaltbare Situation aufzuklären.«

»Das kannst du dir sparen«, sagte Mina. In diesem Augenblick traf sie eine Entscheidung. »Ich werde gleich morgen früh den ersten Zug nach Berlin nehmen und alles in die Wege leiten, damit diese Farce von einer Ehe ein Ende nimmt. Es macht ja auch keinen Sinn, länger zu verschleiern, dass ich hier in Tidewall bleiben werde. Mit Johann und auch mit Marlene, die meine Wahl im Gegensatz zu dir nicht anzweifelt, sondern anerkennt, was für ein wundervoller Mensch Johann ist.«

»Du willst wirklich nach Berlin fahren und die Scheidung einreichen?« Hubert schien immer noch auf den Moment zu warten, in dem sich herausstellte, dass alles nur ein großes Missverständnis war.

»Genau das habe ich vor. Ich werde keinen weiteren Tag mehr verschwenden.«

»Wenn das so ist … Auf mich wirst du jedenfalls nicht zählen können bei diesem Höllenritt. Ich verabschiede mich für heute«, sagte Hubert hörbar brüskiert. »Bitte entschuldige mich bei Mama und richte ihr aus, dass ich mich umgehend in einem Brief erklären werde, warum ich dieses Haus vorerst nicht mehr zu betreten gedenke. Außerdem werde ich sie einladen, mich in Hamburg zu besuchen. Mein Haus ist selbstverständlich auch das ihre. In diesen unhaltbaren Zuständen kann eine Dame wie sie schließlich nicht leben. Dasselbe gilt übrigens für Marlene. Stell dich schon mal darauf ein, dass deine Tochter wohl kaum bei dir bleiben wird, bei dem Lotterleben, das du anstrebst.«

»Mach dich nicht lächerlich«, wies Mina ihren Bruder zurecht. »Sowohl Adelheid als auch Marlene würden dir dasselbe sagen wie ich: Johann gehört ab jetzt zu uns, er ist ein Teil dieser Familie. Nicht nur weil ich ihn liebe, sondern auch, weil Adelheid und Marlene ihn ins Herz geschlossen haben. Willst du dich wirklich wegen ein paar fixer politischer Ideen von deiner Familie abwenden, zumal du außer uns drei Frauen ja niemanden hast?«

Falls Hubert diese Aussicht zu schaffen machte, ließ er es sich nicht anmerken. »Schäm dich, Mina«, sagte er mit rauer Stimme. »Schäm dich, so über den Führer zu sprechen, der auch dein Leben zu etwas Besonderem gemacht hat.«

Mina schüttelte vehement den Kopf. »Falls mein Leben am Ende tatsächlich für etwas Besonderes stehen sollte, dann habe ich das ganz gewiss nicht irgendwelchen Führern zu verdanken, sondern einzig und allein mir und den Menschen, die an meinem Leben Anteil genommen haben.«

Hubert wendete sich ohne einen Abschiedsgruß ab und

war bereits in seinen Wagen gestiegen, ehe Mina ihm noch etwas Versöhnliches mit auf den Weg geben konnte. Sosehr sie Huberts Haltung auch verletzte, im Grunde glaubte sie, dass er nur ein wenig Zeit brauchte, um die Neuigkeiten zu verdauen. Seine glühende Verehrung für Adolf Hitler war das eine, das andere waren seine Erziehung und die Bindung an seine Familie, die ihm – wenn er es in Ruhe betrachtete – gewiss über alles ging.

Erfüllt von dieser Überzeugung trat Mina an die Pforte und winkte dem davonbrausenden Wagen hinterher. Als sie sich wieder zum Haus umdrehte, bemerkte sie Marlenes Gesicht im Dielenfenster. Hatte das Mädchen etwa die ganze Zeit dagestanden?

Mina lächelte ihrer Tochter zu, doch die erwiderte nur ausdruckslos ihren Blick und verschwand dann vom Fenster.

Kapitel 39

Tidewall, Juni 2013

Maries Nacht wurde wie immer viel zu früh von einem Traum beendet, der sie derartig aufwühlte, dass an Schlaf nicht mehr zu denken war. Vieles war seit ihrem Gespräch mit Asmus besser geworden, aber ihre Schlaflosigkeit hielt sich hartnäckig. Dieses Mal war es allerdings nicht Thomas' Stimme, die ihren Puls zum Rasen brachte, sondern ein Chor aus Schreien. Zumindest kam es ihr so vor, als sie sich im Dunkeln aufsetzte und ungewöhnlich lange brauchte, um sich zu orientieren. Ein Uhr morgens, verriet der Wecker. Das war selbst für ihre Verhältnisse zu früh. Die Schreie klangen ungebrochen nach, so als wäre es dem Traum gelungen, in ihre reale Welt zu schlüpfen.

Obwohl Maries Nachthemd nass geschwitzt war und ihr Gesicht glühte, begann sie zu frösteln. Ein ungutes Gefühl breitete sich von ihrem Nacken entlang der Wirbelsäule aus, als nähmen die feinen Nerven eine Gefahr wahr. Normalerweise stand sie nach dem Aufwachen sofort auf und ging in die Küche, um das Neonlicht anzuschalten, das die letzten Schatten aus der Traumwelt verscheuchte. Jetzt aber schaffte sie es nicht einmal, sich aufzusetzen. Sie fühlte sich erschöpft und verwirrt, während die Schreie nicht abrissen.

Vermutlich eine Nachwirkung von Gerke Tadens Erzählung, die ihr immer noch in den Knochen steckte.

Bislang hatte Marie geglaubt, das Kapitänshaus sei während seiner Blütezeit nichts als ein großer, glanzvoller Sommerspaß gewesen. Wohlhabende Hanseaten, die ihren Vergnügungen nachgingen. Segeltörns, Teestunden im Garten, Deichspaziergänge. Die Vorstellung hatte sie geblendet, denn natürlich war der Wandel der Zeit auch an diesem Ort nicht vorbeigegangen. Das war Marie in dem Augenblick klar geworden, als der alte Gerke ihnen mit grimmigem Ernst erzählt hatte, welche Richtung die Liebesgeschichte der schönen Mina mit Johann Taden genommen hatte. Auf der einen Seite stand die streitbare Marlene, die vor lauter Ichbezogenheit kaum begriff, was sich vor ihrer Nase abspielte. Und auf der anderen Seite waren die gesellschaftlichen Umstände, denen Johann sich nicht anpassen wollte. Zu gern hätte Marie noch mehr über diesen faszinierenden Mann erfahren, der als Kind eines mittellosen Schäfers seinen eigenen Weg gegangen war. Das beeindruckte sie fast noch mehr als Minas Entscheidung, das schillernde Berlin gegen das ländliche Dithmarschen einzutauschen. Leider hatte sich der gute Gerke in Rage gesteigert, als er auf den streitbaren Zellenleiter Rudgar Möller zu sprechen gekommen war, der sich wohl wie ein kleiner Tyrann aufgeführt hatte. Es hatte nicht lange gedauert, und Gerkes Tochter hatte mit wütender Miene den Besuch als beendet erklärt.

»Du solltest es eigentlich besser wissen, Asmus. Einen alten Mann so weit zu treiben, dass er fast die ganze Nachbarschaft zusammenkrakeelt«, hatte die aufgebrachte Lena sie draußen auf dem Hof zurechtgewiesen. »Wenn mein Herr Papa die Chance wittert, sich aufzuregen, dann nutzt er sie natürlich. Und über diese alten Nazisachen regt er sich nur allzu gern auf. Die haben der Familie Taden nämlich übel mitgespielt.«

»Was ist denn damals geschehen?«, hatte Marie sich nachzufragen getraut. Leider war Gerke von seiner Tochter genau an der Stelle zum Schweigen gebracht worden, als es richtig interessant geworden war.

Doch Lena hatte die Arme unterm Busen verschränkt und sie angefunkelt. Ein sehr beeindruckendes Funkeln, fand Marie. Das Temperament hatte sie eindeutig vom Vater geerbt.

»Haben Sie etwa immer noch nicht genug gehört von diesen alten Mären? Ist alles längst vorbei und vergessen. Diese Leute, von denen mein Vater so gern erzählt, die sind doch schon allesamt tot – und wenn Sie meinen Vater weiterhin belästigen, wird er es auch bald sein.«

Diese Ansage war so deutlich gewesen, dass Asmus und Marie sich schleunigst verabschiedet hatten. Seitdem trug Marie die unvollständige Geschichte mit sich herum und zermarterte sich den Kopf, wie sie mehr über die ungewöhnliche Liebschaft erfahren konnte, die sich in dem Haus, in dem sie und ihr Sohn nun lebten, abgespielt hatte. Doch die zur Verfügung stehenden Quellen schienen versiegt: Vor Gerke Taden stand Tochter Lena wie ein bissiger Wachhund, und Marlene Weiss hatte kurzerhand den Telefonhörer aufgeknallt, als Marie sich erkundigt hatte, ob sie ihren Schwächeanfall gut überstanden habe – natürlich in der Hoffnung, dass die alte Dame erneut ins Reden geriet. In ihrer Unruhe hatte sie sogar das örtliche Telefonbuch nach dem Familiennamen der damaligen Haushälterin Netti Fröhlich durchforstet und mit klopfendem Herzen angerufen. Die Handvoll Fröhlichs, die in Dithmarschen lebten, waren tatsächlich mit der guten Seele des Hauses verwandt. Von denen, die Marie nicht sofort abwimmelten, wusste allerdings keiner etwas über das ungleiche Paar, das damals im

Kapitänshaus zueinandergefunden hatte. Marie war dennoch nicht bereit, die Flinte ins Korn zu werfen. Also hatte sie beschlossen, in den nächsten Tagen die Archive der örtlichen Zeitungen nach Hochzeits- und Todesanzeigen sowie nach Artikeln zu durchsuchen, die vielleicht Licht ins Dunkel brachten. Zum ersten Mal ärgerte sie sich darüber, in dem halben Jahr, in dem sie nun schon in Tidewall lebte, keine Bekanntschaften gesucht zu haben. Es musste im Dorf doch noch Zeitzeugen geben, an die sie als Außenseiterin jedoch nicht herankam. Das Gleiche galt leider auch für Asmus, der zwar über Tidewall hinaus als Schäfer bekannt war, aber über seine Mitmenschen nicht mehr wusste, als für seine Arbeit nötig war. Falls die Zeitungsarchive nichts preisgaben, könnte sie sich freiwillig fürs Sommerfestkomitee an Valentins Schule melden und zusehen, dass sie beim Saalschmücken und Kaffeekochen möglichst viel über die hier ansässigen Familien herausfand. Irgendjemand musste doch wissen, was aus Mina und Johann geworden war. Die Tatsache, dass Mina während einer Flut tödlich verunglückt war, reichte ihr nicht. Wenn alle Stricke rissen, würde sie eben dem Marner Friedhof einen Besuch abstatten und sich die Grabsteine ansehen.

»Da will man sich schon mal der Vergangenheit stellen und fällt prompt auf die Nase«, sagte Marie zu Asmus gesagt, der aufmerksam dem neuesten Stand ihrer Recherche gelauscht hatte. Er hatte auf seinem Abendspaziergang mit den Hunden Halt an ihrem Zaun gemacht, da sie trotz der späten Stunde noch im Vorgarten arbeitete. Seit der Juni angebrochen war, hatte der Sommer von heute auf morgen Einzug gehalten, die Tage waren herrlich lang und so warm, dass Marie auch am Abend in einem T-Shirt und Caprihosen zugange gewesen war. Die Funkien blühten gemeinsam mit der lilafarbenen Kletterrose am Haus, und die buschigen Pfingstrosen bedeckten den Boden, wo Marie noch nichts Neues gepflanzt hatte. Nicht mehr lange, dann würde das Margaritenmeer weiß aufblühen und dem Garten eine Leichtigkeit verleihen, die während des trüben Frühjahrs undenkbar gewesen war. Valentin, der gerade auf Klassenfahrt in Büsum war, würde bestimmt braun gebrannt und mit ausgeblichenem Haar zurückkehren.

»Es scheint dir ja überaus wichtig zu sein, dieses Geheimnis zu lösen, wenn du sogar wildfremde Leute anrufst.« Asmus hatte ihr die Harke aus der Hand genommen und sie zu einem Spaziergang durch den still im Dämmerlicht liegenden Garten überredet, indem er ihr einen Arm um die Schultern gelegt und sie angelächelt hatte. »Ich finde das auch alles sehr spannend, aber ich käme nicht auf die Idee, es in Detektivarbeit ausarten zu lassen. Was bewegt dich so sehr an der Geschichte? Ist sie dir wichtig, weil du um ein paar Ecken mit dieser Mina verwandt bist?«

Marie überlegte einen Augenblick lang. »Das wäre natürlich ein guter Grund, aber es steckt mehr dahinter. Am Anfang war es einfach faszinierend, einen Blick in diese fremde Welt zu werfen, sich auszumalen, was sich in den vier Wänden, in denen man selbst lebt, einst abgespielt hat. Allein die obere Etage, die Marlene ihrer geliebten Großmutter zu Ehren erhalten hat, verführt einen ja regelrecht zu einer Zeitreise.« Asmus brummte zustimmend, schließlich hatte er den Zauber ebenfalls zu spüren bekommen. Fast hätte Marie vergessen, worauf sie eigentlich hinauswollte, so nah ging ihr die Erkenntnis, dass sie tatsächlich schon auf ein Stück gemeinsamer Geschichte zurückblicken konnten. Kurz, aber dafür intensiv. Und zum ersten Mal begriff sie das Ausmaß, wie sehr diese mehr und mehr vertraute Vergangenheit eines anderen Paares sie zu Asmus geführt hatte. »Nach dem, was meine Tante und Gerke Taden allerdings über dieses ungleiche Liebespaar erzählt haben …«, tastete sie sich voran, um diese überwältigende Erkenntnis in Worte zu fassen. »Es fühlt sich plötzlich so persönlich an, als wäre es viel mehr als nur eine spannende Geschichte. Mina und Johann … die beiden haben ihrem Leben allen Widerständen zum Trotz eine zweite Chance gegeben. Dieser Mut imponiert mir.«

»Eine zweite Chance, hm?«, fragte Asmus.

Dann neigte er sich zu Marie herunter, sodass sie sich nur noch auf die Zehenspitzen hätte stellen müssen, um ihn zu küssen. Sie stand da und wartete ab, dass etwas passierte, dass jemand anderes ihr die Entscheidung abnahm, bis ihr klar wurde, dass es einzig und allein an ihr lag. Also stemmte sie sich ihm entgegen und küsste ihn. Ganz vorsichtig, ertastend, nicht vergleichbar mit dem stürmischen Kuss, mit dem er sie fast um ihren Halt gebracht hatte. Doch so war sie, vielleicht eine Spur zu zurückhaltend, aber immerhin.

Jetzt in den frühen Morgenstunden hätte Marie gut etwas von diesem Mut gebrauchen können, denn das unheimliche Geschrei war immer noch nicht verklungen, obwohl sie mittlerweile vollkommen wach war. Ratlos zog sie sich die Decke über den Kopf, und sofort ließ der Lärm nach.

»Das ist ja echt«, flüsterte sie. Die Schreie mussten von draußen kommen, ein wildes Crescendo der Angst. Schlagartig strömte Adrenalin durch ihre Adern und trieb sie vom Sofa. In aller Eile schlüpfte sie in der Diele mit den nackten Füßen in ihre Gummistiefel. Als sie die Haustür öffnete, war die Quelle des Aufruhrs rasch ausgemacht: Auf dem Deich schrien die Gänse, als hinge ihr Leben davon ab.

Marie schnappte sich die Taschenlampe, die bei der Garderobe lag, falls sie spätabends noch den Müll rausbringen oder nachschauen wollte, was zum Teufel die Katzen im frisch angelegten Hochbeet trieben. Dann lief sie zum Deich, wo sie vor der Umzäunung stehen blieb, als biete das bisschen Maschendraht Schutz vor dem Grauen dahinter.

Unruhig tanzte der Lichtkegel ihrer Taschenlampe über das gleichmäßige Grün, bis er einige weiße Sprenkel einfing. Fein zerfaserte, bauschige Tupfen, die umherirrten und sich zwischen den Halmen verfingen. Je mehr Federn sie ausmachte und je dunkler gefärbt das Gras schien, desto enger wurde Marie in der Brust. Auf dem Deich grasten nicht nur Schafe, sondern auch Gänse. Weiße Hausgänse, die nicht fliegen konnten. Sie ahnte, welches Schauspiel sich ihr bieten würde, wenn sie sich nicht sofort abwandte und in die Sicherheit des Hauses zurückkehrte. Allerdings hätte sie sich eine solche Feigheit kaum verziehen. Dann erfasste der Lichtkegel auch schon den ersten Kadaver, ein Bündel aus Weiß und Rot, ein Stück daneben den nächsten und links und rechts noch weitere. Sicherlich ein halbes Dutzend Gänse waren gerissen worden, regelrecht zerfetzt, als sei der Täter in einen Rausch verfallen. Welches Tier auch immer dieses Schlachtfest angerichtet hatte, es war verschwunden, vermutlich satt von dem Unheil, das es angerichtet hatte. Auch von den überlebenden Gänsen war nichts zu sehen, sie hatten sich über den Deich geflüchtet und schrien immer noch wie von Sinnen.

Marie unterdrückte den Würgereiz, den die zerfledderten Tierleichen und der warm aufsteigende Geruch von Blut hervorriefen, und kletterte über die Umzäunung. Falls sich der Jäger noch irgendwo herumtrieb, sollte er keine weitere Chance bekommen. Außerdem war es durchaus möglich, dass eins der Tiere verletzt überlebt hatte und Hilfe brauchte.

Zuerst stieg Marie auf die Deichkrone und ließ den Lichtkegel wandern, doch zu ihrer Erleichterung streifte das Licht nur Schafe und eine Gänseschar, die sich nahe dem Röhricht zusammendrängte. Das aufgebrachte Geschrei war einem Geschnatter gewichen, offenbar spürten die Tiere, dass die Gefahr vorbei war. Auf die Entfernung konnte Marie nur vermuten, dass keins der Tiere verletzt war, doch näher würden sie die verängstigten Gänse sie gewiss nicht herankommen lassen.

Wer es bis zum Röhricht geschafft hat, kann höchstens eine leichte Wunde davongetragen haben, redete Marie sich in ihrer Hilflosigkeit gut zu. Dann kehrte sie zu den erlegten Tieren zurück und zwang sich, genau hinzuschauen. Am schlimmsten waren die Köpfe mit den erschlafften Hälsen, die den Gänsen etwas so Verletzliches verliehen, genau wie die Reinheit ihrer Federn, die nun besudelt war. Ein Körper zuckte noch, doch es war rasch klar, dass da nur Nerven am Werk waren. Hieß es nicht auch, dass Hühner selbst dann noch umherliefen, wenn man ihnen den Kopf abgeschlagen hatte?

Marie schaltete die Taschenlampe aus und wankte im Dunkeln davon, bis sie an die Umzäunung stieß und nicht die Kraft aufbrachte drüberzusteigen. Stattdessen hielt sie sich an einem der Holzpfosten fest. Vor ihr schimmerte trotz der Dunkelheit die weiße Fassade des Kapitänshauses auf, ein rettender Hafen. Was jedoch nicht ganz stimmte, denn ihr Sohn lag nicht warm eingekuschelt unter seiner Bettdecke, sodass sie zu ihm ins Bett hätte schlüpfen können, um Trost zu finden. Ihr blieb nur das kalte Küchenlicht – ein wenig einladender Gedanke. Nein, sie brauchte jetzt jemanden, der sie hielt und der den Bildern, die hinter ihrer Stirn unablässig aufflackerten, etwas entgegensetzte. Ehe Marie sich versah, lief sie auch schon die Straße am Deich entlang, und als sie mit Seitenstechen die letzte Kurve zu Asmus' Hof nahm, begrüßte sie das Gebell von Fjodor und Mascha, die im Haus waren. Sie brauchte gar nicht erst an die Tür des alten Reetdachhauses zu klopfen, Asmus öffnete sie bereits. Und im Gegensatz zu Marie war er ordentlich angezogen und hielt ebenfalls eine Taschenlampe in der Hand.

Marie wich einen Schritt zurück. »Woher wusstest du, dass ich komme?«

»Das wusste ich nicht«, sagte Asmus sichtlich verblüfft. »Ich wollte nach dem Rechten sehen, weil die Hunde so unruhig waren … Was ist denn bloß passiert, du zitterst ja am ganzen Leib.« Er streckte die Hand aus, und als sie schwer und ruhig auf ihrer Schulter lag, brach Marie in Tränen aus.

»Die Gänse … jemand … ein Tier, denke ich. Es hat sie getötet, zerrissen. Der ganze Deich ist voller Blut.« Mehr brachte sie nicht heraus. Das war auch nicht nötig, Asmus schloss sie in die Arme und wiegte sie beruhigend, bis sie sich wieder gefangen hatte.

»Denkst du, du hältst es einen Augenblick allein aus, damit ich nachsehen kann, ob der Übeltäter sich nicht noch herumtreibt und weiteren Schaden anrichtet?«, fragte Asmus, ohne dass seine Umarmung sich auch nur ein Stück lockerte.

Die Entscheidung lag bei Marie. Niemals hätte sie gedacht, dass sie froh darüber sein würde, auf den Deich gestiegen und dem Entsetzen damit noch näher gekommen zu sein. Sie schluckte mehrmals, bis ihre Stimme sicher war. »Ich habe Ausschau nach dem Ungeheuer gehalten, aber nichts entdeckt«, flüsterte sie gegen Asmus' Brust. »Auch keine weiteren verletzten Tiere. Alle, die es erwischt hat, waren tot, sie hatten keine Chance … O Gott, ich werde diesen Anblick nie vergessen.«

Während Marie ein Schluchzen unterdrückte, strich Asmus sanft mit seinem Daumen ihren Nacken entlang, eine Geste, die intim und liebevoll zugleich war. Kein Drängen, weil er seiner Aufgabe als Schäfer Vorrang gab, kein Unverständnis, weil er ihren Kummer für überzogen hielt. »Bist du dir wirklich sicher, dass der Übeltäter nicht noch irgendwo lauert?«, fragte er nach einer Weile.

Marie schüttelte den Kopf, der nach dem Erlebten zu schwer war, um ihn von Asmus' Brust zu lösen. »Wenn er noch in der Nähe gewesen wäre, wären die anderen Gänse bestimmt geflohen, anstatt sich beim Röhricht zu sammeln. Außerdem … niemand kann so gierig sein und noch mehr Tiere töten, nachdem schon ein Dutzend abgeschlachtet am Boden liegt. Für heute Nacht ist es vorbei.«

»Das muss ein schreckliches Erlebnis gewesen sein. Trotzdem bist du nicht geflohen, sondern hast dich genau umgesehen.« Die Anerkennung in Asmus' Stimme war nicht zu überhören. Sein Atem fuhr durch ihr vom Laufen zerzaustes Haar. »Der Übeltäter wird ein Fuchs gewesen sein, der ein Loch in der Einzäunung entdeckt und seine Chance genutzt hat. In einer Gänseschar zu wüten, die nicht davonfliegen kann, hat ihn vermutlich fast um den Verstand gebracht.«

»Bitte nicht.« Marie stöhnte bei der Vorstellung, wie ein Fuchs inmitten der hilflosen Gänse in einen Blutrausch verfiel. Das angstvolle Geschrei der Tiere, das sie viel zu lange für einen Hilfeschrei aus ihrem Innern gehalten hatte … Sie schmiegte sich fester an Asmus.

»Komm«, sagte er schließlich und nahm sie mit ins Haus, wobei sie sich nicht sicher war, ob er sie führte oder sie voranging. Sie konnte sich kaum spüren. Erst als er sich von ihr löste, damit sie sich setzen konnte, fand sie wieder zu sich. Asmus hatte sie in sein Schlafzimmer gebracht, und es war sein noch warmes Bett, auf dessen Kante sie saß, während er ihr die Gummistiefel von den Füßen zog.

»Du brauchst einen Moment Ruhe. Und noch mehr Wärme, du bist ja vollkommen durchgefroren in deinem Nachthemd«, erklärte er, als er ihren Blick bemerkte. »Das war allem Anschein nach etwas zu viel für dich. Kein Wunder, wer bleibt schon ruhig, wenn er mitten in der Nacht aus dem Schlaf gerissen wird und auf der Suche nach überlebenden Tieren über einen blutbesudelten Deich irrt.« Da war sie wieder, diese Achtung in seiner Stimme.

Nur fühlte Marie sich keineswegs stark. Ganz im Gegenteil. Sie wünschte sich nichts mehr, als wieder von ihm im Arm gehalten zu werden. Sie streckte die Hand nach ihm aus und bekam sein Hemd zu fassen. Anstelle der erhofften tröstenden Wärme durchfuhr sie ein Schauder, allerdings einer von der angenehmen Sorte. Asmus sah sie fragend an.

Ich weiß auch nicht, was das eben war, hätte sie ihm zu gern gesagt. Doch sie wusste es besser, brauchte ihn im Halbdunkel des Zimmers nur anzusehen. Sein Gesicht mit den markanten Wangenknochen, die sie eigenhändig freigelegt hatte, der Mund, der sich gerade zu einem wissenden Lächeln verzog, weil er den Stimmungsumschwung genauso intensiv wahrnahm wie sie. Die breiten Schultern, die über ihr aufragten. Das Fenster stand offen, und der Geruch von taunassem Gras hatte sich eingeschlichen, so rein, dass er alles andere in Vergessenheit geraten ließ. Marie ließ die Finger unschlüssig über den Kragen von Asmus' Hemd tanzen, während er langsam vor ihr auf die Knie ging.

»Marie ... Was ist jetzt richtig?«, fragte er leise.

Als sie seinen Blick erwiderte, musste sie lachen. Unsicherheit war in seinen Augen zu lesen, das erkannte sie sogar im schalen Licht, das vom Flur her einfiel. »Ich bin verwirrt, falls du das meinst. Im Moment aber ausschließlich deinetwegen, wenn es das ist, worüber du dir Sorgen machst.«

Asmus' Lachen war nicht mehr als ein Raunen. »Um mir Sorgen machen zu können, müsste ich imstande sein, einen klaren Gedanken zu fassen. Das fällt mir aber ehrlich gesagt gerade verdammt schwer. Wenn du dich selbst sehen könntest, würdest du wissen, was ich meine.«

»Was siehst du denn?«

»Eine vollkommen andere Frau.« Asmus schloss die Augen für einige Herzschläge. »Nein, das trifft es nicht. Ich sehe dich, wie du bist. Nur dass du es lange Zeit vergessen hattest.«

»Und jetzt weiß ich es wieder«, flüsterte Marie und begann langsam Asmus' Hemd zu öffnen. Er ließ sie gewähren, während seine Hände in ihr Haar wanderten und mit ihm spielten. Vorsichtig presste sie ihre Lippen auf seine Brust, atmete tief den Duft seiner Haut ein und hörte in sich hinein. Der einzige Widerhall, den sie vernahm, war der Wunsch nach mehr. Mit nichts anderem hatte sie gerechnet. »Ich brauche Wärme … deine Wärme«, sagte sie.

Mehr Überredungskünste waren nicht nötig, damit Asmus seine Zurückhaltung aufgab. Ehe sie sich versah, war er über ihr und stand ihr in den rasch stürmischer werdenden Zärtlichkeiten in nichts nach. Das Letzte, woran sich Marie erinnerte, war das unendlich wohlige und tiefe Gefühl, das sie bis in den letzten Winkel durchströmte. Es war verblüffend leicht gewesen, loszulassen und sich unter seinen Berührungen davontreiben zu lassen. Als sie einschlief, war da keine Spur von Angst, dass sie in der Dunkelheit, die sie einladend umschloss, stürzen würde. Warum auch? Wenn es passierte, würde sie ja aufgefangen werden.

Als Marie aufwachte, war alles anders als sonst. Keine Dunkelheit, kein Dämmerlicht umgab sie wie sonst zur üblichen Wolfszeit. Stattdessen drang durch die Spalten der Vorhänge Tageslicht, strahlend hell. Es dröhnten ihr auch keine Stimmen in den Ohren, während ihr Puls noch genauso träge war wie ihre Augen. Ohnehin lag eine Schwere auf ihrem Körper, als wäre sie mit der Matratze verwachsen, und ihr Geist streifte ganz gemächlich den Schlaf ab. Tatsächlich, sie hatte geschlafen, tief und fest geschlafen, das erste Mal seit einer Ewigkeit. Und das Herrlichste daran war, dass sie von allein aufgewacht war, ohne einen hämmernden Herzschlag oder eine Angstattacke. Während sie sich streckte, stand ihr plötzlich glasklar ein Plan vor Augen: Sie würde nachher einen Gärtner beauftragen, die alte Kastanie zu fällen, bevor noch ein Unglück geschah. Danach würde sie nicht nur einen neuen Baum pflanzen, sondern auch endlich die Restaurierung der Orangerie in Angriff nehmen, die sie sich bislang versagt hatte, weil das Risiko zu groß war, dass einer der toten Äste herabfiel und alles zerstörte. Sie würde nichts mehr in ihrem Leben aufschieben, nur weil sie sich fürchtete, einen Schritt weiterzugehen und zu akzeptieren, dass die Vergangenheit unerreichbar blieb, egal wie still sie hielt.

Damit war jetzt Schluss, weil …

Weil ich in Asmus' Bett liege, schoss es ihr durch den Kopf. Weil ich die letzte Nacht mit ihm verbracht habe und an seiner Seite wie ein Neugeborenes geschlafen habe. Wäre sie nicht so bettschwer gewesen, wäre sie bestimmt in schallendes Gelächter ausgebrochen. Stattdessen schmunzelte sie und dachte, Asmus würde es wohl gerne hören, dass es nur eine Nacht mit ihm brauchte, um sie dermaßen in Höchststimmung zu versetzen, dass sie sofort die Welt auf den Kopf stellen wollte. Wobei die Welt vorerst ihre eigene sein würde: Sie würde den wunderschönen Ort rund um die Orangerie wiederauferstehen lassen – und mit ihm vielleicht auch den Zauber, der einst dem Kapitänshaus innegewohnt hatte. Jedenfalls würde sie das tun, sobald es ihr gelang, Asmus' Bett zu verlassen. Womit sie es allerdings nicht ganz so eilig hatte.

Vorsichtig holte Marie ihren Arm unter der Decke hervor und tastete neben sich. Doch der Mensch gewordene Grund, der ihre Schlaflosigkeit mit einem Streich beendet hatte, war bereits aufgestanden. Außer ihrem Atem war es vollkommen still im Zimmer. Im ganzen Haus. Bestimmt war Asmus bereits bei Tagesanbruch aufgestanden, um nach den Tieren zu sehen und sich des Schlachtfelds anzunehmen, das der Fuchs hinterlassen hatte.

Unwillkürlich kam Marie der Gedanke, dass Thomas niemals vor ihr aufgestanden war. Er hatte immer zusammengerollt in der Mitte ihres Bettes gelegen, wenn sie mucksmäuschenstill in ihre Hausschuhe geschlüpft war. Doch so unvermittelt, wie der Gedanke an Thomas aufgetaucht war, verschwand er auch wieder, denn anders als sonst versetzte ihr die Erinnerung keinen Stich. Dass sie die letzte Nacht bei Asmus geblieben war, änderte nichts an ihrer Vergangenheit und entwürdigte sie auch nicht.

Während Marie sich in die Kuhle schmiegte, die Asmus' Körper in den Laken hinterlassen hatte, wunderte sie sich, wie leicht es auf einmal war, sich diese Nähe zuzugestehen. Als wäre eine Wunde, die sie vorher nicht einmal zu ertasten gewagt hatte, über Nacht geheilt. Sie blieb noch eine ganze Weile in die Decken gekuschelt liegen, atmete den vertrauten und doch noch ungewohnten Duft ein, der sie daran erinnerte, wie es sich anfühlte, Asmus bei sich zu haben. Vielleicht war es auch ein Stück weit die Hoffnung, dass er zurückkam, während sie noch verschlafen zwischen den Decken lag. Doch schon bald hielt sie es nicht länger aus, dafür fühlte sie sich viel zu ausgeruht und glücklich. Sie wollte raus, den Tag erobern. Rasch suchte sie ihre wenigen Kleidungsstücke zusammen, wobei sie ihr Nachthemd arg zerknüllt am Fußende fand. Welch ein Glück, dass sie in einer so menschenleeren Gegend wohnte, ansonsten hätte sie sich in diesem Aufzug kaum vor die Tür getraut. Aber so oder so blieb ihr nichts anderes übrig, es sei denn, sie funktionierte eins von Asmus' großen Karohemden zum Kleid um …

Marie hielt inne. Am liebsten hätte sie diesen Moment festgehalten, der erfüllt war vom fröhlichen Geplapper ihres Gedankenstroms, dem berühmten Kribbeln im Bauch und dem Lächeln, das unermüdlich ihre Lippen umspielte. Wann war sie das letzte Mal so unbeschwert gewesen?

Während sie ihre wirren Locken mit den Fingern durchkämmte, bemerkte sie den Zettel auf dem Nachttisch. Eine Nachricht von Asmus. Jeder Winkel war mit seiner klaren Schrift ausgefüllt. So wenig Worte der Mann ansonsten machte, schreiben tat er offensichtlich gern.

Guten Morgen!
Ich habe gar nicht erst versucht, Dich zu wecken, nachdem Du nicht einmal gezuckt hast, als ich im Halbdunkel über meine eigenen Schuhe gestolpert bin und den Schaukelstuhl mit Getöse umgerissen habe. Fühl Dich ganz wie zu Hause, Kaffee steht noch auf dem Herd... Obwohl der nach einer Stunde oft wie Teer schmeckt. Es gibt aber auch Tee! Ich sehe währenddessen zu, dass

ich das Schlupfloch unseres Gänsemörders finde und ein paar Leute auftreibe, die sich mit mir heute Nacht auf die Lauer legen, für den Fall, dass unser pelziger Freund noch einmal vorbeikommt.

Wir sehen uns?!

Marie schmunzelte über die Nachricht und ganz besonders über die Vorstellung, wie Asmus in seiner ganzen Pracht aus dem Bett stieg, nur um sofort mit viel Radau zu stürzen. Allerdings war es schade, dass der Zettel nicht ausreichend Platz für einen Abschiedsgruß geboten hatte. Ein »In Liebe, Dein Asmus« oder auch ein schlichtes »Danke für die Nacht« wäre schön gewesen. Andererseits war eine solche Nachricht besser als gar nichts, einmal davon abgesehen, dass Asmus im Augenblick wirklich anderes um die Ohren hatte. Sie beschloss, am Nachmittag beim Reetdachhaus vorbeizuschauen, falls sie ihn nicht vorher auf dem Deich entdeckte. Er würde ja sicherlich in der Nähe des Tatorts bleiben …

Mehr als den Gedanken, ihn wiederzusehen, brauchte es nicht, um Marie zur Tür hinauszutreiben. Auf einer Bank vorm Haus fand sie ihre Gummistiefel, die Asmus offenbar mit dem Schlauch abgespritzt hatte, bevor er mit den Hunden aufgebrochen war. Marie wollte lieber nicht wissen, was an ihren Stiefeln geklebt hatte, nachdem sie durchs blutbesudelte Gras gewatet war.

Auf dem Weg zum Kapitänshaus hielt Marie unentwegt Ausschau nach Asmus, doch es war nicht einmal ein Scha[illegible] zu sehen. An der Stelle, wo der Fuchs zugeschlagen hatte waren nur noch ein paar dunkle Stellen im Gras und die ei[illegible] oder andere Feder zu erkennen, mehr nicht. Asmus hatte gründliche Arbeit geleistet.

Marie war so beschäftigt damit, den Blick über den Deich schweifen zu lassen, dass sie ihren Onkel Gerald erst bemerkte, als er schon fast neben ihr stand.

»Guten Morgen, Marie«, begrüßte er sie. »Bist du letzte Nacht geschlafwandelt und draußen im Röhricht aufgewacht?«

Es gelang Marie, dem Blick ihres Onkels standzuhalten, obwohl er sichtlich amüsiert war über ihren Aufzug. »Heute Nacht hat der Fuchs in der Gänseschar auf dem Deich zugeschlagen, es war das reinste Massaker. Gott sei Dank ist Valentin seit gestern auf Klassenfahrt, das wäre garantiert ein Schock für ihn gewesen.«

Augenblicklich verschwand das Grinsen aus Geralds Gesicht. »Oh, das klingt schlimm. Und ich fürchte, ich bin heute auch nicht mit besonders guten Nachrichten zu dir gekommen.«

»Ist Marlene etwas passiert?«, fragte Marie erschrocken. Bei ihrem letzten Treffen war die alte Dame ziemlich durcheinander gewesen.

»In einer gewissen Form wohl schon.« Gerald wand sich, als sei das Thema mehr unangenehm als belastend. »Meine Mutter war in den letzten Tagen ziemlich aus dem Häuschen und hat mich unentwegt angerufen, ohne mir sagen zu können, worum es eigentlich ging. Es ist nicht immer leicht, aus ihr schlau zu werden. Jedenfalls stand sie gestern plötzlich vor meiner Tür und behauptete steif und fest, keine Sekunde länger allein sein zu können. Ihr Herz würde vor Raserei sicher bald zerspringen.«

Marie stöhnte auf. »Also steckte doch mehr hinter dem kleinen Schwächeanfall, den sie bei ihrem letzten Besuch erlitten hat.«

»Von dem Besuch hat sie mir erzählt, allerdings nur, dass es ihr nicht gut gegangen sei und du dich ihrer angenommen hättest. Das scheint einen Knoten bei ihr zum Platzen gebracht zu haben. Seitdem hat sie kein schlechtes Wort mehr über dich verloren«, warf Gerald ein, was Maries Schuldgefühle noch verstärkte.

»Ich hätte darauf bestehen sollen, dass sie einen Arzt aufsucht. Noch besser: Ich hätte mit ihr zu einem fahren sollen.«

»Aber nicht doch«, sagte Gerald. »Körperlich ist mit Mutter so weit alles in Ordnung. Ich bin sofort mit ihr in die Notaufnahme gefahren, weil ich dachte, ihr Herz wäre das Problem. Aber Marlene ist für eine über Achtzigjährige topfit, der Arzt meinte, dass sie uns noch eine Weile erhalten bleibt.« Er lachte trocken. »Jedenfalls habe ich ihr nach dieser Diagnose keine weiteren Ausflüchte mehr erlaubt und ihr auf den Zahn gefühlt. Ehrlich gesagt bin ich nicht ganz schlau aus den paar Brocken geworden, die sie mir hingeworfen hat. Aber lass uns doch erst einmal ins Haus gehen, damit du dich frisch machen kannst. Ich finde diese Aufmachung mit dem zarten Hauch Garnichts zu Gummistiefeln zwar entzückend, trotzdem sollte man sich selbst beim Kapitänshaus lieber nicht darauf verlassen, dass niemand vorbeikommt.«

Unwillkürlich raffte Marie ihren Ausschnitt vor der Brust zusammen. »Gib mir zehn Minuten«, sagte sie.

Als Marie geduscht und in einem Sommerkleid in die Küche kam, schenkte Gerald ihnen gerade Kaffee ein.

Während der Kaffeeduft in ihre Nase stieg, musste Marie automatisch an Honigtoast denken. Ja, sie hatte einen ordentlichen Hunger.

»Hast du schon gefrühstückt?«, fragte sie ihren Onkel.

»Nun, es ist zehn Uhr vormittags, von daher … ja. Aber lass dich nicht von mir stören.«

Hastig angelte Marie sich zwei Toastscheiben und bereitete sie zu, während Gerald sich räusperte und schließlich zu erzählen begann. Nach einigem Hin und Her hatte Marlene sich dazu bequemt, nicht nur zu offenbaren, was es mit dem hermetisch abgeriegelten Obergeschoss auf sich hatte, sondern auch, warum sie einen solchen Hass auf das Kapitänshaus verspürte: Es war der Schauplatz eines Machtkampfes zwischen ihr und ihrer Mutter gewesen. »Wenn ich mir das richtig zusammenreime, dann hat meine Mutter sich in deiner Gegenwart zum ersten Mal eingestanden, was wirklich hinter ihrem seltsamen Verhalten steckt. Bis dahin war es ihr, so glaubte sie wohl, nur darum gegangen, das Andenken an ihre Großmutter Adelheid zu bewahren, deren Geist das Obergeschoss beseelt hatte. Dass sie den Rest des Hauses dafür hat leiden lassen und dass es voller böser Erinnerungen steckt, hat sie wohl nicht gesehen. Oder eher nicht sehen wollen. Jedenfalls ist bei Marlene etwas in Bewegung geraten.«

»Das ist doch gut.«

Gerald verzog missmutig den Mund. »Wie man es nimmt. Meine Mutter ist eine zu Extremen neigende Frau, und es hat ganz den Anschein, als fände sie einfach keinen Halt mehr. Ich habe die halbe Nacht damit verbracht, ihr beruhigend zuzureden, während sie zwischen Wutreden, Tränenausbrüchen und verächtlichem Leugnen hin und her schwankte. So allmählich hat mich der Verdacht beschlichen, dass sie etwas Wesentliches verschweigt. Sie mag mit ihrer Mutter um einen Liebhaber konkurriert haben, wodurch ihre Beziehung einen Sprung erlitten hat – so zumindest habe ich das verstanden. Aber das scheint noch nicht alles gewesen zu sein …«

»Womit du richtig liegst.« Plötzlich schmeckte der Toast in Maries Mund fad. »Marlene hat mit ihrer Mutter nicht wirklich um die Zuneigung von Johann Taden gewetteifert. Johann liebte Mina schon, seit sie eine junge Frau gewesen war. Und nachdem ihre beiden Ehen zerbrochen waren, wollten sie ihrer Liebe eine Chance geben. Sie haben sich offensichtlich nicht sehr geschickt angestellt, Marlene ihre Beziehung zu offenbaren: Statt den neuen Mann im Leben ihrer Mutter kennenzulernen, dachte sie, Johann interessiere sich für sie.«

»Das erklärt einiges«, sagte Gerald. »Zur enttäuschten Liebe und Eifersucht hat sich also auch noch das Gefühl hinzugesellt, verraten worden zu sein.« Mit einem Stöhnen kniff er sich ins Nasenbein. »Das ist ohnehin eine mörderische Mischung, aber gepaart mit Marlenes Temperament und ihrem Hang zur Bösartigkeit … Ich will mir das gar nicht zu Ende ausmalen. Da muss etwas Schreckliches passiert sein. Kein Wunder, dass meine Frau Mama vor innerer Zerrissenheit die Wände hochgeht. Ich wette, sie trägt eine alte Schuld mit sich herum, die sie jetzt nicht länger geheim halten kann.«

Marie drückte die Hand ihres Onkels. Gerald machte wirklich einen abgekämpften Eindruck, nicht nur wegen der schlaflosen Nacht, sondern weil er sich allem Anschein nach große Sorgen um seine Mutter machte. »Was auch immer damals vorgefallen ist zwischen den dreien, weiß nur Marlene.«

»Sie hat dir also nichts anvertraut?«

So leid es ihr auch tat, Marie musste den Kopf schütteln. »Ich weiß nur, dass sie von der Liebe zwischen ihrer Mutter und Johann erfahren hat, und auch, dass es eine besondere Verbindung war. Die beiden wollten nämlich heiraten.«

»Großmutter Mina war nie mit jemand anderem als mit meinem Großvater Fred Löwenkamp verheiratet«, sagte

Gerald nachdenklich. »Ich kenne die Familiengeschichte nicht so genau, die war nie ein großes Thema bei uns. Aber mein Großvater Fred starb während der Berliner Bombardements am Ende des Zweiten Weltkriegs. Ich habe kaum eine eigene Erinnerung an Großmutter Mina, ich weiß nur, dass sie bis zu ihrem Tod im Kapitänshaus gelebt hat, gemeinsam mit ihrer durch und durch exzentrischen Stiefmutter. Die beiden Frauen standen sich wohl sehr nahe, während meine Mutter keinen sonderlichen Kontakt pflegte, obwohl sie Adelheid überaus verehrte. Von einem Mann in Minas Dunstkreis war nie die Rede.«

Maries Gedanken überschlugen sich. Hatte Mina ihrer Tochter zuliebe etwa auf Johann verzichtet? Hatte der Krieg, der sich schon kurze Zeit später gegen die siegestrunkenen Deutschen richtete, ihre Pläne durchkreuzt? Oder war Johann zu guter Letzt seine eigene Courage zum Verhängnis geworden, als der Zellenleiter Rudgar Möller seine Macht ausgespielt hatte? Es waren viele Gründe denkbar, die Liebe der beiden hatte unter keinem glücklichen Stern gestanden. Marie suchte Geralds unsteten Blick.

»Warum bist du heute Morgen zu mir gekommen? Weil du gehofft hast, dass ich mehr über die Hintergründe weiß?«

»Das hatte ich gehofft, ja«, gab Gerald zu. »Aber es gibt noch einen viel wichtigeren Grund: Meine Mutter hat mich gebeten, dich mit nach Hamburg zu bringen. Sie möchte dich unbedingt sehen.«

»Mich?« Marie konnte es kaum glauben.

Gerald nickte. »Und du sollst bitte die Fotografie ihrer Mutter aus dem Schlafzimmer mitbringen. Du wüsstest schon, was sie meint. Bitte, komm mit, ich weiß sonst nicht, was ich mit Marlene anfangen soll. Sie macht nicht nur sich selbst in diesem Zustand wahnsinnig. Ein Tagesausflug nach

Hamburg dürfte doch keine allzu großen Umstände machen, vor allem da Valentin nicht da ist, oder?«

»Es ist nur …«, setzte Marie an. Dann würde sie Asmus heute nicht mehr sehen. Falls sie am Abend zurückkam, würde er vermutlich mit einigen anderen Tidewallern auf dem Deich unterwegs sein, um zu vermeiden, dass der Fuchs ein zweites Mal zuschlug. Andererseits hatte Gerald ihr viel Gutes getan, ohne etwas von ihr zu erwarten. Sie konnte seine Bitte unmöglich ausschlagen. »Natürlich komme ich mit«, sagte sie. »Ich muss nur mal kurz telefonieren.«

»Du willst dazu doch wohl nicht auf den blutigen Deich klettern? Ruf von unterwegs an. Sobald wir uns Brunsbüttel nähern, ist der Empfang ganz hervorragend.«

So kam es, dass sie eine halbe Stunde später bei Asmus anrief, während ihr Onkel auf dem Fahrersitz so tat, als interessiere es ihn nicht im Geringsten, wen sie so dringend anrufen musste. Als dann auch noch Asmus' Anrufbeantworter ansprang, verlor Marie die Nerven. »Hallo, ich bin's. Ich wollte nur sagen, dass ich heute spontan nach Hamburg fahre. Und natürlich, dass ich die Daumen drücke, was den Gänsemörder anbelangt. Da wirst du bestimmt ganz schön was um die Ohren haben.« Sie suchte nach den richtigen Abschiedsworten, aber in einem Wagen, der viel zu schnell die verhasste Hochbrücke, die ihr noch von ihrer Ankunft bestens vertraut war, hinaufschoss, bis man glaubte, gleich in den Himmel zu stürzen, war das unmöglich. »Bis bald«, hauchte sie nur, bevor sie das Gespräch wegdrückte, um die Hände frei zu haben und die Finger in den Sitz zu krallen.

Kapitel 40

Geralds Wohnung in der HafenCity war für Marie wie das Eintauchen in eine andere Welt: Alles war funkelnagelneu, von der Straße mit ihrer perfekten Begrünung bis zum chromglänzenden Fahrstuhl, der direkt ins Penthouse hochfuhr. Als die Fahrstuhltür aufging, rechnete Marie fast damit, vor einem roten Band mit Schleife zu stehen, während ihr Onkel eine Schere zückte, um sein Reich zum ersten Mal zu betreten. Tatsächlich machte das Empfangszimmer – anders konnte man den großzügig bemessenen Raum mit seiner voll verglasten Front, hinter der die historische Speicherstadt zu sehen war, nicht bezeichnen – den Eindruck, gerade erst bezogen worden zu sein.

Gerald zuckte mit den Schultern. »Nach meiner Scheidung fand ich, dass es an der Zeit wäre, mich neu aufzustellen. Das ist gar nicht so leicht … Wenn alles, was man hat, noch nach Verpackung riecht, fühlt es sich nicht nach einem Zuhause an. Da hast du es, glaube ich, trotz der paar Scheußlichkeiten in dem alten Haus einfacher gehabt.«

Zu ihrer eigenen Verblüffung nickte Marie. »Es hat eine Weile gebraucht, bis ich das verstanden habe, aber es stimmt. Sich in einem Haus heimisch zu fühlen, in dem schon Generationen zuvor gelebt haben, ist etwas Besonderes. Vor allem wenn man mehr darüber weiß, wer diese Menschen waren. Je mehr ich über das Kapitänshaus und seine einstigen Bewohner in Erfahrung bringe, desto mehr schlage ich Wurzeln. Man steht quasi in einer Reihe – und nicht allein auf weiter Flur.« Genau so ist es, dachte Marie und lächelte ihren Onkel an. »Ich habe dir einiges zu verdanken. Tidewall ist genau der Platz, an den ich gehöre.«

»Das ist schön.« Die Freude stand Gerald ins Gesicht geschrieben, allerdings verflog sie gleich wieder, als Marlenes Stimme im Befehlston durch die Räume hallte.

»Das wurde aber auch Zeit! Ich war kurz davor, bei der Polizei anzurufen, ob du vielleicht mit dem Auto verunglückt bist. So verrückt wie du immer fährst.«

Marie wartete darauf, dass der gebieterischen Stimme ihre Besitzerin folgen würde, doch Marlene erschien nicht. Mit einem Seufzen zeigte Gerald ihr den Weg ins Wohnzimmer, über dem sich ein verglaster Lichthof auftat und den strahlend blauen Sommerhimmel zeigte. Unter anderen Umständen hätte Marie sich zu gern umgesehen, doch es war leider unmöglich, sich der alten Dame, die kerzengerade auf dem Sofa saß, zu entziehen. Marlene forderte die Aufmerksamkeit wie andere Menschen die Luft zum Atmen.

»Hallo, Mutter«, begrüßte Gerald sie. »Tut mir leid, dass es länger gedauert hat, aber Marie hatte noch nicht zu Mittag gegessen, und am Elbtunnel …«

»Wie schön, dass wenigstens ihr beide satt geworden seid«, unterbrach ihn Marlene unwirsch. »Das Zeug, das dein ach so großartiger Lieferdienst gebracht hat, ist jedenfalls ungenießbar. Nun, es wird mir wohl trotz meines zerrütteten Zustands nicht schaden, einen Tag lang Diät zu halten.« Gerald erhielt gar nicht erst die Chance, etwas zu seiner Verteidigung zu sagen, denn Marlenes Aufmerksamkeit wanderte bereits weiter. »Marie, nun steh nicht wie ein Einrichtungsgegenstand herum, sondern setz dich neben mich.«

Das fängt ja schon mal gut an, dachte Marie. Wenn

Gerald ihr nicht erzählt hätte, dass die alte Dame nervlich angegriffen war und zudem eine kurze Nacht hinter sich hatte, hätte sie gewiss nicht die Zähne zusammengebissen und ein Lächeln erzwungen.

»Wie geht es dir?«, fragte sie, während sie Marlenes Anweisung befolgte und sich zu ihr setzte. Allerdings mit einem gewissen Sicherheitsabstand. Doch selbst auf die Entfernung war nicht zu übersehen, dass Marlenes Gesicht spitzer wirkte und die Wangen eingefallen waren. Ihre raue Art und ihr tadelloses Aussehen täuschten nicht darüber hinweg, dass ihr die letzten Tage arg zugesetzt hatten.

»Wie soll es mir schon gehen?« Marlenes Miene verschloss sich wie eine Auster. »Ich wette, Gerald hat übertrieben, als er dir von meiner kleinen Unpässlichkeit erzählt hat. Hast du doch, oder etwa nicht?«, wandte sie sich an ihren Sohn, der nur abwinkte.

»Ich sehe mal zu, dass etwas Anständiges auf den Tisch kommt.« Hastig verzog sich Gerald in die Tiefen seiner Wohnung, und Marie hätte einiges dafür gegeben, ihm folgen zu dürfen. Doch Marlenes Adlerblick ruhte bereits wieder auf ihr.

»Ich will wissen, was mein Sohn dir erzählt hat, dass du mir plötzlich so handzahm begegnest«, forderte Marlene. »Bei unseren letzten Begegnungen warst du nicht gerade verlegen darin, mir die Stirn zu bieten. Wenn ich auch nur einen Hauch Mitleid wahrnehme, ist dieses Gespräch beendet. Ich lasse mich nicht wie ein altes Mütterchen behandeln, damit das klar ist.«

Obwohl jedes Wort wie ein Giftpfeil wirkte, überkam Marie Erleichterung. Sich mit ihrer Großtante zu streiten, war wesentlich leichter, als einen diplomatischen Spagat hinzulegen. »Kein Mitleid, versprochen. Ich wüsste ohnehin nicht, wofür. Ich bin in erster Linie Gerald zuliebe nach Hamburg gekommen, weil ich dank seiner Großzügigkeit ein neues Leben gefunden habe.«

In Marlenes Augen funkelte es gefährlich. »Ein neues Leben, ja? Habe ich mir schon fast gedacht, dass es dir in Tidewall ausgesprochen gut gefällt. Allerdings hat das wohl wenig mit der frischen Luft und den friedlich blökenden Schafen auf dem Deich zu tun. Es gibt nur einen Grund, weshalb Mauerblümchen über Nacht aufblühen und mit diesem gewissen Strahlen ihre Farblosigkeit vergessen lassen: einen Mann.«

»Diese Erfahrung hast du persönlich auch gemacht, nicht wahr?«, hielt Marie ruhig dagegen.

Marlene lehnte sich in die Kissen zurück und gab dabei ihre bislang unter Spannung stehende Haltung auf. Prompt trat ein Bäuchlein unter ihrer Seidenbluse vor, aber sie machte sich nicht die Mühe, es einzuziehen. Entweder war Marie den Aufwand nicht wert, oder die alte Dame akzeptierte, dass ihre Nichte sie durchschaut hatte. »Es ist dieser Schäfer«, sagte sie nach einer Weile. »Dieser unhöfliche Kerl, der mich aus meinem eigenen Haus geworfen hat.«

»Asmus war keinesfalls unhöflich zu dir.« Marie verkniff sich wohlweislich den Hinweis, dass es vielmehr andersherum gewesen war.

Ihre Großtante wirkte ohnehin nicht sonderlich interessiert daran, sich über Asmus auszulassen. Ihre Augen glitten ins Leere, und für einen Moment erahnte Marie, was Gerald verstört hatte: Marlene war kein Mensch, der innere Einkehr pflegte. Sie schimpfte und prickte sich durchs Leben, als befürchte sie, jedes Innehalten könne die Uhr zum Stehen bringen. Wie sie nun in ihre Innenwelt abglitt, war entsprechend besorgniserregend.

»So absurd es auch klingen mag, aber die Dinge scheinen sich zu wiederholen«, sagte Marlene leise.

»Bin ich deshalb hier, weil du dich an deine Vergangenheit erinnert fühlst, seit ich das Kapitänshaus bezogen habe?« Der Gedanke erschien naheliegend.

»Nun überschätz deine Rolle mal nicht«, bremste Marlene sie aus. »Dich in einem Haus zu sehen, das ich als junge Frau noch in seinem Glanz erlebt habe, führt mir die trostlose Gegenwart nur schmerzlich klar vor Augen.« Der Angriff erfolgte so prompt wie ein gut geölter Mechanismus, während die Überheblichkeit, die Marlene sonst an den Tag legte, jedoch ausblieb. Sie machte viel eher einen erschöpften Eindruck, in den sich eine Spur Angst mischte.

Auch wenn der alte Drachen sich mit Klauen und Zähnen wehrt, ich bin auf der richtigen Spur, erkannte Marie. Bevor sie jedoch nachbohren konnte, kam Gerald mit einem Tablett mit Getränken um die Ecke. »Ich bin mal kurz los, um ein hoffentlich anständiges Essen aus einem Restaurant zu holen, damit wir wenigstens ein frühes Abendessen einnehmen können. Es sei denn, die Damen haben Lust auf einen …«

»Lass dir ruhig Zeit, im Augenblick haben wir eh keinen Appetit, dafür aber einiges zu besprechen«, wies Marlene ihren Sohn an, der sie trotz dieser herben Abfuhr mit einer gewissen Nachsicht bedachte.

Vermutlich hatte Gerald schon vor Langem akzeptiert, dass von seiner Mutter nichts anderes zu erwarten war. Und nun, da ihm nach dem Besuch in der Notaufnahme wohl bewusst geworden war, dass selbst eine bärbeißige Marlene sich eines Tages dem Tod beugen musste, konnte er ihr sogar eine charmante Seite abgewinnen.

»Versprich mir, dass du dich nicht allzu sehr aufregst, egal in welche Richtung sich euer Gespräch entwickelt. Du hast zwar ein gesundes Herz, aber das bedeutet noch lange nicht, dass dich zu guter Letzt nicht doch noch der Schlag trifft.«

Marlene brummte etwas Unverständliches. Als ihr Sohn jedoch nicht die Stellung räumte, hob sie ergeben die Hände.

»Ist ja schon gut, hier wird alles ganz damenhaft über die Bühne gehen. Und jetzt ab mit dir.« Kaum verklangen Geralds Schritte auf dem polierten Betonboden, nahm sie den Faden wieder auf. »Wie gesagt: Du bist schon der Auslöser dafür, dass ich in der letzten Zeit viel an früher denken muss. Aber nicht, weil du so ein inspirierendes Geschöpf wärst. Obwohl ... Du siehst ihr schon ein bisschen ähnlich.«

»Wem?«, fragte Marie ehrlich irritiert.

»Meiner Mutter natürlich! Die Augenpartie ... und heute hast du auch diese gewisse Ausstrahlung, mit der sie immer alle Männer verrückt gemacht hat. Ich habe lange geglaubt, dass sich die Anziehungskraft meiner Mutter daraus speiste, dass sie nicht einzufangen war. Aber inzwischen bin ich mir da nicht mehr so sicher.«

»Weil Mina in Wirklichkeit ihr Herz bereits als junge Frau verschenkt hatte. An Johann Taden, den Sohn des Schäfers aus Tidewall. Das machte sie unerreichbar für ihre Verehrer, ihren Ehemann und auch für dich.«

»Ach, du weißt ja schon alles. Und offenbar noch um Längen mehr als ich, obwohl ich damals im Gegensatz zu dir dabei war.« Marlenes Stimme troff vor Ironie. »Falls du allerdings die romantische Vorstellung hegst, meine Mutter habe dank ihrer Liebe ein beglückendes Leben gehabt, muss ich dich enttäuschen. Und das, obwohl es den Frauen in unserer Familie eigentlich zusteht, ein freies Leben zu führen. Erinnerst du dich an die Rubinnadel, die meine Mutter mir zum Geburtstag geschenkt hatte?« Marie nickte. Das Familienerbstück, eine goldene Nadel mit dem einzelnen Rubin an der Spitze, hatte sich fest in ihr Gedächtnis eingegraben. »Wenn meine Mutter nicht auf ihrer Liebe zu diesem Johann Taden bestanden hätte, könnte ich dieses Erbstück jetzt, wie es die Tradition verlangt, an dich weiterreichen. Aber das ist mir nicht möglich.«

»Hat Mina die Rubinnadel etwa wieder an sich genommen?« Das konnte Marie kaum glauben.

Marlene schloss die Augen, als gäbe es keine leichte Antwort auf diese Frage. »Ich weiß es leider nicht«, gab sie schließlich zu. »Ich weiß nur, dass ich sie nicht mehr habe.«

»Du hättest Mina doch fragen können, wo die Nadel abgeblieben ist.«

»Nicht, wenn ich mein Erbe in ihren Augen verspielt hätte.«

»Hast du das?«

Ein wenig umständlich stemmte Marlene sich aus dem Sofa hoch und trat zum Panoramafenster.

Das goldene Nachmittagslicht tanzte über das Wasser am Sandtorhafen, und auf der Dachterrasse lud ein Platz unter einem Sonnenschirm zum Verweilen ein. Doch Marie kümmerten mittlerweile weder die Aussicht noch die Sommerwärme. Die Zerrissenheit, die von Marlene ausging, war fast mit Händen greifbar. Der Prozess, der bei der alten Dame ausgelöst worden war, als sie Marie das erste Mal im Kapitänshaus besucht hatte, näherte sich einem Ende. Was auch immer Marlene dazu gebracht hatte, dieses Haus, in dem sie für einige wenige Tage glücklich gewesen war, zu hassen und gleichzeitig zu lieben, ließ sich nicht länger verschweigen. In diesem Moment erinnerte Marie sich an das Foto von Mina, das in ihrer Handtasche steckte. Sie hatte es aus dem Rahmen genommen und in ein Buch gesteckt, damit es keinen Schaden nahm. Eindringlich betrachtete sie die Schwarz-

Weiß-Aufnahme der Frau, die in die Kamera blickte, als teile sie ein Geheimnis mit ihr. Das tat Mina ja auch!, leuchtete es Marie ein. Sie sieht nicht die Kamera, sondern Johann an. Dieser Blick … er gehört Johann.

Sie reichte Marlene die Fotografie, die jedoch nur einen flüchtigen Blick dafür übrig hatte.

»Deine Mutter hat Johann Taden geliebt«, sagte Marie. »Es war ihr egal, dass sie aus zwei verschiedenen Welten kamen und dass eine gemeinsame Zukunft in Tidewall alles andere als leicht wäre, allein schon weil Johann es verstand, sich Feinde zu machen. Sie hatte vor nichts Angst. Es gab eigentlich nur eine Person, die ihre Hoffnungen durchkreuzen konnte – und das warst du, Marlene.«

Ihre Großtante stand mit verschränkten Armen so dicht vor der aufragenden Glaswand, dass es unmöglich war, die Spiegelung ihres Gesichts zu erkennen. Marie wusste aber auch so, dass es angespannt, fast versteinert war. Von Marlene ging eine Kälte aus, der selbst die Sommerhitze nichts entgegensetzen konnte.

»Meine Mutter hat mein Leben durchkreuzt, von Anfang an. Alles drehte sich immer nur um die berückend schöne und aufregende Mina. Neben ihr aufzuwachsen war, als wäre man ein Pflänzchen, auf das immerzu ein Schatten fällt. Aber ich habe es irgendwann nicht mehr ertragen, ich wollte auch die Sonne auf meinem Gesicht spüren.«

»Was hast du getan?«, fragte Marie, obwohl sie sich nicht mehr sicher war, ob sie es wirklich wissen wollte.

Mit einem Ruck drehte Marlene sich zu ihr um. »Ich habe dafür gesorgt, dass da nichts mehr war, das einen Schatten auf mich werfen konnte.«

Kapitel 41

Tidewall, April 1941

Es fiel Johann nicht leicht, Mina allein nach Berlin fahren zu lassen, sogar dann nicht, nachdem sie ihm zum gefühlt tausendsten Mal versichert hatte, dass dort nichts Aufregendes geschehen würde. Schließlich war Fred noch in Venedig – und selbst wenn er da gewesen wäre, gäbe es keinerlei Probleme, beteuerte Mina.

»Vertrau mir: Der gute Fred wird mir sogar dankbar sein, dass ich den Befreiungsschlag wage. Genauso, wie du es bei deiner Trennung von Ingrid warst.« Nicht einmal über das Finanzielle würden sie in Streit geraten, da Mina durch ihr Erbe über ein eigenes Einkommen verfügte, hatte sie ihm ausdrücklich erklärt. So, wie sie es darstellte, würde sie in Berlin ihre Anwälte treffen, einige persönliche Dinge zusammenpacken und vielleicht noch ihrem Friseur einen Besuch abstatten, mehr nicht. »Wirklich, Johann. Du brauchst dir keine Gedanken zu machen. Alles wird gut«, sagte Mina, während sie sich an ihn schmiegte.

Die schwere Daunendecke, die Johann durch den strengen Winter gebracht hatte, war auf den Boden gerutscht, was jedoch kein Schaden war. Obwohl sie einander erschöpft in den Armen lagen, herrschte zwischen ihren Körpern immer noch Hitze, angeheizt von den vielen Tagen, in denen sie einander zwar gesehen, aber kaum berührt hatten. Mina war am späten Abend mit dem Fahrrad zu seinem Haus gekommen, das letzte Tageslicht ausnutzend. Nach dem Sonnenschein, der Marlene ihren Geburtstag über begleitet hatte, waren mit der Dämmerung schwere Wolken aufgezogen. Unablässig trommelte der Regen aufs Dach, und Johann hoffte inständig, der Wolkenbruch möge sich in eine Sintflut verwandeln, sodass Mina gezwungen wäre, ihre Reise zu verschieben. Auch wenn sie in allen Punkten recht haben mochte, wurde er das beklemmende Gefühl nicht los, dass etwas ganz und gar nicht gut war. Sobald er diese vage Vermutung jedoch zu fassen versuchte, entglitt sie ihm.

»O nein, da ist sie ja wieder: diese Sorgenfalte zwischen deinen Brauen.«

Sanft strich Mina über seine Stirn, und Johann bemühte sich, seine Gesichtszüge zu entspannen. Ihr zuliebe. Es gelang ihm jedoch nicht, seine Miene verriet ihn. Und sein Schweigen vermutlich auch. Bevor Mina der Sache auf den Grund gehen konnte, rutschte er an die Bettkante und langte nach der Decke, denn plötzlich fror er trotz seiner erhitzten Haut … Bis Mina von hinten an ihn heranrutschte und ihre weichen Lippen auf seinen Nacken presste, während ihre Hand über seine angespannten Schultern strich. Es war, als wische ihre Berührung das Gift, das seine Unsicherheit war, schlagartig fort. Ein Zittern fuhr durch seine Muskeln und sorgte dafür, dass er den Rücken aufrichtete. Für Gedanken oder Unsicherheiten war kein Platz mehr, wenn sie einen Arm um seine Brust schlang und sich rücklings so nah an ihn schmiegte, dass ihre Brüste seine ohnehin schon überreizte Haut streiften.

»Ich wünschte, du würdest mir vertrauen«, flüsterte Mina, während ihre Finger sich mit dieser gewissen zärtlichen Grobheit in sein Haar gruben.

»Natürlich vertraue ich dir.« Johanns heisere Stimme verriet, dass ihre Liebkosungen ihn mehr als nur seine Sorgen vergessen ließen. Er musste sich regelrecht zusammennehmen, um überhaupt beim Thema zu bleiben, anstatt sich umzudrehen und ihre Umarmung zu erwidern. »Aber es geht nicht nur um uns, wir beide leben nicht auf einer einsamen Insel. Dass ein gewöhnliches Geburtstagsessen fast zu einer Katastrophe ausgeartet wäre …«

»Ist es aber nicht, wir haben es hinbekommen.« Geschmeidig wie eine Katze glitt Mina auf seinen Schoß und suchte im unsteten Licht der Öllampe seinen Blick. Als er ihr auswich, packte sie sein Haar und zog seinen Kopf in den Nacken. Langsam beugte sie sich über ihn. »Du und ich – wir gehören zusammen. Und niemand auf der Welt kann etwas daran ändern.«

Als sie seinen Mund mit einem leidenschaftlichen Kuss verschloss, ging er nur allzu bereitwillig darauf ein. Die Hitze, die erneut zwischen ihnen aufflammte, bewies zur Genüge, dass sie zusammengehörten. Während sie einander umschlangen, wartete er ungeduldig darauf, dass die Glut auch den letzten Zweifel, der einen Schatten auf sie warf, ausbrennen würde. Doch wie groß die Strahlkraft auch war, der Schatten blieb – und als Mina an seiner Seite einschlief, lag Johann wach und lauschte in den Regen, dessen Prasseln sich nach und nach in ein feines Tröpfeln verwandelte, bis es gänzlich versiegte. Nur noch ein paar Stunden, dann würde das Morgenlicht sie wecken. Sie würde sich strecken, die Fülle aus rotgoldenem Haar mit den Fingern durchkämmen und dann schleunigst in ihre Kleider steigen, damit sie das Kapitänshaus erreichte, bevor dort jemand ihren nächtlichen Ausflug bemerkte.

Es ist fast wie nach unserer Nacht in der Orangerie, dachte

Johann, während seine Hand auf Minas Brust sich gleichmäßig hob und senkte. Sie wird mich zurücklassen, um nach Berlin zu gehen. Nur dass sie dieses Mal zurückkommen wird, um bei mir zu sein. Aber statt dass ich mich darüber freue, dass die Geschichte ein solches Ende nimmt, führe ich mich auf, als würde ich sie ein zweites Mal verlieren.

Als das gräuliche Morgenlicht durchs Fenster drang, hatte Johann sich zumindest so weit in der Hand, dass keine Falte zwischen den Brauen seine Sorge verriet. Es gelang ihm, Mina beim Aufwachen zu betrachten, sie zu necken, während sie ihre verstreut liegenden Kleider zusammensuchte, und sie zum Abschied zu küssen, als denke er schon an ihr Wiedersehen. Bevor der morgendliche Dunst sie in einen Schemen verwandelte, drehte sie sich auf dem Fahrrad noch einmal zu ihm um und winkte.

»Bis bald«, flüsterte Johann.

Die nächsten Tage tat Johann das, was ein Bauer im Frühjahr am besten tut: arbeiten, und zwar rund um die Uhr. Jetzt im April erntete er den Weißkohl ab, der über den Winter gewachsen war, während er bereits den Boden auflockern und neue Pflanzen in den Acker setzen musste, die im Sommer erntereif sein würden. Seit Mina abgereist war, zeigte sich am Himmel ein Wechselspiel aus Regen und Sonnenschein, um das sich Johann jedoch kaum scherte. Er hielt den Kopf gesenkt, grübelte über einen ausgelaugten Acker und schuftete, bis die einbrechende Dunkelheit ihn ins Haus zwang. Auch als an einem Vormittag Roland mit dem auf Hochglanz polierten Mercedes-Benz 170 V über den unbefestigten Weg zu seinem Haus geholpert kam, dauerte es eine Weile, bis Johann auf das ungewohnte Motorengeräusch reagierte.

Roland hielt bereits auf dem Vorhof und half Marlene beim Aussteigen, als Johann verschwitzt und das Gesicht bereits braun gebrannt, nachdem der erste Sonnenbrand abgeklungen war, auf sie zulief. Die Art, wie Marlene ihn von Kopf bis Fuß musterte, machte ihm sein aufgekrempeltes, offenes Hemd bewusst, und er beeilte sich, es zuzuknöpfen … Bis er merkte, dass er mit seinen erdigen Fingern alles nur noch schlimmer machte.

»So sieht ein Mann aus, der seinen Lebensunterhalt mit der eigenen Hände Arbeit verdient«, erklärte er lachend. »Ich hoffe, ich beleidige dich nicht mit meinem Aufzug.«

Marlene, die mit einem schmal geschnittenen Kostüm und Hut auffallend ausgehfein zurechtgemacht war, erwiderte sein Lächeln, ohne dass es jedoch ihre Augen erreichte. »Ein verschwitzter Mann ist nichts, was mich schreckt.«

Der Art, wie sie das sagte, wohnte etwas Anzügliches und zugleich Kaltes inne, das Johann zurückweichen ließ. Andererseits war es ja auch das erste Mal, dass sie einander gegenüberstanden, seitdem Marlene wusste, wie es zwischen ihrer Mutter und ihm bestellt war.

»Gibt es einen bestimmten Grund für deinen Besuch?«, fragte er. »Ist etwas nicht in Ordnung?«

Das Mädchen zuckte mit den Achseln. »Was sollte schon sein. Mama ist in Berlin, und ich langweile mich. Also habe ich Roland davon überzeugt, mit dem ewigen Wagenpolieren aufzuhören und mich nach Hamburg zu kutschieren, damit ich ein wenig Stadtluft schnuppern und ein paar Besorgungen machen kann. Nur weil Mama den Zug genommen hat, muss dieser Faulpelz ja noch lange nicht untätig herumsitzen. Aber vorher wollte ich dir noch kurz Hallo sagen. Schließlich weiß ich ja noch gar nicht, wie du so lebst. Und das, obwohl wir zwei doch so gut befreundet sind.«

Sie sprach das Wort »befreundet« mit unüberhörbarem Spott, was Johann ihr nicht verübelte. Wäre Mina von ihrem Bruder Hubert nicht dermaßen in die Ecke gedrängt worden, hätten sie Marlene die Situation schonender beigebracht. So war Mina gezwungen gewesen, ihre Tochter quasi zwischen Tür und Angel über ihre Beziehung aufzuklären. Nun hatte das Mädchen offenbar beschlossen, auf eigene Faust mehr über den Mann herauszufinden, der demnächst eine wichtige Rolle in ihrem Leben spielen sollte. Hastig ging Johann in Gedanken durch, ob er seine Kleidung vom Vortag weggeräumt hatte und ob auch nicht zu viel schmutziges Geschirr in der Küche stand, um einer jungen Dame einen Tee anzubieten. Schließlich wollte er Marlene die Chance geben, sich ein wenig bei ihm umzusehen und ihn dadurch besser kennenzulernen.

»Hast du denn die Zeit für einen Schnack?«, fragte er. »Dann würde ich dich nämlich gern auf einen Tee einladen.«

Schon wieder dieses Schulterzucken. »Warum nicht?«

Während Johann sie ins Haus bat und in die Stube führte, sah Marlene sich ungeniert um. Unter anderen Umständen hätte er sie darauf aufmerksam gemacht, dass es unhöflich war, Schubladen aufzuziehen und ungefragt Fotoabzüge zu begutachten. Ihm war jedoch bewusst, dass sie sich nicht plump benahm, sondern ihn provozieren wollte. Offenbar hatte sie die Neuigkeiten schlechter aufgenommen als vermutet. Aber konnte man es dem Mädchen verübeln? Während ihr Vater sich mit seiner jungen Geliebten amüsierte, ging ihre Mutter bereits eine neue Bindung ein. Wie Marlene zu diesen Veränderungen stand, hatte niemand gefragt. Also schluckte Johann seinen Ärger runter, als Marlene mit abfälliger Miene das Sofa betrachtete, wo er ihr einen Platz angeboten hatte.

»Das ist aber ein arg mitgenommenes Stück, nicht dass es noch unter mir zusammenbricht.«

»Vertrau mir, das wird es schon nicht.«

Endlich zog Marlene ihr Jackett aus und setzte sich. Allerdings nur um die Sprungkraft des Polsters auszutesten, das mit einem Quietschen unter ihr auf- und abfederte. »So wie das klingt, hast du wohl ausgiebig ausprobiert, was dieses alte Ding aushält. Vermutlich hat Mama dir dabei bereitwillig geholfen.«

»Marlene … so nicht«, sagte Johann nun doch gereizt. Als sie ihn herausfordernd anstierte, entschied er sich für eine Auszeit. »Ich hole uns Tee.«

Als Johann mit zwei gefüllten Bechern in die Stube zurückkehrte, traf er Marlene nicht an. Mit einem leisen Fluch warf er einen Blick auf den Vorhof, doch Roland saß zeitunglesend im Wagen, eine Zigarette zwischen den Lippen, während er den Rauch zum Fenster hinauswedelte. Marlene war also nicht geflohen, bevor sie ihren Zwist begraben hatten. Lange suchen musste Johann nicht, das Mädchen stand in seinem Schlafzimmer vorm Fenster und drehte ihm demonstrativ den Rücken zu, als er eintrat. Unter ihrer Seidenbluse zeichnete sich ihr gekrümmter Rücken ab und ließ sie so verletzlich aussehen, dass er es nicht über sich brachte, ihr den Kopf zurechtzurücken.

»Es tut mir leid, dass du so aufgebracht bist über die Neuigkeiten«, sagte Johann stattdessen versöhnlich. »Deine Mutter und ich hätten es dir gern in Ruhe gesagt.«

Ein Zucken ging durch Marlenes Körper, als kämpfe sie mit aller Kraft gegen Tränen an. »Was gesagt? Dass sie dich ins Bett bekommen hat und nun nach Berlin eilt, um Papa ihre kleine dreckige Affäre unter die Nase zu reiben?« Sie schnaufte. »Als ob du der erste Liebhaber in Mina Löwenkamps Leben wärst.« Der verächtliche Blick, den sie über die Schulter warf, traf Johann unerwartet hart. Da war von Tränen keine Spur, sondern nichts als eiskalte Wut. »Ich will dir ja nicht das Herz brechen, aber du reihst dich in eine lange Schlange ein, mein lieber Johann. Meine Eltern sind in den Berliner Kreisen berühmt dafür, sich gegenseitig mit ihren Liebschaften zu übertrumpfen, wobei Papa einen Hang zu billigen Straßenmädchen hat, während Mama bislang Künstlerseelen und Lebemänner bevorzugte. Vermutlich bin ich deshalb nicht gleich darauf gekommen, dass du bloß eine weitere ihrer Bettbekanntschaften bist. Ich dachte nämlich, du wärst etwas Besonderes. Aber darin habe ich mich allem Anschein nach gründlich getäuscht. Du bist lediglich eine weitere Eroberung meiner nicht besonders wählerischen Frau Mutter.«

Falls Marlene damit rechnete, Johann vor den Kopf zu stoßen oder gar seine Eifersucht zu schüren, hatte sie sich getäuscht. Das Einzige, was er sah, war ein junges Mädchen, das sich vor lauter Wut nicht anders zu helfen wusste. Obwohl sie ihn geradezu aggressiv anfunkelte, trat Johann auf sie zu und legte ihr eine Hand auf die Schulter.

»Gut möglich, dass deine Mutter die Leere in ihrem Leben mit Liebschaften gefüllt hat, aber das ist Vergangenheit. Ich liebe Mina, das habe ich schon immer getan. Und sie liebt mich ebenfalls. Ich bin nicht in dein Leben getreten, nur um gleich wieder zu verschwinden, Marlene. Die Freundschaft, die ich dir angeboten habe, ist ernst gemeint.«

»Freundschaft?« Marlene verzog das Gesicht. »Darauf kann ich verzichten.«

»Das glaube ich nicht. So aufgebracht und verwirrt, wie du gerade bist, kannst du einen Freund sehr gut gebrauchen.«

»Von wegen.« Marlene wischte Johanns Hand weg. »Diesen Mist kannst du für dich behalten. Wenn du mich trösten willst, dann nach meinen Regeln.«

»Und wie lauten die? Willst du mich anschreien wie ein trotziges Kind, nach mir schlagen und treten, bis dir die Luft ausgeht?«

Marlenes Gesicht verfärbte sich rot vor Zorn. »Das ist es also, was du in mir siehst: ein Kind!«

»Das bist du doch auch, egal wie erwachsen du dich anziehst oder wie kaltschnäuzig du dich aufführst. Dieses ganze Theater ist doch unter deiner Würde.«

Nun stiegen doch Tränen in Marlenes Augen, und sie wischte sie mit dem Handrücken weg, kaum dass sie über ihre Wangen liefen. »Du hast ja keine Ahnung, wie das ist, Mina Löwenkamps Tochter zu sein. Alles, was man sich wünschen kann, liegt aufs Schönste vor einem ausgebreitet, als müsse man nur noch zugreifen. Doch kaum streckt man die Hand aus, stellt man fest, dass *sie* es sich schon genommen hat. Egal, was ich will, sie beansprucht es für sich. So ist es immer. Aber ich werde das nicht länger hinnehmen, ich will mich nicht länger hinten anstellen. Meine Mutter muss lernen, dass es nicht ihr Geburtsrecht ist, zu nehmen und zu nehmen und zu nehmen. Jetzt ist Schluss damit.«

Bevor Johann überhaupt begriff, wovon Marlene redete, warf sie sich ihm entgegen, schlang die Arme um ihn und küsste ihn hart auf den Mund. Zuerst versuchte er noch, sich sanft aus ihrer Umarmung zu befreien, doch Marlene reagierte auf den kleinsten Rückzug wie eine Wildkatze: Sie krallte sich an ihm fest und ließ sich nicht abschütteln. Erst als er grob ihr Handgelenk packte, gelang es ihm, sie für einige Sekunden auf Abstand zu bringen. Dann setzte sie aber auch schon nach, und im nächsten Moment fand Johann sich in einem Handgemenge wieder, von dem nicht klar war, ob Marlene ihn verführen oder verletzen wollte. Er hörte, wie sein Hemd riss und ihre Nägel sich in die Haut über seiner Brust gruben, während er gegen die Sofalehne stieß und das Gleichgewicht verlor. Schmerzhaft schlug er mit dem Hinterkopf gegen den Holzrahmen und sah für einen erschreckend langen Augenblick nur Schwarz, das von gleißendem Weiß durchbrochen wurde und mit einem wellenartigen Schmerz einherging. Als er wieder zu sich kam, war er heillos in ein Gewirr aus Armen, Händen und eindeutig zu vielen langen Fingernägeln verstrickt. Erst als Marlene sich an seiner Hose zu schaffen machte, verlor er endgültig die Beherrschung und stieß das Mädchen von sich.

Marlene landete auf dem Teppich wie ein Käfer auf dem Rücken. Kaum hatte sie sich aufgerappelt, nahm sie Johann ins Visier, doch dieses Mal war er gewappnet. Er richtete sich trotz des Pochens in seinem Schädel auf und zeigte mit dem Finger auf sie. »Wag es ja nicht, diese Kinderei fortzusetzen. Wenn du dich nicht sofort benimmst, dann vergesse ich, dass du eine junge Dame bist, und du fängst dir eine schallende Ohrfeige ein. Das verspreche ich dir.«

»Du kannst mich mal«, raunte Marlene und zog wenig damenhaft ihren Rocksaum über die verrutschten Strümpfe. Über dem Knie prangte eine Laufmasche, und die Spitzenborte ihres Camisole blitzte unter der geöffneten Bluse hervor. Wäre Johann noch einen Herzschlag länger weggetreten gewesen, hätte Marlene sie wohl beide von ihrer Kleidung befreit. »Tu ja nicht so, als hättest du es nicht auch gewollt! Ich bin vielleicht keine Spezialistin wie meine Mutter, wenn es um Männer geht, aber ich weiß, wann es ihnen gefällt.«

Johann beschloss, dass die Unterhaltung genau jetzt beendet war. Wenn er sich auch nur noch eine einzige von Marlenes Provokationen anhören musste, konnte er für nichts garantieren. Vor seinem geistigen Auge sah er schon, wie er sie übers Knie legte und ihr die Tracht Prügel verpasste, die ihr Vater offenbar versäumt hatte. Obwohl das Mädchen lautstark protestierte, packte er sie am Arm und zerrte sie in die Diele. Dort drückte er ihr das Jackett in die Hand und schob sie vor die Haustür. Roland stand bereits vorm Wagen und blickte mit sichtlichem Unbehagen zu ihnen herüber. Vielleicht hatte er ihren kleinen Ringkampf vorm Fenster beobachtet, oder Johann hatte bei seinem Fall einen Schmerzensschrei ausgestoßen, ohne dass er es mitbekommen hatte.

Im Tageslicht war jede Spur von Kampfgeist bei Marlene verblasst. »Ich weiß nicht, was ich sagen soll …«, setzte sie kleinlaut an.

Johann stand nicht der Sinn nach Entschuldigungen. »Es ist auch besser, du hältst den Mund, nach all dem, was du heute schon von dir gegeben hast.«

Mit diesen Worten schlug er die Haustür zu und lehnte sich mit dem Rücken dagegen. Er musste die Augen schließen, ohne genau sagen zu können, ob es der innere Aufruhr oder das Hämmern in seinem Kopf war, was ihm derart zu schaffen machte. Was zur Hölle war eben nur passiert? Und vor allem: Warum hatte er es nicht kommen sehen? Wie ein mitgenommener Kämpfer schleppte er sich durch die Diele, wo er am Spiegel vorbeikam. Nicht nur Marlene hatte ein klägliches Bild abgegeben, wie sie so derangiert auf dem Vorhof stand, sondern auch er mit den blutigen Kratzspuren auf der Brust und dem zerwühlten Haar. Langsam dämmerte Johann, was sein größtes Problem war: Wie sollte er all das nur Mina erklären?

Kapitel 42

Als Johann müde vom Feld zurückkam, entdeckte er vor seiner Tür einen Brief zusammen mit einem Sträußchen Gänseblumen. Das zartblaue Papier war so fein, dass er sein Taschentuch zückte, um es damit anzufassen. Schon als er es hochhob, war ihm klar, von wem die Nachricht stammte. Erleichterung breitete sich in ihm aus, und sie war überaus willkommen, nachdem er die letzte Nacht kaum ein Auge zubekommen hatte.

Die Rangelei mit Marlene war heftiger gewesen, als er auch nur annähernd mitbekommen hatte. Dafür war er viel zu beschäftigt gewesen, ihren hungrigen Lippen zu entgehen, ohne ihr dabei allzu wehzutun. Sie hatte deutlich weniger Rücksicht genommen. Gegen Morgen war er zu der Überzeugung gelangt, dass Marlene ihn nur deshalb hatte verführen wollen, weil sie sich vom Leben betrogen fühlte – und seine Eroberung die Rechnung beglichen hätte. Nur half diese Erkenntnis wenig weiter, wenn er Mina gegenübertrat. Als Mutter würde sie wohl kaum einsehen, dass ihre Tochter sich aus lauter Verzweiflung auf ihren Liebhaber gestürzt hatte. Allein bei dem Gedanken wurde Johann hundsübel, schließlich war es Minas große Hoffnung, dass sie mit Marlene unter einem Dach glücklich werden würden. Seine düstere Vorahnung hatte sich vollauf begründet, auch wenn er keine Sekunde geglaubt hatte, dass der Gegendwind aus dieser Richtung wehen würde.

Als sich Johann eine Viertelstunde später mit frisch gewaschenen Händen an den Küchentisch setzte und den Brief aus dem himmelblauen Kuvert zog, überkam ihn die Hoffnung, dem schrecklichen Gespräch mit Mina vielleicht zu entgehen.

Mein lieber Johann, stand dort in bester Schönschrift.

Was gestern zwischen uns geschehen ist, tut mir sehr leid. Du hast natürlich recht, ich habe mich aufgeführt wie ein störrisches Kind. Kannst Du mir verzeihen? Ich möchte es sooo gern wiedergutmachen, bevor Mama zurückkehrt. Sie darf NIEMALS etwas davon erfahren! Komm mich doch bitte morgen Vormittag besuchen, damit wir uns besprechen, wie unser Geheimnis gewahrt werden kann.
Oder willst Du ihr etwa verraten, was ich getan habe? Das könnte ich nicht ertragen!
Du hast gesagt, Du wärst mein Freund. Bitte, ich brauche jetzt einen Freund.

Deine ergebene Marlene

Johann brauchte nicht lange zu überlegen. Natürlich würde er Marlene beiseitestehen, gemeinsam würde sie diese belastende Sache aus der Welt räumen.

Es war noch früh am Vormittag, als Johann beim Kapitänshaus ankam. Er nahm sich einen Moment, um das hell strahlende Gebäude zu betrachten, so wie er es viele Jahre lang getan hatte, als er daran vorbeigeschlendert war und sich vorgestellt hatte, was für ein Leben sich wohl hinter der eleganten Fassade abspielte. Nun war er selbst zu einem Teil davon geworden. Noch immer überkam ihn ein Schauer bei dem Gedanken, dass Mina sich tatsächlich für ihn entschieden hatte, mit Haut und Haaren, so leidenschaftlich entschlossen, wie nur sie es konnte. Und er würde alles daransetzen, ihr Vertrauen nicht zu enttäuschen.

Johann stieß die Gartenpforte auf und wollte schon auf die Haustür zugehen, um anzuklopfen, als er ein Stück sonnengelben Stoff zwischen den Büschen im Garten zu sehen glaubte. Also schlenderte er den Klinkerweg entlang, die Hände in den Hosentaschen, damit man seine vor Anspannung zu Fäusten geballten Hände nicht sah.

»Marlene«, rief er. »Bist du im Garten?«

Keine Antwort.

Während Johann sich noch fragte, ob er sich möglicherweise getäuscht hatte, erreichte er die Orangerie. Wie immer schlug sein Herz schneller beim Anblick des gläsernen Gebäudes mit seinem Lilienhaupt. Ein Geraschel im Laub lenkte ihn ab. Allerdings war es nicht Marlene, sondern nur eine Amsel auf der Suche nach einem Leckerbissen unter der mächtigen Kastanie. Du hast dich bestimmt geirrt, und das Mädchen wartet im Haus auf dich, entschied Johann und riss sich los, bevor die Erinnerungen an jene schicksalsträchtige Sommernacht in ihm aufwallten. Als er auf den Klinkerweg zurückkehrte, brachte ihn ein Motorengeräusch zum Stehen. Das laute Röhren klang so gar nicht nach Minas heißgeliebtem Mercedes-Benz, dem einzigen Wagen, den es regelmäßig in diese Gegend verschlug. Mit raschen Schritten hielt er auf die Pforte zu, nur um seine Neugierde im nächsten Moment zu bereuen.

Ein Lieferwagen hielt vor dem Kapitänshaus – und hinter dem Steuer saß niemand anderes als Rudgar Möller, während jeder verfügbare Platz mit seinen Kumpanen belegt war. Rudgar zeigte mit dem Finger auf Johann, als wolle er ihn damit am liebsten sofort erstechen.

»Ausgerechnet jetzt«, schimpfte Johann und stemmte sich mit beiden Armen auf die Gartenpforte. Freiwillig würde er Rudgar keinen Zutritt gewähren.

Der war inzwischen aus dem Wagen gesprungen und umrundete die Motorhaube. »Du widerlicher Dreckskerl«, knurrte er Johann an.

»Guten Morgen, Herr Zellenleiter«, grüßte Johann. »Klappern Sie jetzt Ihr Reich ab, um sich bei jedem Untertan persönlich vorzustellen? Dann können Sie gleich wieder einsteigen und weiterfahren, wir kennen Sie und Ihre Bagage hier nämlich schon.«

»Halt dein Maul, sonst stopf ich es dir.« Rudgar verpasste der weißen Pforte einen Tritt, und Johann sprang gerade noch rechtzeitig beiseite, um nicht getroffen zu werden.

Mittlerweile hatte sich auch Wolfram Dehne von der Beifahrerbank des Lieferwagens geschwungen und holte seinen Vorgesetzten ein, bevor der nach Johann langen konnte.

»Warte doch, Rudgar. Immer schön mit der Ruhe, wir wollen das doch anständig machen. Nicht dass es später noch heißt, es wäre eine politische Sache gewesen.« Dann sah er Johann an, der die aus den Angeln gebrochene Pforte begutachtete. »Was zur Hölle hast du dir bloß dabei gedacht?«

Johann schüttelte wütend den Kopf. »Ich habe nicht die geringste Ahnung, wovon du sprichst. Aber sich am hellichten Tag wie ein Barbar aufführen, das sollte sich eigentlich nicht einmal ein Zellenleiter leisten.«

»Als ob ich mich vor einem Kinderschänder rechtfertigen müsste.« Rudgar spuckte angewidert aus. »Der Onkel von der kleinen Marlene Löwenkamp hat uns informiert, dass du die Anwesenheit der Mutter ausgenutzt hättest, um das Mädchen zu belästigen. Sie ist vollkommen aufgelöst bei ihm in Hamburg aufgetaucht, mit aufgescheuerten Knien, Blutergüssen an den Handgelenken und zerrissener Kleidung. Natürlich hat sie nicht zugeben wollen, dass du der Übeltäter bist, dafür war sie zu verängstigt. Aber bevor sie nach Tidewall zurückgekehrt ist, hat sie noch verraten, dass der Mann, der ihr das angetan hat, ein Pfand an sich genommen hat.«

Johann konnte kaum glauben, was er da zu hören bekam. Bevor er sich versah, hatte Rudgar ihn beim Jackenrevers gepackt. Instinktiv verpasste er dem Kerl einen Kinnhaken, und Rudgar taumelte zurück.

Hastig trat Wolfram zwischen die beiden Männer und ließ sich nicht beirren, als Rudgar ihn grob zur Seite schieben wollte. »Ist dir klar, mit was für Anschuldigungen wir hier vorsprechen?«, fragte er Johann. »Du wärst schon längst von der Polizei abgeführt worden, wenn Hubert Boskopsen uns nicht persönlich darum gebeten hätte, der Angelegenheit nachzugehen. Selbstverständlich möchte er vermeiden, dass eine solch pikante Sache an die Öffentlichkeit gezerrt wird.«

»Ich kann mir schon denken, dass Herr Boskopsen wenig Interesse daran hat, dass herauskommt, was für ein hinterlistiges Früchtchen seine Nichte ist.« Johann hatte genug gehört. Er würde jetzt schnurstracks ins Haus gehen und Marlene die Leviten lesen. Danach würde sie nie wieder auf die Idee kommen, solche Spielchen mit ihm oder sonst irgendjemandem zu spielen. Doch als er sich umdrehen wollte, hielt Wolfram ihn fest.

»Du kannst jetzt nicht einfach gehen«, sagte sein ehemaliger Freund nachdrücklich. Dann warf er demonstrativ einen Blick über die Schulter, und was Johann dort sah, gefiel ihm gar nicht. Godehard Schilling, ein tumber Kerl fürs Grobe, mit dem er schon früher aneinandergeraten war, hielt einen Totschläger in der Hand, und ein Mann, den Johann bislang nur an Festtheken gesehen hatte, ließ die Fingerknochen knacken. »Falls die Vorwürfe haltlos sind, brauchen wir einen triftigen Beweis. Zum Beispiel, dass deine Brust nicht zerkratzt ist. Du brauchst nur dein Hemd zu öffnen …«

»Hör mit dem Unsinn auf, sonst vergesse ich mich«, raunte Johann. Ihm wurde mit jeder Sekunde bewusster, in welch aussichtsloser Lage er sich befand. »Ich habe dem Mädchen nichts getan. Es hat vor lauter Eifersucht den Verstand verloren, als es von mir und seiner Mutter erfahren hat. Das ist alles. Willst du dich jetzt zum Rächer dieses verlogenen Fräuleins aufspielen?«

»Wie nennst du die Nichte von Hubert Boskopsen?« Es gelang Rudgar, an Wolfram vorbei nach Johann zu langen und an ihm zu zerren.

Langsam verlor Johann die Geduld. »Ich sage es dir nur einmal, Rudgar: Nimm deine Pfoten weg.«

Rudgar machte Godehard ein Zeichen, der Johann daraufhin einkesselte. »Sonst was?«

»Du behauptest also, dass du die kleine Boskopsen nicht angerührt hast.« In dem sich anbahnenden Wahnsinn versuchte Wolfram die Stimme der Vernunft zu wahren.

»Fragt das kleine Biest doch selbst.« Johann deutete auf die sonnengelb gekleidete Gestalt, die soeben zwischen den Hecken bei der Orangerie hervorlugte. »Marlene«, rief er. »Komm sofort hierher und steh zu deiner Lügengeschichte, anstatt dich wie eine Ratte im Unterholz zu verstecken.«

Ein beleidigter Aufschrei erklang, doch anstatt sich zu stellen, verschwand das Mädchen.

»Sieh alleine zu, wie du da rauskommst!«, schrie sie aus

ihrem Versteck heraus. »Meinetwegen können sie dich zu Tode prügeln! Das ist mir völlig egal.«

»Es ist dir vollkommen egal, obwohl ich dir nichts angetan habe?«

»Natürlich hast du mir etwas angetan: Du hast dich in meine Mutter anstatt in mich verliebt!«

Johann lachte trocken. »Da habt ihr eure reizende Heldin in diesem Drama. Warum holt ihr Marlene nicht her, damit sie ihre Geschichte noch einmal in meiner Gegenwart wiederholt?«

»Das machen wir vielleicht noch«, sagte Wolfram, dem die Wendung der Ereignisse sichtlich unangenehm war. »Aber erst einmal ...« Mit einem flinken Griff drehte er Johanns Jackenrevers um. Dort steckte die Rubinnadel. »Der Pfand, von dem Marlene berichtet hat. Ein wertvolles Erbstück an deiner Jacke. Wie erklärst du dir das?«

Es fiel Johann schwer, nicht zur Orangerie zu stürzen. Marlene hatte den Bogen eindeutig überspannt. »Die Nadel muss sie heimlich an meine Jacke gesteckt haben, als sie in mein Schlafzimmer geschlichen ist.«

»Dieses halbe Kind war also in deinem Schlafzimmer?« Godehard Schilling schien seine Hoffnung auf eine anständige Keilerei noch nicht aufgegeben zu haben.

Johann rieb sich stöhnend übers Gesicht. »Ich kann es einfach nicht glauben. Warum macht sie so etwas nur?«

»Das kann ich dir sagen«, mischte Rudgar sich ein, dessen aufgeplusterte Backen in der Zwischenzeit tiefrot angelaufen waren, weil der aufgestaute Druck kein Ventil fand. »Das alles passiert nur deshalb, weil Kerle wie du glauben, über den Regeln zu stehen. Du hast dich für was Besonderes gehalten, Taden, und jetzt landest du dafür mit dem Gesicht voran im Dreck, wo du auch hingehörst.«

»Mach, dass du verschwindest, Rudgar. Du begreifst doch eh nichts von all dem hier.«

Eine große Erschöpfung überkam Johann, es war die hilflose Taubheit, die man fühlte, wenn man kurz vorm Erreichen seines Ziels scheiterte. Ohne weiter auf die Männer zu achten, trat er durch die Pforte auf die Straße hinaus. Er würde einfach immer weitergehen, bis er die Tür seines Hauses hinter sich zuziehen konnte.

»Du gehst nirgendwohin, mein Freund!«

Rudgar klang, als hätte sein Zorn auf den widerspenstigen Kontrahenten jene Grenze überschritten, bis zu der es bloß einen letzten Grund braucht, um handgreiflich zu werden. Jetzt wollte Rudgar ihn einfach nur noch niederringen.

Als Johann hörte, wie eine Waffe entsichert wurde, drehte er sich um. Wolfram hechtete auf Rudgar zu, um ihm den Revolver zu entringen.

Wie gut, dass Mina von diesem Elend nichts mitbekommt, dachte Johann, als er Wolfram zu Hilfe kam, der einen Schlag von Rudgar in den Magen verpasst bekam und stöhnend auf die Knie sank.

»Nun beruhig dich endlich. Das ist doch sinnlos«, sagte Johann, während er Rudgar zu fassen bekam.

»Alles ist sinnlos, wenn ich einen wie dich davonkommen lasse«, entgegnete Rudgar und drückte den Abzugshahn.

Johann wollte noch etwas erwidern, doch er schaffte es nicht mehr. Seine Hände verloren den Halt, dann verlor er sich selbst. Plötzlich war nur noch der Aprilhimmel über ihm und das Giebelstück des Kapitänshauses. Dann nicht einmal mehr das.

Kapitel 43

Tidewall, Juni 2013

Eigentlich hatte Marie noch am selben Tag nach Tidewall zurückkehren wollen. Doch nachdem Marlene ihr unter vier Augen gestand, auf welche Weise sie die große Liebe ihrer Mutter Mina zu Fall gebracht hatte, war es ihr unmöglich, sich abzuwenden. In ihr tobte ein Aufruhr, und sie konnte es nur schwer ertragen, welches Ende diese besondere Geschichte genommen hatte. Und alles nur wegen eines selbstsüchtigen, unreifen Geschöpfs, das eine Zurückweisung nicht hatte ertragen können. Marlene hatte ihre Rache bekommen – und dabei alles zerstört: Johann Taden hatte mit dem Leben bezahlt, auch wenn sie ihm vermutlich nur eine ordentliche Tracht Prügel gewünscht hatte. Mina hatte den Mann verloren, mit dem sie den Rest ihres Lebens hatte verbringen wollen. Und Marlene … sie hatte mit dem Wissen leben müssen, dass ihretwegen ein Unschuldiger gestorben war, auch wenn Rudgar Möller später steif und fest behauptet hatte, dass der tödliche Schuss ein Unfall gewesen sei. Marlene hatte zweifelsohne Schuld auf sich geladen, aber war sie wirklich für Johanns Tod verantwortlich?

Sie glaubt es zumindest, dachte Marie, während sie ihr schweigend gegenüberstand. Aber sie ist keineswegs stolz auf sich.

»Hat Mina jemals erfahren, unter welchen Umständen

Johann wirklich zu Tode gekommen ist?« Maries Stimme klang so neutral, als löschten die widerstreitenden Gefühle in ihrem Inneren einander aus.

Marlene starrte stur geradeaus, sodass Marie schon dachte, ihre Großtante halte es nicht für nötig, ihr zu antworten. Dann begriff sie, dass Marlene schlicht um ihre Fassung kämpfte, wobei jede Regung die Gefahr eines Kontrollverlusts mit sich brachte.

Ohne die Lippen zu bewegen, sagte sie schließlich: »Über den wahren Grund, weshalb der Zellenleiter mit seinem Trupp beim Kapitänshaus aufgetaucht war, wollte niemand mehr reden, nachdem Johann binnen kürzester Zeit auf dem Klinkerpflaster verblutet war. Die Kugel hatte eine Arterie getroffen. Der Notarzt hat später erklärt, dass er wohl kaum etwas gespürt habe, weil es so schnell gegangen ist. Das war alles, was Mina wissen wollte, als sie aus Berlin zurückkam.« Nun kehrte doch Leben in ihr Gesicht ein, ihre Mundwinkel zuckten, und sie rang ganz offensichtlich um Fassung. Ein ungewohntes Bild bei einer Frau wie Marlene, die für ihren Schutzpanzer berühmt war. »Meine Mutter war ganz ruhig, als würde die Nachricht sie nicht erreichen oder als hätte sie jenen Teil von sich, der Johann gehörte, weggesperrt. Als könne ihr der Tod nicht nehmen, was sie dank dieses Mannes erfahren hatte. Sie hat sogar versucht, mich zu trösten, obwohl ich zu diesem Zeitpunkt nicht mehr als ein heulendes, zeterndes Nervenbündel gewesen bin.«

Marlenes unterdrücktes Schluchzen ging Marie nah, änderte jedoch nichts an der Wut, die sich mit jedem Wort mehr in ihr aufgebaut hatte. Vor ihrem geistigen Auge sah sie Mina, deren Hoffnungen und Wünsche mit einem Streich ausgelöscht waren, als sie sich der Tatsache stellen musste, dass Johann unwiederbringlich verloren war. Die Erkenntnis, wie weitreichend dieser Verlust war, musste ihr eine schreckliche Wunde gerissen haben. Marie ertrug es kaum, sich dieses Leid vorzustellen – weil sie selbst nur zu gut wusste, wie lärmend und unerbittlich Trauer sein konnte.

»Mina hat also nicht erfahren, dass du es gewesen bist, die Johann ans Messer geliefert hat«, stellte sie nüchtern fest.

Marlene reagierte sofort. Ablehnung war etwas, womit sie sich auskannte. »Schau ruhig auf mich herab, ich habe in all den Jahren dasselbe getan, das kannst du mir glauben. Obwohl ich immer gedacht habe, dieses widerliche Brennen sei bloß die Wut auf meine Mutter, weil sie mich so sehr in die Ecke gedrängt hatte, dass ich alles zerstört habe.«

Marie traute ihren Ohren kaum. »Du hast dich als Opfer gefühlt? Ausgerechnet du?«

»Ich war ein Opfer«, behauptete Marlene. »Aber ich war auch schuld … und feige. Bis heute weiß ich nicht, was von beidem schlimmer ist. Was denkst du, Marie? Wie hätte Mina mich gesehen, wenn sie die Wahrheit gewusst hätte? Das habe ich mich jedes Mal gefragt, wenn ich nach Johanns Tod gezwungen war, meiner Mutter unter die Augen zu treten. Sie war immer so ruhig, ruhte in sich, während ich halb in meinem Gift ertrank, wenn ich nur an sie dachte. Die Art, mit der sie mich beobachtete … da war etwas … Kein Hass oder Widerwillen, sondern …« Sie brach ab, unfähig, den Gedankengang zu Ende zu führen.

Obwohl es ihr extrem schwerfiel, versuchte Marie, in die Haut der am Boden zerstörten Mina zu schlüpfen. Was hatte sie angesichts ihres Verlusts dazu gebracht, den inneren Aufruhr zu bezwingen und sich ihrem sichtlich aufgewühlten Kind zuzuwenden? So, wie die Beziehung der beiden gewesen war, konnte es nicht bloß mütterliche Rücksichtnahme gewesen sein, dafür war Marlene schon zu alt gewesen und ihr

Verlust angesichts der Tatsache, dass sie Johann ja nur ein paar Tage lang gekannt hatte, zu gering. Sie musste an Marlenes Reaktion erkannt haben, dass die Tragödie für ihre Tochter mehr war als bloß der unglückliche Verlust eines lieben Bekannten, mutmaßte Marie. Für den Fall dass sie es zuvor nicht bemerkt hatte, hatte Marlenes Verhalten ihr wohl verraten, dass sie in diese Geschichte verstrickt war, auch wenn sie es nicht eingestehen konnte. »Mitleid?«, dachte Marie laut nach. »War es vielleicht Mitleid, das deine Mutter dir gegenüber empfand?«

Mit sichtlichem Widerwillen nickte Marlene. »Das wird es wohl gewesen sein. Jedenfalls hat es mich mehr als alles andere gereizt und mir ihre Nähe endgültig verleidet. Bevor sie bei der Sturmflut umkam, hatte ich sie drei Jahre lang nicht gesehen, obwohl sie mir ständig wegen eines Besuchs in den Ohren lag und den kleinen Gerald sehen wollte. Wenn Großmutter Adelheid nicht so bedürftig gewesen wäre, hätte sie vermutlich einfach vor meiner Tür gestanden, aber so war sie auf meinen Besuch angewiesen … der trotz ihrer eindringlichen Bitten nicht stattfand. Es tat mir zwar leid, ihr das einzige Enkelkind vorzuenthalten – vor allem weil offenkundig war, wie vernarrt sie in Gerald war –, aber ich ertrug ihre Gegenwart einfach nicht. Also habe ich mich hinter meinen Ehepflichten und dem angeblichen Widerwillen meines Mannes, mich jenseits der Hamburger Stadttore zu sehen, versteckt.«

Sie haben den Abgrund, der zwischen ihnen gähnte, also niemals überwunden, dachte Marie. Weil Marlene es nicht zulassen konnte … bis jetzt. Vorsichtig berührte sie die Hand ihrer Großtante. Deren Haut war eiskalt und schimmerte bläulich weiß unter der Sonnenbräune. Als wäre die Hand aus Glas, fuhr es Marie durch den Kopf, während sich ihr

Zorn verflüchtigte. Marlene hatte es lange Zeit vorgezogen, in ihrem Elend zu erstarren, anstatt sich einzugestehen, dass ihre Mutter vermutlich geahnt hatte, dass sie einen Anteil an Johanns Tod trug – und ihr verziehen hatte.

Draußen war inzwischen die Dämmerung angebrochen. Lange Schatten wanderten über die Dachterrasse, während kein Laut durch die dicken Fensterscheiben drang. Nur das leise Sirren der Klimaanlage war zu hören. Ohne nachzudenken, öffnete Marie die Schiebetür, und als ihr die Abendhitze mit dem Lärm des Hafens, dem fernen Möwengeschrei und dem Duft von Holz, das Sonnenwärme gespeichert hatte, entgegendrang, griff sie nach Marlenes Arm und zog sie mit nach draußen. Zuerst wehrte sich die alte Dame wie aus lieb gewonnener Gewohnheit, allerdings nur einen Augenblick, dann ließ sie sich bereitwillig von ihrer Nichte auf die Terrasse führen. Dicht nebeneinander lehnten sie sich über die Brüstung und schauten dem abendlichen Treiben in der HafenCity zu. Einige Male schien es, als läge Marlene eine scharfe Bemerkung auf der Zunge, doch sie schwieg, bis sie irgendwann nach Maries Hand griff.

»Du bleibst doch noch ein wenig zu Besuch? Wenigstens bis morgen? In deiner Nähe ist mir das erste Mal seit Langem warm.«

»Ich bleibe, versprochen«, sagte Marie.

Es war bereits später Nachmittag, als Geralds Wagen am nächsten Tag vorm Kapitänshaus hielt. In Hamburg war es den Tag über so warm geworden, dass die Luft in den Straßen gestanden hatte, nachdem sogar der ansonsten stetig gehende Wind sich der Hitze ergeben hatte. Als Marie die Beifahrertür öffnete, kam ihr eine angenehme Kühle entgegen. Dankbar blickte sie in die mächtigen Kastanien, die das Grundstück umkreisten wie Wächter und es in ihren Schatten hüllten. Eine von ihnen würde ihren Dienst jedoch schon bald quittieren müssen. Gerald hatte bereits mit einem Gärtner aus der Gegend telefoniert, der sich um die Grünanlagen einiger seiner Mietshäuser kümmerte. In seiner Dankbarkeit, dass Marie die aufgebrachte Marlene zur Ruhe gebracht hatte, hätte er vermutlich ohne Zögern zugestimmt, den gesamten Garten nach ihren Vorstellungen neu gestalten zu lassen. Aber Marie wollte sich nur von der absterbenden Kastanie verabschieden, den Rest würde sie selbst in die Hand nehmen. Seit sie die Nacht bei Asmus verbracht hatte, war ihre alte Energie zurückgekehrt, sodass ihr nicht einmal die wuchernde Eibenhecke und das Gierschparadies im hinteren Garten Sorge bereiteten. Sie würde so schnell vor keiner Herausforderung mehr zurückschrecken, versprach sie sich.

Gerald stieg ebenfalls aus dem Wagen und schaute auf das Kapitänshaus. »Ich weiß zwar immer noch nicht, was hier vorgefallen ist – und meine Mutter wird es mir bestimmt nicht einmal auf ihrem Sterbebett verraten. Nichtsdestotrotz hat ihr euer Gespräch unter vier Augen sichtlich gutgetan, auch wenn sie seither geistesabwesend wirkt und sich heute Morgen nicht einmal über das hart gekochte Frühstücksei beschwert hat.« Er lächelte Marie an, wobei er trotz der Schatten die Augen zusammenkniff, als würde er geblendet. »Es war eine meiner besten Entscheidungen, dir dieses Haus zu überlassen. Nicht nur, weil du Marlene den Stachel gezogen hast, obwohl ich dir dafür ehrlich dankbar bin. Ich weiß nicht recht, wie ich es sagen soll … aber du gibst diesem Ort eine Bedeutung.«

»Die Geschichte des Kapitänshauses ist ja auch eine besondere«, wiegelte Marie ab, die es seltsam fand, die Ereignisse der letzten Zeit von ihrer Person abhängig zu machen. Der Knoten, der sich langsam entwirrt hatte und schließlich endgültig zerschlagen worden war, wäre vermutlich immer noch da, wenn Gerald ihr eine der Mietwohnungen in Meldorf oder Heide zur Verfügung gestellt hätte. »Du solltest Marlene danach fragen, wenn sie sich ein wenig erholt hat. Es dürfte ihr zwar schwerfallen, ausgerechnet ihrem Sohn die Geschichte ihrer Mutter zu erzählen, trotzdem hast du ein Recht darauf. Schließlich bist du ein Teil der Familie, deren Schicksal hier entschieden wurde.«

Gerald rieb sich das Kinn, an dem sich bereits erste dunkle Stoppeln abzeichneten. »Vielleicht sollte ich dich noch zum Essen einladen in der Hoffnung, dass du mir etwas von dieser geheimnisvollen Familiengeschichte erzählst.«

Mit einem Lächeln schüttelte Marie den Kopf. »Nein, Marlene zum Reden zu bringen ist deine heilige Mission. Da halte ich mich raus.«

Gerald seufzte dramatisch. »Nun gut, dann bleibt mir wohl nichts anderes übrig, als dein Schweigegelübde zu akzeptieren. Zum Essen würde ich dich aber dennoch gern einladen.«

So leid es Marie auch tat, sie musste ihrem Onkel erneut einen Korb geben. »Ein anderes Mal gern, aber jetzt schulde ich erst einmal jemand einen Besuch. Sogar ganz dringend.« Während ihres Gesprächs mit Marlene am Vortag hatte Asmus ihr auf die Mailbox gesprochen: »Bitte gib mir Bescheid, wenn du aus Hamburg zurück bist. Ich würde dich gern heute Abend sehen, bevor ich mich mit ein paar anderen auf die Pirsch lege. Ich habe das Schlupfloch des Fuchses nämlich noch nicht gefunden, und es würde mich sehr wundern, wenn er nicht noch einmal auf die Jagd ginge, nachdem er letzte Nacht so viel Spaß hatte. Komm einfach vorbei, ja?«

Seitdem hatte sie ihn telefonisch nicht erreichen können. Vermutlich war er die ganze Zeit auf dem Deich unterwegs, wo die Empfangslöcher in Richtung Nordsee immer dichter wurden. Obwohl ihre Großtante und deren Geschichte sie vollauf in Beschlag genommen hatten, waren ihre Gedanken immer wieder zu Asmus gewandert, und sie kam nicht umhin, sich einzugestehen, wie sehr sie ihn vermisste. Der Wunsch, ihm zu zeigen, wie viel ihre gemeinsame Nacht ihr bedeutet hatte, und mehr noch: was sie in Bewegung gesetzt hatte, war übergroß.

Gerald musterte sie mit zusammengezogenen Augenbrauen. »Du willst doch wohl nicht etwa nach Büsum und deinem Sohn einen Besuch abstatten? Der Junge klang doch ganz vergnügt, als er gestern Abend durchgerufen hat.«

Valentin hatte tatsächlich glücklich geklungen. Geradezu euphorisch, wenn man bedachte, dass er in den Tagen vor der Klassenfahrt behauptet hatte, es wäre ihm unmöglich, mit einer Horde Gleichaltriger in einem Raum zu schlafen, dass er vom Essen im Jugendheim bestimmt Hautausschlag und in den Gemeinschaftsduschen Fußpilz bekommen würde. Offenbar hatten 48 Stunden ausgereicht, um ihn zu bekehren. Die Sonne und die Wärme am Meer waren daran bestimmt nicht unschuldig, denn nach dem frostigen Frühjahr war es ihm gewiss wie ein Wunder vorgekommen, als er sich zum ersten Mal in die Wellen gestürzt hatte. »So wie Valentin klang, wird er bestimmt nicht so schnell zurückwollen«, gestand Marie lächelnd ein. »Und ich habe keineswegs vor, ihn persönlich daran zu erinnern, dass seine Mama trotzdem die Beste ist.«

»A-ha. Das bedeutet dann wohl, dass du mir nicht verraten willst, wer denn so sehnsüchtig auf deinen Besuch wartet. Ich muss irgendetwas an mir haben, das die Frauen meiner

Familie dazu bringt, lauter Geheimnisse vor mir zu hegen.« Gerald machte ein beleidigtes Gesicht, das Marie auflachen ließ.

»Keine Sorge, ich will kein großes Rätselraten veranstalten. Ich will zu meinem Nachbarn, der ein Stück den Deich rauf wohnt.«

»In die Richtung, aus der du gestern im Nachthemd zurückgekehrt bist?«, vergewisserte sich Gerald, dem offenbar gerade ein zündender Gedanke kam. »Dort wohnt doch dieser Schäfer, Mehnert oder so. Ein junger Kerl mit Zauselbart, der immer ganz in Gedanken verloren herumläuft, richtig?«

»Der Bart ist ab, aber der Rest stimmt.« Marie verabschiedete sich von ihrem Onkel, dann eilte sie ins Kapitänshaus, um sich ein frisches Kleid überzuziehen. Mit den Gedanken bereits bei Asmus, machte sie sich auf den Weg zum Reetdachhaus.

Kapitel 44

Mit vor der Brust verschränkten Armen und einem gehörigen Sicherheitsabstand sah Marie zu, wie die große Kastanie bei der Orangerie gefällt und anschließend der Baumstumpf und die Wurzeln gefräst wurden. Langsam perlte ihr der Schweiß zwischen den Schulterblättern hinab, obwohl sie im Schatten des Kapitänshauses stand. Heute Nachmittag würde Valentin von seiner Klassenfahrt zurückkommen, und Marie setzte darauf, dass er mindestens einen anerkennenden Pfiff auf den Lippen haben würde, wenn er sah, was sie während seiner Abwesenheit alles in Bewegung gesetzt hatte. Der Gedanke an ihren Sohn beruhigte sie, denn seit ihrer Rückkehr nach Tidewall war es ihr nicht gelungen, Asmus anzutreffen, und sie fühlte sich allein. Zwei Mal war sie zum Reetdachhaus gegangen und hatte ihm eine Nachricht hinterlassen. Leider hatte sie ihn prompt verpasst, als er später durchrief. Vielleicht war er enttäuscht darüber gewesen, dass sie einander ständig verpassten, jedenfalls hatte er nur kurz und knapp ihrer Mailbox erzählt, dass sie den Fuchs endlich in einer Lebendfalle gefangen hätten und er ihn beim Forstamt abliefern würde, wo das Tier untersucht und anschließend an anderer Stelle ausgesetzt werden sollte. Offenbar hatte der Fuchs trotz aller Vorsichtsmaßnahmen in der zweiten Nacht erneut zugeschlagen. Das erklärte wohl auch, warum Asmus' Stimme so gedrückt geklungen hatte. Marie führte sich vor Augen, dass sie beide gerade vollauf mit ihren eigenen Dingen beschäftigt waren, aber dennoch nagte ein unbestimmtes Gefühl an ihr. Drängte es Asmus wirklich genauso sehr wie sie, dass sie sich endlich wiedersahen? Langsam beschlichen sie Zweifel.

Einer der Gärtner riss Marie aus ihren Grübeleien. Er hatte die lärmende Fräse ausgeschaltet und bedeutete ihr, zu ihm zu kommen. Verblüfft gab Marie ihr schattiges Plätzchen auf. Hoffentlich wollte ihr der Mann nicht noch einen Vortrag darüber halten, dass es wirklich höchste Eisenbahn mit dem Fällen der Kastanie gewesen sei. »Eine kräftige Brise, und das morsche Teil wäre einmal in der Mitte umgeknickt. Und wer weiß, was dieser Koloss alles mit umgerissen hätte? Mit toten Bäumen ist nicht zu spaßen«, hatte der Gärtner seine Gardinenpredigt beendet. Dass der Baum in ihren Laienaugen mit seinen vereinzelt begrünten Zweigen keineswegs mausetot, sondern bloß angeschlagen ausgesehen hatte, behielt Marie lieber für sich.

»Was gibt es denn?«, fragte sie. Dann sah sie, dass der Gärtner eine Metallschachtel in der Hand hielt, auf die er offenbar mit der Fräse gestoßen war. Im Deckel klaffte nämlich eine dicke Schramme.

»Ich habe in einem Hohlraum unter den Wurzeln einen verborgenen Schatz entdeckt.« Der Gärtner lachte lauthals. »Die Familienjuwelen, würde ich mal tippen.«

Mit pochendem Herzen nahm Marie das Kästchen entgegen. Es war ein Stück länger als ihre Hand und eine kleine Spanne hoch. Wofür es ursprünglich gedient haben mochte, war nicht mehr zu erkennen. Was die Jahre im Erdreich nicht an der einstigen Lackierung zerfressen hatten, hatte das Blatt der Fräse erledigt. »Für die Familienjuwelen ist das Kästchen zu leicht«, beschloss Marie. Eigentlich hätte sie es lieber allein geöffnet, aber sie konnte dem Finder wohl kaum einen Blick auf den Schatz verwehren. Es kostete sie einiges an Kraft, den verzogenen Deckel zu öffnen. Darin befand sich ein schwarzer Seidenschal, der ungebrochen im Sonnenlicht glänzte.

Sichtlich enttäuscht zuckte der Gärtner mit der Schulter. »Mit Schwarz macht man wenigstens nichts falsch, so einen Schal kann man heute genauso gut wie gestern tragen. Mal schauen, ob ich zwischen den Wurzeln nicht was Interessanteres entdecke.«

»Hier ist noch etwas, ein zusammengefaltetes Stück Papier.«

»Na, ein verschollenes Testament wäre auch nicht schlecht.« Der Gärtner sah sie erwartungsvoll an.

Behutsam faltete Marie das vom Alter brüchige Papier auseinander. Die Tinte, mit der darauf geschrieben worden war, war fast verblasst und an einigen Stellen zerlaufen. Es waren nur wenige Zeilen, und es fehlte auch eine Unterschrift. Sie brauchte eine Weile, um die altmodische Kurrentschrift zu entziffern. »Es ist nur ein Gedicht, eigentlich noch nicht einmal das«, erklärte sie dem Gärtner, der immer noch abwartend neben ihr stand.

Schlagartig verlor der Mann das Interesse und kehrte zu seiner Arbeit zurück, während Marie ihm rasch den Rücken zukehrte, um ihr vor Aufregung glühendes Gesicht zu verbergen. Ihr verrieten die Zeilen nämlich durchaus etwas.

Das Ende dort, wo es seinen Anfang genommen hat.
Ich bin nicht traurig, jedenfalls nicht so sehr, wie ich
glücklich bin, den Moment mit Dir gehabt zu haben.

»Mina«, flüsterte Marie fast ungläubig. Diese Zeilen stammten ganz gewiss von jener Frau, deren Schicksal sie sich so verbunden fühlte. Das Kästchen war ein Abschiedsgeschenk an Johann, wobei sie nur raten konnte, warum es im Erdreich zwischen Baumwurzeln verborgen gewesen war. Vielleicht hatte Mina ihn ja unter der mächtigen Baumkrone kennengelernt oder hier zum ersten Mal geküsst. Und der Schal? Bestimmt ein Geschenk, dachte Marie und ließ die Seide durch ihre Finger gleiten, bis plötzlich ein scharfer Schmerz sie innehalten ließ. Etwas Spitzes hatte sich in ihre Fingerkuppe gebohrt. Es dauerte keinen Atemzug, da hatte sie das Tuch entwirrt und den Übeltäter entlarvt: In den schwarzen Stoff war die Rubinnadel gebettet, deren Verschluss aufgesprungen sein musste, als Marie den Schal betastet hatte. Ungläubig starrte sie auf das Schmuckstück in ihrer Hand. Minas Rubinnadel, das Erbstück, das seit vielen Generationen in ihrer Familie von einer Frau zur nächsten überging.

Maries Gedanken überschlugen sich. Wenn diese Zeilen tatsächlich von Mina stammten, dann war die Brosche zu ihr zurückgekehrt, nachdem Marlene sie Johann heimlich ans Revers gesteckt hatte. Eigentlich war nur ein Szenario denkbar, überlegte Marie, während sie ihre blutende Fingerspitze gegen die Lippen presste: Mina musste das Erbstück nach Johanns Tod zurückbekommen haben, vielleicht von Wolfram Dehne, der sich gewiss schuldig gefühlt hatte. So, wie Gerke Taden den ehemaligen Skipper beschrieben hatte, war er ein Mann, der seinem alten Freund bestimmt einen letzten Dienst erwiesen hätte, indem er Mina die Wahrheit erzählte. Und selbst wenn Mina lediglich das Familienschmuckstück von Wolfram zurückerhalten haben sollte, ohne dass er ihr eine Erklärung geliefert hatte, dann hätte sie zumindest geahnt, dass ihre Tochter Marlene die Finger mit im Spiel gehabt hatte.

»Mina war eine kluge Frau, sie wusste es«, dachte Marie laut nach, was jedoch nichts machte, da der Gärtner bereits wieder die lärmende Fräse im Einsatz hatte. »Sie wusste, was

Marlene getan hat, und hat es ihr verziehen. Aber warum hat sie es ihrer Tochter dann nicht gesagt und ihr auch nicht verraten, dass die Rubinnadel sich wieder in ihrem Besitz befand?« Marlene selbst hatte betont, dass sie es ihrer Mutter unmöglich gemacht hätte, ihr später noch einmal nahezukommen. Sie hatte sogar jahrelang den Kontakt verweigert, bis Mina die Hoffnung auf eine Aussprache aufgegeben und die Rubinnadel an jenen Ort gelegt hatte, an dem sie ihrer Liebe zu Johann ein letztes Zeichen gesetzt hatte.

Während Marie die filigrane Nadel fest umschlossen hielt, versuchte sie sich die Situation im Kapitänshaus nach Johanns Tod vorzustellen: eine Mina, deren Lebensglück zerbrochen war, kaum dass sie es in den Händen gehalten hatte, und ein sechzehn Jahre altes Mädchen, das zwischen Raserei und Verzweiflung schwankte. Auch wenn Marlene kaum etwas über die ersten Trauertage erzählt hatte, war es keine große Herausforderung, sich vorzustellen, dass sie wie von Sinnen gewesen sein musste. Mina hatte als Mutter das einzig Richtige getan und sich ihrer Tochter zugewandt, während sie ihre tiefe Trauer ausgeblendet hatte. So, wie ich es getan habe, nachdem Thomas an jenem Morgen nicht mehr aufgewacht ist, erkannte Marie. Mina und ich … wir haben uns beide für denselben Weg entschieden.

Diese Gemeinsamkeit raubte Marie den Atem. Alles, was sie über Mina in Erfahrung gebracht hatte, war das Bild einer Frau, die vom Wesen her so vollkommen anders war als sie. Und doch gab es diese unbestreitbaren Berührungspunkte. Sie musste Asmus davon erzählen, sofort. Nur er würde verstehen, was ihr diese Verbundenheit bedeutete. Schließlich hatte er ihre Suche von Anfang an begleitet und sie tatkräftig unterstützt, davon abgesehen, dass er ebenfalls diesen gewissen Zauber des Kapitänshauses wahrgenommen hatte.

Marie verließ den Garten und lief zum Deich, die fragenden Blicke der Gärtner ignorierend. Irgendwo dort auf dem endlosen Grün musste Asmus sein und seiner Arbeit nachgehen, die ihn in den letzten Tagen von ihr ferngehalten hatte. Sie erkannte ihn schon von Weitem, nicht mehr als ein Schemen im flimmernden Licht des Vormittags. Er ging am Ufer entlang, gefolgt von seinen beiden Hunden. Obwohl Maries Herzschlag bis in die Kehle pochte, rannte sie weiter und wurde selbst dann nicht langsamer, als die Border Collies sie mit Gebell begrüßten. Kurzatmig und mit stechender Seite kam sie vor Asmus zum Stehen und tätschelte hastig die Hunde. Ohne eine weitere Sekunde zu verschwenden, zeigte sie ihm die Rubinnadel.

»Schau, was unter der Kastanie verborgen war!«

Es war Asmus anzumerken, dass er in den letzten Nächten kaum ein Auge zugemacht hatte. Die Wangen waren von einem Dreitagebart überzogen und die Ärmel seines Hemds nachlässig hochgekrempelt. Entsprechend schwerfällig fiel seine Reaktion aus: Er stand einfach nur da und sah sie an. »Du hast tatsächlich die Kastanie fällen lassen? Ich habe mich schon über den Krach gewundert.«

»Du hast den Lärm gehört? Warum bist du dann nicht vorbeigekommen, wenn du in der Nähe vom Kapitänshaus warst?«, fragte Marie verblüfft.

Nun endlich bemerkte Asmus das Schmuckstück, das Marie ihm hinhielt wie ein unerwünschtes Geschenk. »Das ist also Minas Rubinnadel. Ich dachte, die hätte sie ihrer Tochter Marlene überlassen.«

»Das stimmt ja auch, nur hat Marlene die Nadel heimlich Johann untergejubelt, um ihn in eine Falle zu locken.« Marie konnte kaum an sich halten, die Geschichte wollte ihr unbedingt über die Lippen, allein schon um jenes Feuer in Asmus'

Augen aufflackern zu lassen, das sie beide bei ihrer Suche so weit gebracht hatte. Sie wartete darauf, dass er fragend die Augenbrauen hob oder seine Neugier auf andere Weise bekundete, um ihm endlich zu berichten, was sie von Marlene erfahren hatte. Doch gab es nicht das geringste Anzeichen, dass ihn diese Neuigkeit berührte.

»So war das also«, sagte Asmus schlicht.

Die Euphorie, die Marie beim Fund der Nadel überkommen hatte, verflog rascher als ein Herzschlag. Sie musterte den Mann, in dessen Armen sie erst vor einigen Nächten gelegen hatte und dessen Wege sie seitdem nicht mehr gekreuzt hatte – durch unglückliche Zufälle, wie sie bislang angenommen hatte. Allerdings war sie sich dessen nun nicht mehr so sicher.

»Gut«, sagte sie betont ruhig. »Die Rubinnadel interessiert dich also nicht länger. Was hat denn noch alles dein Interesse verloren? Jetzt, wo ich schon mal vor dir stehe, kannst du doch die Chance nutzen und mir erzählen, warum das Kapitänshaus offenbar von deiner inneren Landkarte verschwunden ist – samt seiner Mitbewohner, wie es scheint.«

»Marie …«, sagte Asmus lediglich, als wüsste er nicht recht weiter.

»Oh, toll. Du erinnerst dich zumindest an meinen Namen. Wollen wir gemeinsam versuchen, ob dir der Rest nicht auch noch einfallen will? Ich bin die Frau, deren Leben du auf den Kopf gestellt hast, der du das Gefühl gegeben hast, dir vertrauen zu können. Was ich auch getan habe. Ehrlich gesagt bin ich bis eben gar nicht auf die Idee gekommen, dass du mich willentlich meiden könntest.«

Endlich bewegte sich etwas in Asmus' Miene, wenn auch nicht wie erhofft: Er blickte finster drein. »Du bist doch diejenige, die nach Hamburg verschwunden ist und es nicht sonderlich eilig hatte zurückzukommen.«

»Ich bin nur nach Hamburg gefahren, weil Marlene mich sehen wollte.« Marie konnte nicht glauben, dass sie diese Unterhaltung wirklich führten. Sogar Mascha reagierte verstört auf die wachsende Spannung zwischen den Zweibeinern und presste sich an die Beine ihres Herrn, der sich nur widerwillig runterbeugte, um sie zu streicheln. Marie beobachtete diese kleine Zärtlichkeit in der Hoffnung, dass sie Asmus sanfter stimmte. »Es war dringend, Marlene brauchte mich«, setzte sie nach.

»Du meinst jene Tante Marlene, die ansonsten bloß ›der Drachen‹ heißt?« Asmus schnaufte verächtlich. »Klar, ich würde auch sofort losjagen, wenn die böseste aller Verwandten Lust auf eine Plauderei verspürt.«

Marie legte den Kopf schief. »Nimmst du es mir übel, dass ich nach Hamburg gefahren bin, oder geht es um mehr?«

Offenbar hatte sie einen wunden Punkt getroffen, denn Asmus wandte das Gesicht ab, während er sein stoppeliges Kinn rieb. Es dauerte eine Weile, bis er sich eine Antwort zurechtgelegt hatte.

»Ich habe die Zeit, in der du weg warst, zum Nachdenken genutzt. Die Nacht, die du bei mir verbracht hast … und wie sich das am nächsten Tag für mich angefühlt hat.«

»Für mich war das auch ein einschneidendes Erlebnis«, unterbrach ihn Marie voller Hoffnung, dass dieses unglückliche Gespräch nun endlich eine Wende nahm.

Allerdings lachte Asmus nur bitter. »Ja, so einschneidend, dass es kein Problem für dich war, von einer Sekunde auf die andere wieder auf die Jagd nach der Vergangenheit zu gehen. Aber versteh mich bitte nicht falsch, ich nehme dir das keineswegs übel. Es hat mir nur deutlich gemacht, dass es mit der Liebe so eine Sache ist.«

»Sieh an.« Mehr brachte Marie nicht raus, sie war nämlich vollauf damit beschäftigt, ihre Enttäuschung wie ein verdorbenes Pralinee runterzuschlucken. Irgendetwas war eindeutig verkehrt gelaufen, aber sie war sich nicht sicher, ob es tatsächlich mit ihnen beiden zu tun hatte. Unsicher wischte sie über ihre Stirn, die von einem leichten Schweißfilm überzogen war.

Unterdessen spann Asmus seinen Gedanken weiter. »Wir haben nie darüber gesprochen, warum ich allein lebe. Na ja, einmal abgesehen von der Tatsache, dass man hier draußen kaum massenhaft Bekanntschaften macht. Es war jedoch eine bewusste Entscheidung – bis ich dich kennengelernt habe und es mir in deiner Gegenwart immer schwerer fiel, mich daran zu erinnern, warum ich die Einsamkeit vorziehe. In den beiden Tagen, in denen ich jetzt auf dich gewartet habe, ist es mir dann aber wieder eingefallen: Das, was angeblich Liebe ist, ist in Wirklichkeit meist nichts anderes als Selbstbetrug. Man redet sich ein, etwas für sein Gegenüber zu empfinden, doch in Wirklichkeit geht es nur darum, ein Bedürfnis zu befriedigen.«

»Das glaubst du doch nicht wirklich!« Marie konnte nicht länger verbergen, wie weh ihr sein Rückzug, seine unerwartete und schmerzliche Ablehnung taten. Wenn Asmus selbst nicht so elend ausgesehen hätte, wäre sie wohl laut geworden in ihrer Verzweiflung. Er schien – aus welchem Grund auch immer – tatsächlich davon überzeugt zu sein, dass die Liebe, die sich in den letzten Monaten zwischen ihnen entwickelt hatte, eine Lüge war. »Was ich für dich empfinde, ist echt. Und meine Gefühle gelten dir, dem Mann, den ich kennengelernt habe.«

Asmus' mahlende Kieferknochen zeichneten sich trotz der Bartstoppeln hart ab. »Bitte, Marie. Zwing mich nicht dazu, dir vor Augen zu führen, was hinter dieser angeblichen Echtheit steht. Das würde uns beide nur unnötig verletzen.«

»Es ist echt«, beharrte Marie, während das Leuchten, das bis eben alles um sie herum umgeben hatte, erstarb, je weiter Asmus sich von ihr entfernte. Das Himmelsblau und die grasgrüne Weite büßten mehr und mehr an Strahlkraft ein, und sogar das Spiel der Wellen gerann. Das Sommerkleid haftete an ihren Schulterblättern, während die Wärme auf ihrer Haut ein klebriges Gefühl erzeugte. Alles verlor seinen Glanz.

Auch aus Asmus schien die Farbe zu weichen, ein Mann, der nur mehr Schwarz und Weiß kannte, bereit, den nächsten Stich zu setzen. »Zwei einsame Menschen, die sich gemeinsam auf die Spurensuche in die Vergangenheit machen und dabei entdecken, dass sie wie füreinander geschaffen sind – was für eine anrührende Geschichte.« Er blickte sie geradeheraus an, als wolle er sichergehen, dass die Spitzen, die seine Worte waren, ihr Ziel nicht verfehlten. »Gib es zu, Marie: Selbst zwei alte Invaliden wie uns hat diese Idee so fasziniert, dass wir unsere Sorgen und Ängste einfach beiseitegeräumt haben, damit diese Geschichte wahr werden kann. Dabei können wir beide ein Lied davon singen, dass das Leben mit seinen ganzen Brüchen und unvorhersehbaren Wendungen ohnehin schon schwer genug ist, auch ohne die sogenannte Liebe.«

»Es mag ja sein, dass wir es versäumt haben, über deine Beweggründe, allein zu leben, zu sprechen. Trotzdem nehme ich dir nicht ab, dass du durch ein wenig Grübelei zu dem Ergebnis gekommen bist, dass wir uns nur deshalb zueinander hingezogen fühlen, weil uns beiden einsamen Herzen die

Aussicht auf ein wenig Gesellschaft das Gehirn vernebelt hat. Als wäre die Liebe nicht mehr als ein leeres Versprechen.« Marie rieb sich die Schläfen, hinter denen allmählich ein dumpfes Pochen einsetzte. Wie aus einer alten Gewohnheit streckte Asmus die Hand aus, um ihr beruhigend über die Schulter zu streichen. Doch sie wich ihm geschickt aus. Sie wollte keinen Trost von einem Mann, der sie zugleich verletzte. »Ich begreife es nicht, was ist nur passiert?«

Hilfesuchend hob Asmus die Hände, während die Wellen der Elbe so friedlich gegen das Ufer schlugen, als gäbe es diese beiden aufgewühlten Menschen gar nicht. Für Marie allerdings zählte in diesem Moment nur Asmus. Allein der Anblick seiner ausgeprägten Fingerknöchel, die dargebotenen und doch leeren Handteller, die kräftigen Handgelenke berührten sie. Alles an Asmus versprach Halt, und genau das war es, was sie aus ihrer Einsamkeit hervorgelockt hatte. Doch kaum dass sie die Herausforderung, die seine Zuneigung für sie darstellte, angenommen hatte, entzog er sie ihr. Marie presste eine Hand vor den Mund, um das Beben ihrer Lippen zu verbergen. Wenn er ihre Angst sah, würde es ihr auch nicht helfen.

Trotzdem entging Asmus nicht, dass sie völlig aufgelöst war. »Wir sollten aus der Sonne gehen«, schlug er vor. »Die ganze Aufregung und jetzt noch die Hitze … Du musst dringend in den Schatten.«

»Es ist wirklich nicht zu ertragen«, gab Marie zu, wobei sie unsicher war, ob sie die Wärme oder die gerade angebrochene emotionale Frostzeit meinte. »Nur kann ich mir beim besten Willen nicht vorstellen, wohin ich mit dir zusammen gehen sollte. Wo doch unser Zusammensein für dich plötzlich nicht mehr ist als eine Illusion.« Sie schüttelte widerwillig den Kopf. »Du hast es klar und deutlich gesagt, und ich kann es trotzdem kaum glauben, zumindest sagt mir mein Instinkt unablässig etwas anderes. Diese Anziehungskraft zwischen uns … Das bilde ich mir auf keinen Fall ein.«

»Du hast recht, mir fällt es ja auch nicht leicht, die Wahrheit zu akzeptieren. Nur weiß ich, womit es endet, wenn man nicht ehrlich sich und seinen Beweggründen gegenüber ist.« Asmus' Stimme war weicher geworden, seine distanzierte Haltung schien ihm langsam, aber sicher abhandenzukommen. Hätte Marie nicht so abweisend reagiert, hätte er wahrscheinlich spätestens jetzt den Arm um ihre Taille gelegt, um sie zurück in Richtung Deich zu lenken, raus aus der Hitze dieses Sommertags. Doch nichts an Marie ermutigte ihn zu einer Berührung, deshalb verlagerte er sich aufs Reden. »Erinnerst du dich, wie ich dir von meinem Motorradunfall in Marokko und der schweren Zeit danach erzählt habe?«

»Natürlich tue ich das.« Der Themenwechsel kam überraschend und dann auch wieder nicht. Hatte Marie doch schon seit Längerem die Vermutung gehabt, dass mehr hinter dieser Geschichte steckte, als Asmus ihr erzählt hatte.

»Dann weißt du ja noch, dass ich keine Ahnung hatte, wie es mit mir weitergehen sollte.«

»Du bist nach Russland gereist, in die Heimat deines Vaters«, sagte Marie abwartend.

Asmus nickte. »Wenn wir nicht weiterwissen, besinnen wir uns auf unsere Wurzeln, in der Hoffnung, dass die Vergangenheit uns eine Antwort darauf gibt, wer wir sind. Meine Reise damals war in jeder Hinsicht erfolgreich, wenn auch auf eine ganz andere Art als erwartet.« Er bückte sich zu seinen Hunden hinunter und strich ihnen zärtlich über die Köpfe. Eine liebevolle Geste, die jedoch auch verriet, dass er nicht so kühl war, wie er sich gab. Diese Unterhaltung setzte Asmus mindestens genau so sehr zu wie Marie. Doch das würde ihn nicht davon abhalten, seinen Weg zu Ende zu gehen. Als er sich wieder aufrichtete, wich er ihrem Blick nicht aus. »Du kennst die Geschichte meiner Eltern, Dasha erzählt sie jedem, der nicht bei drei auf den Bäumen ist. Meine Mutter Elsa hat in den Siebzigerjahren in Sankt Petersburg Kunstgeschichte studiert. Nicht weil sie ein kreativer Mensch war, sondern mehr aus Rebellion. Ihr Vater, der angesehene und steinreiche Dr. August Mehnert, hätte es wohl lieber gesehen, dass seine einzige Tochter seine gut laufende Hautarzt-Praxis übernahm. Aber als Kind ihrer Zeit interessierte sich meine Mutter mehr dafür, genau das zu tun, was ausdrücklich nicht von ihr erwartet wurde. Leider hat keiner Elsa dazu überreden können, etwas über ihre Erfahrungen an der Kunstakademie zu erzählen, aber ich habe den Verdacht, dass sie einen ziemlichen Kulturschock erlitten hat. Von der ›Alles geht‹-Mentalität an den deutschen Kunst-Unis rein in eine Welt, in der Freiheit eine vollkommen neue Bedeutung bekam, weil jedes Wort, jede Geste und jeder Farbstrich genauestens abgewogen werden mussten. Für Elsa, die sich nur des Zeitgeists wegen politisch gab, war es vermutlich verstörend und faszinierend zugleich. Vor allem, als sie auf eine Gruppe junger Querdenker stieß, denen es allen Widerständen zum Trotz gelang, ihre konträren Ideen unter die Leute zu bringen.«

»Dein Vater gehörte zu dieser Gruppe von Freigeistern?«

Ein Lächeln schlich sich auf Asmus' Gesicht, das Marie jedoch nicht zu deuten wusste. »Mein Vater Sergej war ihr ungekrönter Anführer, ein junger Mann, der angeblich aus einer großbürgerlichen Familie stammte, die durch den Systemwechsel alles verloren hatte, sogar einen Großteil ihrer Mitglieder. Elsa war hin und weg von diesem Rebellen, mit seinen strahlend blauen Augen und der eigentümlich weichen Stimme, die sich trotzdem bei jeder Debatte durchsetzen konnte. Vor lauter Verliebtheit vergaß sie nicht nur ihr eigenes Studium, sondern ihre Familie und Heimat gleich mit.«

»Wer kann es einer jungen Frau übel nehmen? Sie war verliebt.«

Asmus schnaufte abfällig. »Natürlich war sie das: Sie war verliebt in das Abenteuer, das Sergej ihr bescherte, all die konspirativen Treffen im Dunstkreis der ewig drohenden Gefahr, entdeckt zu werden, die Geheimnisse, das belebende Gefühl, es könnte jeden Moment vorbei sein … Und dann dieser charismatische Mann, der mit seinen Reden, dass man den Kommunismus vor den Kommunisten retten müsse, jeden in seinen Bann zog.«

»Was hat dein Vater denn genau geplant?«, hakte Marie nach. Obwohl ihr Gesicht und ihr Nacken in der prallen Sonne langsam zu brennen begannen, wünschte sie sich, dass Asmus weitersprach.

»Das kann ich dir nicht sagen, Elsa ist nie ins Detail gegangen. Auf dem Gebiet Kunstgeschichte waren ihre Russischkenntnisse garantiert gut, aber sobald es um politische Theorie ging … Sie hat eher wenig von dem verstanden, was in fensterlosen Kellerräumen und auf den zugigen Fluren der Universität geflüstert wurde. Auch wenn meine Mutter das niemals zugegeben hätte, war sie wohl in erster Linie mitgerissen von der Überzeugungskraft und dem Lebensstil dieser jungen Menschen, die nicht nur große Reden schwangen, sondern wegen ihres Engagements tatsächlich etwas zu verlieren hatten, während Elsa fest auf die regelmäßigen Geldzusendungen und das warme Nest in Hamburg zählen konnte.« Asmus zuckte mit der Schulter, als wären ihm die Naivität und diese gewisse Ichbezogenheit seiner Mutter nach wie vor unverständlich, als bliebe ihm diese junge Frau fremd, egal wie sehr er sich in sie hineinzuversetzen versuchte. »Eine Sache steht zumindest fest: Elsa war meinem Vater mit Haut und Haaren verfallen. Dieses so ganz andere Leben, für das er stand, war zweifelsohne verführerisch. Als sie sich kennenlernten, war Sergej bereits der Uni verwiesen worden und schlief jede Nacht bei einem anderen Freund, bis Elsa ihn davon überzeugen konnte, sein Lager bei ihr aufzuschlagen. Neun Monate später war meine Schwester Katharina da, und bald darauf war ich unterwegs. Mehr Unfall als Planung, würde ich mal sagen.«

»Das ist doch der Beweis dafür, wie ernst es deiner Mutter mit dieser Liebe gewesen ist«, gab Marie zu bedenken. Schließlich war sie ebenfalls vor lauter Verliebtheit ungeplant schwanger geworden, was ihrer Begeisterung für ihre neue Rolle keinerlei Abbruch getan hatte. »Nur weil jemand mitreißend reden kann und einem Zugang zu einer verstörend anderen Welt verschafft, setzt man doch keine zwei Kinder in die Welt.«

»Es sei denn, die Illusion, es handle sich um so etwas Großes wie die Liebe, ist besonders stark«, gab Asmus zu bedenken. Er würde keinen Deut von seiner Überzeugung abweichen, so viel stand fest.

»Was hast du in St. Petersburg herausgefunden, dass du so kritisch über die Liebe deiner Eltern redest?«, fragte Marie vorsichtig nach.

»Ich habe meinen Vater getroffen.« Als Marie vor Schreck nach Luft schnappte, lachte Asmus. »Ja, so ähnlich habe ich wohl auch ausgesehen, nachdem ich herausgefunden habe, dass Sergej Kojève keineswegs unter mysteriösen Umständen erfroren an den Ufern der Newa gefunden wurde, wie meine Mutter nicht müde wurde, mit tränennassen Augen zu erzählen. Stattdessen lebt er ein bescheidenes Leben in einer Hochhaussiedlung und findet sein Auskommen als Hausmeister. Reden tut er immer noch gern, vor allem über seine wilde Studentenzeit. Da leuchten seine Augen, und er wirft sich in die gleiche Pose, mit der er früher bestimmt jede noch so leidenschaftliche Diskussion dominiert hat. Allerdings kam es mir so vor, als wäre er über die Pose nicht wirklich hinausgekommen. In meinen Ohren klangen seine Reden ziemlich nach einem Möchtegern-Revoluzzer. Aber sein Zauber war wohl eh seine Ausstrahlung. Selbst jetzt, mit seinem verlebten Gesicht und dem hageren Körper im viel zu großen Overall, konnte man es ihm ansehen, sobald er von seiner Vergangenheit erzählte. Dann war Sergej immer noch so lebendig und leidenschaftlich wie der junge Mann, in den meine Mutter sich verliebt hatte. Eine Frau und zwei Kinder kommen in seinen Geschichten allerdings nicht vor, sondern nur die vielen Affären, die ihm seine Rolle als Querdenker ermöglicht hat. Dass er sich auf deutsche und französische Philosophen spezialisiert hatte, die er immer noch in ihrer Originalsprache zitieren kann, hat ihn besonders unter den ausländischen Studentinnen beliebt gemacht.«

Marie versuchte sich die Situation vorzustellen, wie ein junger, von schweren Verletzungen gezeichneter Asmus vor seinem Vater stand, der in seinem bisherigen Leben die Rolle eines viel zu früh verstorbenen Helden innegehabt hatte und der ihm nun, in seinem Hausmeisterkittel, von seinen amourösen Abenteuern mit ausländischen Studentinnen vorschwärmte. Studentinnen, wie auch seine Mutter eine gewesen war. Es war zu grausam. »Sergej wusste also nicht, mit wem er sprach?«, fragte sie, während sich Trostlosigkeit in ihr ausbreitete, jetzt, da sie Asmus' Entscheidung, allein zu leben, immer besser verstand.

Asmus schüttelte schwerfällig den Kopf, als tobe darin ein Schmerz, der keine Bewegung zuließ. »Nein, als Sergej mit mir sprach, dachte er, er hätte einen deutschen Studenten vor sich, der sich nach einem Zimmer umschaute.«

»Und es gibt keinen Zweifel daran, dass dieser Mann wirklich dein Vater war?« Marie griff nach dem letzten Strohhalm.

Anstelle einer Antwort lächelte Asmus nur traurig.

»Was ist mit deiner Mutter? Glaubst du, sie wusste, dass sie nur eine unter vielen war?«

»Das habe ich Elsa nie gefragt, und ich habe auch nie erwähnt, wohin mich die Reise geführt hat«, sagte Asmus. So resigniert, wie er klang, hatte er mit der Geschichte bereits in jenem Heizungskeller abgeschlossen. »Meiner Ansicht nach hat Elsa ein paar aufregende Jahre an Sergejs Seite erlebt und ist dann, als der Spaß vorbei war, in den sicheren Schoß ihrer Familie zurückgekehrt. Allerdings nicht als betrogene Mutter zweier Kleinkinder, die keine Lust mehr hatte, ihren Geliebten durchzufüttern und den Sankt Petersburger Winter in einer zugigen Dachbodenkammer zu überstehen. Sondern als eine tragische Figur, eine Frau, die eine Geschichte zu erzählen hatte. Und das hat Elsa zur Genüge getan. Ich bin aufgewachsen in dem Bewusstsein, Spross einer großen, ganz besonderen Liebe zu sein, Sohn eines außergewöhnlichen Mannes, aus dessen Schatten herauszutreten es mich viel Kraft kosten würde. Meine gesamte Kindheit habe ich mich nach dem Mann gesehnt, der mich mit ungestümem Blick von einer Fotografie auf einer Art Altar zu seinen Ehren anblickte, und mich zugleich wie ein Zwerg gefühlt, weil ich sein Ideal niemals würde erreichen können. Als Jugendlicher habe ich Zwiegespräche über das Leben mit ihm gehalten, und als junger Mann hatte ich oftmals Angst, nicht an dieses ferne Ideal, zu dem mein Vater geworden war, heranzureichen.

Als ich ihm dann aber endlich gegenüberstand, habe ich innerhalb kürzester Zeit zwei entscheidende Dinge herausgefunden: dass ich nicht so unverletzlich bin, wie ich bis dahin dachte, und dass mein bisheriges Leben von einer Lüge überschattet wurde.«

Marie versuchte sich vorzustellen, wie weitreichend diese Erfahrung für Asmus gewesen sein musste – vom Glauben an die unerschütterliche Liebe seiner Eltern hin zu einem einzigen Scherbenhaufen aus Selbstbetrug. Seine Mutter hatte ihr Leben auf einer Lüge aufgebaut und ihre Kinder darin bekräftigt, daran zu glauben. Asmus' halbes Leben war eine Illusion gewesen, und nach seinem Unfall, als er dringender denn je einen Vater hätte gebrauchen können, hatte er sich vor einem Mann wiedergefunden, der im Herzen nie sein Vater gewesen war. Nicht nur das, Sergej hatte auch nichts anderes als ein paar Angebereien zu bieten gehabt. Kein Wunder, dass Asmus überall Verrat witterte.

»Was auch immer sich damals zwischen deinen Eltern abgespielt hat – es sagt nichts über die Liebe im Allgemeinen aus und schon gar nicht über uns.«

»Da bin ich mir nicht so sicher«, widersprach Asmus. »Wir sind uns nicht nahegekommen, weil wir einen besonderen Kitzel gesucht haben, sondern weil wir beide einsam waren. Und diese ganze Spurensuche … Was bedeutet sie schon? Wir hatten eben eine Zeit lang ein gemeinsames Projekt, und jetzt ist es beendet.«

Das konnte Marie unter keinen Umständen so stehen lassen. »Minas Geschichte ist mehr als bloß ein gemeinsames Projekt! Und selbst wenn es nur das gewesen wäre, kann ich nichts Schlimmes daran erkennen. Menschen brauchen eben eine Chance, um sich kennenzulernen, und bei uns lief es eben so. Und ja, wir beide sind einsam gewesen und zumindest in meinem Fall auch verzweifelt. Aber dank dir bin ich zum ersten Mal seit einer schieren Ewigkeit wieder glücklich. Ein solches Geschenk lässt sich nicht kleinreden, egal, was man von der Liebe hält.«

»Das freut mich mehr, als du dir vorstellen kannst.« Wie zum Beweis leuchteten seine Augen auf, allerdings nur, um sogleich wieder von Schatten verhangen zu werden. »Aber reicht das als Fundament? Was, wenn wir nach einigen Monaten voreinander stehen und uns wundern, wie wir jemals von Liebe haben sprechen können? Wenn wir dann feststellen, dass wir uns nur aneinandergeklammert haben, weil wir dadurch weniger einsam waren?«

Es ist, als rede man gegen eine Wand, nur dass der Widerhall immer alles ins Negative verdreht, stellte Marie resigniert fest. Was ich zum Beweis auch anführe, er wird es immer so drehen, dass es nur unsere Bedürftigkeit und nicht unser wunderbares Ineinanderfassen zeigt. Aber so leicht wollte sie sich nicht geschlagen geben. »Das Risiko müssen wir wohl oder übel eingehen, obwohl ich nicht glaube, dass es überhaupt ein Risiko gibt. Ich zumindest weiß, was du mir bedeutest. Schließlich habe ich mich lang genug dagegen gewehrt, es mir einzugestehen. Dank Minas Geschichte habe ich jedoch begriffen, dass man es nicht zulassen darf, wenn einen die Angst vor dem, was kommen mag, lähmt.«

»Und was hat das Leben für die ehemalige Herrin des Kapitänshauses bereitgehalten?« Marie konnte geradezu sehen, wie Asmus' innere Abwehr wuchs und wuchs. Als müsse er sie unbedingt auf Abstand halten, weil sie den gesamten Schutzwall niederzureißen vermochte, den er um sich herum gebildet hatte. Ihr erneut nahe zu sein, fürchtete er offenbar mehr, als allein ins leere Reetdachhaus zurückzukehren. »Ich tippe mal darauf, dass ihr Liebesglück nicht von

Dauer gewesen ist, wo sich doch die Spuren ihres Johanns verlieren«, sagte er, um gezielt den Finger auf die offensichtliche Wunde zu legen.

Marie stockte, nicht nur weil Asmus' Zynismus sie verletzte, sondern auch weil es ihr schwerfiel, überhaupt von diesem unglücklichen Ende zu sprechen. »Johann ist gestorben, noch bevor Mina aus Berlin zurückgekehrt ist«, erklärte sie knapp.

Falls Asmus ihr Streitgespräch bislang mit einem gewissen Eifer verfolgt hatte, um als Sieger daraus hervorzugehen, ging ihm die Lust daran nun schlagartig verloren. »Siehst du«, sagte er leise.

Traurigkeit, durchzogen von einer bleiernen Hilflosigkeit, legte sich über Marie wie ein dunkles Tuch, das sie unerreichbar machte für die Sommerwärme, das Krächzen der Möwen und den Duft von Gras und Salz. Je dunkler es um sie herum wurde, desto annehmbarer erschienen ihr Asmus' Gedanken. Die Hoffnung, einfach mit einem anderen Menschen zusammen glücklich sein zu können, verflüchtigte sich, kam ihr eitel und unbedacht vor. Doch gerade als Marie sich geschlagen abwenden wollte, erkannte sie etwas in dem sich ausbreitenden Dunkel, ein tiefrotes Pulsieren, lebendig schlagend. »Nein«, sagte sie, gebannt von diesem Zeichen, das seinen Weg zu ihr fand.

Asmus, der immer noch vor ihr stand, anstatt seiner Wege zu gehen, nachdem aus seiner Sicht wohl alles gesagt worden war, blickte sie erwartungsvoll an.

Bevor Marie sich versah, richtete sie sich auf, als gelänge es ihr plötzlich, Asmus und seine Schwere zu überflügeln. »Es ist nicht entscheidend, dass Menschen Abschied nehmen, auf welche Weise auch immer. Sondern dass sie es trotz allem wagen weiterzugehen. Ich weiß, wie es sich anfühlt, allmählich zu erstarren. Das liegt jedoch hinter mir, dank dir. Und deshalb werde ich nicht zulassen, dass wir beide uns erneut hinter Schutzwällen verkriechen und so tun, als hätten wir sie nicht gehabt, unsere Chance.«

»Zu solch einer Entscheidung gehören zwei«, wandte Asmus ein.

»Natürlich«, stimmte Marie zu. »Wofür entscheidest du dich also, wenn du deine ganze Angst und den Ballast der Vergangenheit hinter dir lässt? Wenn du nur auf mich siehst und dich fragst, ob das zwischen uns es nicht wert ist, sich mit Haut und Haaren darauf einzulassen?«

Asmus blickte sie so ernst an, dass Marie schon glaubte, sein Nein zu hören, bevor es ihm über die Lippen kam. Einen unerträglich langen Augenblick sah sie ihm in die Augen und hoffte auf ein Zeichen, dass er nicht länger vor ihr floh. Gerade als sie ihre endgültige Niederlage eingestehen wollte, schlich sich ein Lächeln in seine Mundwinkel. »Ich würde wohl sagen, dass ich nicht nachzudenken brauche, wenn du so vor mir stehst. Weil ich von Anfang an wusste, dass ich bei dir sein will.«

»Dann brauchst du ab jetzt nichts anderes zu tun, als zu bleiben.«

Langsam, mit Bedacht, legte Marie ihre Hand um seinen Nacken und zog ihn zu sich hinab. Mit einer faszinierenden Klarheit strich sie ihm über die Narbe an seiner Stirn, ließ die Finger weiter wandern über seine Wange und sie am wild schlagenden Puls seiner Kehle zur Ruhe kommen. Sie spürte das Leben, wie es durch ihn hindurchfuhr, wie es in ihren Fingerspitzen kribbelte. Der Moment schien sich auszudehnen. Dann beschloss er, nicht länger auf seinen Kuss zu warten, und zog sie an sich.

Epilog

Tidewall, September 2013

Und warum zur Hölle darf ich nicht mit an Deck?«

Valentins Gesicht verfärbte sich vor Wut, bis es genauso rot wie sein Haarschopf war. Die Sonne, die in den letzten Wochen Tag für Tag am blank gewischten Himmel gestanden hatte, hatte überraschenderweise die letzte Spur von Blond getilgt, sodass seine Mähne wie ein Kupferkessel schimmerte. Das Temperament des Jungen hatte sich entsprechend angepasst, nur wollte seine Mutter sich davon nicht beeindrucken lassen.

»Zieh die Schwimmweste an, anstatt hier Gift und Galle zu spucken, dann kannst du an die frische Luft.«

Valentin zog eine Schnute. »Mann, wir schippern doch bloß durch diesen Mini-Priel und kreuzen dann ein wenig auf der Elbe rum. Da ist heute am Sonntag bestimmt total tote Hose, mal davon abgesehen, dass das Wasser so blank wie ein Spiegel ist.«

»Alles wahr«, stimmte Marie ihrem Sohn zu. »Du gehst trotzdem nicht ohne Schwimmweste an Deck.«

Stumm vor Zorn deutete Valentin auf seine Freundin Dasha, die am Bug des Kutters stand und verträumt an der Blumengirlande rund um die Reling herumnestelte. Zum Tidewaller Hafenfest wurden sämtliche Schiffe, die an der Regatta teilnahmen, rausgeputzt und üppig mit Blumen dekoriert. Den Besuchern, die sich am Hafen eingefunden hatten, musste schließlich noch etwas anderes als nur Fischsuppe und ein Shantychor geboten werden.

Marie winkte Dasha zu, die sich gerade eine rote Dahlie hinters Ohr gesteckt hatte und um Beifall heischend in der Kajütentür auftauchte. »Dasha, hast du eine Ahnung, warum du ohne Schwimmweste an Deck darfst?«, fragte Marie fröhlich.

»Weil ich im Gegensatz zu Valentin schwimme wie ein Fisch.« Als Marie die Augenbrauen hochzog, setzte das Mädchen ein verlegenes Lächeln auf. »Und weil mein Onkel damit beschäftigt war, dieses schwarze Schmierzeug von den Fingern zu bekommen, nachdem er am Motor rumgeschraubt hat und du mit dem Proviant beschäftigt warst.«

In diesem Moment kam Asmus von der winzigen Bordtoilette, die Finger immer noch schwarz. »Das Zeug kriegt man mit Seife nicht ab«, erklärte er. »Dasha, Weste an, wenn du während der Fahrt rauswillst.«

»Fahren wir heute denn überhaupt noch?« Valentin zeigte sich weiterhin unversöhnlich, obwohl Dasha bereits ihre Weste überstreifte. »Die anderen sind schon längst los, und jedes einzelne vorbeifahrende Schiff hat sich über uns lustig gemacht. Wir sind das Schlusslicht.« Seiner Empörung nach zu urteilen, gab es nichts Schlimmeres.

»Du hättest ja auch bei Oma und Katharina mitfahren können«, gab Marie ihrem Sohn zu bedenken. Die beiden Damen hatten nämlich dankend eine Einladung auf einem der größeren Kutter angenommen – damit die Kinder an Bord der »Hafenschönheit«, wie Asmus' neueste Errungenschaft mit einem Hauch Ironie hieß, mehr Platz hatten. In Wirklichkeit wollte Renate nur nicht dabei sein, wenn die Seetauglichkeit ihrer Tochter auf die Probe gestellt wurde.

Schließlich hatte sie mehrfach betont, dass Marie als Kind schon beim Anblick eines Kettenkarussells grün im Gesicht geworden war. Und Katharina hatte sich zum Festauftakt einen solchen Streit mit ihrer Tochter Dasha geliefert, dass sie es wohl für klüger gehalten hatte, gar nicht erst in Versuchung zu kommen, das Mädchen über Bord zu stoßen.

»Ich soll auf diesem Tussi-Kutter mitfahren, wo es nur Sekt und rosa Girlanden gibt?« Demonstrativ schüttelte sich der Junge. »Nee, ich wäre lieber in einem der Motorboote.«

Valentin deutete auf eins der schnellen Boote, mit denen die Jugendlichen aus dem Dorf sich Wettfahrten lieferten und Bugwellen erzeugten, die dann als Sprungschanzen genutzt wurden. Die Besatzung der »Hafenschönheit« sah zu, wie eins der Zwei-Mann-Boote über einem Traum von einer Welle abhob, um dann so hart aufs Wasser zu schlagen, dass prompt der Beifahrer über Bord ging. Der Junge kreischte auf und schwamm zur Leiter an der Kaimauer, an der er mit triefenden Kleidern hochkletterte, während seine Kumpane ihm lautstark Schmähungen hinterherriefen.

»Und bei so einem Zirkus möchtest du gern mitmischen?«, fragte Marie. »Nur zu, es ist gerade ein Platz auf dem Motorboot frei geworden. Wenn du allerdings doch lieber auf der ›Hafenschönheit‹ bleiben möchtest, weißt du, was zu tun ist.«

Mit fest zusammengekniffenen Lippen zog Valentin seine Weste an und folgte Dasha nach draußen, die gerade dem klitschnassen Jungen nachpfiff, der vermutlich nach Hause lief, um sich was Trockenes anzuziehen und seine ruinierte Stachelfrisur zu richten.

»So, nun wird sich zeigen, ob ich mir tatsächlich einen Schrotthaufen habe andrehen lassen.« Asmus ließ den Motor an, der nach einem kurzen Gestottere ansprang. »Na bitte.«

Marie spendete höflichen Applaus. »Wenn es dir jetzt

noch gelingt, den Tussi-Kutter einzuholen, werfen sie uns vielleicht eine Flasche Sekt rüber. Dann können wir auf deine ölbeschmierten Finger anstoßen«, schlug sie vor.

Das Lächeln, das Asmus ihr schenkte, fiel ein wenig bissig aus. »Warten wir erst einmal ab, ob du überhaupt seetauglich bist. Ich habe keine Lust, neben der Schmiere auch noch halb verdauten Sekt beim Aufwischen an die Finger zu bekommen. Renate hat da so etwas von wegen Seekrankheit verlauten lassen.«

Marie winkte den Festbesuchern zu, die auf der Kaimauer standen und dem letzten, weit abgehängten Schiff zum Auslaufen applaudierten. »Das bisschen Sekt wird gar nicht auffallen neben der ganzen ausgespuckten Schokolade, die ich vorher in mich hineinstopfen werde, falls du die Ladys noch vor der Elbe einholst. Also gib endlich Gas, mein Lieber.«

»Und ich hatte mich schon gewundert, wo dein Sohn seine Lust am Rasen herhat«, erwiderte Asmus trocken, dann sorgte er dafür, dass die abgetakelte »Hafenschönheit« mit ordentlichem Schwung in den Priel einfuhr.

Augenblicklich verstummte Marie. Nicht nur, weil ihr Magen sich wegen des Schlenkers bemerkbar machte, sondern auch, weil die »Hafenschönheit« durch ein Grasmeer fuhr, dessen Halme sich mit der Brise sanft bewegten und dabei einen knisternden Gesang von sich gaben. Seit ihrem unbedachten Ausflug ins Watt hatte sie das Röhricht gemieden. Nun ragte es zu beiden Seiten in die Höhe, eine geheimnisvolle Welt, die den Seevögeln gehörte. Dann öffnete sich das Grün plötzlich wie ein Vorhang und gab den Blick auf die Elbe mit ihrem bewegten Wasser frei, das sich in dunkelblauen und grauen Schichten türmte und deren unermüdliches Schlagen Marie bis in die Fingerspitzen spürte.

Ohne es zu merken, war sie so dicht neben Asmus getreten, dass sie seine beruhigende Wärme spürte.

»Ich habe nicht gedacht, dass der Fluss so groß ist«, sagte sie, als er ihr einen wissenden Blick zuwarf. »Vom Deich aus gesehen ist die Elbe nicht mehr als ein blaues Samtband.«

»Und jetzt bist du mittendrin«, sagte Asmus.

Valentin klopfte gegen die Windschutzscheibe der Kajüte und deutete wild gestikulierend auf ein Containerschiff, das sich wie eine mächtige Mauer in Richtung Meer schob. »Das kommt aus China, glaub ich!«, schrie er begeistert. Offenbar nahm seine Welt gerade eine größere Dimension an. Da lebte man in einem Dorf, und Tag für Tag fuhr die weite Welt draußen auf dem Fluss an einem vorbei, ohne dass man sich dessen bewusst war.

Die Wassermassen, die der Ozeanriese verdrängte, brachten die »Hafenschönheit« zum Tanzen, und Marie hielt sich an Asmus fest, der ebenfalls ein paar Probleme mit dem Gleichgewicht hatte. Lachend wankte er zur Seite und stieß gegen die Kajütenwand.

»Aus mir wird wohl kein Seebär mehr«, gestand Asmus.

Marie suchte nach einem Ausdruck, um einzufangen, was ihr dieser Moment bedeutete. Wie leicht sich alles gefügt hatte, nachdem Asmus sich, am Flussufer stehend, für sie entschieden hatte. Nichts deutete mehr darauf hin, dass ihre Beziehung vor nur wenigen Wochen auf Messers Schneide gestanden hatte. Doch bevor es ihr gelang, die passenden Worte für die Vertrautheit zwischen ihnen zu finden, klopfte Valentin schon wieder an die Scheibe.

»Nun komm doch mal raus, Mama«, forderte er. »Da drüben fahren die anderen Schiffe aus Tidewall im Kreis um einen Kutter, auf dem ein verkleideter Neptun steht. Der Kerl hat Oma gekidnappt!« Tatsächlich stand Renate neben einem dickbäuchigen Mann mit einer Strohperücke und einem Gewand aus Fischernetzen und amüsierte sich allem Anschein nach prächtig. Marie gab Asmus einen raschen Kuss, dann wankte sie zur Kajütentür.

»Marie«, rief Asmus ihr gut gelaunt hinterher. »Vergiss die Schwimmweste nicht.«

Sie zog nur eine Augenbraue hoch, dann trat sie aufs schmale Deck. Der Wind fuhr ihr zur Begrüßung ins Gesicht, feine Wassertropfen benetzten ihre Wangen. Der Fluss wurde immer breiter, bis die grünen Ufer nur noch Pinselstriche waren, während am Horizont das Wasser mit dem Himmel verschmolz. Bevor Marie sich dem Treiben auf den anderen Schiffen zuwandte, blickte sie zur Küste zurück und kniff die Augen zusammen. Aus dieser Entfernung war das Land weich in Dunst gehüllt, eine verwunschene Welt, die zum Abschweifen einlud.

Mehr als diese Einladung brauchte es nicht, um in Marie eine besondere Stimmung wachzurufen. Als würden die Grenzen zwischen dem Heute und Gestern durchlässig werden … Vielleicht lag es daran, dass sie die Umrisse einer jungen Frau zu entdecken glaubte, die auf der Deichkrone stand und zum Fluss hinüberblickte. Mit der Hand beschattete sie gewiss ihre Augen, um das blaue Band des Flusses besser betrachten zu können. Vor ihrem geistigen Auge malte Marie sich aus, wie die ewige Brise an der Küste mit dem tizianfarbenen Haar der Frau spielte.

Die schöne Mina, dachte Marie. So fremd und nah zugleich … Unwillkürlich wanderte ihre Hand zu der Rubinnadel, die sie ein Stück überm Herzen trug. Sie waren zwei so unterschiedliche Frauen, die letztendlich doch am gleichen Fluss gestanden und aufs Wasser geblickt hatten.

Danksagung

Das Haus am Fluss ist ein Roman, der viele Anfänge nahm. Welcher der erste war, kann ich rückblickend nicht sagen. Vielleicht war es der Blick auf die Elbe oder der Wunsch, von der Begegnung zwischen einer in ihrer Trauer gefangenen Frau und einem Mann mit einem Geheimnis zu erzählen. Auch die Frage, wie man mit dem Verlust eines geliebten Menschen umgeht, war gewiss ein Antrieb, möglicherweise der wichtigste zum Schreiben überhaupt. Begleitet hat mich auch eine Stellungnahme der Schriftstellerin und Historikerin Ricarda Huch. Als diese mutige Frau 1933 aus Protest die Preußische Akademie der Künste verließ, stellte sie sich gegen »den Zwang, die brutalen Methoden, die Diffamierung Andersdenkender, das prahlerische Selbstlob« der nationalsozialistischen Partei. Das sind Worte, die auch mein Held Johann Taden unterzeichnet hätte, und die mich beim Schreiben begleitet haben.

So oder so, es war ein langer Weg, diesen Roman zu schreiben. Begleitet hat mich wie immer meine Familie – mit Geduld, Aufmerksamkeit und Nachsicht. Meinem Sohn Justus danke ich dafür, dass ich seinetwegen nicht aufhören kann, über Jungen zu schreiben, und ich danke meiner Mutter Siegrun, die meine Liebe zu einem Haus an der Elbe teilt. Bastian und Nadine – die Gedanken, die ihr euch über Maries & Minas Geschichte gemacht habt, waren mir wichtig.

Ein besonderer Dank gilt Bine und Dr. Harald Schliemann, die mir so unterschiedliche Geschichten über ihre Kindheitserlebnisse in Dithmarschen erzählt haben: sie als Flüchtlingskind als erzwungener Gast auf einem Bauernhof (eine traurig-schöne Erzählung, die mich nicht wieder loslässt) und er als glückseliger Bube auf einem Pferderücken, dem Krieg und seinen Folgen entflohen. Auch Bärbel und Claus-Peter Damps haben mir das Leben an der Elbe ein ganzes Stück nähergebracht. Ihren Erzählungen ist es geschuldet, dass ich eine Ahnung davon habe, wie es ist, im Seenebel verloren zu gehen. Auch von Füchsen und Deichpiraten war die Rede. Leider haben sie eine der besten Geschichten erst erzählt, als das Buch schon geschrieben war: von fünf Kuttern, die ausfuhren, kamen vier mit Krabben beladen zurück – und einer mit einem Schaf. Das Tier hatte im Schlick festgesteckt, und der Fischer hatte es mit einer Winde an Bord geholt. Als Dank gab es vom Schäfer eine Flasche Whiskey. Unerwähnt bleiben darf auch nicht Barbara König, die so eindrucksvoll von ihrer Studienzeit in Moskau berichtete, dass mir die Anekdoten jahrelang durch den Kopf schwirrten, bis ich endlich ein passendes Zuhause für sie fand. Man mag es dem Roman mit seinem Schauplatz an der Elbe erst auf den zweiten Blick anmerken, aber dieser russische Ausflug hat mich durchaus beeinflusst.

Der Autor gilt zu Recht als einsames Wesen, was jedoch noch lange nicht bedeutet, dass ein Roman einzig und allein sein Werk ist. Während des Schreibprozesses war es nicht nur wichtig, meine Lektorin Eva Schubert stets hinter mir zu wissen, sondern auch jederzeit auf ihren zielsicheren Rat zurückgreifen zu können. Außerdem ist sie die Meisterin der Motivation. Auch vor meiner Außenlektorin Angela Kuepper ziehe ich den Hut, vor ihrem ungewöhnlichen Engagement, ihrer Stilsicherheit und ihrem Auge fürs Detail. Ein großes Danke überdies an all jene, die der Blanvalet Verlag »sind« und mir als schreibender Mensch ein so wunderbares Zuhause bieten. Und natürlich danke ich der Agentur Thomas Schlück, wobei ich besonders an Linda Eckert und Peter Seifried denke – es war schön mit euch!